Contemporánea

Cormac McCarthy (1933-2023) nació en Rhode Island, aunque pasó la mayor parte de su niñez cerca de Knoxville, Tennessee, donde transcurren varias de sus novelas. Conocido por su implacable descripción de la violencia y su personal estilo narrativo, está considerado uno de los escritores estadounidenses más importantes de su generación. En 1965 debutó con *El guardián del vergel*, que ganó el Premio Faulkner a la primera novela. Le siguieron *La oscuridad exterior* (1968), *Hijo de Dios* (1973) y *Suttree* (1979), retratos de un Sur violento que le valieron comparaciones con la obra de William Faulkner y Flannery O'Connor. En 1981, recibió la MacArthur Fellowship, conocida como la «beca de los genios», y pudo centrarse en la escritura de la que muchos tienen por su obra maestra, *Meridiano de sangre* (1985). En 1992 publicó *Todos los hermosos caballos*, que cosechó el aplauso de la crítica, se convirtió en un best seller y fue galardonada con el National Book Critics Circle Award y el National Book Award, el premio literario más importante de Estados Unidos. El volumen dio comienzo a una trilogía que se completó con *En la frontera* (1994) y *Ciudades de la llanura* (1998). McCarthy publicó además *No es país para viejos* (2005), *La carretera* (2006, ganadora del Premio Pulitzer), *El Sunset Limited* (2006) y el volumen doble con las novelas cortas *El pasajero* y *Stella Maris* (2022). Murió de causas naturales en su casa de Santa Fe, Nuevo México.

Cormac McCarthy

El pasajero

Stella Maris

Traducción de
Luis Murillo Fort

DEBOLS!LLO

Papel certificado por el Forest Stewardship Council®

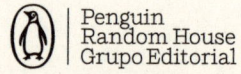

Título original: *The Passenger – Stella Maris*

Primera edición en Debolsillo: junio de 2024

Printed in Spain – Impreso en España

ISBN: 978-84-663-7422-4
Depósito legal: B-7.114-2024

Impreso en Black Print CPI Ibérica
Sant Andreu de la Barca (Barcelona)

P 37422 A

EL PASAJERO

Por la noche había nevado un poco y sus cabellos tiesos eran como de oro y cristalinos y sus ojos más helados que fríos y duros como piedras. Una bota amarilla se le había caído y yacía en la nieve a sus pies. La forma de su abrigo descansaba espolvoreada en la nieve allí donde ella lo había dejado y solo llevaba puesto un vestido blanco y pendía entre los desnudos postes grises de los árboles invernales con la cabeza gacha y las manos ligeramente vueltas hacia fuera como las de ciertas estatuas ecuménicas cuya postura reclama que su historia sea tenida en cuenta. Que se tome en consideración que el mundo en su ser más profundo está cimentado en la aflicción de sus criaturas. El cazador se puso de rodillas e hincó el rifle en la nieve con el cañón hacia arriba y se quitó los guantes y los dejó caer y juntó las manos una sobre otra. Pensó en rezar, pero no conocía ninguna oración para semejante cosa. Agachó la cabeza. Torre de marfil, dijo. Casa de oro. Largo rato estuvo allí de rodillas. Al abrir los ojos el cazador vio una cosa menuda semienterrada en la nieve y se inclinó y apartó la nieve con los dedos y era una cadena de oro con una llave metálica y un anillo de oro blanco. Se lo guardó todo en el bolsillo del chaquetón. Había oído el viento por la noche. El quehacer del viento. Un cubo de la basura chocando ruidoso contra los ladrillos que había detrás de su casa. La nieve cayendo en la oscuridad del bosque. Levantó la vista hacia aquellos fríos ojos esmaltados que despedían destellos azules en la tenue luz invernal. Se había ceñido el vestido con un fajín rojo para que pudieran encontrarla. Una pincelada de color en la escrupulosa desolación. Hoy, que era Navidad. Esta fría y apenas mentada Navidad.

I

Así pues, esto era Chicago en el invierno del último año de su vida. Al cabo de una semana volvería a Stella Maris y de allí se encaminaría hacia los lóbregos bosques de Wisconsin. El Chico Talidomida la encontró en una pensión de Clark Street. Cerca del North Side. Llamó a la puerta con los nudillos. Cosa insólita en él. Ella supo quién era, cómo no. Le estaba esperando. Y tampoco fue un toc, toc. Sonó más bien como un manotazo.

El Chico se puso a andar de un lado para otro al extremo de la cama. Se detuvo como si fuera a decir algo, pero lo pensó mejor y reanudó su deambular, amasándose las manos cual villano de película muda. Solo que, claro está, no eran tales manos. Simples aletas. Un poco como las de foca. Con el mentón apoyado en la izquierda de sus aletas, se la quedó mirando. A ella. Heme aquí a petición popular, dijo. En carne y hueso.

Pues has tardado mucho en llegar.

Ya. Los semáforos nos tenían manía.

¿Cómo has sabido qué habitación era?

Muy fácil. La 4-C. Me lo veía venir. ¿Cómo andas de dinero?

Todavía tengo.

El Chico miró en derredor. Me gusta cómo has decorado esto. Podríamos echar un vistazo al jardín después del té. ¿Qué planes tienes?

Creo que ya sabes cuáles son.

Sí. La cosa no pinta muy prometedora, ¿verdad?

Nada es para siempre.

¿Piensas dejar una nota?

Le estoy escribiendo una carta a mi hermano.

Apuesto a que es un resumen invernal.

El Chico estaba ahora junto a la ventana, contemplando el frío atroz. El parque pintado de nieve y al fondo el lago helado. Bueno, dijo. La vida. ¿Qué se puede decir? No es para todo el mundo. Joder, los inviernos no lo dejan a uno ni moverse.

¿Es todo?

Si es todo el qué.

¿Es todo lo que tienes que decir?

Estoy pensando.

Había reanudado sus idas y venidas. Luego se detuvo. Oye, ¿y si hacemos la maleta y nos largamos pitando?

Eso no cambiaría nada.

¿Y si nos quedáramos?

¿Qué, ocho años más de ti y tus colegas de novela barata?

Nueve, doña Mates.

Vale. Nueve.

¿Y por qué no?

Porque no.

El Chico echó a caminar de nuevo. Frotando despacio las cicatrices de su pequeña cabeza. Parecía que lo hubieran sacado del vientre de su madre con unas pinzas para hielo. Volvió a detenerse junto a la ventana. Nos echarás de menos, dijo. Hemos hecho un largo viaje juntos.

Desde luego, dijo ella. Ha sido maravilloso. Oye, mira. Esto no tiene nada que ver. Nadie va a echar de menos a nadie.

Ni siquiera teníamos por qué venir, sabes.

Y a mí qué me cuentas. No estoy versada en tus obligaciones. Nunca lo estuve. Y ahora me da igual.

Sí, claro. Tú siempre pensaste lo peor.

Y raras veces me sentí decepcionada.

No todas las alucinaciones ectromélicas que aparecen en tu tocador el día de tu cumpleaños van a por ti. Nosotros intentábamos aportar un rayito de sol a un mundo turbulento. ¿Eso qué tiene de malo?

No es mi cumpleaños. Y creo que los dos sabemos qué clase de rayito era ese. Da igual, no conseguirás caerme en gracia, o sea que olvídalo.

Gracia es lo que a ti te falta. Estás acabada.

Tanto mejor.

El Chico estaba paseando la mirada por la habitación. Joder, dijo. *Qué asco de sitio. ¿Has visto lo que acaba de pasar por el suelo? ¿Es que no nos queda ni pizca de Zyklon B? Tú nunca has sido lo que se dice un ejemplo de pequeña ama de casa, pero creo que aquí te has superado. Antes ni loca habrías permitido que te encontraran muerta en un cuchitril así. ¿Ya te lavas?*

Eso no es asunto tuyo.

Una más en la larga lista de promesas no cumplidas. Vale, pues muy bien. Tú no sabes lo que hay a la vuelta de la esquina, ¿verdad? Y perdona el juego de palabras. ¿Nunca has pensado en tomar los hábitos? Está bien. Pensé que debía preguntártelo.

Oye, ¿por qué no hacemos las paces si es que hay que hacerlas y pasamos de lo demás? No empeores las cosas.

Sí sí claro claro.

Sabías que esto iba a pasar. A ti te gusta fingir que conozco secretos tuyos.

Y conoces algunos, sí. Mierda, qué frío hace aquí dentro. Parece la puta cámara donde guardan la carne. Me llamaste operador espectral.

¿Que yo qué…?

Me llamaste operador espectral.

¿Yo? En mi vida te he llamado eso. Es un término matemático.

Porque tú lo digas.

Búscalo y verás.

Siempre dices lo mismo.

Y tú no lo haces.

Vale, bueno. Es agua pasada.

¿Eso es lo que piensas? ¿Qué pasa, tienes miedo de que te pongan mala nota en tu expediente laboral?

Llámalo como te dé la gana, princesa. Lo hicimos lo mejor que pudimos. La enfermedad persiste.

Bueno. No persistirá mucho tiempo más.

Ya, siempre se me olvida. Ese destino del que ningún viajero y no sé qué cojones más.

¿Siempre se te olvida?

Es una manera de hablar. Yo olvido pocas cosas. Claro que tampoco se puede decir que tú tengas muy buena memoria por lo que respecta al estado en que te encontramos la primera vez.

No me hace falta recordarlo. Sigo en ese estado.

Vale, sí. Corrígeme si me equivoco, pero creo recordar a una niña atisbando de puntillas por una abertura alta de la que apenas se hacen eco los archivos. ¿Qué fue lo que vio? ¿Una silueta en el zaguán? Pero esa no es la cuestión, ¿verdad? La cuestión es: ¿la vieron a ella? Un agujerito de luz. ¿Quién se iba a fijar? Pero los sabuesos del infierno pueden colarse por el orificio de un anillo. ¿Tengo razón o qué?

Yo estaba bien hasta que te presentaste.

Madre mía, eres todo un personaje, ¿lo sabías? Pero bueno, reconozco que tiene mérito. Como le dijo el putero a la prostituta ciega. Criatura infernal, babeando y lanzando miradas lascivas, y ella intentando espiar por detrás. ¿Qué hay allí? Ni idea. Un atavismo producto de la psicosis de un antepasado surgido de la lluvia. Fumando en un rincón. Qué coño. Voy a dar la luz. Ni por esas. Apaga el proyector. ¿Y quién coño encargó esto, si se puede saber? Enrollas la pantalla y esas putas cosas aparecen en la pared. Lo otro que me llamaste fue «patógeno».

Eres un patógeno.

¿Lo ves?

¿Van a entrar o no?

¿Quiénes?

Corta el rollo. Sé que están ahí fuera.

Los hortes, te refieres.

Me refiero.

Todo a su tiempo.

Les veo los pies por debajo de la puerta. Veo las sombras de sus pies.

Pies y sombras de pies. Como en el mundo real.

¿A qué están esperando?

Vete tú a saber. Será que no se sienten bienvenidos.

Eso antes no los detenía.

El Chico arqueó una ceja roída por la polilla. ¿En serio?, dijo.

En serio, dijo ella. Se arrebujó en la manta. *Nadie os ha invitado. Os presentasteis por la cara.*

Muy bien, dijo el Chico. *Hay alguien en el pasillo, ¿vale? Pues echemos una ojeada.*

Patinó hasta la puerta en un largo glissando, frenó y se subió la manga y agarró el tirador con la aleta. *¿Preparada?*, dijo alzando la voz. Abrió la puerta bruscamente. El pasillo estaba desierto. Se volvió para mirarla. *Parece ser que han ahuecado el ala. A menos que... ¿Cómo decirlo? A menos que todo hayan sido imaginaciones tuyas.*

Sé que estaban ahí. Los he olido. Me llega el perfume de miss Vivian. Y a Grogan lo huelo también, cómo no.

Vaya. Igual es que alguien estaba cociendo coles en otro cuarto. ¿Algo más? ¿Olía a azufre? ¿A sulfuro?

Cerró la puerta. Al momento los de fuera regresaron. Tosiendo y arrastrando los pies. El Chico frotó sus aletas una con otra. Como para calentárselas. *Muy bien. ¿Por dónde iba? Sí, quizá no estará de más que te ponga al día sobre algunos de los proyectos. Quizá te estabilices un poquito cuando veas los progresos que hemos hecho.*

¿Estabilizarme?

Revisamos esas cosas que nos enviaste y hasta ahora todo pinta bien.

¿Esas cosas que os envié? Yo no os he enviado nada.

Vale, sí. Todavía sacamos cien leptones por dracma, lo cual está bien en el sentido de que no está mal del todo pero confiamos en que la mayor parte de este rollo clásico acabará arreglándose y así nos centramos en lo renormal. Siempre se ve diferente una vez que lo tienes todo bajo la luz. Solo hay que diferenciar, nada más. A esta escala no hay sombras de ninguna clase. Tienes esos intersticios negros que estás mirando. Ahora sabemos que los continuos en realidad no continúan. Que la función lineal no existe, Laura. Por mucha reducción que le hagas, al final siempre asoma la periodicidad. Naturalmente, la luz no subtiende a este nivel. No llegará de una orilla a la otra, por decirlo así. Entonces ¿qué es lo que hay en el intercalado que desearías toquetear pero eres incapaz de ver debido a las ya mencionadas dificultades? Ni idea. ¿Cómo lo dices tú? ¿No cuentas con mucha ayuda? ¿Cómo es que tal y cómo es que cuál? No lo sé.

¿Por qué las ovejas no se encogen cuando llueve? Estamos trabajando sin red. Donde no hay espacio no se puede extrapolar. ¿Adónde irías? Tú envías cosas pero no sabes dónde han estado cuando las recibes de vuelta. Muy bien. No es necesario que te comas el tarro. Basta con hacer unos cálculos de los de toda la vida. Ahí es donde tú intervienes. Tienes cosas aquí que tal vez sean virtuales o tal vez no, pero aun así han de seguir unas reglas, ¿o me vas a decir tú dónde cojones están localizadas las reglas? Porque eso es lo que nos interesa, Alice. Las benditas y bienaventuradas reglas. Lo metes todo en un tarro y le pones nombre al tarro y tiras a partir de ahí en plan Gödel y Church y compañía. Mientras tanto, cosas reales que probablemente son un sustrato del sustrato van a toda hostia a velocidades deformables en el bien entendido de que lo que no tiene masa no tiene variante de volumen y en consecuencia carece de forma y lo que no puede aplanarse no se puede inflar y viceversa en la mejor tradición conmutativa y llegados a este punto (y tiro de frase hecha) estamos atascados. ¿Vale?

No sabes de qué estás hablando. Menudo galimatías.

No, ¿eh? Pues recuerda quién tiene la mano puesta en la puerta NAND, cielito. Porque no es el pedófilo ni el tío de la túnica rúnica. No sé si me captas. Espera. Tengo una llamada. Buscó en sus bolsillos y extrajo un teléfono de enormes dimensiones y lo apretó contra su menuda y retorcida oreja. Abrevia, Dick. Estamos reunidos. Sí. Un semihostil. Ya. Base Dos. Aquí arriba vamos con el respirador. No. No. Pues mala pata. Falacia rima con ineficacia. Son un hatajo de idiotas granujientos. Diles que yo lo he dicho. Llámame luego.

Después de colgar remetió la antena empujando con el canto de una aleta y se metió el teléfono en un bolsillo y la miró a ella. Siempre hay alguien que no sentera.

Que no se entera.

Bueno. Volviendo al ranking. Sé lo que estás pensando. Pero hay veces en que uno tiene que decidirse por la equivalencia. Aplicarle un montecarlo al hijo de la gran puta y adiós muy buenas. Para bien o para mal. No tenemos hasta Navidad.

Ya es Navidad. Casi.

Bueno, vale. Da igual. ¿Qué estaba diciendo?

¿Importa eso?

*Tu herramienta número uno de laboratorio va a ser el servome-
canismo. Amo y esclavo. Móntate un pantógrafo. Pon el puntero
sobre el dilema y gira. Cuenta hasta cuatro. Signo por signo. Repi-
tes hasta que aparezca la lemniscata.*

El Chico ejecutó unos pasos de claqué y volvió a deslizarse por el
linóleo hasta el otro extremo y se detuvo y empezó a pasearse otra
vez. *Estos van a por el puto amo. Polvo loco en la Savana, Hannah.
Oh, y tías a porrillo pese a que las cienciafeministas siempre están
gimoteando. Hice que mi equipo lo comprobara. Está Madam Cu-
rry. Está Pamela Dirac.*

¿Quiénes son esas?

*Por no mencionar por ahora a otras innombrables. Alegra esa cara
de una vez, coño. Tienes que salir más. ¿Cómo era eso que dijiste?
Primero las mates y luego los remates. Vamos a ver. Un intermedio
cómico, ¿vale? Hazme callar si este ya lo conoces. Mickey Mouse
acaba de solicitar el divorcio y el juez le mira y dice: ¿Debo entender
que según su opinión su esposa Minnie Mouse está mentalmente
perturbada? Y Mickey dice: No, su señoría, yo no he dicho eso. Lo
que he dicho es que está como una jodida chota.*

El Chico se puso a patear el suelo agarrándose la tripa y soltando
repugnantes carcajadas.

Siempre lo entiendes todo mal. ¿Se puede saber de qué te ríes?

Uh, madre mía. ¿Qué?

Que lo entiendes todo mal. Es Goofy. No chota.

Explícate.

Minnie estaba jodiendo con Goofy. Ni así lo entiendes.

*Bueno, vale. Para eso estás tú. En fin, yo lo que digo es que a
ver si espabilas. ¿Qué te crees? ¿Que en el último momento el pequeño Bobby Shafto despertará de entre los muertos y vendrá a
rescatarte? ¿Con hebillas de plata en los zapatos o yo qué coño sé?
Ese está fuera de onda, Louise. Desde que se espachurró la cabeza
en su máquina de carreras.*

Ella apartó la vista. El Chico hizo visera con una de sus aletas.
Bien, dijo. Eso captó la atención de ella.

No sabes de qué hablas.

Conque no, ¿eh? ¿Desde cuándo está criando malvas? ¿Un par de meses?

Todavía vive.

Todavía vive. Manda huevos. Pues si todavía vive, qué más da. ¿Por qué no te desenganchas de una vez? Ambos sabemos por qué no te quedas a esperar al héroe caído. ¿Qué pasa? ¿Te ha comido la lengua el gato?

Me voy a la cama.

Es porque no sabemos cómo será cuando despierte. Si es que se despierta. Los dos sabemos qué probabilidades tiene de salir de esto con su mentis intactus, *y con los ovarios que tú te gastas no te veo colada por lo que sea que siga acechando detrás de esa mirada turbia y ese labio babeante. Bueno, qué caray. Uno nunca sabe qué carta le va a salir, ¿no es cierto? Seguramente habríais acabado en Negrolandia, creo yo. Tú y el otro, me refiero. Cenando a base de tocino y sémola de maíz o lo que coño sea que comen allá abajo en el país de lamadrequelosparió. No es lo mismo que codearse por Europa con la flor y nata del motor pero al menos no hay ruido.*

Eso no va a pasar.

Ya sé que no va a pasar.

Estupendo.

Bueno, y entonces qué.

Te mandaré una postal.

Sería la primera vez.

Esta vez será diferente.

Eso seguro. ¿Piensas llamar a tu abuela?

Para decirle qué.

Yo qué sé. Algo. Puñeta, Jasmine. Mira que queda muchísimo por hacer.

Igual sí. Pero no me toca a mí hacerlo.

¿Qué hay de la poterna y de la guarida de los Innombrables? ¿No te da miedo eso?

Correré el riesgo. Me imagino que cuando haga saltar los plomos la regleta se pondrá negra.

Hacemos todo lo posible por no ocasionarte ninguna molestia.

Lo siento.

¿Y si dijera cosas que se supone que no debo decirte?

No me interesan.

Cosas que te gustaría mucho saber.

Tú no sabes nada. Solo te inventas cosas.

Ya, pero algunas molan bastante.

¿Algunas?

A ver esto: ¿Qué es negro y blanco y rojo a la vez?

Ni la menor idea.

Pues Trotski vestido de esmoquin.

Genial.

Vale. A ver esto otro. Un campesino encuentra dos gorgojos en su parcela de algodón.

Dímelo tú.

Yo no.

Eligió el más pequeño de los dos.

Bueno. Vale. Mira. Estoy organizando varias actuaciones. Ya tengo apuntados a varios miembros del venerable movimiento Chautauqua. A ti siempre te han ido los clásicos. Habrá que hacer pequeños arreglos en el vestuario. Un par de semanitas de ensayos.

Buenas noches.

Me han hablado incluso de una ocho milímetros. Por no hablar de una caja de zapatos llena de fotos de los años cuarenta. Rollo Los Álamos. Y algunas cartas.

¿Qué cartas?

Cartas familiares. Cartas de tu madre.

No te quedes conmigo. Robaron todas las cartas.

¿Ah, sí? Puede. ¿Qué piensas hacer?

Irme a dormir.

Me refiero a largo plazo.

Estoy hablando a largo plazo.

Muy bien. Guárdate el mejor para el final. Cómo no.

No te esfuerces.

Tranquila. No es que no adivinara en qué iba a terminar todo esto. ¿Quién sabe? A lo mejor te gustaría ver cómo pasarás el tiempo. El pasado es el futuro. Cierra los ojos.

Y si no quiero cerrarlos, ¿qué?

Dame ese gusto.

Sí, claro.

De acuerdo. Lo haremos al viejo estilo. Yo qué sé. Podría ser divertido.

De alguna parte de su persona sacó un trozo grande y cuadrado de seda y lo lanzó al aire para desplegarlo y lo cazó al vuelo y lo giró hacia un lado y el otro para que ella lo viera. Lo sostuvo con el brazo extendido y lo sacudió. Luego lo retiró de un tirón brusco. En una silla con asiento de anea estaba sentado un viejo con una sucia levita negra. Pantalones a rayas y chaleco gris. Botines negros de piel de cabra y polainas de muletón con botones nacarados. El Chico hizo una reverencia y retrocedió unos pasos a fin de mirarle de arriba abajo. *Bien. ¿De dónde hemos sacado a este, eh? Puaj, qué asco.*

Le dio una palmada en la espalda al viejo y se formó una nube de polvo. El viejo se inclinó hacia el frente tosiendo. El Chico se apartó unos pasos y abanicó el polvo con su aleta. *Santo Dios. Anda que no hace tiempo que este tío no ve la luz del día. Bueno, yayo, ¿qué te parece el mundo? Nos vendría bien otra opinión.*

El viejo alzó la cabeza y miró en derredor. Pálido y de ojos hundidos. Se ajustó el plastrón moviendo el nudo bruscamente hacia arriba y entrecerró los ojos y miró.

Ese traje es un clásico, ¿eh?, dijo el Chico. *Un poquitín deslucido. Cosas de la humedad. El hombre se casó vestido así. La novia tenía dieciséis años. Por supuesto, él llevaba tirándosela un par de años, o sea que ella tendría catorce entonces. Al final consiguió dejarla preñada y, bueno, aquí estamos todos. El muy hijoputa era mayor que su padre. El de ella. Sonaron las campanas de boda a su debido tiempo. Creo que fue en 1897. Una ceremonia formal. Blancos casándose de penalti. En fin, esa es la historia más o menos. Pensaba que este carcamal tendría algo que decir, pero lo veo un tanto descolocado. ¿No te parece que se escora un poco a estribor?*

El Chico puso bien al viejo en la silla y retrocedió para comprobar visualmente la verticalidad. Con una aleta en alto que parecía un remo y guiñando un ojo. *Digo yo que quizá podríamos utilizar un nivel de burbuja, ¿no? Puaj, qué asco. Bueno, qué demonios. El tío no es que sea la alegría de la huerta. Espera un momento. Son los dientes. Le faltan los malditos dientes.*

El viejo había abierto su correosa boca y estaba sacándose de los carrillos unas bolas sucias de algodón y guardándoselas en la chaqueta. Luego carraspeó un poco y miró en torno con gesto desolado.

¿Qué está haciendo?, dijo el Chico. Algo en el bolsillo de su chaleco. ¿Qué es eso, su reloj? Santo Dios. No me digas que le está dando cuerda. ¿Está escuchando el tictac? Pero si es imposible que esa cosa pite. No. Lo está sacudiendo. Un bonito reloj de bolsillo, las cosas como sean. Estilo Half Hunter. Escape de alto grado, sin duda. ¡Así se hace! Dale un meneo. Nada. No hay manera.

El viejo hizo un ruido con las encías. *Espera y verás, dijo el Chico. Ya viene. Noticias del más allá. Ni siquiera me das las gracias por todo lo que hago por ti.*

¿Dónde está el servicio?, resolló el viejo.

El Chico se enderezó. *No te jode. ¿Que dónde está el servicio? ¿Nada más? Soy un hijo de puta. ¿Qué tal si sacas tu mohoso culo de este cuarto? Dónde está el servicio. La hostia. En el puto pasillo, hombre. Sal de una puñetera vez.*

El viejo se levantó de la silla y caminó pesadamente hacia la puerta. Dejando una fina estela de polvo en el suelo. Un animalillo cayó de sus prendas y se escabulló bajo la cama. El hombre forcejeó con el tirador hasta que pudo abrir la puerta y salió apresuradamente al pasillo y se perdió de vista. *Joder, dijo el Chico.* Fue hasta la puerta y la cerró de mala manera y luego se volvió y apoyó la espalda en ella. Meneó la cabeza. *Bien. ¿Qué vas a hacer, eh? Ha sido mala idea, ¿vale? A la mierda. A veces se cancelan cosas porque llueve. Yo creo que podríamos hacer venir a varios de la antigua peña. Igual nos animan un poquito.*

Yo no quiero que venga nadie de la antigua peña. Me voy al catre.

Eso ya lo has dicho.

Muy bien. Ahora verás.

Oye, Patito. No quisiera insistir más de lo debido pero vas directa al mismísimo carajo.

Y tú has venido a torturarme.

¿Te encuentras bien? No tendrás fiebre, ¿eh? ¿Quieres un poco de agua?

Ella se hizo un ovillo en la cama y se tapó con la colcha. Apaga la luz cuando te marches.

El Chico andando otra vez de un lado para el otro. Tu nombre no lo sacaron de una chistera, sabes. No sé qué es lo que se supone que debes saber y lo que se supone que no. Yo trabajo aquí y punto. ¿Soy un operador? Bueno, pues soy un operador. Y puede que alguien sepa qué es lo que va a pasar pero es este que te habla. Venga. ¿Cómo quieres que te hable con la cabeza metida debajo de la maldita colcha? ¿Ni siquiera me vas a decir adiós?

Ella retiró la colcha. Abre la puerta y diré adiós con la mano.

El Chico fue hasta la puerta y la abrió. Estaban todos allí asomándose para ver, saludando con la mano, algunos de puntillas. Adiós, dijo ella en voz alta. Adiós. El Chico los ahuyentó como haría una monja con sus colegiales. Sacudiendo los dedos al frente con la palma hacia abajo. Luego cerró la puerta. Muy bien, dijo.

¿Hemos terminado por fin?

No lo sé, cielito. Es que no lo estás poniendo fácil. Yo no quiero irme a la basura contigo, entiendes.

Bueno.

Los perturbados, cuando se juntan en gran número, se arrogan ciertos poderes. El efecto es inquietante. Pásate un tiempo en un manicomio y verás.

Lo sé. Ya estuve.

A lo que ya tenemos lo llamamos elegir.

Deja de citarme.

No quieres hablar conmigo, ¿eh?

No.

¿Y ya está? ¿Ni un último consejo para los vivos?

Sí. No lo hagas.

Joder. Qué frialdad.

Mira, apaguemos las luces y se acabó lo que se daba.

Te echaremos de menos.

¿Te echarás tú mismo de menos?

Estaremos por ahí. Siempre hay trabajo que hacer.

Se le veía un tanto hombrocaído allí de pie, pero reaccionó ense-
guida. Muy bien, dijo. Si ya está ya está. Sé captar una indirecta.

Puso una aleta sobre su pequeña barriga e hizo una especie de
venia y luego salió. Ella se tapó de nuevo la cabeza. Un momento
después oyó que se abría la puerta. Cuando miró hacia allí el Chi-
co había entrado otra vez y sin decir palabra fue hasta el centro de la
habitación y levantó la silla de anea cogiéndola por un listón del
respaldo y se la echó al hombro y dio media vuelta y salió cerrando
la puerta tras él.

Se durmió y durmiendo soñó que corría detrás de un tren con su
hermano corriendo junto a ella por el balasto y por la mañana escri-
bió eso en una carta. Íbamos corriendo detrás de un tren, Bobby, y
el tren iba alejándose de nosotros hacia la noche y en la negrura las
luces iban extinguiéndose y mientras nosotros dando tumbos por la
vía y yo quería parar pero tú me cogías de la mano y en el sueño
sabíamos que era importante que no se nos escapara el tren de vista
o lo perderíamos. Que seguir simplemente las vías no nos sería de
ayuda. Íbamos cogidos de la mano y corriendo sin parar y entonces
me desperté y era de día.

Estaba sentado bebiendo té caliente y arrebujado en una de las mantas de salvamento grises de la bolsa de emergencia. El mar oscuro chapaleaba a su alrededor. El barco de los guardacostas que se había detenido a un centenar de metros se bamboleaba a merced de las olas, las luces de navegación encendidas, y a lo lejos unas diez millas al norte se veían faros de camiones en la carretera elevada procedentes de Nueva Orleans en sentido este por la ruta 90 camino de Pass Christian, Biloxi, Mobile. En el reproductor de casetes sonaba el segundo concierto para violín de Mozart. La temperatura del aire era de siete grados y eran las tres y diecisiete de la mañana.

El ténder estaba tumbado sobre los codos y tenía los auriculares puestos y observaba las oscuras aguas. De vez en cuando el mar parecía estallar con una suave luz sulfurosa allí donde doce metros más abajo Oiler estaba trabajando con el soplete. Western observó al ténder y sopló para enfriar el té y tomó un sorbo y contempló los faros en la carretera elevada, como un lento reptar de gotas de agua por un cable de tendido eléctrico. Un suave efecto estroboscópico a su paso por detrás de los balaústres de hormigón. Un viento que soplaba desde la punta occidental de Cat Island hizo que el mar se picara ligeramente. Olor a petróleo y el pestazo a manglares y salicornias de las islas. El ténder se incorporó y se quitó los auriculares y empezó a hurgar en la caja de las herramientas.

¿Qué tal le va?

Bien.

¿Y ahora qué quiere?

Los alicates grandes.

Enganchó unas cizallas en un mosquetón y amarró este a

la cuerda elástica y observó cómo las cizallas se deslizaban hasta el agua. Miró a Western.

¿Hasta qué profundidad se puede usar acetileno?

Unos nueve o diez metros.

Y a partir de ahí, corte oxieléctrico.

Sí.

El ténder asintió con la cabeza y volvió a ponerse los auriculares.

Western se terminó el té y tiró los posos y devolvió la taza a su bolsa y luego cogió sus aletas y se las calzó. Dejó caer la manta en que estaba envuelto y se puso de pie y se subió la cremallera del traje de neopreno. Se inclinó para coger sus tanques y los levantó por las correas y se los cargó a la espalda. Ajustó las correas y se puso las gafas de buceo.

El ténder se echó los cascos hacia atrás. ¿Te importa si cambio de emisora?

Western se levantó las gafas. Es un casete.

¿Te importa que ponga otro?

No.

El ténder meneó la cabeza. Traernos aquí en helicóptero con un frío de cojones a la una de la noche. No sé a qué venía tanta prisa.

O sea que están todos muertos.

Sí.

¿Y tú cómo lo sabes?

Es de pura lógica.

Western miró hacia el guardacostas. La forma de las luces encabritada en el mar picado. Miró al ténder. ¿Pura lógica?, dijo. Vale.

Se puso los guantes. El haz blanco del reflector corrió por el agua y volvió por donde había venido y luego oscuridad. Se puso el cinto y una vez abrochado se metió el regulador en la boca y se ajustó las gafas y bajó al agua.

Penetrando poco a poco en la oscuridad rumbo al fulgor intermitente del soplete. Alcanzó el estabilizador y descendió hasta el fuselaje y giró y empezó a nadar despacio, resiguiendo con una mano enguantada la lisa superficie de aluminio. El relieve de los remaches. El soplete volvió a llamear. La forma del fuselaje como un túnel hacia la oscuridad. Dejó atrás las protuberantes góndolas donde se alojaban los motores a reacción y descendió por el costado del fuselaje hacia el charco de luz.

Oiler había cortado ya el mecanismo de cierre y la puerta estaba abierta. Tenía medio cuerpo dentro del avión y estaba en cuclillas contra el mamparo. Hizo un gesto con la cabeza y Western se detuvo en la puerta. Oiler dirigió la luz hacia el pasillo de la nave. Los pasajeros en sus asientos respectivos, los cabellos flotando. La boca abierta, todos ellos, y en los ojos ni rastro de especulación. La cesta estaba en el suelo, junto a la puerta, y Western cogió la otra linterna de buceo y se propulsó hacia el interior del avión.

Avanzó despacio por encima de los asientos, los tanques rozando el techo. Con la cara de los muertos a solo unos centímetros. Todo lo que podía flotar estaba pegado al techo. Lápices, cojines, vasos y tazas de plástico. Hojas de papel cuya tinta corrida dibujaba garabatos jeroglíficos. Claustrofobia en aumento. Giró doblándose sobre sí mismo y volvió por donde había venido.

Oiler estaba buceando con su linterna por el exterior del fuselaje. La luz formaba una corola en la cámara de aire del vidrio doble. Western siguió adelante y penetró en la cabina.

El copiloto seguía en su asiento con la correa ceñida pero el piloto se movía pegado al techo con los brazos y las piernas hacia abajo cual enorme marioneta. Iluminó el tablero de instrumentos. Las palancas gemelas de control totalmente en posición de off. Los cuantificadores eran analógicos y al producirse un cortocircuito por efecto del agua habían vuelto a posiciones neutrales. Alguien había retirado uno de los tableros de la aviónica y se veía un cuadrado vacío en la consola. A juzgar por los orificios eran seis los tornillos que lo sujetaban y había tres clavijas colgando allí donde alguien había desconectado los cables. Western apoyó las rodillas contra el respaldo de los asientos, una en cada uno. Buen Heuer de acero inoxidable en la muñeca del copiloto. Examinó los paneles. ¿Qué faltaba? Altímetros e indicadores de velocidad vertical Kollsman. Combustible en libras. Velocidad del aire a cero. Por lo demás, aviónica Collins. Era el rack de navegación. Retrocedió para salir de la cabina. Las burbujas del regulador se ordenaron solas a lo largo del techo abovedado. Había buscado en todos los sitios posibles el sistema de visualización del piloto y casi pudo jurar que allí no estaba. Salió al exterior y buscó a Oiler. Estaba flotando encima del ala. Hizo un movimiento circular con la mano y señaló hacia arriba y aleteó hacia la superficie.

Sentados en la pequeña cubierta de la zodiac se quitaron las caretas y escupieron cada uno su regulador y se recostaron sobre los tanques respectivos para aflojar las correas. En el reproductor de casetes sonaba Creedence Clearwater. Western sacó su termo.

¿Qué hora es?, preguntó Oiler.

Las cuatro y doce.

Escupió y se limpió la nariz con el dorso de la muñeca. Alargó un brazo y giró las válvulas de las bombonas para cerrarlas. Odio este tipo de rollo, dijo.

¿El qué, los cadáveres?

Bueno, eso también. Pero no. Hablo de cosas que no tienen sentido. O a las que uno no les ve el sentido.

Ya.

Aquí no vendrá nadie más durante un par de horas. Puede que tres. ¿Qué quieres que hagamos?

¿Qué quiero que hagamos o qué creo que deberíamos hacer?

No sé. ¿Tú entiendes algo de esto?

Pues no.

Oiler se quitó los guantes y descorrió la cremallera de su bolsa de buceo y sacó el termo que llevaba dentro. Retiró la taza de plástico del recipiente, desenroscó la tapa y se sirvió café en la taza y sopló. El ténder estaba cobrando el cabo y la cesta.

Ni siquiera se ve el maldito avión. ¿Y se supone que un pescador lo descubrió? Y una mierda.

¿No crees que las luces pudieron estar un rato encendidas?

No.

Ya. Supongo que no.

Oiler se secó las manos con una toalla de su bolsa y luego sacó su tabaco y el encendedor y extrajo un cigarrillo del paquete y lo encendió y se quedó mirando el vaivén de las negras aguas. ¿Todos sentados, así sin más? ¿Qué coño es esto?

Yo diría que ya estaban muertos cuando el avión se hundió.

Oiler dio una calada. Meneó la cabeza. Supongo que sí. Y no hay manchas de combustible.

Falta un panel en el tablero de instrumentos. Tampoco está el sistema de visualización del piloto.

¿En serio?

Sabes lo que significa eso, ¿no?

Ni idea. ¿Y tú?

Extraterrestres.

Vete a tomar por saco.

Western sonrió.

¿Tú qué autonomía dirías que tiene uno de esos?

¿El JetStar?

Sí.

Rondará las dos mil millas. ¿Por qué?

Porque habría que saber de dónde venía.

Ya. ¿Y qué más?

Yo creo que llevan ahí abajo varios días.

Joder.

No es que estén muy bien conservados. ¿Cuánto tarda un cadáver en subir?

No sé. Dos o tres días. Depende de la temperatura del agua. ¿Cuántos hay ahí dentro?

Siete. Más el piloto y el copiloto. En total nueve.

¿Qué quieres hacer?

Yo irme a casa y derecho al catre.

Oiler sopló en el café y tomó otro sorbo. Sí, dijo.

El ténder se apellidaba Campbell. Observó detenidamente a Western y luego miró a Oiler. Lo de ahí abajo tiene que ser un espectáculo muy desagradable, dijo. ¿Eso no os perturba?

¿Quieres bajar y así echas un vistazo?

No.

Yo te superviso. Western bajará contigo si lo necesitas.

No me tomes el pelo.

No te lo tomo.

Vale. Pero que no bajo.

Ya lo sé. Pero como no has visto lo que hemos visto nosotros quizá deberías pensártelo antes de decir lo que se supone que tenemos que sentir al respecto.

Campbell miró a Western. Western inclinó las hojas de su té. Coño, Oiler. Gary no pretendía tocar las narices.

Lo siento. Lo que pasa es que no veo cómo pudo llegar ahí abajo ese avión. Y cuanto más pienso en las cosas que no encajan, más larga se hace la lista.

Estoy de acuerdo.

A lo mejor nuestro apreciado doctor Western podría aportar algo parecido a una explicación.

Western meneó la cabeza. Vuestro apreciado doctor Western está a dos velas.

Ni siquiera sé qué mierda hacemos aquí.

Ya. Todo esto huele a chamusquina.

¿Y qué nos queda, dos horas para que amanezca?

Sí. Puede que hora y media.

Yo no pienso subirlos.

Yo tampoco.

Supervivientes. ¿Qué coño significa eso?

Permanecieron sentados con los rostros en la sombra del fanal. La balsa se bamboleaba a merced de las olas. Oiler alargó un brazo con el termo. ¿Quieres un poco, Gary?

No. Estoy bien.

Vamos, hombre. Está caliente.

Vale.

Yo no he visto ningún desperfecto.

Es verdad. Parecía recién salido de fábrica.

¿Quién fabrica el...? ¿Cómo habéis dicho que se llamaba, JetStar?

JetStar, sí. Lockheed.

Pues es un aparato cojonudo. ¿Cuatro reactores? ¿Qué velocidad alcanzará eso, Bobby?

Western tiró las hojas del té con una sacudida y volvió a enroscar la tapa del termo. Yo creo que seiscientas millas por hora.

No veas.

Oiler dio una última calada al cigarrillo y lo lanzó a la oscuridad de un capirotazo. Tú nunca has subido cadáveres, ¿verdad?

No. Y me figuro que probablemente, si hay algo que a ti no te gusta hacer, a mí tampoco me va a gustar.

Se suben con una cuerda y un arnés, pero antes hay que sacarlos del avión. Y los muertos parece que quieren abrazarte. Una vez sacamos cincuenta y tres fiambres de un Douglas frente a la costa de Florida y ahí dije que nunca más. Eso fue antes de ponerme a trabajar para Taylor. Llevaban allá abajo varios días y te aseguro que no apetecía que te entrara en la boca ni una gota de esa agua. Estaban hinchados y hubo que tirar de cuchillo para sacarlos de sus asientos. Y tan pronto quedaban libres empezaban a subir con los brazos para aquí y para allá. Como globos de circo.

Los de aquí no tienen pinta de ejecutivos.

Pues van de traje y corbata.

Ya lo sé. Pero no es ese tipo de traje. Los zapatos parecen europeos.

¿Sí? Ni idea. Hace diez años que no me pongo unos zapatos como Dios manda.

¿Tú qué quieres hacer?

Largarme de aquí cuanto antes. Nos conviene una buena ducha.

De acuerdo.

¿Qué hora es?

Las cuatro veintiséis.

El tiempo vuela cuando uno lo pasa bien.

Podemos darnos un manguerazo en el muelle cuando volvamos. Para limpiarnos los trajes.

No va a ser fácil encontrarme, Bobby. No pienso volver por aquí.

Muy bien.

Tú crees que alguien ya ha estado ahí abajo, ¿no?

No lo sé.

Vale. Pero eso no es una respuesta. ¿Cómo entraron en el avión? Tendrían que haber usado sopletes como hemos hecho nosotros.

Quizá los dejó entrar alguien.

Oiler meneó la cabeza. Joder, Western. No sé ni por qué te digo nada. Siempre haces igual, meterme el miedo en el cuerpo. Gary, ¿quieres encender esto?

Y que lo digas.

Western devolvió el termo a su bolsa de buceo. ¿Qué más?, preguntó.

Te lo voy a decir. Yo creo que mi deseo de pasar olímpicamente de rollos que solo me pueden causar problemas es tan hondo como duradero. Fíjate que hasta diría que es casi una religión.

Gary había ido al otro extremo de la lancha. Western y Oiler levaron las dos anclas. Con un pie en el espejo de popa, tiró de la cuerda del estárter. El gran motor Johnson fueraborda arrancó al instante. Zarparon dejando una estela de burbujas y tan pronto se hubieron alejado de la boya naranja Gary dio gas a tope y surcaron las oscuras aguas rumbo a Pass Christian.

* * *

Río abajo una goleta antigua de mástiles desnudos. Casco negro, línea de flotación amarillo oro. Pasando bajo el puente y siguiendo paralela a la grisácea ribera. Fantasma de gracia. Dejando atrás dársena y malecón, las altas grúas pórtico. Los herrumbrosos cargueros liberianos amarrados a lo largo del muelle en la playa de Algiers. Varias personas se habían parado a mirar desde la pasarela. Algo salido de otra época. Cruzó la vía y echó a andar por Decatur Street hasta St. Louis y luego subió por Charles Street. En el Napoleon House los parroquianos de siempre le saludaron desde las mesitas de la terraza. Familiares de una vida anterior. ¿Cuántas historias empiezan así?

Escudero Western, le llamó Long John. Recién llegado de las turbias profundidades, ¿eh? Ven a tomar una copa con nosotros. El sol parece que está más alto que el penol, a no ser que me equivoque de medio a medio.

Agarró una de las sillas de madera curvada y dejó su bolsa verde de buceo en el suelo de baldosas. Bianca Pharaoh se inclinó hacia él con una sonrisa. ¿Qué llevas en esa bolsa, pimpollo?

Se va de viaje, respondió Darling Dave.

Bobadas. El escudero nunca nos abandonaría. Oiga, camarero.

Son solo mis cosas.

Solo sus cosas, dijo Brat dirigiéndose a la mesa en general.

Count Seals se volvió con cara de sueño. Son sus cosas de bucear, explicó. Es submarinista.

Oooh, dijo Bianca. Eso me encanta. Déjame mirar dentro. ¿Hay algo picante?

El hombre hace su trabajo con traje de goma, ¿qué esperabas? Aquí, compañero. Una jarra de vuestra mejor cerveza negra para mi amigo.

El camarero se alejó. Pasaban turistas por la acera. Fragmentos de su huera conversación flotando en el aire como cachitos de lenguaje cifrado. Bajo los pies el lento y periódico golpeteo de un martinete en algún punto de la ribera. Western observó a su anfitrión. ¿Cómo te van las cosas, John?

Estoy bien, escudero. Pasé un tiempo por ahí. Un ligero contratiempo con las autoridades relacionado con la autenticidad de unas recetas médicas.

Entró en detalle hablando de manera informal. Tacos de recetas falsificadas de una copistería en Morristown, Tennessee. Médicos de verdad, pero sus números de teléfono sustituidos por números de cabinas telefónicas ubicadas en aparcamientos de hipermercado. Su amiga a unos pasos de allí, dentro de un coche. Sí. Correcto. La madre en fase terminal. Sí. Hidromorfona. De ciento dieciséis. Tres semanas de lo mismo en pueblos del sur de los Apalaches y después como un felino enjaulado en una habitación del motel Hilltop en la Kingston Pike, en Knoxville. Pagando con una tarjeta de crédito robada. A la espera del contacto. Media caja de zapatos llena de drogas de clasificación 2 con un valor en el mercado superior a cien mil dólares. Se había quitado la ropa por el calor y estaba paseándose desnudo a excepción de unas botas de piel de avestruz y un borsalino negro de ala ancha. Fumándose el último Montecristo. Dieron las cinco. Luego las seis. Y por fin unos golpes en la puerta. Abrió de mala manera. ¿Se puede saber dónde estabas?, dijo. Pero delante de su nariz tenía el cañón de un revólver reglamentario calibre 38 y a un lado había otro tipo con una escopeta de corredera. El agente del Tennessee Bureau of Investigation estaba enseñando su placa. Mirando de abajo arriba a aquel delincuente alto y en pelotas. Colega, hemos venido lo más rápido que nos ha sido posible.

O sea que estás en libertad bajo fianza, dijo Western.

Sí.

Pensaba que en ese caso no podías salir del estado.

Técnicamente así es. Pero el caso es que estoy unos días por aquí. Si es que eso te tranquiliza. Knoxville empezaba a crisparme los nervios. Cuando por fin me soltaron fui a casa y me di una ducha y me cambié de ropa. Iba yo por Jackson Avenue para ver si podía gorrear un trago cuando me topo con un antiguo ligue. Vaya, John, ¿eres tú?, me dice. Hace un porrón de tiempo que no nos vemos. ¿Dónde te habías metido? Y yo: Querida mía, he sufrido vil cadena perpetua. Y ella: Oh, ¿en serio? Ya sabes que mi hermana se casó con uno de

Winston-Salem. Y pensé para mí: Tengo que largarme de esta ciudad sí o sí.

Western sonrió. El camarero llegó con la cerveza y dejó la jarra encima de la mesa. Long John levantó su vaso. Salud. Bebieron todos. Brat estaba conferenciando con Darling Dave. Pidiéndole consejo. En el sueño, dijo, me colaba por una ventana y con un mazo de ablandar carne golpeaba a una vieja que estaba en su cama. En la cabeza le quedaba el dibujo ese como de gofre.

Dave barrió del sobre de la mesa un objeto invisible. O sea que estás pidiendo ayuda, dijo.

¿Qué?

Es posible que tu cuerpo no obtenga algo que necesita.

Siempre tiene que ver con la libertad, dijo Bianca. Quitarse todas esas cosas de encima. Como un padre que se muere.

Seals volvió en sí. Gran entendido en aves. En el cuarto de baño de su casa siniestras rapaces encaperuzadas como reos en la horca cambiaban taciturnas el peso de una pata a la otra. Un halcón lanario, un sacre.

¿Un periquito?, preguntó.

Bianca sonrió y le palmeó la rodilla. Te quiero, dijo.

Varios de ellos en busca de trabajo. John hizo un gesto con el vaso. Brat casi se había asegurado el puesto, dijo. Pero como no podía ser menos todo acabó descuajeringándose.

La cagué y punto, dijo Brat. No sé qué me dio. El tarado aquel no paraba de hablar de normas y reglamentos. Y al final va y dice: Una cosa más. Aquí nunca miramos la hora. Y yo voy y le suelto: Pues no sabe lo feliz que me hace oírle decir estas palabras. Yo siempre he tenido por costumbre llegar hasta una hora tarde prácticamente para todo.

¿Y él qué dijo?

Se quedó mudo. Estuvo allí sentado casi un minuto y luego se levantó y se fue. Estábamos en su despacho. Al cabo de un rato entra la secretaria y me dice que la entrevista ha terminado. Yo le pregunté si me habían dado el empleo y ella dijo que se temía que no. Parecía un tanto nerviosa.

¿Has encontrado otro sitio donde vivir?

Todavía no.

¿Y los cargos por incendio intencionado?

Retirados. Encontraron a varios de los gatos.

¿Gatos?

Gatos, sí. El problema fue que el incendio se había iniciado en cinco o seis sitios diferentes y eso les parecía sospechoso, ¿vale? Pero luego empezaron a encontrar gatos. Solo había que sumar dos y dos.

Los gatos volcaron uno de mis botes de disolvente, dijo Bianca. Y luego se revolcaron en el líquido. Luego corrieron a meterse debajo de la estufa y prendieron. Y empezaron a correr por todo el estudio.

Gatos.

Sí. Mininos. Gatitos. Mostró una medida con las palmas enfrentadas. Yo dije: ¿Para qué iba a prender fuego a mi propio apartamento? Aparte de que estamos de alquiler, por Dios. ¿Qué beneficio vas a sacar de eso? Digo yo que cualquiera debería haber deducido que los gatos estaban en llamas. ¿O qué se pensaban, que estaban allí sentaditos esperando a que se produjera un incendio para poder lanzarse al fuego? Lógicamente los gatos empezaron a arder y eso fue lo que provocó el incendio. ¡Mira que son imbéciles!

¿Los gatos?

No, los gatos no. Los de la puta aseguradora.

Fue bastante divertido, dijo Brat. Cuando el alguacil levantó la mano para tomarle juramento ella se la chocó con toda la palma. Chócala. Dudo que hayan visto una cosa igual.

Yo diría que la predisposición genética varía de raza en raza, dijo John, pero en cualquier caso la inclinación autoinmolatoria de los gatos parece ser un factor conocido en la ecuación felina. Ya hablaba de ello Asclepio, entre otros autores de la antigüedad.

Madre mía, dijo Seals.

Aunque eso estaría en desacuerdo con Unamuno. ¿No es verdad, escudero? Me refiero a aquello de que el gato razona más que llora. Claro está que, según Rilke, su existencia misma es totalmente hipotética.

¿La de los gatos?

Sí.

Western sonrió. Tomó un sorbo. Un día fresco y soleado en una ciudad muy antigua. La luz de principios de invierno suave en la calle.

¿Dónde está Willy V?

Ha plantado su caballete en Jackson Square. Pensando en vender sus garabatos a los turistas, naturalmente. Acompañado de ese perro suyo color de luna.

Ese chucho le morderá el culo a algún turista y acabarán en el juzgado.

O en la cárcel.

Long John se había puesto a desenvolver un gran cigarro negro. Mordió la punta y escupió e hizo rodar el puro sobre la lengua y luego lo sujetó entre los dientes y alcanzó las cerillas. El otro día soñé contigo, escudero.

¿Conmigo?

Pues sí. Soñé que vagabas por el lecho marino con tus zapatos lastrados. Buscando quién sabe qué en la negrura de esas profundidades batipelágicas. Cuando llegabas al borde de la placa de Nazca unas llamas se elevaban del abismo como lenguas. El mar hervía. En el sueño parecía como si te hubieras tropezado con la boca del averno y pensé que les echarías una cuerda a los amigos desaparecidos antes que tú. Pero no.

Raspó el fósforo contra la cara inferior de la mesa y procedió a encender el puro.

¿En serio eres buzo?, preguntó Bianca.

No la clase de submarinista que tenías en mente, cariño, respondió Dave.

Él es de todas las clases que te puedas imaginar, dijo Seals, consiguiendo erguirse solo a medias al tiempo que colocaba un puño sobre la mesa. De todas las malditas clases.

Soy buzo de rescate, dijo Western.

¿Y qué rescatas?

Lo que sea que nos encarguen rescatar.

¿Tesoros?

No. Más bien rollo comercial. Cargamentos y demás.

¿Qué es lo más raro que te han pedido que hagas?

¿Quieres decir de naturaleza no sexual?

Sabía que me iba a gustar.

No sé. Tendría que pensarlo un poco. Una vez unos tíos que conozco recuperaron toneladas de caca de murciélago.

¿Habéis oído eso?, dijo Seals. Caca de murciélago.

¿Cómo fue que te metiste en esto?

Mejor que no lo sepas, querida, dijo John. No vayas por ese camino. Su secreta esperanza de morir en las profundidades para expiar todos sus pecados. Y eso es solo el principio.

Caramba. Esto se pone interesante.

No te entusiasmes. Tal vez habrás notado cierta reticencia en nuestro hombre. Es verdad que hace trabajos peligrosos a cambio de una paga suculenta, pero también es verdad que le dan miedo las profundidades. Bueno, dirás. Ha superado sus miedos. Pues ni de lejos. Él se sumerge en una oscuridad que es incapaz de entender. Oscuridad y un frío que paraliza. Me gusta hablar de él cuando él no quiere hablar. Estoy seguro de que te encantaría conocer la parte relativa al pecado y la expiación. Eso como mínimo. Es un hombre atractivo, ya ves. Las mujeres quieren salvarlo. Pero lógicamente él está por encima de eso. ¿Tú qué dices, escudero? ¿Voy muy equivocado?

Tú sigue largando, Sheddan.

Creo que aquí concluye mi alegato. Ya sé lo que estás pensando. En mí ves a un ego enorme, desestructurado y sin base. Pero con toda franqueza diré que no aspiro ni remotamente a los elevados niveles de amor propio que el escudero Western impone. Y no se me escapa que ello aporta incluso cierta validez a sus puntos de vista. A fin de cuentas no soy más que un enemigo de la sociedad, mientras que él lo es de Dios.

Caray, dijo Bianca. Se volvió hacia Western con una mirada ávida. ¿Qué hiciste?

Sheddan dio una calada el cigarro y sus flacas mejillas se ahuecaron. Expulsó el fragante humo hacia la mesa y sonrió. Lo que el escudero no ha comprendido todavía es que el perdón tiene un marco temporal. Por el contrario, nunca es demasiado tarde para la venganza.

Western apuró su cerveza y dejó la jarra encima de la mesa. Tengo que irme, dijo.

Quédate, dijo Sheddan. Lo retiro todo.

Eso ni soñarlo. Sabes que me encanta tu cháchara.

No te vas al extranjero otra vez, ¿verdad?

No, me voy a casa a dormir.

Recién salido del turno de noche, ¿eh?

Has dado en el clavo. Nos vemos.

Western alcanzó su bolsa y se puso de pie y saludó con la cabeza a los reunidos y echó a andar por Bourbon Street con la bolsa al hombro.

Me gusta tu amigo, dijo Bianca. Bonito trasero.

Ahí no hay petróleo, querida.

¿Y eso? ¿Es que es gay?

No. Está enamorado.

Qué lástima.

Peor que eso.

¿Por qué?

Está enamorado de su hermana.

Qué me dices. ¿Es de esa gente de río arriba que ronda por aquí los domingos por la mañana?

No. Él es de Knoxville. Bueno, peor que eso otra vez. En realidad es de Wartburg. Wartburg, Tennessee.

¿Wartburg, Tennessee?

Lo que oyes.

Te lo estás inventando.

Más quisiera. Está cerca de Oak Ridge. Su padre se dedicaba a diseñar enormes bombas pensadas para incinerar ciudades enteras de personas inocentes mientras dormían. Artefactos de lo más ingenioso, fabricados a mano. Únicos del primero al último. Como los Bentley antiguos. A Western le conocí en la universidad. Bueno, en realidad la primera vez que le vi fue en el club Fifty-Two, en la carretera de Asheville. Estaba en el escenario tocando la mandolina. Una banda de bluegrass. No nos habían presentado, pero yo sabía quién era. Era estudiante de matemáticas con una nota media de 10. Alguien que estaba en nuestra mesa le invitó a sentarse y nos pusimos a hablar. Yo cité a Cioran y él me contestó citando a Platón sobre el mismo tema. Y luego estaba la guapa de su hermana. Creo que tenía catorce años. Él la llevaba consigo a los clubes y demás. Estaban empezando a salir, digamos. Y la chica era aún más lista que él. Y una belleza de aquí te espero. Tiraba literalmente de espaldas. A él le dieron una beca para Cal Tech y se fue a California y estudió Física pero no llegó a sacarse el doctorado. El caso es que rascó algún dinero y se fue a Europa para pilotar coches de carreras.

¿Coches de carreras?

Sí.

¿De qué clase?

No lo sé. Esos bólidos pequeños que conducen allí. Cuando iba al instituto había pilotado coches en el Atomic Speedway de Oak Ridge. Por lo visto, se le daba bastante bien.

Corría en Fórmula 2, dijo Dave. Era buen piloto, pero no lo bastante bueno.

Sí. Lleva una placa de metal en la cabeza por sus desvelos. Y una varilla metálica en una pierna. Ese tipo de cosas. De hecho, cojea un poco. Aun así, puede que haya sido un feo golpe de suerte. Seguro que era muy buen piloto. A nadie le encomiendan un trasto de esos si no sabe pilotar, por más rico que sea.

¿Todavía es rico?

Esperaba que lo preguntaras. No. Se lo pulió todo.

Y mientras tanto se tira a su hermana.

Es la conclusión a la que he llegado.

Me sorprende que no se lo hayas preguntado nunca.

Sí que se lo pregunté.

¿Y qué dijo?

No se lo tomó bien. Lo negó, naturalmente. Él piensa que soy un psicópata, y puede que lleve razón. El jurado continúa deliberando. Pero Western es un narcisista de manual que sigue en el armario y, una vez más, esa sonrisa cohibida que se gasta disimula un ego del tamaño del centro urbano de Cleveland.

A mí me ha parecido de lo más convencional. Estaba pensando en cómo es que toda esta gente le conoce siquiera.

El largo le lanzó una mirada. ¿Convencional? Tú estás de broma.

¿Qué más ha hecho?

¿Qué más? Madre mía. Ese tío es un seductor de prelados y un sobornador de jueces. Mira la correspondencia al trasluz y es un gelignicionario practicante, un matemático platónico y un acosador de aves de corral. Con predilección por la gallina dominicana. Un follapollos, vaya, por decirlo sin ambages.

John.

Qué.

Te estás describiendo a ti mismo.

¿A mí? Qué va. Tonterías. Bueno, un eider. Solo una vez.

¿Un eider?

También lo llaman pato nupcial. *Somateria mollissima*, creo.

Dios.

Peccata minuta comparado con las enormidades que se le atribuyen justamente a tu hombre. Pesadillas con quejumbrosas aves domésticas. Siempre aquel desasosiego en el nido. Y luego los consiguientes aletazos, los chillidos. Es algo que da que pensar. Su lista diaria de cosas que hacer. Ir a la lavandería. Llamar a mamá. Follar gallinas. Me sorprende que una mujer de mundo como tú se deje embaucar con tanta facilidad.

Dio otra calada con aire reflexivo. Meneó la cabeza casi con pesar. Aun así imagino que estarían dispuestas a soportar estas humillaciones si a cambio las libraban en el último momento del cuchillo de deshuesar. Dejando a un lado, claro está, si es correcto comerse después a ese animal. La ley islámica lo tiene claro en este sentido, si no me equivoco. Dice que de hecho estaría mal. Pero tu vecino sí puede comérselo. Suponiendo que tenga ganas de hacerlo. La Iglesia Western creo que guarda silencio al respecto.

No estás hablando en serio.

Más que nunca.

Bianca sonrió y tomó un sorbo de su bebida. Dime una cosa, dijo.

Adelante.

¿Knoxville produce locos o simplemente los atrae?

Una pregunta interesante. ¿El hombre nace o se hace? Herencia versus ambiente. Pues mira, los más chiflados parece ser que proceden del traspaís circundante. Pero es una buena pregunta. Otro día volvemos sobre ello.

A mí me ha parecido muy simpático.

Y lo es. Yo le tengo muchísimo cariño.

Solo que está enamorado de su hermana.

En efecto. Está enamorado de su hermana. Pero aún hay más, claro.

Bianca enseñó su sonrisa de extrañeza y se pasó la lengua por el labio superior. Muy bien. Enamorado de su hermana ¿y…?

Está enamorado de su hermana y ella está muerta.

* * *

Durmió hasta que el sol se puso y luego se levantó y se dio una ducha y se vistió para salir. Fue por St. Philip Street hasta el Seven Seas. Había una ambulancia parada en la calle con el motor al ralentí y dos coches de policía junto a la acera. Gente mirando por allí.

¿Qué es tanto follón?, dijo Western.

Un tío ha palmado.

¿Qué ha pasado, Jimmy?

Es Lurch. Se ha quitado de en medio. Con gas. Ahora lo están bajando.

¿Cuándo? ¿Anoche?

No sé. Hace un par de días que no le vemos.

Harold Harbenger estaba mirando por detrás de Jimmy. No le hemos visto porque estaba muerto. Por eso.

Dos miembros del servicio de emergencias estaban sacando la camilla. Desplegaron las ruedas en el portal y salieron con Lurch a la calle. Lo habían cubierto con una manta gris.

Por ahí viene y por ahí se va, dijo Harold.

Sí, está debajo de la manta, dijo Jimmy. Claro como el agua.

Olimos el gas. Esta mañana apestaba de verdad.

Había sellado todas las puertas y ventanas.

Metió calcetines en el resquicio de la puerta. Asomaban al pasillo. Eso lo delató.

¿Y no pensasteis en ir a ver qué le pasaba?

Que se joda. Vive y deja vivir.

Allá va, dijo Harold.

Cargaron la camilla en la trasera de la ambulancia y cerraron las puertas. Western vio alejarse la ambulancia. Cuando entró en el bar un inspector de policía estaba hablando con Josie.

¿Era una persona muy reservada o qué?

¿Reservada? Qué va.

¿Era un buscalíos?

Josie dio una calada al cigarrillo que estaba fumando. Pensó antes de responder. Mire, dijo. Yo no soy de las que habla mal de los muertos. No se sabe dónde pueden estar ni qué es lo que traman. ¿Me entiende usted? En un local como este una tiene que ser indulgente con la clientela. Toda la noche borrachos o gritando o lo que sea. Y más cosas en las que preferiría no meterme. Lo único que puedo decir es que él nunca había hecho nada así.

El inspector anotó esto en su libreta. ¿Sabe si tenía algún pariente?

Ni idea. Siempre parece que hay una hermana en alguna parte.

Western cogió la cerveza que le daba Jan y fue a la parte

de atrás. Entraron Red y Oiler y pidieron cerveza y se dirigieron al fondo. El bueno de Lurch, dijo Oiler.

Nadie habría dicho que era de esos.

Las apariencias engañan.

Western asintió. ¿Le has contado a Red lo de nuestro trabajito de esta mañana?

Sí.

Quizá sería mejor no comentarlo con nadie.

Sí, no sería mala idea.

¿Y tú, Bobby? ¿Cuánto tiempo crees que llevaba hundido ese avión?

No sé. Al menos un par de días, seguro.

¿Quién se va a ocupar del rescate?

Oiler meneó la cabeza. Nosotros no.

Cuando dices nosotros te refieres a Taylor...

Claro. Lou dice que enviaron el cheque por mensajero.

Enviaron ¿quiénes?

No sé.

Algún nombre debía de haber en el cheque.

Es que no era un cheque. Era un giro postal.

¿Tú de qué crees que va esto?

Oiler meneó la cabeza.

¿Cómo es que había gente en el avión?

Ni idea.

Pues alguien tiene que tener la caja negra. No es que el piloto la tirara por la ventanilla.

No tengo opinión al respecto. Y no quiero tenerla.

Western asintió con la cabeza. Eso importa poco. Yo creo que la cosa traerá cola.

¿Y por qué?

¿No crees que nos van a hacer preguntas?

Puede. No sé.

Claro que lo sabes. Piensa.

Salió al patio para ir al servicio de caballeros. Cuando volvió adentro, Red se había marchado ya y Oiler estaba sentado a una de las pequeñas mesas.

¿Adónde iba con tanta prisa?

Oiler echó la silla hacia atrás. Pon el culo ahí. Tiene una cita.

¿Una cita?

Es lo que ha dicho.

Una cita.

Sí. Le he preguntado si es que iba a pillar a alguna para que le hiciera una mamada en algún aparcamiento de por ahí. ¿Sabes qué me ha dicho?

No. ¿Qué?

Que sí. Una cita.

Western cogió la cerveza que Oiler había traído de la barra. Meneó la cabeza. Joder.

Pues sí.

Deja que te pregunte una cosa.

Pregunta.

Vosotros habláis de Nam. O quizá es Vietnam para quien no esté en el ajo. Pero cuando aparezco yo os calláis. Como cuando uno entra en una habitación y todo el mundo deja de hablar.

Supongo que eso te pasa a menudo.

Hablo en serio.

Es lo que hay. Si no estuviste allí no estuviste allí. Eso no te convierte en una mala persona.

Red me dijo una vez que ganaste un montón de medallas.

¿Gané?

Vale, no se dice así.

No sé de nadie que haya estado en Vietnam que haya ganado nada. Aparte de un traje de pino.

¿Por qué te dieron esas medallas?

Por ser un imbécil.

Me gustaría saberlo.

Lo de ser imbécil.

Venga ya.

¿A santo de qué, Bobby?

Tú te ocupabas de la ametralladora en un helicóptero.

Sí. Artillero de puerta. Un helicóptero de combate. No hay puesto más idiota que ese. Mira, Western. Invéntate tú la historia. Prácticamente no te equivocarás.

Eso lo dudo.

Ni siquiera sabes suficiente para saber qué preguntar.

Qué es lo más importante que te ha ocurrido jamás en la vida.

En la vida.

Sí.

Vale. Nam. ¿Y?

Pues que eso es lo más importante que no me ha ocurrido a mí.

Joder.

Cuéntame cualquier cosa. O algo. Haz como si yo no fuera un tonto del culo.

No tengo ganas de explicar ciertas cosas.

Ni falta que hace. Ya las iré deduciendo yo.

Está bien. Al carajo. Teníamos que recoger a unos tíos en una zona de aterrizaje y empezaron a llover cohetes y descendimos y disparé contra un montón de charlies, pero al único que saqué de allí fue a mí mismo. Bueno, no, saqué a otro tío pero luego la palmó. Yo recibí varios balazos. Eso es todo. Los otros tíos siguen allí. Unos cuantos huesos desperdigados por una jungla de tres doseles. A ellos desde luego no les dieron ninguna medalla. ¿Algo más?

Supongo que solo quería saber lo que me había perdido.

No te perdiste una mierda.

Ya me entiendes.

¿A qué viene esto, Bobby? Tú eras el tío listo, no yo. Estuve dos veces allí. Y para los marines cada vez significaba trece meses. Eso es algo que se hace cuando tienes dieciocho o diecinueve tacos y eres más tonto que cagar de pie.

Bebió de su botella y se retrepó en la silla y empezó a rascar la etiqueta con el dedo pulgar. Miró a Western.

Continúa.

Vete a tomar por saco.

¿Cuántas veces te hirieron?

Cualquier cosa puede ser una maldita herida. Me pegaron cinco tiros. Imagínate si soy tonto. ¿No crees que con dos o tres sería suficiente? Uno debería saber a esas alturas que probablemente no pintaba nada allí. Hubo tíos que simplemente se largaron. No se supo más de ellos. Lo que no sé es cuántos lo consiguieron. Algunos cruzaron Laos hasta Tailandia. Sé de uno que se fue andando hasta Alemania.

¿A Alemania?

Sí. Un colega mío recibió una carta suya. Todavía sigue allí. Que yo sepa, al menos.

Como si yo no fuera un tonto del culo. ¿No?

Sí. En la zona de la triple frontera tenían un cañón controlado por radar y pasamos por allí como si nos importara todo una mierda. La primera salva entró por el frontal del helicóptero y le explotó al piloto en el pecho. La segunda arrancó el rotor principal. De repente se hizo el silencio. Solo se oían crujidos. El motor se había parado. Recuerdo que cuando empezamos a descender pensé: Bueno, tú sabías que esto podía pasar y ahora está pasando o sea que no tienes que preocuparte ya por nada. Y entonces me di cuenta de que nos estaban disparando por el flanco desde una colina y miré hacia donde estaba Williamson y el tío colgaba de las correas y un momento después una granada propulsada entró por la cola del aparato y se la llevó por delante y yo recibí varios fragmentos de metal. Estaba descargando un M60 con cien balas en la cinta pero el aparato se meneaba mucho y la mitad del tiempo no hacía más que disparar al cielo azul. Al final lo dejé porque el cañón se estaba poniendo rojo o sea que de un momento a otro se atascaría y para entonces ya estábamos cayendo como una puta piedra gorda. El copiloto aún estaba vivo y vi que había sacado su pistola y estaba metiendo una bala en la recámara. Y entonces tocamos el dosel.

De la jungla, quieres decir.

Sí. El golpe fue bastante fuerte pero estábamos todos bien. Caímos por entre todo aquel follón de ramas hasta parar a unos dos metros y medio del suelo. Pude levantarme y fui hasta la cabina y le pregunté al teniente si se veía capaz de andar y él dijo que desde luego lo iba a intentar y que le sacara de allí. Desanclé su cinturón de seguridad y me lo llevé a rastras hasta la puerta y lo empujé hacia el exterior. El teniente desapareció sin más entre un montón de hierba y yo cogí mi chaleco táctico y mi arma y fui tras él. El silencio acojonaba. Cuando llegué a donde estaba el teniente vi que aún tenía su 45 en la mano y que tenía cara de cabreado pero pensé que seguramente era buena señal. Estaba todo manchado de sangre, pero supuse que la mayor parte era sangre del capitán. Lo levanté del suelo y empezamos a caminar cojeando por la jungla y estuvimos así tres días hasta que por fin nos recogieron en una zona de aterrizaje. Una suerte que te cagas. Había charlies por todas partes, pero no tuvimos que disparar ni una sola vez. Nos recogió un Huey y regresamos a la base y subieron al teniente a una camilla y le pusieron una manta encima. Era un tío con un par de cojones. Probablemente más joven que yo. O igual de joven. Yo sabía que estaba sufriendo mucho. El tío me miró y dijo: Eres todo un cabronazo, gracias. Luego lo trajeron para casa y ya no le he vuelto a ver.

A ti no te hirieron.

Bueno, me quitaron un montón de fragmentos de metal de cuando la granada se llevó por delante el culo del helicóptero. Yo llevaba tres días sin comer, pero ni siquiera tenía hambre. Lo único que quería era dormir. Como una semana más tarde entré en Recuperación y tres semanas después volvía en un AC130 dispuesto a morir otra vez.

¿Mataste a mucha gente?

Hostia.

Western decidió esperar. Oiler meneó la cabeza. Cuando vas a la guerra no es que estés cabreado con alguien. Solo tratas de vivir el tiempo suficiente para aprender a seguir vivo. Solo cuando empiezas a ver cómo mueren algunos de tus colegas se te empieza a poner dura pensando en matar a esos hijos de la gran puta. Si me reenganché fue por equilibrar la balanza. Eso es todo. No tiene nada de complicado. Bueno, supongo que eso no es todo.

¿Y el resto?

Empieza a gustarte la cosa. La gente no quiere oírlo. Allá ellos. Yo pensaba que nuestro grupo no era más que un puñado de caguetas pero entonces llegó un nuevo mando. Wingate. Teniente coronel. El tío empezó a dar caña y a apuntar nombres. Desde el primer día. Todo el mundo tenía claro que la guerra iba mal. A finales del sesenta y ocho la cosa apestaba a derrota. Al principio la droga se movía de tapadillo pero luego estaba por todas partes. Tíos disparando contra civiles. Cuando llegaba un nuevo jefe de pelotón lo primero que había que decidir era si meterle una granada en el culo para salvar el tuyo. El problema era que uno no tenía acceso a los mandos. Esos soplapollas se colgaban medallas los unos a los otros por combates que ni siquiera habrían sabido señalar en un mapa. Volví al cuartel general y solo unos días después ya me habían asignado destino. Lo cual fue una putada. Ellos no entendían que necesitabas estar con tus compañeros. No que te hicieran ir de acá para allá. Tontos del culo. Yo para entonces era E-6, o sea que no podían ponerme a fregar suelos, pero el coronel me tomó por el chico de los recados. Un día le oí hablar por teléfono y luego me enteré de que estaba hablando con un coronel de operaciones. A ese tipo le soltó que le importaba todo una mierda. Deja que te diga una cosa, coronel, le dijo. Yo he venido a matar gente. Y si no me ponen a matar gente seré un cabronazo con todos los que tenga alrededor. Y si tú no has venido a matar gente más vale que me lo digas. Porque no quiero trabajar a tus órdenes. Y luego colgó. Supe que aquel era el tío que yo necesitaba. Un belicista con muy mala leche. Yo mismo había vuelto para matar de la forma más dolorosa posible y por ninguna otra razón. Y esto tampoco te va a gustar. ¿Si maté a mucha gente? Me han hecho esta pregunta varias veces. Pero nunca un hombre. A una chica con la que salía le dije que sí, que había matado a unos cuantos amarillos pero que no me había comido a ninguno. Bueno, ¿qué piensas? ¿Has tenido bastante?

Por mí puedes seguir.

Muchas tardes me iba a la enfermería. Aquello era un follón de narices. Una sala enorme construida en contrachapado y con un montón de caballetes. No camas. Metían allí las camillas y las colocaban sobre los caballetes. Nada más. Vi el espectáculo unas cuantas veces. Parecía sacado de la guerra de Secesión. Una enfermera me dijo que los tíos que pisaban una mina terrestre podías pensar que morirían desangrados y sin piernas pero resulta que la explosión les cauterizaba los muñones. Qué práctico, ¿eh? Yo me tumbaba en una mesa con solo una toalla encima y ella iba arrancándome trocitos de aluminio. O de acero. Era una chica guapísima y yo sabía que no le importaba verme entrar allí. Yo estaba cachas que no veas. Pero resulta que ella era oficial y la cosa no tenía ningún futuro. Un día le pregunté si alguna vez le entraban ganas de llamarme otra cosa que no fuera mi rango y ella casi sonrió pero no del todo.

¿Qué te dijo?

No dijo nada. Había visto a tantos que yo solo era uno más.

¿Dolía mucho?

¿Que me arrancaran del culo cachitos de metal con unos alicates de punta larga?

Sí.

Hombre. Tendrías que haberla visto a ella. Digamos que no me parecía mal.

Western sonrió.

En fin, la mayor parte del tiempo me la pasaba sobando. Hacia las tres de la madrugada solía presentarse un barco de operaciones psicológicas. Pasaba a oscuras y despacio emitiendo el sonido de un bebé que llora. Venga a llorar y llorar. Sabían que nosotros no íbamos a mover un dedo por ese motivo. Si lo hundías a tiros probablemente te caía un puro. Pasado un tiempo llegó un punto en que casi me gustaba oírlo. Me ayudaba a conciliar el sueño.

Miró hacia la barra y levantó dos dedos y unos minutos después llegó Paula con un par de cervezas. Oiler puso la suya a la luz y la examinó. Que yo pueda contarte toda esta mierda no significa nada de nada. Ni siquiera puedo decirte qué sentido tiene para mí. Si me pongo a pensar en cosas de las que no quiero saber nada, resulta que todas son cosas de las que sí sé algo. Y siempre lo he sabido. Una puta pena. A alguien que tienes cerca le meten un balazo y suena como si chocara con barro. Ya ves tú. Podrías haber llegado a viejo sin conocer este detalle. Pero allí estás. Todos los días eres consciente de que estás en un sitio donde no deberías estar. Pero allí es donde estás te guste o no, joder.

Los chavales ricos iban a la uni y los pobres iban a la guerra.

Bueno, no sé. Yo no lo veía así, la verdad.

Cuéntame dónde fue que mataste a unos cuantos vietcongs.

Que maté a unos cuantos vietcongs…

Te estrellaste con otro helicóptero, ¿no?

Creo que no subí a ninguno que no cayera.

¿En serio?

En serio. Sí. Esta vez nos avisaron de que fuéramos a una zona de aterrizaje donde el enemigo había abatido un Huey. Dentro había cuatro tíos que se suponía que ellos tenían que rescatar. Eran lurps, miembros de una patrulla de reconocimiento. Difícil de creer que gente así se metiera en semejante mierda. Dos de ellos habían pisado estacas Punji. A nosotros no nos fue mucho mejor que al Huey. Bueno, al final resulta que un poco mejor sí nos fue porque el Huey despegó bamboleándose hacia la jungla y se estrelló y se incendió. No volvimos a ver a ninguno de aquellos tíos. Más tarde supimos que detrás de nosotros venía un UH-1, pero cuando vieron todo aquel follón se largaron sin más. Muy listos, los tíos. Habíamos tenido que soltar un montón de combustible para aligerar peso y poder cargar a esos tíos y yo pensando: ¿Qué pasa si nos meten un zambombazo? Bueno, pues la cola del aparato roza las copas de los árboles y caemos en picado. Los rotores cargándose todo lo que encontraban a su paso. El otro artillero de puerta era uno al que llamábamos Wasatch y yo salté y Wasatch siguió disparando y el aparato estaba escorado y una de aquellas vainas me entró por la espalda del traje de vuelo y no veas qué dolor. Y luego cuatro días en la jungla y tiroteos a punta pala y cuando acabó solo éramos otro tío y yo y el pobre murió cuando ya nos sacaban en el helicóptero. ¿Te dan una puta medalla por eso? No me jodas. Ya está, Bobby, basta por hoy.

Cuándo fue la vez que tuviste más miedo.

Tenía miedo a cada momento.

Pero la que más.

Creo que la sensación más jodida de todas era cuando te disparaban con algo malo de verdad. En el aire eso podía ser un SAM. Si te daban con uno de esos tu única esperanza era la reencarnación.

¿A ti te pasó? ¿Os dispararon un SAM? Eso es un misil, ¿verdad?

Sí. Llegaban de dos en dos. El capitán viró bruscamente y por poco no chocamos con el dosel. Ya está.

Qué más.

Joder.

Venga.

Un rifle calibre 106 sin retroceso disparó contra nuestra base. Calculamos que estaba a unos tres kilómetros. En cuanto hizo blanco por primera vez echamos todos a correr. Evacuación total. Hasta los putos novatos sabían de qué se trataba. Ya está.

¿Qué es lo que lamentas? ¿Puedo preguntártelo?

Lo que lamento.

Sí.

Todo.

Pero di algo concreto.

Está bien. Los elefantes.

¿Los elefantes?

Los putos elefantes, sí.

No te entiendo.

Cuando despegábamos de Quang Nam veíamos unos elefantes en el claro y los machos se erguían sobre las patas traseras y levantaban la trompa como desafiándonos. Imagínate. Hay que tenerlos muy bien puestos. Ellos no sabían qué éramos nosotros. Pero cuidaban de la parienta, ¿entiendes? De los críos. Y nosotros en aquel helicóptero de combate armado con cohetes de 2,75. No podías tirar desde muy cerca porque el cohete necesita recorrer una determinada distancia para armarse. Me refiero a la cabeza explosiva. Y tampoco es que fueran muy precisos. A veces los alerones no se abrían bien y volaban a lo loco como globos de feria. Podían ir hacia cualquier parte. O sea que pensamos: Bueno, al carajo. Tienen una oportunidad. Pero nunca erramos el tiro. Y el cohete los reventaba sin más. No veas cómo explotaban. Eso es en lo que pienso, tío. Los elefantes no nos habían hecho nada. ¿Y a quién se iban a quejar? Pues eso es en lo que pienso. Es lo que lamento. ¿Te vale?

* * *

No sabía que irían a preguntarle tan pronto. Regresó por el Quarter dejando atrás Jackson Square. El Cabildo. En el aire nocturno ese intenso olor a moho y bodega de la ciudad. Una luna fría de color calavera moviéndose por entre jirones de nube más allá de los tejados de pizarra. Las tejas y las chimeneas. La sirena de un barco en el río. Las farolas estaban envueltas en globos de vapor y los edificios sudaban oscuros. A veces la ciudad parecía más antigua que Nínive. Cruzó la calle y se desvió pasada la Herrería. Abrió la cancela y entró al patio.

Había dos hombres delante de su puerta. Western se detuvo. Si habían traspasado la cancela quería decir que podían entrar en su apartamento. Luego comprendió que ya habían entrado en su apartamento.

¿Señor Western?

Sí.

¿Podríamos tener unas palabras con usted?

¿Quiénes son?

Se sacaron del bolsillo sendas carteras de piel con sus placas y volvieron a guardárselas. Qué le parece si vamos dentro y charlamos un poco.

Salta la cancela. Lárgate corriendo.

¿Señor Western?

Sí. Cómo no.

Metió la llave en la cerradura y giró el pestillo y abrió la puerta y encendió la luz. El apartamento era de una sola habitación más una pequeña cocina y un baño. La cama se empotraba en la pared pero él siempre la dejaba bajada. Había un sofá y una alfombra de color naranja y una mesita baja atiborrada de libros. Les franqueó el paso.

No habrán dejado salir al gato, ¿verdad?

¿Perdón?

Entren.

Lo hicieron con estudiada deferencia. Él cerró la puerta y luego se arrodilló para mirar debajo de la cama. El gato estaba acurrucado contra la pared y maulló flojito.

Quédate ahí, Billy Ray. Enseguida comemos.

Se puso de pie y señaló el sofá. Siéntense, dijo.

Confieso que no parece especialmente sorprendido de vernos.

¿Debería estarlo?

Era solo un comentario.

Claro. ¿Quieren un poco de té?

No, gracias.

Tomen asiento. Voy a poner agua a hervir.

Fue a la cocina y encendió el fogón de gas y llenó el hervidor con agua del grifo y lo puso encima del fogón. Cuando volvió estaban sentados en el sofá, uno en cada extremo. Él tomó asiento en la cama y se quitó los zapatos y los tiró al otro lado y recogió las piernas y se los quedó mirando.

Señor Western, quisiéramos preguntarle sobre la inmersión que hizo esta mañana.

Adelante.

Serán solo unos minutos.

Muy bien.

El otro hombre se inclinó al frente y apoyó las manos en la mesita, una encima de la otra. Palmeó la de abajo con la de arriba, varias veces, y luego levantó la cabeza. De hecho, no tenemos muchas preguntas que hacer. Solamente una, pero es importante.

Muy bien.

Parece ser que falta un pasajero.

¿Un pasajero?

Sí.

Que falta, dice.

Sí.

Le observaron. Él no tenía ni idea de qué era lo que querían. ¿Les importaría identificarse?, preguntaron.

Ya le hemos enseñado la placa.

Quizá me gustaría verla otra vez.

Los hombres se miraron y luego sacaron ambos su placa respectiva para mostrársela.

Puede anotar los números si quiere.

No será necesario.

Anótelos. No pasa nada.

No tengo que anotarlos.

Ellos no supieron qué había querido decir. Volvieron a guardarse las placas.

Señor Western.

Sí.

¿Cuántos pasajeros había en el avión?

Siete.

Siete.

Sí.

Quiere decir además del piloto y el copiloto.

Sí.

Nueve cadáveres.

Sí.

Ya, pues por lo visto debería haber ocho pasajeros.

Alguien perdió el avión.

Lo dudamos. En el manifiesto constaban ocho pasajeros.

¿De qué manifiesto habla?

El manifiesto de vuelo.

¿Por qué tenía que haber un manifiesto?

¿Por qué no?

Era un vuelo privado.

Era un chárter.

De haber sido un chárter habría habido una azafata.

Los hombres se miraron.

¿Por qué dice eso, señor Western?

Según las normas de la FAA, en todo vuelo comercial de más de siete pasajeros tiene que ir una azafata.

Es que no había más de siete.

Acaba de decir que eran ocho, ¿no?

Se lo quedaron mirando. El que tenía las manos juntas sobre la mesa se apoyó en el respaldo. ¿Y usted cómo sabe eso?, dijo.

¿Lo de la azafata?

Sí.

Pues no sé. Lo leí en alguna parte.

¿Se acuerda de todo lo que lee?

De casi todo. Disculpen. Voy a por el té.

Fue a la cocina y cogió la lata del estante y puso una cucharada de oscuro té a granel en un vaso ancho de vidrio de medio litro y vertió el agua caliente y luego dejó el hervidor sobre el fogón. Apagó el fuego y volvió a la habitación y se sentó otra vez en la cama. Aquellos dos parecían no haberse movido. El que había llevado la voz cantante hizo un gesto con la cabeza. Muy bien, dijo. Quizá «manifiesto» no sea la palabra correcta. Lo que tenemos es una lista de los pasajeros de la empresa.

Puede que tengan una lista. Empresa no creo que haya.

¿Y eso por qué?

Dudo mucho que fuera un vuelo de empresa.

Parece tener muchas opiniones sobre ese vuelo.

A mí no me lo parece. Tengo preguntas acerca del vuelo. Igual que ustedes.

¿Quiere compartirlas con nosotros?

O quizá solo tengo una pregunta, pero importante.

Usted dirá.

¿Me permiten ver esas placas otra vez?

¿Disculpe?

Solo quería ver si se mosqueaban. Perdón.

Tranquilo.

Nosotros pensamos que el aparato llevaba bastante tiempo en el agua. Y no creemos que el aviso lo diera un pescador. Ni siquiera se veía. El avión. Y pensamos también que hay alguna probabilidad mayor de cero de que alguien estuviera en el avión antes que nosotros.

Algún otro buzo.

Algún otro lo que sea.

Bueno, tendría que haber sido buzo para bajar, ¿no?

¿Ah, sí?

Dice que pensaron que alguien se les había adelantado.

Sí, eso pensamos.

Que estuvo allí antes que usted y su compañero.

Sí.

Naturalmente, si ustedes se hubieran llevado algo del avión tendría sentido que afirmaran no haber sido los primeros en bajar.

¿Ustedes a cuántos buzos de rescate conocen?

Los hombres se miraron.

¿Por qué lo pregunta?

Simple curiosidad. Nosotros no cogemos cosas de los aviones.

Quizá podría hablarnos un poco de lo que encontraron al llegar abajo.

Cómo no. El avión estaba a unos doce metros de profundidad y parecía prácticamente intacto. Cuando miramos con nuestras luces por la ventanilla pudimos ver a los pasajeros en sus asientos. Solo contábamos con un ténder y era bastante nuevo en el oficio, o sea que yo volví arriba y dejé a Oiler para que entrara en el avión.

¿Y cómo entró?

Cortando la cerradura con un soplete.

El avión estaba intacto.

Así es.

No se partió con el impacto ni nada.

Apenas vimos señales de impacto. El avión estaba asentado en el lecho de la bahía. Nadie diría que le había pasado nada raro.

Nada raro...

Que nosotros viéramos, al menos. Aparte del hecho de que estuviera sumergido, se entiende.

Después de que su compañero entrara en el avión, ¿volvió usted a bajar?

Sí. No estuvimos mucho rato dentro. Nos habían enviado para averiguar si había supervivientes. Y no había.

¿Ha contactado alguien con usted en relación con este incidente?

No. ¿Seguro que no quieren un poco de té?

Seguro.

¿Son las normas?

¿El qué son las normas?

Nada. Enseguida vuelvo.

Fue a la cocina y sacó la cubitera y llenó de cubitos un vaso grande de color verde y vertió el té usando un colador. Luego se quedó mirando las hojas allí depositadas. ¿Quiénes sois, tíos?, dijo. Volvió y se sentó en la cama y tomó un sorbo del té frío. Esperó.

¿Había hecho antes algún rescate de avión?

Sí. Una vez.

¿Dónde fue?

Frente a la costa de Carolina del Sur.

¿Los cuerpos estaban dentro del aparato?

No. Creo que había cuatro o cinco personas a bordo, pero

el avión estaba destrozado. Unos días más tarde encontraron un par de cadáveres que las olas habían llevado a tierra. Me parece que a los otros no los encontraron.

¿Vuela usted, señor Western?

No. Ya no.

¿Cuándo fue eso? Lo de Carolina del Sur.

Hace dos años.

¿Conoce bien el avión JetStar?

No. Es el primero que veo.

Bonito avión.

Sí, muy bonito.

¿Abrieron el compartimento del equipaje?

¿Deberíamos haberlo hecho?

No sé. ¿Lo abrieron?

No.

¿Sabe lo que es un maletín Jepp?

Sí. Nosotros no lo tenemos.

Pero allí no estaba.

No estaba. En efecto. Y la caja negra tampoco. Con los datos del vuelo.

¿No le parece que eso valía la pena mencionarlo?

No me parecía que valiera la pena mencionar algo que ustedes ya sabían. Qué tal si me explica qué interés tienen en este asunto, qué creen ustedes que ocurrió. Lo que saben.

No tenemos libertad para hablar de eso.

Oh. Claro.

Pero no cogieron nada del avión.

No. Nosotros nunca cogemos nada. Oiler dijo que lo mejor era salir del agua y eso fue lo que hicimos. El avión estaba lleno de cadáveres. No sabíamos cuánto tiempo llevaban muertos ni de qué habían muerto. Nosotros no nos llevamos el Jepp. No nos llevamos la caja negra. Ni nada del equipaje. Y desde luego no nos llevamos ningún cadáver.

¿Le cubre algún seguro, señor Western?

Sí.

¿Hay algo más que quiera decirnos?

Somos buceadores de rescate. Hacemos lo que nos encargan que hagamos. De todos modos, seguro que de esto saben ustedes más que yo.

De acuerdo. Gracias por su tiempo.

Se levantaron del sofá al unísono. Como pájaros alzando el vuelo de un cable. Western se puso de pie sin ninguna prisa.

Oigan, quizá sí que debería ver otra vez esas placas.

Tiene un sentido del humor muy peculiar, señor Western.

Ya. Me lo dicen a menudo.

Una vez que se hubieron marchado cerró la puerta y se arrodilló y alargó un brazo bajo la cama y le habló al gato hasta que este se dejó coger. Western se incorporó y estuvo acariciando al gato sobre el pliegue del brazo. Era un macho negro con los colmillos por fuera. El rabo le iba de un lado para otro. Tenía buena disposición para con los gatos. Y viceversa. ¿Dónde está tu plato, Billy Ray? Lo llevó hasta la puerta y la abrió y se quedó en el umbral. Un aire fresco y húmedo. Permaneció allí acariciando al gato. Escuchando la quietud. Bajo los pies embutidos en calcetines notó el sordo martilleo del martinete en la lejanía. Aquel pulso lento. Su ritmo.

II

Ella decía que había empezado a tener alucinaciones a los doce años. Con la primera regla, dijo, por citar el folleto. Mirando cómo ellos anotaban cosas en sus libretas. No parecía que la realidad fuese asunto de su interés y se limitaban a escucharla y si te he visto no me acuerdo. Que la búsqueda de una definición de esa realidad estaba inexorablemente enterrada y sujeta además a la definición buscada. O que la realidad del mundo no podía ser una categoría entre otras en él contenidas. Sea como fuere, ella nunca utilizaba la palabra «alucinaciones». Y jamás conoció a un médico que tuviera la más mínima idea del significado de los números.

Así que eso debía de ser en el cuartito bajo el alero de la casa de su abuela en Tennessee a principios del invierno de 1963. Aquel día se despertó temprano y allí estaban, congregados a los pies de su cama. No sabía cuánto rato llevaban allí. Ni si tal cosa tenía el menor significado. El Chico estaba sentado ante el escritorio hurgando en los papeles de ella y haciendo anotaciones en una pequeña libreta negra. Cuando vio que estaba despierta se guardó la libreta en alguna parte de la ropa y la miró. Muy bien, dijo. Parece que ha despertado. Fantástico. Se levantó y empezó a pasearse de un lado al otro con las aletas detrás de la espalda.

¿Por qué hurgabas en mis cosas? ¿Y qué escribías en esa libreta?

Vamos por partes, princesa. Todo a su tiempo. Libreta: o más bien Libro de las Horas. Libro de Yores. ¿Vale? Tenemos que revisar bastantes cosas o sea que hay que ir adelantando. Podría ser que hubiera un cuestionario sobre los qualia. Tenlo en cuenta. Verdadero falso en el inter alia, cuatro errores y te suspendemos. Y nada de opciones múltiples sobre la opción múltiple. Elige una y continúa.

Se volvió para mirarla detenidamente y reanudó su deambular. No prestó ninguna atención a los otros entes. Una pareja de enanos idénticos con sus trajecitos y sus corbatas moradas y sombreros hongo. Una dama entrada en años con tres kilos de maquillaje manchado de rojo de labios. Vestido de época, de gasa negra, encaje grisáceo ya en cuello y puños. Lucía una estola hecha de armiños muertos y tan planos como conejos atropellados y los armiños tenían ojos negros de cristal y nariz de brocado. La mujer se llevó a los ojos unos impertinentes enjoyados y miró a la chica desde detrás de su andrajoso velo. En segundo plano otras figuras. Tintineo de cadenas en el rincón del fondo donde una pareja de animales de incierta taxonomía se irguieron y giraron en círculo y volvieron a echarse. Un ligero crujido, una tos. Como en un teatro o un cine cuando las luces de la sala menguan. La chica se subió la colcha hasta la barbilla. ¿Quién eres?, preguntó.

Sí, dijo el Chico, con una pausa para hacer un gesto de ánimo con una de sus aletas. Abordaremos las cuestiones de peso sobre la marcha o sea que por ahora no harán falta bragas retorcidas. Muy bien. ¿Alguna otra pregunta?

El enano de la izquierda levantó una mano.

Tú no, tonto del bote. Joder. ¿Quieres provocarme una indigestión? Muy bien. Si no hay más preguntas daremos comienzo. Tenemos preparados unos números buenísimos. Si ves que algo te resulta demasiado picante eres libre para tomar nota de ello. Luego doblas el papel a lo largo y te lo metes allá donde no brilla nunca el sol. Muy bien.

Caminó a su estilo hasta la silla y se sentó. Esperaron.

Disculpa, dijo ella.

El momento de las preguntas ha pasado, Olivia, o sea que no más preguntas. Pasando. ¿Está claro? Se sacó un reloj grande de alguna parte de su indumentaria y apretó el botón. La tapa se abrió y unos compases de música tintinearon quedo y luego cesaron. El Chico cerró la tapa y devolvió el reloj a su sitio. Juntó las aletas y se puso a dar golpecitos en el suelo con un pie. Me cago en la hostia, musitó. Es como si me estuvieran arrancando los putos dientes. Se llevó una aleta a un costado de la boca. ¡Prevenidos!, dijo en voz alta.

La puerta del armario se abrió y de repente un pequeño saltimbanqui con sombrero de tartán y calzones de segunda mano salió al exterior batiendo palmas. De un salto se puso encima de la cómoda de cedro. Llevaba una sonrisa pintada en la cara y alrededor de la cintura todo tipo de quincalla y después de dar unos sonoros pasitos de baile sostuvo en alto dos cacerolas por sus mangos.

Dios, dijo el Chico. Se levantó y fue hacia allá. Por las almorranas de Cristo. No no no no no. Dios misericordioso. ¿Qué coño te has creído que es esto? No puedes entrar aquí para montar esta mierda. ¿Pedimos actuaciones como es debido y nos mandan a un puto quincallero sin lóbulos frontales? Santo cielo. Fuera. Joder. Vale. ¿Siguiente? Madre mía. ¿Adónde hay que ir para conseguir un poco de talento? ¿A la puta luna?

Se puso a mirar en su libreta. A ver. ¿Qué tenemos por aquí? ¿Punch y Judy? ¿Carreras con hurones metidos en el pantalón? ¿Números de animales en plan sugerente? Pues al carajo. Vamos allá.

Disculpa, dijo ella.

¿Qué pasa ahora?

¿Tú quién eres?

El Chico enarcó las cejas y miró a los otros. ¿Os habéis enterado? Fantástico. Muy bien, oído al parche. Esto es más o menos lo que os podéis esperar o sea que si esperabais algún pequeño gesto de gratitud más vale que os pongáis cómodos. ¿Vale? Vale. Qué tenemos. Ah, sí, este es bueno. Conocemos al tipo. Hagámoslo.

Un hombre menudo con un traje encogido y una camisa blanca sucia más una corbata verde arrollada en torno al pescuezo salió despacio del armario y empezó a recitar con voz monocorde: Hay que sumar todos los mecanismos clásicos de relojería. Los conjuntos causales y dale que dale. Que todo se vaya por el desagüe. Puede que haya que colgar a los hidrocefálicos de las vigas del techo pero bueno. Y no te preocupes por el suelo. Todo se irá secando. Aquí de lo que estamos hablando es de la situación del alma.

La saturación, dijo el Chico.

De la saturación del alma. La madera está vieja y un poco seca y es posible que se oigan crujidos. Un poquito de serrín en el ambiente es completamente normal. No hay que perder la cama.

La calma.

La calma. Procura no ponerte nerviosa. A buen entendedor. Más vale pájaro en mano.

¿Pájaro en mano?

Más vale prevenir. Lo peor ya ha pasado.

Qué coño. ¿Se puede saber dónde dice eso?

Lo barato sale caro. Quien pierde la honra por el negocio, pierde el negocio y la honra.

Bueno, basta ya. ¿De dónde sacará esta mierda? ¿Quiere alguien echar de aquí a este pedazo de alcornoque? ¿Dónde está el garfio?

Disculpa.

Miró a la chica en la cama. Había levantado incluso la mano. ¿Qué, por el amor de Dios?

Quiero saber qué hacéis aquí.

El Chico puso los ojos en blanco. Luego miró a los otros entes y meneó la cabeza. Se volvió hacia la chica. Mira, bombón. En el fondo tiene que ver con la estructura. Algo de este suelo, que no es lo bastante grueso. Me parece que hasta tú estarías de acuerdo. Pero no hay nada que hacer mientras no alegremos esa cara. Todos aquí reunidos. Un poco de cortesía, ¿vale? Estamos intentando hacer una base. De lo contrario todo empieza a torcerse. Hay que utilizar el sentido común. Trabajar con los materiales que uno tiene a mano. Tenemos una serie de feas posibilidades argumentales. ¿Por ejemplo? ¿Contorno de tiza en la escena de un crimen? Esa es fácil. Ya es inútil. Pero tú has estado mirando por debajo de la puerta, Doris, y ese es un escenario que no habíamos previsto. Quiero decir que si de vez en cuando tienes la sensación de que estamos improvisando, qué se le va a hacer. Lo primero es localizar el hilo narrativo. No tiene por qué ser un argumento de peso. Empieza empalmando episodios tuyos. Unas anécdotas. Te irá saliendo solo. Tan solo ten presente que donde no hay función lineal no hay delineación. Procura no descentrarte. Aquí nadie te está pidiendo que firmes nada, ¿de acuerdo? Y tampoco se puede decir que tengas muchos planes b...

Se volvió hacia los otros y señaló con la aleta por encima del hombro. A la chica. Nuestra amiga minitetas cree que tiene amigos por ahí para ahuyentar las inclemencias pero eso lo superará muy pronto. Bien. Echemos una ojeada. A ver qué tenemos.

Fue a sentarse otra vez en la silla. Listos, dijo en voz alta. Esperaron. Cuando queráis, dijo el Chico. Joder. Pero ¿qué pasa aquí? ¿Tendré que usar un puto megáfono? ¡Prevenidos!

Entraron dos minstrels de cara pintada de negro. Mono de faena y sombrero de paja. Zapatones amarillos. Portaban sendos taburetes y un banjo. Los taburetes pintados a franjas rojas blancas y azules con estrellas doradas. Se quitaron el sombrero y plantaron cada cual su taburete en lados opuestos de la habitación y tomaron asiento. Detrás de ellos apareció el interlocutor. Polvo del camino en su sombrero de copa y frac. Dio unos rápidos giros a su bastón y sonrió e hizo una venia. El Chico se retrepó en la silla y miró satisfecho a su alrededor. Muy bien, dijo. Esto ya es otra cosa.

Mister Bones, dijo en alto el interlocutor. ¿Qué tenemos programado para esta noche?

Pues mireusté señor Interlocutor vamos a hacer la danza menstrual para la señorita Ann aquí presente. Tenemos pensao hacer el shuffle de ay qué pobre soy señor y bailaremos aquella del gorgojo en el trigo hasta que los gatos se vayan al granero. Tenemos también algo de claqué en el menú o sea que no se me marchen demasiado pronto. Estáis ustedes a punto de presenciar genuinas evoluciones a ras de suelo. A continuación habrá un breve intercambio de réplicas que la señorita Ann podrá escuchar grabadas en su equipo de música para matar el rato cuando está solita. ¿Le parece bien, señorita Ann?

El Chico se llevó una aleta al costado de la boca. Dile que sí, susurró con voz ronca.

Yo no me llamo Ann.

Mister Bones, ¿listo para empezar?

Síseñor síseñor, dijo Bones con brío. Se levantó de un salto y empezó a rasgar las cuerdas del banjo. Tenía los ojos azules y su pelo pajizo asomaba bajo el ala del sombrero. Se pusieron a la misma altura y bailaron de costado ida y vuelta de una pared a otra de la habitación.

Mister Bones, llamó el interlocutor.

Usté dirá señor Mister Interlocutor.

Papá topo abre un túnel bajo el jardín y entonces olisquea y dice: Aquí huele a rutabagas. Y mamá topo que viene por detrás y olisquea y dice: Aquí huele a nabo. Y bebé topo que viene por detrás de ella y olisquea y ¿a qué dice bebé topo que huele?

Dice que él solo huele a melaza.

Doblados por la cintura, se echaron los dos a reír a carcajadas. Los entes rieron sin más y el Chico sonrió y sacó su libreta y anotó algo en ella.

Mister Bones.

Síseñor Mister Interlocutor.

¿Qué le dijo Rastus a la señorita Liza cuando estaban apilando leña y a ella se le cayeron los calzones y le quedó el trasero al aire?

Le dijo: Señorita Liza, estoy viendo la luna.

¿Y qué contestó ella?

Dijo: Rastus, mira que eres burro, haz el favor de meter ese leño en su sitio.

Brincaron dando risotadas por la habitación y palmeándose las piernas.

Disculpa, dijo ella.

El Chico se recostó y miró hacia la cama. ¿Qué pasa ahora?

Son los chistes más malos y trillados que he oído en mi vida.

¿En serio? Entonces, ¿cómo es que todos ríen? ¿Qué pasa, que te ganas la vida escribiendo críticas? Joder.

No se me ocurre por qué razón ríen tanto.

El Chico alzó los ojos al techo. Después se volvió hacia sus cohortes. Muy bien, señores. Toma diez.

Quiero saber de dónde habéis salido, dijo ella.

¿Te refieres a un sitio en el que estuviéramos antes de estar aquí? Sí.

Los otros se acercaron ligeramente. Como para oír mejor. Muy bien, dijo el Chico. ¿Alguien quiere hacer el honor?

Es una pregunta sencilla.

Sí, claro.

Venga. ¿Cómo llegasteis aquí?

En autobús.

Vinisteis en autobús.

Sí.

No es verdad.

¿No? Ya me disculparás, pero al cuerno todo.

No es verdad.

¿Y eso?

No vinisteis en autobús. ¿Cómo podríais haber venido en autobús?

Puñeta, Clarissa. Tan sencillo como que el conductor abre la puerta y uno sube.

¿Había otras personas en el autobús?

Claro. ¿Por qué lo dices?

¿Y nadie dijo nada?

¿Como qué?

¿Nadie os miró raro?

Raro…

¿Os veían?

¿Los otros pasajeros?

Sí.

Yo qué sé. Joder. Supongo que unos sí y otros no. Unos podían pero no querían. ¿Adónde quieres ir a parar?

¿Y qué clase de pasajero es el que puede veros?

¿Cómo hemos acabado liándonos con esto de los pasajeros?

Es simple curiosidad.

Bueno. Pregúntamelo otra vez.

Qué clase de pasajero es el que puede veros.

Creo que ya entiendo de qué va la cosa. Vale. ¿Qué clase de pasajero, dices?

El Chico hundió lo que habrían sido sus pulgares en los orificios de las orejas y batió las aletas y puso los ojos en blanco y empezó a farfullar. Ella se llevó una mano a la boca.

No, si solo me estoy pitorreando. No sé qué clase de pasajero. Hay gente que te mira y pone cara de sorpresa, nada más. Uno sabe que le están mirando.

¿Y qué dicen?

¿Decir? Nada. ¿Qué quieres que digan?

Y ellos… ¿quiénes piensan que sois?

¿Que quiénes piensan que somos? Yo qué sé. Joder. Supongo que pensarán que soy un pasajero. Sí, claro, podrías argumentar que si ellos son pasajeros entonces yo debo de ser otra cosa. Pero quizá no. No puedo hablar en su nombre. Quizá solo ven a un individuo menudo pero agradable. Sin edad determinada. Calva incipiente.

¿Calva incipiente?

El Chico se frotó el pálido cráneo queloide. Sí, ¿qué pasa?

Pasa que tú no tienes pelo y por lo tanto tampoco calva incipiente. Solo quiero saber de dónde vienes y por qué estáis aquí.

La pregunta es la misma. ¿No habíamos tratado ya este asunto?

Estáis en mi habitación.

Y tú también. Por eso estamos aquí. ¿O piensas que deberíamos estar en otra? Porque si estuviéramos en otra habitación no podríamos estar aquí. Mira, tenemos bastante trabajo que hacer y se va haciendo tarde o sea que, si a ti no te importa, ¿podemos zanjar este asunto?

A mí sí me importa.

La pregunta va a ser siempre la misma pregunta. Estamos hablando de infinitos grados de libertad. Por más vueltas que le des para verla desde diferentes ángulos no va a cambiar. Es la misma. Se repetirá igual que repite el ajo. Ya sé que te va el rollo de investigar pero esto es un poquito diferente. Se supone que eres una especie de genio o sea que con un poco de suerte lo entenderás antes de que nos desmayemos todos de puro tedio.

Ella se quedó sentada, las manos juntas y pegadas a los labios.

¿Ya está?, preguntó el Chico.

No.

El Chico meneó la cabeza con gesto cansino. En fin, dijo. Extrajo su reloj y lo abrió y miró la hora y se lo volvió a guardar. Luego bostezó y se dio unas palmaditas en la boca con una aleta. Mira, dijo. Te lo explicaré de otra forma. Como le dijo el vicario al monaguillo. Para un viajero curtido el punto de destino es solo un rumor en el mejor de los casos.

Eso lo escribí yo. Está en mi diario.

Me alegro. Cuando llevas un niño en brazos el niño suele girar la cabeza para ver hacia dónde va. No sé bien por qué. Irá allí de todos modos. Tan solo tienes que agarrarte lo mejor que puedas, eso es todo. Tú crees que existen normas sobre a quién le toca ir en el autobús y a quién le toca estar aquí y a quién allí. ¿Cómo llegaste tú aquí? Bueno, ella vino en su lunacicleta. Veo que buscas huellas en la moqueta pero si nosotros podemos estar aquí también podemos dejar huellas. O igual no. Aquí la cuestión es que toda línea es una línea interrumpida. Vuelve uno sobre sus pasos y nada le resulta familiar. Entonces da uno media vuelta para regresar pero se encuentra con el mismo problema y es que toda línea en el mundo es discreta y el esguazo de la cesura un vacío que no tiene fondo. Todo paso atraviesa la muerte.

Se volvió sin levantarse y batió las aletas. Muy bien, dijo en alta voz. ¡Prevenidos!

Por la mañana bajó andando hasta el French Market y compró el periódico y fue a sentarse en la terraza al sol todavía fresco y tomó café caliente con un poco de leche. Hojeó el periódico. Nada sobre el JetStar. Se terminó el café y desde la calzada paró un taxi para ir hasta Belle Chasse y una vez allí entró en el pequeño centro de operaciones. Lou estaba sentado a su mesa dándole a la manivela de una calculadora pasada de moda. ¿Qué quieres?, preguntó.

Necesito hablar contigo.

Estás hablando conmigo.

Se sentó al otro lado de la mesa. Lou estaba anotando algo en un bloc. Miró a Western. ¿Tú sabrías decirme por qué existe eso que llaman tonelada larga?

No.

Creí que lo sabías todo.

Pues no. ¿Qué sabes de ese avión?

Lou enrolló entre sus dedos el papel de la calculadora y lo examinó. Esto está jodido, dijo. ¿Qué avión?

Sin pitorreos.

¿Qué quieres que sepa, Western? A veces pillo alguna cosa. ¿Quién coño lo sabe? Parece ser que vino un mensajero a traer un cheque y ya está.

Y no hay manera de saber de quién era el cheque.

Por lo visto no.

¿Sabes que la prensa no dice nada del asunto?

Yo no leo el periódico.

¿Y no te parece raro?

¿Que no lea el periódico?

¿Cómo es que se estrella un avión y la prensa no dice nada? Murieron nueve personas.

Quizá publiquen algo mañana.

Lo dudo mucho.

Deja que te pregunte una cosa.

Venga.

¿Y a ti qué más te da? ¿Viste que se violara alguna ley?

No.

Porque la política de Taylor es esa. Bueno, para el caso, la de Halliburton. Si pinta mal escurrimos el bulto.

Ya, pues esto pinta mal.

Y qué. No tenemos nada que ver. Olvídalo.

Está bien. ¿Qué hora tienes?

¿Y tú?

Las diez cero seis.

Lou giró la muñeca y se miró el reloj. Yo las diez cero cuatro.

Tengo que irme. Si te enteras de algo más acerca del vuelo misterioso me avisas.

Me temo que ya no vamos a saber más.

Veremos. ¿Puedes prestarme un vehículo?

Ahí fuera lo único que hay es el camión grúa.

¿Puedo llevármelo?

Claro, hombre. ¿Cuándo lo traerás de vuelta?

No sé, mañana por la mañana.

¿Tienes una cita interesante?

Pues sí. ¿Las llaves están puestas?

A menos que alguien las haya birlado. No lo traigas de vacío.

Descuida. Oye, ¿no tendrás por ahí unos prismáticos?

Coño, Western. ¿Y qué más?

Lou abrió el cajón inferior del escritorio y sacó unos viejos prismáticos del ejército de color verde oliva y los dejó sobre la mesa.

Gracias.

Dice Red que esto va de maravilla para ligarse a tías.

Del tipo que él se liga, no lo dudo.

Condujo hasta Gretna y luego tomó la autopista en sentido norte hasta el desvío para ir a Bay St. Louis, a Pass Christian. Al otro extremo del puente estaban los marjales del extremo inferior del lago Pontchartrain. Dos muchachos cayún de aspecto gris con sendos cigarrillos entre los labios sacaron el pulgar con evidente desgana. Uno estaba de pie, el otro en cuclillas. Los vio alejarse por el espejo retrovisor. El que estaba de pie se volvió cansinamente y le hizo una peineta. Cuando Western volvió a mirar estaban los dos en cuclillas. Mirando la carretera que se extendía inmóvil ante ellos al sol de la mañana.

El camión no podía pasar de los cien. Una neblina azul de humo de escape se filtraba a través del piso del vehículo y tuvo que bajar las ventanillas. Buscó con la vista alguna actividad en los marjales pero pocos pájaros había allí. Cuatro patos. En la orilla opuesta del Pearl, una nutria muerta en la calzada.

Al entrar en Pass Christian fue directamente a los muelles y después de aparcar pidió por allí alguna embarcación. Acabó consiguiendo una barca de casco redondo y cuatro metros y medio de eslora y un fueraborda Mercury de veinticinco caballos. Cuando zarpó del estuario era casi la una.

Ya en la bahía le dio gas al motor. Las olas golpeando el casco a un ritmo parejo, el sol bailoteando en la superficie del agua. Sin horizonte, nada salvo el relumbrón de cielo y mar. Una delgada hilera de pelícanos remontando la costa. El aire salobre era fresco y Western se subió la cremallera de la chaqueta.

Se había colgado del cuello los prismáticos de Lou y los levantó para otear las aguas abiertas. No se veía ningún guardacostas. Cuando estuvo a la altura del grupito de islas mar adentro viró al este y navegó paralelo al litoral sur hasta llegar a una cala. Quitó el gas y fue avanzando muy despacio hasta una playa.

Apagó el motor y llevó la barca hacia la arena y saltó a tierra y tiró de la embarcación para sacarla del agua. Era bastante pesada. En un hueco de la proa había un anclote y lo sacó de allí y lo lanzó a la arena y echó a andar playa arriba. Unos treinta metros de arena. Más allá, hierba y palmeras enanas. Después, robles enanos. Había huellas de ave en la arena por encima de la línea de la marea alta. Eso y nada más. Intentó recordar cuándo había sido la última vez que había llovido. Regresó a la barca y desatracó y se arrodilló a bordo y con uno de los remos se impulsó por el bajío y luego cargó el remo y apoyó un pie en el espejo de popa para tirar de la cuerda de arranque.

A media tarde había circundado ya casi todas las islas y atracado en cada una de sus playas. Encontró restos de una fogata y encontró corchos de pescar y espinas y fragmentos de vidrio de colores que el mar había vuelto romos. Cogió un trozo de madera de deriva que tenía un tono como de pergamino y la forma de un homúnculo y lo examinó en la palma de su mano. Empezaba a ponerse el sol cuando tocó tierra en una pequeña cala. Subió el bote a la playa, saltó y al volver la cabeza vio de inmediato las huellas en la arena. Justo encima del reborde oscuro de unas algas. A primera vista parecía que el viento las hubiera rellenado en parte, pero no era eso. Habían arrastrado algo por encima. Caminó hasta unas palmeras enanas y en ese punto las huellas volvían e iban playa abajo. Huellas limpias. El acanalado de unas botas de neopreno. Dirigió la vista hacia el agua gris. Miró al sol y estudió la isla. ¿Habría serpientes de cascabel entre la fauna local? Crótalos. Dos metros y medio de largo. Adamantinos o abominables, no se acordaba. Cogió del suelo un trozo de madera de deriva y lo partió contra la rodilla a la medida deseada y se adentró en el bosque siguiendo las huellas.

Había una especie de sendero de caza que atravesaba la escueta zona verde. Los robles raquíticos. Troncos caídos de cuando el huracán Camille. Los vientos de trescientos kilómetros por hora que habían partido Ship Island en dos. Siguió el sendero un trecho más hasta que llegó a un claro y se disponía ya a dar media vuelta cuando un toque de color llamó su atención. Dejó el camino. Separando las palmas enanas con su palo conforme iba avanzando.

Era una zodiac amarilla de dos plazas. La habían deshinchado y enrollado y remetido debajo de un árbol seco y cubierto después con maleza. La sacó de allí y se la quedó mirando. Se volvió y miró en derredor. Una brisa entre los robles. El leve murmullo de la marea en los bajíos. Se acuclilló para desabrochar las correas y desenrolló la lancha.

Todavía estaba mojada. Agua de mar en las esquinas. La extendió del todo. Era nueva. Pasó las manos por debajo de los asientos graduables en el punto en que se unían al suelo enjaretado de la neumática. Abrió y revisó los bolsillos. En uno de ellos había una etiqueta de inspección pero nada más. Se quedó allí en cuclillas examinándolo todo. Al final volvió a enrollar la lancha y abrochó de nuevo las correas y la remetió debajo del árbol cubriéndola de nuevo con maleza y hojas de palma y volvió hacia la playa por el sendero. En la lancha no había visto remos pero no sabía qué podía significar. Cuando llegó a la playa el sol rozaba casi el agua en el horizonte. Se quedó allí de pie mirando hacia el oeste, las lentas olas grises y el fino trecho de arena más allá y en algún punto más lejos aún la ciudad donde las luces estarían encendiéndose. Se sentó en la arena y hundió los talones y se rodeó las rodillas con los brazos y contempló la puesta de sol y la luz reflejada en el agua. Aquella fina extensión de tierra debía de ser el archipiélago Chandeleur. Al fondo la desembocadura del río como boca de hidra. Y más allá México. La marea baja lamía la arena y se retiraba. Se sintió como la primera persona de la creación. O la última. Se puso de pie y regresó a la barca y desatracó y fue a la parte de atrás para levantarla de la arena. Agarró el remo y empezó a bogar por el bajío, y luego se quedó mirando cómo el rojo encendido del ocaso iba oscureciéndose hasta extinguirse.

Con el motor en marcha rodeó despacio la punta de la isla y continuó paralelo al litoral sur. La bahía estaba en calma y quedaba un poco de claridad y por el oeste habían empezado a encenderse luces en la costa. Hizo virar la barca y dio un poco de gas y puso rumbo al norte, orientándose por las luces en la carretera elevada. Sin el sol ahora hacía frío en el mar.

El viento era frío. Para cuando hubo llegado al club náutico estaba ya casi seguro de que el hombre que había ido en bote a la isla era el pasajero.

Cuando llegó al desguace de Taylor eran las diez en punto. Se quedó un rato sentado en la quietud bajo las lámparas de mercurio y luego giró la llave y arrancó de nuevo el camión. Se dirigió a Gretna y una vez allí cruzó el puente hasta el Quarter. Comió un plato de frijoles con arroz en la pequeña cafetería de Decatur Street y luego subió por St. Philip y aparcó el camión y entró empujando la cancela.

* * *

Le quedaban dos días libres antes de ir a Port Sulphur para un trabajo. A media mañana subió por Bourbon Street para almorzar con Debussy Fields en Galatoire's. Ella estaba ya en la cola y le hizo señas con aspavientos exagerados. Ataviada con un vestido caro y tacones de diez centímetros. Sus cabellos rubios recogidos en un moño alto. Pendientes de aro rozándole los hombros. Todo llevado al límite, y eso incluía el pronunciado escote del vestido, pero era guapísima. Él la besó en la mejilla. Ella era más alta.

Agradable perfume, dijo Western.

¿Podemos cogernos de la mano?

Me temo que no.

Qué soso eres. Pensaba que esto era una cita de verdad.

Cuando entraron en el establecimiento hubo un pequeño tira y afloja con el maître. Yo no pienso sentarme en la parte de atrás, dijo ella. No pienso sentarme de espaldas a una pared.

Puedo ponerlos aquí, dijo el *maître*. Pero habrá un poco de movimiento, claro.

Por el movimiento no te preocupes, encanto.

Sacó del bolso una pitillera plateada, de anticuario, e introdujo uno de los puritos oscuros que fumaba en una boquilla de plata y marfil y le pasó a Western el encendedor Dunhill deslizándolo sobre la mesa. Él le encendió el purito y ella se apoyó en el respaldo y cruzó sus extraordinarias piernas con un audible frufrú y expulsó el humo hacia el techo artesonado con una pose estudiada y sensual. Gracias, encanto, dijo. Comensales de ambos sexos de las mesas cercanas habían parado de comer. Esposas y amigas miraban con ojos refulgentes. Western la observó con detenimiento. En las dos horas que pasaron allí ella no miró ni una sola vez a otra mesa, y se preguntó dónde habría aprendido a hacerlo. O las otras mil cosas que ella sabía.

Al venir he pasado por tu club. Estás en letras grandes.

Claro, encanto, soy una estrella. Creí que lo sabías.

Sabía que era solo cuestión de tiempo.

Tienes delante a una mujer con un destino.

Se inclinó para ajustarse la correa de un zapato. Casi se salía de su vestido. Levantó la vista y le miró con una sonrisa. Cuéntame tus novedades, dijo. Ya no llamas ni escribes ni me quieres. No tengo a nadie con quien hablar, Bobby.

Tienes a tu propia gente.

Dios. Estoy tan harta de maricas... De las cosas de las que hablan. Es tedioso a más no poder..

Llegó el camarero con dos cartas. Sirvió agua de la jarra que había en la mesa. Ella sostuvo el purito a la altura del hombro como si fuera una varita mágica y alargó el brazo para abrir la carta con la otra mano.

Dime qué elijo. No quiero ese miserable pescado en papel de estraza.

¿Qué me dices de la escalopa? O las coquilles St. Jacques.

No sé. Según dicen, todo el marisco está contaminado.

Yo pediré el cordero.

¿Tú pides cordero y yo tengo que zamparme unos moluscos putrefactos?

Bueno, pues pide cordero tú también.

Gracias.

¿Vas a pedir cordero?

Sí.

Excelente elección. ¿Tomarás vino?

No, encanto. Gracias por preguntar.

Él cerró la carta y la puso encima de la lista de vinos.

No quiere decir que no puedas tomar un poco.

Ya lo sé. No pasa nada.

¿Tienes un número nuevo?

Sí. Bueno, no exactamente. ¿Tienes un lápiz?

No.

Deja que mire si consigo uno.

No importa. Me acordaré.

Él le dio el número del Seven Seas. 523-9793. Ella lo repitió para sí.

Es el número del bar, dijo él. Pero me pasarán el mensaje.

De acuerdo. Te llamaré.

Estupendo.

Ella se inclinó para tirar la ceniza del purito en el pesado cenicero de cristal. ¿Te acuerdas de los minutos del Bicentenario?

¿Esa serie sobre historia que emitieron durante el Bicentenario?

Sí. Me he enterado de otra cosa.

A ver.

Martha Washington y Betsy Ross están sentadas frente a la lumbre cosiendo la primera bandera americana y se ponen a hablar de los viejos tiempos y de todas aquellas fiestas y bailes y entonces Betsy le dice a Martha: Oh, ¿te acuerdas del minué? Y Martha contesta: Ay querida, si apenas me acuerdo de los polvos que eché.

Western sonrió.

¿Ya está?, dijo ella. ¿Una sonrisa y nada más?

Perdona.

No te me pondrás tasiturno, ¿verdad?

Taci.

¿Taci?

Taciturno. ¿Te importa que te corrija?

Pues claro que no. Me gusta más «taciturno».

Estupendo. Así seguro que me animo.

Llegó el camarero con los cubiertos. Luego apareció otro con el pan envuelto en una servilleta de tela. Cuando el primero de ellos volvió Western pidió por los dos y el camarero asintió con la cabeza antes de alejarse. Ella dio una larga calada al purito y su cabeza describió un lento arco hacia lo alto al expulsar el humo. Él no conseguía imaginarse qué tipo de vida llevaba.

¿Te parece que es demasiado comerse un corderito o es peor comerse algo verdaderamente repugnante como un cerdo?

No sé. ¿Tú qué opinas?

No sé. ¿Por qué lo llaman cordero en plan bobo? ¿Por qué no pueden ponerle un nombre de verdad? Qué sé yo, ternera. O venado.

Ni idea. ¿Has pensado alguna vez en hacerte vegetariana?

Un montón de veces. Pero soy demasiado hedonista. Soy una gourmand. ¿O debo decir gourmette? ¿Pedimos agua mineral?

Desde luego.

Western hizo una seña al camarero. Ella extrajo de la boquilla lo que quedaba del purito y lo tiró al cenicero y dejó la boquilla encima del mantel. He descartado México, dijo. Levantó la vista y le miró.

Creo que haces bien.

Sabía que dirías eso. Recuerdo lo que hablamos. Significaría esperar un año más. Como mínimo. No es poca cosa. Un año siempre es un año. Yo tendré veinticinco. Cómo pasa el tiempo…

Y que lo digas. ¿Estás asustada?

Asustada, no. Estoy aterrorizada.

Es comprensible.

Te da yuyu, ¿verdad?

Sí, supongo.

Cualquier cosa me da miedo. Todo es muy incierto.

No se te nota.

Gracias. Eso procuro.

¿No tener miedo?

Eso es demasiado benévolo, creo. Procuro que no se me note. Todo es una farsa. Pero no sé abordarlo de otra forma. Todo cuanto ves me ha costado sudores. Muchos sudores.

Te creo. Lo siento. No ha estado bien decir eso.

Tranquilo. Hay chicas que se contentan con hacer la cosa hormonal y conservar su ya-me-entiendes. Pero el género significa algo. Yo quiero ser mujer. Siempre les tuve envidia a las chicas. Una putilla y punto. Eso ya pasó. Sé que ser hembra es algo más antiguo incluso que ser humano. Quiero ser todo lo vieja que sea posible. Atávicamente femenina. Cuando tenía siete años me caí de un árbol y me rompí un brazo y pensé que como lo tenía roto quizá podría girarlo hasta besarme el codo porque si te besabas el codo pasabas de ser chico a chica y viceversa. Y supongo que debieron de verme arrastrando el brazo roto y gritando a voz en cuello y me ataron a la camilla porque pensaban que estaba histérica. Espero de verdad llegar a vieja. Así podré decirle a todo el mundo que me coma el coño. Bueno, igual no. Es probable que me salieran muchos candidatos. O quizá no porque sería vieja. Con tal de que no sea pobre... ¿Te conté que vino a verme mi hermana? No, claro. Pues vino a verme. Estuvo aquí una semana. Vacaciones escolares. Lo pasamos muy bien. Es una chica estupenda. Al final se decidió a pasearse por el apartamento solo con las bragas puestas. Eso significó mucho para mí.

Giró la cabeza y se abanicó los ojos con la servilleta. Perdona. Me emociono mucho cuando hablo de ella. No te imaginas cómo berreé cuando se marchó. Es tan guapa. Y tan lista. Creo que seguramente más lista que yo.

¿Cuántos años tiene?

Dieciséis. Estoy intentando convencerla para que vaya a la universidad. Le he dicho que la ayudaría. Dios. Necesito dinero. Ay, qué bien. Agua. Estoy reseca.

El camarero les sirvió. Ella chocó su vaso con el de él. Gracias, Bobby. Esto es bonito.

El camarero llegó con los platos. Ella se puso a comer despacio y prestando mucha atención a la comida. Me estás mirando, dijo.

Sí.

Es lo único zen que controlo. Hacer lo que tengo a mano. Además, es bueno para conservar la línea. Adoro comer. Va a ser mi ruina. No pasa nada. Puedes mirar. Ni siquiera me gusta comer y hablar al mismo tiempo.

Levantó la vista y le sonrió. Puedes hablar tú y yo te escucho. Para variar.

Mientras el camarero les servía el café ella sacó otro de los puritos cubanos y él se ofreció a encendérselo con el Dunhill que estaba sobre la mesa. ¿Alguna vez vas por Greeneville?, dijo.

Ella sopló un fino chorro de humo por encima del hombro. Con estos no hay que tragárselo. Por eso son los que fumo. Bueno, y porque me gustan. Y por el aroma. Pero de todos modos sí que me lo trago. Un poquito. Son de contrabando, claro. Vienen de México. O de Cuba vía México. No. Es muy duro. Si voy se pone fatal. La llamo cada semana o así. Hola. Cómo estás. Yo bien. Y tú. Estupendo. Sí, quizá debería ir, no sé. En realidad nunca te he hablado de mi vida. No me gusta hablar de cosas tristes.

¿Tu vida ha sido triste?

No. No lo ha sido. Pero hacer daño a otros es triste. Supongo que no hice las cosas bien. Debería haberle ido contando las cosas poco a poco. Aunque la verdad no sé cómo. Quizá podríamos ir de excursión en tu Maserati. Nunca he estado en Wartburg. ¿Cuánto tardaríamos?

No mucho.

Intenté decírselo. Más o menos. Pero ella no quiso saber nada, naturalmente. Aparqué el coche de alquiler delante de la casa y me bajé y fui hasta la parte de atrás y allí estaba. En el jardín. Yo no sabía qué ponerme. Caminé hasta la valla y dije hola. Ella, como es natural, ni siquiera sospechó quién era la persona que tenía delante. Levantó la cabeza y dijo: ¿Sí? Y yo dije: Mamá, soy William. Y ella se quedó como estaba, arrodillada en la tierra, durante un minuto entero y luego se tapó la boca con la mano y empezó a llorar a lágrima viva. Se quedó de rodillas. Moviendo la cabeza sin parar. Como si le hubieran dicho que alguien se había muerto. Bueno, en parte era así. Al final le dije que quizá lo mejor sería ir adentro y entonces se levantó y entramos en la cocina y ella preparó café instantáneo. Que yo detesto. Y allí estuvimos. Yo intentando sonreírle con estos dientes en los que me había gastado cuatro mil dólares. Iba vestida en plan muy modosito, pero me temo que la blusa que llevaba puesta dejaba ver un poco lo de debajo y ella no paraba de mirarme y al final dijo: ¿Puedo preguntarte una cosa? Le dije que claro. Puedes preguntarme lo que quieras. Y ella dijo: ¿Son auténticas?

En fin. Me lo miraba todo de una manera que pensé que acabaría cabreándome con ella. Me había puesto unos pendientes de oro con una sola perla. Las perlas eran buenas. Japonesas. De unos nueve milímetros y con buen lustre y un matiz rosa muy bonito. Me toqueteé un pendiente y dije: Sí, son auténticas. Fueron un regalo. Lo cual era verdad. Y ella más desconcertada aún que antes. No, dijo, me refería a tus... Hizo un gesto vago con la mano señalando mis tetas.

Yo entonces me puse las manos debajo y me las levanté hasta la barbilla y le dije: Ah, ¿querías decir estas? Ella no quería mirar pero miraba y asintió con la cabeza. Y yo dije: Sí, son auténticas. Todo lo auténticas que permiten las hormonas y la silicona. Y ella otra vez a lloriquear y se negaba a mirarme hasta que al final dijo: Tienes senos.

Senos, encanto. Dios. Lo único que se me ocurrió pensar fue en un restaurante de Tijuana adonde solíamos ir. Era casi el único sitio de la ciudad donde podías comer un filete decente. De vaca argentina. La carta estaba en español, claro, pero tenías la traducción inglesa en la página de al lado y entre los platos de la carta había uno llamado «pechuga de pollo» y en la página en inglés ponía «chicken bosoms». Supongo que alguien les dijo que poner «pecho» era demasiado sugerente. Así que senos. Madre mía. Eso lo echó todo a perder. No sé por qué. Me cabreó muchísimo. Entonces la miré y le dije:

Mamá, procura no tomártelo como que has perdido un hijo. Piensa como si hubieras ganado un fenómeno de circo. Y ahí sí que empezó a soltar lagrimones. Bueno. Ya ves. Creo que te conté que se negaba a ir conmigo. No quería que la vieran en mi compañía. Aguanté allí dos días. Tenía el bolso lleno de... ¿cómo es que los llama John? ¿Presidentes muertos?

Presidentes muertos.

Unos tres mil dólares, calculo. Mi gran fiesta de bienvenida. Había fantaseado con eso al menos cien veces. Quería llevarla a Knoxville, primero de compras a Miller's y luego a almorzar en Regas. Dios mío. Qué idiota. ¿En qué estaría yo pensando? Me preguntó si yo iba al servicio de señoras. Por favor... ¿Acaso pensaba que iba a entrar en el aseo de hombres con esta pinta? Así fue la cosa. Un puto desastre de principio a fin. Perdona. Quiero dejar de decir palabrotas. Mi hermana llegó del cole una hora después y, como te puedes imaginar, no tenía ni idea de quién era aquella criatura. Allí sentada con su madre en la cocina. Hasta que le hablé. Ella tenía doce años. Y entonces me miró y preguntó: ¿Eres tú? ¿William? Qué guapa. Y entonces fui yo la que empezó a llorar a lágrima viva. Cuánto quiero a esa chiquilla.

Recuerdo que me dijiste que tu padre había muerto.

Sí. Yo tenía catorce años cuando murió. Y lo estaba pasando fatal. Él me odiaba a muerte. Incluso pagaba a otros chavales para que me pegaran al salir del colegio.

Te lo inventas.

Encanto, no me invento nada. Al final hasta ellos se hartaron. Ya no aceptaban el dinero de mi padre. Y estoy hablando de un hatajo de mierdecillas de lo más despreciable que te puedas imaginar. Él también se había cansado de zurrarme porque siempre le dolían las cervo... ¿cervicales? ¿Se dice así?

Sí.

Bueno, pues las cervicales siempre le estaban fastidiando y cada vez que me pegaba luego le dolía el cuello durante varios días. Yo le decía que debía de ser herencia de cuando lo ahorcaron en una reencarnación previa, pero como te puedes ima-

81

ginar él no le veía la gracia. Bueno, ni a eso ni a nada. Fíjate qué cosas, los vecinos tenían un perro que a mí me daba terror. Se abalanzaba sobre la valla venga a ladrar y a gruñir babeando y tenía mirada de loco y resulta que mi padre y ese horrible animal murieron el mismo día. Y a la mañana siguiente me despierto y tumbada en la cama noto que me sobreviene una inmensa sensación de paz. Fue una cosa trascendente. No se me ocurre otra palabra. En ese momento supe que era libre y que la libertad era tal como dicen en los discursos. Merece todo cuanto uno tenga que pagar por ella. Y entonces supe que iba a llevar la vida con la que soñaba. Era la primera vez que me sentía feliz y eso me compensó de todo. Absolutamente de todo. Fue un verdadero regalo. Me sentía transformada. Y más fuerte que nunca. Y ya no estaba enojada ni furiosa. Mi corazón rebosaba amor. Creo que siempre había sido así. Perdona. Voy a acabar hecha un desastre.

Sacó del bolso un pañuelo de hilo y abrió la polvera y se dio unos toques en los ojos. Cerró la polvera y la guardó y le miró sonriente. ¿Estás seguro de que quieres oír todo esto?

Sí.

Muy bien. Un año después yo estaba trabajando en Nueva York en un restaurante de moda. Compartía piso con una chica de verdad. Yo tenía quince años. Había conseguido un carnet de identidad falsificado y estaba ganando bastante dinero y mejorando mi inglés y había empezado los tratamientos hormonales. El médico al que iba me dijo que era una persona grácilmente mesomorfa. Y yo le dije sí y tú un viejo verde. Porque a esas alturas ya éramos amigos. Pero le pregunté qué quería decir eso y él contestó pues quiere decir que vas a ser una chica muy bonita. Y yo le dije que con eso no tenía suficiente. ¿Por qué no una tía espectacular? Entonces él sonrió y dijo: Ya veremos. Y así fue. Recuerdo que un día estaba bajando las escaleras a toda prisa para ir al deli de la esquina. Acababa de ponerme unos vaqueros y una camiseta. Y las tetas se me bamboleaban. Dios. No me lo podía creer. Subí corriendo las escaleras y volví a bajar para notarlo otra vez.

Claro que para entonces yo había empezado a beber y eso casi termina conmigo. Era una alcohólica nata. Por suerte conocí a alguien. Pura chiripa. Me llevó a Alcohólicos Anónimos. La cosa de Dios fue un problema. Le pasa a mucha gente. Y entonces me despierto una noche, no sé qué hora sería, y pienso: Si no existe un poder superior ese poder superior soy yo. Eso hizo que me cagara de miedo. Dios no existe y Dios soy yo. Y empecé a trabajarlo pero en serio. Lo sigo haciendo todavía hoy. Quizá es eso lo que se supone que hay que hacer. He ido avanzando un poco. Estaba enfadada con él por joderme como lo hizo pero puede que él no sea tan perfecto como a la gente le gusta pensar. Tiene que atender a muchas cosas y no cuenta con nadie que le ayude.

¿Tú crees en Dios?

¿La verdad?

Claro.

No sé quién es ni qué es Dios. Pero tampoco creo que todo esto surgiera así por las buenas. Y en eso me incluyo yo. Puede que todas las cosas evolucionen como dicen que pasa, pero si sondeas hasta su origen tarde o temprano ha de aparecer una intención.

¿Si sondeas hasta su origen?

¿Te ha gustado? Pascal. Al cabo de un año me desperté otra noche y fue como si hubiera oído una voz en sueños. Todavía resonaba en mi cabeza. La voz dijo: Si algo no te amara tú no estarías aquí. Y yo dije vale. Más claro el agua. Quizá no te parezca gran cosa. A mí me sirvió. O sea que hago como dice la serie aquella, Bobby. Día a día. Necesito pasar más tiempo con mujeres y eso no es fácil. Se sienten amenazadas. O bien nos hacemos amigas y luego les cuento lo mío y noto que ponen distancia. Salvo raras excepciones. Muy raras. Estoy intentando convencer a Clara de que venga. Que estudie aquí. Ya te imaginas quién es la que pone peros. He leído cosas sobre el dimorfismo sexual en el cerebro. Es un órgano más flexible de lo que pensamos. Existe la posibilidad de hacerlo cambiar. Ya sabes adónde quiero llegar porque un día lo hablamos. Quiero tener un alma femenina. Quiero formar parte del alma femenina. Eso es lo que quiero y nada más que eso. Siempre pensé que era una cosa fuera de mi alcance pero empiezo a tener fe. Cuando rezo, rezo por eso. Para que me abran la puerta. Para ser miembro de lo femenino. Y no es algo que tenga que ver para nada con el sexo. Con tener sexo. Todo lo demás es pura banalidad.

Sonrió y luego levantó uno de sus delgados brazos y se miró el Patek Philippe Calatrava de oro blanco que llevaba en la muñeca. ¿Qué hora es?, preguntó.

Las dos dieciocho.

Muy bien.

¿Es de antes de la guerra?

Sí. Nada de complicaciones.

La historia de tu vida.

La historia de mi nueva vida. La vida como yo quiero vivirla. Tengo que irme. Tengo una audición a las tres en punto. Eres un sol, encanto. Gracias. Y gracias por escuchar todas mis malditas penurias. Hay una cosa sobre ti que no te he preguntado. Ya te llamaré. ¿Te parece bien?

Sí.

Él pagó la cuenta y se levantaron de la mesa. Lo único que no me gusta de estar sentada cerca de la puerta es que no tienes que cruzar el restaurante.

Bastantes estragos causas ya.

Sí, lo sé. Es algo con lo que tengo que apechugar.

Una vez en la acera, ella le besó en ambas mejillas. Desde que te conozco, ni una sola vez me he preguntado qué es lo que quieres.

¿De ti?

De mí. Sí. En mi caso eso es muy poco habitual. Gracias.

La vio alejarse hasta que se perdió entre los turistas. Hombres y mujeres se volvían para mirarla. Se le ocurrió que la bondad de Dios aparecía en lugares muy extraños. No cierres los ojos.

III

El invierno era cada vez más crudo, pero el Chico parecía haberse ido definitivamente. Ella asistía a seminarios en la universidad al salir del instituto y raramente volvía a casa antes de que anocheciera. Y una tarde entró en su piso y tiró los libros encima de la cama y entonces lo vio sentado a su mesa. Adelante, dijo el Chico. Cierra la puerta. ¿Dónde estabas?

En el cole.

¿Ah, sí? Son más de las siete. ¿No te parece un poco tarde, eh? Sacó su reloj de algún bolsillo y miró la hora. Dio unos golpecitos al cristal y se llevó el reloj al oído.

¿Cómo sabes a qué hora se supone que debo estar en casa?

A ver. Pon el culo en el asiento. Haces que este lugar parezca desordenado.

Ella apartó los libros y se tendió en la cama cuan larga era con las manos debajo del mentón.

Eso no es sentarse. Eso es tumbarse.

¿Qué más te da?

Así no puedes prestar la debida atención. La postura vertical y erguida facilita el flujo de sangre hacia el cerebro. En especial a los lóbulos frontales. Como es preceptivo en el aterrizaje de un avión, por ejemplo. Previo al impacto y el desmembramiento resultante y la subsiguiente incineración. ¿Tú no habías estudiado antropología?

Eso que dices no es antropología. Es un galimatías.

Sí bueno vale. Siéntate de una puñetera vez. No tengo tiempo para menudillos.

Menudencias.

Para eso tampoco.

Ella se dio impulso para incorporarse y se quitó los zapatos haciendo palanca y los dejó caer por el costado de la cama. Cruzó las piernas y se arrebujó en la colcha. El Chico había iniciado su acostumbrado deambular. Dios. Lo que tiene uno que aguantar. Siempre a disposición de una pueblerina de Tetastown. Aquí arriba bajo los socarrenes. Escondida como una ardilla. Bueno, al carajo.

¿Y los otros dónde están?

¿Los otros qué?

Tus amiguitos.

No te preocupes. Vendrán a su debido tiempo. ¿Qué te estaba diciendo?

Escondida como una ardilla.

Sí. Quizá deberíamos pasar a otro tema. ¿Dónde tienes el boletín de notas?

¿Y a ti qué te importa?

Te han puesto un notable.

Eso no es asunto tuyo.

Es la primera vez, Florence.

Ha sido en Religión.

Ya. ¿Y? ¿Religión no es una asignatura?

No tiene ni idea. La hermana Aloysius. Ni siquiera sabe cuál es el tema que se debate.

Vale. Pero empezaste a citar a Aquino en latín como la zorrita sabihonda que eres. ¿Qué esperabas?

Creí que solo te interesabas por las mates.

Aun así es un simple notable. Y consta en tu expediente. Imagino que tienes intención de llegar al Paraíso.

Pero ¿de qué mierda estás hablando?

De tu fracaso en religión.

¿Fracaso? He sacado un notable.

Ah. Pues es lo mismo.

Pensaba que íbamos a cambiar de tema.

Es verdad.

Aunque supongo que debería preguntar cuál.

Uf. Los meses de invierno. ¿Vale?

Sí. ¿Por qué no? Anochece más temprano. Te habrás fijado, quizá.

No me digas. Contigo hay que ser precavido. Igual resulta que es una de tus observaciones filosóficas.

¿Qué estás escribiendo?

Nada. Solo estoy descartando a ciertas personas. ¿Qué demonios pasa aquí? ¿Han decidido tomarse la jubilación anticipada? ¿Dónde coño están todos?

No quiero tenerlos aquí.

¿En serio? ¿Y eso cómo lo sabes? Necesitas tomarte un respiro, Brenda. Puede que no estés al borde del abismo pero puedes verlo desde aquí. ¿Es que no hay nadie entre bastidores, por los clavos de Cristo?

Desde las sombras del escritorio los enanitos de jardín dieron unos rígidos pasos al frente. Joder, dijo el Chico. Vosotros no. ¿Dónde diablos está Grogan?

Dio unas aletadas y el inmundo surgió del armario y se quitó la flácida gorra de visera. Tres michelines de grasa adornaban la base de su cráneo. Como si le hubieran montado la cabeza en una prensa. Sostuvo la gorra a la altura del pecho con ambas manos y bajó la vista e hizo una venia en dirección a la chica. Dios vele por tu prole, mamá, dijo. Volvió a ponerse la gorra y juntó las manos en la espalda y ejecutó el charlestón del Gremio de la Piruleta, haciendo muecas todo el rato.

¿Por qué nunca hay un poco de música, por el amor de Dios? Muy bien. Ya basta de baileteo. ¿Qué más puedes ofrecernos?

Grogan se quitó la gorra y la apretó con el brazo extendido al frente y se puso a cantar con la melodía de «Molly Brannigan»:

> *Them old cangrejos*
> *Is a-leapin in me lederhose*
> *Why I bedded with the bitch*
> *Is somethin only Jesus knows*
> *And it's off to the chemist*
> *For a pot of ointment I suppose*

Since Molly's gone and left me
Here alone with the...*

Vale, dijo el Chico. *Virgen santa. ¿Qué ha sido de las baladas de amor y patriotismo? ¿Se puede saber qué haces?*

Ella se había tapado la cabeza. Me largo, dijo, *la voz amortiguada por la colcha.*

Grogan se había puesto a bailar otra vez. Danza irlandesa. Ella podía oír el ruido de sus zapatones chocando contra el suelo. El Chico le dijo que se calmara. ¿No ves que ella no puede ver el puñetero número con la cabeza metida ahí debajo?

No quiero ver nada, dijo la chica. *Que se vayan todos.*

Enseguida se pondrá bien. Seguramente ha tenido un mal día en el cole. Eh, la de ahí debajo. Ahora no puedes ponerte a dormir. Son solo las siete y media.

Mañana tengo clase.

¿Qué? Grogan, corta ya.

Ella apartó la colcha. Que mañana tengo clase.

Que mañana tengo clase, parodió el Chico.

¿Y Grogan?

Me parece que se ha ido. Le habrás hecho cabrear.

¿Y qué tengo que hacer para que te cabrees tú?

Ten un poco de paciencia. Deja que eche un vistazo a esto.

Oh, fantástico.

El Chico rebuscó en su libreta. Quizá es que hemos probado una cosa demasiado avanzada para ti.

¿Avanzada?

Eso digo. A veces es un error hacer las cosas a la medida de uno.

Desde luego.

En fin, empiezo a notar un tufillo a lascivia en ese porte aristocrático que te gastas.

---

* Aproximadamente: «Es como si unos cangrejos tuviera / dentro de mis lederhosen. / Por qué me acosté con esa furcia / es algo que solo Dios sabe. / A la botica me tocará ir / a por un tarro de pomada. / Pues Molly se fue y me dejó / aquí solo con la...».

Apartó unos papeles del escritorio y se recostó en la silla con sus notas. Santo cielo, dijo. Quién hace estas malditas fotos. ¿Números con perros? No jodamos. Nunca sabes lo que te vas a encontrar cuando limpias las cloacas. ¡Y esos nombres! ¿Los Suponibles? ¿Y por qué no Los Desechables? ¿O Los Supositorios? Joder. Aquí tiene que haber algo.

La única que me interesa es Miss Vivian.

Ya. Pero ella no es un número. Ciñámonos al programa.

Eso no es un programa. Es una estupidez.

Claro. Pero ¿qué cojones es esto? ¿Malabaristas? Espera. Ya lo tengo. Estos dos tienen buena pinta. Venidos de Cachondeo City en el Sudoeste. Perfecto.

Recogió sus notas y se retrepó en la silla y batió aletas. ¡Preve-nidos!, dijo en voz alta. La puerta que estaba cerrada se abrió de repente y dos marimachos diminutos vestidos de tafetán claro salieron al unísono y ejecutaron el para-Buffalo-me-voy poniendo sus pinta-dos ojos en blanco. Luego empezaron a cantar cosas sin sentido con voz muy aguda, cogidos del brazo y dando delicados pasitos con sus zapatos de charol. El Chico gimió y se llevó una aleta a la frente. Santo cielo, dijo en voz baja. ¿Cómo ha caído tan bajo este puto negocio? Sacad de aquí a estos maricas sépticos. Madre de Dios. ¿A qué huele? ¿A queso Liederkranz? Fuera, maldita sea. Descanso. A las ocho otra vez aquí.

Al caer la tarde bajó hasta el Seven Seas y se acomodó en el taburete pegado a la pared. Janice abrió una botella de cerveza y se la pasó. Tu amigo está ahí detrás, dijo.

Estiró el cuello para mirar por encima de las cabezas de los que estaban en la barra. Vio a Oiler sentado a una mesa. Solo. Se levantó y cogió su cerveza y fue hacia allí. Hombre, Bobby, dijo Oiler.

¿Qué haces aquí?

Esperar a que me traigan la hamburguesa. Siéntate. ¿Quieres una? Invito yo.

Vale.

Ve a decírselo. Yo de aquí no me levanto.

Western salió al patio donde estaba el grill. Que sean dos, dijo.

Dos qué.

Hamburguesas.

Él la ha pedido con queso.

Vale.

¿Hamburguesa con queso?

Sí, hombre.

¿Con un poco de todo?

Sí.

¿Patatas fritas?

Venga.

Volvió adentro y apartó la silla con el pie y tomó asiento. ¿Dónde está toda la peña?

Oiler miró en derredor. No sé. Puede que al final vinieran y los hicieran firmar y se los llevaran.

¿Has leído la prensa estos días?

Sí. Me estoy iniciando.

¿Tú entiendes que un reactor de tres millones de dólares pueda acabar en el golfo de México con nueve personas muertas dentro y que el periódico no diga nada de nada?

Estaba pensando en preguntarte lo mismo.

El otro día tuve visita.

¿En tu casa?

Sí.

¿Te entraron a robar o algo?

¿Por qué se te ocurre eso?

No sé. Por la manera de decirlo.

No. Dos tipos trajeados. Con pinta de misioneros mormones.

¿Y qué querían?

No lo sé. Me preguntaron por el avión. Según ellos, uno de los pasajeros había desaparecido.

Te estás quedando conmigo.

Western tomó un sorbo de cerveza.

No te estás quedando conmigo.

No.

Debo suponer que ellos saben quién es el que falta.

Eso pienso yo. Imagino que no sabrían que falta alguien a menos que supieran quién estaba presente. ¿No te parece?

Tal vez. ¿Entonces? ¿Piensan que nosotros sabemos dónde está ese tío?

Mira, lo único que sé es que todo lo que apesta a chamusquina suele traer cola.

Oiler se acodó en la mesa. Muy bien. Ellos saben cuántos iban en el avión porque nosotros lo dijimos.

Dudo que sea por eso.

Vas a hacer que me explote la cabeza. ¿Y qué dijeron del Jepp?

Dijeron que había desaparecido.

¿Y eso cómo lo saben? Oye, no me estarás buscando las cosquillas con todo este rollo, ¿verdad?

¿Para qué iba a hacer una cosa así?

No lo sé. Tienes una mente retorcida.

Pero no tanto.

Misioneros, ¿eh?

Sí.

Esto empieza a darme muy mala espina.

Creí que ya te la daba antes.

Pues aun peor. ¿Aun o aún?

Aún.

Vale. Bueno, te voy a dar un consejo. Claro que quizá ya sabes de qué se trata.

Sí que lo sé.

Como vuelvas por allí a husmear, esos misioneros se van a meter de okupas en tu casa.

He puesto un par de trampas. Si vuelven sabré que han estado allí.

Muy bien. ¿Y luego qué?

Quemaré ese puente cuando sea el momento.

Ya lo has quemado. ¿Cuándo te vas a Port Sulphur?

Lunes, creo.

No te importa bucear en el río.

No me gusta pero da igual. Puedo hacerlo.

¿Cómo es eso? Si está oscuro como boca de lobo…

No es solo la oscuridad. Es la profundidad.

Es lo oscuro lo que te dice lo profundo que es.

Quizá sí. Conocí a uno que buceaba en el océano Índico y me dijo que había buena visibilidad hasta los ciento cincuenta metros. Y que cuando mirabas hacia abajo te daba vértigo. Y aun así no pudo hacerlo. Pero no porque se quedara sin luz.

El caso es que se quedó sin algo.

¿Cómo hemos acabado hablando de mis fobias?

Coño, Western. Es que si no fuera por tus fobias no podría tocarte las pelotas. Ahí vienen.

El cocinero dejó los platos sobre la mesa con las hamburguesas con queso y cogió el bote de mostaza y el de kétchup que llevaba bajo cada axila y sal y pimienta de los bolsillos traseros de sus rancios vaqueros. ¿Qué más?, preguntó.

Creo que es todo.

Oiler miró el tarro de plástico de la mostaza y luego lo alcanzó y abrió su hamburguesa y tiró un chorro de mostaza. De perdidos al río, dijo.

No puedes tomarte una hamburguesa con queso decente en un restaurante limpio. En cuanto se ponen a barrer el suelo y a fregar los platos con jabón ya te puedes olvidar.

Oiler asintió mientras masticaba. Pues estas hijaputas están de muerte, o sea que ataca.

La mejor que he comido nunca fue en la barra del Comer's Pool Hall en la Gay Street de Knoxville, Tennessee. Ni con gasolina podías limpiarte la grasa de los dedos. Por cierto, aún no me has dicho adónde vas.

Ya lo sé. Vamos a Venezuela.

Cuándo.

Dentro de semana y media. Levantó el brazo y dos dedos. Al poco rato llegaron dos cervezas más. Western observó a Oiler. ¿Qué clase de trabajo es?, dijo.

Tenemos que sustituir unas bridas viejas que no ajustan bien. La barcaza de Taylor partió hace dos días e imagino que estaremos un tiempo fuera.

Cuánto calculas.

No sé. Unos dos meses.

Cortas las bridas y luego sueldas un tubo más corto.

Exacto. Así consigues una tubería totalmente soldada. Sin complicaciones. Toda la tecnología es cosa de Taylor. Hicimos las primeras soldaduras hiperbáricas en una tubería del mar del Norte a unas sesenta millas de Peterhead. No hace mucho de eso. Tú nunca has estado, ¿verdad?

¿En Escocia?

Sí.

No, no he estado.

Me encanta el nombre. En fin, si quisieras podrías tender tubos con una barcaza de una punta a otra del mundo. Simplemente vas soldando tramos nuevos en cubierta y conforme avanzas los vas hundiendo en el mar detrás de ti. Pero no es posible unir dos tubos. Y eso es lo que hicimos. En el fondo del mar.

¿Era la primera vez que se hacía eso?

Habíamos hecho varias pruebas cerca de Grande Isle un par de años antes. Era la primera vez que utilizábamos fluorita con el hábitat submarino.

Soldáis los tubos en seco.

Exacto. Piensa que esos bichos pesan ciento cuarenta y seis toneladas. Las unidades de fluorita. La barcaza las descuelga con una grúa. Estábamos soldando entre sí los extremos de dos tramos de tubo bastante largos. Creo que eran de cuarenta y tres y cincuenta y seis kilómetros. Lo primero es arrancar todo el cemento y alinear los tubos y luego cortarlos a la medida deseada con una sierra hidráulica. Los de arriba suben las dos secciones sobrantes de tubo y luego descargan la unidad de fluorita con el hábitat submarino. Es más complicado, pero básicamente tienes que asegurar los extremos del tubo en cada extremo del hábitat donde lleva incorporadas las abrazaderas herméticas y luego extraer el agua con una bomba y soldar la junta de cuarenta pulgadas. Estamos hablando de tubo de treinta y dos, claro, o sea que no es un trabajo cómodo. Hay muy poco espacio.

Pero de hecho estás en una campana de aire.

Eso es. Ahí dentro podrías comer y todo.

¿A qué profundidad estuviste?

Ciento catorce metros. Éramos diez buceadores, dos de nosotros de saturación.

Lo pasaste bien.

Sabía que estaba hecho para esto antes incluso de saber de qué iba la cosa. Y aparte el dinero.

Claro.

Siempre tuve la sensación de que a ti lo del dinero no te importaba gran cosa. Puede que sea ese el problema.

No sé qué decirte. Si hubiera mucho dinero de por medio podría hacer ciertas cosas. Pero trabajando por horas nunca te haces rico. Ni siquiera con la soldadura hiperbárica.

Supongo que tienes razón. Hay más cirujanos del cerebro que soldadores hiperbáricos, pero supongo que tienes razón. En lo de hacerse rico, me refiero. Pero te diré que yo he sido pobre y esto de ahora es mucho mejor. Aunque no sea ser rico. ¿Te apuntas?

¿A lo de Venezuela?

Sí.

¿Tanta influencia tienes con Taylor?

Me debe un par de favores. ¿Qué te parece?

No creo. ¿De qué profundidad estamos hablando?

Ciento setenta metros.

¿En avión hasta…?

Caracas. Estamos en un sitio que se llama Puerto Cabello. A unas dos horas siguiendo la costa.

Tú ya has estado.

Oh, sí. ¿Qué me dices?

Que no.

Podríamos ir a Caracas.

Ya.

Tú podrías ir como ténder mío.

Eso es una solemne chorrada.

¿Y qué más te da? Podrías echarle un tiento a la campana. Caray, Bobby. Yo no voy a permitir que te ahogues.

Eso ya lo sé.

Deja que te pregunte una cosa.

Venga.

¿Qué piensas que hay allí abajo?

Ese no es el problema.

Ya. Es lo que hay aquí arriba.

Se tocó la sien.

Sí. Vale.

Piensas demasiado, hombre. No sé muy bien qué. En cualquier caso no sé qué es lo que te pasa por la cabeza. Pero si tuviera lo que tú tienes ahí arriba yo ni siquiera me habría metido en esto.

Creía que te encantaba este trabajo.

Bueno, sí. Probablemente la cosa no va a mejorar, ya lo sé, pero soy un hijoputa bastante agradecido.

No tengo respuesta a tu pregunta, Oiler. Solo sé que no voy a ir. Decir que es algo que tienes en la cabeza no cambia nada.

Bueno. Yo creo que hay cosas que uno teme pero las hace y basta. No te comes el coco analizando todos los motivos para no hacerlas. Imagínate que estás en la campana de aire y que tienes motivos de sobra para que te dé miedo volver por el sumidero. Puede que sea una de tus analogías. Si tienes miedo te quedas atrapado. No vas a ninguna parte. Siempre estás retrocediendo por el sumidero.

Western sonrió.

Tú crees que cuando algo te deja hecho polvo solo es cuestión de pasar de todo y olvidarlo. Pero la verdad es que eso ni siquiera te va detrás. Solo está esperando. Y siempre lo estará.

No sé. Yo creo que el miedo siempre va más allá del problema. ¿Y si resulta que la causa es otra cosa? Lo cual quiere decir que resolverlo puede que lo resuelva o puede que no.

¿Estás diciendo que lo que sea que te da miedo puede no ser lo que realmente te da miedo?

Algo así.

Muy bien. Bueno. No quiero meterme. Puede que ese accidente de coche te afectara más de lo que crees. Diría que a ti no te daba miedo pilotar un coche de carreras a doscientos noventa por hora.

Quizá debería haberme dado miedo.

Apuró su cerveza y dejó la botella vacía sobre la mesa. Pero eso no cambia nada, ¿verdad?

Tienes una vida muy peculiar, Bobby.

No eres el primero que me lo dice.

Seguro que no. Otra cosa que probablemente te habrán dicho. Eso no cambia nada.

De acuerdo.

No esperes que los muertos te quieran.

Western se levantó. Ya nos veremos.

Muy bien.

Cuídate.

Y tú, Bobby.

* * *

Volvió a su apartamento y se dio cuenta de que lo habían
registrado a conciencia. Primero pensó en el gato pero el gato
estaba otra vez debajo de la cama. Soy yo, dijo, dando unas
palmadas en el suelo, pero el gato no quería salir. Empezó a
poner las cosas en su sitio. El contenido de su bolsa de buceo
estaba desperdigado por el suelo. Lo recogió todo y lo metió
de nuevo en la bolsa y cerró la cremallera y la devolvió a su
lugar en el armario. Luego empezó a recoger la ropa esparci-
da por el suelo y la fue poniendo sobre la cama. Entonces se
detuvo. Se sentó en el borde de la cama.

No han sido los mismos. Esto lo han hecho otros tíos.

Fue al armario y sacó de nuevo la bolsa y la dejó junto a
la puerta. Sacó todas sus camisas del armario con percha y
todo y las amontonó junto a la puerta y luego cogió del estante del armario la raída bolsa Gladstone de su abuelo y
metió dentro calcetines y camisetas y la cerró.

Llevó una bolsa de lona a la cocina y la llenó de latas y café
y té. Unos cuantos platos y utensilios de cocina. Metió sus
libros en una bolsa de lona y la puso también junto a la puerta. El pequeño equipo estéreo y una caja de casetes. Desconectó el teléfono de la pared y retiró la colcha y las almohadas
de la cama y dio un último vistazo a todo el piso. Cogió el
arenero del gato. No tenía muchas pertenencias, pero empezaban a parecer demasiadas. Desconectó la lámpara de mesa y
la dejó en la puerta y luego empezó a llevarlo todo al camión
y lo cargó en la cabina o remetido delante de la grúa. Tuvo
que hacer cinco viajes. Se arrodilló para meterse debajo de la
cama y le habló al gato hasta que pudo agarrarlo. Vamos, Billy
Ray. Nada es eterno.

No era una buena noticia para un gato. Recorrió la pequeña vivienda acariciando al gato y luego salió y cerró la puerta y cruzó la cancela hasta la calle y montó en el camión y con el gato sobre el regazo bajó por St. Philip Street hasta el Seven Seas.

Era la una de la madrugada. Entró con el gato en brazos. Janice estaba atendiendo la barra y levantó la vista y le sonrió. ¿Quién es tu amigo?

Te presento a Billy Ray. ¿Arriba hay alguna habitación?

La de Lurch. No sé si estará muy limpia.

No pasa nada. ¿Puedo quedarme ahí?

Tendré que preguntarle a Josie.

Yo hablaré con ella. Mira, tengo todas mis cosas ahí fuera en un camión. No quiero ponerme a buscar un motel a estas horas. Si Josie le ha prometido la habitación a alguien, me iré.

¿Qué ha pasado? ¿Te han desahuciado o algo?

Más o menos. Sus cosas ya no están arriba, ¿verdad?

Creo que no. Lo guardaron todo en cajas y lo mandaron a casa de su hermana en Shreveport. Espero que no me metas en un lío.

Tranquila. ¿Y la llave?

Janice cogió la caja de puros que guardaba debajo de la barra y sacó la llave y la puso encima del mostrador. Western la cogió y miró la chapa metálica. Habitación número siete.

El número de la suerte.

En este caso parece que no.

Ya. Bueno, nunca se sabe. Las cosas no han ido muy bien por aquí. Y en cuanto a lo de la suerte mejor que le preguntes a Lurch. En fin, es la habitación que hay al final del pasillo a mano izquierda. No creo que haya número en la puerta. ¿Estás seguro de que quieres instalarte ahí arriba?

¿Por qué lo dices?

No sé. En los cuatro años que llevo trabajando aquí ya se han muerto tres personas, incluido Lurch. Y todas se marcharon de la misma manera que él. Quizá deberías pensarlo bien.

Lo haré.

Entró las cosas que tenía en el camión y luego salió al patio y subió por la escalera exterior. En la habitación no había nada más que el bastidor de hierro de una cama y una mesa pequeña de madera y una silla. Un fregadero y una nevera pequeña. Un hornillo. La cama no tenía colchón. Olía a moho y a gas. Fue entrando las cosas y apilándolas sobre la mesa o en un rincón y cerró la puerta. El gato estaba investigando la habitación. No parecía nada contento.

Extendió mantas y ropa y saco de dormir encima del somier e improvisó un jergón y luego puso la bandeja de plástico del gato en el rincón y la llenó con la bolsa de arena y luego volvió a bajar y pidió una cerveza y se quedó de pie al fondo de la barra.

No quieres hablar conmigo, dijo Janice.

Western cogió la cerveza y fue a sentarse en uno de los taburetes.

¿Qué tal la habitación?

Bien. La cama no tiene colchón.

¿Vas a dormir encima del somier?

Más o menos. Sí.

Es un coñazo. Sobre todo si estás con alguien.

Eso no lo había pensado.

Te queda la piel toda marcada, como un gofre. ¿Puedo saber cómo es que te mudas en plena noche?

Me han entrado en casa. Aparte de otras historias.

Qué lata. ¿Y qué se han llevado?

No lo sé. Poca cosa. No tengo mucho que robar.

Oiler dice que vives como un ermitaño.

Supongo que es verdad.

¿Por qué no invitas a salir a Paula?

¿Qué?

Que por qué no sales con ella.

No creo.

¿Y eso?

No quiero comprometerme con nadie.

Sabes que está loquita por ti.

No, no lo sabía.

Venga ya.

Lo dudo.

Vale. ¿Y las otras historias?

¿Otras historias?

Has dicho que había algo más aparte de que te hayan entrado en casa.

Western ladeó la cabeza. ¿Por qué?

¿A quién voy a darle el coñazo si no?

No lo sé. Me voy a acostar.

Buenas noches.

Cuando bajó a la mañana siguiente eran las diez y había gente junto a la barra, en pijama y zapatillas, tomando bloody marys y leyendo el periódico dominical. Jimmy le saludó con la cabeza desde su mesa.

Te has mudado aquí.

Parece que no tenéis mucho de qué hablar, ¿eh?

Puede que te sirva de consuelo. Para superar el mal trago.

Igual tienes razón.

Todos lo veíamos venir.

Western sonrió. Salió del bar y subió por St. Philip hasta donde había aparcado el camión.

Cuando volvió por la tarde llevaba un colchón y un par de bolsas con comestibles. Aparcó delante del bar y bajó el colchón y lo llevó adentro. Josie le miraba desde detrás de la barra. El colchón era incómodo de transportar pero nadie levantó el culo de la silla para echar una mano. Lo dejó de pie apoyado en la máquina de tabaco y se dio la vuelta. ¿Qué os debo?, preguntó.

Mira, Bobby. Múdate donde quieras. Tú no me preocupas.

De acuerdo.

Antes ha venido Oiler preguntando por ti.

¿Le has dicho que me he instalado aquí?

No. Me lo ha dicho él.

Joder.

Empujó las puertas del patio con el hombro y se afanó escaleras arriba con el colchón a cuestas. Cuando lo hubo llevado todo a la habitación salió y condujo el camión por Decatur hasta que encontró una plaza de aparcamiento. Luego fue andando por St. Philip hasta su pequeño apartamento y cruzó la cancela y metió la llave en la cerradura y abrió la puerta. Una puerta más que cerrar para siempre. Una vez dentro, encendió la luz. Se quedó mirando la ropa que había dejado encima de la cama y luego fue a la cocina. En el cuarto de baño dio la luz y se inclinó y con mucho cuidado abrió el cajón inferior de la derecha. Había dejado en el centro del cajón un bolígrafo con el tapón quitado de modo que pudiera rodar sobre sí mismo y ahora vio que el bolígrafo estaba pegado al frontal. Cerró el cajón, volvió a la habitación principal y salió del apartamento y echó la llave. Bajando de nuevo hacia Decatur Street paró en la esquina y compró un periódico y se fue al Tujague's.

Eran las cinco de la tarde de un domingo de noviembre y él era el único comensal. En la barra de la otra sala había algunos clientes. Un camarero acudió con una rebanada de pan y un plato de mantequilla. Le sirvió agua de la jarra de cristal que había sobre la mesa y se alejó.

No había carta. Comías lo que te ponían en la mesa. Tomó gambas con rémoulade y sopa de marisco con arroz. Falda a la parrilla servida con una salsa de rábano picante. Tomó un vaso de vino blanco y un filete de lubina y después café servido en vaso. Entraron unos turistas. El local pareció ejercer un efecto calmante en todos ellos. Western conocía esa sensación. Los turistas miraban las fotos de las paredes. Los centenares de botellas de licor de dos onzas. Pidió otro café y un helado de vainilla. Cuando por fin se marchó eran casi las siete y volvió andando al Seven Seas. Le dieron una nota que le había dejado Red y se la guardó en el bolsillo y subió por la escalera y dio de comer al gato y luego se acostó.

La luz aún era gris cuando de buena mañana se dirigió a Belle Chasse. Aparcó el camión y cruzó el patio dejando atrás el tanque de entrenamiento y los otros edificios. Abrió la puerta metálica y fue hasta el centro de operaciones que había al fondo y encendió las luces y el hornillo y bajó el café y los filtros.

Oiler llegó a eso de las seis y media. Me he figurado que serías tú, dijo.

¿Ah, sí? ¿Y eso por qué?

Me imaginé que te llevaría un tiempo poder conciliar el sueño en ese manicomio. ¿La mudanza bien?

Sí.

¿Qué pasó? ¿Has tenido más visitas?

Varias, a lo que parece. Tengo muchos pretendientes.

Oiler se sirvió una taza de café y lo removió con una cucharilla de plástico. O sea que te has mudado por eso.

Sí. Aunque quizá ya tocaba hacerlo. Jimmy dijo que le debo varios meses.

Él sabrá.

Espero que no.

¿Sabías que Jimmy había sido buzo de los de escafandra?

No. No lo sabía.

Eso podría ser una mirada al futuro. Quizá deberías pensar en ello.

Es algo que me dicen a menudo. Me sorprende que nadie haya ido a hacerte una visita.

¿He dicho yo tal cosa?

¿Qué, los misioneros?

Los misioneros.

Espero que no les dijeras dónde escondimos al pasajero desaparecido.

No. Intentaron sacármelo a hostias, pero yo ni una palabra. Al final me dieron una corriente eléctrica en los huevos, pero rechiné los dientes y nada más.

Es un ruido que odio.

¿A qué hora os marcháis?

No salimos hasta mañana.

¿Qué ha pasado?

No puedo decirlo.

¿Crees que ese avión estará todavía allí?

No sé. Haría falta un pedazo de grúa para izarlo y un pedazo de barcaza donde cargarlo después.

Me imagino que lo harían de noche.

¿Sigues mirando si la prensa dice algo?

No. Ya lo he dejado.

Oiler alcanzó la cafetera y se sirvió más y la dejó donde estaba. Todo este asunto podría convertirse en humo, sabes.

Ojalá.

Pero tú no crees que pase.

Diría que no.

A la mañana siguiente fueron río abajo en el viejo Ford Galaxie de Red.

¿Qué tiene este trasto? ¿Cuatrocientos caballos escasos?

No. Cuatro cuarenta. Voy a ver si consigo unos inmovilizadores de cabeza CJ. Tengo una leva que no hago servir apenas. A ti ya no te va esto de los coches.

Lo dejé.

Pero todavía tienes el Maserati.

Desde luego. Pero lo uso poco. Y eso me preocupa. Las juntas de culata se van aflojando y si cae agua en los manguitos de pistón empiezan a oxidarse. Entre otras cosas.

¿Por qué ese coche?

No sabría decirlo. No es tan veloz como un Boxer. O un Countach. Pero la construcción es mejor. No se le caen las piezas. ¿Un Mangusta? Quizá. Tiene muy buena pinta. Y los mejores frenos del mercado. Con ese 351 se podrían hacer muchas cosas pero habría que montarle una transmisión más grande. Y naturalmente el 308 no adelantaría ni a un gordo.

Además, no son fáciles de encontrar. Resumiendo: el Bora. ¿Que la suspensión es blanda? En realidad no. El coche se inclina pero nada más. Y supongo que uno se acostumbra a todas esas chorradas de Peugeot. Aquí lo que cuenta es la estética. El Bora es el coche más bonito. Y punto.

Si yo fuera propietario de esa belleza, les sacaría humo a las ruedas.

No me cabe ninguna duda.

¿Qué velocidad punta tienen esos Fórmula?

Los Fórmula 1 pueden alcanzar los trescientos o trescientos veinte kilómetros por hora. Hay pocos sitios donde poder correr. El Mulsanne Straight en Sarthe. No sé a cuánto pueden ir los Fórmula 2. Por supuesto, ninguno incluye velocímetro. Cuando llevas unas cuantas vueltas lo único que tienes claro es que no vas lo bastante rápido.

¿Cuál fue el principal problema que te encontraste?

El dinero. Cómo no. Si solamente hablas del coche en sí siempre hay dos clases de fallos. Los que no pudiste arreglar y los que no sabías que hubiera que arreglar. Si algo se escacharra en mitad de la carrera lo único que puedes hacer es encogerte de hombros. Pero si nunca ajustas bien la suspensión y eso te cuesta un par de segundos por vuelta... Nosotros nunca hicimos revisar el coche a fondo. Al final te ves obligado a jugar con la presión de las gomas. El balance entre los lados izquierdo y derecho. Tú te crees que eres capaz de conducir cualquier cosa pero así no se ganan carreras.

¿Alguna vez has pilotado un dragster?

No. ¿Y tú?

No. Esos trastos me acojonan.

Un día me telefonea Frank y me dice: Si no te importa, paso a buscarte dentro de un rato. Quiero enseñarte algo. Total que fuimos a ver a dos hermanos que habían construido un coche de carreras. Nos llevaron a la parte de atrás de la casa y los tíos retiraron la lona como si debajo hubiera una obra de arte. Se habían hecho con un par de motores Chrysler Hemi 391 y los habían acoplado entre sí con una enorme junta universal Spicer. Luego montaron dos sobrealimentado-res GMC 671 encima de los motores. No habían tomado la medida con un dinamómetro, pero aquel bicho tenía que dar unas cifras enormes. Frank dijo que la primera vez que lo pusieron en marcha cayeron pájaros muertos de los árboles a dos manzanas de allí. Ni transmisión tenía. Solo un eje Eaton de dos velocidades para camión. Y todo esto montado en un chasis que habían empalmado soldando cañerías y barras an-gulares de hierro. Una cosa tan increíble como digna de ver. Frank y yo nos quedamos mirando aquel monstruo y yo le pregunté: ¿Qué opinas? ¿Que qué opino?, dijo él. Y yo: Sí. Y Frank contestó: Te voy a decir lo que opino. Yo ni que me libraran de la silla eléctrica montaría en eso.

Entraron en el aparcamiento y fueron a la cafetería para esperar a Russell. Fuera todavía estaba oscuro. Unas cuantas gaviotas sobrevolaban las farolas del muelle. El bar estaba bas-tante animado. Red cogió un periódico y se deslizó en el reservado y contempló la dársena gris. Se supone que es una auténtica carraca. No sé qué clase de riesgo creen que hay pero me juego algo a que ese tipo preferiría dejar esa cosa donde está.

Yo pienso lo mismo. ¿Cuánto tiempo crees que nos lle-vará?

Un par de días. Dependerá de lo que se tarde en bombear toda el agua. ¿Vas a comer algo?

Creo que no. Solo café.

Vale. ¿Dónde mierda está la camarera?

Cuando salieron al muelle había franjas de luz en la otra ribera del río. Red lanzó su cigarrillo al agua. ¿Quieres coger el camión?

Déjame las llaves.

Podemos amontonar nuestras cosas aquí y ordenarlas un poco. Russell ya debería haber llegado.

Creo que por ahí viene.

Russell había traído consigo un tubo con copias de planos de cubierta y alzados de remolcadores antiguos. De estos trastos no suele haber dos iguales, dijo. O sea que no sé si nos va a servir de mucho. Esta pequeña joya la construyeron en los astilleros Bath en 1938.

Red se inclinó para escupir. Sé que esos cabrones pesan cantidad, dijo.

Así es. Taylor ha alquilado una grúa de vapor de doscientas toneladas montada en una barcaza. Estoy impaciente por ver cómo la ponen en marcha. Muy bien. Llevémonos todo esto.

Recogió las copias y volvió a meterlas enrolladas dentro del tubo y puso la tapa. ¿Estáis listos?

A tope.

A tope.

Rebasaron los pilotes casi negros de brea dejando una costra verdosa en el agua color de arcilla. La estela de la embarcación perdiéndose a sus espaldas en aquel oscuro bosque de postes donde vivían cosas. Viraron río arriba sin alejarse de la orilla herbosa. La bruma grisácea del agua rompía contra la proa de la lancha. El ruido del motor impedía oír nada más y navegaban callados, señalando a algún que otro caimán cuando se deslizaba hacia la corriente. Para cuando llegaron al punto de buceo tenían todos bastante frío y saltaron a la cubierta de la barcaza y dieron fuertes pisotones y agitaron los brazos y cuando salió el sol se pusieron de cara a él como adoradores del astro.

Un metro de mástil del remolcador sobresalía ligeramente inclinado de la superficie del río. Los guardacostas habían señalado el lugar con unas boyas. La barcaza con la grúa estaba a poca distancia de allí aguas arriba y era enorme y parecía mal cuidada. En la cabina se veía luz pero no parecía haber nadie a bordo.

Red señaló con la cabeza hacia allí. ¿Cuánto crees que recorre esa cosa en un día?

No lo sé. Pero seguro que sale a cuenta.

Se sentaron en la cubierta y Russell les explicó en qué

consistía el trabajo. Tumbado boca arriba, Western se despe-rezó y luego cerró los ojos.

¿Estás al loro, Bobby?

Tienes toda mi atención.

¿Cuál es la respuesta a la pregunta de Gary?

La tracción a punto fijo de este trasto no creo que pase de treinta toneladas. Pero eso era en 1938 y supongo que ahora no será tanto. No hay modo de izar ese remolcador por las bitas. Solo conseguirías arrancarlas de la cubierta. Mejor pasar primero el cable de popa. Si el timón está demasiado cerca del casco, lo cual es posible, tendremos que hacer un agujero con la broca para pasar el cable. Necesitaremos unos cinco centí-metros de diámetro.

Red se había tumbado boca arriba y estaba apuntando con una escopeta imaginaria a un avión que cruzaba el cielo. ¿Y cómo propones que midamos esos cinco centímetros? Ahí abajo está muy negro.

Pues usa la polla.

¿En qué dirección apunta?

¿Tu polla?

Apunta río arriba. Se nota por el mástil.

Por cierto, ¿qué le pasó? ¿Alguien lo sabe?

Estaban llevando un carguero río arriba y decidieron tirar un par de cabos más… hacía mal tiempo o algo… y el remol-cador va y vuelca.

Parece de tontos.

Cuando pierdes un barco en el río la primera palabra que se te pasa por la cabeza es «tonto». Seguida normalmente por «del culo». ¿Qué más?

Creo que es todo. ¿Preguntas?

¿Hay alguna probabilidad de que esa cosa se parta en la eslinga?

No. Los remolcadores no se parten. Son para toda la vida.

Vale.

¿Me merezco un sobresaliente?

No sé. Red. ¿Se merece un sobresaliente?

¿Qué pesa el remolcador, Bobby?

Mucho.

Yo le pondría un sobresaliente.

Los ténders habían llevado un par de trajes comerciales Viking de neopreno y los extendieron sobre la cubierta junto con dos cascos SuperLite 17 último modelo. Red y Western se quedaron en camiseta y calzoncillos y los ténders les ayudaron a ponerse el equipo y les explicaron el funcionamiento de los nuevos teléfonos inalámbricos submarinos EFROM que iban a utilizar. No había visibilidad en el río incluso con linterna y los buceadores estarían conectados mediante una cuerda de nailon de cinco metros y medio. Se sentaron en el borde de la barcaza y se pusieron unas pesadas botas de construcción con puntera metálica y los ténders sujetaron en vertical sobre la cubierta dos pares de bombonas Justus de acero inoxidable mientras los otros se colocaban el arnés y abrochaban y ajustaban las correas. Luego se abrocharon el cinturón con plomos y los ténders prepararon los umbilicales y engancharon las cuerdas de seguridad y ellos dos miraron hacia atrás y levantaron el pulgar y se lanzaron al río.

De inmediato la visibilidad se redujo a cero. En apenas un par de metros pasó de color barro a negro. Las Ikelite que habrían utilizado en condiciones de poca visibilidad no servían de nada. Solo producían una mancha marrón en el agua y sostenidas con el brazo extendido parecía que estuvieran a quince metros. Fango ardiente, lo llamaba Oiler. El redondel de luz fangosa en la superficie se fue cerrando lentamente y descendieron en absoluta oscuridad. El caudal del río los empujaba aguas abajo. Western probó el teléfono. ¿Estás ahí?, preguntó.

Estoy.

Llevaban puestos pasamontañas pero Western notaba el frío en la cabeza. Un dolor punzante. Como cuando te comes un helado demasiado deprisa. Al poco rato de descender en la negrura vieron que estaban casi en el lecho del río. Antes de lo que habían pensado. Western casi perdió el equilibrio.

Adelantó una mano para apoyarse. Un limo arenoso bajo el guante. Más firme de lo que esperaba. Se irguió y giró hacia la corriente.

Hemos bajado bastante, dijo Red.

Sí.

Se inclinó contra el compacto e incesante muro de la corriente. Adelantó un hombro y empezó a caminar con las pesadas botas por el lecho del río.

Notó el casco de la embarcación aguas arriba por el cambio en la corriente. Como una sombra en movimiento. Adelantó las manos. Un feedback acústico. Había tocado el timón. Pasó la mano por la pala de acero y se arrodilló y fue resiguiéndola hasta el arenoso lecho del río.

Vale. Lo tenemos.

¿Qué es lo que tienes?

Pues diría que una especie de cosa que flotaba.

Palpó las góndolas de hierro fundido donde iban alojadas las hélices. El timón era enorme y lo fue siguiendo hacia delante hasta tocar el canto de salida. Red llegó a su altura. Western aflojó el cabo de nailon que llevaba al cinto y lo introdujo por el hueco entre el canto de ataque del timón y el casco, haciéndolo pasar varias veces, y luego enganchó el extremo en su cinturón.

Creo que lo tenemos.

Muy bien. Te iré soltando cuerda. Yo cojo mi extremo por la parte de delante.

¿Qué eslora tendrá esto? Más de veinticinco metros, ¿no?

Eso le dijeron a Russell.

Te veo en superficie.

Ándale, pues.

Western aflojó varios metros de cuerda y empezó a avanzar río arriba. Pulsó el botón de su teléfono. ¿Estás ahí?

Estoy.

Creo que ya lo tenemos.

Siempre hay algo.

Siempre. Cambio y corto.

Arrastró el cabo detrás de él, una mano apoyada en el casco del remolcador. Un barco estaba pasando río arriba y Western se detuvo un momento. Los motores producían un sonido metálico en la oscuridad insondable. Su primera inmersión en el río había sido dos años atrás. La masa de agua moviéndose por encima de él. Sin tregua, sin tregua. El ejemplo perfecto del implacable transcurrir del tiempo.

Cuando llegó a lo que debía de ser la mitad de la longitud del barco llamó otra vez a Red. Voy a subir, dijo.

Recibido.

Se quitó el cinturón con plomos y lo enganchó a uno de sus cabos y dejó ir el cabo en la oscuridad. Luego desenganchó el chaleco y ascendió lentamente más arriba del casco escorado. Por encima del pantoque y siguiendo hasta la hilera de neumáticos encadenados a lo largo de la parte superior del casco, donde este se curvaba hacia la casa rodante. Western se dio impulso en la cubierta y ascendió hasta emerger a la superficie del río y luego extendió las manos y giró sobre sí mismo, dejándose llevar por la corriente. Uno de los ténders lanzó al río una guía a escasa distancia de donde estaba Western. Alargó el brazo para agarrarla y el ténder levantó un pulgar de aprobación y tensó su extremo en el pasacabos del cabrestante y le dio a la palanca y Western se meció de espaldas río abajo hasta que el cabrestante empezó a tirar lentamente de él.

Los ténders le ayudaron con las bombonas y el casco y alguien le llevó un café. Western dejó la taza en la cubierta y se quitó los guantes y observó el río hasta que Red salió a la superficie. ¿Lo tienes?, preguntó en voz alta.

Todo en orden, Bobby.

Remolcaron a Red y él les pasó el cabo y los ténders le ayudaron a quitarse el casco. Quiero una ración de tarta, dijo.

¿Alguna vez te has topado ahí abajo con algo que no sabías qué era?

Hasta ahora no. Pero lo he pensado. En un zoológico de California vi una tortuga caimán que según el letrero pesaba ciento quince kilos. La cabeza del tamaño de un guante de boxeo. Mira, ojalá no la hubiera visto.

Ya, dijo Western. Creo que las hay más grandes aún.

¿En serio?

Y lo mismo el tiburón toro.

El tiburón toro.

Sí.

Bueno, dudo que pudieran remontar el río hasta tan arriba.

Se los ha visto tan al norte como Decatur, Illinois.

Le pasaron un café a Red y Red bebió a pequeños sorbos. Miró a Western. Harás que me entre cagalera, Western. Se volvió y miró a Russell. ¿Cuándo va a poner en marcha ese trasto?

Remontan el río Zambeze hasta las cataratas. Se comen todo lo que encuentran en el río.

¿Quiénes?

Los tiburones toro.

En África.

En África, sí.

Chorradas. En ese río hay cocodrilos de seis metros de largo. ¿Cómo se van a zampar una cosa de esas?

Los destripan. Y se comen las tripas lo primero de todo.

Chorradas.

Los leones no se atreven a beber en el Zambeze al sur de las cataratas.

No me vengas con historias.

Vale. Admito lo de los leones. Eso me lo he inventado. Pero podría ser verdad.

Pasaron los cabos guía por el cabestrante y una vez que hubieron subido los cables los unieron entre sí y miraron cómo resbalaban hasta el río. Luego engancharon la eslinga y a primera hora de la tarde tenían buena parte del puente de mando fuera del agua. El hombre de la grúa dobló las marchas y la barcaza se estremeció y avanzó lentamente. Red escupió al río. Las cabinas de estos trastos siempre son altas, dijo. Tienes que poder dominarlo todo con la vista.

Creo que eso es verdad.

¿Cuánto rato se supone que vamos a estar ahí abajo?

¿Es que tienes una cita con una tía buena?

Nunca se sabe.

Calculo que toda la noche.

Ya.

¿A qué hora quieres que salgamos por la mañana?

Cuando amanezca.

Muy bien.

¿Nos vamos?

Nos vamos.

Cogieron habitaciones en el motel de la carretera.

¿Quieres que tomemos algo?

No me apetece mucho. Estoy bastante cansado.

Hasta mañana, entonces.

Western cerró la puerta y dejó su bolsa en el suelo y después de darse una ducha se tumbó en la cama. Durmió durante ocho minutos y se despertó otra vez y se puso a mirar el techo. Al cabo de un rato se levantó y se vistió y bajó al bar. Todavía era temprano. Se sentó a una mesa en el rincón y la camarera fue a limpiar la mesa y puso encima una servilleta de papel y se lo quedó mirando.

¿Estás casada?, preguntó él.

¿Ibas a pedir o qué?

Tráeme una Pearl.

La camarera le llevó la cerveza y un vaso. Se lo quedó mirando. Pero me juego algo a que tú sí lo estás.

¿Casado?

Sí.

Sí. Estoy casado de por vida. Y siempre lo estaré.

Entonces, ¿por qué me preguntas si estoy casada?

Solo quería saber qué tal se siente uno estando casado. Quiero decir una persona normal.

¿Me estás diciendo que yo no soy normal?

No. Por Dios. ¿Y yo?

Tú no eres normal.

No.

¿Qué es lo que te pasa?

Pues no sabría decirte.

¿Seguro que estás casado? Porque a mí no me cuadra.

No debería haberte molestado.

No me estás molestando.

No pretendía ligar.

Si lo pretendes o no, no lo sé. Solo sé que no se te da muy bien.

A la mañana siguiente se sentaron en la cubierta de la barcaza y tomaron café y emparedados sacados de la tartera. Observaron el remolcador y observaron al operador de la grúa. El hombre hizo asomar del agua las barandillas pero el motor se ahogó de nuevo y tuvo que reducir la marcha una vez más. El tubo vomitaba un humo blanco y el aparejo crujía de mala manera y el brazo telescópico emitió una serie de traqueteos graves. La cubierta de la barcaza empezó a inclinarse. Luego quedó como estaba. Western estaba atento a los cables. Miró a Red. Red tenía su emparedado en las manos. Pasado un rato continuó masticando. Russell se acercó y se puso en cuclillas.

¿Cuánta agua hay dentro de esa cosa, Western?

¿Quieres una respuesta rápida o lenta?

No sé. Algo que sea razonable.

El corte transversal no creo que llegue a sesenta metros cuadrados en la mitad de la cubierta. Teniendo en cuenta que se reduce a cero en los extremos, calculo que de punta a punta será más o menos la mitad. Pongamos unos seiscientos ochenta metros cúbicos. O sea, seiscientos ochenta mil litros.

Russell sacó un lápiz y un bloc pequeño del bolsillo de su camisa y cruzó las piernas al frente.

Unas quince horas, dijo Western. Solo que nos va a llevar un poco más de tiempo. Eso es lo que en teoría pueden extraer las bombas, pero no van a poder operar al máximo. Y contando con que no vaya a fallar ninguna.

Red dio otro mordisco al bocadillo y meneó la cabeza. Russell se guardó el bloc.

Pero no antes de desayunar.

Es simple conjetura.

Claro. Pero no querrás que esas bombas chupen aire…

Cuando llegaron al puerto deportivo las luces empezaban a encenderse en el muelle. Western lanzó las bolsas de ambos a la cubierta y Gary apagó el motor.

¿A qué hora vengo por la mañana?

Temprano.

Hecho.

Se cargaron las bolsas a la espalda y fueron hacia el aparcamiento. Has pillado frío, ¿no?, dijo Red.

Sí. Sobre todo en la cabeza.

Ya. A partir de un cierto momento hay un frío que cuesta quitarse de encima.

Trajes secos.

Sí. Son un coñazo.

Ropa interior térmica.

Y tan térmica.

Cuando llegaron por la mañana al sitio de rescate había una lancha motora amarrada al extremo de la barcaza y dos chicas bastante guapas en vaqueros estaban en la cubierta de la barcaza bebiendo cerveza.

Red se puso de pie y lanzó un cabo a la cubierta. Miró a Western. ¿Las has encargado tú?

No. Pero ahora miro al tío de la grúa con otros ojos.

Las mujeres te engañan.

Así es.

Siempre he oído decir que les atraen los aparatos gordos.

Saludaron a las chicas y las chicas devolvieron el saludo. Medio remolcador estaba fuera del agua y las bombas de sentina estaban trabajando duro.

¿Tú crees que está convencido de que hará que esa cosa vuelva a entrar en servicio?

¿El remolcador?

Sí.

Pues no sé.

¿Os apetece una cerveza? Una de las chicas sostenía una botella en alto.

No, gracias. ¿Dónde está nuestro amigo?

Enseguida vuelve. Estábamos a punto de cocer unas gambas.

¿De dónde sois?

De Biloxi.

El mundo es maravilloso.

¿Qué?

Que adoro Biloxi.

¿Biloxi?

Quizá está descansando de la faena.

Quizá está descansando para la faena.

Yo creo que en este negocio del rescate hay algo que aún no he entendido del todo.

Navegaron río arriba hasta Socola y tomaron cerveza en un pequeño bar que había frente al muelle. Red miró por la ventana incrustada de arena.

¿Tú crees que el barco está bien?

Eso creo. Por aquí no roban barcos. Se limitan a robar todo lo demás. Para ellos es una cuestión de honor.

¿El qué? ¿No robar barcos?

No. Robar todo lo demás.

¿Crees que eso estaba en el contrato? ¿Proporcionar chochetes al de la grúa?

Podría ser.

¿Alguna vez piensas en dedicarte a otro oficio?

Constantemente.

Bobadas.

Cuando regresaron el remolcador estaba colgando de los cables y sonaba música en la cabina del timón de la barcaza. Pararon y amarraron. El piloto de la grúa había encendido una parrilla a gas y estaba friendo gambas en lo que parecía la tapa de un cubo de basura.

¿Cuándo vas a poner esa cosa en la cubierta?

Cuando llegue vuestra jodida cuadrilla.

Para colocar los calces.

Sí. ¿Queréis unas gambas?

Eso no se pregunta. ¿El plan es llevar esta cosa hasta Venice?

Si funciona es lo que pienso hacer. Coged un plato. Ahí tenéis un poco de salsa.

¿Cómo te llamas?

Richard.

Yo soy Red.

Qué tal, Red.

Bien.

No me llaméis Dick.

¿Por qué? ¿Te apellidas Head?

Eres un cabronazo muy chistoso.

¿Hay cerveza en esa neverita?

Sírvete tú mismo.

¿Qué les ha pasado a las chicas?

A las chicas qué quieres que les pase. Nada. Están esperando a que yo silbe.

Ya, vale. Estas gambas están ricas.

Oye, ¿y tu colega?

Coge un plato, Bobby. Están bastante ricas.

Cuando entró en el Seven Seas Janice le hizo señas. Te ha llamado Oiler. Dice que si puede volverá a llamar mañana por la noche a eso de las siete hora tuya.

¿Dónde estaba?

En un barco. La llamada me la pasaron desde un radioteléfono.

¿No ha dicho nada más?

Es todo lo que pude entender. Había muchas interferencias.

Gracias, Janice. ¿Cómo está el señor Billy Ray?

Creo que se alegrará de verte.

Gracias.

Fue al piso de arriba y dio de comer al gato y se despatarró en la cama con el gato encima del estómago. Eres el mejor, le dijo. Creo que nunca he conocido un gato tan estupendo.

Pensó en salir más tarde a comer algo. Luego pensó que miraría lo que había en el pequeño frigorífico. Y en estas se quedó dormido.

Por la mañana habló con Russell. La barcaza había atracado en Venice al anochecer y habían descargado el remolcador en un lowboy para llevarlo en camión hasta el astillero y una vez allí lo descargaron con una de las grúas del astillero y lo colocaron sobre unos bloques. Russell dijo que había peces muertos en la sentina y una tortuga de tamaño respetable.

Bajó al caer la tarde y estuvo esperando en el bar hasta las diez pero Oiler no telefoneó. Fue a cenar algo y al volver Janice le pasó un papel donde estaba escrito un número. ¿Debbie?, preguntó.

Debbie, sí.

Western fue a la cabina y llamó.

Cariño.

Hola.

He soñado contigo y cuando me he despertado estaba preocupada.

¿Qué has soñado?

¿Estás bien?

Sí, estoy bien. ¿Qué has soñado?

Ya sé que tú no crees en los sueños.

Debbie.

Sí.

El sueño.

Vale. Era muy extraño. Había un edificio en llamas y tú

llevabas puesto un traje especial. A prueba de fuego. Era como un traje de astronauta y tú estabas entrando en el edificio para rescatar a unas personas. Y entonces te metías en aquella enorme hoguera y desaparecías y uno de los bomberos que estaban por allí decía: No lo conseguirá. Ese traje es un R-210 y para esto necesitaría al menos un R-280. Y me he despertado.

Western tenía el codo apoyado en la pequeña repisa, el teléfono pegado a la oreja.

¿Bobby?

Estoy aquí.

¿Tú qué crees que significa?

No lo sé. El sueño es tuyo.

Era tan real que casi te llamo.

Bueno, procuraré no acercarme a edificios en llamas.

¿Estás haciendo algo peligroso?

No más que de costumbre.

Eso no es un no.

Supongo que ni siquiera eres consciente de que tienes tendencias suicidas.

Tendencias suicidas.

Sí.

Tendré que controlar mejor tus lecturas. Entiendo que tú sí te crees los sueños.

No lo sé, Bobby. ¿Quieres decir si pienso que pueden predecir cosas?

Sí.

A veces. Supongo. Creo en la intuición femenina.

¿Y te basas en eso?

Siempre.

¿Qué piensas que debería hacer yo?

No lo sé, cielo. Pero ten mucho cuidado.

Vale. Lo tendré.

Western esperó. Qué silencio tan largo, dijo.

Te conozco, Bobby. Ni siquiera eres fatalista.

Ni siquiera.

Sé que no crees en Dios. Pero es que ni siquiera crees que el mundo o la vida de una persona respondan a una estructura.

Solo ha sido un sueño.

Es algo más que eso.

¿Qué, entonces? ¿Estás llorando?

Perdona. Soy una tonta.

¿Qué más?

¿Por qué tiene que haber más?

No lo sé. ¿Lo hay?

Yo qué sé, Bobby. Es que últimamente pienso mucho en ti. ¿Cuántos amigos tienes que conocieran a Alicia?

No muchos. Tú. John. Varias personas de Knoxville. La familia, claro. No quiero hablar de Alice.

Está bien.

Tienes un día macabro, nada más. Si quieres te llevo mañana.

Voy de cráneo.

Te llamaré.

De acuerdo. Tengo que dejarte. No era mi intención preocuparte, Bobby.

Lo sé.

Bueno.

A la mañana siguiente, cuando entró en el despacho de Lou, Lou alzó la vista y le miró con detenimiento. Luego se reclinó en su butaca. Vaya. Veo que no te has enterado.

Supongo.

Red acaba de marcharse. Va camino del bar.

Bien. ¿Enterarme de qué?

Lo siento, Bobby. Oiler ha muerto. No hay otra manera de decirlo.

Western fue a sentarse en una de las pequeñas sillas metálicas. Oh Dios, dijo. Malditos hijos de perra.

Lo siento, Bobby.

¿Has telefoneado a alguien?

Sí. Tenía el número de su hermana. Vive en Des Moines, Iowa.

Es maestra de escuela.

Me parece que sí. De momento no ha contestado nadie.

¿Cómo ha sido?

No lo sé. De esa gente es difícil obtener respuestas claras. Estaba muerto en la campana. Lo subieron en la campana.

Yo creía que estaba haciendo saturación.

No sé. Has dicho esos hijos de perra. ¿Quiénes son?

No me hagas el menor caso. Lo enterrarán en el mar. Me juego algo. Oiler no vuelve a casa.

¿Y eso cómo lo sabes?

Espera y verás.

IV

Tal vez fuera un perro lo que la despertó. Algo que pasaba de noche por la calle. Y luego el silencio. Una sombra. Cuando se volvió había una cosa en el alféizar. En cuclillas sobre la banqueta y con las manos clavadas en las rodillas, sonrisa lasciva, la cabeza en lento movimiento rotatorio. Orejas de elfo y ojos fríos como canicas a la cruda luz mercurial del patio sobre el cristal. La cosa se movió y giró sobre sí misma. Un rabo de cuero culebreó sobre sus patas de lagarto. Los ojos ciegos la buscaron. Balanceando la cabeza sobre su flaco pescuezo en el cuello negro de hierro que llevaba. Ella siguió su mirada exenta de párpados. Algo que había en las sombras más allá del charco de luz. El aliento del vacío. Una negrura sin nombre ni medida. Sepultó la cara en sus manos y susurró el nombre de su hermano.

Se presentaron varios días después. Un día nada especial. Primavera. El bosque estaba blanco de flores de cornejo del Pacífico incluso por la noche. Se hallaba sentada frente al tocador que había pertenecido a su bisabuela y que habían sacado de la casa de Anderson County por la noche mientras las aguas crecían. Se miró en el moteado espejo amarillento. El ligero alabeo del azogue convertía su rostro perfecto en un retrato prerrafaelita, alargado y ligeramente torcido. En el espejo detrás de ella una demudada caterva de parientes muy antiguos. Ataviados con mortajas y nada salvo osamenta bajo sus mohosos harapos. Clamando en silencio. Ella les sonrió casi y los parientes se esfumaron del espejo hasta que este solo reflejó su cara. En el cajón del tocador había un fajo de cartas atado con una cinta de seda azul. Sellos muy antiguos y la letra escrita con plumilla y tinta marrón. Dirigidas las cartas a una casa cuyas piedras yacen ahora en el limo de un fondo lacustre. Peine y cepillo de carey. Un bolso guarnecido con galón de oro que alguien llevó una vez a un baile donde se hicieron promesas ninguna de las cuales sobrevivió. Un saquito de raso descolorido pero con fragante lavanda. De la mujer que siendo novia estuvo sentada al tocador ella recuerda muy poco. Un aroma persistente. Una voz en la escalera diciendo: ¿He quemado una rosa en un plato y ya no me acuerdo?

El Chico se pasó un manojo de llaves de una aleta a la otra y las ocultó de la vista y pasó una aleta frente a él al nivel de la cintura y cuando la abrió las llaves habían desaparecido. Hola, Pastelillo, dijo. A que me echas de menos.

Pues no, respondió ella. Se volvió sobre el canapé de gastado terciopelo. ¿Dónde están tus amigos?

Primero pensaba tantear el terreno. Asegurarme de que no haya moros en la costa.

¿A qué viene eso?

El Chico hizo caso omiso. Empezó a deambular, las aletas detrás de la espalda. Se acercó a la ventana. Bien, dijo. Ya sabes cómo están las cosas.

¿Yo? No. ¿Cómo están?

Pero el Chico parecía abismado en sus pensamientos. Allí de pie con el rostro sin mentón apoyado en una aleta. Meneó la cabeza. Como si augurase algo malo.

Eres un fraude total, dijo ella. ¿Crees que no me doy cuenta de que todo esto es un numerito que me dedicas?

¿El qué?

La introspección. Eso de consultar a un yo interior.

Ah, como si eso no existiera, quieres decir.

Quiero decir.

Mmm.

Ni siquiera me preocupas. Eres un coñazo y nada más. Tú y tus entretenimientos. Tus apolillados chautauquas.

Cielos, Jessica. ¿Y si no fueras tan dura conmigo? ¿Es que tienes la regla o qué? No es que haya ningún manual de estrategia. ¿Qué tal si empezamos de cero? Por ejemplo: Hola, pasa, pasa. Ponte cómodo. Mi casa es tu casa. Ese tipo de onda, ya me entiendes.

Esto no es tu casa. Yo aquí no te quiero.

Ya, pero la cuestión no es esa. Si no estuviera aquí no estaríamos hablando de que estoy aquí y de si soy bienvenido o no. Y yo que pensaba que eras un cerebrito.

Ojalá pudieras oírte hablar.

Eso lo deseamos todos, ¿no?

¿Cuánto rato llevas aquí?

No mucho. ¿Y tú?

Yo vivo aquí.

Noto que la conversación va dejando de ser ingeniosa. ¿Qué medicamentos te han recetado, Sabrosona?

No estoy tomando ninguna medicación y además no es asunto tuyo. Creía que no ibas a volver.

Sí. Justo a tiempo, la verdad. Hemos pensado que quizá necesitabas un poco de tiempo para aclimatarte. Le dijimos al señor Bones que te controlara durante veintiocho días. Nunca has estado lejos de nuestros pensamientos. El pobrecito Bones pensó que quizá te habías sentido un poco mal durante la canícula pero no nos pareció que fuese motivo de preocupación. Él sospechó que era un episodio de vox populi acompañado de calambres menstruales. Lo cual, como es lógico, plantea la vieja cuestión de posibles dolencias internas y también externas y del límite entre unas y otras. Siempre es un problema. No todo lo que huele mal es un recuerdo. Olor a cerrado en los pasillos por ejemplo como ocurre a veces con el deshielo en latitudes frías. Farrago, Dakota del Norte (¿o era Fargo?), o alguna covacha de ese estilo donde los tarados mentales tienen costumbre de juntarse. Long away and far ago. Como dice la canción.

Se volvió y la miró detenidamente. Quizá será mejor no revisitar esos regímenes. O previsitar. Descubrir el pastel. Y luego hay que comérselo, claro. En fin, no deberías prestar oídos a todo lo que crees. Estás expuesta a que te salga el tiro por la sardina. ¿Cómo van esas computaciones?

Y ahora esperas que comparta disparates contigo, ¿no?

Me preguntaba si estarías encontrando números para todo, nada más.

Ella había dejado el cepillo en el tocador y miró al armario y volvió a mirar al Chico. No pensaba que hubieras venido solo.

Tu problema es que no sabes cuándo vas sobrada de dinero. Alguien acaba bajo las ruedas del autobús y el conductor frena y se levanta y uno piensa que se dispone a pedir ayuda pero entonces ves que está consultando la lista de destinos en su agenda para ver si encuentra una transición entre geografía y sino. No sé si me entiendes.

No.

Da igual. Retomaremos el asunto más adelante.

Seguro que sí. Imagino que habrás venido otra vez en autobús.

Madre mía. No me salgas ahora con el autobús. No voy adecuadamente vestido, supongo. Incorrecta indumentaria autobusera. ¿Tú cómo has llegado aquí?

Ya te lo he dicho. Vivo en este piso.

¿En serio? Le dijiste a la abuelita que querías vivir en el bosque con los mapaches y ella te llevó directamente a la consulta del doctor Hard-Dick para que te examinara el coco, pero resulta que no fue eso lo único que te examinó, ¿verdad?

Tú de eso no sabes nada. Y el doctor se llama Hardwick.

Bueno. Qué más da.

Y rondas por aquí cuando yo estoy en el cole. Hurgando en mis papeles.

Tú nunca estás en el cole. Siempre estás haciendo pellas. Bueno, ¿has pensado en esa pregunta?

Sé que has estado leyendo mi diario.

¿Ah, sí? ¿No decías que yo era solo una temible alucinación? ¿El fruto de un delirio? En fin, supongo que es mejor que evite repetir tus propias palabras o me acusarás de haber leído tu agenda, pero baste decir que era algo sobre un pequeño autoarconte de estos tiempos salido de las altas esferas de estulticia que rondaba por tu tocador de prenúbil. Los misterios abundan, ¿no es cierto? Pero antes de enfangarnos demasiado en las arenas movedizas de la voz acusatoria quizá estaría bien recordarnos a nosotros mismos que no es posible tergiversar lo que no ha tenido lugar aún.

Yo a mi hermano no le hablado de ti, sabes.

¿No? Vaya, no sé qué se supone que debería pensar al respecto. ¿No crees que te enviarán de urgencias al doctor Dickhead? ¿Él y tu yaya? Dicen por ahí que tu estimado Bobby es en el mejor de los casos un sobapollas y un pajillero sin parangón.

Tú no sabes nada de mi hermano.

Supongo que eso está bien. Lealtad fraterna. No es necesario entrar en las cláusulas. Lo guardamos para otro día.

Por descontado. Oye, ¿no crees que ahí dentro están un poco nerviosos? Oigo resoplidos.

Ellos saben dónde estoy.

Imagino que tarde o temprano agotarás tu pequeña reserva de trucos. Y entonces, ¿qué?

El tiempo lo dirá.

Tu sombra avanzando por el suelo cuando pasas frente a la lámpara es una jugada maestra, pero no me la trago.

Supongo que es solo una observación elemental. Bueno, no podrás decir que no lo intentamos.

O el hecho de que oscurezcas un espejo.

Vale, pero ¿él puede empañar uno?

No lo sé. No lo sé ni me importa. Eso no es pertinente.

Ni vigente ni inocente. A ver si tendré que pellizcarme.

Eso es para ver si uno está soñando.

Ah, y supongo que esa no es una pregunta razonable. Vale, no nos comamos el tarro. Hay asuntos más espinosos encima de la mesa. ¿Cuándo vuelves al cole? Porque tu abuela no podrá llamarles cada dos por tres diciendo que estás malita.

Ya lo sé.

Tienes un horario raro.

Soy una chica rara.

Toda la noche despierta garabateando cálculos en tu libreta. Quizá deberías contar ovejitas para variar. O quizá registrar ovejitas, en tu caso. Para los numéricamente avanzados.

Lo tendré en cuenta.

O bien te quedas mirando las musarañas. Supongo que forma parte del modus. ¿Y cómo sabes que no todo son paparruchas?

Tú no lo sabes. Eso es lo que tratas de averiguar.

¿Cuándo viene Bobby Shafto?

Mi hermano estará aquí dentro de dos semanas.

¿Y luego qué?

¿Cómo que qué?

Como que cuáles son tus intenciones.

¿Mis intenciones?

Eso.

Es mi hermano.

Ya. Como si no te hubieras emperifollado para él. Por decirlo castamente.

No sabes de qué estás hablando. Además, tampoco es asunto tuyo.

Bueno, ya me conoces.

No. No te conozco.

Qué me dices. El tío rarito que no para de darle a la lengua, ¿eh? Parece que tenemos una chinita en el zapato. Un pimpollo de dieciséis como tú a la que nunca han besado y que está medio colada por su hermanito. Ay, ay, ay. ¿Se te ha ocurrido alguna vez que quizá podrías salir con alguien normal?

¿Con quién? ¿O con qué? Y no tengo dieciséis años.

No sé, esforzarte un poco…

Esforzarme.

Por ser normal. ¿Qué tenía de malo presentarte para animadora? Tal como te pidieron que hicieras. Animadora como tu mamá.

¿Eso me habría librado de ti?

Nunca se sabe.

Yo creo saberlo. ¿Eso es un animal o algo parecido?

Puede. De vez en cuando surgen cosas que parecen únicas. Tanto peor para los bio-frikis. En fin. Tendríamos que mejorar la iluminación.

Si hablaras en la habitación de al lado, ¿te oiría?

Santo cielo. ¿Qué habitación? Si estás en la buhardilla.

Cualquier habitación. Una habitación húmeda que yo elija.

¿Adónde quieres ir a parar?

¿Por qué no contestas a mi pregunta?

Muy bien. Solo puedes oír aquello que estás escuchando. Si estás escuchando una conversación en una habitación cualquiera y de re-

pente empiezas a escuchar una conversación diferente no sabes cómo lo haces, lo haces y punto. Todo está en tu cabeza. No es como mover las pupilas. Tus orejas se están quietas.

¿Y qué?

Y qué qué.

Estoy pensando.

¿Sí? Avísame cuando termines.

Sigo sin entender lo del autobús.

Dios bendito.

Te sientas en los asientos.

En el asiento.

Te sientas en el asiento.

Vale. A no ser que estén reservados. Cosa que puede pasar. Intento evitarlo. Como pasajero que va colgado de la correa mis pies terminan a un palmo escaso del suelo.

¿Alguien ha intentado sentarse encima de ti?

¿De qué va esto, Gretchen?

Sí o no.

Pues claro. Tienes que ponerte de puntillas. De pronto la sombra de un trasero colosal. Tapando todo el sol. Estás allí sentado leyendo el periódico y la luz disminuye. No se puede dar nada por supuesto. Naturalmente otra cosa no seré, pero ágil lo soy un rato largo.

Muy bien. Estás en el autobús.

¿Por qué no dejamos ya el puñetero autobús?

Estás en el autobús. Con tu hortes. Tu cohorte de compañeros.

A ver esa gramática, sabrosura. Si dices «cohorte», ya se supone que son compañeros.

Vale. Y hablas.

A veces. Puede. Sí, claro.

¿Te oyen los demás?

Los copasajeros.

Sí.

No sé. Ver párrafo C más arriba. Es siempre la misma pregunta. Me refiero a que podrían si estuvieran escuchando. Fuera lo que fuese lo que les hubieran advertido escuchar. Y según quién les hubiera advertido.

¿Te pueden oír, sí o no?

¿En plan meter baza y dar una opinión?

No en ese plan. Te haré una pregunta diferente.

Dispara.

¿Escribes al dictado?

¿Si hago qué?

Escribir al dictado. Si estás escuchando a alguien. Si alguien te aconseja.

Hostia. Ojalá. ¿Y tú?

No. Bueno, no sé. Dudo que supiera qué sentido darle a eso.

Ya. Yo también. ¿Qué más?

¿Qué más?

Sí.

No sé qué más.

Sí, ya. Muy bien. O sea que como no te dejaban vivir en el bosque ahora estás en esta buhardilla.

Sí.

¿Y eso por qué?

Pues porque mi tío Royal que está medio sordo se pasa la mitad de la noche mirando la tele y le habla a gritos.

¿Al televisor?

A gritos, sí.

Pero tú rascas el violín hasta las tantas. ¿O no?

Sí. Eso también.

O sea que Bobby el Santurrón llega a casa de vacaciones por Navidad y le pone un suelo nuevo al pisito y pasa unos cables por debajo para activar una lámpara o dos además del equipo de música. Las ventanas tienen los postigos cerrados. Nunca se sabe cuándo podría pasar alguien por el patio en plena noche con unos zancos de tres metros. Naturalmente ella tiene que bajar por una angosta escalera para cepillarse los dientes y tal. Y por supuesto aquí arriba hay una corriente de aire de narices pese al aislamiento de fibra de vidrio que él ha instalado. El único calor es el que se filtra por debajo. Le podrías decir que ponga unos plásticos en las ventanas, ¿no te parece?

A mí me gusta como están.

Bueno, vale. Imagino que si pones las bebidas en la ventana no se calientan. Hasta podrías colgar unos jamones de las vigas.

Te olvidas del armario.

Y tu hermano montó un armario, claro está. ¿Dónde aprendió el oficio de carpintero?

Aprendió solo. Sabe hacer de todo.

¿De veras? Bueno, eso habrá que verlo.

¿Qué se supone que quiere decir eso?

¿Tú qué piensas que quiere decir? Imagino que es simple coincidencia que Bobbyboy te tenga secuestrada aquí arriba tú solita.

¿Coincidencia con qué?

Ya lo sabes. ¿O quieres que te lo deletree?

Mi vida personal no es de tu incumbencia.

Oh, ¿en serio? La benjamina se ha quedado sin palabras. ¿Tú qué crees que hago yo aquí, Hortense?

No tengo la menor idea.

Y una mierda. Joder, qué frío hace en este cuchitril.

Es para verte el aliento. ¿Y a mí qué? Es todo un gran montaje. No me impresiona.

Ya, vale. Bien, ¿y de qué más quieres hablar?

De cuándo te marchas, por ejemplo.

Acabo de llegar.

¿A qué hora es el primer pase? Creo que es demasiado tarde para una matiné.

¿Sí? Bueno, quién sabe. Igual doy yo unos pasitos por el parquet. A ti no es fácil entretenerte, sabes.

Es que no te imagino bailando.

Ya, en fin. A veces cuesta saber cuándo está bailando un tío. Podría ser un número con el que no estás familiarizada.

El Chico se había detenido en la mansarda y estaba contemplando la campiña. Un hilo de viento se colaba por los aleros metálicos y la luna de la ventana traqueteó en su guillotina y calló de nuevo. La chica le observó. *Mi abuela me llamará de un momento a otro para que baje a cenar,* dijo. Pero el Chico parecía distraído. *Ya,* dijo. *Muy bien.* Ella se volvió hacia el espejo y por un momento pensó que él ya no estaba pero luego lo vio en el espejo,

enmarcada su pequeña figura en la última claridad del día. Obser-
vándola.

La finalidad de toda familia en sus vidas y sus muertes es crear al
traidor que borrará por fin su historia para siempre. ¿Algún comen-
tario por ahí?

Me asistía un buen motivo. Aparte de que tenía doce años. ¿Qué
más encuentras?

Las genealogías siempre son interesantes. Si hace falta uno pue-
de encontrar el origen de todo en unos senderos de piedra por un
desfiladero. Estás a punto de quedarte dormido y de golpe y porrazo
se arma la de Dios. Miras en el cristal y allí están esas vergangen-
heitvolk, *las personas del pasado, mirándote. Ellos al menos no*
vinieron en autobús. Cosa que te alegrará saber, creo yo. ¿Lo tuyo
dónde encaja en estas historias? ¿Los reflejos también viajan a la
velocidad de la luz? ¿Qué opina tu colega Albert, eh? Cuando la luz
incide en el cristal y rebota en dirección contraria, ¿acaso no tiene que
detenerse primero? O sea que supuestamente todo está supeditado
a la velocidad de la luz pero nadie habla de la velocidad de la oscu-
ridad. ¿Qué es una sombra? ¿Se mueven a la velocidad de la luz que
las produce? ¿Qué profundidad se supone que tienen? ¿Hasta dónde
puedes apretar el calibrador? En alguna parte anotaste al margen que
cuando pierdes una dimensión has renunciado a todo derecho a la
realidad. Salvo a la matemática. ¿Existe alguna ruta de lo tangible
a lo numérico que no haya sido explorada?

No lo sé.

Yo tampoco.

Los fotones son partículas cuánticas. No son pelotitas de tenis.

Claro, dijo el Chico. Pescó su reloj y miró la hora. Quizá será
mejor que vayas a comer. Necesitas estar en forma si pretendes arran-
carles a los dioses los secretos de la creación. Según cuentan por ahí,
tienen todos bastante mala leche.

Cerró la tapa del reloj y volvió a guardárselo. Meneó la cabeza.
Cielo santo. ¿Adónde iremos a parar?

Bajó al bar al caer la tarde y tomó una hamburguesa y una cerveza. Nadie le dirigió la palabra. Cuando iba a salir Josie le miró e hizo un gesto de consternación. Lo siento, Bobby. Él respondió con un cabeceo y salió. Los viejos adoquines brillaban de humedad. Nueva Orleans. 29 de noviembre de 1980. Esperó para poder cruzar. Los faros del coche que bajaba por la calle se duplicaron en los negros adoquines. En el río la sirena de un barco. El acompasado golpeteo del martinete. Le entró frío esperando bajo la llovizna. Cruzó la calle y siguió andando. Al llegar a la catedral subió la escalinata y entró.

Viejas encendiendo cirios. Los muertos aquí recordados que no tenían otro ser querido y que pronto no tendrían ya a ninguno. Su padre estuvo en Compañia Hill con Oppenheimer cuando lo de Trinity. Teller, Bethe, Lawrence, Feynman. Teller les iba pasando loción solar. Llevaban gafas y guantes especiales. Como soldadores. Oppenheimer era un fumador empedernido y tenía tos crónica y mala dentadura. El azul de sus ojos era muy llamativo. Tenía un poco de acento. Casi como si fuera irlandés. Vestía bien pero las prendas le quedaban grandes. No llegaba a peso pluma. Groves le había contratado porque había visto que nada podía intimidarlo. Y eso fue todo. Personas muy inteligentes consideraban que Oppenheimer era con toda probabilidad el hombre más inteligente de la creación. Un tío raro, ese Dios.

Hubo quien escapó de Hiroshima para ir rápidamente a Nagasaki a comprobar que sus seres queridos estuvieran bien. Llegaron a tiempo de ser incinerados. Mi padre estuvo allí después de la guerra con un equipo de científicos. Todo estaba medio oxidado, dijo. Todo se veía cubierto de herrumbre.

En algunas calles había armazones quemados de tranvías. El cristal había saltado de sus marcos, derretido por el fuego, y encharcaba los ladrillos. Sentados sobre los muelles renegridos los esqueletos carbonizados de los pasajeros ahora sin ropa ni pelo y negras tiras de carne colgando de los huesos. Las cuencas de los ojos sin su globo ocular. Labios y narices arrancados por el fuego. Allí sentados, riendo. Los vivos iban y venían pero en realidad no había adónde ir. A miles se metieron en el río para morir allí. Eran como insectos, les daba igual ir en una dirección que en otra. Personas quemadas reptaban entre los cadáveres como espantosas apariciones en un crematorio inmenso. Pensaban simplemente que era el fin del mundo. Ni se les ocurrió que aquello pudiese tener algo que ver con la guerra. Llevaban su propia piel en brazos como si fuera la colada, todo para no arrastrarla por los escombros y la ceniza, y se cruzaban con otros con la mente ausente en su ausente deambular por el humeante terreno, los que veían no más afortunados que los ciegos. La noticia de lo sucedido no trascendió de la ciudad hasta dos días después. Aquellos que sobrevivieron recordarían a menudo estos horrores con un cierto toque estético. En aquel fantasmagórico florecer micoidal del amanecer como un loto maligno y en el derretirse de sólidos hasta entonces creídos incapaces de tal derretimiento se erguía una verdad que silenciaría toda poesía durante un millar de años. Como una vejiga inmensa, dirían. Como un ente marino. Bamboleándose un poco en el cercano horizonte. Y luego el inenarrable ruido. En el cielo del amanecer vieron pájaros prender fuego y explotar sin sonido y caer a tierra describiendo pronunciados arcos como artículos de cotillón en llamas.

Estuvo un buen rato sentado en el banco de madera, inclinado al frente como un penitente cualquiera. Las mujeres avanzaban despacio por el pasillo de la nave. Tú crees firmemente que la pérdida de aquellos a quienes quisiste te absuelve de todo lo demás. Pues deja que te cuente una historia.

Las cartas de su hermana ascendían a treinta y siete y aunque él se las sabía todas de memoria las leía una y otra vez. Todas salvo la última. Le había preguntado a ella si creía en otra vida y ella le contestó que no lo descartaba. Que podía ser que la hubiese. Pero que dudaba de que eso pudiera ser para ella. Si existía el cielo, ¿acaso sus cimientos no eran los sufrientes cuerpos de los condenados? Y añadió que a Dios no le interesaba nuestra teología sino solo nuestro silencio.

Cuando abandonaron Ciudad de México el avión se elevó en el crepúsculo azul para alcanzar de nuevo la luz del sol y se escoró sobre la ciudad y la luna fue cayendo por el cristal de la cabina cual moneda en descenso a través del mar. La cima del Popocatépetl asomó de entre las nubes. Nieve bañada de luz solar. Aquellas largas sombras azules. El avión viró lentamente al norte. Allá abajo la ciudad con sus cuadrículas de un malva subido como una inmensa placa madre. Las luces habían empezado a encenderse. Una orla alrededor del crepúsculo. Ixtaccihuatl. Cada vez más abajo. La creciente oscuridad. El avión se estabilizó a ocho mil metros de altitud y puso rumbo al norte atravesando la noche mexicana con las estrellas vagando a popa.

Ella tenía dieciocho años. El día de su aniversario no había dejado de llover. Se quedaron en el hotel leyendo viejas revistas *Life* que habían encontrado en una tienda de segunda mano. Sentada en el suelo, ella iba pasando lentamente las páginas mientras bebía té. Más tarde, cuando fue a llamar a la habitación de él, las luces del pasillo estaban encendidas aunque era mediodía. Al fondo del corredor los visillos ondeaban al viento. Ella fue a mirar. Abajo un solar gris y vacío. Los visillos pesaban debido a la lluvia y aunque ya no llovía el alféizar estaba mojado. Frente a la ventana había una escalera de incendios y los peldaños metálicos tenían ahora un tono morado oscuro. En el patio de abajo un cobertizo hecho de uralita. Un perro que ladraba. Fresco y turbador el aire. También la luz. Voces en español.

Cuando él se despertó la tenía a ella pegada al hombro. Pensó que estaba dormida, pero de hecho estaba mirando por la ventanilla del avión. Podemos hacer todo lo que queramos, dijo ella.

No, no podemos, dijo él.

En la moribunda claridad un río como una deshilachada cuerda plateada. Lagos blancos de hielo creados por la colada volcánica. Al oeste montañas incandescentes. Las luces de navegación se encendieron en el lado de babor. Las de estribor eran verdes. Como en un barco. El piloto las apagaría al entrar en las nubes. Debido al reflejo. Cuando se despertó más tarde una ciudad desierta estaba pasando bajo el ala por el lado norte y se deslizaba hacia la oscuridad como la nebulosa del Cangrejo. Un puñado de piedras preciosas sobre el tapete del joyero. Sus cabellos eran como de cendal. Él no estaba seguro de qué era el cendal. Sus cabellos eran como de cendal.

En Chicago hacía frío. Hombres andrajosos calentándose en el vapor de las alcantarillas al amanecer. De niña solía tener pesadillas y se metía en la cama de su abuela y su abuela la abrazaba y le decía que todo iba bien, que era solo un sueño. Y la niña le decía sí era un sueño pero no iba bien. La última vez que estuvieron en México DF él la había dejado en el hotel mientras iba a la agencia para confirmar sus reservas de vuelo. De regreso en el hotel tuvo que explicarle que la agencia estaba cerrada y que la compañía aérea había quebrado y por lo tanto sus billetes no servían. Fueron hasta El Paso en autobús. Veinticuatro horas de viaje. El humo de los cigarrillos mexicanos una especie de vertedero. Ella se durmió con la cabeza en el regazo de él. Una mujer que estaba dos asientos más adelante no paraba de volverse para mirarla. Para mirar sus dorados cabellos derramados sobre el reposabrazos.

Mi hermana, dijo él en español.

La mujer se volvió una vez más. ¿De veras?

Sí. De veras. ¿Usted adónde va?

A Juárez. ¿Y ustedes?

No sé. Al final del camino.

Su padre había nacido en Akron, Ohio, y la abuela Western falleció allí en 1968. Su hermana telefoneó desde Akron. Quería saber si él iría al funeral.

No lo sé.

Creo que deberías venir.

Está bien.

Se presentó tarde vestido con vaqueros y una chaqueta negra. Toda la familia había muerto ya y en el funeral solo estaban su hermana y él y ocho o diez ancianas y un anciano que no tenía claro dónde estaba. Su hermana le abrió la puerta y él la hizo salir a la calle.

¿Piensas ir al cementerio?

Adonde tú vayas iré yo.

¿Y si nos marchamos? ¿Tienes coche?

No.

Bien. Vamos.

Fueron hasta una cafetería de Washington Street. Veo que no te has traído aquel vestido negro.

Yo no tengo un vestido negro. Bueno, ahora sí.

¿Cuánto tiempo llevas aquí?

Unos diez días. Ella no tenía a nadie, Bobby.

¡Provee, provee!

Se supone que debo decirte que hay un montón de oro enterrado en el sótano de la casa.

¿Oro?

Ella hablaba en serio. No quiso soltarme la mano.

¿Estaba lúcida?

Sí.

Han tirado abajo la casa. La autovía que están construyendo pasará por allí.

Sí, lo sé. Pero el sótano está intacto.

Hablas en serio.

¿Y si pedimos té?

Aquella tarde él la llevó al aeropuerto y luego volvió en coche al motel y al día siguiente fue a ver la casa. Lo único que quedaba era el camino particular. Se puso a observar las ruinas del viejo barrio. Al menos no había nadie. Era sábado y las motoniveladoras estaban aparcadas en un fangoso talud a algo más de un kilómetro y medio hacia el sur. Recorrió el viejo camino de cemento pulido donde solía entretenerse con sus camiones de juguete y se detuvo y miró hacia abajo. El sótano. Las paredes eran de piedra picada. Ahora la escalera de madera subía hacia el cielo vacío y gris. También el suelo era de cemento pero estaba muy agrietado y no parecía firme. Muy bien, dijo. Qué demonios.

Volvió dos horas después con un detector de metales alquilado. Un mallo de tres kilos y medio y un azadón y una pala. Bajó al sótano por la escalera y se puso a examinar el suelo. Hizo unas cuantas mediciones y sopló para retirar el polvo y marcó varios puntos con lápiz de cera negro. Para cuando oscureció había cavado ya seis hoyos tras romper el arenoso cemento para ahondar en la tierra arcillosa de debajo. Encontró una carpeta grande, la cabeza de un martillo, la hoja de una garlopa. Un utensilio de hierro muy antiguo. Encontró una pieza de fundición con dos superficies mecanizadas con el logotipo Brown & Sharpe. No supo decir qué era.

Sacó del sótano las herramientas lanzándolas una por una hacia lo alto y luego subió por la temblorosa escalera con el detector de metales y recogió todo y lo metió en el maletero del coche que había alquilado y regresó al motel y se acostó.

Tenía pensado devolver el detector por la mañana e intentar conseguir un vuelo de regreso pero soñó con su abuela y eso lo despertó. Se quedó mirando la sombra del marco de la ventana en la parte alta de la pared, sombra arrojada por los proyectores que había fuera entre los arbustos del jardín. Al cabo de un rato se levantó y cogió un vaso de plástico del tocador y todavía en calzoncillos salió y fue a donde las máquinas de refrescos que había en el pasaje cubierto y compró una lata de naranjada y un poco de hielo y volvió a la habitación y se sentó a oscuras en la cama.

Ella había trabajado de niña en las fábricas textiles de Rhode Island. Ella y su hermana, las dos. Al término de aquellas jornadas de doce horas se leían la una a la otra a la luz de una vela en un cuarto donde podías ver tu propio aliento. Whittier y Longfellow y también Scott y más adelante Milton y Shakespeare. Tenía treinta años cuando se casó y el padre de él fue su único hijo. El hombre a quien había desposado era químico e ingeniero y tenía varias patentes en el proceso de vulcanización del caucho y aquel sótano era su laboratorio particular y su taller. Era un lugar mágico y a Western incluso de muy pequeño le dejaban campar a sus anchas por él.

En el sueño su abuela le llamaba desde lo alto de la escalera mientras él estaba sentado ante el banco de trabajo del abuelo y después ella le decía: Estabas tan callado... Solo quería saber si seguías ahí.

Desayunó en la cafetería del motel y subió al coche y volvió a la casa. Una vez comprobada la lectura pasó el detector a lo largo del trecho de detrás de la escalera. Veinte minutos más tarde estaba de rodillas y hurgando en la arcilla mohosa del fondo del hoyo recién cavado. Lo que sacó fue un trozo de pesada cañería de plomo de cuarenta y cinco centímetros de largo.

Arrancó la tierra y los restos de tela de arpillera en que la habían envuelto. El diámetro era de unos cuatro centímetros. En cada extremo llevaba un tapón hembra. Las roscas estaban selladas con plomo blanco. Se podía ver el redondel, amarillento por los años. Se incorporó y fue con el trozo de tubería hasta la pared y buscó un hueco en la mampostería donde empotrar el tapón e intentó hacer girar el tubo pero no hubo forma de mover el tapón. Sacudió el tubo. Daba la sensación de ser una cosa totalmente compacta.

En total había dieciséis trozos. Metidos en tres agujeros bajo tierra. Los apiló contra la pared y siguió cavando con la pala, pero no había nada más. Pasó el detector por una considerable extensión de suelo pero no captó nada más. Western había perdido por completo la noción del tiempo.

Como los tubos eran un poco demasiado pesados para lanzarlos hacia arriba los fue subiendo uno a uno por la escalera y apilándolos delante del coche en el camino particular. El mallo y la pala los dejó en el sótano y el detector de metales lo puso en el asiento de atrás del coche y luego abrió el maletero y llevó los tubos a la parte de atrás y los amontonó dentro del compartimento. Cuando hubo terminado, la parte trasera del coche estaba visiblemente más baja que la delantera.

La tienda donde había alquilado el coche estaba cerrada cuando llegó y decidió volver a la ferretería para comprar dos grandes alicates de presión.

Una vez en el motel reculó hasta dejar el coche lo más cerca posible de la puerta de su habitación y entró y dejó sobre la mesa la bolsa con los alicates de presión y se tendió en la cama a esperar que fuera de noche. No pudo dormir y al cabo de un rato se levantó y cogió los alicates y los arrancó del envoltorio en que venían de fábrica y tiró envoltorios y bolsa a la basura y salió para ver cómo caía la noche sobre Akron.

Transportó los tubos de dos en dos a la habitación y los fue dejando junto a la puerta y luego bajó el portón del maletero y volvió adentro y cerró con llave. Se sentó con los alicates en el suelo y abrió las mordazas y las acopló a los tapones de cada extremo, ajustándolas con el tornillo de cabeza moleteada y cerrándolas en un ángulo de noventa grados la una respecto a la otra. Colocó el tubo sobre la moqueta y pisó un brazo de los alicates y se inclinó para agarrar el otro con ambas manos e hizo presión. Los alicates giraron sobre el tapón, dejando ver bajo sus dientes un reguero de metal nuevo y brillante. Ajustó la sujeción de las mordazas y volvió a cerrarlas y presionó de nuevo sobre los alicates y esta vez el tapón empezó a girar lentamente. De las roscas empezó a salir una espiral de plomo blanco seco. Sujetó los alicates contra el suelo y aflojó las mordazas con la palanca y las apretó de nuevo. Unas vueltas más y el tapón ya estaba bastante flojo. Colocó el tubo en vertical y giró los alicates a mano. Retiró el tapón y dejó los alicates en el suelo y puso el tubo boca abajo y lo agitó valiéndose de ambas manos.

Lo que cayó a la moqueta fueron unos ocho puñados de monedas de oro de veinte dólares americanos águila doble tan brillantes como el día en que fueron acuñadas.

Se las quedó mirando. Cogió una del suelo y la giró en su mano. No sabía nada de aquellas monedas. De lo que podían valer. Si es que era posible venderlas. Nunca había oído hablar de la variedad Saint-Gaudens. De su extraña saga como artista. Apiló las monedas como fichas de póquer. Había doscientas. ¿Tres mil doscientas en total? Valor nominal, sesenta y cuatro mil dólares. ¿Cuánto valdrían ahora? ¿Diez veces más? Luego descubrió que no se había acercado ni de lejos.

Pasó las dos horas siguientes quitando los tapones de los otros tubos. Cuando hubo terminado tenía un montón de tubos y tapones arrimado a la pared y lo que parecía al menos media bañera llena de oro amontonada en el suelo. Miró las fechas y pudo ver que no había ninguna moneda posterior a 1930 y supuso que ese debía de ser el año en que habían enterrado las últimas. Cogió un puñado y las sopesó y luego miró el montón. Calculó que habría casi cincuenta kilos de oro en el suelo de la habitación del motel. Se puso de pie y fue al armario y sacó la manta extra y la extendió sobre las monedas y se acostó.

Se despertó a las cuatro y veinte de la mañana y encendió la luz. Se levantó y se acercó y retiró la manta y se sentó en el suelo mirando las monedas. Le sorprendió saber en ese momento que iba a comprar un revólver.

A la mañana siguiente vació su maleta y llevó el oro al coche metido en la maleta, un total de cuatro viajes. Fue tirando el oro al maletero y luego lo cubrió con su ropa y cerró el maletero antes de volver adentro. Volvió a enroscar los tapones en los tubos, sin apretar, y sacó los tubos y los depositó en el piso del coche en el lado del acompañante. Se guardó en el bolsillo media docena de monedas y montó en el coche y fue hasta la cafetería y entró para desayunar.

En la guía telefónica buscó numismáticos y encontró dos. Anotó las direcciones. Subió al coche y fue a la primera tienda y aparcó y entró.

El numismático era un hombre educado y servicial. Le explicó que la Casa de la Moneda las había emitido de dos tipos. El Saint-Gaudens —o Standing Liberty— y el Liberty Head. Las del primer tipo tenían más valor.

¿Cómo ha conseguido estas? Si no le importa la pregunta.

Pertenecían a mi abuelo.

Son muy bonitas. No debería llevarlas en el bolsillo.

¿No?

El oro es muy blando. Veo dos que están casi impecables. Lo que nosotros llamaríamos un IE-65. Quiere decir que no han circulado. Pues bien, en el mundo real no hay moneda que se tase por encima de IE-63. IE quiere decir «impecable estado».

Estaba estudiando las monedas con una lupa. Muy bonitas, dijo.

Escribió cifras en una libreta mientras las iba examinando. Después lo sumó todo y giró la libreta para ponerla delante de Western. Cuando salió de la tienda diez minutos más tarde tenía más de tres mil dólares en el bolsillo. Se sentó dentro del coche e hizo un cálculo mental. Luego volvió a echar cuentas.

Devolvió el detector de metales a la tienda de alquiler y luego fue hasta la ferretería y compró varias cosas. Cuatro bolsas Mason's de lona blanca con fondo y correas y asa de cuero. Condujo hasta que encontró un solar vacío y paró y se apeó del coche y tiró los trozos de tubería a la maleza. En la otra tienda de numismática vendió una docena más de monedas y aquella tarde compró a tocateja un Dodge Charger negro de 1968 con un motor 426 HEMI que marcaba seis mil cuatrocientos kilómetros recorridos. Llevaba colectores y dos carburadores Holley de cuatro cilindros con toma de aire Offenhauser. Pidió al de la tienda que devolviera el coche alquilado y se compró un revólver Smith & Wesson calibre 38 especial de acero inoxidable con un cañón de cuatro pulgadas y durante las dos semanas siguientes recorrió en coche el Medio Oeste vendiendo monedas en lotes de varias docenas. Tenía un antirrobo para el volante pero cada noche lo llevaba todo adentro y dormía con el 38 al lado. Consiguió una guía de numismáticos y por la noche en el motel seleccionaba las monedas y las introducía en pequeños sobres de plástico que luego metía en las bolsas de lona. Cada pocos días llevaba monedas y billetes pequeños a un banco y lo cambiaba todo por billetes de cien. Bajó hasta Louisville y decidió tomar carreteras secundarias. Para cuando llegó a Oklahoma tenía ya novecientos mil dólares en una caja de zapatos asegurada mediante una goma elástica y aún le quedaba una de las bolsas llena de monedas. El Charger iba como una rata escaldada y en una ocasión la patrulla de carreteras le había parado y ahora conducía con más precaución. No tenía la menor idea de cómo iba a justificar ante un agente de policía lo que llevaba en el maletero. Estuvo en Dallas, San Antonio, Houston. Llegado a Tucson ya solo tenía dos puñados de monedas por vender. Cogió habitación en el Arizona Inn y guardó todo el dinero que tenía en la cómoda y luego lo dividió a ojo en dos partes iguales y metió ambas partes en sendas bolsas vacías y ajustó bien las correas. Después telefoneó al bar de Jimmy Anderson. Contestó ella. Aquí el Cielo, dijo.

¿Está Dios por ahí?

Llegará a las siete. ¿Qué desea? ¿Bobby? ¿Eres tú?

Sí.

¿Dónde estás?

En el Arizona Inn. Tengo un dinero para ti.

Yo no necesito ningún dinero.

Quiero decir mucho. Y te he comprado un coche.

Silencio al otro extremo de la línea.

¿Sigues ahí?

Sigo.

¿Cómo supiste que iría a mirar?

Porque te lo pedí.

V

El Chico estaba sentado a la mesa de ella. Vestía levita y se había puesto una peluca con los pelos de punta. Anteojos sin montura y una perilla afilada de quita y pon. Ella se incorporó en la cama y se frotó el sueño de los ojos. ¿Qué se supone que eres?, dijo.

Él anotó la hora y dejó su reloj encima de la mesa. Se acomodó los anteojos y se puso a hojear su libreta, a todo esto chupando de una pipa de arcilla. Muy bien, dijo. ¿Él se tomó alguna libertad con tu persona?

¿Qué?

¿Intentó quitarte las intrigantes?

¿Quitarme el qué?

Las inefables. Digo que si intentó bajártelas.

Innombrables. Y a ti qué te importa. Además, el doctor fumaba puros, no en pipa.

¿Hubo manipulación digital?

Estás ridículo con ese conjunto.

¿Hubo tal vez intentos de dejar unas babas en tu almejita?

Eres repugnante, ¿lo sabías?

¿Tú le pediste que parara?

¿Me harías el gran favor de marcharte?

El Chico la miró por encima de los anteojos. No hemos terminado la hora. ¿Sudores nocturnos?

* * *

Le habían recetado antipsicóticos y se los tomó un par de días hasta que tuvo ocasión de leer el folleto. Cuando llegó a lo de «discinesia tardía» lo tiró todo retrete abajo. Al día siguiente el Chico estaba otra vez allí, deambulando. Ella se había vestido para salir con su hermano. Ponte cómodo, dijo.

Vale, sí. ¿A qué hora crees que volverás?

Tarde.

* * *

Cuando llegaban a casa preparaban té y se sentaban a hablar de matemáticas y de física hasta que bajaba la abuela en bata y preparaba el desayuno. En otoño, cuando se fue a estudiar a Caltech, él ya no quería especializarse en mates sino en física. Los motivos que adujo en su carta fueron lo mejor que pudo inventarse pero no eran el verdadero motivo. El motivo era que hablando con ella aquellas noches de estío en la cocina de la abuela había podido atisbar en lo más hondo de los números y comprendió que ese mundo le estaría siempre cerrado.

* * *

El Chico estaba de pie junto a la ventana. Parece que fuera hace frío, dijo. ¿Qué estás escribiendo?

Solo intento ignorarte.

Pues que te vaya bien. ¿De dónde has sacado esa estilográfica tan chula?

Era de mi padre. Se la regaló el presidente Eisenhower.

¿Ah, sí? De esa pandilla no hubo nadie que se rajara. Imagino que no te parece raro. Chicos, ¿qué vais a hacer mañana? Pues no sé, ¿y tú? No sé. Oye, ¿y si hacemos explotar el mundo? Bueno, es una idea.

Se apartó de la ventana y empezó a pasearse otra vez. Arrugó la frente y puso la palma de una aleta en la palma de la otra. Es probable que tengamos ideas muy diferentes sobre el carácter de la inminente noche, dijo. Pero qué más da, mientras la oscuridad descienda.

No sé qué decirte.

Un caso aparte como tú siempre plantea de nuevo la cuestión de adónde se dirige este barco y por qué. ¿La existencia tiene un común denominador? Las preguntas clave siempre lo dejan a uno con cara de tonto. Me sigues, ¿no?

Claro.

Buena chica. ¿Dónde estaba?

En dejarte con cara de tonto.

Cierto. La pregunta que viene a la cabeza es naturalmente quién es el huésped ideal.

Del universo.

Ajá. Junto con la pregunta de dónde es que estamos en realidad. No se trata de problemas estáticos puesto que no existen cosas estáticas. ¿El huésped ideal es el siguiente ídem en una secuencia de ellos? ¿Es eso lo que tú habrías esperado? ¿O pensarías que quizá hay tongo?

Más tautologías.

¿Y eso qué tiene de malo? Al menos no cuesta deletrearlas. ¿Eres capaz de escribir y mantener una conversación al mismo tiempo, en serio?

Depende de la conversación.

Veamos.

Ella giró el cuaderno y lo deslizó sobre la cama y él se inclinó para mirar. Cielo santo, dijo. ¿Eso qué coño es?

Taquigrafía. Gabelsberger.

Parecen gusanos salidos de un tintero. Esto lo haré constar en tu expediente, que lo sepas. ¿Escribes así cuando estáis de palique tú y el doctor Polladura? ¿Por qué me huelo que a él al menos lo respetan un poco?

Poco o mucho, si lo respetan es porque es médico. Tú en cambio eres un enano. Y se apellida Hardwick.

Joder.

Perdona. No debería haberte dicho eso.

Me sonaba lo de a caballo regalado no le mires el dentado pero no que encima le des una coz en toda la piñata.

Lo siento.

Sí, ya. Seguramente es de oírle decir cosas feas sobre mí. En fin, la verdad es que no sé cómo tratar con alguien que te considera producto de un hígado rebelde. Él probablemente no entiende que si borras del menú todo cuanto es duro de tragar entonces el almuerzo va a ser bastante austero.

Perdona por llamarte enano. Ojalá pudiera retirarlo.

Sí, claro. Pero eso no me haría ni un centímetro más alto, ¿verdad? En fin, te aconsejo que pienses un poco más en tu historia reciente antes de echarme de ella. ¿Seguro que lo estás anotando todo?

Tranquilo. Es un archivo coldstop. Todo se puede recuperar.

Quizá sí. Aunque siempre existe la posibilidad de que algún cibertroll del circuito reconfigure las cosas en otro formato.

Me voy a acostar.

Apagó la lamparita de noche y en la oscuridad de la habitación allí donde la luz mercurial enmarcaba la ventana se quitó los vaqueros y el jersey y los calcetines y se metió en la cama y se tapó con las mantas y quedó a la escucha. Pudo notar que se acercaba. Oye, Patito Feo, susurró él. Nunca sabrás de qué está hecho el mundo. Lo único seguro es que no se compone del mundo. Cuando te acercas mucho a una descripción matemática de la realidad no puedes evitar perder eso que está siendo descrito. Toda investigación reemplaza aquello que se está abordando. Un momento en el tiempo es un hecho, no una posibilidad. El mundo te quitará la vida. Pero por encima de todo y en última instancia el mundo no sabe que tú estás aquí. Tú crees entenderlo, pero no. En el fondo no lo entiendes. De lo contrario estarías aterrorizada. Y no lo estás. De momento. Y ahora, buenas noches.

* * *

Cerró la puerta al entrar y se apoyó en ella. Una espiral de humo de tabaco ascendía por la lámpara de trabajo de su mesa. El Chico estaba allí sentado con los pies en alto. En la cabeza un garboso sombrero con cierre a presión para el ala.

No te levantes, dijo ella.

Descuida. Aquí no se levanta nadie.

Era broma.

Sí, ya. Se te ha corrido el lápiz de labios.

Ella fue a sentarse en la cama. Llevaba puesto un top de lamé plateado y una ceñida minifalda de raso azul. Medias negras y tacones de ocho centímetros. Echó hacia atrás sus rubios cabellos y sacó una polvera del bolso y la abrió y se dio unos toques en la boca con un pañuelo.

Menuda imagen, dijo el Chico. Cogió el cigarrillo que había dejado apoyado en el plato y dio una larga calada y expulsó el humo hacia un lado. Menuda imagen. ¿De dónde vienes?

De bailar.

¿Ah, sí?

Sí. No sabía que fumabas.

Me has empujado tú. ¿Y nuestro querido Bobby?

Se ha ido a acostar.

El Chico se sacó el reloj y abrió la tapa. Un breve y sutil campanilleo. A que habéis ido a picar algo cuando han cerrado los bares...

Puede. Aunque no creo que sea de tu incumbencia.

Deberías darme un poco de manga ancha. Con todo lo que he hecho por ti.

¿Lo que has hecho por mí?

Sí.

Ensombrecer mi alma, nada más.

Vaya por Dios. Qué mala memoria tienes. ¿Cómo puedes decir semejante tontería? ¿Es un comentario en serio? Un momento. Bobby viene de camino, ¿no es eso?

No.

El objeto de tus sórdidos deseos. Oigo sus pasos en la escalera.

Me das asco.

Totalmente entregados el uno al otro. Vaya, vaya. Será mejor que salga pitando.

La de sandeces que llegas a decir. En la escalera no hay nadie. Me voy a acostar.

Cielo santo. Pero ¿qué haces?

Desvestirme.

No puedes hacer eso.

Verás si no.

El Chico se tapó la cara. Dios mío, dijo. ¿Se puede saber adónde vas?

Ella cruzó la estancia con la ropa sobre un brazo. Voy a colgar mis cosas. ¿Por qué? ¿Es que hay alguien ahí dentro?

Abrió la puerta del armario y dejó los zapatos en su sitio y colgó la falda y el top y luego cerró el armario y volvió a cruzar la habitación, descalza y en ropa interior, y se metió en la cama y se arropó y apagó la lamparita. Buenas noches, dijo.

Se encogió bajo las mantas y aguzó el oído. Al cabo de un rato las apartó. El Chico no se había movido de la mesa. ¿Cuánto tiempo piensas seguir ahí?

No lo sé. Está muy tranquilo.

¿Y si fueras a ver a algún otro cliente?

No tengo más.

Siento haberte ofendido.

¿En serio?

Sí.

No pasa nada.

Bueno. Voy a dormir.

Vale. Buenas noches.

Buenas noches.

* * *

Cuando hubo terminado de rellenar los impresos volvió al mostrador y la enfermera los cogió y los examinó y luego le dio otro.

¿No podría escribir: Háganme lo que quieran? Lo firmo y listo.

No puede ser.

Le dieron la llave de una taquilla y una bata y unas zapatillas y la mandaron al fondo del pasillo. En la habitación se quitó la ropa y la dobló y la metió en la taquilla y luego se puso la bata y buscó las cintas y se las ató. Sentada en el banco pensó en lo que tenía decidido hacer. Entró una mujer y le sonrió brevemente y abrió una taquilla del fondo. Igual que en el cielo, dijo. Lo cambias todo por una túnica.

¿Usted no jugaba al cielo cuando era niña? ¿A vestirse con sábanas y eso?

No, dijo la mujer. Dio la espalda a la chica y empezó a desnudarse. Se puso la bata y se la anudó y luego se calzó las zapatillas y cerró con llave la puerta de la taquilla. Pasó arrastrando los pies frente a la chica con su llave en la mano y la chica le dijo que tenían que prender la llave de la bata para no perderla. La mujer simplemente pasó de largo y salió al pasillo.

Al cabo de un rato se puso de pie y cerró la puerta de su taquilla con llave. Luego prendió la llave de la bata y se calzó las zapatillas y salió.

Una vez en la sala de reconocimiento se sentó en una camilla mientras una enfermera le tomaba la temperatura y el pulso y la presión. Eres muy callada, dijo.

Ya lo sé. Tengo mucho que callar.

La enfermera sonrió. Pasó una banda elástica alrededor del brazo de la chica y tiró del torniquete y lo soltó de golpe. Después colocó una vía y la aseguró con cinta adhesiva y un celador vino y se la llevó en la camilla de ruedas.

Una habitación blanca y fría. Al rato entró una mujer y miró la gráfica. ¿Cómo te encuentras?, preguntó.

Bien. Por ahora. ¿Quién es usted?

La doctora Sussman. ¿Cómo es que estás sola?

Sola, no. Soy esquizofrénica. ¿Me van a rapar la cabeza?

No.

¿Usted es la que me va a freír?

Nadie te va a freír. ¿Tienes alguna pregunta que hacer?

Sí. ¿Tienen un extintor a mano?

La doctora ladeó la cabeza y la miró detenidamente. Supongo. ¿Por?

Por si se me quemara el pelo.

No se te va a quemar el pelo.

Entonces ¿para qué es el extintor?

Te gusta la broma.

Más o menos.

¿Tienes alguna pregunta, sí o no?

No.

¿Nada que quieras saber? Eres poco curiosa.

No puedo contestar a eso sin ser grosera. Además no estoy aquí a causa de lo que quiero saber. Todo lo contrario, diría yo.

¿Qué medicación estás tomando? Aquí no consta nada.

Ya. Es que tiré todas las pastillas al váter.

La doctora miró el historial médico que tenía en su tablilla y se dio unos golpecitos en el labio inferior con el bolígrafo. Acababa de entrar la enfermera y estaba insertando una aguja en la vía. Miró a la doctora.

Tiré las medicinas, dijo otra vez la chica.

Sí. Ya te he oído.

¿Me va a subir la dosis?

No.

La doctora estaba ahora detrás de ella. La enfermera cogió un tarro de los que había en la encimera y lo abrió y empezó a frotarle las sienes con gel electrolítico. El gel estaba frío.

¿Dónde está la doctora?

Estoy aquí, dijo la doctora.

Creo que me voy a desmayar.

Sí. No pasa nada.

Cuando se despertó en la sala de recuperación no tuvo la sensación de que hubiera transcurrido tiempo. Era de noche. Al principio pensó que estaba en su cama en casa. Pero tenía en la boca una férula de goma. La escupió. Algo olía a quemado en la penumbra. Algo rancio con un deje de azufre. Se llevó la mano a la etiqueta de plástico que tenía en la otra muñeca. *Esa soy yo. Puedo verlo.*

La puerta estaba abierta. Luz en el pasillo. Al cabo de un rato intentó incorporarse. Le dolía la cabeza. Los cauterizados hortes en sus prendas chamuscadas estaban a los pies de su cama y echaban humo. Espolvoreados de ceniza pero tenuemente luminosos. Se los veía desanimados, ariscos, enojados. El Chico deambulaba sin cesar. Tenía la cara negra de hollín y los cabellos de punta chamuscados y apenas si le quedaba un rastrojo de pelo y su capa humeaba. La chica se llevó una mano a la boca.

Muy ingenioso, dijo él. Muy ingenioso, joder.

Lo siento.

¿Te hace gracia?

No.

¿En qué coño estabas pensando?

No lo sé.

Mira todo esto. ¿Es lo que tú entiendes por pasarlo bien?

Lo siento de veras.

Deberías haber preguntado. Joder. Giró la cabeza y escupió una saliva cenicienta y luego la miró y meneó la cabeza. A la luz del pasillo la nidada de quimeras carbonizadas echaba humo de pura furia.

Lo siento, dijo ella. De verdad.

Ah, estupendo. ¿Lo habéis oído? Dice que lo siente. Y una mierda. ¿Que lo sientes? ¿Y por qué no lo dijiste? A hacer puñetas. Qué coño.

John Sheddan echó a andar una fresca tarde de viernes y recorrió todo el camino hasta la ciudad vieja de Knoxville con la intención de gorrear una pilsner. En las horas que siguieron pediría prestados doscientos dólares y con ese dinero compraría en la calle medicamentos por valor de doscientos dólares y los llevaría a Morristown donde los revendería por trescientos. De allí iría a la partida de póquer de Bill Lee y ganaría setecientos dólares y luego copularía con una menor en el asiento trasero del coche de un amigo. De ahí volvería andando a Knoxville y subiría a un avión en el aeropuerto McGhee Tyson para llegar a Nueva Orleans bastante antes de la medianoche. Western se lo encontró casi de casualidad. Al pasar frente a la Absinthe House vio su sombrero sobre una mesa con vistas a la calle. Entró en el local y se quedó mirando a Sheddan hasta que este bajó el periódico que estaba leyendo y levantó los ojos. Lord Wartburg, dijo.

Hola, Mossy Creek.

Me ha parecido sentirme observado. Ven, siéntate. Tú no lees la prensa.

No. ¿Qué ha pasado?

Nada. Simple constatación. Trabajo en tu perfil.

Western echó hacia atrás la otra silla y se sentó a la pequeña mesa de madera. ¿Cuándo has llegado?, dijo.

Sheddan dobló el periódico y se miró el reloj. Hará unas diez horas. Acabo de levantarme. Me encanta esta ciudad. Lo que pasa es que no se me ocurre cómo podría ganarme aquí la vida.

Una ciudad dura.

Sí. No puedes fiarte de la gente, escudero. El honor entre ladrones ha pasado a la historia.

Me estás vacilando.

Ni por asomo. ¿Dónde está el maldito camarero? ¿Has almorzado ya? No, claro que no. Es raro la gente que viene por aquí.

Yo, por ejemplo.

No. Tú no. Déjame que pague la cuenta. Iremos a un sitio más agradable a tomar un bocado.

Almorzaron en Arnaud's. Sheddan echó una ojeada a la carta de vinos y meneó la cabeza. Impresionante. ¿Quién paga estos precios, escudero? Santo Dios. Bueno, alguna cosa interesante tenía que haber. Un Beaujolais sin pretensiones. Procura alejarte de la variedad Village y saldrás ganando.

Entonces no vas a tomar pescado.

Sí tomaré pescado. Es la especialidad de este sitio. No por ello está uno obligado a beber un caldo insípido. Bueno, langosta aparte. Ahí nada de tintos. Siempre me ha gustado este establecimiento. Parece un plató de cine. Y siempre está igual. En Ciudad de México hay un par de restaurantes que te lo recordarían. Brat dice que es como si comieras en la barbería.

Sheddan había puesto su vaso de agua boca abajo sobre el mantel pero cuando llegó el camarero unos minutos después lo puso derecho y lo llenó hasta arriba y lo mismo el de Western.

Disculpe, dijo John.

¿Señor?

¿Quiere hacer el favor de llevarse esto?

¿No piensa tomar agua?

No pienso.

El camarero se llevó el vaso en su bandeja y John volvió a concentrarse en la carta de vinos. Al rato apareció otro camarero y escanció agua en otro vaso y lo puso encima de la mesa. Sheddan levantó la vista. Disculpe, dijo.

¿Señor?

No tengo ninguna queja sobre el servicio. Tienen todos

ustedes plena libertad para servirme agua las veces que quieran. El problema es que yo no quiero agua. ¿Cree usted que hay alguna manera de que lleguemos a una moratoria? ¿Podríamos negociar tal vez? Estoy dispuesto a ir a la cocina y hablar con todo el personal.

¿Perdón?

Que no quiero agua.

El camarero asintió y cogió el vaso. Sheddan meneó la cabeza. Hostia puta, dijo. ¿Qué mierda pasa en este país con la manía de servirte agua a cada momento? Si realmente necesitaras algo, por ejemplo algo de beber, no conseguirías que vinieran ni encendiendo una bengala. Esto a Churchill lo sacaba de quicio.

Dejó a un lado la carta de vinos y miró en derredor. Suerte que hemos venido temprano. La gente olvida que esta es una ciudad portuaria. Plagada de turistas, por cierto. Se ven rarezas de todos los tipos y colores. Calles repletas de perturbados. No hace mucho vi en la Absinthe House sentado a la barra con una indumentaria que le sentaba como un tiro a algo que casi habría jurado era un lémur enano de orejas peludas de los montes de Madagascar. Estaba atado a un taburete al lado de un marino y bebía cerveza en un cuenco. Y se me ocurrió pensar que esa exótica criatura gozaba de ciertas pequeñas ventajas por su excepcionalidad en comparación con el turista normal; el cual, dicho sea de paso, me parece cada vez más un personaje salido de un mal viaje. En esta ciudad hay restaurantes de postín, que no han cambiado en más de un siglo, donde camareros de librea sirven platos de alta cocina a patanes obesos que han decidido ir a cenar en chándal o hasta en ropa interior. Y esto a nadie le parece raro. ¿Qué vas a tomar? ¿Querías un aperitivo?

No. Creo que vino y nada más.

Estupendo. ¿Tomaremos pescado?

Yo elegiría el pargo.

Buena elección. Pero quizá mejor con otro vino.

Volvió a abrir la carta de vinos y se inclinó barbilla en

mano. La cuestión, escudero, es que mientras que antes estaban confinados a instituciones estatales o a los desvanes y recibidores de remotas casas rurales, ahora los ves por todas partes aquí y en el extranjero. El gobierno les paga para que viajen. Bueno, y de paso que procreen. Aquí he llegado a ver familias enteras que solo es posible describir como alucinaciones. Hordas de memos dando tumbos por la ciudad. Hablando en su insustancial jerigonza. Y por descontado no hay detalle arquitectónico que no suscite babeantes comentarios por más pernicioso o desquiciado que pueda ser.

Levantó la vista. Ya sé que no compartes mi animus, escudero, y admito que soy bastante tolerante cuando reflexiono sobre mis propios orígenes. Como dicen en el sur, uno es de donde se cría. Pero ¿tú has mirado bien a tu alrededor últimamente? Creo que sabes lo tonta que es una persona con un cociente intelectual de cien.

Western se puso en alerta. Sí, supongo, dijo.

Bueno, pues la mitad de la gente es más tonta que eso. ¿Tú adónde crees que va a parar todo esto?

No tengo ni idea.

Yo diría que alguna sí tienes. Sé que piensas que somos muy diferentes, tú y yo. Mi padre era un tendero de pueblo y el tuyo un inventor de artefactos carísimos que producen mucho ruido y volatilizan seres humanos. Pero nuestra historia común trasciende eso y más. Yo te conozco. Conozco días concretos de tu niñez. Llorando prácticamente de soledad. Encontrando casualmente cierto libro en la biblioteca y llevándotelo a casa como un tesoro. Un sitio ideal donde leerlo. Quizá al pie de un árbol. Junto a un riachuelo. Jóvenes imperfectos, por descontado. Preferir un mundo de letra impresa. Rechazos. Pero tú y yo conocemos otra verdad, ¿a que sí, escudero? Y desde luego es cierto que bastantes de esos libros fueron escritos en vez de prenderle fuego al mundo, que no otro era el verdadero deseo del autor. Pero el quid de la cuestión es: ¿somos los últimos de un linaje? ¿Seguirá habiendo niños que abriguen un deseo por algo que ni siquiera aciertan a nombrar? El legado del mundo es una cosa frágil aun con todo su poder, pero yo sé cuál es tu postura, escudero. Y sé que hay palabras que pronunciaron hombres de siglos remotos que jamás abandonarán tu corazón. Mira, el camarero.

Western le observó comer con cierta admiración. El entusiasmo y la solvencia con que abordaba las cosas. Compartieron una botella de riesling para la cual Sheddan pidió un cubo con hielo. Despidió al camarero y sirvió vino en la copa de Western. Es importante establecer las reglas básicas desde un principio. Disculpa. Ni se te ocurra escanciar el vino en nuestras putas copas. Veo la cara que pones. Pero lo cierto es que tengo pocas exigencias. Piénsalo. Trata de estar un poco por delante de la curva. Intenta mantener a raya los misterios más comunes. No mires a la suerte a la cara. Salud.

Salud.

Las variedades alemanas suelen ser un poquito más dulces. Cosa que me gusta. Los franceses prefieren los blancos que sirven también de limpiacristales.

A mí me gusta.

La última vez que comí en este restaurante fue con Seals. Hace unas semanas. Creí que nos mandaban a escardar cebollinos.

Que os enseñaban la puerta.

Sí.

¿Qué pasó?

Esto estaba a tope y alguien se tiró un pedo de lo más malvado. Una cosa absolutamente espantosa. Miré hacia las mesas contiguas y la gente estaba allí sentada con los ojos vidriosos. Entonces Seals tira su servilleta y aparta la silla hacia atrás y se levanta y exige saber quién ha sido. La leche. Vamos a llegar al fondo de la cuestión, dice. Y empezó a señalar a posibles culpables y a exigirles que confesaran. Has sido tú, ¿verdad? No veas. Yo intenté calmarlo. Varios tipos grandotes y de aspecto bullanguero se habían puesto de pie. El gerente llegó justo a tiempo y conseguimos que Seals volviera a sentarse pero no paraba de mascullar y los individuos aquellos se levantaron otra vez. ¿Sabéis lo que me resulta más irritante?, les dijo Seals. Tener que compartir las mujeres con tíos así. Aguantar la cháchara de imbéciles como vosotros y ver a una atractiva jovencita inclinarse ansiosamente hacia delante con ese apenas reprimido estremecimiento que nos es tan familiar para no perderse ni un ápice de una fétida sarta de sandeces y chorradas como si estuvieran escuchando la voz del profeta. Resulta doloroso pero supongo que a las damiselas hay que concederles cierto margen de maniobra. Es muy escaso el tiempo de que disponen para sacarle un provecho sustancial a ese coñito. Pero la verdad es que irrita. Irrita que a neandertales como vosotros se os permita siquiera la contemplación de la gruta sagrada mientras babeáis y gruñís y os la cascáis. Por no hablar ya de reproducción. Bueno, al carajo. Malditos seáis todos. Sois un hatajo de fanáticos sin materia gris que detestan la excelencia por principio y aunque uno desearía cordialmente mandaros a todos al infierno, vosotros no os largáis ni a tiros. Todos los de vuestra nauseabunda ralea. De acuerdo, si todos aquellos a quienes mando al infierno estuvieran realmente allí habría que enviar a alguien a Newcastle a por más combustible. He hecho diez mil concesiones a vuestra roñosa cultura y aún es la hora de que vosotros hagáis alguna a la mía. Ya solo falta que acerquéis vuestras copas a mis fauces abiertas para brindar por vuestra salud con la sangre de mi corazón.

Bueno. Yo te lo cuento todo y tú no me dices nada. No hay problema. Me sé tu historia. Un hombre torturado en la rueda catalina de la devoción. Eres una tragedia griega perdida, escudero. Claro que lo tuyo siempre podría salir a la luz. Un enmohecido y manchado manuscrito en el archivo de una biblioteca antigua de alguna ciudad de Europa del Este. Medio roído pero aun así fragmentable. Digo que me sé tu historia pero naturalmente exagero. Nada me gustaría tanto como meter la nariz en esas sordideces intrafamiliares respecto de las cuales te muestras tan circunspecto. Dicen por ahí que los griegos a tu lado parecerían Ozzie y Harriet.

Tú continúa desvariando.

Siempre pensé que volverías a tu ciencia.

Supongo que mis ánimos no estaban para eso.

¿Y dónde estaban?

En alguna otra parte.

Me siento viejo, escudero. Las conversaciones versan todas sobre el pasado. Una vez me dijiste que ojalá no hubieras despertado después del accidente.

Sigo pensando lo mismo.

Cuando tengas noventa años llorarás por el amor de un hijo. Eso podría ser indecoroso. Y no es que yo sea ajeno ni mucho menos a la pena y el dolor. Solo digo que la procedencia de tales desazones no siempre está clara. Hace mucho que pienso que reducirlo todo a una sola tribulación podría hacerlo más agradable al paladar. A veces desearía tener una hermana muerta por la que llorar. Pero no es así.

Nunca sé hasta qué punto tomarte en serio.

No podría estar hablando más en serio.

Es probable. Una rareza más con la que lidiar.

¿Rareza, dices? Por las bragas de María santísima, hombre. Hoy he conocido a un tal Robert Western cuyo padre intentó destruir el universo y cuya supuesta hermana resultó ser un extraterrestre que se quitó la vida y, mientras sopesaba toda esta historia, me he dado cuenta de que cuanto yo daba por cierto en lo que respecta al alma humana podría muy bien reducirse a cero. Atentamente, Sigmund.

Tú de mi hermana no sabes nada.

Cierto. Ni de cualquier hermana. Nunca tuve una. Ni he estado enamorado. Creo, vaya. Bueno. Igual sí.

¿Dónde está Miss Tulsa?

En Florida visitando a unos parientes. Me has pillado disfrutando de unos momentos de libertad. Que no vienen del todo mal, como te puedes imaginar. Venga, escudero. Toma un poco más de vino. Cambiaremos de tema.

Western tapó su copa con la mano. El otro sonrió. No me tomas en serio. Pero con tu permiso voy a seguir cotorreando un poco más. Quizá eres un acaparador de desdichas. A la espera de un alza en el mercado.

Yo no soy desdichado, John.

Bueno, pero algo serás. ¿Qué? ¿Un caso clínico de remordimiento? Eso es un clásico. El fundamento de la tragedia. El alma de esta. Mientras que la pena propiamente dicha es solo el tema de debate.

No sé si te sigo.

Iré más despacio. La pena es de lo que está hecha la vida. Una vida sin pena ni congoja no es vida ni es nada. Hay una parte de ti que tú valoras en mucho que está empalada para siempre en un cruce que ya no puedes ubicar ni tampoco olvidar.

¿Tienes autorización para esto?

Vamos a pedir café. Te me estás poniendo sensiblero.

Mira, no voy a competir contigo en tu terreno. Eres un hombre de letras y yo soy de números. Pero creo que ambos sabemos lo que va a prevalecer.

Bien dicho, escudero. Lo sabemos, en efecto. Lo cual es una lástima por partida doble.

Llegó el camarero. Volvió con tazas y botella de licor. Sheddan arrancó con el dedo el envoltorio de un puro y procedió a cortar el extremo con un artilugio que últimamente llevaba siempre en su llavero. Encendió el puro y dio unas chupadas y lo sostuvo con el brazo extendido para mirarlo bien y luego se lo encajó entre los dientes. La otra ventaja es que no te ocupa la hora de la siesta. Lo de almorzar temprano, digo. El otro día vi a la Faraona. Andaba preguntando por ti.

¿Que viste a quién?

A Bianca. Es una chica interesante. Deberías salir con ella. Me parece que está bastante ansiosa por que se la follen.

Lo dudo.

¿En serio?

En serio.

Sería el polvo de tu vida. Eso puedo garantizarlo.

Estoy seguro.

Una vez le pregunté qué le gustaría hacer que no hubiera hecho aún.

¿Y?

Se lo pensó un rato y luego dijo: No lo sé, ¿follar en el fango? Y yo le dije: No, aparte de eso. Tal vez alguna cosa de carácter no sexual. Ella dijo que era una pregunta peliaguda. Que no veía qué interés podría tener entonces. Dijo, y cito: Las fantasías de la gente no suelen ser demasiado interesantes. Como no se trate de algo realmente asqueroso, retorcido y depravado. Ahí la cosa sí que se pone interesante. Entonces te importa.

¿Te importa?

Tal cual. Dice que le gusta tu manera de ser. Yo le advertí de que eras un caso difícil. Por decirlo suavemente. A ver. No es que no empatice con tus tribulaciones, escudero. Aparte de que hoy en día el mundo de la aventura amorosa no puede decirse que sea para los pusilánimes. Los nombres mismos de las enfermedades suscitan pavor. ¿Qué diablos es clamidia? ¿Y quién le puso ese nombre? El amor ya no se parece a una rosa roja, roja sino a un rojo, rojo sarpullido. Acaba uno suspirando por una simpática moza con purgaciones como las de antaño. ¿No habría que exigir a estas preciosidades que colgaran sus pestilentes calzones del palo de la bandera, como la enseña de un navío en cuarentena? Naturalmente no puede sino picarme la curiosidad qué piensa del bello sexo un tipo analítico como tú. Las cosas dichas a media voz. La sedosa zarpa en tus calzoncillos. La mirada seductora. Criaturas de tacto suave y hábitos hematófagos. Lo que se contradice muy mucho con la opinión comúnmente aceptada de que en realidad el esteta es el macho mientras que la mujer siente atracción por abstracciones como la riqueza, el poder. Un hombre lo que busca lisa y llanamente es la belleza. Es así y punto. La fragancia de la hembra, el murmullo de sus ropas. Sus cabellos dibujando una curva sobre su abdomen desnudo. Categorías todas ellas insignificantes para una mujer. Siempre perdida en sus cálculos. Que el hombre no sepa nombrar siquiera a eso que lo esclaviza difícilmente hace su carga más liviana. Ya sé lo que estás pensando.

¿Qué estoy pensando?

Algo por el estilo de aquel viejo dicho sobre el donjuán que en el fondo desprecia a las mujeres.

No. No estaba pensando eso.

¿No?

Pensaba de una manera más bien vaga y poco estructurada en la extravagante concatenación de acontecimientos que habrán conspirado para dar lugar a tu persona.

En serio.

En serio.

Tremendo. Diría que estamos cortados más o menos por el mismo patrón. Quiero insistir en que no he conocido en la vida mayor misterio que yo mismo. En una sociedad justa me habrían almacenado en algún lugar. Claro que la verdadera amenaza para el maleante no es solo la sociedad justa sino la sociedad en decadencia. Es ahí donde comprueba que con el tiempo nada lo distingue del ciudadano común. Se siente integrado. Qué difícil hoy en día ser un calavera o un sinvergüenza. Un libertino. ¿Un depravado? ¿Un pervertido? No me hagas reír. Las nuevas exenciones han borrado prácticamente del lenguaje estas categorías. Ya no se puede ser una mujer fácil. Por ejemplo. O una ramera. El concepto mismo carece de todo significado. Ni siquiera puedes ser un drogadicto. En el mejor de los casos un consumidor. ¡Un consumidor! ¿Y eso qué coño es? Hemos pasado de yonquis a consumidores de droga en el espacio de unos pocos años. No hace falta ser Nostradamus para adivinar cómo acabará esto. Los criminales más abyectos clamando por un estatus. Asesinos en serie y caníbales reivindicando el derecho a vivir a su manera. Yo, como cualquier hijo de vecino, intento aclararme sobre el lugar que ocupo en este bestiario. Sin malhechores el mundo de los virtuosos pierde todo significado. Volviendo a mi persona, si no puedo ser enemigo acérrimo del decoro a la par que saboreo sus frutos entonces no veo que pueda encajar en ningún sitio. ¿Tú qué me recomendarías, escudero? ¿Irme a casa y llenar la bañera de agua caliente y abrirme las venas? No importa. Ya te veo sopesando los méritos de semejante acción. Yo disfruto de la vida, escudero. Contra todo pronóstico. En fin, Eric Hoffer da en el clavo. En una sociedad los verdaderos problemas no empiezan hasta que el tedio se convierte en su rasgo dominante. El tedio es capaz de empujar a gente sosegada por caminos que jamás habrían imaginado.

El tedio.

Escudero, yo soy un canalla casi sin parangón. Pero en nuestra época las personas decentes suscitan comentarios. No sabemos cómo interpretarlas. Tienen pocos amigos, mientras que a mí me sobran por todos lados. ¿Y eso por qué?

No lo sé.

Yo creo que es porque la gente se muere de aburrimiento. No se me ocurre ninguna otra cosa. Y puede que sea incluso algo contagioso. Desde luego hay días en que me despierto y veo que el mundo es más gris de lo que se había constatado hasta ese momento. Una conversación que ya hemos tenido. Lo sé. Los horrores del pasado pierden su filo y de este modo nos impiden ver que el mundo se escora hacia una oscuridad que sobrepasa hasta la más amarga de las conjeturas. Sin duda es interesante. Cuando el comienzo de la noche universal sea por fin reconocido como algo irreversible, hasta el más cínico de los cínicos se asombrará de la celeridad con que se abandonan todas las normas y restricciones que apuntalan este chirriante edificio y la gente abraza todo tipo de aberraciones. Todo un espectáculo. Por más que breve.

¿Esta es tu nueva obsesión?

No porque yo lo quiera. El tiempo y la percepción del tiempo. Cosas muy diferentes, supongo. Tú una vez dijiste que un momento en el tiempo era una contradicción puesto que no existía nada inamovible. Que el tiempo no podía constreñirse en una brevedad que contradice su propia definición.

¿Yo dije eso?

Sí. Y sugerías también que el tiempo podía ser incremental en lugar de lineal. Que la noción de lo infinitamente divisible en el mundo iba acompañada de ciertos problemas. Mientras que, por otro lado, un mundo discontinuo debe plantear la cuestión de qué es lo que lo conecta. Algo sobre lo que reflexionar. Un pájaro atrapado en un granero que va moviéndose entre las rendijas de luz, pájaro a pájaro. Y cuya suma es un solo pájaro. Deberíamos irnos.

¿Te parece que me aburro?

No. Las personas inteligentes suelen llevar encima una buena carga. Pero raras veces el aburrimiento forma parte de dicha carga. No pasa nada. Siempre me complace ver más a fondo esa pequeña cosa. Tú niegas nuestra hermandad. Con tu insistencia por lo demás astuta en que nuestras genealogías y nuestros estatus socioeconómicos nos han separado desde el nacimiento de una manera que no debemos contravenir. Pero te diré, escudero, que haber compartido aunque solo sea unas pocas docenas de lecturas es una fuerza más vinculante aún que la sangre.

¿Qué más?

Veamos qué más. Yo no creo que sea schadenfreude obtener cierto goce de ese puntito de envidia que veo en ti de vez en cuando. Apenas un destello. Visto y no visto.

Crees que te tengo envidia. ¿En serio?

¿A que molesta?

Dios mío.

Sheddan sonrió. Dio una calada al puro y se lo quedó mirando con el brazo extendido. Sopló suavemente sobre la ceniza. No es muy común que la gente aprecie lo que tiene. Menos aún quizá algo tan extraño y tan excepcional como una noble desdicha. Si a uno le toca ser infeliz, y eso pasa, entonces es preferible que te admiren a que te compadezcan. Por más reacios que podamos ser de entrada a camuflarnos.

Sí, creo que deberíamos marcharnos. Necesito dormir un poco.

Pues claro. Y yo.

Gracias por la invitación.

No tienes por qué darlas. Es agradable tener unos cuantos benefactores entre los que elegir.

Cogió una tarjeta de crédito de las varias que llevaba y la puso encima de la mesa. Doy tan buenas propinas que los camareros muchas veces se sobresaltan. Como te puedes imaginar los turistas son todos unos estrechos. Una vez me contaste un sueño que quizá ya no recuerdes. Bastante curioso. Íbamos caminando junto a un muro de piedra todo cubierto de ceniza. Una escena de ruina. Por encima del muro asomaban flores oscuras. Tú pensabas que eran carnívoras. Casi negras y de aspecto correoso. Como el coño de una perra, decías tú. Nos sentábamos a esperar en los cascotes. Al final sonaba un teléfono. ¿Te acuerdas?

Sí.

Yo contestaba, escuchaba un rato y luego decía no y después colgaba. Y en el sueño tú me preguntabas qué habían dicho y yo contestaba que querían saber si sabíamos algo de ellos. Yo les decía que no. Y ellos decían: Es lo que nos pensábamos. Y colgaban. Tú eras el que tenía el sueño. Pero si yo no te hubiera contado lo que ellos habían dicho, ¿lo habrías sabido?

No lo sé.

Yo tampoco. ¿Por qué piensas que tu vida interior es una especie de hobby para mí?

No tengo la menor idea.

Sin duda ves en ella algo siniestro. Y no lo es.

El camarero se acercó a la mesa y cogió la cuenta. Cuando volvió, John se inclinó para firmar el recibo con un nombre desconocido para él y cerró la pequeña carpeta de piel. Sonrió. Me atrevo a decir que moriré antes que tú. Y que probablemente me envidiarás por irme primero. Hay algo en la vida de lo que tú has abjurado, escudero. Y aunque quizá sea cierto que yo a mi vez envidio tu postura clásica, no es que la envidie demasiado. Trimalción es más sabio que Hamlet. Muy bien. ¿En marcha?

Cuando Western cruzó la puerta del patio a la mañana siguiente Asher estaba sentado en la mesa del rincón con su mochila sobre el asiento de la silla de al lado. No levantó la vista del periódico. Western siguió hasta la barra y pidió dos cervezas y volvió.

Qué tal, Bobby.

¿La funesta historia se va revelando?

Pues sí.

¿Dónde estás?

¿Qué sabes de Rotblat?

No mucho.

¿Tu padre le conocía?

Claro. Pero no recuerdo que viniera nunca a casa. Tenían opiniones diferentes sobre algunas cosas. ¿Por qué?

Solo me preguntaba si tu padre habría dicho algo de él alguna vez. Bueno, más concretamente sobre su mujer. El que ella fuera a la cámara de gas mientras él se quedaba en casa.

Tú piensas que Rotblat debería haber vuelto a Polonia para morir con ella.

Exacto. ¿Tú no?

Sí. ¿Qué más?

¿Tú lo habrías hecho?

No es mi caso.

Tu padre pensaba que Russell era un imbécil.

No. Pensaba que estaba chiflado.

Tu padre nunca fue a las conferencias Pugwash.

No. Algunos lo llamaban Pigwash, la bazofia de los cerdos, como Hogwash pero en fino.

Asher cruzó las botas sobre la silla desocupada. Era flaco y huesudo y tenía el pelo rubio tirando a castaño. Con su cazadora de piel y sus botas gastadas a Western siempre le hacía pensar en un geólogo experto en petróleo. Asher pasó algunas páginas de su agenda. Se dio unos toques en la barbilla con el lápiz que tenía en una mano y miró a Western. ¿Qué tal te va, Bobby?

No muy bien. Tengo cáncer de páncreas. Me quedan unos seis meses.

Asher se irguió en la silla. Hostia, dijo. ¿Qué?

Me estaba quedando contigo.

Coño, hombre. Eso no tiene gracia.

Ya, supongo que no.

¿Sabes que tienes un sentido del humor muy retorcido?

Me lo han dicho más de una vez. Digamos que quería saber si estabas escuchando.

Te escucho.

Será mejor que pasemos página.

Vale. Muy bien. Volvamos a Chew.

De acuerdo.

Él estaba en Chicago.

Sí. Y luego en Berkeley.

Un día dijiste que tu padre lo seguía como al flautista de Hamelín. ¿Hacia el olvido o el anonimato? ¿Lo tengo bien entendido?

No sé. Creo que me pasé un poco. Mi padre trabajaba por su cuenta. A mucha gente la teoría de la matriz S le parecía razonable. Incluso prometedora. Lo que pasa es que fue desbancada por la cromodinámica. Y a la postre por la teoría de cuerdas. Supuestamente, al menos.

Hablamos de principios de los sesenta.

Así es.

La teoría de cuerdas empieza a parecer un rollo matemático interminable.

Sí, supongo que es la principal objeción. Una de las primeras cosas que salieron en las ecuaciones fue una partícula de masa cero, carga cero y espín dos. Bastante prometedora.

Un gravitón.

Sí. Una cosa imaginada pero jamás vista. No estoy puesto en la teoría de cuerdas, pero es una teoría física, no una teoría matemática. Se le asigna un número diferente de dimensiones.

Ha gozado de bastante apoyo, pero no unánime. Si surge el tema estando Glashow presente me juego algo a que se va de la sala. Witten dice que sabremos algo dentro de unos veinte años.

¿El poema de Glashow? ¿La última palabra no está *witten*?

Sí. O eso creo. ¿Las minibiografías siguen formando parte del proyecto?

Desde luego. Lo que no tengo muy claro es dónde encajarlas. ¿Russell sabía algo de física?

No.

¿Y tu padre le desdeñaba por ese motivo?

No.

Está bien decir que la razón de que no podamos comprender del todo el mundo cuántico es porque el hombre no evolucionó en ese mundo. Pero el verdadero misterio es el que obsesionó a Darwin. Cómo llegar a saber cosas que no tienen un valor de supervivencia. Los fundadores de la mecánica cuántica —Dirac, Pauli, Heisenberg— no tenían otra guía que su propia intuición de cómo debía ser el mundo. Empezando a una escala tan poco conocida como para existir siquiera. Unas anomalías espectrales. Eh, ¿qué es eso? Ah, eso es una anomalía. ¿Una anomalía? Sí. Bueno. Qué coño dices. ¿Einstein trabajó con Boltzmann?

Ni idea. Lo que sacó de Boltzmann fue la sospecha compartida de que a cierta escala las leyes de la termodinámica podían no ser inmutables. Ehrenfest tuvo la misma idea. Una idea muy destructiva.

¿Ehrenfest trabajó con Boltzmann?

Yo diría que no.

¿Qué tenían en común?

¿Que ambos se suicidaron?

Por Dios, Western.

No eran solo los dados cuánticos lo que le preocupaba a Einstein. Era toda la idea subyacente. La indeterminación de la propia realidad. De joven había leído a Schopenhauer, pero le parecía que eso le quedaba pequeño. Y aquí estaba de nuevo, o eso decían algunos, encarnado en una teoría física indiscutible.

Lo cual no le impidió discutir, ¿verdad?

En efecto.

¿Qué más?

La vía al infinito bien podría desvelar nuevas reglas por el camino.

¿Los papeles de tu padre están en tu poder?

No.

¿No están en Princeton?

Algunos. No todos.

¿Y dónde están?

Había material en casa de mi abuela, en Tennessee. Principalmente los papeles del lago Tahoe.

Había, dices.

Sí. Esos los robaron.

¿Los robaron?

Sí.

De casa de tu abuela.

Sí.

¿Quién fue?

Ni idea. No dejaron ninguna nota.

¿Tú los habías leído?

Una parte. Los había ojeado. Estaban dentro del cajón del pan. Cuando mi padre abandonó el programa de Teller y volvió a la física de partículas descubrió que las cosas habían avanzado bastante.

La teoría de la matriz S.

Western se limitó a encogerse de hombros.

Asher descruzó y cruzó las piernas y volvió a darse golpecitos en el mentón con la goma del lápiz. Todo un hallazgo.

Peligrosa palabra. Witten decía que la teoría de cuerdas iba medio siglo adelantada a sí misma.

Esperemos que al final resulte ser una especie de teoría del todo.

Quién sabe. Feynman dijo una vez que estábamos descubriendo las leyes fundamentales de la naturaleza y que ese día no volverá. Feynman me parece un tío perspicaz, pero creo que en eso se pasó de la raya. Si por algún milagro la ciencia sigue adelante en el futuro no solo descubrirá nuevas leyes de la naturaleza sino nuevas naturalezas que se rigen por leyes. La última frase del libro de Dirac dice: «Tal parece que se requieren unas ideas físicas esencialmente nuevas». Pues bien. Así será siempre.

¿Qué pasó con Kaluza-Klein?

Sigue en vigor. Ha reaparecido en nuevas teorías de la unificación. Naturalmente la cuestión es si estas a su vez tienen algún valor. La teoría original era una construcción harto elegante. A Einstein le fascinó. Incluso escribió un artículo bastante pulido sobre el tema. Con dibujos y todo. Pero luego fue viendo que planteaba muchos problemas y terminó dejándolo correr. Sé que mi padre estudió a fondo el artículo que publicó Kaluza en 1921. En él se hablaba también de una teoría pentadimensional que estaba muy bien trabajada y que incluía una teoría general relativista de la gravitación. Fue eso lo que atrajo a Klein. Cuando la versión Kaluza-Klein salió a la luz ya hablaba de mecánica cuántica. A De Broglie le interesó. Eran tiempos muy interesantes para la física.

¿Como para la maldición china?

Algo por el estilo. El sentido de las partículas puntuales es que si metes algo feo ahí dentro (la realidad física, por ejemplo) las ecuaciones no funcionan. Un punto carente de entidad física te deja solo la ubicación. Y una ubicación sin referencia a alguna otra ubicación no se puede expresar. En parte la dificultad de la mecánica cuántica recae sin duda en el problema de asumir el mero hecho de que no existe una información en y de sí misma que sea independiente de todo el aparato necesario para percibirla. No había cielos estrellados antes de que el primer ser consciente y dotado de ojos los contemplara. Previamente a eso todo era negrura y silencio.

Y sin embargo se movía.

Y sin embargo. En fin, el caso es que el concepto mismo de partículas puntuales va en contra del sentido común. Ahí hay algo. La verdad es que no existe una buena definición de partícula. ¿Cómo se entiende que un hadrón esté «compuesto» de quarks? ¿Es eso una manera de hacer que el reduccionismo meta el dinero donde tiene la boca? No lo sé. La opinión de Kant sobre la mecánica cuántica, y cito, es «aquello que no se acomoda a nuestros poderes cognitivos».

La opinión de Kant sobre la mecánica cuántica…

Sí señor.

Madre mía, Western.

No pensarás que estaba refiriéndose a lo sobrenatural, ¿verdad?

Seguramente no.

Para el escéptico todo argumento es circular. Supongo que eso incluye también a este último. Mira, no pienso volverme loco por el significado de la mecánica cuántica. Es la teoría física más lograda que hemos tenido nunca. Si Copenhague tiene algo de malo es que Bohr había leído un montón de mala filosofía. Quizá deberíamos pasar página.

De acuerdo. Chew.

Bueno, pero tampoco tanto.

Lo dices en coña.

Sí.

Chew decía que la teoría de la matriz S era la que iba a dar impulso a la física de alta energía.

Sí.

¿Se cumplió?

Fue la teoría de la semana. Durante casi un año.

Esta vez sin chiste, supongo.

En realidad, dos. Lo siento. De hecho, partió de Heisenberg a principios de los cuarenta. Y de Wheeler incluso antes.

Pero ahora estamos en los sesenta.

Sí. El zoo de partículas. Tuvieron la teoría cuántica de campos en su punto de mira durante un tiempo pero luego se lo pensaron mejor. La teoría de la matriz S era muy ambiciosa.

Chew se inventó el término «bootstrap» para definirla, una especie de democracia nuclear. Al menos en su versión. La teoría se anticipó a sí misma y al timón iba Geoffrey Chew.

Y tu padre estaba a bordo desde el principio.

Sí.

¿Llegó a conocer a David Bohm?

Sí. Y le caía muy bien.

Yo diría que debieron de tener posturas políticas muy dispares.

En efecto. Un día David fue a ver a Einstein para intentar explicarle por qué sus objeciones −las de Einstein− a la mecánica cuántica eran erróneas. Estuvieron dos horas en el despacho que Einstein tenía en IAS y cuando Bohm salió de allí había, en palabras de Murray, perdido la fe. Escribió un libro muy bueno sobre mecánica cuántica con la intención de resumirlo todo y se pasó el resto de su vida intentando, básicamente, encontrar una descripción clásica adecuada a la teoría. El equivalente cuántico a la cuadratura del círculo. A todo esto, el Departamento de Estado se propuso y logró echarlo del país.

Variables ocultas.

Sí. Y tan ocultas. El problema es el reverso de la integral de caminos de Feynman. Es imposible visualizar la teoría de Feynman pero la parte matemática es muy sólida. Las variables ocultas son visualizables. Es decir, puedes visualizar su posible funcionamiento. Más o menos. Puedes hacer un dibujo. Pero no funcionan.

Western calló al ver que Asher escribía algo en su libreta. Asher no levantó la vista.

La teoría bootstrap fue eclipsada por la aparición del quark.

Antes, en realidad. Murray y Feynman compartían secretaria en Caltech y estaban bastante celosos del trabajo del otro. Pero eso era sobre todo por parte de Murray. Aun así, el día en que Murray entregó su artículo sobre el camino óctuple George Zweig se topó con Feynman en el pasillo, encorvado y meneando la cabeza, y al cruzarse George le oyó murmurar para sí: Tiene razón él. El hijoputa tiene razón. Poco tiempo después, cuando George estaba en CERN, una noche se despertó con la sospecha de que los nucleones no eran partículas básicas.

Se le ocurrió sin más.

Bueno, no exactamente. De hecho es una idea bastante simple. Que los nucleones están compuestos, por decirlo así, de una pequeña compañía de partículas inferiores. Grupos de tres. Para los hadrones. Prácticamente idénticas. George las llamaba ases. A mí me dijo que no creía que nadie más pudiera descifrar esto y que él disponía de todo el tiempo del mundo para hacerlo oficial. Ignoraba que Murray estaba tras su pista y que disponía de menos de un año. Al final Murray bautizó a esas partículas como quarks a partir de una frase de Joyce sobre ese tipo de queso en su *Finnegans Wake*. Tres quarks para Muster Mark. Y arrasó con todo y ganó el premio Nobel y George tuvo que ir a terapia. Pero George salió mejor de todo aquello.

Es una historia real.

Puedes comprobarlo. Bueno, seguramente no vas a poder. No del todo. Pero también es verdad que en principio Murray planteó la teoría como algo hipotético. Un modelo matemático. Más adelante lo negaría, pero yo lo he leído en la prensa. Por otra parte George sabía que se trataba de una teoría física difícil. Y lo era, desde luego.

Feynman era el tutor de George.

Sí.

La teoría bootstrap se habría autodestruido.

Murray dice que se transformó en la teoría de cuerdas. Con el tiempo. Pero de todos modos quedó relegada al olvido por el éxito de la teoría de campo gauge.

¿Qué fue de Chew?

Sigue en Berkeley. Ha hecho carrera. Pero nada que ver con lo que él había imaginado. Además, la teoría de cuerdas continúa siendo un atolladero matemático.

¿A alguien más le robaron documentos? Aparte de a tu padre.

No que yo sepa. Pero la verdad es que lo ignoro.

Tú les habías echado un ojo. A los papeles del cajón del pan.

Sí. Versaban sobre la fuerza débil, mayormente. La gente pensaba que la teoría de la fuerza débil acabaría pareciendo electrodinámica cuántica. Él no lo veía así. Mi padre pensaba que el hecho de que ese planteamiento funcionara para la electrodinámica no quería decir nada. Yang-Mills llevaba varios años en la brecha, pero nadie sabía qué hacer con los bosones que venían con la teoría.

Se creía que carecían de masa. Lo recuerdo.

Es lo que se creía entonces.

Como el fotón.

Como el fotón, sí. La mediación estaba en esas partículas. Las partículas que acabarían llamándose bosón W y bosón Z.

Los bosones vectoriales de Yang-Mills.

Sí.

Sí. Glashow elaboró una teoría de gauge que incluía las partículas W y lo que entonces llamaba la partícula Z. Todavía sin explicación concreta para las masas. Se alimentaban a mano. Y entonces en el sesenta y cuatro Higgs inventó su mecanismo y Weinberg vio claro que si se podía usar el mecanismo de Higgs como medio para romper la simetría también podía usarse para llegar realmente a masas para los bosones vectoriales. O bien al revés. De entrada a la partícula W se le asignó una masa de cuarenta GeV y a la partícula Z de ochenta. Al final creo que resultaron ser algo así como ochenta y noventa y uno. En 1967 Weinberg publicó lo que es ya un famoso artículo sobre este problema y no lo leyó casi nadie. Mi padre sí. Creo que en cinco años lo citaron cinco veces. La teoría engendraba sin embargo estos infinitos de los que nadie podía librarse. No parecía haber manera alguna de cuadrar la renormalización con Yang-Mills. 't Hooft lo descubriría en 1971 pero mientras tanto mi padre ya veía que lo suyo se desmoronaba y decidió abordar el problema de Higgs pero no sacó nada en claro. Creo que empleó la palabra «incoherente» para definirlo.

Se diría que había puesto mucha fe en una teoría no demostrada.

La de Higgs.

Sí.

Él era un poco como Dirac. O como Chandrasekhar. Tenía una inquebrantable fe en lo estético. El artículo de Higgs le parecía demasiado elegante para estar equivocado. Por poner un ejemplo. Podrías añadir a la lista la teoría SU(5) de Glashow. Una hermosa teoría. Y errónea.

¿La de Higgs lo es?

No lo sé. Entretanto lo que pasaba en el mundo real era que Weinberg había descubierto que la partícula Z de Glashow tenía que ser correcta. Todos los demás la odiaban. Lo malo es que era demasiado grande. La hostia de enorme. El bosón Z es más pesado que algunos átomos. Pero aun suponiendo que se le hubiera podido dar velocidad en un acelerador, seguía habiendo el problema de que no tenía carga. Weinberg sin embargo pensaba que si las colisiones neutrino-nucleón producían por espín la partícula W y te daban además un leptón de carga opuesta, por fuerza tenía que salir una partícula Z de vez en cuando. Y puesto que la Z no llevaba carga esto quería decir que el neutrino entrante seguiría siendo un neutrino. La carga se conserva en la interacción débil igual que en cualquier otra interacción. No verías un leptón de carga opuesta a la partícula W porque no habría tal partícula W. Sería una partícula Z. Se figuró que uno no vería nada, y era eso lo que había que buscar. O en todo caso un destello de hadrones y esa sería la firma de la Z que la gente decía que no se encontraría jamás.

Asher se quedó pensando con el lápiz entre los dientes. Genial, dijo.

El caso es que al final se descubrieron eventos de corriente neutral tanto en CERN como en Fermilab. Partículas Z.

Hubo cierta confusión al respecto pero solo al principio. Weinberg, Glashow y Abdus Salam ganaron el premio Nobel por la nueva teoría electrodébil.

El primer paso hacia la Gran Unificación.

Quizá. No sé.

¿Qué le pasó a tu padre?

Murió.

Ya lo sé.

Dejó Berkeley y se fue a vivir a una cabaña en las Sierras. La primera vez que fui a verle él ya estaba enfermo. Le acompañé al hospital que había en La Jolla. Por qué eligió ese, no lo sé. Después regresó a las Sierras. Es posible que estuviera en La Jolla como mínimo una vez más. No tenía motivos para abrigar esperanzas sobre nada. La última vez que le vi fue solo para pasar el día con él. Mi padre había empapelado las paredes de la cabaña con copias impresas de viejas colisiones de partículas del Bevatrón. Estaba muy flaco. No tenía gran cosa que decir. Las copias eran material de los cincuenta. Imagino que estaban dispuestas respondiendo a algún tipo de secuencia. Quizá debí prestar más atención. Él no parecía tener ganas de hablar de ello y yo no indagué. El sitio era precioso. En los lagos había truchas doradas. La especie se llama así, no es solo el color. Pero no volví a verle más. Murió a los pocos meses.

En Ciudad Juárez.

Sí.

¿Qué fue de la cabaña?

Se incendió.

¿Vivía alguien allí?

No.

¿De la causa del incendio sabes algo?

No. Puede que cayera un rayo.

Un rayo.

Bueno, es una posibilidad.

Después de aquello dejaste los estudios.

Sí.

¿Por qué?

La historia de la física está llena de personas que lo dejaron correr y se dedicaron a otra cosa. Con algunas salvedades, tienen todas una cosa en común.

¿Cuál?

No eran lo bastante buenas.

¿Y tú?

No estaba mal. Podía hacerlo. Pero no al nivel donde las cosas importaban de verdad.

¿Y tu padre?

Hay muy pocos físicos con el talento y los huevos suficientes para abordar los problemas verdaderamente crudos. Pero incluso desbrozar el terreno hasta dar con el problema que importa de entre los millares de problemas es un talento que no abunda.

¿Cómo es que volvió al Bevatrón?

No lo sé. Pero diría que pasó un tiempo rumiando sobre las leyes del universo. ¿Son inmutables o no? Cosas que tiempo atrás parecían haber quedado resueltas. ¿Existen de hecho partículas completamente sin masa? Dejando al margen la invariancia de gauge. ¿Estás seguro? Si tuvieras leptones con una masa de diez a menos lo que sea, ¿cuánto podrían acercarse a la velocidad de la luz? ¿Es algo medible?

¿Qué más?

No sé. ¿Acaso los valores de las constantes no deberían saber más o menos lo que iba a venir?

Eso suena a Penrose.

Bueno. Puede ser.

Qué más.

No sé. Stückelberg.

Stückelberg.

Sí.

¿Ese quién es?

¿Que quién es?

Venga.

Stückelberg era un matemático y físico suizo que llegó al laboratorio de Sommerfeld un par de años demasiado tarde.

Pero había resuelto casi todo el modelo de intercambio de partículas de las fuerzas fundamentales y cuadrado buena parte de la teoría de la matriz S y el grupo de renormalización. La lista sigue. Una variante de la teoría de perturbaciones para campos cuánticos. El modelo de intercambio del bosón vectorial, al que renunció y que más tarde le valdría el Nobel a Hideki Yukawa. Sin reconocimiento. Porque, a ver, ¿qué ibas a decir? ¿Todo eso se lo robé a un tal Stückelberg? El mecanismo abeliano de Higgs. Incluso la interpretación del positrón como electrón que viaja hacia atrás en el tiempo. Indemostrable quizá, pero una idea brillante que podría ocupar su sitio en el insólito panteón de la teorías que han cambiado el mundo. Una teoría que más tarde se atribuyó a otros. Sin reconocimiento. Trabajos pioneros sobre renormalización. Ídem. Quizá deberías mencionar a Stückelberg. Nadie más lo hizo.

Dime cómo se escribe.

Tal como suena.

Vale.

Western se lo deletreó.

Muy bien. Volvamos a las constantes.

Hecho.

¿Qué aspecto tendría una explicación de las constantes?

No lo sé.

Sí. Ya. ¿Por qué Dirac no dio un paso al frente para decir que la partícula que había descubierto era un antielectrón? A buen seguro, en 1931 ya debía de saberlo.

Murray le hizo esa pregunta. Varios años después.

¿Qué respondió Dirac?

Le dijo: Por pura cobardía.

Asher meneó la cabeza. Western casi sonrió.

Estar equivocado es de las peores cosas que pueden pasarle a un físico. Casi como estar muerto.

Ya.

Uno se pregunta por qué hay gente que nunca publica. Pearce. O Wittgenstein. ¿De qué va la cosa? Buena parte de los papeles de mi padre ha desaparecido. O sea que yo nunca sabré cómo era él en realidad. Me faltan muchas cosas.

¿Te resulta doloroso?

A mí todo me resulta doloroso. Eso creo. Tal vez. Simplemente soy una persona que se duele.

Guardaron silencio un rato.

Lo siento, dijo Western. Tengo que irme.

¿Tú crees de verdad en la física?

No sé si entiendo la pregunta. Lo que intenta la física es trazar un dibujo numérico del mundo. Yo no veo que eso explique realmente nada. No se puede ilustrar lo desconocido. Signifique eso lo que signifique.

Si yo pudiera meterme en física, lo haría de todas todas.

Western asintió con la cabeza. Retiró la silla y se puso de pie. Bien. Según mi experiencia la gente que dice de todas todas raramente sabe lo que podría suponer ese «todas». No sabe hasta qué punto podría ser duro. Ya nos veremos.

* * *

Le pidió a Janice que se encargara del gato y metió unas cuantas cosas en dos bolsas pequeñas y por la tarde tomó un taxi hasta Airline para ir al guardamuebles donde guardaba su coche. Chuck estaba en el despacho y se asomó a la puerta y se quedó mirando las bolsas que llevaba Western. ¿Te vas de viaje en ese trasto?

Pues sí.

¿Adónde vas?

A Wartburg, Tennessee.

¿Cómo de lejos está eso de Roosterpoot, Arkansas?

Wartburg no es de ficción.

¿Y qué hay allá?

Mi abuela, de entrada.

Es un trayecto bastante largo, ¿no? ¿Qué pasa, que ha decidido palmarla y te va a dejar un buen pico?

No que yo sepa.

¿Cuántos kilómetros son en total?

Puede que unos mil.

¿Y cuánto calculas que tardarás?

Seis horas quizá.

Y una mierda.

¿Cinco y media?

Venga, pírate de una vez.

Dejó las bolsas junto a la puerta del guardamuebles y abrió el candado y subió la persiana metálica y encendió la solitaria bombilla cenital. El coche estaba cubierto por una lona y Western empezó a desabrochar las correas de la parte delantera y fue retirando la lona primero del capó y luego del techo de acero inoxidable y la llevó afuera y la sacudió. Luego procedió a doblarla y volvió adentro con ella y la dejó en el estante que había junto a la puerta, al lado del cargador de batería. Levantó el panel del salpicadero y desconectó las pinzas del cargador y el temporizador e hizo pasar el cable por el interior del guardabarros. Comprobó el aceite y el agua. Luego colocó el panel del salpicadero y rodeó el coche y se introdujo por el angosto espacio de la puerta y puso la llave en el contacto y apretó el botón de encendido.

Hacía seis meses que no utilizaba el vehículo pero arrancó sin ningún problema. Dio un par de acelerones y comprobó los indicadores y puso el cambio en marcha atrás y reculó despacio para salir al asfalto. Se apeó del coche para apagar la luz y cerrar la puerta del guardamuebles echando el candado y luego abrió el capó y metió allí sus bolsas y volvió a cerrar y una vez a bordo forzó el motor un par de veces. Un humo blanco se extendió por la zona de almacenamiento. El motor acabó de rugir y el coche quedó donde estaba, roncando por lo bajo. Le gustaba asociar el tridente del Maserati a la ecuación de onda de Schrödinger. Claro que también podía servir de rótulo para el cofre de los ahogados de Davy Jones. Esbozó una sonrisa y movió la palanca a primera y giró en redondo y salió por la verja.

Cuando llegó a Hattiesburg era ya de noche. Había encendido los faros con el crepúsculo y en una hora escasa llegó a la línea fronteriza del estado de Alabama al este de Meridian. Ciento ochenta kilómetros. Eran ciento doce hasta Tuscaloosa y por la rectilínea carretera no pasaba más que algún otro camión articulado, de modo que pisó a fondo y cubrió los sesenta y cinco kilómetros hasta Clinton, Alabama, en dieciocho minutos sobrepasando en dos ocasiones la línea roja donde el tacómetro marcaba los doscientos sesenta y cinco kilómetros por hora. Decidió que no era cuestión de seguir tentando la suerte con la patrulla de carreteras ni con los radares de las pequeñas poblaciones que se había saltado a la torera y atravesó Tuscaloosa y Birmingham sin apresurarse y cinco horas y cuarenta minutos después de salir de Nueva Orleans llegaba a la línea fronteriza de Tennessee al sur de Chatanooga.

Era la una y diez de la madrugada cuando se desvió de la carretera y enfiló la desierta calle mayor de Wartburg. Todo estaba cerrado. Dio media vuelta en Bonifacius y subió por Kingston Street y dejó atrás los juzgados para adentrarse en el campo. Solo el sonido de los rugosos neumáticos sobre el asfalto de la carretera de dos carriles y la luna rozando las oscuras colinas al oeste. Cruzó el viejo puente y se desvió por la pista de tierra. Cuando frenó delante de la casa apagó los faros delanteros y se quedó sentado a oscuras dejando el motor al ralentí. En la parte trasera había una lámpara de vapor de mercurio pero la casa propiamente dicha estaba a oscuras y en silencio. Western no se movió de donde estaba. Al cabo de un rato volvió a encender las luces y dio media vuelta y condujo hacia el pueblo.

Un coche patrulla le siguió hasta las afueras del pueblo y luego giró para regresar. Western tomó la carretera 27 en sentido sur y paró en un motel a la entrada de Harriman. Eran las dos y media. Llamó al timbre de la puerta de la oficina y esperó. Hacía bastante frío. El aliento le humeaba. Volvió a pulsar el timbre y al cabo de un rato un hombre le abrió la puerta.

Después de rellenar los datos giró la ficha y se la pasó al hombre por encima del mostrador. El hombre la cogió y la sostuvo con el brazo extendido para examinarla. Era menudo y de aspecto gris. No parecía que saliera con frecuencia.

Un hermano mío vivió un tiempo en Monroe, Luisiana. De hecho murió allí.

Se inclinó para mirar hacia el camino de entrada donde el Maserati aparecía iluminado por el resplandor rojo del rótulo del establecimiento. Japonés, dijo. Mi sobrina tiene uno. Bueno, dicen que este es un país libre.

No es un coche japonés.

¿Ah, no? Y entonces ¿qué es?

Italiano.

¿En serio? Bueno, a esos cabrones también les dimos su merecido. Serán quince con setenta y uno impuestos incluidos.

Western pagó al hombre y cogió la llave y fue en el coche hasta la habitación y se acostó.

A la mañana siguiente volvió a Wartburg y desayunó tarde en el pequeño restaurante y aprovechó para leer el periódico local. En el aparcamiento dos chavales estaban mirando el coche. Los parroquianos del bar le lanzaban miradas mientras comía y al cabo de un rato la más joven de las dos camareras se acercó para servirle más café.

Apuesto a que ese coche de allá es suyo.

Western levantó la vista. La chica tenía puntos de sutura recientes en la cabeza. Después de servirle dejó la cafetera en la mesa y sacó su libreta del bolsillo del delantal. ¿Va a pedir algo más?

Quizá sí. Tengo bastante hambre.

Western miró la carta. ¿La wartburger tiene éxito?

Sí. Es bastante popular.

Cerró la carta. Creo que lo dejaré ahora que estoy a tiempo. Miró a la chica.

Usted no es de por aquí, ¿verdad?, dijo.

Uf, no. Odio este sitio.

Me habían dicho que era un pueblo divertido.

¿Wartburg? ¿Y dónde ha oído eso? Me está vacilando, a que sí.

Usted tiene un novio en Petros.

Marido. ¿Cómo lo ha sabido?

Pues no sé. Veo que no lleva alianza.

Sí que la llevo. Pero cuando estoy trabajando no.

¿Le ve a menudo?

Dos veces por semana.

¿Su marido le ha visto ya esos puntos?

Aún no.

¿Qué piensa decirle?

¿Cómo sabe que no me los hizo él?

¿Es médico?

Ya me entiende.

¿Se los hizo él?

Ya se lo he dicho. Ni siquiera los ha visto todavía.

Bueno, ¿y qué piensa decirle entonces?

Le gusta meter las narices donde no debe, ¿eh? Pues por si le interesa le diré que resbalé y me caí.

Solo quería saber si tenía una buena historia.

¿Por qué piensa que la necesito? Usted no sabe lo que pasó.

¿La necesita o no?

Puede. ¿Por qué debería decírselo?

¿Y por qué no?

¿De dónde es usted?

De aquí.

Qué va.

¿De Nueva Orleans?

Yo qué sé. ¿Es de allí?

Si le parece bien…

La camarera miró un momento hacia el mostrador y luego le miró otra vez. Usted va de listillo por la vida, ¿eh?

Sí.

Y eso que es bastante mono.

Bueno, usted tampoco está nada mal. ¿Quiere que salgamos?

Ella volvió a mirar hacia el mostrador. No sé, dijo en voz baja. Me pone usted un poco nerviosa.

Forma parte de mi estrategia. Es bueno para la libido.

¿Para la qué?

¿A él qué es lo que le va? ¿El homicidio?

¿Y eso cómo lo sabe? ¿Ha estado hablando con Margie?

¿Quién es Margie?

Esa que está allí de pie. ¿Qué le ha contado de mí?

Me ha dicho que le pidiera para salir.

A esa le voy a patear el culo.

No, es broma. No ha dicho nada parecido.

Más le vale. ¿Quiere algo más?

No, gracias.

La camarera arrancó el tíquet y lo puso boca abajo sobre la mesa. ¿Seguro que es de Nueva Orleans?

Sí.

Nunca he estado. ¿Es jugador profesional?

No. Soy buzo de profundidad.

Qué trolero. Tengo que atender a esos clientes.

Muy bien.

¿Lo que me ha dicho iba en serio?

¿El qué?

Ya sabe. Lo de salir.

Quizá. No sé. Me pone usted un poco nervioso.

Puede que sea bueno para esa cosa que ha dicho antes. Si es que tiene.

¿Cuánta propina quiere que deje?

Pues no sé, encanto. Lo que le dicte el corazón.

Vale. ¿Nos lo jugamos a doble o nada?

¿Cómo voy a saber lo que me estoy jugando?

¿Eso qué importaría? Será dos veces eso o bien nada.

De acuerdo.

Lance usted.

¿Por qué?

No sea que mi moneda tenga dos caras.

Oh, claro. Conociéndole no sería de extrañar.

Se sacó del bolsillo del delantal una moneda de veinticinco centavos y la lanzó al aire y la atrapó estampándola contra su antebrazo. Miró a Western.

Cara, dijo él.

Ella retiró la mano. Era cruz.

¿Quiere probar otra vez?

Vale.

Ella lanzó de nuevo la moneda y él dijo cara y era cruz.

¿Una más?

¿Cuánto tengo ahora?

Cuatro veces lo que tenía al empezar.

Eso ya lo sé. Sumar y restar se me da bien. Lo que quiere es seguir doblando hasta que yo pierda.

Exactamente.

Pues entonces me planto.

Chica lista.

Tengo que atender a esa gente de allá. ¿Cuánto he ganado?

Él se sacó del bolsillo un fajo de billetes. Pensaba dejar dos dólares. O sea que serán seis.

De eso nada. Son ocho.

Solo me aseguraba de que sabía sumar.

En mates sacaba buenas notas. El inglés en cambio se me daba fatal.

Él le pasó un billete de veinte y ella hurgó en su delantal para darle cambio.

Está bien así, dijo Western. Quédeselo.

Bueno. Muchas gracias.

De nada.

No sabía si era una especie de listillo o algo así.

Pero ahora lo sabe.

Más o menos. Tengo que dejarle.

¿Cómo se llama?

Ella. ¿Y usted?

Robert.

Esta noche estoy libre.

Su marido me pegará un tiro.

Mi marido está en prisión.

Al final no ha dicho por qué le dieron esos puntos.

A lo mejor se lo digo cuando le conozca bien.

Se deslizó fuera del reservado y se levantó.

Hasta pronto, señorita Ella.

Adiós.

Cruzó el aparcamiento hasta donde había dejado el coche y montó y puso el motor en marcha. La camarera estaba observando desde la ventana y cuando el coche salió a la calle le dijo adiós levantando el lápiz.

Enfiló el camino particular bajo los viejos nogales y luego apagó el motor. El coche de su abuela no estaba. Se quedó mirando el lugar. La alta casa de campo de chilla blanca. Necesitaba una buena mano de pintura. Le pareció ver que se movían las cortinas en la ventana saprediza. Se apeó del coche y contempló los campos. El bosque invernal en la sierra que bordeaba la finca por la parte trasera estaba oscuro y pelado y todo parecía extrañamente silencioso. Notó el olor a vaca. El perfume intenso de los arrayanes. Al cerrar la puerta del coche tres cuervos alzaron silenciosamente el vuelo en la orilla opuesta del riachuelo y se alejaron oscuros sobre las grises tierras bajas.

Abrió la mosquitera y dio unos golpecitos en el cristal y cerró de nuevo y permaneció a la espera. Las vacas habían salido al patio de la granja y le observaban. Pocos cambios. Nada igual. Una muchacha abrió la puerta y se lo quedó mirando. ¿Sí?, preguntó.

Hola. ¿Está la señora Brown?

No, no está.

¿A qué hora vuelve?

Ha dicho que estaría de vuelta sobre las doce. Ha ido al pueblo a arreglarse el pelo.

Western miró en la dirección del establo. Se volvió hacia la chica. Ya volveré, dijo.

¿Quería dejarle algún mensaje?

No, no importa. Ella sabrá quién ha venido. Dejo el coche aquí y voy a dar una vuelta. Soy su nieto.

Ah. Usted es Bobby.

Sí.

¿Quería pasar?

No, descuida. Vuelvo dentro de un ratito.

Muy bien. Se lo diré.

Gracias.

Sacó del coche una de las bolsas de piel y con la puerta abierta se sentó en el amplio umbral enmoquetado y se cambió los zapatos. Luego cerró la puerta del coche y echó a andar.

Cuando llegó al riachuelo siguió su curso aguas arriba hacia el bosque y vadeó por las piedras planas que había bajo el viejo rebosadero de madera. Los años habían dejado cóncavas y negras las tablas del rebosadero y el agua que pasaba por encima se veía oscura y pesada. Del molino harinero no quedaba nada a excepción de las piedras de sus cimientos junto con el oxidado árbol de hierro que antaño soportara la muela y los correspondientes rodeznos sobre los cuales giraba. Dejó el sendero y fue a sentarse al pie de los chopos y contempló la charca. Con dieciséis años había ido a las finales de la Feria Estatal de Ciencias. Su proyecto era un estudio del estanque. Había dibujado a tamaño natural todos los seres vivos visibles en aquel hábitat, desde jejenes y larvas de coridalino hasta arácnidos y crustáceos y artrópodos pasando por nueve especies de peces y mamíferos como la rata almizclera, el visón y el mapache y aves como el martín pescador y el pato jojuyo y el somormujo y la garza y pájaros cantores y aves de presa. Al igual que Audubon, había tenido que dibujar el garzón cenizo inclinado sobre el agua porque si no no le cabía en el papel. Doscientos setenta y tres seres vivos con sus nombres en latín en tres rollos de cartulina de doce metros. Había tardado dos años en hacerlo y no se llevó el premio. Más adelante le habían ofrecido becas de biología pero él entonces estaba ya muy metido en las matemáticas y los ecosistemas de charca eran poco más que una pasión infantil.

Estuvo largo rato allí sentado. Una rata almizclera había salido de la orilla al final de la charca cerca de la represa y cruzó a nado en dirección a él. Apenas el hocico y una V de agua que iba ensanchándose. *Ondatra zibethica.* Un invierno habían construido en la charca una casa de palos y cañas entretejidos. Era como una casa de castores en miniatura y él había preguntado a su profesor de biología si eso significaba que los conocimientos de la rata almizclera y los del castor descendían de una fuente común pero el profesor no pareció entender de qué le estaba hablando. Un día había ido remando en su barca hasta la casa y había hecho un pequeño agujero en el tejado con una sierra de calar y miró dentro con una linterna. Un nido de hierba sobre una plataforma de palos justo por encima del nivel del agua y un olor dulzón que lo inundaba todo y que le hizo quedarse quieto sentado a horcajadas en el banco de su pequeña embarcación. Recordó entonces algo que tenía ya olvidado. Él con cuatro años de edad de pie en el asiento delantero del Studebaker 1936 que su padre condujo durante toda la guerra y su madre sentada a su lado con su mejor vestido y ella había humedecido un pañuelo con la lengua y le había limpiado la barbilla y la boca y puesto bien la gorra mientras su padre daba marcha atrás y la casa de contrachapado en la que vivían iba quedando atrás. Lo que ese día colmó su olfato no era otra cosa que el perfume de su madre. Las ratas repararían el tejado sin dificultad, pero nunca construyeron otra casa en la represa del molino.

Unas nubes habían tapado el sol y empezaba a hacer frío. La rata se había ido y una brisa agitaba el agua. Se puso de pie y se sacudió el trasero del pantalón y siguió camino por el lado oeste del riachuelo. Al llegar a la cerca tomó el sendero monte arriba, trepando entre acebos y laureles en esta ladera norte. Algunos troncos viejos de castaño secos y grisáceos desde hacía cincuenta años o más. Coronó la cresta en menos de una hora y se sentó al sol intermitente en un leño caído y contempló la campiña a sus pies. La casa de su abuela y el establo y la carretera y un poco más allá las casas vecinas, los plantíos y los cercados y las parcelas arboladas. Las ondulantes colinas al este. Un poco más lejos las instalaciones de enriquecimiento de uranio de Oak Ridge, el motivo por el que su padre había dejado Princeton en 1943 y donde conociera a la reina de la belleza con quien se casaría. Western era totalmente consciente de que debía su existencia a Adolf Hitler. Que las fuerzas que habían puesto su turbulenta vida en el tapiz de la historia eran las de Auschwitz e Hiroshima, los acontecimientos hermanos que sellaron para siempre el destino de Occidente.

Un ave de presa surgió del bosque allá abajo y se elevó sin esfuerzo y viró y se dejó llevar por el viento en un ángulo de cuarenta y cinco grados para luego girar y elevarse de nuevo y planear. Gavilán aliancho. *Buteo platypterus*. Le pasó tan cerca que pudo verle un ojo. Once milímetros. Los del búho real medían veintidós. Igual que los del ciervo de Virginia. Pero ricos en bastones. Cazadores nocturnos. El gavilán giró y descendió en picado y se deslizó ladera abajo para elevarse de nuevo, de cara al viento. Inmóvil. Ya deberías haber migrado. El gavilán giró una vez más y se perdió de vista. Western localizó de nuevo la casa de su abuela. El tejado verde. La chimenea de ladrillo rojo necesitada de un buen fileteado. El coche de ella en el camino particular. ¿Qué distancia habrá? ¿Tres kilómetros? Se puso de pie y recorrió la cresta de la loma. Viento frío y sol. Caca de zorro en el camino. La vaina de un cartucho del calibre 12 aplastada en la tierra suelta. Señalando la dirección que había tomado el viento, pequeñas frondosas enraizadas en la piedra.

Bajó de la montaña por una ruta diferente y cruzó el riachuelo y salió a la carretera unos ochocientos metros más abajo de la casa. Cuando enfiló el camino particular su abuela estaba saliendo del establo. Llevaba puesto un mono de faena y su sombrero de paja y un chaquetón vaquero y en ese momento estaba transportando una lechera de acero inoxidable cubierta con un paño. Al verle sonrió y sonrió.

Tras cruzar la cancela él le cogió la lechera y ella le abrazó con ganas. Ay, Bobby, dijo. Qué contenta estoy de verte.

Qué tal estás, Granellen.

No preguntes.

Vale.

Bueno, pregunta un poquito si quieres.

¿Te encuentras bien?

No puedo lanzar las campanas al vuelo. Pero aún no me han enterrado.

Él se había vuelto para cerrar la cancela. Dame, dijo ella. Ya la sujeto yo.

Él le pasó la lechera para poder echar el pestillo. Es que cuando veo a alguien dejar una lechera en el suelo me pongo mala.

Él sonrió y se dio la vuelta y le cogió de nuevo la lechera. Fueron hacia la casa.

¿Cómo está Royal?

La abuela torció el gesto. No muy bien, Bobby. No sé qué voy a hacer con él si la cosa va a peor. Un día fui a Clinton para ver ese sitio que tienen y pensé: Vaya, a mí no me gustaría que nadie me ingresara aquí. En Nashville parece ser que hay un centro bastante bueno pero queda demasiado lejos. Y yo tampoco sé cuánto tiempo voy a poder conducir. Ahí está el problema. No sé, Bobby. Puede que acabemos juntos allí. Digamos que básicamente lo que hago es rezar por los dos.

Limpió con un paño la parte inferior de la lechera y dejó la leche en la nevera galvanizada del porche de atrás y se quitó las botas altas verdes de goma. Son las de Royal pero las llevo porque son fáciles de quitar y poner y además no me muevo mucho de aquí.

Entraron en la cocina. No me gusta preguntar a la gente cuánto tiempo se van a quedar porque parece que no quiera que se queden. Pero no me vas a hacer como la última vez que apenas te quedaste a tomar un café, ¿verdad?

No. Puedo quedarme unos días.

La abuela se quitó el sombrero y sacudió los cabellos y se quitó el chaquetón y lo colgó junto a otros al lado de la puerta. Siéntate, dijo. Voy a subir a quitarme este mono. No me gusta nada ordeñar en pleno día pero a veces no hay más remedio. Quítate la chaqueta y ponte cómodo, Bobby.

De acuerdo.

Agarró una silla y colgó su cazadora en el respaldo y se sentó. Las sillas habían salido de la montaña y estaban hechas de fresno, los peinazos moldeados en un torno de madera cuya existencia ya nadie recuerda. Los asientos eran de mimbre muy gastado y remendado aquí y allá con bramante basto. Cuando ella volvió a bajar fue derecha al frigorífico. Sé que no has comido, dijo. Te prepararé algo.

No tienes por qué prepararme nada.

Ya lo sé. ¿Qué te apetece?

Pues un emparedado de tomates del huerto con pan blanco y mayonesa y sal y pimienta y encima huevo duro a rodajas.

Los últimos tomates de la huerta fueron hace seis semanas. Pero reconozco que suena apetitoso. Tengo algunos tomates de tienda.

No estoy hambriento, Granellen. Aguantaré hasta la cena.

Bueno, he puesto unas judías a cocer. La chica de Bart trajo un poco de jamón del que cortan ellos y pensaba hacer galletas y salsa.

Me parece estupendo.

¿Quieres té helado?

Vale.

Sentados a la mesa bebieron té en vasos altos de vidrio prensado verde.

¿Cómo consigues repuestos para esa cosa?, dijo él.

¿Qué cosa?

La nevera.

No necesita repuestos. Funciona bien.

Asombroso.

Nunca he entendido por qué lo llaman refrigerador. En lugar de frigerador a secas. No lo hace dos veces. Que yo sepa, vamos.

Buena pregunta.

Royal sigue llamándolo hielera.

Mejor eso que llamarlo piano.

La abuela rio y luego se llevó una mano a la boca. Bueno, dijo. Al menos de momento. Será mejor que baje la voz. ¿Por dónde has estado rondando esta mañana?

He subido hasta la charca.

Dios. La de horas que pasabas allá arriba. Me tenías esa nevera llena de botellas y tarros. Con unas cosas dentro que al final hasta me daba miedo abrir la puerta.

Te portaste de maravilla.

Siempre pensé que acabarías siendo médico.

Lo siento.

No, si no lo decía por eso, cariño.

Ya lo sé.

No tienes nada de qué lamentarte.

Western pasó el reverso del dedo índice por el agua que rezumaba del vaso. Bueno. En fin.

¿Qué?

Nada.

No. ¿Qué?

Nada. Simplemente que en realidad no piensas eso.

¿El qué?

Que no tenga nada de qué lamentarme.

Ella guardó silencio un momento y luego dijo: Bobby, lo hecho hecho está. No hay vuelta de hoja.

Ya. Pero no es un gran consuelo, ¿a que no? Apartó el vaso y se levantó de la silla. Ella alargó una mano para tocarle el brazo. Bobby, dijo.

No pasa nada.

¿Puedo decir algo?

Naturalmente.

Estoy segura de que el Señor nunca quiso que nadie lo pasara tan mal.

¿Tan mal cómo, Granellen?

Así.

Bueno. Yo también lo creo.

Sabes que me preocupo por ti.

Western se dio la vuelta y apoyó las manos en el respaldo de la silla. La miró. Tú crees que está en el infierno, ¿verdad?

Qué cosas tan odiosas de decir, Bobby. Sabes muy bien que yo no pienso eso.

Perdona. Así es como soy. O lo que soy.

Yo no lo creo.

Da igual, tranquila.

No te vayas, cariño.

Estoy bien. Vuelvo dentro de un rato.

Bajó por el camino particular y enfiló la pista asfaltada. No había recorrido mucho trecho cuando un automóvil se detuvo a su lado y un hombre le miró por encima de la luna parcialmente bajada de la ventanilla.

¿Necesita que le lleve?

No, señor. Pero le agradezco que haya parado.

El hombre volvió a mirar a la carretera. Como si valorara las opciones que Western podía tener. ¿Seguro?

Seguro. Solo estoy dando un paseo.

¿Un paseo?

Sí señor.

El coche arrancó y un momento después aminoró la marcha de nuevo. Cuando Western llegó a su altura el hombre se inclinó para verle mejor. Yo a usted le conozco, dijo. Como si hubiera identificado a un criminal de guerra nazi que se dedicara a patearse las carreteras alrededor de Wartburg, Tennessee. Después aceleró.

Cuando llegó a la casa al cabo de una hora sacó sus bolsas del coche y bajó el portón y cerró la puerta del coche. Una vez dentro cogió la cazadora que había dejado sobre el respaldo de la silla. El sol no había vuelto y tenía frío. Su abuela estaba en el salón. No has alquilado mi habitación, ¿verdad?, dijo.

De momento no.

¿Quién era la chica que estaba aquí?

Se llama Lu Ann. Viene dos veces a la semana.

¿Dónde anda Royal?

Tumbado en la cama. Él y yo llevamos horarios diferentes.

Western fue hacia el pasillo y subió por la angosta escalera de madera.

Su habitación estaba en la parte de atrás de la casa y era apenas más grande que un vestidor. Dejó las bolsas en el suelo y se quedó mirando por la ventana. Algo pequeño se movía por una de las ramas del nogal que colgaban sobre el tejado. Un escribano cerillo, en esta parte del país. Fue a sentarse en la pequeña cama metálica. Manta gris áspera al tacto. En el nicho de la pared de enfrente había algunos de sus libros. Tres copas grandes de plata ganadas en las carreras de coches. Una estatuilla del Sagrado Corazón. Había también un modelo a escala de un Ferrari Barchetta del 54 construido a partir de bocetos de fabricación originales. La carrocería estaba hecha de aluminio de uno coma tres milímetros moldeado a martillo sobre trozos de corteza de quince por veinte que él mismo había cortado de un roble. En la pared de detrás de la cama había un cuadrado grande de tela encerada procedente del fuselaje de un avión. Era de color amarillo claro y llevaba pintado el número 22 en azul.

Se levantó para coger los *Principios de mecánica cuántica* de Dirac, cuarta edición. Hojeó el libro. Páginas con anotaciones y ecuaciones en los márgenes. Verificando el trabajo de Dirac, a quién se le ocurre. Cerró el libro y lo dejó a un lado y se sentó acodado en las rodillas y se sostuvo la cabeza con las manos.

Cuando su abuela le llamó para cenar estaba tumbado en la cama con un pie en el suelo. La única luz en la habitación era la que entraba del pasillo. Cogió del suelo el libro de Dirac y sacó de la bolsa el recado de afeitar y fue por el pasillo hasta el cuarto de baño.

Cuando bajó vio a Royal sentado a la cabecera de la mesa del comedor con una servilleta de tela remetida bajo la barbilla. Royal esperó a que él se pusiera al alcance de la vista a fin de no tener que girar la cabeza. Hola, Bobby, dijo.

¿Qué tal estás, Royal?

Bien. ¿Cómo te van las cosas?

Bien, muy bien.

¿Sigues viviendo al otro lado del charco?

No. Vivo en Nueva Orleans.

Estuve una vez. Hace años.

¿Y qué, te gustó?

Hombre, tanto como gustar... Me metieron en la cárcel estando allí.

¿Qué hiciste para acabar en la cárcel?

El imbécil. Las ratas eran como perros de grandes. Les disparábamos imperdibles con una goma elástica pero ni se inmutaban. Siempre tenían prisa. Yo qué sé adónde irían.

La abuela entró con sendas fuentes de puré de patata y alubias. Western se levantó y la siguió a la cocina.

¿Qué llevo?

Toma, dijo ella. Coge esto.

Le pasó una bandeja con rodajas de jamón y una fuente de galletas con un paño encima y fue detrás de él con la salsa y un plato de maíz. Después volvió a la cocina a por el café y lo sirvió y se sentaron a la mesa, Royal en la cabecera y la abuela y él uno enfrente del otro. Inclinaron los tres la cabeza y la abuela bendijo la mesa y terminó con un gracias por enviarnos a Bobby. Western había espiado a su tío. Tenía los ojos cerrados. Cuando Granellen llegó a lo de dar gracias al Señor por Bobby él asintió con la cabeza y dijo: Oh, sí. Te estamos muy agradecidos. Luego fueron pasándose las fuentes y empezaron a comer.

¿De dónde has sacado este choclo, Ellen?

Pues de la nevera, Royal. ¿De dónde si no?

No entiendo por qué no se pueden congelar los tomates.

Yo tampoco. Solo sé que no se puede.

Bobby, ¿por qué no se pueden congelar los tomates?

No lo sé. Casi toda la fruta se puede congelar. Y las bayas.

¿Tú crees que el tomate es una fruta?

Diría que sí. Aunque imagino que también podrías llamarlo baya.

¿Baya?

Sí.

Este cuento de la fruta me suena. Pero yo no pondría la mano en el fuego. O menos aún lo de la baya. ¿Tú te lo crees?

Pertenece a la familia de las solanáceas. Como la belladona. Los españoles lo trajeron de México.

De México, ¿eh?

Sí.

Royal dejó de masticar y se quedó mirando el plato. Quieres decir que aquí no hubo tomates hasta que Colón vino.

Así es. Y tampoco patatas ni maíz ni la mitad de las otras cosas que comemos.

Patatas…

Sí.

Contéstame a una cosa.

Adelante.

¿Con qué crees que hacían salsa los italianos si no había tomates?

Ni idea.

¿Qué crees que comían los irlandeses si no tenían patatas? ¿Sabes lo primero que se le ocurre a uno?

¿Qué es lo primero que se le ocurre?

Tabaco.

Igual sí.

Walter Raleigh se trajo consigo el tabaco. Es por eso por lo que solían fumar cigarrillos Walter Raleigh. Yo conocí a gente que fumaba eso. Salía su retrato en la cajetilla. Y por cada paquete te daban cupones que luego podías canjear por regalos.

¿Regalos como qué?

No sabría decirte. Tostadoras, quizá.

Western untó una galleta de mantequilla y le echó encima un poco de la salsa colorada y espesa. Esto está delicioso, Granellen.

Oh, muchas gracias.

¿Y el maíz?

¿Qué?

Digo que y el maíz.

Royal masticó. Sí, dijo. Podría haber traído maíz, ¿no? Al fin y al cabo lo llaman maíz indio.

O alubias.

¿Alubias?

Alubias.

Royal asintió. Que yo sepa la gente ha comido alubias desde el primer día de la creación. Me parece que Adán comía alubias. Y Eva también. Se daban un atracón de alubias y luego se sentaban por ahí y hacían pelea de pedos.

Royal.

Bobby sonrió. Royal pinchó un trozo de jamón de la bandeja y se puso a recortar el fino reborde de grasa. Meneó la cabeza. Aquí hay que tener mucho cuidado con lo que se dice. Ya verás si no. Levantó la vista. Me tienen preso, Bobby. Esa es la pura verdad. No voy a ninguna parte. Nunca veo a nadie. No tengo con quien hablar. Meneó la cabeza mientras masticaba.

Te dije que te llevaría a los Eagles cuando te apeteciera.

No quiero ponerme a charlar con esos viejales.

La abuela miró a Western.

Que no quiero. ¿Qué hora es?

Casi las seis.

Royal se puso de pie y tiró de la servilleta que llevaba anudada al cuello.

Pero si casi no has comido nada.

Me lo llevo ahí dentro.

Royal se fue al salón con el plato y el tenedor. Minutos después oyeron la televisión.

Se sienta ahí y discute con el televisor. Le oirás dentro de un momento.

Yo le he visto bien.

Porque no has oído ni la mitad. A veces se cree que hemos vuelto a Anderson County. Y hace treinta y ocho años que nos marchamos de allí.

Oyeron murmurar a Royal en el salón.

Supongo que le gustaría estar allí, en Anderson County.

Bueno. A mí también. Sé que me sentaría bien.

Me consta que echas de menos la casa.

Ella asintió. Mi abuelo y mi tío construyeron esa casa con sus manos en 1862. Naturalmente lo primero fue cortar los troncos. Hasta el último madero salió de la propia finca. El armazón era de vigas y viguetas y se pasaron casi un año cortando madera, nogal y álamo, y los troncos los acarreaban sobre tarimas con un tiro de seis mulas. Algunos troncos medían seis metros de largo y dos personas no podían rodearlos con los brazos. Había fotos de ellos en el viejo aparador de la sala de estar. Como a dos kilómetros de la casa, en el bosque, construyeron un aserradero que funcionaba con una máquina de vapor y lo que entraba como tronco salía como madera, pilas y más pilas. Después llevaban la madera tronzada a un cobertizo de estacas que habían levantado y allí se quedaba qué sé yo cuánto tiempo hasta que se podía cortar el primer tablón. No sé cómo aprendieron a hacer todas esas cosas, Bobby. Pondría la mano en el fuego a que podían hacer de todo. Y eso que ninguno de los dos tenía un solo libro. Aparte de la Biblia, claro. Por no tener yo diría que no tenían ni una hoja de papel. Siempre he pensado que estuvo bien que Dios no nos permita ver el futuro. Aquella casa era la casa más bonita que había visto en mi vida. Los suelos eran todos de nogal macizo y algunas tablas tenían casi tres palmos de ancho. Y todo cepillado a mano. Y todo en el fondo de un lago. No sé, Bobby. Es preciso creer que existe el bien. Es más, yo creo que trabajar con las manos es beneficioso para la vida. Te puedes equivocar, pero si no crees en eso no se puede decir que vivas. Creerás que sí pero yo a eso no lo llamo vida. En fin. Escúchame bien. Cada vez digo más tonterías.

Yo no creo que lo sean, Granellen.

Estábamos en guerra. Mucha gente habría dado de buena gana una casa junto al río por recuperar al hijo a quien no volverían a ver nunca más. Quien dice la casa dice cualquier otra cosa. Nosotros intentamos conservarla. Pero se quedaron con ella. Tenían… ¿cómo se dice, negociadores? Pero de negociar, nada de nada. Lo único que querían era que firmaras un papel y no les dieras problemas. Cobrar el primer pago. La estipulación, lo llamaban ellos. Si te ponías firme ibas a juicio por expropiación forzosa y tengo entendido que algunos sacaron más de lo que el gobierno quería pagarles pero cuando cobraron el dinero el precio de los terrenos se había doblado y al final sacaron menos de lo que habían pensado. Te daban quince días de plazo. Y luego tenías que marcharte. En principio no podías ni llevarte los muebles pero muchos lo hicieron. Salían de la casa en plena noche. Como ladrones. Nosotros vivimos en una casa de alquiler en Clinton hasta marzo de 1944. Fue muy duro. Sé de muchas familias que fueron a parar a Anderson County cuando la Tennessee Valley Authority las echó de sus granjas en los años treinta y que al final tuvieron que marcharse también de allí. Hubo incluso familias que primero fueron expropiadas de sus fincas en el parque nacional de las Great Smoky Mountains, después por la TVA en la misma década, y luego en los cuarenta por la bomba atómica. Para entonces ya no tenían nada.

Claro que sí, gritó Royal. Mentiroso de los cojones.

Granellen meneó la cabeza. A mí me sabía mal por los inquilinos. Nunca habían tenido posesiones de ninguna clase. Vivían en chozas en alguna de las granjas. Para ellos no hubo cláusulas que valieran. Obligados a largarse y punto. Y naturalmente no tenían dónde caerse muertos. Algunas de esas familias eran gente de color. Hubo quien acabó viviendo en el bosque como los animales. Y encima aquel invierno fue muy frío. Gente que pasaba por allí en coche los veía cruzar la carretera a la luz de los faros. Familias enteras. Con mantas y cacharros de cocina. Hubo gente que intentó dar con ellos. Les llevaban harina y cosas así. Café. Un poco de carne magra. Pienso mucho en esos niños. Todavía ahora.

Si no eres un embustero de mierda entonces es que Dios no existe.

Perdona un momento, dijo Granellen.

Echó la silla hacia atrás y se puso de pie y fue hasta la puerta de la sala de estar. Royal, dijo, si tienes que decir palabrotas dilas, pero en mi casa no quiero oír blasfemias. No pienso tolerarlo.

Royal guardó silencio.

Ella volvió a la cocina. Nunca me siento con él ahí en el salón. Miro las noticias arriba en mi cuarto. Normalmente subo después de fregar los platos y él se pasa ahí sentado la mitad de la noche. Venga a gritar.

Tumbado en el catre de la pequeña habitación escuchó el viento en el exterior. Había cerrado la puerta del pasillo y no había calefacción y empezaba a hacer bastante frío. Su madre tenía diecinueve años cuando entró a trabajar en Y-12, la planta de separación de isótopos electromagnéticos. Uno de los tres procesos para la separación del isótopo uranio 235. Llevaban a los trabajadores en autocar hasta el recinto, dando tumbos por la carretera mal nivelada, con polvo o barro según el tiempo que hiciera. Estaba prohibido hablar. La cerca de alambre de espino se extendía durante kilómetros y los edificios eran de hormigón, unas moles descomunales, monolíticas, y en su mayor parte sin ventanas. Ocupaban una extensa salbanda de puro barro más allá de la cual había un perímetro de los árboles retorcidos que las excavadoras habían arrancado del solar. Ella decía que era como si acabaran de emerger del suelo. Los edificios. Aquello no tenía explicación. Miraba a las otras mujeres que iban en el autocar pero le parecía que habían desertado de sí mismas y pensó que quizá era la única de todo el grupo que si bien ignoraba de qué iba aquello sabía perfectamente que era algo contrario a Dios y que aunque había envenenado a todos los seres vivos de la zona devolviéndolos al barro primordial, estaba lejos de haber terminado. Esto era solo el principio.

Los edificios contenían casi dos mil kilómetros de tubería y un cuarto de millón de válvulas. Las mujeres, sentadas en taburetes, controlaban los paneles que tenían delante mientras átomos de uranio recorrían a gran velocidad las pistas de los calutrones. Cien mil mediciones por cada segundo. Los imanes que los propulsaban eran de dos metros de diámetro y el bobinado era de plata maciza procedente de las mil quinientas toneladas de mineral prestadas por el Departamento del Tesoro debido a que el esfuerzo bélico había acaparado las existencias de cobre. Una mujer mayor que ella le contó que el primer día, con todas las mujeres en sus puestos y sin tener la menor idea de qué era lo que se hacía allí, los ingenieros habían accionado todos aquellos interruptores y un tremendo ruido de dinamo inundó la sala y cientos de horquillas salieron disparadas de las cabezas de las mujeres y volaron como avispones de una punta a otra.

Entró en una caseta con las demás y le dieron una placa con su fotografía en un pequeño marco metálico negro y dos bolígrafos negros. Ya había pasado las inspecciones de seguridad y de salud. En el vestuario de las mujeres le asignaron una taquilla y le dieron dos monos blancos y unos patucos de tela blanca para calzarse encima de los zapatos. Más adelante trabajarían en ropa de calle. A nadie se le dijo qué era lo que iban a hacer. Les dieron unas sencillas instrucciones y se pasaban ocho horas diarias sentadas en sus puestos bajo el resplandor de unos tubos fluorescentes, observando un dial y girando un mando. Si hablabas con alguien te podían echar. Incluso meter en la cárcel. Los bolígrafos eran en realidad dosímetros de radiación.

Trabajó allí durante seis meses y un buen día un grupo de físicos se detuvo detrás de su panel. Hablaban en un idioma que ella no entendía. Entonces uno de los hombres se dirigió a ella en inglés.

No puedo hablar con usted, dijo ella en susurros.

Ya lo sé. Quiero que me llame.

El hombre se inclinó para dejar encima de la consola un trozo de papel con un número de teléfono escrito a lápiz.

¿Llamará?, preguntó.

Ella no contestó.

Espero que lo haga, dijo él. Ella apartó apenas un instante la vista de los diales pero el hombre ya se había alejado con los demás. Esa fue la primera vez que vio al padre de Western. Los dos morirían de cáncer. Primero vivieron en Los Álamos. Después en Tennessee. Su padre había estado casado anteriormente pero no le dijo nada a ella porque era católica. Western averiguó que la primera mujer vivía todavía en Riverside, California, y años más tarde Alicia iría a visitarla. Quedaron en verse en una cafetería de la ciudad. Será solo un momento, dijo ella. Y así fue.

Su abuela le dijo a él que la primera vez que vio a su padre supo enseguida que ya nada volvería a ser igual. La primera vez que ella lo llevó a su casa. Yo no sabía qué iba a pasar. Intenté rezar pero me di cuenta de que no sabía a santo de qué estaba rezando. No debería haberte contado esto.

No has dicho nada malo.

No. Pero lo he pensado.

Él se durmió. Volvió a despertarse. No tendrías que haber venido, dijo.

Se levantó y cogió su cazadora y se la puso encima de la camiseta y se quedó mirando por la ventana. Su aliento empañó el cristal. La luz de la lámpara de vapor proyectaba las formas desparramadas de casa y árboles por el sembrado hacia la carretera. Salió de la habitación y recorrió el pasillo. Las luces aún estaban encendidas y bajó por la escalera en calcetines y calzoncillos y cazadora. Royal estaba dormido en su butaca de la sala de estar. La pantalla gris del televisor mostraba unos números en la parte baja y emitía un zumbido grave.

Fue a la cocina y abrió la puerta del frigorífico y se quedó allí parado. En la cesta inferior había unas zanahorias. Cogió una y cerró el frigorífico. De pie junto al fregadero miró por la ventana mientras comía la zanahoria. Sabía a tierra. Algo estaba cruzando el campo más allá del establo. Un zorro, seguramente. O un gato. Dentro de unos años su abuela estaría muerta y venderían la finca y él no volvería a poner el pie en la casa. Tarde o temprano los recuerdos de este lugar y de estas personas desaparecerían de los archivos del mundo.

Era una noche fría. Todo tan en calma. Se había comido la zanahoria salvo el troncho. Se lo comió también. Terroso y amargo. Muy amargo. Subió al piso de arriba y se acostó.

Fue a dar largos paseos por el bosque. No vio a nadie. Un hombre andando por el bosque a finales de año en aquella parte del mundo era objeto de sospecha si no llevaba un arma consigo y él habría cogido una pero los ladrones que habían entrado en la casa dos años antes se las habían llevado todas. Y también su mandolina Gibson. Y la bisutería de su abuela. También se llevaron hasta el último de los papeles que había en el viejo aparador del salón y cuando preguntó a su abuela al respecto ella se limitó a menear la cabeza.

Examinó las cosas que había en su armario. Mementos de juventud. Fósiles, conchas, puntas de flecha en un tarro. Un gavilán pecho canela que había montado, ahora comido por la polilla. Supuso que debería haber entendido la índole de aquel robo cuando se enteró de él pero no fue así.

Su abuela estaba en lo cierto sobre las rarezas de Royal. Se incorporaba en su butaca y exigía conocer la opinión de personas muertas hacía mucho tiempo. Miró por la ventana el Dodge verde de Granellen y le preguntó que cuándo había cambiado de coche pese a que hacía ya once años que ella tenía el Dodge.

Condujo hasta Knoxville. Un día gris y lluvioso. Era difícil mantener el parabrisas limpio desde dentro del coche y había llevado consigo una toalla pequeña. El Maserati era un coche raro, con toda su hidráulica francesa. El pedal de freno tenía recorrido cero y no fue fácil acostumbrarse. Bajó por Gay Street y torció por Cumberland Avenue. Apenas si conocía a nadie en aquella ciudad. Todo tenía un aspecto gris y abandonado. Tomó la autopista de Alcoa y puso el coche a doscientos cuarenta dejando a su paso un fino abanico de vapor de agua.

Salió de la casa al amanecer y fue andando hasta el puente y atravesó los campos hasta la vieja cantera, siguiendo los someros baches de la calzada en dirección al bosque. Varios cuervos descendieron de los árboles de la loma y se alejaron en silencio. Al fondo se veían grandes bloques cuadrados de piedra. Una piedra del mismo color que los troncos de los árboles. La cantera formaba un anfiteatro en el bosque. Un suelo de piedra liso y dos niveles escalonados y un espejo de agua, negro y profundo. Las paredes se elevaban por tres de los costados, los bloques mostrando acanaladuras de cuando los taladraron con barrena de cuña para meter la dinamita.

Siguió a lo largo de un murete de bloques serrados en el lado opuesto del estanque y se sentó como lo había hecho aquella noche de verano años atrás para ver a su hermana representar ella sola el papel de Medea en el escenario de la cantera. Llevaba puesto un vestido largo que ella misma había hecho con unas sábanas y en la cabeza una corona de madreselva. Las candilejas eran unas latas de conserva rellenadas con trapos y empapadas de queroseno. Los reflectores eran de papel de plata y el humo negro ascendía hacia el follaje estival y hacía temblar las hojas mientras ella deambulaba en sandalias por el suelo de piedra recién barrido. Tenía trece años. Él estaba en su segundo año de posgrado en Caltech y al verla aquella noche de verano fue cuando supo que estaba perdido. Con el corazón en un puño. Su vida ya no le pertenecía.

Al terminar se puso de pie y aplaudió. Un eco chato y opaco rebotando en las paredes de la cantera. Ella hizo dos venias y luego desfiló hacia la oscuridad, las sombras de los árboles inclinándose a su paso a la luz del farol que ella sostenía por el asa. Se quedó sentado en las frías piedras, la cara entre las manos. Lo siento, pequeña. Lo siento. No hay más que oscuridad. Perdona.

La última noche de su visita se sentaron a cenar y comieron en silencio. Su abuela había hecho pollo frito y galletas con salsa blanca. Royal estaba pinchando su comida al azar y de pronto dejó el tenedor y miró hacia la pared, su servilleta colgando del cuello. Es un vacío detrás de otro, eso es lo que pasa, dijo. No es que haya uno solo. Como pone en las escrituras. Te crees que el vacío es solo el vacío pero qué va. Sigue y sigue.

Come algo, Royal, dijo Granellen. Lo que tienes que hacer es comer y no enmendarle la plana a la Biblia.

Comieron. Western miró a su abuela.

¿Tú crees que podría haber algún papel suyo por aquí?

Bobby, yo estoy casi segura de que no.

Estaba pensando si no habrías encontrado algo.

Ella negó con la cabeza. Registraron todas las habitaciones. Ve a mirar si quieres. Ya sabes que puedes.

De acuerdo.

¿Qué papeles?, preguntó Royal.

Los de Alice.

Alice murió.

Ya lo sabemos, Royal. Lleva muerta diez años.

Diez años, dijo Royal. Hay que ver. Fría y muerta.

De repente se echó a llorar. Western miró a su abuela. Ella se levantó de la mesa y fue a la cocina.

Más tarde, después que Royal se fuera a la sala de estar, Western y su abuela tomaron café sentados a la mesa de la cocina. Me alegro de que hayas venido, Bobby, dijo ella. Pero ojalá te hubieras quedado más días.

Lo sé. Pero tengo que irme.

¿Tú crees que pesa una maldición sobre esta familia?

Western levantó la vista. ¿Una maldición?

Sí.

¿Tú sí lo crees?

A veces.

¿Por aquello de los pecados de los padres?

Ella esbozó una sonrisa triste. No lo sé. ¿Crees en Dios, Bobby?

No lo sé, Granellen. Me lo has preguntado otras veces. Ya te lo dije. No sé nada de nada. Lo único que puedo decir es que él y yo compartimos más o menos las mismas opiniones. Al menos cuando tengo un buen día.

Pues espero que sea verdad. Supongo que esa es la otra cosa por la que culpo a tu padre. Y ya sé que yo no soy quién para ir repartiendo culpas.

¿Qué es? La otra cosa.

Lo que aguantó Eleanor. Trataba de confundirla. La hacía llorar. Podría decirse que la hacía dudar de su fe.

¿Fue por eso por lo que se divorciaron?

No lo sé. En parte sí, imagino.

¿Y la otra parte?

Creo que ya lo sabes.

A él le costaba quedarse en casa.

Bueno.

Tú crees que no hacían buena pareja.

Así es. Claro que ella también era inteligentísima.

¿Por qué crees tú que se casaron?

No lo sé, Bobby. Estábamos en guerra. Creo que muchos jóvenes se casaron antes de tiempo cuando podrían haber esperado. A él le gustaban las chicas guapas. Y ella era la más guapa de todas.

No le sirvió de mucho, ¿verdad?

Muy pocas veces sirve de algo.

¿Lo crees así, Granellen?

Sí, la belleza promete cosas que la belleza no puede cumplir. Lo he visto muchísimas veces. Dos en esta casa, sin ir más lejos.

Sirvió más café.

Echo de menos la estufa, dijo Western.

Lo entiendo. Ya no había nadie a quien pedirle que cortara leña.

¿Puedo hacerte una pregunta?

Claro que sí.

¿Qué es lo que más lamentas?

Bueno. Creo que tú ya lo sabes.

Hablo de cosas que podrías haber hecho de diferente manera. O no haber hecho. A eso me refería.

Su abuela desvió la mirada hacia la ventana y contempló los campos que se iban oscureciendo, una mano sobre la boca. No lo sé, cariño. Tampoco demasiado. Creo que las personas lamentan más lo que no hicieron que lo que hicieron. Yo creo que todo el mundo tiene cosas que quedaron pendientes. Uno no sabe lo que pasará, Bobby. Y aunque pudieras saberlo eso tampoco sería garantía de que eliges bien. Yo creo en los designios de Dios. He tenido momentos turbios y he tenido pensamientos turbios en esos momentos. Pero ese nunca fue uno de ellos.

Había terminado su café y apartó la taza. Luego juntó las manos y miró a Western.

No pretendía hacerte sentir mal, dijo él.

No pasa nada, Bobby.

¿Quieres que miremos fotos?

Ay, Bobby.

¿Qué?

Pensaba que te lo había dicho.

Decirme qué.

Se las llevaron.

¿Se llevaron los álbumes de fotos?

Sí. Pensé que te lo había dicho.

No.

Lo siento mucho, cariño.

Tranquila.

Perdona.

¿Se llevaron todo lo del aparador?

Todo. Vaciaron los cajones y dejaron los cajones tirados por el suelo.

O sea que se llevaron el rifle de cerrojo del abuelo y las escopetas. Mi mandolina. El tipo de cosas que un ladrón cogería para venderlas en una casa de empeños. Y también se llevaron todos los documentos de la familia. ¿A ti no te pareció un poco raro?

Sí que me lo pareció. Ninguna de estas cosas llegó a las casas de empeños. Miraron en todas las de Knoxville.

Es que no eran ladrones, Granellen. Todo ese material no era para una casa de empeños. Está en el fondo del lago. Probablemente a la altura del puente de la carretera 33 junto con sabe Dios qué otras cosas.

Pero ¿qué estás diciendo, Bobby?

Nada. Tranquila.

No, ¿qué estás diciendo?

Nada.

Tiene que ver con tu padre, ¿verdad?

No lo sé. En serio. No debería haber dicho nada.

La abuela puso la palma de la mano plana sobre la mesa como si se dispusiera a levantarse pero no lo hizo. Parecía más que cansada.

¿Te encuentras bien?

Sí, Bobby. No me hagas ningún caso. A veces me siento sola, eso es todo. Volvió la cabeza y le miró. ¿A ti te pasa?

Él quiso decirle que no conocía otro estado que no fuera la soledad. A veces, dijo.

Su abuela había nacido en 1898. McKinley era el presidente y el país estaba en guerra con España. No había luz eléctrica, ni teléfono, ni radio, ni televisión, ni coches, ni aviones. No había calefacción ni aire acondicionado. En la mayor parte del mundo ni agua corriente ni inodoros. La vida había cambiado poco desde la Edad Media. Western la observó. Ella había apartado la vista y meneaba la cabeza. Él no supo a santo de qué. Pero su abuela se volvió y le miró de nuevo. ¿Crees que hay motivo para estar asustados, Bobby?

No. Tú no.

¿Y tú?

Se marchó al despuntar el día. Sin despedirse. Solo se detuvo un momento junto a la ventana para contemplar el gris amanecer sobre la campiña. El arroyo amortajado de niebla, las formas pálidas de los chopos. Escarcha en los campos. Nada se movía. Se echó una bolsa al hombro y agarró la otra y bajó.

Metió las bolsas en el coche y volvió a entrar en la cocina y llenó dos cazos con agua caliente del grifo y la derramó sobre los parabrisas de delante y de detrás para eliminar la escarcha. Luego dejó los cazos en los escalones del porche y montó en el coche y puso el motor en marcha para accionar los limpiaparabrisas y luego reculó por el camino particular hasta la carretera y giró en dirección a la autopista.

Tomó la I-40 en sentido oeste hacia el Cumberland y cuarenta minutos después estaba en Crossville. En las cunetas nieve apelmazada de color de arena y el frío era intenso. Desayunó en un bar de camioneros. Huevos y gachas de maíz. Salchichas y galletas y café. Pagó la cuenta y salió. En el aparcamiento un hombre estaba apoyado en el Maserati con un brazo sobre el techo de acero inoxidable mientras su novia le hacía una foto.

* * *

Llegó al Quarter a eso de las cuatro de la tarde y aparcó el Maserati delante del bar y cogió sus bolsas y entró. Harold Harbenger estaba sentado en un extremo de la barra y levantó la mano en ostentoso saludo. Como si hubiera estado esperando allí todo el tiempo. Qué pasa, Bobby, gritó casi.

¿Por dónde andabas?, preguntó Josie.

Fui a ver a mi abuela.

¿Has estado en Knoxville?

Sí.

Josie meneó la cabeza y dijo: Knoxville.

¿Ha venido alguien preguntando por mí?

Creo que no. Janice te lo confirmará. ¿En Knoxville viste a alguien que preguntara por mí?

Western sonrió. Me figuro que preferirías que no. ¿A qué hora cierra el banco?

¿El de Decatur?

Sí.

A las cuatro. Se miró el reloj. Son y diez.

Sí, ya lo sé. ¿Y a qué hora abren?

Diría que a las diez.

Al caer la tarde fue a dejar el coche en el guardamuebles y le puso la lona encima y lo conectó al cargador de batería. Regresó en un taxi al Quarter y cenó en el Vieux Carré. Después volvió al bar y subió al piso de arriba y se acostó con el gato ronroneando contra sus costillas.

Cuando soñaba con ella ella a veces mostraba una sonrisa que él intentaba recordar y en una especie de salmodia le decía palabras que él apenas si lograba entender. Sabía que aquel rostro adorable no tardaría en existir exclusivamente en sus recuerdos y en sus sueños y poco después ni siquiera eso. Entraba semidesnuda arrastrando una túnica de seda fina o tal vez con sus helénicas sábanas atravesando un escenario de piedra a la humeante luz de las candilejas, o bien echando hacia atrás la cola de su túnica y los rubios cabellos enmarcaban su cara cuando se inclinaba hacia él, que yacía boca arriba en las húmedas y pegajosas sábanas, y entonces le hablaba en susurros: Debería haber sido tu sendero de la sombra, la guardiana de esa casa que es el único lugar donde tu alma permanece a salvo. Y a todo esto un estruendo como en una fundición y oscuras siluetas junto a los fuegos alquímicos, la ceniza y el humo. Todo el suelo sembrado de las formas mortinatas de sus afanes y aun así seguían esforzándose, el semiconsciente barro crudo temblando rojo en el autoclave. En ese oscuro penetralium se apretujan entre empellones alrededor del crisol farfullando mientras el heresiarca arrebujado en su capa oscura los insta a no cejar en el empeño. Y qué es esa cosa innombrable que eclosiona pringosa de entre cáliz y costra de tan infernal adobo. Despertó bañado en sudor y encendió la lámpara de la mesita de noche y bajó los pies al suelo y se quedó allí sentado con la cabeza entre las manos. No temas por mí, había escrito ella. ¿No ves que la muerte nunca ha hecho daño a nadie?

A la mañana siguiente bajó hasta el Du Monde y tomó café y leyó los periódicos. A las diez cruzó la calle para ir al banco. Un viejo edificio renacentista de piedra blanca que pegaba poco con la arquitectura del Quarter. Herencia de Latrobe. Fue al mostrador que había al fondo del vestíbulo y firmó en el registro y le dio la llave al empleado y fueron uno detrás de otro hasta la cámara acorazada. El empleado abrió la reja y le franqueó el paso con una mano extendida. Recorrieron una hilera de portezuelas metálicas con torneado mecánico hasta llegar al número de Western y el empleado introdujo las llaves y abrió la puerta para sacar la bandeja de acero esmaltado gris y puso la bandeja encima de la mesa que tenían detrás. Abrió uno de los candados y le devolvió las llaves y salió de la habitación.

Western introdujo la llave y la giró y levantó la tapa. Dentro había un sobre grueso de color marrón. Lo sacó y retiró la presilla de cordel y abrió el sobre y extrajo las cartas. El diario de ella. Año 1972. Miró dentro y luego volvió a meterlo todo en el sobre y anudó el cordel en la presilla y dejó el sobre en la mesa y cerró la tapa de la bandeja y la introdujo de nuevo en su sitio y luego cerró con llave la portezuela metálica. Dio media vuelta y salió con el sobre y firmó su salida en el registro del vestíbulo y dio las gracias al empleado y salió a la calle.

Espatarrado en el catre sacó una carta del sobre al azar y la abrió y la leyó. Se las sabía todas de memoria pero aun así leyó con atención. El gato se paseaba arriba y abajo del borde de la cama sin dejar de ronronear.

Las cartas que él había escrito no sabía dónde estaban. Tal vez era mejor no saberlo. Dobló la carta y la guardó en el sobre y luego cogió una de las del fondo. Con doce años ella tenía una foto de Frank Ramsey en un marco de baratillo sobre la mesita de noche. Quería saber si se podía estar enamorada de alguien que hubiera muerto. Decía que dentro de catorce años tendrían la misma edad. Western no leyó más. Las últimas le resultaban duras de leer. Esas cartas en las que ella le decía que estaba enamorada de él. Las guardó en el sobre marrón y metió el sobre bien cerrado debajo del colchón y luego salió del cuarto y bajó al bar.

Josie hizo un gesto con el mentón para que se acercara.

Te han llamado, toma.

Le pasó un papel con un número. Él lo miró por delante y por detrás.

¿Hombre o mujer?

Era un tío.

Gracias.

Llamó al número pero no contestó nadie.

Dio de comer al gato y salió de la habitación para ir al cuarto de baño. Entró y cerró la puerta y echó el pestillo y abrió el viejo armarito de las medicinas. Había frascos y tarros y un par de tubos retorcidos de dentífrico, vacíos. Volvió a la habitación y cogió la bolsa del supermercado y una vez en el cuarto de baño fue introduciendo en ella todo lo que había en el armarito de las medicinas y luego dobló la bolsa y la metió en la papelera. El armarito estaba fijado a la pared mediante cuatro tornillos. Las cabezas de los tornillos eran pernos embridados. Metió la mano en la papelera y arrancó de la bolsa un trocito de papel y luego lo apretó con fuerza sobre la cabeza de uno de los pasadores para sacar una buena impresión y se guardó el papel en el bolsillo de la camisa y cerró el armarito y salió.

A su regreso había pasado por la ferretería de Canal Street

y comprado un juego cubos de 3/8. Baratos y de importación. Estaban en una bandejita metálica y había incluso una pequeña llave de tubo con una extensión. Sacó el fajo de cartas de debajo del colchón y volvió al cuarto de baño al fondo del pasillo. Cerró la puerta y echó el pestillo y abrió el armarito de las medicinas y buscó el cubo adecuado y lo encajó sobre la extensión y luego acopló el trinquete y retiró los dos tornillos inferiores. Había puesto el tapón del lavabo por si caían dentro los tornillos y retiró los dos de arriba mientras sostenía el armarito por el espejo y después dejó el armarito en el suelo. Habían arrancado el panel de yeso para llegar a los montantes. Los travesaños a los que habían atornillado el armarito sobresalían ligeramente del grosor del panel y fue sencillo encajar el fajo de cartas entre las maderas. Los agujeros en la parte posterior del armario tenían forma de bocallave y Western dejó los tornillos un poco flojos de manera que sostuvieran apenas el armarito sobre las cabezas de tornillo y no hiciera falta un destornillador para separarlo otra vez. Sacó unos cuantos frascos y tarros de la papelera y volvió a colocarlos en el armarito y cerró la puerta del mismo.

Fue hasta el A&P y compró una docena de latas de comida para gato y volvió y subió a la habitación. Dejó la bolsa con las latas encima de la mesa y levantó al gato por las axilas y lo miró fijamente a los ojos. El animal colgaba inerte de sus manos y pestañeó apaciblemente y desvió la vista.

Vigilancia, Billy Ray. Vigilancia. Y comida para gatos.

Después de darle de comer bajó y llamó a Lou pero ya se había marchado. Salió del bar y caminó por el Quarter. Su intenso olor a humedad. Olor a petróleo y al río y a barcos. Whitman había vivido un tiempo en la casa de la esquina. Luces en las ventanas al anochecer. Las viejas farolas de Charles Street como gasa ardiendo en la niebla. El Shelby dio veintiséis vueltas al circuito y luego no apareció. Estaba demasiado oscuro para ver humo pero él intentó divisar algún indicio de fuego en el extremo opuesto de la pista. Recorrió la hilera de pits hasta donde Frank estaba esperando a que los coches volvieran a aparecer. No había bandera. Menos mal. Ya sé que confías en que no sea el motor.

Confío en que no sea el coche.

Y no lo era. Los dientes habían empezado a soltarse del tren fijo hasta que la caja de cambios se gripó y acto seguido la junta en U trasera se desacopló y el eje de transmisión salió rebotando por el asfalto y Adams detuvo el coche en la hierba, se desabrochó el arnés de tres puntos y se alejó por los campos con el casco en la mano. Le explicó a Frank que el coche se había deshecho igual que una maleta de cartón bajo un aguacero californiano. Fueron a un bar de la ciudad, Adams todavía con el traje Nomex, y se sentaron en un reservado. Adams levantó la mano. Un escocés doble y un vaso de agua. O mejor tres dobles. Se volvió hacia los otros. ¿Qué tomáis, chicos?, preguntó.

Estaban dando la carrera por televisión pero ellos no podían ver nada desde donde estaban sentados. Más tarde Western fue andando hasta la chicane y se sentó en la hierba y vio cómo bajaban los coches, reduciendo marcha en una sucesión de embrague y freno con los faros bailando de lado a lado a medida que se aproximaban y cómo los discos frontales adquirían un tono rojo sol con puntitos de fuego centelleando en los bordes para fundir luego a negro otra vez cuando las pinzas de freno quedaban libres de su abrazadera y los bólidos salían en tercera de la curva y cambiaban a marchas largas aullando por la recta hasta perderse de vista.

VI

Desde el día en que había estado en el atrio de la iglesia de la Inma-
culada Concepción con sus compañeras de clase todas de blanco como
niños muertos en un sueño. Sus zapatos blancos de charol. Sus velos
y diademas y los misales blancos con su hebilla dorada que sujetaban
entre las palmas de las manos en actitud de oración. Desde ese día el
Dios de su inocencia se había ido retirando poco a poco de su vida. En
un sueño le había visto llorar sobre la fría arcilla de su cuerpo de niña
en un ignoto cruce de caminos, arrodillado para tocar su obra ahora
muerta. Hasta que al final se presentó el Chico con sus acompañantes.
Sobre qué era exactamente aquello de lo que Dios podía huir o aque-
llo que Dios abandonaba no hubo más que silencio, pero ella pensaba
que tanto ella misma como los que la visitaban en su buhardilla bien
podían ser candidatos. El Chico y su fantasmagoría habían atravesado
a pie un extenso yermo. Un paisaje anodino e interminable que a ella
le parecía vivo aunque no viera en ello una gran ventaja. Confesó sus
pecados de virgen a través de la rejilla. Una vez. Luego una segunda.
Y ya nunca más. El infierno aguantó más tiempo. Vio cómo los resu-
citados eran vomitados del averno para vagar humeantes y con la
mirada ausente por las calles. Parpadeando a una desacostumbrada
claridad. Tenía despertares agitados. Soñaba con huidas a cámara len-
ta. Intentaba escuchar el sonido de la lluvia en el tejado de uralita pero
por la noche había dejado de llover y solo se oía el goteo del agua en
los aleros. Algo en el camino. Algo aproximándose. Una bestia empa-
pada en sudor, una resollante abominación encapuchada, un fuego
fatuo en la vereda. Apenas el más leve movimiento del aire cual de-
sencajado gradiente de infortunio que avanzara hacia su remoto fortín.

Su tía Helen fue a verlos y preguntó a la niña qué le gustaría hacer cuando fuera mayor y ella le dijo que estar muerta.

Hablo en serio.

Y yo también.

No, tú no. Eres frívola y además morbosa. A ver. ¿Qué te gustaría ser de mayor?

Quizá enferma terminal.

Su tía se puso de pie y salió de la habitación.

Cuando volvió a despertarse el Chico estaba deambulando por el cuarto y un hombre flaco con las mangas de la camisa remangadas estaba toqueteando lo que parecía un primitivo proyector de cine montado sobre un trípode de madera. El Chico señaló el artefacto con una de sus aletas. Esos malditos trastos, dijo. Qué coñazo. ¿Tú qué opinas, Walter? ¿Estará listo esta semana?

El proyeccionista no respondió, se dio un tirón a la gorra de visera y se inclinó para examinar el problema. El humo blanco del cigarrillo que fumaba se enroscó en el haz de luz. Ella estaba abrazada a su almohada. El Chico miró en su dirección. Sin prisa, dijo. Tenemos luces y quimeras pero naturalmente la acción ya es harina de otro costal.

¿Qué estáis haciendo?

Intentar que el maldito proyector funcione como es debido. Puedes sobar un rato más si quieres. Esto tardará un poco.

El proyector emitió un farfullante traqueteo y el marco amarillo de luz en la pared empezó a parpadear. Apareció brevemente el número ocho, luego siete, luego seis, y a continuación todo se volvió negro. La madre que me parió, dijo el Chico. Que alguien encienda las luces de la sala.

Ella encendió la lamparita de noche. ¿Qué haces?, dijo.

El Chico volcó una vieja caja de puros sobre el escritorio y se puso a hurgar. De entre los rollos de película cogió uno y desenrolló un trozo y lo examinó a la luz. Ni se sabe lo que hay aquí. Ocho milímetros de sabe Dios cuándo. Esto no ha visto la luz del día desde el año de la catapum.

¿Esto? ¿El qué?

En general está en buen estado. Dadas las circunstancias. No *veas. Menudo grupito. Todo es cuestión de genética, dicen. Espera a ver a algunos de estos probos ciudadanos.*

Quieres decir que yo soy todo genética.

No sé. De hecho es por eso por lo que estamos aquí, ¿no? Caramba. Mira esta, por favor. En fin, si pretendemos zurrarles la badana a base de bien necesitaremos algo más que grupos sanguíneos. ¿Cómo lo ves, Walter? ¿Alguna novedad?

El proyeccionista se echó la gorra hacia atrás y se enjugó el sudor de la frente con un movimiento ondulante del hombro y luego se sacó un destornillador del bolsillo de atrás del pantalón.

El Chico desenrolló la película y meneó la cabeza al ver que colgaba como un yoyó helicoidal. Si retrocedemos un poco más nos saldrá gente sentada frente a la lumbre en mallas de piel de leopardo. Uy. ¿Qué ha sido eso?

La luz amarilla en la pared parpadeó y volvió a apagarse.

Falsa alarma, dijo el Chico. Rebobinó la película colgante y eligió otro carrete. Paciencia. Nunca ha sido mi fuerte. Seguramente recibiré mi merecido antes de que esta cosa se acabe. Perseverancia por otra parte. Madre mía. ¿Cómo han podido cagarse aquí las gallinas?

¿Qué cosa?

¿Perdón?

¿Qué cosa? Has dicho esta cosa.

¿Yo?

Has dicho antes de que esta cosa se acabe. ¿Qué cosa?

Quizá me he expresado mal.

No. ¿Qué cosa?

Joder. No sé cómo no se me ha ocurrido. Muy bien. Apaga ese trasto, Walter. Desenchufa la puta máquina. Vale. A tomar por saco. Se volvió hacia la chica. Mira. ¿Qué tiene de malo un poquito de historia? Deberías considerarte afortunada por el mero hecho de que hayamos traído esto. Incursión aérea al amanecer sobre la granja avícola. Todo cubierto de polvo. Excrementos de gallina y similar. Pese a todo lo que has leído hay ciertas cosas que carecen de número. Pero eso no es todo. Algunas cosas carecen por completo de designación. De cualquier índole. Y cómo puede ser, pregunta ella.

Pues muy sencillo, responde impávida la persona menuda en bata médica. El nombre es lo que se le añade después. ¿Después de qué? Después de que aparece en la pantalla. Tu pantalla mi pantalla la de todos pantalla. Tenemos unas espasmódicas imágenes de individuos e individuas pero ni los unos ni las otras tienen nombre. Tenerlo lo tenían pero ya no. El último testigo presencial que podría haber puesto nombre a las caras está dentro de una caja en el suelo al lado de ellos y ellas y si no se ha quedado sin nombre le falta poco. Bien. ¿Quiénes son esas personas? Que una vez anduvieran por ahí en el modo nomenclativo aporta escaso consuelo. ¿Escaso consuelo para quién? Oh, vaya. Un gesto de exasperación. No hace falta tener nombre, dices. Muy bien. No hace falta tener nombre ¿a fin de qué?

Deambuló. Pensando, aparentemente.

Más de lo mismo, dijo ella. Imagino que estás rumiando.

Puede. Supongo que si tuvieras una vaca no me necesitarías.

Yo no te necesito. Eres solo una carga. Y ni siquiera das leche.

Jopé. Lo que faltaba.

¿Por qué no tengo una vaca?

¿De dónde la ibas a sacar? Tú eres un caso único. Suerte que no saliste con dos cabezas.

Gracias. ¿Qué cosa?

¿Perdón?

¿Qué cosa? Lo de antes de que esta cosa se acabe.

Uf. Terca como una mula la niña. Hablando de perseverancia. ¿Y si avanzáramos un poco? Hagámoslo a mi manera, para variar.

Siempre lo hacemos a tu manera.

Intento cuidar de usted, Su Extrañería. ¿Crees que es fácil? Si Walter consigue hacer funcionar la máquina del tiempo veremos un poco de historia. Eso es todo. Quizá una breve digresión filosófica con hincapié en la importancia de una postura neutral. Empezaremos por los anónimos y los desconocidos y así será menos probable que me salgas con lo ves ya te lo decía yo. Numeración y denominación son dos caras de la misma moneda. Cada una habla la lengua de la otra. Como el espacio y el tiempo.

¿Por qué dices que soy un caso único?

El Chico se detuvo un momento y tendió sus aletas al frente y miró al techo en un gesto de invocación y luego reanudó su deambular.

Nadie es único del todo.

Claro. Solo tú.

Yo y nadie más.

Exacto.

Pero no sabrías decir de qué en concreto soy un caso único.

Bueno, se podría decir que eres la única de tu especie, supongo. Pero tienes razón. No hay especie ninguna. Lo que nos lleva a la paradoja de que si no hay especie no puede haber uno.

Al decir uno, ¿te refieres a número o a ser?

A ambos. No puedes tener nada hasta que aparece otra cosa. Ahí está el problema. Si solamente hay una cosa no puedes decir dónde está ni qué es. Si es grande o si es pequeña o de qué color es o cuánto pesa. No puedes afirmar si existe. Nada es algo a no ser que haya otro algo, otra cosa. Y aquí estás tú. Bueno. ¿Estás?

Nadie es único hasta ese punto.

¿Ah, no?

No puedes compararme con un ente flotando a solas en el vacío.

¿Y eso por qué? Mira, vamos a poner unas pelis. ¿Okey? Una imagen vale más que mil palabras. Por ahí va la cosa. Veinticuatro por segundo. ¿O estas son de dieciocho? En una de las cajas encontramos una vieja Kodak de las de llave exterior.

Pelis, dices.

Sí.

¿De qué?

Eso habrá que verlo. Como le dijo el truhan al farolero. ¿Por qué no la pasamos y ya está?

Creí que el proyector no funcionaba.

Vaya por Dios. ¿Es que no tienes fe en Walter?

¿Por qué va vestido así?

Lo ignoro. Suele ir con gente mayor. Pregúntaselo si quieres pero no le va mucho el palique. Espera. Hay movimiento. Baja un poco las luces, por favor.

Ella apagó la lámpara. En la pared, el marco de granulosa luz amarilla parpadeó y aparecieron números cada uno dentro de un círculo. Ocho, siete, seis. Una manecilla de reloj giraba en el círculo y los hacía desaparecer.

¿Por qué el seis está escrito con letras?

Chsss. Qué lata.

Si el proyector estuviera boca abajo lo sabrías enseguida.

Chitón.

Además, no hay ningún nueve.

¿Quieres cerrar el pico, por el amor de Dios?

Los números llegaron hasta el dos. Una sombra se cernió sobre la pantalla. Ese de la primera fila, que se siente, masculló el Chico. La máquina siguió emitiendo sonidos de carraca. Figuras deslavazadas empezaron a moverse a trompicones. Prendas caseras. Sonrisas de circunstancias. Algunas hacían mohínes a la cámara. O saludaban desde el pasado.

¿Quiénes son?, dijo ella.

¿No podría haber silencio en la sala? Virgen santa.

¿Por qué saludan?

¿Y qué quieres que hagan? ¿Mandar una postal? Cállate de una vez.

La película avanzaba con su traqueteo. Quemaduras y ampollas aparecían y desaparecían. Hombres y mujeres en ropa de verano. Sombreros de paja y cofias. El funeral de un niño. Un pequeño féretro sacado de un carromato y transportado por hombres en pantalón de peto. Vio cómo un hombre moría al caer por el suelo de un cadalso de madera sin desbastar mientras un ministro de la iglesia sostenía su libro contra el pecho y alzaba la otra mano y un sheriff con un traje muy arrugado se sacaba el reloj del bolsillo de su chaleco. Vio un grupo numeroso de hombres en mangas de camisa con la chaqueta sobre el brazo, el sombrero en la mano. Parecía que llevaran cordeles atados a la cabeza.

¿Quiénes son?, dijo ella en voz baja.

Haz el favor de esperar, ¿vale?

Dos mujeres sonriendo de pie en el jardín de la casa de su abuela en Akron. Creo que las conozco, dijo ella. El coche en el camino particular. Lo había visto en fotografías antiguas. Era alto y negro. Todo un clásico, dijo el Chico. Sistema desmodrómico de distribución.

¿Puedes pararlo? ¿Puedes rebobinar?

No, no se puede rebobinar. Cielo santo. ¿Y si prestaras más atención la primera vez?

¿No puedes pasarla más despacio?

¿Cómo vas a hacer que vaya más despacio?

Ella no dijo nada. Trató de recordar en qué año se inventó la cámara de cine. Vio gente de pie en un lago con los brazos extendidos. Aquellos trajes de baño negros de tela tan antiguos. Vio a un niño que tal vez era su padre de pequeño. Caminando hacia la cámara. Silueteado por el sol. Criatura de luz. Su madre delante de la casa que tenían en Los Álamos. Había nieve en el suelo y surcos de barro que describían una curva a la par que la carretera y también nieve en las montañas del fondo. Prendas de ropa tiesas como cadáveres colgando de la cuerda de tender. Su madre daba la espalda a la cámara y hacía un gesto para ahuyentarla. Cubriéndose con el abrigo para esconder su estado.

Lo que lleva dentro soy yo.

Ya. Aunque diría que todavía sin nombre.

Si Bobby era Bobby yo era Alice.

Eso me parece una solemne tontería.

Y lo era.

Por fin ella en persona. Haciendo una pirouette *durante un recital de ballet en el sótano de una iglesia en Clinton, Tennessee, octubre de 1961.*

Para, para, dijo. ¿No puedes pararlo?

Sí, claro, respondió el Chico. Parar siempre se puede. ¿Seguro que quieres que la pare?

Sí. Por favor.

Vale. Qué coño. Apaga eso. Ya está. Joder. Ni las gracias me da.

El proyector se detuvo con un ruido de aleteo y la luz parpadeó hasta extinguirse. Ella encendió la lámpara. El Chico giró sobre el asiento de su silla y meneó la cabeza. Contigo es que me parto de risa, dijo.

Me alegro de que te diviertas a mi costa.

Sí, bueno. Yo no necesito divertirme. De todos modos es un asunto bastante turbio. Coges una serie de imágenes fijas y las pasas en tándem a una determinada velocidad ¿y qué es esto que parece la vida misma? Nada más que una ilusión. ¡Anda! ¿Y qué es eso? Bah, qué importa si así haces que vuelvan los muertos. Lógicamente ellos no tienen gran cosa que decir. ¿Qué quieres? Llame antes de excavar. Habrá quien piense que el truco está en encontrar la pista de alguna realidad colateral. Por si no pillas la falacia implícita. La pertinente malicia. Puedes aportar vectores nuevos, aunque eso no es señal de que vayan a funcionar. ¿Te parece una buena idea? ¿Y si la gente quiere volver?

La gente no puede volver.

Así me gusta. La gracia está en que nunca vas a tener una pantalla en blanco. Y por supuesto lo que cuenta no es lo que se ve sino quién lo puso allí. Si en un momento dado miras y no hay nada en la pantalla ya lo pondrás tú misma, por qué no.

Esa soy yo, supongo.

Claro. De no importa qué mohoso sinistralium puedas haberla sacado. No haremos siquiera el menor intento de impugnar tus conceptos sobre qué es lo que eliges de entre lo que es y lo que no. Procuraremos formular las cosas en tus propios términos. Por nuestro propio interés. Que la deformación sea la mínima posible. Si quieres cagarte en quien sea que filmó eso, estás en tu derecho. ¿Que estás aquí por casualidad? Desde luego. Tal vez un cambio de dieta serviría. Reducir las grasas saturadas y nada de picar antes de acostarse. Eso podemos trabajarlo. Identificar tal vez alguna de las actuales amenazas que vagan de noche por el bosque.

Yo no quiero identificarlas. Solo quiero que se larguen.

Dejemos que se enfríe la cosa, ¿te parece? Tenemos varios rollos más de película.

¿Cómo sé que no los habéis sacado de una tienda de segunda mano? ¿O que es un montaje? Algunas de esas personas parecían más viejas que Edison.

No me digas.

Y no están de fiesta. Se ven tristes. A los muertos se los olvida pronto, dijiste. Puede que lo hayas notado en tus viajes, dijiste.

Podrías abrir un poco tu corazón.

Ya lo hice. Y esto es lo que obtengo a cambio. De todos modos *hay cosas que no tienen arreglo. Y la historia no es para todo el mundo.*

Hostia. ¿Dónde he puesto el lápiz? Esto tengo que anotarlo.

¿Y por qué te burlas y te diviertes a mis expensas?

¿Quién ha dicho que esto sea divertido?

Me apuesto algo a que sabes quién está siendo aquí el patético.

¿Cómo lo voy a saber? ¿A quién se lo preguntaremos? Y no apuestes, que está feo.

No veo razón para creer que esas personas tengan que ver conmigo.

Oh, claro. La niña es muy lista.

Y yo no finjo saber lo que no sé. No soy retorcida.

Y yo sí, ¿verdad?

Nunca he dicho que lo seas. Lo que dije fue que eras un puto embustero.

Madre mía. ¿Has terminado?

Dímelo tú.

¿No crees que podría haber habido alguien con una pequeña Kodak manual escondida bajo el abrigo? La que tropezaba con las tablas ¿eras tú o no eras tú?

¿Cómo lo voy a saber?

¿Cuánto público había?

¿Qué?

¿Cuántas personas había? Es una pregunta sin truco.

No lo sé.

Claro que lo sabes. No hace tantos años. Venga, desembucha.

Ochenta y seis.

Ya. Pues aunque quisieras ver más película no sé qué sentido tendría si crees que no es más que un simple montaje.

El sentido sería ese. Y no quiero ver más.

Pensaba que estábamos entre amigos.

No es verdad. ¿Y eso de la incursión aérea al amanecer sobre la granja avícola?

¿Qué?

Has dicho que las latas de película tenían excrementos de gallina.

¿En serio?

Has dicho una incursión aérea al amanecer.

Era una figura retórica. Oh, ¿es que piensas que fue una misión secreta?

¿Quién hace una incursión aérea sobre una granja avícola?

Buena pregunta. Pagar con la misma moneda. Agente secreto gallináceo. De fama mundial.

Fue hasta la ventana y miró al exterior.

Ella levantó la vista. En el gallinero había un baúl. Estaba hecho polvo. El gallinero, digo. Bobby utilizó una parte de la madera. Había allí un montón de cosas. Cajas con tarros de conservas. Muebles antiguos. Había un sofá de crin de caballo y Bobby había cortado unas tiras para hacerse unos mocasines indios cuando era un chaval. El baúl era de esos grandes y dentro había un montón de papeles. Trabajos de cuando mi padre iba a la universidad. Cartas. Escritas desde la casa de Akron. Imagino que tenía intención de revisar todo aquello. Pero se murió. Y todos esos papeles los robaron.

Oh, triste día

Fue un día triste. El más triste de todos.

Ya, bueno. Creía que no te gustaba extenderte sobre las desdichas familiares. De llevar peto a salir en la revista Time en solo dos generaciones. Una más y directos al olvido. Cambio y fuera. Qué cojones. Si supiéramos adónde va a ir a parar todo el mundo entonces sabríamos qué equipaje llevar. Pero aun así no hay que perder la fe.

¿La fe en qué?

Siempre puede surgir algo.

No, no va a surgir nada. ¿Hay más?

¿Más de qué?

Película.

No sé. Unos cuantos rollos.

Pues adelante.

¿En serio?

El proyector ya se habrá enfriado.

Sí. He visto que Walter lo abanicaba con su gorra. No sé por qué me mosqueo, la verdad. No será porque no me hubieran advertido.

¿Advertido de qué?

De ti, Tetitiesa.

¿Qué sacas inventándome nombres?

Los nombres son importantes porque establecen los parámetros en los que se basan las reglas del noviazgo. El origen del lenguaje está en ese sonido que designa a la otra persona. Antes de que uno les haga nada.

Puedes mantener una conversación sin ser grosero.

¿Sí? Bueno, es que así sé que prestas atención. Parece ser que para ti escuchar es solo una opción y debemos intentar que eso cambie.

¿Debemos? ¿Quiénes?

Mi equipo y yo.

¿Tu equipo?

Sí. ¿Qué pasa?

¿Por qué nunca me llamas por mi nombre?

No lo sé. Creo que prefería cuando eras Alice. Me parecías una chica más centrada. Con Alice solo teníamos el cáliz. Con Alicia tuvimos que llamar a la Milicia. ¿Qué importancia tiene un nombre? Mucha, a decir verdad. ¿Quieres ver más imágenes o qué?

Entiendo que tus colegas no van a venir.

Así es. Hoy toca película. ¿Lista?

Sí. Cómo no. Claro.

Así me gusta. Baja las luces, ¿quieres?

La chica alargó el brazo y apagó la lámpara. Muy bien, dijo el Chico. Adelante.

Llegó a París en el otoño de 1969 procedente de Londres, primero en ferry y después en tren. Lo último que le dijo Chapman fue aquel viejo chascarrillo sobre las carreras. Tíos rápidos, tíos ricos y mucho idiota. A veces puede ser que las tres cosas coincidan en un mismo traje Nomex.

¿Ese sería mi caso?

Llegas tarde, Bobby. Los tiempos del corredor aficionado pasaron a la historia. He visto a muchos tipos que eran ricos y tontos convertirse en pobres y listos. En las carreras todo es solución de compromiso. Salvo con los frenos grandes. La única ventaja que podrías tener es que en las carreras existe un sustituto para los centímetros cúbicos. Se llama ingeniería.

Salió de la Gare du Nord con sus dos bolsas de piel y se quedó un buen rato parado en medio de la noche parisina. Tratando de aclararse un poco. Al final paró un taxi y le dio al taxista la dirección del Mont Joli en rue Fromentin, cerca de Pigalle. Era un hotel frecuentado por gente del espectáculo y por la mañana podía encontrarse uno a malabaristas, hipnotizadores, bailarinas exóticas y perros amaestrados en la cafetería del vestíbulo. Alquiló un garaje en el IXe arrondissement y empezó a reunir herramientas. El coche llegó en un camión especial una semana después y Armand al día siguiente. Western iba hasta allí en autobús atravesando los monótonos suburbios y una vez en el garaje cogía su mono de trabajo y se lo ponía. El Lotus estaba colocado sobre unos gatos y Armand y él se desplazaban por el suelo de cemento sobre camillas con ruedas para regular la caída, el avance de pivote y la convergencia de las ruedas del coche. Ajustaban las barras estabilizadoras. Luego recalibraban los inyectores y el avance del encendido en el diminuto y estridente motor. Remolcaban el coche hasta la pista con el camión de Armand y se turnaban para conducirlo con los nuevos parámetros y al terminar lo remolcaban de vuelta, a veces ya de noche.

Aquellas primeras tardes Western se instalaba él solo en la mesa de trabajo. Chapman se había ocupado de la parte mecánica y de encamisar los cilindros. Todo era de aluminio y la holgura de válvulas era verdaderamente enorme. Apretó los pernos de las biselas del cigüeñal y verificó el ajuste con un comparador analógico. En el taller había una estufa de parafina pero él siempre tenía frío. Almorzaban en un *tabac* a dos manzanas del taller. A los parroquianos les sorprendía ver en el local a un norteamericano vestido con un mono grasiento.

Ella dejó el colegio y viajó a París y al caer la tarde él la llevaba a cenar a Boutin's, en la misma calle del hotel. Miller solía comer allí en los años treinta. La ternera era estupenda, con su bechamel, y el plato costaba siete francos. Las prostitutas no dejaban de mirarla. La primera carrera fue en Spa-Francorchamps y el Lotus corrió como una locomotora durante veintisiete vueltas y luego se paró en seco cuando la bomba de la gasolina dejó de funcionar.

Western la llevó al Institut des Hautes Études Scientifiques, el IHES, y encontraron una habitación para ella y se despidieron. Chapman le envió el otro coche en marzo. Armand y él viajaban por toda Europa en un camión portavehículos de tercera mano y vivían en él o en hoteles baratos y se alimentaban bien. Corrían decentemente pero nunca ganaron una carrera. Al término de la temporada él vendió el coche y en noviembre de aquel año recibió una carta de John Aldrich. Durante el siguiente año le invitaron a conducir coches de Fórmula 2 para la escudería March. Él no supo bien por qué. Se vio con su hermana en París para cenar y ella le habló con gran entusiasmo de ideas matemáticas que para él amenazaban con desertar de toda realidad en la que tuviera un interés especial.

* * *

Cuando entraron en el centro de operaciones Lou estaba hablando por teléfono. Saludó con un gesto de cabeza y colgó y miró a Western. El hijo pródigo. ¿Has vuelto?

He vuelto. ¿Tienes algo para mí?

No.

¿Por qué no puedo ir a Houston?

Porque no estabas aquí cuando formamos el equipo. Si quieres habla con Red y que él te lo explique.

Tuve que ir a ver a mi abuela.

Eso dijiste. Y nosotros teníamos que ir a Houston.

¿Cuándo se marchan?

Se han ido esta mañana. Casi todos.

O sea, que no tienes nada.

Nada que sea recomendable.

¿Y qué tienes que no sea recomendable?

Lou se retrepó en su silla y miró detenidamente a Western. En Pensacola hay un equipo que está buscando un buzo. No sé nada de ellos. Puede que no paguen siquiera.

¿De qué va el trabajo?

Tendrás que preguntárselo a ellos. Buscan a alguien que vaya a reunirse con la cuadrilla en una plataforma de perforación. Te llevarán en helicóptero.

¿Cuánto tiempo?

Una semana. O así. Yo que tú cogería calcetines de sobra.

¿Cómo voy a Pensacola?

Que yo sepa, eso corre de tu cuenta.

Está bien.

¿Está bien? ¿Y nada más?

Nada más.

Lou meneó la cabeza. Copió un número de teléfono en su libreta y arrancó la página y se la dio a Western. Tú verás lo que haces, dijo.

Western miró el número. Si pensabas que era un asunto tan sospechoso, ¿cómo es que les cogiste el número de teléfono?

Adoro este trabajo. Mira, seguro que sabes que aquí la política de empresa es que los empleados estén lo más a gusto posible. Taylor solo quiere que seáis felices. Y si los empleados quieren sacarse un dinerito, pues bueno, no pasa nada.

Red hizo un gesto indicando el papel con el teléfono. ¿Quieres un buen consejo, bonito?

Claro.

Haz una pelota con eso y tírala a la papelera.

¿A qué profundidad van a trabajar?

No lo sé. Es una plataforma autoelevable, o sea que no puede ser mucho. Yo diría que se trata de desactivar unas plataformas.

Ponerlas en *cold stack*.

Sí.

¿Tú qué opinas?

Si alguien me apuntara con una pistola a la cabeza quizá iría. Hazle caso a Red. La primera regla en trabajos peligrosos es saber para quién trabajas.

Red asintió. Amén, dijo.

* * *

El helicóptero descendió a través del cielo nublado y la plataforma apareció casi justo debajo. Con sus luces hacía pensar en una refinería puesta en la negrura del mar. Las luces del helicóptero captaron la letra H del punto de aterrizaje y más arriba el nombre de la plataforma: Caliban Beta II. El piloto se posó en la cubierta y apagó el lift del rotor y se volvió hacia Western. Muy bien, dijo. Tú tienes claro que esto va a ser un palo, ¿no?

Descuida.

¿Habías estado antes en una cosa de estas?

Sí. Una vez. ¿Por qué?

Porque si el mar se pone feo de verdad no puedes subir a bordo.

Tú no crees que aquí vaya a venir nadie.

Me extrañaría mucho.

Western alcanzó la bolsa de buceo que había dejado detrás y se apeó. La liviana puerta de aluminio zumbó con el viento. El viento hacía gemir la estructura y las torres de luz allá en lo alto y hacía gemir las enormes grúas Link-Belt.

Si quieres te llevo de vuelta, dijo el piloto. A mí me la suda.

Gracias. Estoy bien.

Cerró la puerta y el piloto se inclinó para asegurarla por dentro y tiró de la palanca del colectivo y el helicóptero empezó a elevarse. Western se quedó allí de pie, la ropa restallando a las turbulencias del rotor, y observó con los ojos entrecerrados cómo el aparato ascendía hacia las torres de luz y se escoraba en dirección a la costa de Florida. Las luces de navegación fueron perdiendo intensidad hasta extinguirse finalmente en la negrura del cielo.

Western se echó la bolsa al hombro y avanzó por la pasarela metálica en dirección al camarote y abrió la puerta estanca para acceder a la escalerilla central. Cerró la puerta y la aseguró con un giro de la rueda y se inclinó sobre la mesa que allí había y se quitó las botas de puntera metálica y las dejó en el suelo. El centro de operaciones estaba justo a mano izquierda. Se echó la bolsa al hombro y bajó en calcetines por la escalinata hasta la zona habitacional.

Todo tenía el aspecto de un barco. Los pasillos estrechos y los mamparos metálicos de color gris. Los pasamanos de hierro y las luces altas en sus jaulas de alambre. Pero aquello no era un barco. Con la salvedad del constante latir del motor principal abajo en las tripas de la plataforma todo estaba en silencio y la quietud era total.

Buscó el comedor y la cocina y del frigorífico sacó unas tajadas de ternera en lata y una barra de pan. Se preparó un bocadillo y le puso un poco de mostaza y se sirvió un vaso de leche. Dejó la bolsa sobre la mesa de pícnic que había en el comedor y fue a echar un vistazo a los aposentos. Eran habitaciones pequeñas provistas de literas. Las patas hincadas en agujeros en el suelo. Aseos pequeños con ducha metálica e inodoro de acero inoxidable como en las cárceles. Se detuvo en la escalerilla sosteniendo el vaso de leche y el bocadillo. ¿Hay alguien?, preguntó en voz alta.

No estaba seguro de cómo volver a la cocina. Recorrió los pasillos y subió y bajó escaleras metálicas y finalmente llegó a una puerta que daba al exterior. Se había comido casi todo el bocadillo y bebido la leche y dejó el vaso vacío en un rincón y se terminó el bocadillo y luego giró la gran rueda de hierro para retirar las trincas de la puerta que daba al exterior.

El viento empujó violentamente la puerta y la estampó contra el mamparo. Western salió y giró la rueda para cerrar la puerta y recorrió la pasarela y luego bajó por la escalera metálica. A sus pies estaba el suelo de la perforadora. La torre se elevaba hacia la noche ventosa y en torno a las luces superiores sobrevolaban aves en silencio, primero de cara al viento para luego virar y ser succionadas al instante por la negrura. Se apoyó en el mamparo. Su chaqueta restalló al viento. El aire traía punzantes fragmentos de sal y toda la plataforma parecía ir a la deriva, inclinándose en el mar nocturno.

Se subió el cuello de la cazadora y avanzó por la cubierta. Miró por una de las ventanas de cristal grueso atornilladas a su marco metálico pintado. Tenía mucho frío y los dientes empezaban a castañetearle. Continuó a lo largo del mamparo hasta que tuvo a la vista la plataforma de aterrizaje del helicóptero y luego fue hasta el sitio por donde había entrado al llegar y una vez dentro cerró la puerta y bajó a la cocina y cogió la bolsa que había dejado sobre la mesa del comedor.

Recorrió la pasarela y entró en el dormitorio más próximo al comedor y dejó la bolsa encima de la pequeña mesa que allí había y prendió la lámpara. Se sentó en la litera y apoyó la espalda en la fresca pared metálica. Una ligera vibración eléctrica. Pensó que eso no le impediría dormir. Se incorporó y abrió la cremallera de la bolsa y sacó la chaqueta de nailon forrada de pluma y la extendió sobre la litera. Se levantó y bajó de nuevo a la cocina. Miró en el frigorífico y en la alacena confiando en encontrar una cerveza pero no había cerveza en la plataforma. Sacó una lata de albaricoques y buscó algún abrelatas pero no vio ninguno. Al final agarró un cuchillo de carnicero y desfondó la lata con el canto de la hoja y cogió una cuchara y volvió al camarote y se sentó en la litera a comerse los albaricoques. Estaban muy ricos. Después de comer unos cuantos más llevó la lata a la cocina y la metió de nuevo en el frigorífico. Vagó por la cubierta inferior echando un vistazo a las habitaciones. Aguzó el oído. ¿Hay alguien?, preguntó en voz alta.

Volvió a su litera y sacó un ejemplar de bolsillo del *Leviatán* de Hobbes. No lo había leído todavía. Cogió la almohada de la litera superior y ahuecó ambas almohadas y se tumbó y abrió el libro.

Leyó las veinte primeras páginas o así y luego dejó el libro abierto sobre su pecho y cerró los ojos.

Cuando despertó seguía teniendo a Hobbes en el pecho. Aguzó el oído sin moverse de la litera. La estructura amortiguaba el fragor de la tormenta. Había algo más. Se incorporó y cerró el libro y bajó los pies al suelo. Eran las dos y media de la madrugada. Apoyó una mano en el frío metal del mamparo. El pulso intenso de las entrañas de la plataforma. Unos dos mil caballos. Se levantó y bajó en calcetines a la sala común. Encendió la televisión. Interferencias y nieve. Probó varios canales y luego la apagó.

Volvió a subir por la escalerilla y abrió la puerta que daba al exterior. El vendaval estaba en pleno apogeo. Chillaba. El mar bajo la altura libre era un caldero negro y los pájaros habían desaparecido. Cerró la puerta y giró la rueda. De vuelta en la cocina cogió la lata de albaricoques y fue hasta su cuarto y se sentó en la litera y comió unos cuantos más y luego dejó la lata con la cuchara dentro encima de la mesa.

La primera vez que la vio en el hospital ella se acercó por el pasillo arrastrando los pies en unas zapatillas de papel que le habían dado y sonrió débilmente y le cogió la mano. Cuando fue a verla al día siguiente le pasó un paquete pero ella no quiso aceptarlo.

¿Por qué?, preguntó él.

Sé lo que hay dentro.

¿Qué hay dentro?

Zapatillas.

De acuerdo.

Me gustan estas. Perdona, Bobby. Eres un cielo por traerlas, pero no las quiero. No quiero ser diferente.

Pero eres diferente.

No es verdad. No lo soy. En cualquier caso si quisiera ser quien soy no sería alguien que lleva zapatillas especiales.

Qué tal si hablamos de otra cosa.

Se tumbó en el catre con un brazo sobre los ojos. No moriré por ti oh mujer de cuerpo como un cisne. Fui criado por un hombre astuto. Oh fina palma, oh blanco seno. No moriré por ti.

Se quedó dormido mirando hacia la fría pared metálica, la cara entre las manos.

Durmió un rato y se despertó y aguzó el oído. El martilleo en las paredes. Pensó que lo que estaba oyendo era el temporal. Se levantó y fue hasta el módulo y miró por la escotilla. Una tremenda rociada de sal barriendo las pasarelas y colándose por entre la superestructura. Las luces de sodio echaban humo. Giró la rueda de hierro y apoyó el hombro en la puerta y empujó. En la noche torrencial un alarido continuo y una lluvia que cegaba. Tiró de la puerta para cerrarla y giró la rueda. Santo Dios, dijo.

Bajó y estuvo vagando por los aposentos de la tercera cubierta inferior. En un momento dado las luces parpadearon y Western se detuvo y se quedó muy quieto. No me hagas esto, dijo.

Las luces se estabilizaron. Dio media vuelta y regresó al camarote y buscó la linterna que tenía en su bolsa y se la encajó en el bolsillo de atrás y volvió a salir. A su regreso llevaba un recipiente con helado y se sentó en la litera y cruzó las piernas y retomó el Hobbes. Se puso a dormir sin apagar las luces y cuando despertó era de día.

Subió a un punto elevado y contempló el temporal. Cortinas de espuma barrían las cubiertas. La plataforma entera se estremecía y enormes olas lamían las barandillas del puente desde diez o doce metros más abajo y volvían a caer. Bajó al camarote y se sentó en la litera y sacó su recado de afeitar y el cepillo de dientes. Y luego se quedó allí sentado. Tenía una sensación extraña y no era por la tormenta. Más que extraña. Intentó recordar lo que le había dicho el piloto del helicóptero. No gran cosa.

Al cabo de un rato bajó a la cocina y buscó unos huevos y preparó desayuno e hizo té y se sentó a comer. De pronto se quedó quieto. Sobre la encimera había una taza de café vacía. No recordaba haberla visto antes. ¿Quizá no se habría fijado? Seguramente ya estaba allí. Se levantó y fue a la encimera y tocó la taza pero naturalmente estaba fría. Volvió a sentarse y se comió los huevos.

Dejó la taza y el plato y los cubiertos en el fregadero y subió a la sala común. Probó de nuevo el televisor. Nada. Colocó las bolas de billar en piña dentro del triángulo e hizo el saque y jugó una partida de bola ocho. Dando vueltas a la mesa en calcetines. Aparte de que una esquina estaba ligeramente inclinada, las bolas apenas si rebotaban al dar contra las bandas. Fue metiéndolas una por una en las troneras y devolvió el taco a su sitio y volvió abajo y se estiró en la litera. Se levantó para ir a cerrar la puerta. No había cerrojo ni pestillo. Volvió a guardar el cepillo de dientes en su neceser y sacó una toalla de la bolsa y fue al cuarto de baño y se duchó en una de las cabinas y luego se afeitó y se cepilló los dientes y volvió al camarote y se puso una camisa limpia. Bajó a la cocina y sacó unas hamburguesas del congelador y las dejó sobre la encimera. Después subió al centro de operaciones y se sentó a contemplar el temporal. Había alguien más en la plataforma.

Volvió y se acostó en la litera no sin antes haber arrimado la mesita a la puerta y cuando se despertó a media tarde la mesa había retrocedido un palmo o más. La vibración de la plataforma la hacía caminar lentamente por el suelo. Miró a su alrededor en el camarote. ¿Qué otra cosa había caminado? Se levantó y retiró la mesa y bajó a la cocina y cogió el cuchillo de carnicero. Una vez arriba se sentó en la litera y sopesó el utensilio en sus manos. Volvió a arrimar la mesa contra la puerta e intentó leer. Subió otra vez al centro de operaciones. La tormenta no remitía apenas y una masa oscura avanzaba sobre el golfo por el oeste. Varias luces se habían encendido en la plataforma. Observó sentado cómo el mar pasaba de oscuro a negro en la lejanía.

Vagó por los aposentos de abajo con el cuchillo en la mano y más tarde subió a la cocina y frió dos hamburguesas y las puso entre rebanadas de pan con mostaza y se sentó a comer a la mesa acompañado de un vaso de leche. Dentro del vaso la leche giraba y giraba sin parar. Miró el cuchillo que había dejado sobre la mesa al lado del plato. Henckels. Solingen. ¿Podría clavarle eso a alguien en el cráneo? Claro. ¿Por qué no?

Intentó pensar en qué personas sabían que iba a ir a Florida. ¿Y si el temporal echaba abajo la plataforma? A veces pasa. ¿Quién sabría que él estaba allí? El avión le había dejado en Pensacola. Después de eso nada. ¿El helicóptero? ¿Gulfways? ¿Ponía realmente Gulfways en el helicóptero?

La plataforma no se vendrá abajo. ¿Qué es lo que quieren? ¿Qué quiere quién? ¿Te subirías a un helicóptero con cualquiera? Eso hiciste. Un día más. Dos como mucho.

Volvió al cuarto con el cuchillo en la mano y arrimó la mesa a la puerta y luego se tumbó en la litera y cerró los ojos. Esto es una estupidez, dijo.

Cuando despertó era casi medianoche. La litera temblaba y pensó que era eso lo que le había despertado. La mesa había ido a parar al centro del camarote. Se preguntó si la luz se apagaría. No había motivo para ello. En la plataforma todo era autosuficiente.

Se incorporó. Tenía frío y pensó que quizá era el frío lo que le había despertado. Si hubiera alguien aparte de él en la plataforma ya se habría presentado. ¿Qué clase de mar gruesa podía echar abajo una plataforma de perforación?

Fue por el pasillo hasta la puerta metálica y la abrió y contempló el espectáculo. Volvió a cerrar y regresó al cuarto y se sentó en la litera. Faltaba mucho para que fuera de día.

Podían venir por el pasillo con un detector de infrarrojos barato. Pararse frente al camarote en cuyo interior había un cuerpo caliente.

¿Hacerte ir hasta la ducha? ¿Para tener que limpiar menos? ¿Hacer que te desnudes?

Aguzó el oído. Atento a la delgada franja de luz bajo la puerta.

¿Llamaría?

¿Para qué?

¿Esperaría a que él apagara la luz?

Podría traer agua y comida y luego poner una barricada en la puerta.

¿Dos días más? Quizá sí.

Supo que no haría nada.

* * *

La cuadrilla volvió a media mañana al día siguiente. Bajando por la escalerilla en calcetines camino de la cocina. Para cuando él hubo puesto bien las literas el pasillo ya estaba desierto. Subió al módulo y abrió la puerta y salió a cubierta. El viento seguía soplando fuerte y las olas embestían con fuerza pero el temporal había pasado casi de largo. En el suelo de la perforadora había aves muertas por doquier.

Almorzó con la cuadrilla. Eran un buen equipo, no les sorprendió verle allí. Volvió a su cuarto a esperar la llegada de la lancha de buceo pero la lancha de buceo no apareció. Subió a la oficina pero el operador de perforadora no tenía noticias de que hubiese que desmontar ninguna plataforma. Alguien había bajado a recoger las aves muertas y las había arrojado por la borda y Western observó cómo la perforadora se ponía lentamente en movimiento. El enorme aparejo móvil amarillo se mecía en la estructura y la perforadora volvió a estar en su sitio hacia media tarde y las operaciones se reanudaron. El trabajo duró toda la noche y así todos los días y también las noches. Desde su cama oía la voz del operador por el intercomunicador. La voz del encargado del registro de lodo. Había dejado encendida la luz encima de la mesa. Pasaban hombres arriba y abajo por el pasillo, yendo o viniendo del comedor. Aquellas voces eran como un bálsamo para él. El formar parte de una iniciativa colectiva. De una comunidad de hombres. Algo prácticamente desconocido para él durante la mayor parte de su vida. Durmió a intervalos. Las voces sonaron toda la noche. Estamos trabajando a cien rpm. Dos mp vienen a ser setecientos.

Arriba harán falta unos ciento veinte. Si llegas demasiado deprisa todo se bambolea y lo único que pasará es que se nos va a quedar colgada de la pared. Lo que hagas en el agujero me importa un bledo.

Ya, ¿y qué podemos poner?

Supongo que más hierro.

¿Estás ahí?

Sí.

Entre tres y cuatro. Cinco, a lo mejor.

Yo creo que serán ochenta y dos. Ochenta y dos. Pero sigue perforando.

Sí.

¿De cuántos tramos es esa tubería?

Treinta. Ahora treinta y uno.

Quedan unos cinco triples de tubo.

¿Qué junta tienes ahí?

Noventa y nueve.

Noventa y nueve. ¿Y cuánto pesa ese lodo?

Ciento cinco.

Habrá que comprobarlo.

Durmió y se despertó otra vez. Cuatro cero cuatro. Afuera tranquilidad. El altavoz parloteaba flojito. Tenemos un pequeño cambio de formación. Hay un poco de dolomita. Cuatro cero siete aproximadamente. Once noventa y siete. Es casi como piedra caliza. No hay mucha diferencia en todo caso. El color algo diferente. Es un poco más cristalina que la caliza. Pero coges un trozo y puedes ver lo de dentro. La mitad es dolomita y la otra mitad caliza. Yo pensaba que íbamos a encontrar esquisto.

Parece que ahora perfora mejor. Trozos más grandes. Se ven marcas de dientes donde la broca se engancha. Te aseguro que tiene buen apetito.

A las cinco se levantó y bajó al comedor y comió un plato de helado y charló un rato con dos de los obreros que estaban allí sentados tomando café. ¿Y tu gente dónde está?, dijeron.

Vienen mañana. Espero.

Los otros asintieron. Pero a ti te pagan por el tiempo que estés aquí, ¿no?

Sí.

Menos mal.

Volvió a su litera y se tumbó en la dulce oscuridad. La tormenta había pasado. El intenso latido del motor principal hizo avanzar lentamente el plato sobre la mesa. Debajo de ellos la barrena giraba hincándose más de un kilómetro en la inimaginable opacidad de la tierra.

El barrenador me dice que su barrena se ha parado.

Esperemos a ver qué tal. Quizá podemos cambiar de barrenas.

Registro de lodo, contesta.

Aquí registro de lodo.

Levanta el tubo hasta el lecho de perforación. ¿Dónde estáis ahora?

He vuelto a la plataforma de la kelly. Enseguida estoy ahí.

Western se tapó con la áspera manta. Noticias de otro mundo.

Diferente formación. Esquisto, quizá. He puesto el contador otra vez a cero. Es pizarra arcillosa hacia la mitad. Creta descompuesta.

¿Qué profundidad decía la última medición?

Dos cero dos. Un grado.

¿Y a cuánto ha llegado la kelly?

A dos veintidós.

¿Eso es uno y dos más? ¿O tres más?

Tres más.

Cuando volvió a despertarse era casi por la mañana. El intercomunicador estaba callado. De repente la perforadora empezó a sonar. No está perforando todo lo bien que debería. ¿Doce o quince metros por hora? Esperemos unos cinco minutos. Apaga y estate al loro. Vigila la línea de purga. Asegúrate de que no desborda ni nada. Si todo va bien seguimos adelante y bombeamos la píldora de taponamiento.

Dormitó un poco más.

¿Operador de grúa? ¿Cómo están las olas por ahí?

Entre dos y tres y medio.

Sin problemas en el fondo, dijo el del registro de lodo.

Pues hazme un agujero.

Cuando entró en el bar Janice levantó la vista e hizo un movimiento giratorio con un dedo señalando hacia el fondo de la barra. Él la siguió y dejó su bolsa en el suelo.

¿Qué ocurre?

Esto no te va a gustar.

¿Qué ha pasado?

Alguien entró en tu cuarto.

¿Y Billy Ray?

No lo sé. He buscado por todo el barrio.

Western apartó la vista.

Lo siento, Bobby. Puede que aparezca.

¿Viste quiénes eran?

No. Harold vio que la puerta estaba entreabierta y llamó con los nudillos. Cuando subí me dio la impresión de que habían estado hurgando en tus cosas. Buscamos al gato por todas partes. He estado rondado por el barrio todas las noches. Venga a llamarle, Billy Ray, Billy Ray. La gente piensa que estoy chiflada. Lo siento mucho, Bobby.

Bueno, deja que eche un vistazo arriba.

Son los mismos de la otra vez, ¿no?

Supongo que sí.

Ella le miró. Western recogió la bolsa. La verdad es que no lo sé. No sé lo que quieren. Ni siquiera sé quiénes son.

Te vas a largar, ¿no, Bobby?

No lo sé, Janice. De verdad.

Vagó por la calles dando golpecitos con una cuchara en el cuenco de Billy Ray. Cual mendigo errante. No volvió a verlo más.

* * *

Cuando bajó al bar dos días más tarde había dos hombres esperándolo en una mesa del fondo. Llevaban camisa blanca y corbata negra de punto y las mangas subidas hasta el codo. Parecían estar bebiendo agua. Le vieron ambos al mismo tiempo y volvieron la cabeza y se miraron el uno al otro. Western se acercó a la barra y le pidió una cerveza a Janice y cruzó el local hasta donde estaban aquellos dos y retiró una silla y dejó su cerveza encima de la mesa. Buenos días, dijo.

Le saludaron con sendos cabeceos. Parecía que esperaban a que él dijese algo pero no dijo nada más. Tomó un trago de cerveza.

¿Quiere que vayamos a otro sitio?

¿Para hacer qué?

Solo queremos preguntarle un par de cosas. ¿Necesita ver algún tipo de identificación?

No. ¿Y vosotros?

Solo hemos venido a hacer nuestro trabajo, señor Western.

Muy bien.

Usted no sabe quiénes somos.

Me da igual quiénes seáis.

¿Y eso?

Buenos, malos. Son siempre los mismos.

No me diga.

Te digo.

Creo que deberíamos ir a otro sitio.

No voy a ir a ninguna parte con vosotros. Eso lo tenéis claro.

Dígame, señor Western. ¿Es usted una especie de fanático?

Sí, supongo que no vas desencaminado. De hecho estoy convencido de que mi persona me pertenece. Dudo que eso les cuadre a tíos como vosotros.

Ni cuadra ni deja de cuadrar. Solo queremos hacerle unas preguntas en relación con un caso que nos han asignado. Nos preguntábamos si le importaría mirar unas cuantas fotografías.

Western tomó un sorbo de cerveza. Bueno. ¿Amigos míos?

Más bien pensamos que no. Pero no lo sabemos seguro.

Y mientras yo miro las fotos vosotros miraréis qué cara pongo.

Si no tiene inconveniente.

Muy bien.

Uno de ellos sacó un sobre marrón del bolsillo de su chaqueta y retiró la goma elástica que lo rodeaba y puso el sobre encima de la mesa y extrajo de él un paquete de fotografías y se lo pasó a Western.

Quieres que mire esto y ya está.

Sí, por favor.

Western empezó a echar un vistazo a las fotos. Eran copias. Todas del mismo papel y paspartú. Miró el reverso. Cada una llevaba un número de cuatro cifras en la esquina superior izquierda. Las fue mirando despacio. Varones de raza blanca, jóvenes, la mayoría en traje. La mayoría de aspecto europeo. Algunos con sombrero.

¿Están en algún orden en particular?

No.

La siguiente que miró era una foto de su padre. La sostuvo a un lado. Este sabemos quién es, ¿verdad?

Verdad.

¿A cuántos reconocéis vosotros?

Preferimos no decirlo.

Pues yo tampoco.

No piensa mirar el resto de las fotos.

Solo os estoy tocando los cojones.

Porque podríamos mandarle una citación.

Podríais, pero no lo haréis.

¿Ah, no?

Ya somos mayorcitos, Walter. No sé de qué va todo esto, pero sí sé que no queréis que salga en la prensa.

Yo no me llamo Walter.

Perdón, quería decir Fred.

Y Fred tampoco. Qué me dice de las fotos.

Western miró las que faltaban. Hubo otra cara que le resultó familiar pero no pudo ponerle nombre. La dejó sobre la mesa. Este me suena. Trabajaba en el laboratorio. Era muy joven. No sé su nombre. Si es que alguna vez lo supe.

Pero eso es todo.

Es todo.

Western juntó las fotografías y las cuadró sobre la superficie de la mesa y las dividió y las abrió en abanico y las barajó y se las pasó al hombre.

¿Juega usted a las cartas, señor Western?

Jugaba. Ya no.

¿Por?

Porque conocí a algunos jugadores.

Una buena razón.

¿Quién es el tipo?

¿Qué tipo?

El desaparecido. Cuarenta y dos veintiséis.

El hombre dio la vuelta a las cartas y buscó entre ellas hasta dar con el número. El desaparecido, dijo.

Sí.

¿Cómo lo ha hecho para recordar el número?

No hago nada para recordar cosas.

Que nosotros sepamos, no es nadie.

Venga ya. ¿Me lo diríais si lo fuera?

No.

Me parece bien.

De acuerdo. Gracias por atendernos, señor Western.

No hay de qué. ¿Volveremos a vernos?

Probablemente no.

¿Vosotros sabéis quiénes son todas estas personas?

No tenemos libertad para decirlo.

Cuadró la baraja de fotos y las metió en el sobre y cogió la goma elástica de encima de la mesa y rodeó el sobre con ella y luego dio unos golpecitos con el sobre en la mesa. Mirando a Western. ¿Cree usted en extraterrestres, señor Western?, dijo.

Extraterrestres…

Sí.

Vaya pregunta. Esta mañana no creía.

El hombre sonrió y se puso de pie y el otro hizo lo mismo. Aún no había abierto la boca.

Gracias, señor Western.

Por vosotros lo que haga falta, hombre.

* * *

El despacho de Kline estaba en la segunda planta y Western subió por la escalera y llamó a la puerta. El nombre en letras doradas y negras sobre el cristal esmerilado. Esperó y volvió a llamar. Vio que la puerta no estaba cerrada con llave y la abrió. La antecámara estaba desierta pero pudo ver a Kline sentado a su mesa en un despacho acristalado que había al fondo. Estaba hablando por teléfono. Saludó a Western con la cabeza e hizo un gesto con la mano libre para que pasara. Western cerró la puerta. En el rincón había un loro dentro de una jaula. Periódicos por el suelo. El loro se encogió, le miró con detenimiento y luego levantó una pata y se rascó el cogote. Kline colgó el teléfono y se puso en pie. Western, dijo.

El mismo.

Adelante.

Western cruzó el despacho y se dieron la mano y Kline le señaló la silla. Siéntese, por favor.

Western echó la silla hacia atrás y tomó asiento. Señaló al pájaro. ¿Habla?, preguntó.

Que yo sepa, ahora es sordomudo.

¿Ahora?

Lo heredé de mi abuelo. Mi familia tenía una feria ambulante. Él hacía uno de los números. Desde que mi abuelo murió el loro no ha vuelto a hablar. El reloj de pie de mi abuelo tampoco ha vuelto a dar señales de vida.

¿Es una historia verídica?

Desde luego.

¿Y qué hacía el loro? En la feria.

Montar en bicicleta. Sobre un alambre.

¿Todavía sabe montar?

No le he preguntado. Aunque se supone que esas cosas nunca se olvidan.

Me ha parecido que no le caigo bien.

No le cae bien nadie.

Tengo que preguntarle por sus honorarios.

Cobro cuarenta pavos la hora. Incluidas conversaciones telefónicas.

¿Estamos trabajando ya?

Todavía no. Necesitaré saber de qué se trata.

¿Suele venir gente chiflada?

De vez en cuando. ¿Es su caso?

Diría que no. ¿Y qué hace entonces? Con los clientes chiflados.

Les voy dando largas y cobrando las horas.

Me toma el pelo, ¿verdad?

Sí.

Me dijo por teléfono que no se ocupa de divorcios. ¿Qué otra cosa no hace?

Kline rotó ligeramente sobre su butaca y volvió a la posición anterior. Esto me huele a algo raro. ¿No van por ahí los tiros?

Pues no lo sé.

Qué tal si me expone el caso. Sin entrar en muchos detalles.

De acuerdo.

Western empezó por lo del avión y terminó con la plataforma petrolífera y los dos hombres en mangas de camisa con quienes había hablado en el Seven Seas. Kline permaneció con las yemas de los dedos de cada mano pegadas entre sí. Sabía escuchar. Cuando Western hubo terminado se quedaron un momento en silencio.

Eso es todo, dijo Western.

¿Se dedica usted a eso? ¿Trabaja como buzo de rescate?

Sí.

Es un refugiado del sistema universitario.

Digámoslo así.

¿Va al psiquiatra o algo?

No. ¿Cree que debería ir?

Bueno, es una pregunta de protocolo. ¿Se especializó en psicología?

No. En física.

¿Qué es un gluon?

La partícula de intercambio en interacciones de quark.

Muy bien.

Usted sabía la respuesta.

En realidad, no. Simplemente me parecía un nombre raro. ¿Sabe a qué me dedicaba antes de meterme en esto?

No. Y no creo que fuera poli.

No. Era adivino.

¿Es verdad?

Todo es verdad.

¿Estaba en la feria ambulante?

Sí. Era una empresa familiar. Un grupo variopinto. Los Steuben. Gitanos del viejo continente, no estoy muy seguro. Se instalaron en Canadá. De hecho, yo nací en Montreal. Años más tarde a veces venía un chaval diciendo que quería formar parte del circo y yo le contestaba que no, que se largara.

Usted odiaba ese mundo.

Todo lo contrario. ¿Huye usted de algo?

No lo sé. Creo que no. De momento.

¿Qué es lo que no me ha dicho?

Un montón de cosas. ¿Qué quiere saber?

Lo que le pasó.

¿Me pasó algo?

Diría que sí.

¿Y si prefiero no decírselo?

Entonces prefiere no decírmelo.

Tenía una hermana. Murió.

A la que estaba muy unido.

Sí.

¿Cuánto hace de eso?

Diez años.

Pero no quiere hablar de ello.

No.

Muy bien.

¿Ahora sí estamos trabajando?

Casi, casi.

¿Suele entrevistar a sus clientes de esta manera?

¿A qué manera se refiere?

No sé. Supongo que en plan más o menos personal.

Más bien no.

¿Por qué a mí sí?

Me parece usted interesante.

Pero no soy muy comunicativo…

Kline se miró el reloj. Quizá deberíamos empezar. Es asombroso lo que la gente llega a contar de sí misma cuando no está pagando por ello.

De acuerdo. ¿Adivinaba usted realmente el porvenir?

Sí.

¿Tenía un don especial?

No sé si se trata de un don. Es más que nada sentido común. Observación, perspicacia.

¿Qué es lo que no le estoy contando?

No lo sé. ¿Qué es lo que nunca le ha contado a nadie?

Montones de cosas, probablemente.

Aparte de cosas de las que podría avergonzarse.

Aun así, muchas.

Creo que hay cosas que nos guardamos por motivos que por lo general desconocemos.

Cuando tenía trece años encontré un avión estrellado en el bosque.

Bien. Y no se lo contó a nadie.

No.

¿Había alguien a bordo?

Sí. El piloto.

Estaba muerto.

Sí.

Y usted estaba allí solo.

Sí. Bueno, llevaba a mi perro conmigo.

¿Por qué no se lo contó a nadie?

No lo sé. Estaba asustado.

Era la primera vez que veía un muerto.

No.

¿Cuánto tiempo llevaba muerto el piloto?

No lo sé. Varios días. Una semana. Hacía frío. Era invierno. Había nieve en el suelo. El hombre estaba desplomado dentro de la cabina. El avión se había empotrado contra un árbol.

¿Habían iniciado una búsqueda?

Sí. Aquello era un parque nacional en el este de Tennessee. Había nevado mucho y no era fácil verlo.

¿Cuánto tardaron en encontrarlo?

Una semana o así. Creo que fue al cabo de una semana. Cuando lo encontraron.

Una extraña historia.

Imagino

Hay algo más.

Supongo que lo extraño fue que yo conocía el avión. Sabía qué modelo era.

Conocía el avión…

Sí. No es que hubiera hecho una maqueta de él, pero sí lo conocía.

Hacía maquetas de aviones.

Sí. Y aquel era un modelo bastante exótico. Un Laird-Turner Meteor. Se trata de un antiguo avión de carreras con cabina cerrada.

¿Y qué hacía en un sitio tan apartado?

Se dirigía a un concurso en Tullahoma.

¿Cómo dio con mi nombre?

¿Perdón?

¿Cómo dio con mi nombre?

Lo encontré en el listín de teléfonos.

¿Por qué yo?

¿Por qué no?

O sea que cerró los ojos y allí estaba mi nombre.

Pensé que seguramente era judío.

No me diga.

Sí.

A pesar del apellido.

Sí. ¿Es judío?

Sí. ¿Sabe cuántos detectives privados hay que sean judíos?

No.

Solo yo.

No puede ser verdad.

No lo es. Pero casi.

¿Y cuál es la razón?

Porque es un oficio sin carisma, creo.

A usted no se lo parece.

Por lo visto, no. ¿Cree usted estar en peligro?

No sabría decirle. Tampoco sé qué haría al respecto si lo estuviera.

El avión sumergido. Usted volvió al lugar.

Sí. Estoy casi convencido de que la boya había desaparecido. No sé. Puede que se me pasara por alto. El mar estaba bastante agitado.

¿Piensa de verdad que en la plataforma había alguien más?

Lo pensé. Ahora no estoy tan seguro.

El avión de carreras en el bosque y la nieve. También volvió para verlo.

Sí.

¿Al día siguiente?

Dos días después.

¿Llevó al perro consigo?

No.

¿Por qué?

Porque me pareció que aquello le ponía nervioso.

¿Cree que sabía que había un muerto en el avión?

Yo diría que sí.

¿Y el perro cómo podía saberlo?

Ni idea.

Cogió usted algo.

¿Si cogí algo?

Del avión.

Sí.

Ya.

Recorté un trozo de tela del fuselaje. Con el número 22 pintado. Un cuadrado grande. Como una bandera.

Pues sí que era un aparato exótico.

En efecto. Un avión muy bonito. Y muy rápido. Llevaba un motor radial Pratt & Whitney de catorce cilindros y mil caballos de potencia. Hablo de 1937. Los automóviles Ford de la época tenían ochenta y cinco caballos. Motores V8, lo mejor de lo mejor. Había una versión barata de sesenta caballos. Daban ganas de hablar con los tíos que lo diseñaron.

El avión.

Sí. Eran Leonardos del siglo veinte. Por no decir marcianos.

Entonces, ¿qué pensó al ver ese avión en el bosque?

Que en toda mi vida había visto una cosa más extraña.

Me atrevo a decir que encontrarse aviones con cadáveres dentro es una experiencia bastante insólita. Sin embargo, para usted parece ser algo corriente.

¿Corriente?

Estadísticamente hablando. Múltiples millones de veces más de lo que podría experimentar el ciudadano medio.

¿Se supone que debería ser supersticioso?

Buceo de profundidad. Carreras de coches. Qué. ¿Amor al riesgo?

No lo sé.

¿Qué es lo que quiere que haga por usted?

Imagino que decirme qué debo hacer para seguir con vida.

Un tipo que ha encontrado en el listín de teléfonos.

Sí.

Yo diría que en líneas generales cuanto más en serio se tome usted todo esto más años es probable que viva.

De acuerdo.

¿Va armado?

No. Pero tengo un arma. ¿Debería llevarla encima?

Según las estadísticas eso acortaría su vida, no al revés. La desagradable verdad es que si alguien intenta matarle no hay mucho que pueda hacer usted al respecto. La única apuesta segura sería desaparecer. E incluso así no existen garantías.

Ya lo había pensado. Es el último recurso, ¿no?

Lo es. Bueno, el penúltimo.

Ya.

Huye el impío sin que nadie lo persiga. Bobby, me ha dicho, ¿verdad?

Sí.

¿Qué es lo que ha hecho?

Ojalá lo supiera. ¿Le vienen muchos clientes temiendo por su vida?

Algunos.

De qué tipo.

Del tipo mujer. En su mayor parte.

Mujer con marido.

O novio.

¿Ha perdido a algún cliente?

248

Sí. Una.

¿Qué pasó?

A él lo soltaron de la cárcel. No se molestaron en decírselo a nadie. Dos horas después ella estaba muerta. Su hermana era una auténtica belleza.

Sí. ¿Y usted cómo sabe eso?

Porque la belleza tiene el poder de desencadenar un tipo de aflicción que escapa al ámbito de otras tragedias. La pérdida de una gran belleza puede poner de rodillas a una nación entera. Ninguna otra cosa puede hacerlo.

Helena.

O Marilyn.

No quiero hablar de mi hermana.

Ya lo sé.

Adónde nos lleva esto.

Incluso si descartara huir del país una identidad nueva resolvería algunos de sus problemas inmediatos. Pero seguramente tendría que mudarse. Y dado que ignora qué quieren ellos de usted es difícil saber a qué medios podrían recurrir para localizarle.

Pero si quieren encontrarte te encuentran.

No le quepa duda.

Yo creo que la idea de que el gobierno de los Estados Unidos de América asesina rutinariamente a sus ciudadanos es parte de una fantasía paranoide que afecta a ciertos grupos políticos.

Diría que estoy de acuerdo. A no ser que uno esté en la lista de objetivos de asesinato.

Mi problema es que no dispongo de información suficiente.

Su problema es que no dispone de ninguna información. Yo no empezaría ninguna investigación sin tener más material que el que usted me ha dado. Sería una inversión sin la menor garantía de resultados. Nadie le puede decir cómo tratar con un enemigo del que no sabe absolutamente nada. Creo que el mejor consejo sería que ponga pies en polvorosa, una estrategia bastante efectiva contra todo tipo de adversario, tanto nacional como extranjero.

Sí. Como dijo una vez un amigo mío: Mejor echar a correr que plantar cara a destiempo. Estamos hablando de cambiar de identidad, ¿correcto?

Correcto. Si quiere que yo lo organice lo haré sin cobrarle extra. Le proporcionaría pasaporte, carnet de conducir y tarjeta de la seguridad social. Cien por cien garantizados. Le saldría por mil ochocientos dólares. En este caso un poquito menos.

¿Se dedica a eso también?

No.

¿Podré elegir yo mi nombre?

No, eso no. El teléfono está a punto de sonar.

¿Cómo dice?

Que el teléfono está a punto de sonar.

Sonó el teléfono.

Me huelo que es solo un truco barato.

Lo es.

Mil ochocientos.

Sí. Es un poco caro. Un poquito. Pero al mismo tiempo es lo mejor. Se convierte usted en otra persona sin apenas desembolso. Y luego podrá irse a donde quiera. Eso sí, procure que no le tomen las huellas.

¿No va a aceptar el caso?

No.

Kline se puso de pie y miró por la ventana. Ese avión de carreras, dijo.

Sí.

Usted sabía algo que nadie más en el mundo sabía.

Supongo que es cierto.

Kline asintió con la cabeza. Al fondo, por encima de las azoteas, se veía el río. La dársena y los muelles y secciones de barco entre los edificios. Se volvió y miró a Western. ¿Qué número llevaba el estabilizador vertical?

¿Del Laird?

Sí.

¿Usted pilota?

Pilotaba.

Era NS 262 Y.

Esa gente piensa que usted sabe algo que de hecho no sabe.

¿Así es como usted lo ve?

¿Hay otra manera de verlo?

* * *

Red y él estaban sentados al fondo del bar. Red tomó un sorbo de su cerveza y dejó la botella sobre la mesa al lado de su llavero.

Su madre dice que va a llamar a la policía. Pero si la policía lo encuentra es muy probable que acabe con el culo en el talego.

¿Por qué motivo?

Caray, Bobby. ¿Tú crees que tendrían que buscar mucho?

Ya. No te falta razón. ¿Y por qué no vas?

Me da miedo lo que pueda encontrar.

Que esté muerto por alguna parte.

No. Que esté vivo por alguna parte. Lafayette. Parece ser que vive en una caravana a unos quince kilómetros de la ciudad.

Es todo lo que tienes.

Es casi un pueblo. Alguien le conocerá.

Eso seguro. Muy bien.

¿Muy bien? ¿En serio?

Sí.

Eres un tío cojonudo. La señora dijo que quería una foto de él sosteniendo un periódico como hacen en las películas pero le dije que yo no tenía cámara. Lo cual es verdad. Le dije que le pediría que me firmara un papel. O incluso el periódico. Eso serviría, ¿no?

¿Y si descubro que ha muerto?

Pues no sé. Yo no pienso decirle por teléfono a esa mujer que su querido hijo está muerto. Ni hablar.

Bueno. Dame la llave.

Dos días después atravesando los pantanos al este de Lafayette por apenas las roderas de una oruga en la tierra negruzca —robledales y canalizos de agua estancada con rodillas de ciprés calvo asomando entre el fango verdoso— llegó a un cruce de caminos y se detuvo con el motor al ralentí. Cuando llegues a una bifurcación en el camino, tómala. Tomó el desvío de la derecha. Por ninguna razón en particular. Siguió adelante, dando tumbos y patinando en las partes más cenagosas. Baches de barro negro. Cormoranes grises erguidos sobre troncos en el pantano. Tortugas.

Unos tres kilómetros más adelante la carretera terminaba en un solar donde una casa rodante se veía visiblemente inclinada en el fango. Las ruedas medio hundidas y los neumáticos medio podridos. Una pickup. Apagó el motor y permaneció allí sentado. Después se apeó de la camioneta y cerró la puerta y preguntó a voz en grito si había alguien en casa.

Unos pájaros alzaron el vuelo. Contempló la escena apoyado en el guardabarros de la camioneta. Una hamaca de cuerda suspendida entre dos árboles con ramales colgando allí donde alguien la había reventado con su peso. Una manguera de plástico enrollada. Una bañera galvanizada. Había una piel de caimán claveteada a un árbol con las patas asomando. Al cabo de un rato volvió a llamar.

La puerta se abrió golpeando el costado de la caravana y un hombre barbudo de aspecto perturbado apareció en el umbral, las piernas separadas y una escopeta al nivel de la cintura. ¿Quién eres?, graznó.

Coño, dijo Western. No dispares.

¿Western?

Sí.

La hostia. ¿De dónde has salido?

Me envían en misión de rescate.

¿Has traído whisky?

Sí.

Entra en la casa, cabronazo. Eres más bueno que el puto ángel custodio. A ver esa priva.

Western abrió la puerta de la camioneta y cogió la botella de licor de detrás del asiento. Fingió que la dejaba caer y la cazó al vuelo con grandes aspavientos.

No me toques los cojones, Western. Sube de una puta vez.

¿Qué tal te va?

De mal en peor. Venga, entra.

Western se sentó en un mohoso sofá de muelles reventados en la habitación principal del remolque. El olor predominante era a podrido. Miró en derredor. Madre mía, dijo.

Borman dejó la escopeta de pie en un rincón y fue a sentarse en una tumbona destartalada enfrente del sofá. Apoyó los pies en un puf de plástico y cogió la botella y desenroscó el tapón y lanzó el tapón a la otra punta de la estancia. Echó un trago y guiñó un ojo y estiró el brazo para pasarle la botella a Western. Uf, dijo.

Supongo que no tendrás vasos.

Están en la cocina.

Western hizo ademán de levantarse.

No creo que te guste el panorama.

Western volvió a sentarse.

Mejor que no veas cómo está. En el fregadero hay tantos platos que para echar una meada tienes que salir fuera.

Vale.

Antes solía dejar los platos en el patio. Siempre venía algún animal y me los limpiaba. Pero luego alguno empezó a llevárselos. Quizá un oso, no estoy seguro.

Western dio un trago y le devolvió la botella. Borman bebió. El licor marrón hirvió dentro de la botella. Cuando volvió a bajarla había un tercio menos de líquido y los ojos le lagrimeaban. Se pasó el dorso de la mano por la boca y le tendió la botella. Joder, Western. He bebido peor aguardiente que este. Toma.

No. Paso.

¿Vas a dejar que beba solo como un vulgar borracho?

Eres un vulgar borracho.

¿Qué estás haciendo por estos andurriales?

Tu familia ha estado preguntando por ti. Red no sabía qué decirles. Si estabas vivo o no. Por ejemplo.

Pero no ha querido venir, ¿eh?

Dijo que la última vez que fue a buscarte fue a no sé dónde en California y que lo emborrachaste y le metiste en una pelea y que acabó en chirona y que cuando lo dejaron salir seis días después le faltaban dos dientes y tenía purgaciones.

Pues dile cuando lo veas que yo he dicho que es un cagueta con menos huevos que una monja de clausura.

No se me olvidará.

¿Sabes lo que me dijo Red una vez?

No. ¿Qué te dijo una vez?

Que en la India vio a un tío beberse un vaso de leche con la polla. ¿Tú te lo crees?

Por Dios…

Borman bebió. Western señaló a la pared.

¿Qué es eso?, dijo.

¿El qué?

Ahí en la pared. ¿Qué es?

No sé. Parece pota seca. ¿Seguro que no quieres otro trago?

No, gracias. Este sitio da miedo.

Es que la chacha tiene el día libre. Espera. No te muevas.

¿Qué?

Que no te muevas.

Joder, Borman. Baja ese trasto, haz el favor.

Borman se había puesto la botella entre las rodillas y sacado una pistola de las entrañas de la tumbona y le estaba apuntando a la cabeza.

Santo Dios, Borman.

No te muevas. La explosión dentro de la caravana fue

ensordecedora. Western se lanzó al suelo y se cubrió la cabeza con las dos manos. Le zumbaban los oídos y se había dado con la cabeza contra la mesa. Se palpó para ver si le salía sangre.

Estás como una puta cabra. ¿Se puede saber qué te pasa?

Te pillé, hija de perra. Venga, hombre. Levanta de ahí.

¿Estás pirado o qué?

Solo es munición de supervivencia.

Western se incorporó y miró la pared que tenía a su espalda. Todas las paredes de la caravana estaban acribilladas a agujeritos en racimos y se veían también pequeñas manchas y pegotes marrones entre las perforaciones. Se volvió hacia Borman. Borman estaba bajando el percutor de una Walther P38. Cucarachas, dijo. Es la guerra, Bobby. No hago prisioneros. Vamos, tío, levanta. Joder. No estás herido ni nada.

Es como si tuviera el bordón de una caja vibrando en mis oídos.

¿Sí? Pues será que yo me he acostumbrado.

No es que te acostumbres. Es que te vuelves sordo.

Ojalá me hubieras comprado una caja de SR 4756 y unos cuantos fulminantes. Tengo por aquí no sé dónde un viejo cargador Lee. Estas cosas podías recargarlas con arena del río. Y sellarlas con cera. Cuando esas hijoputas se enteren de que me he quedado sin munición se van a apropiar de la casa. En plan ojo que vuelan hostias.

Cuando se enteren de que te has quedado sin munición.

Sí.

Borman...

Solo me queda una caja. De cartuchos de matar ratas.

Borman...

¿Sí?

Van a venir y se te van a llevar. ¿Lo entiendes?

Crees que me falta un tornillo.

¿Qué quieres que crea si no?

Tú eres un tío listo, Western. ¿En serio piensas que no van a venir de todos modos? Me dirás que no podemos ver el futuro. Bueno, ni falta que hace. El futuro está aquí. Aún tengo cinco cajas de balas de ciento ochenta granos para el rifle y ocho o nueve de cartuchos de escopeta. Debajo de la casa hay un barril con doscientos litros de agua y comida suficiente para resistir un asedio. Fruta deshidratada. Raciones individuales. Un par de cajas de comida lista para consumir. Allá hay una trampilla en el suelo. Tengo un barril hundido en la tierra debajo de la caravana. Una especie de apostadero para cazadores. Con piedras apiladas alrededor. Troneras en los puntos clave.

Bebió. Miró a Western. Si hay que morir que sea con las botas puestas, Bobby. La opción final. Esto es lo que hay.

Western se había levantado del suelo y tenía un dedo metido en la oreja y lo agitaba. Estás como una puta regadera.

Borman sonrió. Bebió otra vez. De pronto se inclinó al frente y sacó de nuevo la pistola. No te muevas, dijo entre dientes.

Western se lanzó al sofá con las manos sobre los oídos. Al cabo de un rato levantó la vista. Borman se había derrumbado en la tumbona y reía a silenciosas carcajadas, temblando todo él.

Eres un mierda, tío. Das asco.

Ay que me troncho, dijo Borman.

Te voy a preguntar una cosa.

Vale.

¿Cuándo fue la última vez que viste a alguien por aquí?

¿Qué quiere decir alguien?

Pues alguien. Un ser humano.

Define ser humano.

Hablo en serio.

Yo también.

¿Cuánto tiempo llevas aquí?

No sé. Seis meses. Ocho quizá.

¿Es verdad todo eso?

¿Todo eso?

Lo de las armas y el hoyo y lo demás.

Bah. Solo te estaba vacilando. Bueno, en parte.

¿Esa de ahí fuera es tu camioneta?

Sí.

Pues parece que lleve ahí la hostia de tiempo.

El pantano es malo para las máquinas.

No parece que a ti te haya hecho mucho bien.

Estoy perfectamente.

¿Perfectamente?

Sí.

Borman, me parece que no lo entiendes. Tú no carburas bien. No estás perfectamente. Ni muchísimo menos.

Borman se quedó pensando reclinado en la tumbona, mirando al techo. Los cadáveres resecos de enormes cucarachas asesinadas. Tomó un trago de whisky. Quedémonos aquí bebiendo un poco de whisky y nos relajamos, ¿vale? Charlemos de lo que sea.

¿Tienes algo de dinero?

Borman estiró una pierna para poder meter la mano en el bolsillo. Algo tengo, Bobby. ¿Cuánto necesitas?

Mierda, Richard. No necesito nada. Solo quería saber si andabas bien de pasta.

Sí.

¿Cómo te lo haces para comprar víveres?

Hay un viejo loco que vive a unos tres kilómetros de aquí. Tiene coche. Vamos a comprar y el tío se coge una curda de espanto y a la vuelta conduzco yo.

Le ofreció de nuevo la botella pero Western negó con la cabeza.

Coño, Bobby. Echa un traguito. Estás demasiado tenso. Todo irá bien.

Western agarró la botella y bebió y se la pasó a Borman. ¿Estás seguro de que no te has convertido en un completo inútil metido aquí dentro?

No estoy seguro de nada. ¿Y tú?

Supongo que tampoco.

Quieres saber cuándo fue la última vez que vi a alguien.

Pues yo podría preguntarte cuándo fue la última vez que no viste a nadie. Cuándo fue la última vez que estuviste solo de verdad. Viendo cómo se hacía de noche. Cómo se hacía de día. Pensando en tu vida. En dónde estuviste y hacia dónde vas. Si había algún motivo para lo uno o lo otro.

¿Lo hay?

Yo creo que si hubiera un motivo solo serviría para añadir una pregunta más a las anteriores. Mi idea es que uno probablemente se inventa los motivos una vez que ya ha decidido qué es lo que va a hacer. O no hacer.

Miró a Western.

Continúa, dijo Western.

Ah, dijo Borman. Lanzó algo invisible por encima de su hombro y alcanzó la botella y echó un trago. ¿Cuándo pisaste Knoxville por última vez?

Pues no hace mucho.

Knoxville, dijo Borman. ¿Me equivoco o ha sido Red el que te ha enviado?

No te equivocas.

El muy cabrón. Nos conocemos de hace mucho.

¿Quieres volver conmigo?

Borman se quedó mirando la etiqueta de la botella. Creo que no, dijo.

De acuerdo.

Te diré quién vino a verme.

Venga.

Oiler.

¿Oiler?

Oiler.

¿Cuándo?

Hace un tiempo. Fuimos al pueblo y nos emborrachamos.

Oiler ha muerto, Richard.

Borman se quedó quieto. Luego se inclinó para dejar la botella en el suelo y se volvió y miró por el sucio ventanuco. Mierda, dijo.

Lo siento.

Qué putada.

Y que lo digas.

¿Cómo fue?

Un accidente. Buceando en Venezuela.

¿Cuánto hace de eso?

Un par de meses.

Borman meneó la cabeza. Gran putada.

Sí.

Qué mal me sabe, coño.

Se inclinó al frente y le tendió la botella. Western dudó en cogerla pero Borman parecía dispuesto a sostenerla eternamente en el aire. Cogió la botella y bebió y se la pasó de nuevo. Era un tío cojonudo, el muy cabrón, dijo Borman.

Sí.

Borman se apretó los ojos con el pulpejo de la mano. ¿A cuántos conoces que no sean básicamente unos imbéciles de la hostia?

No sé. Conozco a varios.

¿En serio? Pues a mí Oiler es casi el único que se me ocurre. Así a bote pronto.

Bueno, quedamos tú y yo.

Borman bebió y apoyó la botella en una rodilla y la sujetó por el cuello. Por favor, Western. ¿Cómo se te ocurre pensar que tú puedas ser un imbécil?

No he mejorado hasta ese punto.

Qué dices, hombre.

Soy un zurullo de lo más común.

No sé.

Pero no un cabrón.

No.

Ni un capullo.

Borman sonrió. Capullo desde luego que no.

¿Qué tal un hijoputa?

De hijoputas los hay de diferentes clases.

Ya. Como grandísimo hijo de puta. O maldito hijo de puta.

O hijo de la grandísima puta.

También. ¿Tú dirías que soy un hijo de la grandísima puta?

No sé qué clase de hijoputa eres, la verdad.

Pero de alguna clase sí.

Sí.

¿Y tú? ¿Eres un maldito hijo de puta?

Me temo que sí.

¿Qué es lo peor que se puede ser?

Borman meditó la pregunta. Quizá un mamón. Para eso no hay indulto que valga.

Desprecio total y absoluto.

Ni más ni menos.

Para eso no hay disculpa.

No.

¿Tú eres un mamón?

¿Yo? Por supuesto.

Así de claro.

Chapado en oro y con garantía.

¿Y por eso vives aquí?

¿Te refieres a si Dios me envió a consumirme en estos pantanos porque soy un mamón?

Sí.

Puede ser.

¿Tú crees en Dios?

Joder, Bobby. Yo qué sé.

Si alguien llama hijoputa a alguien sin añadir más, ¿significa que se ha olvidado de los detalles?

Significa que con eso le basta.

¿Dirías que Long John es un capullo?

No. Es demasiado patético para eso.

¿Es un hijo de la grandísima puta?

A ver. Si buscas en el diccionario hijo de la grandísima puta te saldrá su foto. Mierda, qué mal me sabe lo de Oiler.

¿Quieres que vayamos al pueblo a comer algo?

Bueno. Sí, vale.

Borman apuró lo que quedaba del whisky y metió la mano

debajo de la tumbona y sacó unos zapatos rojos y azules de jugar a los bolos. En la trasera del talón llevaban el número 9.

¿Qué son?

Zapatos.

¿Son los únicos que tienes?

¿Pasa algo?

Supongo que no. ¿Y tus zapatos normales?

Botas, en realidad. Un bonito par de Tony Lama. Me da la impresión de que estarán en alguna bolera.

No sabía que jugabas a los bolos.

No juego. ¿Nos vamos?

Salieron al patio y se quedaron mirando la camioneta de Borman. Borman no parecía tan hecho polvo para ser alguien que acababa de pulirse la mayor parte de una botella de whisky.

La bomba de la gasolina se salía de sitio y yo venga a darle caña y al final salió disparada por el carburador y de resultas de eso se cargó la mitad de los dientes del motor de arranque.

Pero no el volante motor.

No, menos mal. El estárter anda por ahí, en el suelo. Lo arranqué.

Podríamos llevarla al taller y que la reconstruyan. No saldrá muy caro.

Ya. ¿Y con los neumáticos qué piensas hacer?

Western miró los neumáticos. Ya, dijo.

Al cuerno, Bobby. Dejemos ese trasto donde está. Ya lo repararé un día de estos.

Muy bien. ¿Vamos?

Sí. Tú eres capaz de secuestrarme.

Luego te traigo de vuelta. Joder, Borman. A mí me da igual si te quedas aquí tirado y la palmas.

Eso es hablar como un caballero. Muy bien. Deja que cierre con llave.

¿Cerrar con llave?

Sí.

Bueno, vale.

Borman miró en derredor. Por aquí cerca murió el último carpintero real de la especie. Hará unos treinta años. Todavía escucho a ver si los oigo. Qué idiotez. Se han extinguido para siempre.

No sabía que eras observador de aves.

No. Soy un observador de toda la vida.

Toda la vida es mucho tiempo.

Qué me vas a contar. Sueño cosas raras, tío. A veces sueño con animales y van vestidos con toga como los jueces y deliberan sobre qué hacer conmigo. En el sueño yo no sé qué es lo que he hecho, solo que lo he hecho. Puede que tengas razón. Quizá necesito largarme de aquí.

Fueron a una cafetería de la calle Cuarta y comieron sendos chuletones con patatas asadas y de postre crujiente de manzana con helado de vainilla. Borman fue a la barra y volvió con dos puros y se sentó y le tendió uno a Western. Western sonrió y negó con la cabeza.

Jódete, dijo Borman. Más para mí. ¿Tú de qué vas, macho? ¿Te estás volviendo una especie de esteta?

Asceta.

Lo que sea.

Nunca he fumado puros. Estarías pensando en Long John.

Sí. No sé por qué siempre me lío con vosotros dos.

Arrancó de un mordisco el extremo del cigarro y escupió y procedió a encenderlo y sacudió el fósforo para apagarlo y luego lo dejó apoyado en el cenicero. Se retrepó en la silla mientras expulsaba el humo. Detesto este maldito pueblo.

Vete a otro sitio.

Claro. Podría volver al puto McMinnville allá en Oregón.

Vete a otro sitio. El mundo es grande.

Sí. Es grande y luego te caes. Leí no sé dónde que en Júpiter o un sitio así con un telescopio lo bastante potente podías ver tu propia nuca. ¿Es verdad eso?

No lo sé. Tal vez. Allí la gravedad es muy fuerte, o sea que podría doblar la luz hasta ese punto. En teoría, supongo que podría ser verdad. Claro que tampoco podrías sostener el telescopio porque pesaría más de doscientos kilos. Tampoco podrías estar de pie ni respirar ni nada de eso. Seguramente si miraras hacia abajo se te caerían los ojos de sus órbitas y se romperían como huevos contra el suelo.

A ti te va este rollo, ¿eh?

Western se encogió de hombros. Es interesante. Y se me daba bastante bien.

¿Sí? Pues a mí se me daba bien el béisbol. Bueno, tampoco tanto. Estuve en las ligas menores. Un año. Comprendí que nunca llegaría a más y ahí se acabó la cosa. ¿Sabías que Oiler tocaba el clarinete?

Sí, eso lo sabía.

Qué cosa más rara.

Bueno, no es algo que uno esperara de él.

La gente es un puto rompecabezas, ¿a que sí?

Western tomó un sorbo de café. Quizá es la única cosa que sé a ciencia cierta.

¿Todavía haces música?

Ya no.

De ti me lo esperaba.

¿Que hiciera música?

Sí.

¿Por?

Porque sí, no sé.

Crees que no es algo propio de tíos.

Sabes que no pienso eso. Una noche te vi en acción en el Wayside Inn.

Western sonrió. No recuerdo que causara tantos desperfectos.

Tal vez no. Pero recuerdo que te levantaste del suelo cuando muchos tíos seguramente no habrían sido capaces.

Pura ignorancia.

En fin, lo único que digo es que eres un puto rompecabezas.

¿Yo?

Sí. Tú.

Sheddan dice lo mismo.

Bueno. Algún motivo tendrá, si lo dice él.

¿Y tú no?

Mira, Bobby. Yo soy más entretenido que diez de vosotros. Con lo formalito que eres no entiendo cómo te lo haces para conocer a esos majaras con los que te juntas. ¿Quieres una cerveza?

Venga.

Deberías fumarte el puro.

Trae para acá.

Borman se lo pasó y luego levantó el brazo para avisar a la camarera.

No se trata de cultura. Sheddan tiene muy buena cultura. Buenísima, ya que estamos. Pero hay cosas de ti que no son verdad ni para mí ni para él. O para Red.

¿Como cuáles?

Quizá solo sea que la gente dice cosas de ti que no se atreverían a decirte a la cara.

¿Cosas malas?

No. Simplemente cosas que podrían ser ciertas de ti. ¿Piensas que puedes aprender por ti mismo todo cuanto hay que saber de ti mismo?

No, no pienso eso.

La camarera llegó con las cervezas. Western cogió el librillo de cerillas del cenicero y encendió el puro. Sacudió el fósforo. ¿Tú no crees que hay cosas de Long John que la gente va diciendo a sus espaldas?

Pues no. Yo creo que en general estarán impacientes por contárselas a él.

Bueno, entonces ponme un ejemplo.

De qué.

De algo que alguien haya dicho sobre mí. No temas herir mis sentimientos.

Joder, Bobby. Tus sentimientos me importan una higa.

¿Cómo hemos acabado hablando de esto?

No lo sé.

¿Es porque piensas que no nos veremos más?

Yo no pienso eso. Vale. Te diré una. Que te salías de la ducha para mear.

¿Tan grave es eso?

No digo que sea tan grave.

¿Quién lo dijo?

Yo.

¿Por qué nunca llamas a tu madre?

No tengo teléfono.

Ahí detrás junto al servicio hay un teléfono de monedas.

La llamaré, Bobby.

Ojalá pudiera llamar yo a la mía.

Estoy al cabo de la calle, Bobby. Siempre lo he estado. Quizá es que antes no lo sabía.

¿Qué crees que hay allí?

Borman meneó la cabeza.

¿Y bien?

Oye, ¿has mirado últimamente a tu alrededor? ¿Qué crees que hay a la vuelta de la esquina? ¿Las navidades? Ahora ni siquiera puedes contratar plañideras. Al final encontrarán el modo de pasar de ti. El cerebro se te bloquea y de golpe y porrazo solo hay un par de zapatos y una pila de ropa en la acera.

Me sorprendes. Entonces ¿esta es tu última parada?

Seguramente. O quizá no. Viejo antes de hora y listo cuando ya es tarde. Uno no sabe nada hasta que llega el momento. Una vez me dijiste que el final del camino puede que no tenga nada que ver con el camino. Que quizá ni siquiera sabes que haya habido un camino. ¿Nos vamos?

Western apuró su cerveza y dejó el puro encendido en el cenicero. Cogió el cambio y se levantó al tiempo que dejaba una propina.

Salieron de la cafetería y se detuvieron en la acera. Tú a tu bola, dijo Borman. No voy a volver.

¿Quieres que venga a buscarte más tarde?

Bah. No te preocupes. Iré a ver a mi viuda.

¿La cosa va en serio?

No mucho. Es lo que podríamos llamar una mujer mayor. Pero es una persona muy alegre. Y siempre está dispuesta a echar un polvo salvaje de los de toda la vida.

¿Cuántos años tiene?

Setenta y tres.

Borman, tío.

Borman le lanzó una sonrisa pícara. Que te estoy vacilando, Bobby. No sé cuántos años. Cuarenta o por ahí. Pelirroja. Y más mala que una serpiente.

Sujetó el puro entre sus dientes y miró calle abajo. Se rascó la barba. Te agradezco que hayas venido, Bobby. Dile a ese pringado que sigo vivo y tan loco como siempre.

¿Puedo hacerte una pregunta?

Claro.

Supón que estuvieras en un aprieto y solo te quedaran dos monedas. ¿A quién llamarías, a mí o a Sheddan?

Ahí le has dado.

¿Cómo piensas volver a la caravana?

Ella tiene coche.

¿Y luego qué?

Luego nada.

¿Qué harás respecto a los víveres?

Ella me traerá algo.

Puedo pasarte algo de pasta.

¿Estás seguro?

Sí.

De acuerdo. No soy orgulloso.

Western sacó dos billetes de cien y se los pasó a Borman.

Gracias, Bobby.

¿Qué vas a hacer?

No sé. Esperar.

¿A qué?

No lo sé.

¿Cuándo lo sabrás?

Cuando llegue.

Yo no creo que pudiera vivir como tú estás viviendo, sabes.

Ya. Bueno, espera a que no te quede otra.

Sheddan dijo que hace cosa de un año te vio en Nueva Orleans con una chica bastante grandota. ¿Es ella?

No. Esa era Jackie.

¿Qué pasó?

Pues que llegó el calor y tuve que pasar de ella. De cadera a cadera medía como el mango de un hacha, así de ancho tenía el culo. Y cuando le daba por ahí se ponía como un pitbull hasta las orejas de polvo de ángel.

Entonces ¿qué te atraía de ella?

Era una mujer interesante. Aparte de que no he conocido a ninguna otra tía que la mame como ella. Pero sí, era interesante. Nunca sabías qué iba a hacer a continuación. Eso en una mujer me gusta. Una noche me la chupó en una cabina de teléfono de Bourbon Street. ¿Sabes esas que solo tienen cristal de cintura para arriba? Fingí que estaba hablando por teléfono. Pasaba gente por la acera. Pero luego pensé qué coño. Y llamé a John Sheddan para decirle que me la estaban chupando en una cabina.

No me vas a presentar.

¿A la viuda? No.

¿Tiene setenta y tres años o no?

Qué va, hombre. Puede que no haya cumplido ni cuarenta. Era para despistarte. Me confundes con Jerry Merchant. Si no tenían seguridad social a él ni siquiera le interesaban. Me lo encontré un día cuando se hospedaba conmigo en el Napoleon y el tío tenía a una abuela en la cama. Ella intentó taparse con la sábana pero él se la arrancó y se quedó allí de pie con una sonrisita. La tía parecía salida de un lodazal. Se tapó la cara con las manos. Como si eso ayudara. No quise ni pensar en cómo se lo haría él para someterla a las vejaciones sexuales que tanto le iban. Naturalmente cuanto más me esforzaba por no pensar en ello más pensaba en ello. Cuídate, Bobby.

Lo mismo digo.

Le vio alejarse por la calle. Caminando a grandes zancadas con sus zapatos de bolera. Sucio y garboso y poco recomendable. Cuando llegó a la esquina Western pensó que se volvería y saludaría o algo pero no lo hizo. Torció por una calle llamada rue Principale Quest y se perdió de vista. Western volvió a donde había dejado la camioneta y montó y condujo de vuelta a Nueva Orleans.

VII

Se había quedado dormida con el libro abierto a su lado sobre la colcha pero debía de haberse despertado en mitad de la noche porque la lámpara estaba apagada. Cuando se despertó otra vez el día asomaba pálido en la ventana y el Chico estaba sentado a su mesa leyendo. Ella se incorporó y se echó los cabellos hacia atrás. ¿Qué estás leyendo?, preguntó.

Nuevos datos. Ponte bien la bata, haz el favor. Cielo santo.

Ella se cerró la bata.

Me alegro de que estés despierta. Ha surgido algo. Hemos captado una señal. Banda cuatro. Acaba de entrar una cosa. Rara historia la suya.

¿Qué cosa?

El Chico abarcó la habitación con un gesto. Ella se volvió para mirar. Bajo los aleros había dos hombres tocados con sendos suestes. En el suelo, entre ambos, un baúl grande con refuerzos de latón.

¿Quiénes son esos dos?

Pues es muy interesante. No sabemos de qué época vienen. La sentina era muy honda y a saber dónde habrá estado esa cosa. Vale, muchachos.

Procedieron a abrir el baúl. Correas de cuero y gruesos cierres de latón. Todo con una capa de verdín. El baúl descansaba sobre uno de sus extremos y lo abrieron lateralmente como si fuera un libro. Un hombre menudo salió de dentro y se desperezó y se sacudió como un perro y con una mano en la nuca hizo crujir la cabeza, primero hacia un lado y después hacia el otro. Retrocedió unos pasos y adoptó una postura de boxeador y lanzó una serie de rápidos golpes.

Luego avanzó unos pasos y se quedó donde estaba, haciendo claquetear la boca como si mascara chicle.

El interior del baúl estaba forrado con una tela en estampado de cachemira y el propio ocupante iba ataviado con un trajecito del mismo tejido, chaqueta y pantalón, chaleco y gorra a juego. Lucía una pajarita amarilla y una cadena de reloj plateada de la que colgaban una serie de pequeños medallones: medallas religiosas, condecoraciones escolares, milagros de plata de segunda ley. Un pequeño sello con el nombre de una empresa lechera. La chica se arrebujó en la bata y se inclinó al frente en su cama para verle mejor. El individuo parecía un maniquí. De los de madera. Su boca se abría y se cerraba con un ruido seco y sus ojos eran brillantes y vidriosos. Se agachó y volvió a levantar los puños y luego se echó hacia atrás y sonrió con su sonrisa de madera.

No tenemos el programa, dijo el Chico. En la parte de atrás de su chaqueta lleva unas clavijas. Un panel de acceso. No sabemos qué es lo que falta. He pensado que te gustaría echarle un ojo. El tío parece que esté hecho a mano.

¿Y qué quieres que haga yo?

No sé. Pregúntale cosas. Yo me quedo aquí tomando notas.

¿Qué tipo de preguntas?

Pregúntale cómo se llama.

El maniquí estaba apoyado contra el baúl abierto con un pie cruzado sobre el otro. Tenía un aspecto achulado y un tanto peligroso.

¿Cómo te llamas?, preguntó ella.

Cantamañanas. Pregúntamelo otra vez y te saldrán canas.

¿Cómo te llamas?

Cantamañanas. Pregúntamelo otra vez y…

Vale, dijo el Chico. Ya lo hemos entendido.

¿Qué son esas cosas que le cuelgan de la cadena del reloj?

Woodmen of the World. La Inmaculada Concepción. Hay una llave de Phi Beta Kappa. Seguramente de una casa de empeños.

No para de mirarme.

¿No para de mirarte?

Sí.

Es un maniquí.

Ya. Me suena de algo.

Se había levantado de la cama y estaba sentada en el suelo sobre sus piernas. Quizá sería buena idea no acercarse demasiado, dijo el Chico.

Yo creo que no le gusto.

Vaya. Pensaba que ibas a hacerle unas preguntas.

¿De dónde eres?, preguntó ella.

El maniquí ladeó la cabeza. Miró al Chico. ¿Quién es esta linda putilla?

El Chico le susurró algo a ella tapándose la boca con una de sus aletas. Podría ser un programa de Asesoría Personal. Con muchas opiniones. Lo cual no quiere decir que ese tenga cerebro.

Que te den, dijo el maniquí.

Es muy grosero.

¿Por qué no diriges tus comentarios a mí, Rubita?

¿Quiénes son los Woodmen of the World?

Vaya usted a saber, dijo el Chico. Algún grupo de pirados.

Es una hermandad, dijo el maniquí. Además de subnormal, tarado.

Lleva tornillos en la cabeza. Parece como si lo hubieran atornillado todo él. A lo mejor es que sufrió un accidente.

Debió de servirle de juguete a algún crío.

Quizá es que le gusta meterse en peleas.

Bingo, dijo el maniquí. Dio unos saltos sobre el terreno y agitó los brazos y lanzó un gancho y luego siguió mascando chicle. Clac clac clac.

Parece que está esperando algo.

Esperándote a ti, Tetitas.

¿El sombrero se le puede quitar?

No sé. Debe de llevarlo clavado. Yo que tú no me acercaría mucho.

No me acercaré.

Más quisieras, dijo el maniquí.

¿Viajas mucho?

Desde luego.

¿Qué lugares sueles visitar?

Desde luego.

Quizá es que lo han tirado y cayó de cabeza, dijo el Chico.

¿Qué más hay en el baúl?

No lo sé. Puede que un paquete de pilas. Un transformador. O quizá algo mono como un generador alimentado con balasto.

¿Y qué haces ahí dentro?, preguntó ella.

¿Que qué hago? No hago nada de nada. ¿Qué crees que hago? Está más oscuro que el bolsillo de un negro. Lleno de cachivaches hasta la mitad o por ahí. ¿Tú a qué hora te corres?

¿A ti te parece que es anatómicamente correcto?

Desde luego, dijo el maniquí. Cojones de abedul y una polla a prueba de gatillazos.

Ella miró al Chico. No sé qué hacer.

Estoy pensando que quizá deberíamos grabar esto.

¿No sabes nada de él?

Bueno, aparte de no saber quién es ni de dónde viene ni qué se propone se podría decir que eso es todo. En el baúl hay manchas de agua indicativas de alguna desventura en el mar. No sé si nuestro amigo Cabezanuez estuvo sumergido en el transcurso de alguno de sus viajes. Podría ser que la corrosión hubiera afectado a un par de circuitos. Pregúntale algo más.

Venga, pregunta, dijo el maniquí.

Noto un cierto acento sureño. ¿Cuántos años tienes?

No sé. Los papeles se perdieron.

¿Hablas algún otro idioma?

Desde luego. Dobleholandés y cerdolatín. Toco el salterio de doce cuerdas y la lira patológica y me tiro pedos en cuatro octavas. ¿Y tú, Pornobibliotecaria?

¿Sabes algo de mates?

Puedo contar hacia delante sin repetirme y hacia atrás sin empezar de nuevo. Pruébalo algún día.

¿Sabes resolver problemas?

Por supuesto que sí. ¿Y tú, Pelusilla?

Ella se volvió hacia el Chico. ¿Qué pone en el baúl?

¿Qué pone quién?

Hay una pegatina.

Ah, sí. Aquí pone: Probidad de Western Union.

¿Probidad?

Propiedad. Propiedad de Western Union.

Los dos tipos con chubasquero seguían a la espera. En torno a sus botas de agua se habían formado pequeños charcos.

¿De dónde sacaste ese traje?, preguntó ella.

Es mi traje. ¿Cómo que de dónde lo saqué? Venía con él puesto.

Lo dejamos aquí, dijo el Chico cerrando su libreta. Al carajo. No siempre se puede ganar. Cargad a ese bicho raro.

Los del chubasquero se acercaron al baúl y lo inclinaron y uno de ellos agarró al maniquí.

¿Crandall?, dijo ella.

Se quedaron quietos. La miraron primero a ella y después al Chico.

Adentro con él.

¿Eres tú, Crandall?

¿Qué le pasa a esta tía?

Crandall, soy yo. Alice. Pero ahora soy mucho mayor.

Vale, y Bob es tu puto tío carnal. Sacadme de aquí, puñeta.

Perdona, Crandall. Solo tenía seis años. No te vayas. Por favor.

Los estibadores aguardaron. Miraron al Chico.

Mi abuela hizo ese traje. Con tela de las cortinas viejas del baño de arriba. Y el sombrero también.

Que alguien haga el favor de decirme de qué está hablando esta estúpida zorra.

Por favor, no te vayas.

¿Recorrer los siete putos mares para esto? Joder.

Basta, dijo el Chico. Maldita sea mi estampa. Ceñíos al programa. ¿No lo dije bien claro? Ceñíos al programa. Joder, ¿tan difícil es? La puta de oros. Sacadme a este tío de aquí.

Se tropezó con el largo en su bar de costumbre, retrepado en una silla con los pies apoyados en una segunda silla a considerable distancia de la primera. El sombrero caído sobre un ojo. Entre los dientes, un Macanudo Prince Philip. Apenas si levantó la vista. Siéntate, dijo. Y nada de charla amable. Estoy de un humor de perro rabioso.

¿Otra vez?

Imagino que ves una cierta tendencia. No, no contestes. Bonitas botas.

John se las miró. Las apariencias engañan. Resulta que no encajan nada bien. Hechas a mano por Scarpine & Sons de Fort Worth. Tienen archivados los datos de mis últimas. ¿Qué vas a beber?

Nada, gracias.

Un café.

No.

Como quieras.

Faltaría más. ¿Dónde te hospedas ahora?

Me encontrarás en Burke con Hare. Hostelería para caballeros sin pecunio.

Hace un par de días estuve viendo a un viejo amigo que me preguntó por ti.

Sheddan se quitó el puro de entre los dientes y se lo quedó mirando. No puede ser muy viejo o formaría parte de los que ya palmaron.

Borman.

Pensaba que él era de los que ya palmaron. ¿Todavía está con esa Jaquelyn?

No. La dejó por una nueva acompañante a quien alude simplemente como su viuda.

Bueno. Ella puso el listón muy alto. Altísimo en realidad. La última vez que vi a lady Jaquelyn en lugar de ropa llevaba puesta una lona. Un toldo. Lo cual trae a la cabeza imágenes que uno preferiría no contemplar. Su enorme y ondulante trasero bamboleándose calle abajo como un saco de gatos camino del río. No te lo puedes ni imaginar. Contoneándose en su lencería de tienda de campaña. Como un actor al que le cuesta encontrar la rendija del telón para volver adentro. Resoplidos. Grititos. Algo que quita el aliento, de tan descarado. Siéntate, escudero, por el amor de Dios.

Western tomó asiento. ¿Por eso no estás para fiestas?

No. Tulsa se ha largado.

Lo siento.

Ahuecó el ala. Levantó campamento. Es difícil tenerlas entretenidas, escudero. Siempre piden más y más. Uno piensa que se lo ha currado para follarlas bien pero eso es solo el principio. Dios. La de veces que un tío tiene que pasar por el aro. A cierta edad uno se hace la ilusión de que es capaz de superar este tipo de cosas y a partir de cierta edad ya no. ¿Qué es lo que buscamos en realidad? No es la gracia ni la salvación y resulta jocoso a más no poder imaginar que lo que buscamos es amor. Los antiguos decían aquello de en el vino está la verdad. Dios sabe que la he buscado. Supongo que cuando un hombre se harta de coños es que se ha hartado de la vida, pero yo creo que al final las tías me han dejado para el arrastre. Mira que somos necios, joder. Y todo por algo que deberían traerte con la leche cada mañana. Como diría Crowley. ¿Por qué te lo pregunto?

No lo sé.

Sheddan dio una chupada al cigarro puro. Meneó la cabeza. Y ni siquiera es que sea muy sexy. Guapa sí, pero a su extraña manera. Unos incisivos como un felino del Jurásico. Un hombre no debería pasar por alto una cosa así.

Pleistoceno.

¿Qué?

Pleistoceno. El felino.

Ya, bueno. Búscame algo que alitere.

Sostuvo su vaso en alto cogiéndolo por la base y lo hizo girar lentamente. Los cubitos de hielo continuaron señalando al norte. Cuanto más encantadoras más letales, escudero. Sí, a veces encuentras a una que pasa la prueba con sobresaliente alto. Es algo estimulante incluso. Una zorra de los pies a la cabeza, igualdad de oportunidades para todos. Escrotos resecos atados a un cordel colgando a los pies de la cama. Pero estas otras… La sonrisa tímida y los ojos caídos. Dios. No, gracias.

¿Qué ha sido de nuestro caballero, John? Me estás pintando un lúgubre retrato.

Ya te lo he dicho. No tengo un buen día. Pero en el fondo sé que hay más sabiduría en la tristeza que en la alegría. Tal vez entiendas por qué me ofende que me llamen cínico.

A ver. Cuenta.

Es que no hace al caso. ¿Cuál es el adjetivo que más veces acompaña a cinismo?

No sé. ¿Barato?

Sí. Y no lo es. Ni siquiera es cinismo y ya te digo yo que barato tampoco. A la mierda. En fin, uno puede quejarse amargamente del bello sexo y aun así conservar cierta renuente admiración. Incluso afirmaría que si nunca has barajado la posibilidad de matar a una mujer es que nunca has estado enamorado. ¿Qué vas a hacer el resto de la tarde?

No lo sé. ¿Por?

Pensaba que podríamos ir a desmembrar unos cuantos crustáceos. Y hacerlos bajar con un Montrachet bien frío.

Mientras hablamos de las verdades.

Eso mismo.

Creo que paso.

Tengo una tarjeta nueva para pagar la cuenta.

Muy amable de tu parte. Pero yo estoy cansado y tú de mal humor.

Como quieras, escudero. Aunque sabes que una buena comida hace maravillas.

Me asombra tu libertad de movimientos. ¿No tenías que ir a ver cada tanto al agente de la condicional?

Estoy en ello.

¿Judy te echa una mano?

No. Tuve que dejarla marchar.

¿Dejarla marchar?

Sí.

¿La has despedido?

Sí.

Pero si trabajaba para ti gratis.

Coño, tío. ¿Acaso supone eso algún tipo de garantía contra el despido? He tenido que tomar las riendas personalmente.

¿Qué quieres decir? ¿Vas a defenderte tú?

Supongo que se podría expresar así. Voy a untar al juez. Lo interesante es que se me permite hacerlo a plazos. Cortesía del intermediario, naturalmente. Su señoría cobra su anticipo. Me gusta por lo sencillo del proceso. Nunca he comprendido eso de que la justicia no se pudiera comprar. Incluido tal vez un razonable plan de crédito. ¿Qué tiene de especial la justicia, digo yo?

Eso es cinismo, ¿ves?

Ni mucho menos.

Me tomas por un ingenuo.

No es que te tome por tal, escudero. Es que lo eres. Y no porque yo lo entienda así. ¿Por qué no te tomas un café?

De acuerdo.

Sheddan pidió un café y otro gin-tonic. El camarero asintió y fue hacia la barra.

¿Crees que ha ahuecado el ala para siempre?

¿Tulsa?

Sí.

Más para siempre que para nunca, me temo. *Quién sabe*. Una vez le pedí a una mujer que se casara conmigo. En un restaurante.

¿Y?

Cogió el bolso y se marchó.

¿Tal cual?

Tal cual.

Qué extraño.

Eso pensé yo. Una historia así te desestructura.

¿Te desestructura?

Sí.

¿Tú ibas en serio?

¿En lo de casarme con ella?

Sí.

Por supuesto que iba en serio.

¿Desde cuándo os conocíais?

No sé. Dos o tres días, creo.

Estás de coña.

No lo sé, escudero. Un año quizá.

¿Pensabas que aceptaría?

Sí. Imagínate si fui tonto.

¿La conocía yo?

No. Eso fue en California. Tú entonces estabas en Europa.

Supongo que de repente descubriste en ella una sabiduría que hasta entonces no habías sospechado siquiera.

Eres cruel, escudero. Pero hay algo de verdad en tus palabras. Comprendí que, aunque ella me consideraba entretenido, tenía otros planes para la vida.

¿Has vuelto a tener noticias de ella?

Sé que trabaja como cirujana cardiovascular en el Johns Hopkins.

Lo dices en serio.

Completamente.

Qué interesante.

El camarero llegó con las bebidas. Bueno, dijo John. A tu salud.

A la tuya.

Son los días los que transitan por nosotros, escudero. No al revés. Hasta la última y cruel vuelta de manivela.

No sé si acabo de ver la diferencia.

El transcurrir del tiempo es irrevocablemente el transcurrir de uno mismo, así de simple. Y luego la nada. Supongo que debería ser un consuelo comprender que uno no puede estar muerto eternamente porque no hay eternidad en la que estarlo. Veo que me miras. Sé que me ves entrampado en una especie de atolladero cognitivo y estoy seguro de que argüirías que pensar que el mundo cesa cuando uno deja de existir es el no va más del solipsismo. Pero no sé de qué otra manera verlo.

Es solo que no estoy seguro de que eso cambiara nada.

De acuerdo. Pero yo oigo rodar los dados tan bien como cualquier hijo de vecino.

En definitiva no hay nada que saber ni nadie que pueda saberlo.

En definitiva. Así es.

¿Estás, digamos, desapareciendo de nosotros, John?

Sheddan sonrió. Tomó un sorbo de gin-tonic. No creo. Aunque todas las noticias del mundo fueran mentira no por ello debería colegirse que existe cierta verdad contrafactual que justifique dicha mentira.

Podría estar de acuerdo. Claro que tiene un deje un poco cansino. Los griegos, supongo.

Supongo. Aunque posiblemente de orígenes más humildes, claro.

Mossy Creek, por ejemplo.

Por ejemplo. ¿Has pensado alguna vez cómo sería que te hubieran presentado en estos últimos años a una persona a la que conocías de toda la vida? Que te la presentaran de nuevo.

Estás pensando que te parecería una persona muy diferente si no conocieras su historia.

Exacto.

¿En qué diferiría de la primera vez?

No se trata de eso. Estamos hablando de la persona tal como es ahora. Solo que con un pasado que nos es desconocido.

No entiendo.

Olvídalo. ¿Otro café?

No. Tengo que irme.

Pues que sea con mi bendición, *viejo*. Extraño lugar, el mundo. Hace un tiempo estuve en Knoxville y a un borrachín lo atropelló un autobús. Estaba tendido en la acera donde lo habían llevado entre varios y había unos cuantos mirones alrededor. En Gay Street. Delante del S & W. Alguien había ido a llamar. Y yo me incliné para preguntarle si se encontraba bien. A ver, era evidente que no podía encontrarse bien. Acababa de arrollarlo un autobús. Entonces abrió los ojos y me miró y dijo: Mi arena se agota. Santo Dios. ¿Mi arena se agota? Llegó la ambulancia y se lo llevaron. Estuve mirando la prensa varios días y no encontré ni un suelto sobre el atropello.

Quizá era un enviado con un mensaje para ti.

Puede. La vida es corta. *Carpe diem*.

O quizá ojo con los autobuses.

Sheddan tomó otro sorbo y volvió a dejar el vaso encima de la mesa. Autobuses, dijo.

He de irme.

Los amigos siempre te dicen que vayas con ojo. Que te cuides. Pero podría ser que cuanto más vigilas más vulnerable te vuelves. Quizá se trata simplemente de ponerse en manos del ángel de cada cual. Hasta puede que me dé por rezar, escudero. No sé muy bien a quién. Pero igual me aliviaría el peso de los hombros, ¿no te parece?

Haz lo que te diga el corazón.

Apuró el café y se levantó. Las farolas de Bourbon Street estaban ya encendidas. Un rato antes había llovido y la luna yacía en la calle mojada como una tapa de alcantarilla de platino. Cuídate, John.

Tú también, escudero. ¿O acabo de sugerir que sería preferible no hacerlo?

* * *

No podía dormir. Le había dado por recorrer el Quarter a horas intempestivas en lo que a la postre iba a ser el último año en que se podía hacer tal cosa. Después los atracadores se adueñaron de las calles. No sabía qué hacer con las cartas de su hermana. No fue a ver a Kline por el permiso de armas. Dudaba que eso pudiera servir de algo. Lou le dejó varios mensajes en el bar pero Western no volvió al trabajo. Janice le veía entrar y salir. Red estaba en Argentina. Río Gallegos. Donde las rachas de viento hacían saltar muebles de jardín y gatos muertos por encima del tendido eléctrico. Vio a Valovski en el bar en un par de ocasiones. Una mañana en una cafetería de los aledaños del Quarter vio a alguien que le sonaba.

Webb, dijo. ¿Eres tú?

Webb se volvió y miró a quien le hablaba.

Soy Bobby Western.

Caray, Bobby. Te conozco. ¿Qué tal te va?

Tirando.

¿A qué te dedicas ahora?

No hago gran cosa. ¿Y tú?

Lo mismo digo.

¿Sigues con los camiones?

Qué va. Lo dejé hace un año. Me jodí un pie. Al bajar de un bordillo me lo torcí o yo qué sé. Desde entonces no ando bien. Al final tuve que dejarlo. Por mi culpa todo iba más lento. Pero seamos justos: el Ayuntamiento me pasa un poco de dinero.

Eran trabajos decentes.

Como solíamos decir. Cien dólares a la semana y bufet libre.

Western pidió café y el que atendía el mostrador se puso a ello.

No llevarás encima algo de tabaco, ¿eh, Bobby?

Pues no. No fumo.

Bueno, tranquilo.

Te compro un paquete.

No, hombre. Si no pasa nada.

¿Qué marca fumas?

Camel. Sin filtro.

Western fue hasta la máquina de tabaco que había al fondo e introdujo tres monedas de veinticinco centavos y tiró de la palanca. La cajetilla descendió hasta la bandeja junto con el cambio. Cogió un periódico y volvió y dejó el paquete de Camel sobre la barra. Webb se lo agradeció con un gesto de cabeza y cogió el paquete.

Muy amable de tu parte, Bobby. Gracias.

De nada.

He intentado dejarlo, sabes. No estoy seguro de que se pueda. ¿Tú no has fumado nunca?

No.

La bebida sí que la dejé. De un día para el otro. Pero esto del tabaco yo creo que le meten heroína o algo.

¿Tenías problemas con la bebida?

Problemas no sé. Supongo que debería decir que sí. Me despertaba en sitios extraños. Una vez me desperté en el coche de alguien y pensé: Tío, ¿y si un día te despiertas muerto? Creo que ahí fue cuando decidí plantarme. Digo yo, si te mueres borracho, ¿te da tiempo a volver a estar sobrio antes de enfrentarte a Dios?

Es una buena pregunta. No lo sé.

Lo estuve pensando. Me imaginé curda perdido delante de él. Y lo que él diría. Y lo que diría uno, ya puestos.

Bueno, a mí me parece que el alma no se emborracha.

Webb se quedó pensando en esas palabras. Ya, dijo. Puede que la tuya no.

Encendió un pitillo y apagó el fósforo con el humo. Western abrió el periódico y echó un vistazo. Miró a Webb. ¿A veces no tienes la sensación de que alguien va a por ti?

Webb dejó caer la cerilla en el cenicero. Humeó ligeramente. No lo sé, dijo. He estado casado una vez. No sé si eso cuenta.

Creo que no.

¿Por qué lo dices? ¿Crees que alguien va a por ti?

No estoy seguro. Solo me preguntaba si la gente en general no tendría esa sensación.

Sin que haya motivo.

Exacto.

Webb fumó. Como a la mayoría de la gente le gustaba que le pidieran su opinión. Yo tenía un tío carnal que era un auténtico personaje. Era capaz de robar hasta un hornillo al rojo vivo. Es más, como no fuera para hablar de hurtos ni siquiera se dignaba hablar contigo. En fin, el caso es que la poli iba a por él todo el tiempo, pero a mí no me pareció que eso le importara gran cosa.

¿Estuvo en la cárcel?

Y tanto que estuvo. Tampoco me pareció que eso le importara. Yo he estado en chirona una sola vez en la vida. Ebriedad y alteración del orden público. Y te diré una cosa, Bobby. Con una vez tuve más que suficiente.

¿Qué fue de tu tío?

La glucemia pudo con él. Perdió una pierna por culpa del azúcar. Acabó como guardia de seguridad en Houston, Texas. Llevaba tres semanas trabajando allí y un día unos mexicanos se cuelan por la claraboya y le meten un balazo entre los ojos. No sé cómo interpretar eso.

La vida es extraña.

Qué me vas a contar. Pero también te diré que es más extraña para unos que para otros.

Quizá hay que interpretarlo como que quien la hace la paga.

Mira, eso sí que es una verdad como un templo.

Aun así creo que ciertas personas tal vez pagan más de lo que deben.

¿Estás hablando de ti, Bobby?

No lo sé. Solo que me gustaría saber quién lleva el libro de contabilidad.

Amén.

Western se terminó el café. Me ha alegrado verte, Webb. Cuídate.

Lo mismo digo, Bobby.

Western salió a la calle. Querría haberle dado algo de dinero, pero no sabía de qué manera enfocarlo.

El viernes entró en el banco y en el mostrador de mármol hizo un talón por doscientos dólares y fue con él a la ventanilla. El cajero introdujo el talón en la máquina y marcó los números. No hizo nada más durante un minuto. Después miró a Western.

Lo lamento, dijo. Su cuenta está embargada.

¿Embargada?

Sí.

¿Por quién?

Hacienda la ha retenido.

¿Y eso desde cuándo?

El cajero volvió a mirar la máquina. Desde el tres de marzo. Lo siento.

Le devolvió el talón a través de la ventanilla. Western miró los números.

O sea que no puedo retirar dinero.

Eso me temo. Lo siento.

Cruzó de nuevo el vestíbulo para salir a la calle. Cuando llegó a la puerta se detuvo. Luego dio media vuelta.

Firmó en el registro de la bóveda de seguridad y bajó a la cámara acorazada en compañía del funcionario. El hombre cogió las llaves de Western pero cuando llegó a su número había encima una tira de cinta adhesiva con unas letras y unos números. El funcionario se volvió hacia Western. Lo siento, dijo. El contenido de su caja fuerte ha sido requisado por Hacienda.

¿Esto pasa muy a menudo?

No.

¿Y no necesitan una orden judicial?

Yo juraría que no, señor.

Algo tendrán que tener.

Lo dudo. Si quiere usted hablar con alguno de los empleados del banco…

Da igual.

Volvió a subir por St. Philip Street hasta el bar y se sentó a la barra y pidió una Coca-Cola. El bar estaba casi vacío. Rosie le observó.

Me gusta verte pensar, dijo.

Western sonrió y meneó la cabeza. Desde aquí no te gustaría.

Ella apiló unos vasos en el estante de atrás. No dejes que esos cabrones te machaquen.

Quizá tendré que mudarme a Cosby.

Bueno. A Cosby no van a ir.

No. A Cosby no van a ir. Juégate lo que quieras.

Ni los federales van a Cosby.

La Interpol tampoco va a Cosby, Tennessee. Ni el NKVD.

Quizá deberías tenerlo en cuenta.

Él sonrió y se bajó del taburete y dijo adiós con la mano y salió. Bajando por Decatur paró un taxi. En el bar había tenido un pensamiento más siniestro aún.

Desde el callejón pudo ver el enorme y reluciente candado de su guardamuebles. Chuck estaba saliendo de la oficina escarbándose los dientes. Pasa, dijo.

Se sentó a su mesa y miró a Western. He intentado llamarte. Me salía desconectado.

Ya. No vivo donde antes.

No pude hacer nada al respecto.

Lo sé. ¿A qué hora cierras la verja?

Chuck tamborileó con los dedos. ¿Es que no has visto el aviso?, preguntó.

No.

Pues quizá deberías. Confiscado por el Gobierno de Estados Unidos. Quizá te interesaría leerlo.

Vale. Digamos que ya lo he leído.

El coche es ahora propiedad del gobierno, Bobby. Si intentas apropiártelo te meterán en el talego. Por eso está ahí.

No sé qué problema tienen contigo, pero he estado hablando con ellos. El coche les da igual. Eres tú lo que les interesa. Quizá deberías pensar en ello.

Western miró un momento hacia la puerta. Chuck giró suavemente en su butaca. Volvió a la posición anterior. ¿Cuánto dinero les debes?

Yo no les debo nada.

Bien. Te lo repito. Yo me he peleado a dentelladas con esos cabrones. Si solo es un impago o bien incumplimiento de la obligación de declarar, no hay gran cosa que puedan hacer. Pero si cometes un delito entonces te tienen cogido por las pelotas. Y acabas con el culo en la cárcel.

Estoy seguro de que tienes razón.

¿Cuánto vale el coche?

No lo sé. Unos quince mil.

Pasa de todo, Bobby. Eso ya no es un coche. Es un cebo así de grande. ¿Tú por qué crees que todavía está aquí? Vete a pie y olvídate de él.

Que me vaya a pie y me olvide de él.

Hazme caso. Si tuvieran una manera más fácil de trincarte ya lo habrían hecho.

Western permaneció en el umbral; seguía con la mirada la hilera de construcciones hasta donde su coche estaba encerrado. ¿Y si me busco un abogado?

Búscate uno si quieres. Pero con eso no vas a recuperar el coche.

Me han jodido y no hay nada que hacer.

Exacto.

Western asintió con la cabeza.

No es gente con la que uno desee mantener una conversación, Bobby.

Ya. Bueno. Ahora ya es un poco tarde.

Si entras en sus archivos ya no vuelves a salir.

Nunca.

Nunca.

Y yo estoy en sus archivos.

¿A ti qué te parece?

Vale.

Cuídate, Bobby.

Cuando volvió al bar subió a su habitación y se sentó en el catre mirando al suelo. Pensó en lo estúpido que había sido. Había llegado a tener ocho mil dólares en el banco y ahora le quedaban treinta dólares en el bolsillo. ¿Cuándo te vas a tomar esto en serio? ¿Cuándo vas a tomar alguna medida para salvarte?

Por la mañana se duchó y salió a desayunar y luego fue a pie hacia el Uptown. Hacienda tenía su delegación en la oficina de Correos. Subió las escaleras y se plantó frente al mostrador de recepción hasta que la recepcionista levantó la cabeza y le preguntó qué quería. Él le explicó que le habían embargado la cuenta bancaria y que deseaba hablar con alguien al respecto.

Su nombre.

Robert Western.

La recepcionista se levantó y entró en un despacho. Al cabo de unos minutos volvió a salir. Tome asiento, le dijo. Enseguida le atenderán.

Esperó casi una hora. Por fin le hicieron pasar a un despacho que había al fondo. Era un cuarto pequeño con vistas al aparcamiento. El agente llevaba puesto un traje de verano de color canela. Siéntese, dijo.

Estaba revisando el expediente de Western. No le miró. El problema con usted, señor Western, dijo, es que al parecer hace bastantes años que no tiene empleo.

Trabajo como buzo de rescate. Y antes de eso estuve empleado en el Ayuntamiento.

¿Y antes?

Estudiaba. ¿Dónde está el problema?

El problema está en no haber declarado sus ingresos a la hacienda pública.

No tuve ningún ingreso.

Piense usted que dar información falsa incluso oralmente

a un agente federal es constitutivo de delito. De delito mayor, para ser exactos.

Ya. ¿Y?

Y eso nos lleva a la pregunta número dos, señor Western. Durante este periodo parece ser que viajó mucho y que mató el tiempo conduciendo costosos coches de carreras y hospedándose en hoteles buenos.

De buenos tenían muy poco.

El agente estaba mirando el aparcamiento de abajo desde la ventana. Se volvió hacia Western. Y bien, ¿cómo financiaba todo eso?

Mi abuela me dejó algo de dinero. Una cantidad inferior al mínimo requerido para pagar el impuesto de sucesiones.

Tendrá documentos de alguna clase que lo confirmen.

No.

No. ¿Y ese dinero cómo se lo pagaron?

En efectivo.

En efectivo.

Sí.

El agente se lo quedó mirando largo rato. Bien, dijo. Pues tiene usted un problema, ¿verdad?

¿No les compete a ustedes demostrar que yo recibí ese dinero?

No, señor.

¿No?

No.

¿De qué manera puedo desbloquear mi cuenta bancaria? Y el coche.

De ninguna. Está siendo investigado por fraude fiscal. Como parece ser que se mueve usted con bastante libertad en círculos internacionales, hemos tomado también la precaución de dejar sin efecto su pasaporte.

¿Lo han anulado?

Sí.

Pero yo trabajo en el extranjero. Necesito el pasaporte para poder trabajar.

Necesita el pasaporte para poder huir.

Western se retrepó en la silla y le miró detenidamente. ¿Usted qué se imagina que soy?

Sabemos quién es usted, señor Western. Lo que no sabemos es en qué ha andado metido. Pero lo averiguaremos. Como siempre.

Western miró la placa con el nombre encima de la mesa. ¿Es usted? ¿Robert Simpson?

Sí.

Supongo que le llamarán Bob.

No. Me llaman Robert.

A mí los amigos me llaman Bobby.

El agente asintió apenas con la cabeza. Permanecieron en silencio. Al rato el agente dijo: Yo no soy amigo suyo, señor Western.

Ya lo sé. Usted es mi empleado.

Al agente casi pareció que le hacía gracia.

Usted no sabe nada sobre mí.

¿De veras?, dijo el agente. Alargó la mano para girar ligeramente la carpeta del expediente y luego juntó las manos sobre el regazo. Creo que se llevaría una sorpresa.

Western se lo quedó mirando. No me están investigando por fraude fiscal.

¿No?

No.

¿Por qué motivo cree que lo estamos investigando?

No lo sé.

Western se levantó de la silla. Y dudo que usted mismo lo sepa. Gracias por su tiempo.

De regreso pasó por el Quarter. Al llegar al final de Toulouse Street se detuvo y contempló el río. Una brisa fresca. Olor a petróleo. Se sentó en un banco con las manos juntas e intentó no pensar en nada. Alguien le estaba observando. ¿Cómo lo sabes? Uno lo nota. ¿Qué se nota? Se nota que alguien te observa. Volvió la cabeza. Era una chica sentada en un banco al otro lado del paseo. La chica sonrió y luego apartó la vista. Sacudiendo los cabellos. La cara al viento que soplaba del río. ¿Qué es lo que creen ver? La espalda recta. Los pies juntos. Era rubia, guapa. Joven. Si alguien te dijese que has malgastado la vida por una mujer, ¿tú qué dirías? Bien malgastada ha sido.

Pese a toda su entrega hubo momentos en que pensó que el dulce filo de su congoja perdía grosor. Cada recuerdo apenas un recuerdo del anterior hasta… ¿Hasta qué? Huésped y abatimiento sin distinción hasta que por fin el miserable coagulante es devuelto a paletadas a la tierra y la lluvia va atemperando las piedras en previsión de nuevas tragedias.

Cuando volvió a Stella Maris la primavera después de la muerte de su hermana la gente le miró con extrañeza. No sabían muy bien a qué atenerse. ¿Había vuelto para que lo internaran? En el formulario de registro tenía que escribir el nombre del paciente a quien había ido a ver. Miró a la enfermera.

¿Helen aún está aquí?

Helen Vanderwall.

Creo que sí. Una mujer mayor.

¿Es a ella a quien viene a visitar?

Sí. A ella.

Se inclinó para escribir el nombre en el registro. Una mujer lo acompañó pasillo abajo hasta la puerta.

Estaba sentada en una silla junto a la ventana y llevaba un vestido de flores. Le sonrió al verle y él le dijo quién era y la sonrisa no varió. Ella le cogió la mano y luego no quería soltársela. Arrimó la otra silla y se sentó. Sabía quién eras, dijo la mujer. En cuanto te he visto en la puerta. La he tenido mucho en mi pensamiento. Me he sentado aquí innumerables veces intentando pensar en cómo tocarla de alguna forma. No sabía qué era lo que quería que hiciese ella. Pero aquí estás.

¿Ella cómo lo supo? Lo de hacerme venir.

No lo sé. Siempre pensé que debía de haber algo que le decía cosas pero nunca se lo pregunté. No me parecía que fuera algo que debiera preguntar. Pero eso no tenía la menor importancia. Estaba muy claro que podías fiarte de ella.

Bajaron a la cafetería y tomaron café y tarta. Sentados a una mesa junto a la ventana. En el exterior unas cuantas personas paseaban por el recinto. El frío había quedado atrás. Los árboles desnudos aún. Helen tenía la piel como de pergamino. Los ojos muy pálidos. Estaba sentada a la izquierda de él y comía con la mano izquierda. La derecha no había soltado la de Western. El antebrazo ajado y flaco y casi azul.

Se supone que no hemos de darles de comer pero no hacemos caso. Había una que era negra como el carbón y a mí me gustaba especialmente. Un día me mordió. Apenas un mordisquito en el dedo. No se lo conté a nadie. A Alicia sí porque quería que le echara un vistazo y me dijera si estaba bien. No me enfadé nada con ella. Pero Alicia no la encontró. Cuando bajaba aquí yo siempre la buscaba con la mirada pero no volví a verla nunca más. Creo que un gato debió de cazarla.

Ardillas.

Ardillas. Sí. No te importa, ¿verdad?

No.

Me alegro. He llegado a un punto en que ya apenas me preocupa lo que le importe o deje de importarle a la gente. Alicia siempre fue buena en ese sentido. Me cogía la mano horas y horas.

Era buena en muchas cosas.

Me alegré por ella cuando se marchó pero no sabía que la echaría tanto de menos. Debí suponerlo. Cuando volvió pensé que a lo mejor no se iría nunca más y me sentí mal por ello. Supongo que eso me hizo sentir culpable.

¿Culpable?

Bueno, ya sabes. Porque me alegraba de que estuviera aquí. Y sabía que no debía alegrarme por ello.

¿Por qué pensó que no se marcharía?

Lo supe sin más.

¿Se lo dijo Alicia?

Más o menos.

Ella podría haber estado equivocada.

La mujer volvió la cabeza y le sonrió y luego miró de nuevo por la ventana. La primera vez que la vi fue un día de buena mañana. En la sala común. Como la vi allí sentada, sola, me acerqué y me senté a su lado. Quería hablarle pero era muy joven y como no sabía qué decirle le pregunté si había terminado de leer el periódico. Lo tenía sobre el regazo y yo intentaba trabar amistad con ella. Le pregunté si iba a hacer el crucigrama y ella dijo que ya lo había hecho. Por supuesto, me di cuenta enseguida. Por el modo en que tenía doblado el periódico. Podía ver que no lo había hecho. Sonreí, o algo parecido, pero no dije nada. Más adelante, claro, descubrí que sí había hecho el crucigrama. Solo que mentalmente. Le preguntabas qué era tal o cual cosa y ella sabía qué era. Sabía el número y todo. Te decía ese es el siete horizontal o lo que fuera y te decía la palabra. Ya había mirado el crucigrama y por eso lo sabía. Para ella era coser y cantar.

Western contempló la cafetería. Las mesas desocupadas. La tarde tranquila. Unas cuantas personas tomando té y sus cuidadores al lado.

¿Tenía alguna otra amiga especial?

Yo no era una amiga especial. Alicia no necesitaba amistades especiales. Para ella todo el mundo era igual. Aunque no la trataran bien ella no dejaba de ser su amiga.

Apoyó las manos juntas en la mesa y se las miró. Luego miró a Western.

Supongo que te enteraste de que Louie murió.

No lo sabía. Lo siento.

Se volvía loco. Pegaba un salto y lanzaba su peluquín al otro extremo de la sala. Una vez fue a caer a los pies de James. James estaba leyendo una revista y no sé cómo el peluquín fue a parar justo debajo de uno de sus pies y entonces James se levantó de un salto y empezó a pisotearlo. No sabía qué era. O quizá solo fingió no saberlo. Alicia le tenía mucho cariño.

A James.

A James. Sí. El hombre estaba muy preocupado por la bomba. Bueno, supongo que no debería hablar de esto.

No pasa nada.

James le preguntaba a menudo por la bomba. Hacía anotaciones en su libreta. Ella, claro, estaba al tanto de todo. A él se le ocurrían maneras de combatir la bomba y ella le hacía ver por qué no funcionarían y entonces James se marchaba. Pero al cabo de un rato volvía con alguna otra cosa. Tenía unos imanes muy gordos con los que se suponía que todo el mundo estaría a salvo. ¿Ves a aquella mujer de allí?

Western miró hacia donde ella le indicaba.

La del vestido azul.

Sí.

¿Dirías que se parece a mí?

Western meditó la pregunta. No, dijo.

Ay, menos mal.

No le cae bien.

Bueno, es que no me parece muy simpática.

Entiendo.

Algunos pensaban que era mi hermana.

¿Hay hermanas en el centro?

Mientras yo he estado aquí no las ha habido. Quizá sea una política del centro. ¿Tú crees que vuestro padre estaba mal de la chaveta?

¿Mal de la chaveta?

Hombre, eso de construir bombas para reventarlo todo.

Supongo que es una pregunta muy razonable.

Miró a la mujer del vestido azul. Se parecía mucho a Helen. No lo sé, dijo.

Miró hacia el banco del otro lado del paseo. La chica ya no estaba. Era mediodía. Dentro de nada sonarían las campanas de la iglesia. Aquel año poco después de su aniversario ella había ejercido el derecho a coger el alta y se había ido a vivir a casa de la abuela y dejó de medicarse. Al cabo de una semana estaban todos de vuelta. El Chico Talidomida y la señora mayor con la estola de bicho atropellado y Grogan el Inmundo y los enanos y los minstrels. Congregados todos ellos a los pies de su cama. Cuando ella encendía la lámpara de la mesita de noche los veía parpadear.

Tañeron las campanas. Se puso de pie y echó a andar por St. Peter Street hasta la cafetería y metió una moneda en el teléfono de pago y marcó el número de Kline.

Soy Bobby Western.

¿Dónde está?

En el Quarter, en un teléfono público.

Mejor no hablar por teléfono. ¿Quiere que nos veamos?

¿Dispone de tiempo?

Sí. ¿Está cerca del Seven Seas, quizá?

Puedo estarlo.

Bien. Si le parece paso por allí a recogerle dentro de una media hora.

Muy bien. Gracias.

Colgó el teléfono y subió por Decatur hasta St. Philip y luego por St. Philip hasta el bar.

Kline paró junto al bordillo en sentido contrario y se inclinó para mirar. Western salió del bar y montó en el coche y arrancaron.

¿Le gusta el italiano?

Me gusta el italiano.

¿Conoce el Mosca's?

Y quién no. Debo aclarar que estoy sin un centavo.

No se agobie. Lo pongo a cuenta.

De acuerdo.

Fue a decir algo más pero Kline levantó una mano y le conminó a callar con una sonrisa. Tomaron la autopista Airline y pararon en el aparcamiento de detrás del restaurante. Se apearon del coche y Kline cerró la puerta de su lado y miró a Western por encima del capó del vehículo. De cuando en cuando le pego un barrido. Por si sirve de algo. Es un coñazo pero qué se le va a hacer.

¿Alguna vez encuentra algo?

Sí, desde luego.

¿Y en la oficina?

Igual. Suelen ser artilugios de vigilancia industrial. La tecnología mejora de año en año. Es increíble lo que puede uno encontrar. En realidad se podría decir que es un juego. Salvo claro está porque a veces alguien sale herido.

Cruzaron el aparcamiento. ¿Y ahí dentro?

Tranquilo. Mosca's es un refugio. No les queda otra.

El maître saludó a Kline con un gesto de cabeza. El local estaba lleno. Se sentaron a una mesa pequeña cerca de la puerta y Kline abrió la carta de vinos y empezó a mirar. ¿Conoce este sitio?

Parece que no tan bien como usted.

Todo está bueno.

¿Qué va a pedir?

Creo que los fettuccine con almejas.

¿Es lo que toma habitualmente?

No.

Kline examinó la lista de vinos. Pero debo decir que tiendo a ser persona de hábitos. Cosa que en mi negocio tal vez no sea buena idea.

Western sonrió. ¿Alguien va a por usted?

A por mis datos, básicamente. Como yo a por los de ellos. ¿Qué tal un St. Emilion?

Me parece bien.

Kline cerró la carta de vinos. Se quitó las gafas y las guardó.

Le contaré cómo va esto. Hace unos años la CIA pinchaba las máquinas de escribir de la embajada soviética y luego pasaba las cintas por un ordenador. El programa desencriptaba los clics. La longitud del recorrido de la tecla. Frecuencia, los pequeños cambios en el timbre de la pulsación dictados por el ángulo de la tecla. Todo aquello que fuera computable y susceptible de asignársele una probabilidad. La barra espaciadora lógicamente daba la palabra «pausa». Con ese programa se conseguía una aproximación no muy fiel al ruso escrito.

Los del equipo de encriptación que hablaban ruso revisaban el material y luego se lo pasaban a un traductor, quien a su vez les devolvía una versión limpia en inglés.

¿Y usted cómo se enteró?

Por un colega. ¿Qué va a pedir?

Western cerró la carta. Tomaré lo mismo que usted.

Buena elección.

Lo de no tener dinero lo decía en serio.

Ya lo sé. No se preocupe.

Llegó el camarero y les sirvió agua en los vasos. Hizo un leve gesto de cabeza mirando a Kline y luego miró a Western. ¿El caballero tomará una copa?

No, gracias.

Pidieron. El camarero dio las gracias y se llevó las cartas.

Saben quién es usted, dijo Western, pero no lo dicen.

Porque no saben quién es usted.

¿Es el procedimiento habitual?

Es más bien buena educación, diría yo.

¿Este sitio está vinculado?

No. Bueno, básicamente se preocupan de la clientela.

¿Carlos Marcello suele venir por aquí?

Carlos Marcello es el dueño. Al menos del edificio. Pero es el mejor restaurante italiano entre Los Ángeles y Providence. Creo que dijo usted que tenía familia en Providence.

Así es.

Estuvo aquí hace unas semanas con Raymond Patriarca.

Quiere decir Marcello.

Sí.

¿Usted sabía quién era Patriarca?

No. Tuve que preguntar. Sería interesante conocer el contenido de esa conversación.

Sin duda. ¿Son clientes suyos, estas personas?

No. Tienen su propio equipo.

Claro.

¿Qué ha pasado con su dinero?

¿Por qué piensa que le ha pasado algo?

Era solo una suposición lanzada al vuelo.

Hacienda ha bloqueado mi cuenta bancaria.

¿Cuándo fue eso?

Hace unos días.

Kline meneó la cabeza.

Qué puedo hacer, si es que se puede hacer algo.

No se puede.

¿Nada?

No.

Se quedan el dinero y punto.

Podría buscarse un abogado. Pero de poco servirá. ¿Cuánto dinero tenía en la cuenta?

Unos ocho mil dólares.

Me sorprende usted.

No se pensaba que pudiera ser tan tonto.

No es eso.

Yo también lo pensaba.

¿Qué otras posesiones tiene?

Tenía un coche.

Incautado también.

Sí.

¿Qué más?

No poseo nada más. Tenía un gato. Si es que a un gato se le puede llamar una posesión.

¿Se llevaron el gato?

Dejaron la puerta abierta. Aún no he dado con él.

Debe impuestos atrasados.

Eso dicen ellos.

¿Basándose en qué?

En mi tren de vida, parece. Me abuela me dejó un dinero al morir. Lo repartí con mi hermana. Utilicé mi parte para meterme a piloto de carreras.

¿Y no le parece raro que ellos lo sepan? Que fuera a correr a Europa.

Creo que ya no sé lo que es raro y lo que no. Y se han quedado mi pasaporte.

¿El pasaporte también?

Sí.

Kline extendió una mano sobre el mantel y se la miró.

Eso es mala señal, ¿verdad?, dijo Western.

Bueno, quiere decir que piensan que podría abandonar el país.

El camarero llegó con la botella de vino y la descorchó y dejó el corcho sobre la mesa y escanció un poco de vino en la copa de Kline. Kline agitó el vino con pequeños movimientos circulares y lo olió y paladeó e hizo un gesto de asentimiento y el camarero sirvió en las copas de ambos y dejó la botella encima de la mesa. Kline adelantó su copa hacia Western. No parecía que se le ocurriera un motivo para brindar.

Ha dejado que escanciara él.

Sí. Me conoce. ¿Les dijo a los de Hacienda de dónde procedía el dinero?

Sí.

¿Qué más les dijo?

En plan espero que no les dijera nada más. ¿Es eso?

Por ahí va la cosa. Pero usted ha estado pagando sus impuestos.

Sí.

Ese es el problema. Si pasa de ellos, entonces es solo un delito menor. Pero si hace la declaración de la renta y deja de mencionar una cantidad de dinero heredado de su abuela, por ejemplo, entonces la cosa cambia. Ha falseado su declaración y por tanto es un delito grave. Suficiente para que lo recluyan en una prisión federal durante una parte considerable de su futuro.

Creo haberlo oído en alguna otra parte. Lo de que no era un problema si dejaba de pagar impuestos. Pero que si solo pagaba una parte entonces podía ir a la cárcel.

Algo así.

¿Y por qué no me han arrestado?

Lo harán. Están dándole vueltas al asunto. Ningún agente federal da por sentado que un perpetrador haya cometido un único delito.

¿Qué más piensan que he hecho?

Eso es más probable que lo sepa usted que no yo.

Pero incautarse de mis activos iba a ponerme en alerta.

Para hacer que el Departamento de Estado anulara su pasaporte tenían que mover ficha. Y eso han hecho.

Creo que ya no tengo apetito.

Hablemos de otra cosa, pues.

Sí.

¿El coche era de los caros?

Un Maserati. Pero no nuevo. Un Bora 73.

Yo es que no tengo ni idea de coches.

Valdrá más o menos lo que un Cadillac nuevo. Puede que un poco más.

Lo siento.

Soy un fugitivo, ¿verdad? Tanto si soy consciente de ello como si no.

Es una pregunta que no le puedo contestar. Pero quizá le convendría intentar protegerse.

Usted no cree que sea demasiado tarde para eso.

No le sabría decir. Lo que sí sé es que hoy es menos tarde que mañana.

¿Usted qué haría?

Ya sabe qué clase de pregunta es esa. Si yo fuera usted estaría dando clases en alguna parte o construyendo bombas o lo que hagan ustedes los físicos.

Claro. ¿Y cuál es su bagaje profesional? Aparte del circo.

El circo es todo mi bagaje. De hecho, ni siquiera terminé la escuela primaria.

¿En serio?

Y tan en serio. Me casé. No tuve hijos. Divorcio amistoso. No hay ninguna tragedia en mi vida que le haya dado un sesgo o una forma que yo no pueda controlar. Me gusta lo que hago. Pero podría estar haciendo otra cosa. He tenido mucha suerte. Y tampoco estoy seguro de si cambiaría las cosas malas. Ahí llegan los platos.

Comieron casi en silencio. Como si Debussy Kline se tomara el ágape muy en serio. Cuando hubo terminado se reclinó en la silla y apuró lo que quedaba de vino en su copa y estuvo un rato girando el fuste entre sus dedos mientras la examinaba. Luego la dejó sobre el mantel. Estaba muy bueno, dijo.

Western sonrió. Sí, dijo. Gracias.

Kline arrugó su servilleta y la dejó a un lado. Yo en casa cocino, dijo. Pero hay cosas que nunca salen del todo bien. Creo que es el caldo. Ahí está el secreto de un buen chef.

¿El caldo?

Sí. A menos que uno tenga una vieja cacerola roñosa en la que echar todo tipo de cosas horribles (nabos podridos, gatos muertos, lo que sea) y dejarlas cocer a fuego lento durante un mes, uno siempre estará en desventaja. ¿Quiere echar un vistazo a la carta de postres?

No, gracias.

Bien. Volvió a coger la copa de vino y la giró. Una pequeña gota había quedado en el fondo. Kline inclinó la copa e hizo que la gota resbalara hasta el borde. Brillante como la sangre. Levantó la copa y dejó caer la gota en su lengua y volvió a dejar la copa en la mesa. Bueno, ¿qué piensa hacer?, dijo.

No tengo muchas opciones. Volver al trabajo. Intentar que me adelanten algo de dinero.

¿Cuándo fue la última vez que trabajó?

No he vuelto a trabajar desde que volví de Florida.

¿Ha hablado con ellos últimamente?

¿Con la empresa de Taylor?

Sí.

Todavía tengo un empleo, si se refiere a eso.

No me refería exactamente a eso.

Cree que es probable que me embarguen la paga.

Más que probable, diría yo.

¿Y cuánto va a durar esto?

Siglos.

Western se terminó el vino. No tengo a donde ir, ¿verdad?

¿Quiere un café?

De acuerdo.

Llegó el camarero. Al cabo de unos minutos les trajo el café. Kline tomó un sorbo del suyo. ¿Tiene algún capital?

No.

¿Qué hizo su hermana con su parte de la herencia?

Comprarse un violín.

¿Un violín?

Sí.

¿Cuánto dinero le dio usted?

Algo más de medio millón de dólares.

Diantre. ¿Cuántos años tenía?

Dieciséis.

¿Se le puede dar tanto dinero a una chica tan joven?

No lo sé. Imagino que el estado tendrá una ley al respecto. Como en el matrimonio. Se lo di en metálico.

¿El violín cuánto costaba?

Mucho. No era un Stradivarius pero poco le faltaba.

¿Dónde está?

No lo sé.

Pero con eso podría resolver buena parte de sus problemas económicos más inmediatos.

Lo sé.

Qué más.

¿Qué más?

Qué ha ocurrido recientemente en su vida para lo que no tenga una explicación.

Perdí a un buen amigo que hacía buceo comercial en Venezuela.

Es verdad. Me lo había contado. Se supone que la empresa lo está investigando.

Taylor's.

Taylor's. Sí. Pero usted no ha oído nada.

No.

Qué más.

Hace dos años entraron a robar en nuestra casa de Tennessee y se llevaron papeles y documentos de mi padre y de mi hermana y todas las cartas de la familia que se remontaban a casi cien años. Cogieron los álbumes de fotos. Cogieron todas las armas que había en la casa y varias cosas más. Aparentemente para simular que era un robo con escalo pero evidentemente no lo era.

Hicieron todo eso.

Sí.

Siempre en plural, ¿no?

Bueno, no sé.

Y sin embargo no se le ocurrió vaciar su cuenta corriente.

Western se quedó callado.

Kline levantó dos dedos pidiendo la cuenta. Parece que no ha pensado mucho en toda esta historia, ¿eh?

Parece.

Pero hay una cosa que sí piensa.

A ver.

Piensa que usted es más listo que ellos.

Y qué.

Pues que eso no ayuda. Ellos no son más listos de lo que necesitan ser y son tan listos como les hace falta.

En el justo medio, vaya.

Exacto. No como usted.

Qué más. De ellos.

Su absoluta dedicación. Una cosa extraordinaria. Y todo el mundo es culpable siempre. No tienen que pensarlo siquiera. Nunca van en persecución del no culpable. Ni se les ocurriría. La mera idea les parecería cómica.

El camarero llegó con la cuenta. Kline pagó en efectivo. ¿Nos vamos?

Salieron por el aparcamiento. No puedo darle ningún consejo, Bobby. Pero tengo la impresión de que se limita a esperar. El problema es que cuando eso que está esperando llegue, será demasiado tarde para hacer nada. Avíseme si quiere llevar adelante lo de la documentación.

Sí. Se lo agradezco mucho.

Bien.

Cree que no estoy siendo franco con usted.

Ni creo ni dejo de creer.

No sé qué más decirle.

Bueno. No pasa nada.

Hay una carta de ella que no he abierto nunca.

¿Por qué?

Porque no.

Sería demasiado triste.

Western guardó silencio.

Lo expresaré de otra manera. Es porque si la abriera sabría todo lo que va a saber nunca. Mientras no lea esa última carta la historia no habrá terminado.

Algo así.

Quizá se enteraría de dónde está el violín.

Quizá. Y ella tenía algún dinero. Es que esto me resulta muy duro.

Ya. Las cosas de su hermana van a ir a parar a alguna parte.

Western asintió.

El día era fresco. Cielo cubierto. Amenaza de lluvia. Cuando llegaron al coche Kline se quedó apoyado en el capó y miró a Western.

Cuando la gente inteligente hace cosas tontas suele ser por una de estas dos cosas: codicia o miedo. Quieren algo que se supone no les pertenece o han hecho algo que se suponía no debían hacer. En cualquiera de los dos casos se han aferrado a una serie de creencias para justificar su estado de ánimo pero que no encajan con la realidad. Creer se ha vuelto para ellos más importante que saber.

¿Le parece que por ahí van los tiros?

Sí.

¿Y usted qué es lo que quiere creer?

No lo sé.

Vuelva a contactar conmigo.

Está bien. ¿Qué más?

Eso es todo.

Sigue pensando que hay algo que no le cuento.

No estoy preocupado.

¿Porque tarde o temprano me decidiré a contárselo?

La gente le cuenta a un extraño en el autobús lo que no le explica al marido o a la mujer.

Es desolador, ¿no le parece?

El otro no respondió. Subieron al coche. Kline lo puso en marcha. No estoy seguro de que lo entienda siquiera, dijo.

¿El qué?

Que está bajo arresto.

¿Bajo arresto?

Sí. No se le acusa de nada. Simplemente está bajo arresto.

Se mudó a una especie de choza en las dunas al sur de Bay St. Louis. Al anochecer daba un paseo por la playa y mar adentro veía pasar bandadas de pelícanos volando lentamente en V sobre el oleaje gris. Unas aves inverosímiles. De noche podía ver cómo se encendían los postes de luz en la carretera elevada. Luces sobre el horizonte, el pausado transitar de barcos o las luces lejanas de las plataformas de perforación. En la vivienda había agua de cisterna pero no electricidad. Una pequeña salamandra de hierro colado que él alimentaba con madera de deriva. No tenía dinero con que comprar bombonas para el hornillo de gas y por eso cocinaba también en la estufa de leña. Arroz y pescado. Orejones de albaricoque. Los días eran cada vez más frescos y arropado en una manta del ejército se sentaba en la playa al desapacible viento que soplaba del golfo y leía cosas de física. Poesía antigua. Intentó escribirle cartas a ella.

Cuando paseaba al caer la tarde por la línea de la marea los últimos fulgores iban desapareciendo del horizonte de poniente y las charcas parecían charcos de sangre. Miraba las huellas de sus pies descalzos. Cómo iban llenándose de agua una tras otra. Los arrecifes parecían moverse lentamente en las horas postreras del día y los últimos colores del sol se extinguían y la repentina oscuridad hacía pensar en una fundición que cerrara hasta el día siguiente.

Al despuntar el día echaba a andar hacia las dunas y subía por la arenosa carretera hasta la autopista y recorría los arcenes en busca de animales muertos. Los despellejaba con una hoja de afeitar de un solo filo y llevaba los pellejos al colmado que había a tres kilómetros siguiendo la carretera. Mapaches y ratas almizcleras. Un par de veces un visón. Colas de nutria por la recompensa. Con el dinero compraba té y leche condensada. Aceite. Salsa picante y fruta en almíbar. Llevaba consigo a casa conejos muertos de la carretera que no estaban allí el día anterior y los cocinaba y se los comía.

La ropa la lavaba en el fregadero y luego la colgaba a secar en el pretil del porche. A veces el viento se la llevaba dunas abajo. Los días que hacía sol caminaba por la playa desnudo. Solitario, en silencio. Perdido. Por la noche encendía lumbre en la playa y se sentaba envuelto en la manta. La luna salía sobre el golfo y su recorrido era como un plato bailando en el agua. Pasaban aves por la playa. Él no sabía de qué especie eran. Se acordó del pasajero pero nunca volvió a las islas. El viento inclinaba las llamas y el agua que salpicaba del mar hacía sisear la leña. Contemplaba el fuego hasta que solo quedaban rescoldos. Las ascuas brillaban y se apagaban y brillaban de nuevo y fragmentos de fuego se alejaban renqueando playa abajo hacia la oscuridad. Era consciente de que necesitaba preguntarse qué sería de él.

Había encontrado en la choza un viejo aparejo de pesca y afiló unos herrumbrosos anzuelos del número seis y les puso como cebo trocitos de rata y los lanzó tan lejos como le fue posible con sus bajos de línea de media onza.

Tiempo frío y desapacible. Lluvia. Goteras en la vieja techumbre de ripia. Tuvo que poner cubos y cazos en el suelo por todas partes. Una noche le despertaron los relámpagos. Un espeluznante resplandor en el cristal de la ventana y un chasquido como un disparo de escopeta. Se incorporó despacio. La estufa se había casi apagado y hacía frío en la habitación. Sentado en la oscuridad esperando a que las ventanas se iluminaran de nuevo. Había alguien sentado en la silla del rincón.

Levantó la tulipa del quinqué y cogió una cerilla del cajón y la raspó en el canto de la mesa y encendió la mecha y colocó de nuevo la tulipa y bajó la llama con la ruedecita de latón. Luego sostuvo en alto el quinqué y volvió a mirar.

Era tal como ella se lo había descrito. El cráneo mondo y surcado de cicatrices quién sabe si causadas en su inimaginable creación. Los curiosos zapatos como remos que llevaba. Sus aletas de foca sobre los brazos de la butaca.

¿Estás solo?, dijo Western.

Santo Dios, Jonathan. Claro. Estoy solo. No puedo quedarme mucho. Digamos que estoy haciendo novillos, más o menos.

No te han enviado a verme.

Pues no. Ha sido iniciativa propia. Estaba revisando mi calendario y la fecha me ha llamado la atención.

Ha pasado otras veces.

Cierto.

¿Por qué estás aquí?

Quería saber qué tal te iba, eso es todo.

¿Cómo has sabido dónde encontrarme?

El Chico puso los ojos en blanco. Joder, dijo. ¿Esa es tu pregunta?

No lo sé.

Nos conocemos desde hace tiempo. De un modo u otro. Tú y yo.

Solo de oídas. ¿Cómo sé yo de qué fiarme?

No tienes elección. Lo único que puedes creer es lo que es. A no ser que prefieras creer lo que no es. Pensaba que a estas alturas todo eso lo tendríamos superado.

Yo no he superado nada.

Ya, bueno. Me temo que ahí no puedo ayudarte. En fin, el caso es que estaba por estos barrios. Eres un poco diferente de lo que me esperaba.

¿Y eso?

No sé. Un poquito andrajoso. ¿Cuánto tiempo llevas aquí?

Un poco.

¿De veras? No son unos aposentos muy lujosos que digamos.

El Chico miró en derredor. Disimuló un bostezo tapándose la boca con una aleta. Ha sido un día duro. No es fácil tratar con estos lameculos. Demencia en ausencia. Bueno, mejor no abrir el cajón de Leonora.

La caja de Pandora.

Esa tampoco. En fin, supongo que todos somos un poco responsables de la Hermanita. Unos más que otros, claro. Aun así es difícil pensar en ella como una especie de experimento y nada más. ¿Tú qué opinas, colega?

¿Yo qué opino, colega?

Aguantas bien la presión. Eso me gusta. Bien, ¿y adónde nos lleva todo esto? No veas, Andreas.

Un relámpago volvió a iluminar la estancia. Hostia, dijo el Chico. ¿Es que aquí estáis de tormenta todo el tiempo? Bueno, pensaba que quizá tendrías alguna duda. Puedes intervenir cuando te parezca bien. Estoy trabajando en negro.

¿Qué te hace pensar que te daré ese gusto?

Deberías oírte.

Western guardó silencio. El Chico se puso a mirarse las uñas de las que carecía. Lo que faltaba. Ahora está dolido. Cree que es un tío brillante. ¿Crees que eres brillante, Kurtz?

No. Hubo un tiempo que sí. Pero ya no.

Bien. Eso demuestra que ahora lo eres más. Quizá sí que podremos charlar un poco.

¿Por qué piensas que quiero charlar?

Corta el rollo. Como te decía, no tenemos mucho tiempo. ¿Y cómo fue que viniste a parar aquí?

La choza es de un amigo.

Menudo amigo. ¿No tienes luz eléctrica?

Pues no.

¿Retrete?

No.

Otro relampagueo. El Chico estaba sentado ligeramente de lado en la butaca. Bueno, dijo. Podría ser peor. A algunos les sorprende que aún estés vivito y coleando.

Ya. A mí también. A veces.

Supongo que aunque no juegues de titular siempre puedes estar en el banquillo y así ver cómo termina el partido.

Creo que sé cómo termina.

Vale. Es una simple proposición analítica, supongo. No requiere conocimientos, solo definiciones. Desde aquí se ve el mar, ¿no?

A lo lejos.

El Chico se levantó y se desperezó. Yo diría que este sitio es bastante macabro. ¿Por qué no vamos a dar un paseo por la playa? Así estiramos las piernas. Hasta podría ser que tuvieras ganas de quitarte un poco de peso de encima.

Un paseo por la playa.

Claro. Coge tu cazadora. Se nos va a hacer de noche.

Caminaron por la playa, pero el Chico parecía pensativo. Inclinado al frente y las aletas juntas detrás de la espalda. Mar adentro los quebrados filamentos de alambre de los relámpagos iluminaban brevemente y luego volvían a aparecer a lo largo del borde del mundo cada vez más oscuro. Eres un enigma con patas, dijo el Chico. ¿Qué? ¿No tienes preguntas que hacer? Pensaba que sería divertido que un tío hiciera preguntas sobre la cordura de su hermana desde las propias alucinaciones de su hermana.

¿Tú sabes algo de ella realmente?

¿Por qué no? Soy un trozo separado de su psique, ¿verdad?

No lo sé. ¿Eres un trozo de la mía?

Ni idea. Vaya por Dios, menuda plaga de misterios, ¿eh?

Ella decía que tú siempre lo entendías todo mal.

Era más que nada un modo de hacer que no pensara en ciertas cosas. De lanzarle un hueso, por qué no.

No estoy seguro de creerte.

Madre mía. Esto es la pera.

¿Y por qué?

¿Y por qué? Pues porque estás hablando de algo de lo cual no existe nada, cero, por eso.

Creía que estabas aquí para responder a mis preguntas.

Vale. De acuerdo. Adelante.

¿Adónde vamos?

Estamos dando un paseo por la playa. Para tomar el aire.

Respiró hondo.

Una vez me pareció verte.

¿Ah, sí?

En un autobús que pasaba por Canal Street.

Bueno, hay mucha gente que se parece a mí.

Siguieron caminando por la arena. Las enormes y lentas olas avanzaban desde mar adentro, pálidas en la oscuridad. La tormenta iba acercándose y los relámpagos se sucedían. Las incandescentes cadenas de ignición cayendo rotas en el mar. El Chico iba encorvado hacia delante, absorto. El resplandor permitió a Western ver su pequeño cráneo ahuevado y las comisuras de las placas a través de la piel de pergamino. Las orejas que parecían carne masticada.

Bueno, y tus preguntas qué.

Vale. ¿Cuántos años tienes?

El Chico se paró en seco. Luego reanudó la marcha meneando la cabeza.

Muy bien. Probemos otra: ¿Cómo has dado conmigo?

Eso me lo has preguntado hace un rato.

Contesta.

Pues preguntando por ahí.

No me digas.

En serio. He vivido en las calles durante años. No podía ser de otra manera.

¿Cuál es la cosa más extraña que has visto jamás? En tus viajes.

El Chico meneó la cabeza. No hemos venido aquí para hablar de eso. De todas formas, no me creerías. Hay muchos pecios por ahí. Muchos agarravergas. Pero no pueden pasarse la vida agarrados. Hay gente que piensa que sería estupendo descubrir la verdadera naturaleza de la oscuridad. La colmena de la oscuridad y la guarida de la misma. Se los ve por ahí con sus farolillos. ¿Qué tiene de malo este panorama?

Un leve trueno retumbó en el cielo negro.

La tormenta se acerca, dijo el Chico. Tenemos que darnos prisa.

Yo esperaba ver a alguno de tus hortes.

Ya. Pues va a ser que no. ¿Qué es lo que te ha despertado?

No sé. Los relámpagos.

¿Seguro que no estabas soñando?

Ahora ya no lo sé.

Deja que te lo pregunte de otra manera: ¿Seguro que no estabas soñando?

Western aminoró el paso. El Chico no varió el suyo. Entonces había estado soñando. En alguna postrera hora de la verdad el nombre de una niña era pronunciado pero la niña no contestaba y el barco del cielo continuaba su singladura hacia la eternidad todo él en llamas dejando a la niña sola y perdida en la orilla que se oscurecía por momentos. Apretó el paso para alcanzar al Chico.

¿Puedo hacerte una pregunta?

Eso ya es una pregunta. ¿Tienes otra?

¿Adónde vas cuando te marchas de aquí?

A otra parte.

Otra parte.

Exactamente. Mira. Estoy aquí porque quiero. Me parece que no lo entiendes. Fíjate. Ni un alma a la vista. Tendrías que pensar en eso.

No sé qué es lo que quieres.

¿Lo que quiero yo? Por favor… Ya te lo he dicho. Es mi día libre. ¿Cuánto tiempo crees que voy a estar aquí? Ni siquiera vas a guiarte por tus propias creencias.

¿Creencias? ¿Qué creencias?

Ya estamos otra vez.

El Chico siguió adelante. Es increíble, dijo. No esperaba encontrarme a semejante bobo. Estás caminando por la playa con un ente que piensas que es parte del geist de tu difunta hermana y pretendes que charlemos del puto clima.

Yo no he dicho nada del clima.

Da igual. De lo que sea. El Chico abarcó con un gesto el

negro y agitado mar. ¿Te imaginas que el suelo cediera y toda esta mierda fuera a parar a un insólito mundo de cavernas en las entrañas de la tierra? Un mundo extenso y negro. Se podría ir andando hasta el fondo y echar un vistazo. Una enorme y cojonuda sopa de pescado meneándose en el fango. Ballenas y calamares. Krakens de ojos como platos con sus testículos de veinticinco metros de largo. Luego un olor intenso y después nada. ¡Anda! ¿Dónde está todo el mundo?

No sé qué preguntarte, en serio.

Por supuesto que no. Eres un maldito imbécil.

Pescó su reloj e intentó ver la hora en medio de la oscuridad. Esperando un relámpago para poder ver algo. Ha sido una idea de lo más idiota.

¿Qué habría pasado si tú y tus amiguitos la hubierais dejado tranquila?

Hombre. Una pregunta. Debo decir que bastante estúpida, pero qué coño. Pues creo que estaría igual de muerta que ahora salvo que, y me cuelgo una medalla, habría palmado antes. No te imaginas los putos chautauquas que hubo que inventar. Y qué poco nos lo agradeció. Me parece que la mitad del tiempo ella creía que yo había ido a comerle el tarro. Bueno, qué cojones. A lo mejor sí. Solo la mitad del tiempo. Una mierdecilla salida de un traspaís ignoto hasta este momento a fin de transportar datos de vuelta a la Base Uno como preparativo para la Mierda con mayúsculas.

¿La Mierda con mayúsculas está al caer?

¿Tú qué crees?

Que es probable.

Sí. Tan probable como que el sol sale cada mañana. Dios santo. Pensar que podría estar en casa tan tranquilo en mi camita.

¿Qué es la Base Uno?

Olvídalo. No voy a comentar contigo la estructura organizativa. De todas formas no ibas a entender nada. Eres un metomentodo, ya me he dado cuenta, y pensarás que puedes averiguar datos sobre réplicas y números automórficos además de todo ese rollo no conmutable en el que te metes cuando empiezas a mirar dameros cuatridimensionales y ya estamos otra vez en las mismas pamplinas de qué es real y qué no lo es y quién es el guapo que lo dice. Por definición, una parte de este rollo es su propio logaritmo y se puede decir que todo el tinglado funciona a culpabilidad las veinticuatro horas del día y sin festivos. ¿Qué tal si vamos tirando?

Vale.

Caray. Ha sido fácil. En fin, era solo una manera de hablar. Base Uno podría ser un váter de pago en la estación de metro de la Duodécima con Broadway. ¿Qué cojones importa?

Sonó un teléfono.

Estupendo, dijo el Chico. Salvado por la campana. Empezó a palparse la ropa y finalmente extrajo un teléfono de alguna parte y se lo pegó a la oreja. Sí, dijo. Vale. Cristo y sus cochinos apóstoles, ¿hay luna llena o qué? ¿De dónde ha salido toda esta chuminada? Sí, claro. Me importa un solitario pedo rapsódico lo que diga este. Dile al caraculo que estoy en año sabático y que volveré cuando cambie el viento si cambia.

Se detuvo para escuchar mejor. El viento arrebujó sus prendas en torno a su cuerpo. Western esperó.

Muy bien. Estupendo. ¿Él cree que todo esto no puede arder? Vale. Es libre de tener sus incineradas opiniones. Sí. Todo eso lo hemos descargado. Ha sido comprobado y vuelto a comprobar. No. Estamos en plena tormenta. Aquí en la playa. Te enviaría las coordenadas pero no veo bien mi reloj. Está oscuro como panza de vaca. Sí. La hermana de este tío. Se quitó de en medio hace unos años. No. Él no tiene ni pajolera idea. De acuerdo. Corto y cierro. Sí sí claro claro. Son un hatajo de vociferantes y nauseabundos mamones y así se lo puedes decir.

Colgó el teléfono y se lo guardó quién sabe dónde y echó a andar de nuevo meneando la cabeza. Mierda, no tiene uno ni un respiro. Pues al cuerno. Un pasajero más. ¿Que iba adónde? Se te vio subir al último vuelo con tu bolsa carroñera y un bocadillo. ¿O eso pasaba después? Creo que me estoy adelantando a los acontecimientos. Aun así es raro cuán poco le sirve a la gente saber lo que va a pasar. ¿Es que no miran el billete? Qué curioso. Esas sombras de ahí en realidad son aves volando hacia el sur, con este tiempecillo. ¿Adónde cojones creen que van?

¿Y si te hago una pregunta un poco rara?

Esto ya es el colmo, dijo el Chico. El tío va paseando por la playa a medianoche en plena tormenta con la psique de su difunta hermana y quiere saber si puede hacer una pregunta un poco rara. Eres cansino de narices, ¿eh? Venga. Dispara, hombre. Estoy en ascuas.

¿Qué sabes tú de mí?

Anda que no. Pensaba que sería menos rara. ¿A ti qué más te da? ¿Y por qué dices «de mí»?

Me basta con un hecho o dos.

Vale. Hecho número uno: Él mide metro ochenta. Hecho número dos: Él pesa sesenta y nueve kilos.

¿Estás seguro de eso? Yo antes pesaba más.

También comías más.

Siguieron caminando. El viento arreciaba. El Chico adelantó un hombro contra la espuma que salpicaba. La arena parecía bailar en la oscuridad de la playa.

Supongo que no podré ver ninguno de tus números con perros y ponis.

¿No? ¿Y esto qué es entonces?

No puedo decir que haya sido la mar de entretenido. ¿Paramos un minuto?

Bueno.

El Chico se volvió hacia él.

Quieres hacerme creer, dijo Western, que has venido para ayudar a mi hermana de alguna manera.

¿De qué manera? Si ya está muerta.

Cuando vivía.

Virgen santa. ¿Cómo quieres que lo sepa? Ves una silueta que desaparece de la pantalla y coges el teléfono. ¿Cómo sabes que el canto del carbonero garrapinos no son en realidad lamentos de condenados al infierno? El mundo es un lugar engañoso. Muchas de las cosas que ves en realidad ya no existen. Apenas son una imagen residual. Por decirlo de alguna manera.

¿Y ella qué sabía?

Sabía que en definitiva no hay manera de saber. No puedes aprehender el mundo. Sólo puedes hacer un dibujo. Tanto da si es un toro en la pared de una cueva o una ecuación en derivadas parciales. Joder. Esto es un puto vendaval. ¿Seguimos andando o qué?

De acuerdo. Si te hicieran una prueba, ¿qué clase de prueba sería?

¿Quieres decir como el test multifásico de Minnesota para ver si estás chi-fla-do? Sacudió sus aletas e hizo girar la cabeza.

¿Sería un test de esa clase?

No hay test que valga, o sea que ni de esa clase ni de ninguna.

¿Ella tenía un nombre específico? ¿Como proyecto?

No. Nunca supimos dónde ubicarla. Solo intentamos que no se nos muriera. No daba perfil. Se encendían los diodos de Prohibida la Entrada y aparte de intentarlo otra vez poca cosa más podías hacer. En el esquema hay un espacio en blanco. Como una anomalía en un espectrómetro. Se podría hacer una plantilla nueva, pero con eso no vas a ninguna parte. ¿Las cosas no funcionan? Pues vale. Los primeros ensayos suelen fracasar, etcétera. Haces algunos ajustes, corriges esto o aquello. Revisas todo el programa. Algunas verdades dolorosas por el camino. La vida es la vida. Compartes la mitad de tus genes con un melón.

¿Y tú?

Y yo qué.

¿Compartes la mitad de tus genes con un melón?

No. Yo soy un puto melón. ¿Y si caminamos otro trecho?

¿Cómo es que ella no encajaba en ninguna de las plantillas?

Porque ninguna de las plantillas encajaba.

Sí, pero ¿por qué?

· El Chico se detuvo otra vez. Mira, dijo. No vamos a entrar en detalles técnicos. Ya sé que tú lo ves como una especie de desaguisado espacioquimicobiológico pero la mayor parte de nuestro equipo no lo ve así en absoluto. Ellos lo ven como una cuestión de fe.

¿De fe?

Sí. Ni más ni menos. Por muy grandes que sean tus dudas sobre la naturaleza del mundo no puedes inventarte un mundo distinto sin inventarte otro tú. Incluso puede que todas las personas empiecen siendo casi únicas. Pero la mayoría lo supera. Venga, vamos. Me ha caído una gota.

Ya, pero ¿por qué lo superan?

Cristo en bicicleta, Bobby-íto. ¿Cómo coño quieres que lo sepa? Nosotros no hacemos las personas, solo hacemos las plantillas. Es un archivo, nada más.

¿Me estás diciendo que la única diferencia entre mi hermana y el resto de la gente es que no tenéis una plantilla adecuada para ella?

No. Eso lo dices tú.

Western dirigió la mirada hacia el oscuro mar. Notaba la sal en los labios.

Es una especie de plantilla electrónica.

No, hombre, no. Es hidráulica.

Que cartografía el territorio mental.

Y no te olvides de la vesícula biliar.

¿La vesícula?

Es un chiste. Virgen santísima de los Dolores.

Perdón.

Sí, vale.

Piensas que soy un cretino.

Eres un cretino. Lo que yo piense no tiene nada que ver. ¿Y si seguimos andando? Nos vamos a mojar. Cristo bendito. ¿La brisa nocturna que sopla de la bahía siempre aúlla así?

Siguieron caminando. Los ropajes del Chico restallaban al viento. Uno no siempre consigue lo que quiere. Pero por otra parte no siempre quieres lo que consigues o sea que estamos en un punto muerto. Sea como sea, tú en realidad no quieres hablar. Lo que quieres es que alguien te diga que no es culpa tuya.

Sí es culpa mía.

A ver. Intentaré expresarlo en otros términos. Lo que quieres es que alguien te diga que no es culpa tuya.

Quizá es que no sé lo que quieres tú.

Ah. Bueno, eso es culpa mía. Nunca pensé que podías ser tan lerdo.

Siguieron avanzando por la arena. Como si tuvieran en mente un destino concreto. Western se detuvo otra vez y luego apretó el paso.

¿Eres un emisario?

¿De qué?

No sé.

Sí que lo sabes. O no me habrías hecho esa pregunta. En fin, puede que yo no sea el pequeñajo al que todos conocemos y queremos. Heraldo de esperanza y supositorio de sueños. Quizá soy el gemelo malvado. ¿Y tú con quién hablas de ella si no?

Con mi abuela. Mi tío Royal.

¿Sí? Eso ayuda mucho. Tío Royal en el psiquiátrico equipado con pañales y babero. ¿Y yo soy un agente? ¿Quién no lo es? No hace falta estar de acuerdo con todo pero cuando te encargan una misión vas y se acabó. Joder, me estoy helando de frío. Menuda borrasca para esta época del año.

¿Crees que habrá algún tipo de refugio más adelante?

Para ti no. Mira, el problema es que en el fondo no te crees que ella haya muerto.

¿Que no creo que ella haya muerto?

Yo diría que no.

¿Piensas que creo en la vida eterna?

¿Cómo quieres que lo sepa?

En ese momento empezó a llover.

No te importa que nos demos un poquito de prisa, ¿ver-

dad? Pinta que van a caer chuzos de punta y bebés negritos.
¿Por qué no te has comprado otro coche?

Es que no quería perder nada más. Estoy perdido del todo.

¿Por qué la lámpara del error siempre está protegida del
viento? En fin, aún te tienes a ti mismo.

Lo sé.

¿Y qué piensas a ese respecto? ¿Que cuanto antes mejor?

Sí. A veces.

Con un chasquido seco un relámpago iluminó la playa
desierta. La lluvia arreció.

¿Quién sabe?, dijo el Chico. A lo mejor tú y tu hermana
podréis reencontraros muy pronto. Dios. Mira todo esto. Dolor y corrupción. La de veces que se largó a mis espaldas.
Apagaba la luz y se ponía a dormir. Dejándome con la palabra
en la boca. Era un mal bicho se mire como se mire. Jesús,
María y José, ¿has visto eso? ¿Qué tal si vamos tirando? ¿No
te encanta el sabor del ozono? Es como un puto batido de
zinc. No eres muy hablador, ¿eh? He oído decir que cuando
hay una tormenta eléctrica como la de ahora la playa se llena
de montones de peces hermosamente escalfados. ¿Tú crees
que será cierto?

Western aminoró el paso. Se enjugó el agua de la cara pasándose la palma de la mano. El Chico era cada vez menos
visible entre las húmedas rachas. Chapoteando mientras caminaba embutido en su extravagante indumentaria.

Estaba mojado y helado. Por fin se detuvo. ¿Qué sabes tú
de la aflicción?, dijo alzando la voz. Nada en absoluto. No
existe otra pérdida. ¿Lo entiendes? El mundo son cenizas.
Cenizas. ¿Que ella sufriera? ¿El mínimo insulto? ¿La mínima
humillación? ¿Entiendes? ¿Que muriera sola? ¿Ella? No hay
otra pérdida. ¿Lo entiendes? Ninguna más. Ninguna.

Se había postrado de hinojos en la arena mojada. La lluvia
caía salada del lado de mar. Se agarró el cráneo y llamó a voz
en grito a la figura menuda que se alejaba arrastrando los pies
entre rachas de lluvia. Unos relámpagos iluminaron las oscuras aguas y la playa y los robles y la avena de mar y la muralla

de pinos apenas entrevista en la cortina de agua. Pero el genio había desaparecido.

Cuando despertó al amanecer la tormenta había pasado. Permaneció tumbado largo rato. Mirando cómo la luz grisácea iba adueñándose de la habitación. Se levantó y fue hasta la ventana. Un día gris. Sus prendas yacían amontonadas en el suelo y las recogió y las puso a secar extendiéndolas sobre las sillas de la cocina. Más tarde bajó hasta la playa pero la lluvia lo había limpiado todo. Se sentó en un tronco de deriva con la cara entre las manos.

No sabes lo que pides.

Fatídicas palabras.

Ella le tocó una mejilla. No me hace falta saberlo.

No sabes cómo acabará.

Me da igual cómo acabe. Solo me importa el presente.

Con la primavera empezaron a llegar a la playa aves procedentes del otro lado del golfo. Paseriformes agotados. Vireos. Azulones y picogordos. Demasiado fatigados para moverse. Podías cogerlos de la arena y ponértelos en la palma de la mano. Notar los latidos de sus pequeños corazones. Los ojos se les cerraban como persianas. Vagó por la playa toda la noche con su linterna para ahuyentar a posibles depredadores y hacia el alba durmió junto a ellos en la arena. Que nadie molestara a estos pasajeros.

Cuando llegó a la ciudad telefoneó a Kline.

Ha vuelto.

Más o menos.

¿Quiere que nos veamos para tomar una copa?

Perfecto.

¿El Tujague's?

¿A qué hora?

A las seis.

Hasta luego, entonces.

Se sentaron a una de las pequeñas mesas de madera y pidieron gin-tonics. Kline empañó las lentes de sus gafas echando el aliento primero en una y después en la otra y las limpió con su pañuelo. Se puso las gafas y miró a Western.

¿Qué ve?, preguntó Western.

¿Sabía que hay un sistema que puede escanear el ojo electrónicamente con la misma precisión que una huella dactilar y uno ni se entera de que lo están haciendo?

¿Eso debería consolarme?

Kline miró hacia la calle. La identidad lo es todo.

Muy bien.

Se podría pensar que las huellas y los números le dan a uno una identidad concreta. Pero pronto no habrá identidad tan clara como la de no tener ninguna. La verdad es que todo el mundo está bajo arresto. O lo estará muy pronto. No necesitan restringir los movimientos de la gente. Solo necesitan saber dónde está uno.

Me huele a paranoia.

Lo es.

El camarero llegó con las bebidas. Kline levantó su vaso. Salud, dijo.

Por el futuro. ¿Qué más tiene en el departamento de las buenas noticias?

No se deje llevar por la desesperación. Al final información y supervivencia serán la misma cosa. Y antes de lo que usted piensa.

¿Qué más?

Difícil de decir. El dinero electrónico. Aún tardará, pero no mucho.

Vale.

No habrá dinero propiamente dicho. Solo transacciones. Y toda transacción constará en acta. Para siempre jamás.

¿Y no cree que la gente pondrá objeciones?

Se irán acostumbrando. El gobierno les explicará que eso va a ser muy útil para combatir el crimen organizado. Las drogas. El tipo de arbitraje internacional a gran escala que amenaza la estabilidad de las divisas. Haga usted su propia lista.

Pero todo lo que uno compre o venda constará en acta.

Sí.

Una barra de chicle.

Sí. Lo que el gobierno no ha entendido todavía es que a este plan le seguirá la aparición de monedas privadas. Y para acabar con ellas será preciso rescindir ciertos artículos de la Constitución.

Bueno. Estamos como antes. Usted sabe a qué huele esta conversación.

Desde luego. Volvamos a usted.

Muy bien.

¿Cree que se habrán incautado de los papeles que su padre tenía en Princeton?

Es probable.

Usted ya pasa de esto.

No sé qué es lo que pretenden y no lo sabré nunca. Y ahora me da igual. Solo quiero que me dejen en paz.

No lo harán. Usted y su padre no se llevaban muy bien…

Yo no tenía problemas con mi padre. Tampoco lo tuve con la bomba atómica. La bomba iba a llegar tarde o temprano. Ahora está aquí. De momento escondida y al acecho. Pero no durará mucho en este plan. Mi padre murió solo, en México. Es algo que tengo que sobrellevar. Como otras muchas cosas. Fui a verle unos meses antes de que falleciera. Se encontraba mal y yo no podía hacer nada por él. Pero eso no era excusa para no hacer nada.

Como físico, ¿era muy bueno?

Era un hombre inteligente. Pero con eso no basta. Hay que tener redaños para desmontar la estructura existente. Tomó algunas decisiones equivocadas. A muchos amigos suyos les dieron el Nobel, pero él no iba a tener esa suerte.

¿Tan importante es?

En física sí.

¿Su hermana era buena en matemáticas?

Volvemos a ello de vez en cuando. No.hay una respuesta clara. Matemáticas y física son cosas distintas. Las ciencias físicas se pueden contrastar entre sí. Y contrastar con eso que llamamos el mundo. En cambio las matemáticas no se pueden contrastar con nada.

¿Era muy inteligente?

Quién sabe. Lo veía todo de una manera diferente. Resolvía algo y luego la mitad de las veces no sabía explicar cómo lo había hecho. No le resultaba fácil entender qué era lo que tú no entendías. Así de inteligente era.

Miró a Kline. Yo creo que hasta los ocho años o así fue como cualquier otro niño precoz. Todo lo preguntaba. Siempre levantaba la mano en clase. Pero luego le sucedió algo. Se volvió taciturna. Extrañamente educada. Pareció entender que debía tratar a la gente con cuidado.

Western se quedó mirando su gin-tonic. Pasó un dedo de arriba abajo por el costado del vaso. Estamos casados con la geometría griega. Pero ella no. Ella no hacía dibujos. Apenas si hacía cálculos.

Miró a Kline. No puedo responder a sus preguntas. Ella

tenía buen corazón. Diría que entendió bastante pronto que iba a tener que ser buena con la gente.

¿Por qué se quitó la vida?

Western apartó la mirada. Una mujer le estaba observando desde la mesa de al lado. Ligeramente inclinada hacia delante. Ignorando a los dos hombres que estaban sentados con ella. Western miró a Kline.

Y luego se callará.

Creo que sí.

Lo hizo porque quiso. No le gustaba esto. Desde que tenía catorce años o así más de una vez me dijo que seguramente se suicidaría. Manteníamos largas conversaciones al respecto. Supongo que debían de ser muy extrañas. Ella siempre ganaba. Era más lista que yo. Muchísimo más.

Lo siento, dijo Kline.

Western guardó silencio. La mujer seguía mirándole. En la calle las farolas empezaban a encenderse.

Estábamos enamorados el uno del otro. Al principio era un amor inocente. Para mí, al menos. Aquello me sobrepasaba por completo. Siempre fue más fuerte que yo. La respuesta a la pregunta que se está haciendo es no.

La pregunta no era esa.

Lo dudo mucho.

Kline pasó el dorso de la mano por la mesa para apartar el agua que había dejado su vaso al transpirar y volvió a dejar el vaso en la mesa. ¿Su padre sabía que ella era tan brillante?

Por supuesto.

Kline asintió. Luego volvió la cabeza y miró a la mujer. Los dos acompañantes habían dejado de hablar. Kline sonrió. ¿Quieren sentarse con nosotros?, dijo.

La mujer se llevó una mano a la boca. Oh, dijo. Perdonen.

Western miró a Kline. Kline apuró su combinado. ¿Nos vamos?, preguntó.

Bueno.

Kline dejó un billete de cinco sobre la mesa. Él está a punto de decir algo, ¿verdad?

Sí.

Disculpen, dijo el hombre.

Kline sonrió al tiempo que se levantaba. Western pensó que el hombre se pondría de pie pero no fue así. Él y el otro hombre los miraron con cautela cuando pasaron por su lado.

¿Dónde ha aparcado?, preguntó Western.

Muy cerca. Un poco más abajo. ¿Quiere que le lleve a alguna parte?

No, no se preocupe. ¿Qué habría hecho si el tipo llega a levantarse?

Pero no se ha levantado.

Si lo hubiera hecho.

Eso es pura hipótesis. No tiene ningún sentido.

Interesante. ¿Qué saca usted de todo esto?

¿De qué?

De hurgar en mis problemas.

Debería enviarle una factura.

Imagino.

Quizá no sea exactamente usted lo que me interesa.

Ah.

O quizá creo que cuando cambie su fortuna contratará mis servicios.

Puede esperar sentado.

¿A que contrate mis servicios?

No. A lo de la fortuna.

Dejaron atrás Jackson Square. Los carruajes en la calle y las mulas en paralelo. Día ventoso en el Quarter. Un vaso de plástico los siguió calle abajo.

Usted no cree que se esté desquiciando.

No. Quizá. A veces sí.

¿Qué piensa hacer?

No lo sé.

Yo no iría de bares.

Descuide. No lo haré.

Habían llegado al coche de Kline. Western contempló Decatur Street. Quizá podría llevar una vida de criminal.

Yo no digo nada.

Uno puede imaginarse cómo va a ser su vida pero casi nunca acierta, ¿no le parece?

No sé. Supongo.

El problema no es solo que no sepa qué hacer. Ni siquiera sé qué no hacer.

¿Seguro que no quiere que le lleve?

Western le miró por encima del capó del vehículo. Tengo que hacer algo. Creo que eso sí lo entiendo.

Kline no dijo nada.

Más de una vez pensé que, si ella no era esquizofrénica, entonces lo éramos los demás. Esquizofrénicos o algo.

Hay cosas que van a mejor. Dudo que este sea el caso.

Sí, lo sé.

La gente quiere que la indemnicen por tener que sufrir. Raras veces pasa.

Hablando de buenas noticias.

Hablando de buenas noticias.

Echó a andar calle abajo y cruzó la vía del tren. El rojo del atardecer en el cristal de los edificios. Muy en lo alto una pequeña y tremulosa bandada de gansos. Vadeando lo que quedaba de luz donde el aire se enrarecía. Siguiendo el contorno del río. Se detuvo más arriba del pedraplén. Cascotes y piedras. El lento enroscarse del agua al pasar. En la noche entrante pensó que un grupo de hombres se congregaba en las colinas. Que cebaban sus pequeñas fogatas con las escrituras y los contratos y los poemas de sus progenitores masculinos. Unos documentos que por falta de preparación no eran capaces de leer a primera vista para despojar a otros de sus almas.

VIII

La ciudad fría y gris. Grises gavillas de nieve junto a la acera. La fecha para matricularse en la universidad iba y venía. Ella llevaba días sin salir. Luego fueron semanas. Su hermano hizo que le enviaran un televisor y ella se sentó a mirarlo sin sacarlo de la caja. Allí estuvo todo el día. El aparato. Al final se decidió a desembalarlo. Se puso el albornoz y abrió la puerta y levantó el televisor con ambas manos y lo llevó por el pasillo hasta el fondo y llamó a la última puerta con el dorso de la mano. Señora Grimley, dijo en voz alta. Esperó un poco. Por fin la anciana entreabrió apenas la puerta y asomó la nariz.

Déjeme pasar. Esto pesa mucho.

¿Qué es?

Una televisión en color. Déjeme entrar.

La mujer abrió la puerta del todo. ¿Una televisión en color?, dijo.

Sí. ¿Dónde la quiere?

Virgen santísima. ¿Y esto a qué viene?

Creo que ha ganado un premio. ¿Dónde quiere que se la ponga? Pesa mucho.

En el dormitorio. Dios mío. Una televisión en color. Por aquí, ven. No me lo puedo creer. ¿Entonces? ¿Es que se han equivocado de piso al entregarla?

Algo por el estilo. ¿Dónde?

Aquí mismo, querida. Aquí. Dio unas palmadas en la cómoda y apartó a un lado todo lo que había encima. Eres un ángel.

Depositó el aparato sobre la cómoda y retrocedió unos pasos. La señora Grimley había desenrollado ya el cable y estaba con él por el suelo. La parte superior de sus medias asomaba bajo el dobladillo de la bata de andar por casa, nudosas venas azules en la cara posterior de las rodillas. Una televisión en color, dijo. Nunca sabes lo que te deparará el día. Soltó un resuello y levantó una mano pidiendo ayuda para ponerse de pie. Muy bien, dijo. Enciende esta cosa. Trae. Deja que lo haga yo. Esto hay que remojarlo.

He de irme.

No te vayas, querida. Miraremos lo de Johnny Carson. Tengo una botella de vino.

Tengo que irme. Disfrútela.

La anciana la siguió hasta la puerta. Iba tirándole de la manga del albornoz. No te vayas, insistió. Quédate un ratito.

De pie frente al lavabo se contempló en el espejo. Escuálida y demacrada. Las clavículas asomando bajo la piel. Había colocado sobre la repisa los frascos de pastillas. Valium. Amitriptilina. Desenroscó los tapones y vertió todas las pastillas en un vaso de agua vacío y tiró a la papelera los frascos y los tapones. Luego llenó de agua el otro vaso y los puso juntos y se los quedó mirando un rato largo. Recogió su albornoz del suelo y entró en la alcoba y se sentó a su pequeño escritorio y sacó un papel doblado de un sobre blanco y lo abrió y lo estuvo leyendo. Dobló el papel y apartó papel y sobre hacia un lado de la mesa y contempló los lúgubres árboles invernales por la pequeña ventana. Tan peligrosamente arraigados en la ciudad. Finalmente retiró la silla hacia atrás y se levantó y fue al cuarto de baño y tiró todas las pastillas al inodoro y se bebió el agua del vaso y fue a acostarse.

Al cabo de tres días el Chico volvió.

Te perdiste mi cumpleaños, dijo ella.

Ya. Qué pena. ¿Te has mirado en el espejo últimamente?

No.

Estás hecha una mierda.

Pues qué bien.

Tú y Bobby-íto habéis partido peras, deduzco.

No hemos partido nada.

El Chico empezó a pasear arriba y abajo. Hay que ver lo raro que es el mundo. Que uno pueda tenerlo prácticamente todo salvo lo que más quiere.

Eso no te incumbe.

Claro que solo son conjeturas. Sabe Dios lo que pudo acontecer por Navidad en el reino de la alineación coital o como coño sea que lo llamen.

No es de tu incumbencia.

Eso lo dirás tú.

¿Y dónde están nuestros amados quiméricos? Aún no se han materializado. Como se dice vulgarmente. ¿Tendré que mirar en el armario?

¿Sabes cuánto pesas?

No. ¿Lo sabes tú?

Claro. Cosas del benchmarking. Ayer marcabas cuarenta y cuatro kilos y medio.

Se detuvo un momento para mirarla y luego reanudó su deambular. Puso una aleta en alto. No, no digas nada. No quiero oírlo.

No iba a decir nada.

Acabas de hacerlo. ¿Cuándo comiste algo por última vez?

No sé. No lo tengo apuntado.

No me digas que abandonaste a tus loqueros a su contemplativo universo masturbatorio.

Ella se encogió de hombros.

Vale. Bien.

De todos modos a ti siempre te cayeron mal.

No sé. Parecían una pandilla bastante inofensiva. Descontando quizá los magreos. Nunca supe qué era lo que todo el mundo pensaba sacar de ello. Ni qué era lo que veían allí de pie ante ellos. Una chica con un aire un pelín prepotente. Insomne y con una tos nerviosa. Pero mona, eso sí. Posiblemente follable. El último creo recordar que dijiste que tenía unos dientes que daban miedo.

Buena memoria.

Sí, vale. Nos preocupa prácticamente todo lo que emprendes por iniciativa propia. Nuestro trabajo consiste en eso. Al final todo depende de a quién decides escuchar. Nosotros no vamos por ahí dicién-

dote que «ellos» no existen. Una pandilla yo diría que bastante liberal a todos los efectos. No les veo yo mucha estructura. Seguramente no se dan cuenta de que buena parte de las malas noticias tiene su origen en que la gente no come verdura. Y por no salirnos del tema, ¿qué clase de chica de campo se niega a comer gachas, eh? ¿Cuándo empezó eso?

Nunca me han gustado las gachas.

Eso a tu abuela le partió el corazón.

Le partió el corazón que yo no quisiera comer gachas.

Eso digo.

Qué ridiculez.

Y también la insistencia en llamar almuerzo a la cena y cena al refrigerio. Tú y tu hermano, los dos. ¿Y ahora por qué sonríes?

Por nada. Es solo que a veces pienso que la vida me habría podido parecer bastante divertida si no hubiera tenido que vivirla.

Divertida.

Sí.

Se detuvo un momento, el mentón apoyado en una aleta. Ella se arrodilló en su salto de cama a los pies del Logos en persona, dijo el Chico. Y le suplicó luz u oscuridad, pero no esta nada interminable.

Me da igual que leas mi diario, sabes. Mis cartas. Y yo nunca he escrito sobre mí misma en tercera persona.

Bueno, vale. Somos amigos. Podemos corregirnos mutuamente los errores gramaticales.

Me voy a la cama.

¿Te cepillarás los dientes y dirás tus oraciones?

Esta noche paso.

Estoy montando números nuevos, sabes. Haría las pruebas aquí mismo pero sé que te encantan las sorpresas. Creo que en un par de semanas tendré algo a punto de estreno.

Qué emoción.

El Chico reanudó su deambular. La delgadez extrema no te sienta nada bien, ¿lo sabías? Sin contar unos niveles de desaliño que dudo que hayamos visto antes.

Bueno, me voy a la cama.

Eso ya lo has dicho. Me preocupa que puedas estar planeando batirte en retirada.

¿Y adónde?

Ni idea. ¿Qué podemos hacer por ti? Nunca pides.

Y tú nunca escuchas.

No sabes lo que podría estar en juego. Extraños presentes. Plumas doradas de un ave de tiempos remotos. Un cálculo de las entrañas de una bestia extinta tiempo ha o una figurilla hecha a mano con un metal desconocido.

Fíjate la ilusión que me hace.

Bueno.

Artefactos irreales como garantía de un mundo irreal.

Vale, muy bien. Pero sigue siendo una bonita idea, ¿no te parece?

No, no me parece. Buenas noches.

* * *

Tomó un tren hasta O'Hare y a las ocho y veinte de la noche subió a un avión con destino Dallas y se alojó en un hotel del aeropuerto. Al día siguiente tomó un vuelo a Tucson y dos horas más tarde conseguía un empleo en un bar llamado Someplace Else. Alquiló una habitación en la parte de atrás de una casa en Mabel Street y salió de la ciudad hacia el norte en un coche de alquiler y caminó por los montes. Era un día fresco y soleado. Tumbada en el suelo de esquisto observó a dos cuervos contra un cielo de porcelana. Se tocaban suavemente en pleno vuelo trescientos metros más arriba de la ladera. Se escoraban y viraban aprovechando la corriente ascendente. Abajo las cansinas sombras de unas nubes cruzaban el desierto. Hundió los talones de sus botas en el derrubio suelto y disfrutó del sol invernal. Cuando volvió a abrir los ojos los cuervos ya no estaban. Estiró los brazos. Viento en la hierba rala entre las rocas. Silencio.

El Chico llegó al cabo de una semana. La estaba esperando cuando ella volvió del trabajo a las dos de la noche. Ni siquiera levantó la vista. Sentado en la gastada butaca de piel que había en el rincón, leyendo la agenda de ella. Supongo, dijo, que tu plan era *llegar aquí lo más pronto posible para hablar de topología con Jimmy Anderson.*

¿Cómo has sabido su nombre?

Lo pone en el cheque. De la escala salarial no puedo decir gran cosa.

Nos dan propinas. Es un bar.

El Someplace Else. O sea, aquí pero en otra parte.

Bueno.

Un nombre ideal. Entiendo que no está en el Universo Extra-terrestre.

No. En fin. Más o menos.

¿Es un local frecuentado por matemáticos?

En efecto. Church va a venir la semana próxima.

¿Y el cole qué?

He decidido no ir.

Te tomas un año sabático.

Llámalo como quieras.

El Chico estaba hojeando el cuaderno de espiral. Aquí no hay gran cosa en lo que a números se refiere. ¿Y estos poemas?

Siempre he escrito poesía.

Ya. Pues no creo que estés aquí por la poesía, duquesa.

No recuerdo que te hayas pronunciado nunca sobre alternativas profesionales. ¿Es que estamos jugando al tres en raya?

A lo mejor sí. ¿Acaso no has hecho cruz y raya largándote así como así? No está bien dejar colgados a tus amigos.

Tú no eres amigo mío.

Me encanta cuando me hieres. Creí que estábamos más allá de eso.

¿Más allá de qué? ¿Y tú por qué no me dejas ver tu libreta?

La pobre claro está ha dejado la medicación. Abandonado a sus médicos. En parte es la sensación de pérdida y desesperación típica de quien ha conocido recientemente el éxtasis terapéutico. ¿Cuándo fue la última vez que comiste?

He comido.

¿Sí? ¿Y dormir qué?

No sé. El miércoles, creo.

¿Cuánto hace de eso?

331

Hoy es viernes.

¿En serio? ¿Tantos días?

Ella cruzó la habitación y fue a sentarse en la cama y empezó a quitarse los zapatos. O sea que tú no sabes cuánto va de un miércoles a un viernes.

No hace falta saberlo todo.

¿Qué más no sabes?

Qué más no sabes, parodió el Chico. Con voz misteriosamente parecida a la de ella. Imagino que crees haber descubierto algo. Sin embargo podría ser que yo estuviera jugando al despiste. También puede pasar que uno no haya nacido contando con los dedos desde el primer día y por tanto esté ya en cierta desventaja. ¿Eso no lo has pensado nunca?

No. La verdad. Perdona.

Olvídalo. Pasemos a otra cosa. Una parte del material que hemos conseguido de ti habría que revisarla. Tengo algunas notas aquí.

¿Material que habéis conseguido de mí?

Eso digo.

Estaba desenterrando papeles de entre sus ropas. Se humedeció una aleta con la lengua y empezó a rebuscar en ellos. Estamos empezando a ver ciertos cambios. Lo hemos verificado todo y no es el estilete o sea que será el grafo. ¿Ah, sí? ¿Y eso cómo se come? Está bien. Quizá es la transmisión. Te has pasado con la sobreimpresión. No. Polaridades invertidas. Eso huele a lo que ya sabemos pero no, no pensamos que esté ahí el problema. Y lo que tú creías que era un grafo puede estar requisando una dimensión tal que en un examen más riguroso se aprecie una celosía que la gires como la gires siempre tiene el lado derecho mirando hacia arriba lo cual pone en juego ciertos problemas con las condiciones de contorno y tiene uno la desagradable sensación de que todo el sistema podría estar desalineado o va a la deriva y dónde definir entonces a tus malvados mutantes, que por el momento deberán permanecer en el anonimato. Está bien empasillado y contraempasillado y como resumen de todo lo anterior decir simplemente que lo sabremos cuando llegue pero ¿bastará con eso?

Cuando llegue el qué.

El día de la langosta loca.

El día de la langosta loca.

Sí.

¿Es por eso por lo que has venido?

¿Algún problema?

Si pudieran echarte el guante acabarías en el manicomio. ¿Eres consciente de ello?

Vaya. Mira quién fue a hablar.

¿Tus amiguitos han venido contigo, sí o no?

Eso no debe preocuparte. ¿Por dónde iba?

No te lo diría aunque lo supiese.

Da igual. Empieza un nuevo año. Hay que poner manos a la obra. ¿Qué propósitos te has hecho?

Ninguno.

¿Qué hiciste en Nochevieja?

Fuimos a cenar.

¿Fuimos? ¿Quiénes?

Mi hermano y yo.

¿Hubo un poco de baile?

Sin baile.

Quizá se ha desenganchado un poco del tema. Los fragantes cabellos y el aliento en su oreja. Inflamación subpélvica asegurada. Por decirlo de alguna manera.

Me das asco.

Ya, pero supongo que eso fue antes de que tu peso cayera dramáticamente en picado. Los huesos asomando bajo la piel. No muy erótico que digamos. Claro que se rumorea que el hambre afila los sentidos. Quizá deberías volver a tus cálculos.

Trabajo muchas horas. Simplemente no anoto tantas cosas como antes.

¿Qué haces entonces? ¿Apoltronarte y reflexionar sobre los problemas?

Pues sí. Apoltronarme y reflexionar. Lo has clavado.

Soñando con futuras ecuaciones. ¿Y por qué no lo anotas?

¿En serio quieres hablar de esto?

Muy en serio.

333

Vale. No es solo que no tenga que anotar las cosas. Hay más. Todo lo que anotas queda ahí. Adquiere las limitaciones de todo ente tangible. Cae en una realidad alienada del orbe de su creación. Es un indicador. Una señal de tráfico. Te has parado un momento para orientarte, pero eso tiene un precio. Nunca sabrás adónde podría haber ido si lo hubieras dejado a sus anchas. En toda conjetura siempre buscas puntos flacos. Pero hay veces en que tienes la impresión de que es mejor frenar. Tener paciencia. Un poco de fe. Quieres ver realmente lo que la propia conjetura conseguirá sacar de la oscuridad. ¿Cómo hace uno matemáticas? No lo sé. Ni creo que haya una manera. La idea siempre está en pugna con su propia realización. Las ideas llevan consigo un escepticismo innato, nunca van arrasando. Y estas dudas tienen su origen en el mismo mundo que la propia idea. Y eso no es algo a lo que uno tenga acceso. De manera que las reservas que uno en su propio mundo pone sobre el tapete podrían en realidad ser ajenas al camino de estas estructuras emergentes. Sus propias dudas intrínsecas son engranajes del mecanismo de dirección mientras que las tuyas son más como frenos. Ni que decir tiene que la idea llegará a su fin antes o después. Una vez que la conjetura matemática ha sido formalizada en forma de teoría puede tener una cierta pátina, pero salvo raras excepciones ya no te es posible alimentar la ilusión de que ha conseguido ahondar en el meollo de la realidad. De hecho empieza a parecer una herramienta.

Santo cielo.

Ya ves.

Hablas de tus ejercicios aritméticos como si tuvieran una mente propia.

Sí, lo sé.

¿Es eso lo que piensas?

No. Pero es difícil no pensarlo.

¿Por qué no vuelves al cole?

Ya te lo he dicho. No tengo tiempo. Estoy muy ocupada. He solicitado una beca en Francia. Estoy a la espera.

Córcholis. ¿Va en serio?

No sé lo que va a pasar. Y no estoy segura de si quiero. Saberlo. Si pudiera organizar mi vida preferiría no tener que vivirla. En realidad no puedo decir que quiera vivirla. Sé que los personajes de la historia pueden ser reales o imaginarios y que cuando estén todos muertos dará igual si eran una cosa o la otra. Si seres imaginarios tienen una muerte imaginaria no por ello dejan de estar muertos. Tú piensas que puedes crear una historia de lo que ha sido. Artefactos presentes. Un manojo de cartas. Una bolsita en el cajón de un tocador. Pero eso no es lo que constituye el núcleo de la trama. El problema es que lo que mueve el relato no sobrevivirá al relato. Conforme la habitación se desvanece y las voces se van apagando comprendes que el mundo y cuanto hay en él dejará pronto de existir. Crees firmemente que empezará de nuevo. Apuntas a otras vidas. Pero el mundo de esas otras vidas nunca fue el tuyo.

Cuando pasó por delante del Napoleon Long John y Brat estaban sentados a una de las mesas de la terraza bebiendo sendos Gibsons en copa de pie ancho. Por los clavos de Cristo, dijo el largo. Una aparición.

Juan Largo. ¿Cómo estás?

Mejor que nunca. Siéntate. ¿Qué tomas? Cualquier cosa en vaso alto corre de mi cuenta. Le dijo la jirafa al barman.

Western retiró una de las sillas de madera. Brat, ¿qué tal te va?

Bien.

¿Estás estudiando Derecho?

Me han admitido.

¿Dónde?

En Emory.

Buen sitio.

Eso creo.

Y bastante caro.

Sí.

Has rascado algo de pasta.

Sí señor. Creíamos que ya estabas en el cofre de los ahogados de Davy Jones.

De momento no.

Pidió una cerveza y se sentó con los pies apoyados en la cuarta silla. Tienes buen aspecto, John. Color. Peso. ¿Has estado tomando las aguas por ahí?

No exactamente. Lo cierto es que he sido víctima de un infortunio. Ahora me ves en plena recuperación.

¿Qué ha sido?

Una temporadita en el Eastern State Hospital.

¿En la sala para locos de atar?

El de Mossy Creek sonrió. Estaba quitando el envoltorio de un puro churchilliano y se disponía a abordar el procedimiento requerido para fumarlo. Estaba un día en una fiesta en Knoxville y como tenía por costumbre utilizó el teléfono del dormitorio del anfitrión para poner unas cuantas y bastante onerosas conferencias. Estaba hablando con una amiga de San Francisco cuando la conversación degeneró en acritud hasta el punto de que él le colgó de mala manera y regresó malhumorado a la sala de estar. Sobre la mesita baja había una ponchera rebosante de pastillas. Una farmacopea multicolor de drogas de variada procedencia y propósito en representación del entonces último grito de la reconfiguración química del alma humana. Agarró un puñado grande y se las metió en la boca y para bajarlas echó un trago de un gin-tonic que alguien había dejado allí y luego se marchó sigilosamente.

El camarero llegó con la cerveza para Western. Western inclinó la botella en dirección a sus amigos.

Me desperté en el jardín de un dentista, dijo John. En Forest Avenue. Una especie de segurata me estaba sacudiendo el pie. Le pregunté qué quería y me dijo que no podía estar allí tumbado. ¿Y eso por qué?, pregunté yo en voz alta.

Esto es la consulta de un dentista. Dentro de un par de horas empezará a llegar gente para que le arreglen la boca. No pueden verle ahí tirado. Le pregunté si le parecía bien que me apartara un poquito y así no obstruir el paso, pero el tío dijo que no. Que aquello daba una imagen poco profesional. Supongo que era verdad.

Cortó la punta del cigarro. Explicando cómo había tenido que subir la cuesta a cuatro patas para llegar al hospital de Fort Sanders y cómo acabó tirado sobre los frescos azulejos del vestíbulo.

Ayúdenme, dijo en voz alta.

Margaret, ¿has oído a alguien?

¿Si he oído a alguien?

Ayúdenme.

Otra vez.

Miraron por encima del mostrador.

¿Qué le ocurre?

Ayúdenme.

Dos hombres de raza negra lo transportaron en una camilla a la sala de urgencias. El interno salió y se lo quedó mirando. ¿Qué le pasa?, pregunté.

Ayúdenme.

¿Qué quiere que hagamos por usted?

Sheddan se quedó pensando una respuesta. Pues podrían darme una de esas tabletas de morfina de medio gramo. Ya saben, esas de color azul.

El interno lo miró con detenimiento. Al final se sacó unas monedas del bolsillo y se las dio a uno de los dos celadores. Le van a llevar al fondo del pasillo donde hay un teléfono. Quiero que llame a alguien para que venga a buscarlo. Si no encuentra a nadie que le venga a buscar entonces avisaré yo a alguien. Para que venga a buscarlo.

Sí señor.

Los celadores se lo llevaron hasta el final del pasillo y marcaron el número de Richard Hardin y le pasaron el teléfono a Sheddan. Tardaron mucho en contestar. Finalmente se puso Pat. ¿Dónde estás?, preguntó.

En urgencias de Fort Sanders. Quieren meterme en la cárcel.

Muy bien. En veinte minutos estoy ahí.

Sheddan les pasó el teléfono. Dice que tardará veinte minutos.

Entró muy decidida por la puerta con una trinchera negra de seda y gafas oscuras y un bolso negro de piel colgado del hombro.

¿Qué te pasa? ¿Puedes andar?

No lo sé. Tú sácame de aquí. Este ambiente me da grima.

Lo llevaron andando hasta el aparcamiento y los celadores le ayudaron a subir al coche y cerraron la puerta. Ella se lo quedó mirando. ¿Quieres venir a casa?

Quiero ir al Eastern State.

John, tú no quieres ir al Eastern State. ¿A qué hora se levanta tu madre?

Quiero ir al Eastern State.

¿Por qué quieres ir al Eastern State?

Él le explicó por qué quería ir al Eastern State. Ella le escuchó sin interrumpir. Luego se volvió hacia el volante y puso el motor en marcha.

¿Adónde vamos?, dijo él.

Al Eastern State.

Cuando pararon delante de la garita el día empezaba a despuntar. El guardia saludó con un gesto de cabeza y se llevó un dedo a la visera de la gorra. Buenos días, señora. Usted dirá.

Este hombre quiere que lo ingresen.

El guardia se inclinó para ver. John estaba mirando al frente sobre el capó del coche. El guardia le observó un buen rato y después asintió. Vaya todo derecho, señora.

Ella hizo los trámites y después de rellenar el formulario le dio un beso y se llevaron a John pasillo abajo. Le proporcionaron un pijama del centro y lo acostaron en una cama de hierro dentro de uno de los cubículos. Cuando volvió a despertar uno de los celadores le estaba sacudiendo por el hombro.

¿Qué pasa?

John, tu padre está al teléfono.

El largo había encendido ya el cigarro puro y lo examinaba sosteniéndolo con el pulgar y el índice. Miró a Western. Como ya sabes, mi padre murió cuando yo iba al instituto. Pero me dije: Bueno, igual sí que llama él. Me ayudaron a ir hasta donde estaba el teléfono. Yo, como te puedes imaginar, cogí el auricular con reticencia y dije: ¿Sí? Y resulta que era el cabronazo de Bill Seals llamándome desde California. Hey, dijo. ¿Cómo estás?

¿Hey? ¿Cómo estoy? Agarré el teléfono con fuerza y le dije: Escúchame bien, gordinflón, avieso y depravado hijo de puta. ¿Qué coño haces llamándome aquí? ¿A ti qué cojones

339

te pasa? Y entonces el celador me arrebata el teléfono y dice: Eh, no puedes hablarle a tu padre en ese tono. No veas, escudero. Si me casara con una mujer rica y me fuera a vivir al sur de Francia no volvería a saber más de ese malnacido. Pero me ingresan en el manicomio y el tío ya está llamando antes de que la tinta se haya secado en los impresos de admisión.

¿Cuánto tiempo estuviste ahí dentro?

Seis semanas. El programa de desintoxicación estándar. Los domingos venían visitas con sus cestos y demás y yo esperaba a que llegaran. Entonces cruzaba el césped con andares de pato mareado y me abalanzaba contra la valla bufando y babeando como un gibón rabioso. Alargando una garra retorcida. Tendrías que haber visto cómo huían entre alaridos. Una mujer salió corriendo a la calle y casi la atropella un autobús. Fue francamente agradable. Y al mismo tiempo una especie de revelación. Las familias de los internos. No te imaginas lo que se esconde en el traspaís, escudero. Familias enteras de engendros endogámicos iban a ver a la pieza de museo de su linaje. Una especie exótica de microcefálico. Un enano de cabeza ahusada. Algo salido de una fotografía de Lewis Hines. No creo que haya que gasearlos necesariamente, pero ¿tan descabellado sería caparlos?

¿Me lo estás preguntando?

Da igual. Dios. Seguro que a mí también me arrastrarían hasta el tribunal.

Western tomó un sorbo de cerveza. John, dijo. Eres lo que no hay.

Sí, vale. Lo que me tiene perplejo es la aparente necesidad de inventar habladurías sobre alguien cuya historia real es de por sí tan espantosa.

Qué más.

Pues tengo un par de noticias. Una buena y otra mala, como es de rigor.

A ver la buena.

Tulsa ha vuelto.

Vale. ¿Y la mala?

La mala es que esa es la buena noticia. No sé qué hacer con ella, la verdad. Tengo la impresión de haber embarcado en un nuevo vector de mi vida, escudero. Llámalo punto de inflexión. Huelo que se avecinan cosas buenas. Con un poquito de suerte ya me veo instalado en un modesto retiro rural. Un batín de terciopelo para las noches y un par de mastines junto a la lumbre. Una buena biblioteca, por supuesto. Una bodega bien provista. Incluso puede que una Minerva de anticuario esmaltada en negro en la reja de la entrada. A Tulsa no la veo allí. Es divertida y sexy pero está claro que no es de bajo mantenimiento y yo cada vez soy más prudente, escudero, y dudo que vaya a serlo menos conforme pasen los años. Es que no sé. A Brat aquí presente le dije que quería hacer las cosas bien y casi se atraganta de la risa. Pero hablo en serio.

¿Ella dónde está?

Sigue durmiendo.

¿Conoce tus sentimientos? ¿O la ausencia de ellos?

No lo sé. Es una chica muy sagaz. No sabría qué decirte. Con ella siempre estás en arenas movedizas. Por supuesto, cada vez que una mujer reaparece tras una larga ausencia hay una cosa que sabes seguro y es que las cosas no han ido bien. Eso las vuelve sumisas. Solo un tiempo. Me desconcierta mi propio yo, escudero, por recuperar una locución de los tiempos de Mossy Creek. No quiero volverme misógino. ¿A qué viene esa sonrisa?

Olvídalo. Continúa.

Son unos malos bichos. Debería haber seguido tu ejemplo. Morir joven, de amor, y adiós muy buenas.

Yo no me he muerto.

No discutamos por nimiedades. Tulsa es una chica rara. Le gusta esto porque hay buenos restaurantes. Pero también hay un par de buenas tiendas de disfraces.

¿De disfraces?

Sí. Se presenta con un montón de trapos y tú tienes que ponértelos. La última vez íbamos disfrazados de conejos. Lo más raro de todo es que ella se identificaba con el personaje.

Copulábamos con esos disfraces y ella chillaba y pateaba el suelo, ya sabes.

Madre mía, John.

Sí, ya. Lo que llega a hacer uno por amor. Pero bueno, cualquier cosa es bienvenida. No sabes lo que cuesta hacer que se corra. Es como follar con la víctima de un naufragio. Con todo y mis burlas hay veces en que veo con absoluta claridad que elegiste el camino adecuado. Ese estar como al borde de la intangible oscuridad. Algo que escapa a mis posibilidades. Torturado en la rueda de la devoción. Olisqueando tentativamente el aire fresco de los campos al atardecer. No más preguntas. Quién soy qué soy dónde estoy. De qué materia está acuñada la luna. Cuál es el plural de Woodwose. Dime dónde hacen una buena barbacoa. Busco fallos en tu postura. Aparte de las obvias en todo no partícipe. Como dice Jimmy Anderson, solo hay una cosa peor que perder, y es no jugar. En mi opinión hasta la cosa más horripilante puede ser instructiva, pero con las mujeres uno no aprende nada. ¿Cómo es posible? Sé que no soy el único. ¿Acaso el dolor no tiene por objeto ser instructivo? De perdidos al río. Lo que pasa es que estoy depre. Al final uno puede escapar de todo salvo de sí mismo. Tú y yo somos bichos diferentes, escudero. Algo que he afirmado hasta la saciedad. Pero lo que compartimos, aparte de la inteligencia y un vago desprecio generalizado hacia el mundo y cuanto este contiene, es un etéreo y despreocupado egocentrismo. Si ahora te dijera que me preocupa tu alma te caerías de culo de tanto reír. Pero como cualquier otro premio la salvación puede ser una simple cuestión de audacia. Tú renunciarías a tus sueños con tal de no tener esas pesadillas y yo no. Considero que es un mal negocio.

Western bebió más cerveza.

Nuestro amigo está callado, Brat. ¿Tú qué opinas?

Brat negó con la cabeza. Nada. Me encanta oíros hablar. Venga, continuad.

Sheddan dio una calada al puro y examinó la perfecta ceniza de un gris claro. Si quieres retiro eso.

Western sonrió. No, no. Las cosas como sean.

Entonces estás de acuerdo.

Por supuesto que no.

Vale, pues no. Pero meditando sobre tu situación llego una vez más a nuevos enigmas.

¿Por ejemplo?

No sé. Por ejemplo por qué tu mejor amigo es lo que se llama un imbécil moral.

Tal vez no sea mi mejor amigo.

¿No? ¿A qué viene esto, escudero? Me sorprendes.

Solo me estoy quitando un peso de encima, John. Quiero viajar ligero de equipaje.

¿Y adónde tienes pensado viajar?

No lo sé.

Me asustas. ¿Te marchas del país?

Es probable.

¿Dejas el buceo?

Puede.

Otra cosa no serás, pero circunspecto lo eres un rato. ¿Cómo te propones financiar el viaje? Si no te importa la pregunta.

Estoy en ello.

Entonces deduzco que tu atribulado karma ha producido nuevos demonios.

Western sonrió. Apuró lo que quedaba de cerveza.

Otra cerveza, escudero.

No. Gracias, John. Tengo que irme.

Nosotros cenaremos en Arnaud's. Deberías venir.

En otra ocasión.

Se te ve un poco angustiado, sea dicha la verdad.

Estoy bien.

Tal vez te convendría pasar una temporada en la academia de la risa, sabes. A mí me pareció saludable. Tomarte un respiro. Ah, y parece ser que si vas por propia voluntad (o sea no porque te ingresen) gozas de ciertos privilegios. Como decidir cuándo coges el alta.

Lo tendré en cuenta.

Gracias a ello mi actitud ha mejorado. No cabe duda. Una cosa que me sorprendió es que los desequilibrados gozan de una considerable libertad personal, algo cada vez más restringido en la vida cotidiana laboral.

Western se levantó. Gracias, John. Prometo meditarlo a fondo. Brat. Me ha alegrado verte.

Lo mismo digo, Bobby.

Sheddan le vio alejarse por Bourbon Street. Dio otra calada a su puro. ¿Tú qué piensas, Brat? ¿Crees que me ha tomado en serio?

No. ¿Y tú?

No lo sé. Pero más le vale.

Trabajó en una tienda de artículos para buceo en Tucson regentada por un amigo de Jimmy Anderson. Le pagaban en negro. Vivía en una habitación alquilada y se hacía la comida en un hornillo y cuando se marchó tenía una camioneta de segunda mano y unos cuantos miles de dólares. Ya en Nueva Orleans fue a ver a Kline.

¿Y si desapareciera sin más?

Pensaba que eso lo habíamos hablado.

¿Qué probabilidades hay de que me encuentren?

Kline se toqueteó los dientes con la goma de su lapicero. Miró a Western. Según quiénes sean ellos. Aún no sabemos de qué va todo esto. ¿Su coche todavía está en el guardamuebles?

No. Cuando venció el alquiler se lo llevaron.

Si tuviera ahorrado un buen pellizco podría irse a alguno de los territorios. Pero no es el caso.

Imagino que incluso con una nueva identidad no puedes utilizar tarjetas de crédito. O cuentas bancarias.

Se puede hacer.

Una vez me dijo que era casi imposible fingir una muerte.

Por lo que yo sé, sí. Claro que uno solo se entera de los que fracasaron en el intento. Y suelen defraudar a compañías de seguros por cantidades bastante elevadas o sea que es mucho lo que se juegan.

Supongamos que me fuera a Ciudad de México. ¿Podría salir del país en avión?

¿Todavía tiene el pasaporte?

Sí.

¿Está en vigor?

Sí. Aunque no con el Departamento de Estado.

No creo que hubiera problema. Pero le voy a decir una cosa: estar sin blanca y sin amigos en un país extranjero no es como ir de pícnic. Y ese pasaporte suyo caducará antes o después.

Cierto.

En fin, si piensa que esto solo va de unos impuestos no pagados entonces le diría que si ellos solo quisieran sacarle algún dinero seguramente se limitarían a enviar a un par de tíos para que lo pongan boca abajo y lo sacudan a ver qué cae de los bolsillos. Son las cinco.

Lo sé. Le dejo marcharse.

Por qué no vamos a tomar algo.

De acuerdo.

Se sentaron a la barra del Tujague's. Western giraba lentamente su vaso sobre la madera centenaria. Kline lo observaba.

Deje de dar palos de ciego, Western. No es muy buen plan.

Ya. Ahora mismo estaba pensando que ni siquiera sé lo que es un país.

Una pregunta nada fácil.

Al parecer es más que nada una idea.

Kline se encogió de hombros.

Tendría que convertirme realmente en otra persona, ¿no?

Así es.

Solo es cuestión de decidirse.

Hacerlo no es nada fácil.

¿No?

Hay gente que se aferra al desastre y no lo suelta.

Yo quizá le sorprendería.

Tal vez. Pero yo creo que la capacidad de evaluar el peligro es mayormente genética. Si uno la tiene es algo que viene de muy lejos y si no la tiene lo más probable es que no logre adquirirla a tiempo. Es algo bastante común entre atletas. Y entre psicópatas. Son muchos los delincuentes en busca y captura que han sido detenidos en el funeral de su madre. Lo que todos ellos tienen en común es que quieren a su madre. Lo que los otros tíos tienen en común es que no quieren que los metan en la cárcel.

No cree que yo fuera un buen fugitivo.

No. Pero como usted dice, quizá me llevaría una sorpresa.

Western sonrió. Levantó su vaso. Salud.

Salud.

No ha conseguido desanimarme.

Lo entiendo. Cuando la adversidad aprieta las tuercas hay gente que se transforma casi por completo.

A veces para bien y a veces para mal, supongo.

O simplemente se vuelve más sabia.

¿De qué más le gustaría hablar?

Kline sonrió. Hizo bailar el hielo en su vaso. Se ve a sí mismo como una figura trágica.

No. En absoluto. Una figura trágica es una persona consecuente.

Cosa que usted no es.

Inconsecuente tal vez. Ya sé que parece una estupidez pero la verdad es que les he fallado a todos cuantos acudieron a mí pidiendo ayuda. O que buscaron mi amistad.

¿Eso incluye a ese amigo suyo que murió en Venezuela?

Solo trata de ver hasta qué punto soy raro. Pero lo cierto es que muy probablemente Oiler aún estaría vivo si no me hubiera conocido a mí.

Usted sabe a qué suena eso.

Lo sé. Me dijo que hiciera las paces con mi vida. Pues bien, no consigo hacer las paces con nada.

Le creo. Y me sabe mal.

Al carajo todo. No me haga caso. Es puro morbo. Echo de menos a mis amigos. Y ella tenía razón, claro. La gente hace cosas raras para evitar el sufrimiento que se les viene encima. El mundo está lleno de personas que de buena gana se habrían puesto a llorar.

No estoy seguro de seguirle.

Da igual.

No. Continúe.

Western apuró su bebida y dejó el vaso encima de la barra y levantó dos dedos mirando al barman y se volvió hacia Kline. Lo explicaré de otra manera. La única cosa que me han pedido que haga en toda mi vida fue que cuidara de ella. Y la dejé morir. ¿Hay algo que quiera añadir, señor Western? No, señoría. Debería haberme suicidado hace años.

¿Por qué no lo hizo?

Porque soy un cobarde. Porque no tengo sentido del honor.

Kline miró hacia la calle. La dura y fría luz de la ciudad en invierno.

¿Qué otra cosa se le ha escapado entre los dedos?

Nunca lo sabremos, ¿verdad?

¿Qué tiene intención de hacer?

Creo que me iré a Idaho.

Idaho.

Creo que sí.

¿Para qué?

No lo sé. Por lo visto es un lugar muy frecuentado por prófugos y similares.

Pues yo diría que justo por eso hay que evitar sitios así.

Ya le contaré.

* * *

La primera noche la pasó en un motel a las afueras de Midland, Texas. Tomando una salida de la autopista pasada la medianoche. El aire fresco que entraba por las ventanillas de la camioneta traía el olor a crudo de los pozos petrolíferos. A lo lejos las luces de una refinería en mitad del desierto como el aparejo de un barco. Estuvo un buen rato tumbado en la cama barata escuchando el ruido de los camiones diésel que cambiaban de marcha al incorporarse a la autopista tras salir de la parada de camioneros que había a kilómetro y medio por la vía de acceso. Como no podía dormir al cabo de un rato se levantó y se puso la camiseta y los vaqueros y las botas y recorrió el pasadizo cubierto hasta llegar a los campos. Quietud. Frío. Las antorchas de los pozos ardían como cirios enormes y por el este las luces de la ciudad parecían desteñir las estrellas. Estuvo largo rato allí de pie. Tú piensas que hay cosas que Dios no va a permitir, había dicho ella. Pero él no pensaba tal cosa. Las luces del motel proyectaban su sombra hacia los rastrojos. Cada vez pasaban menos camiones. Ni pizca de viento. Silencio. Pequeñas serpientes de color moqueta enroscadas en la oscuridad. El abismo del pasado en el que el mundo se precipita. Todo evaporándose como si jamás hubiera existido. Difícilmente desearíamos conocernos a nosotros mismos como fuimos en otro tiempo. Sin embargo llevamos luto por esos días. En los últimos años había pensado poco en su padre. Ahora pensaba en él.

Al anochecer del día siguiente por una carretera de dos carriles en el sur de Colorado empezó a ver vehículos detenidos junto al arcén. Más adelante un coche patrulla los hacía parar. El cielo era de un rojo oscuro y el humo se desplazaba hacia el sur. Paró arrimado al arcén y se apeó. Vio gente de pie en la caja de sus camionetas observando el incendio. Western siguió andando por la calzada. Al rato notó el calor. El fuego había atravesado la carretera y el campo ardía a lo lejos, hacia el sur. Tres pecaríes salieron trotando de las cenizas y avanzaron junto a él por la calzada. Western hincó una rodilla y puso la palma de la mano en el asfalto. Los pecaríes le observaron. Minutos después volvió. Pasó la noche en su camioneta junto a la carretera.

A la mañana siguiente, sentado sobre los pies cruzados, vio salir el sol. Estaba festoneado y rojo entre el humo como una matriz de hierro fundido expulsada del interior de un alto horno. Casi no quedaban coches ni camionetas aparcados y dedicó un momento a beberse una lata de zumo de tomate. Poco después puso el motor en marcha y encendió los limpiaparabrisas para limpiar de ceniza el cristal.

Avanzando por la carretera pudo notar el calor que emanaba la tierra quemada. Llegó a un trecho donde se distinguían unas huellas de neumático en el asfalto. Vio una hembra de ciervo muerta en la cuneta y un momento después paró la camioneta junto al arcén. Se apeó y fue con el cuchillo hasta donde yacía el animal e hizo un corte a lo largo del lomo chamuscado y dejó a la vista el solomillo. Espinaza, lo llamaban los viejos cazadores. Luego, sentado en el portón trasero, se comió la carne con sal y pimienta de unos sobrecitos que había cogido de un autocine. Todavía estaba caliente. Tierna y roja en el centro y ligeramente ahumada. Cortó rodajas en un plato de papel y se las comió con el cuchillo y estuvo observando la campiña reducida a cenizas a su alrededor. Aves de presa en lo alto. Milanos y halcones. Con la cabeza ladeada para ver lo que había en tierra.

Condujo hacia el norte. Aguiluchos posados en el tendido eléctrico alzaron el vuelo y después de volar en círculos regresaron a los cables detrás de él. Al caer la tarde se sentó en el techo de la camioneta y se terminó el lomo mientras contemplaba el campo. Se subió el cuello de la chaqueta y observó la manera en que el viento saqueaba la hierba. Surcos repentinos que avanzaban y frenaban. Como si algo invisible hubiera salido corriendo y estuviera agachado allí. Bebió a pequeños sorbos el té ya tibio de su termo y luego enroscó el tapón y desdobló las piernas y saltó al suelo. Pero un pie se le había dormido y cuando tocó tierra se derrumbó y cayó en la cuneta y se quedó allí tirado riendo.

Se bañó en un arroyo que discurría más abajo de la carretera. Un viejo puente de hormigón. Los zunchos asomaban por la baranda. Se plantó desnudo y temblando en un banco de grava corriente abajo y se secó con una toalla. En la charca de debajo del puente el agua estaba fría y transparente. Buen sitio para pescar percas. Aquella noche volvió a dormir en la camioneta y cuando despertó la luz era blanquecina pues el parabrisas estaba cubierto por una fina capa de nieve. Se incorporó con los pies en calcetines dentro del saco de dormir y puso el motor en marcha y accionó los limpiaparabrisas. Una luz gris y a lo lejos en la cuenca del río unos pájaros volaban en círculos. Sus gritos malhumorados. Un camión solitario pasaba por la autopista. Bordoneando por la cuesta. Se inclinó para abrir la guantera y sacó un paquete de galletas y lo abrió con los dientes y se puso a comer galletas mientras esperaba a que se calentara el motor.

Cruzó el río Platte a la altura de Scottsbluff y aparcó la camioneta al borde de una amplia gravera y bajó y se quedó mirando el río. Las lomas bajas de un violeta oscuro en la luz crepuscular y el Platte como una deshilachada cuerda de plata extendiéndose hacia el llano sobre los entrecruzados bajíos, enhebrando los arenales en la penumbra de un bermellón oscuro. Sentado sobre la grava talló con su navaja un barquito hecho de un trozo de madera de deriva y lo mandó río abajo hacia la oscuridad.

El sol bajo del invierno le acompañó en su travesía de Montana. Campos de tierra labrada. Silos altísimos. Faisanes cruzando la carretera cabizbajos como malhechores. En las rectas largas al anochecer podía ver los faros de camiones a kilómetros de distancia. La oscuridad de montañas lejanas. En la radio de la camioneta nada salvo interferencias.

Durmió en un motel nada más cruzar la frontera de Idaho. Una cama de madera barnizada y mantas de lana. En la habitación hacía frío y encendió el calefactor mural a gas. Entró en el baño y encendió la luz. Alicatado verde de los años cuarenta. Un grabado de flores en un marco barato en la pared encima del inodoro.

Cuando abrió los ojos el despertador de la mesilla de noche marcaba las cuatro cero dos. Aguzó los oídos. A intervalos las luces procedentes de la autopista peinaban las lamas de las persianas y trepaban por las paredes con revestimiento de pino. Para luego retirarse lentamente. Se levantó de la cama y cogió la manta y se la puso sobre los hombros y salió en calcetines al aparcamiento. Un inmenso despliegue de estrellas en el firmamento. A los pocos minutos estaba tiritando de frío y comprendió que necesitaría prendas de más abrigo. Dio media vuelta y entró de nuevo en la habitación.

* * *

Pasó el invierno en Idaho en una vieja casa de dos plantas que pertenecía a un amigo de su padre. Era de madera y tenía una estufa de leña en la cocina. Ni luz ni agua corriente. Recorrió las vacías habitaciones de arriba. Papel de periódico amarillento por el suelo. Cristales rotos. Visillos en las ventanas que casi se habían desintegrado.

Tenía unas mantas y encontró más en una cómoda e hizo una pila con ellas en la cocina. Pocos días después iría al pueblo y se compraría un anorak y unas botas altas de goma. Llevó la camioneta al granero y la cargó de balas de heno y fue con ellas hasta la casa y las llevó adentro a fin de aislar las paredes de la cocina, ventanas incluidas. Antes de que terminara el invierno llevaría más balas de heno al piso de arriba y cubriría todo el suelo de la habitación que estaba justo encima de la cocina.

En una de las habitaciones de abajo había una cama y agarró el colchón y lo llevó a rastras hasta la cocina y colocó una vieja lámpara Eagle en el suelo de linóleo y la llenó de queroseno de una lata que había encontrado en el recibidor y encendió la lámpara y volvió a colocar la tulipa y bajó la mecha y se sentó.

En el cuarto de la entrada había tarros de fruta, tomates y quimbombó pero no tenía ni idea de cuánto tiempo llevaban allí. Unos dientes de hierro para rastra en una caja de madera.

La osamenta de un ratón en el fondo de una lechera de acero inoxidable. Encontró un hacha en la leñera pero no tenía forma de afilarla y la segunda vez que fue al pueblo volvió con una sierra de cadena y dos cajas de libros de bolsillo. Novelas victorianas que no había leído ni leería pero también una buena colección de poesía y un Shakespeare y un Homero y una Biblia. Encendió fuego en la estufa de leña y bajó con un balde hasta el arroyo que pasaba en forma de conducto bajo la carretera y volvió con el agua e hizo café y puso unas alubias en remojo. Echó más leña a la estufa y al poco rato la cocina estaba casi caldeada.

Unos ratones le observaban cuando se despertó a la mañana siguiente. Ratones ciervo de enormes ojos líquidos. Al mirar por el cristal de la puerta de la cocina vio que estaba nevando.

A veces por la noche le despertaba un ruido como si algo se moviera por las habitaciones del piso de arriba. En alguna de esas ocasiones subió por la angosta escalera envuelto en una manta y barrió las habitaciones con el haz de su linterna pero no vio que hubiera nada. Huellas en el polvo del suelo. Mapaches seguramente. Por la mañana colocó cartones allí donde faltaba cristal en las ventanas de guillotina. Varias noches después volvió a oírlos y una vez arriba se quedó a la escucha en la habitación casi a oscuras. La ventana inundada de luz de luna. Las negras ramas de los árboles invernales como estampadas en el suelo. Entonces oyó un movimiento en la habitación de abajo. Incluso creyó oír una puerta al cerrarse. Bajó a toda prisa pero allí no había nada y volvió a su nido de heno pegado a la estufa y aprendió a convivir con lo que fuera que había en la casa, y viceversa.

A finales del invierno una helada inesperada. Recorrió a pie con sus botas de goma las carreteras sucias de nieve. Su dieta consistía básicamente en alubias y arroz y frutos secos y la ropa le venía cada vez más grande. Desde el viejo puente de madera más abajo de la casa observó cómo el agua discurría oscura más allá de las placas de hielo. En el río había truchas degolladas pero él ya no tenía ánimos para matar animales. Un día vio un visón que se afanaba encorvado por un trecho de grava. Lanzó un silbido y el visón se detuvo y volvió la cabeza y le miró y luego continuó como si nada.

Un par de veces distinguió huellas de neumáticos en la nieva fangosa. Las blancas placas de hielo rotas en las roderas. Pisadas de bota en los tablones del puente. Nunca vio a nadie. El agua de la nieve que se había fundido en el techo metálico formaba charcos en los alabeados tablones de las habitaciones de arriba y el agua se filtraba a la planta baja. Un día el viento del norte dejó dos palmos de nieve y la aguja del termómetro de plástico que había fuera junto a la puerta de la cocina cayó a treinta bajo cero.

Tenía la sierra mecánica en la cocina para que no le costara arrancarla y decidió adentrarse en la nieve acumulada en busca de árboles muertos que siguieran en pie. En medio de la blancura los troncos eran de un gris pálido. Había improvisado un ungüento con el betún del interior de la portezuela de la estufa mezclado con aceite de cocina y se lo untó por debajo de los ojos. Un día ahuyentó a un búho posado en un árbol y vio cómo volaba silencioso un largo trecho en línea recta a través del bosque hasta que lo perdió de vista. Por la mañana salió con una escoba y limpió de nieve la puerta de la camioneta lo suficiente como para poder abrirla y montar y luego metió la llave en el contacto y la giró. Nada.

Varios días después oyó que llamaban a la puerta. Se quedó petrificado, a la escucha. Apagó la lámpara de un soplo y se arrimó a un rincón desde donde controlar la puerta de la cocina. Esperó. Una sombra. Alguien con una parca de capucha intentando ver algo en el interior. Manos enguantadas contra el cristal. Al rato quienquiera que fuese se marchó.

Recluso en una casa vieja. Cada vez más extraño conforme pasaban los días. Llegó a pensar en acercarse a la puerta y llamar al visitante pero no lo hizo y el visitante no volvió más. Se acostó y al poco rato despertó sudando a pesar del frío. Se incorporó. Un panorama invernal de estrellas en la ventana y los oscuros árboles encaperuzados de nieve. Se subió la colcha hasta los hombros. Ciertos sueños lo mantenían inquieto. Una enfermera que esperaba para llevarse la cosa. El médico que lo observaba.

¿Qué quiere hacer?

No lo sé. No sé qué hacer.

El médico llevaba puesta una mascarilla quirúrgica. Un gorro blanco. Tenía las gafas empañadas.

¿Qué quiere hacer?

¿Ella lo ha visto?

No.

Dígame qué hago.

Tendrá que decirlo usted. Nosotros no podemos aconsejarle.

Tenía manchas de sangre en la bata. La mascarilla se hinchaba y deshinchaba al compás de su respiración.

¿Ella no tendrá que verlo?

Creo que eso debería decidirlo usted. Teniendo en cuenta, claro está, que si uno ve una cosa ya no puede dejar de verla.

¿Tiene cerebro?

Sí, pero rudimentario.

¿Y tiene alma?

Primero se le acabó el café y después se quedó sin comida. Pasó hambre durante dos días y finalmente decidió vestirse bien y echó a andar por la carretera para ir al pueblo. Diecisiete kilómetros. Hacía mucho frío. La nieve de las roderas estaba congelada. Anduvo con las manos enguantadas tapándose las orejas y balanceando los codos para entrar en calor. Cuando llegó a la primera casa dos perros se le acercaron ladrando por el camino particular pero él se inclinó como para coger una piedra y los perros dieron media vuelta a toda prisa. No se veía a nadie. Un fino penacho saliendo de la chimenea de ladrillo. Olor a humo de leña.

No llevaba mucho rato en el pueblo cuando advirtió que

la gente le miraba. Últimamente apenas si se había visto a sí mismo en la ventana de la cocina y se detuvo delante de una tienda para mirarse en un espejo que había allí. Un vagabundo harapiento y melenudo de barba tirando a pelirroja. Cielo santo, dijo.

De regreso se le hizo de noche. Acarreaba sus bolsas con la compra en una carretilla infantil con una rueda torcida que había encontrado en una chatarrería. Grandes láminas de un verde cloral y luz morada en el cielo por el lado norte. Un ciervo cruzó la carretera varios metros más adelante. Luego otro.

Era casi medianoche cuando por fin llegó a la casa y tiró del carrito por el camino particular entre montones de nieve hasta la puerta de la cocina. La abrió y se quitó las botas haciendo palanca en el umbral. Ah de la casa, dijo en voz alta.

Había comprado un peine y unas tijeras y un espejo de mano en la droguería y a la mañana siguiente cogió un destornillador y le quitó el marco al espejo del tocador que había en el dormitorio de arriba y volvió abajo con él y lo apoyó en un estante de la cocina, junto a la puerta donde había buena luz, y se recortó la barba con las tijeras y luego se afeitó con un cuenco de agua muy caliente. A continuación se ocupó del pelo. No era la primera vez que se lo cortaba él y no le quedó nada mal. Barrió lo que había caído al suelo de linóleo y lo metió en una bolsa de la compra y metió la bolsa en la estufa y cerró la portezuela. Puso más agua a calentar y se lavó el pelo y se bañó frotándose con una esponja, de pie en una bañera galvanizada que había encontrado debajo de la casa en la parte de atrás. Estaba oxidada y perdía agua y el agua corría por el linóleo hasta la pared y desaparecía lentamente. Tenía ropa limpia en una bolsa de tela vaquera con cordón y después de secarse y vestirse y peinarse se miró en el espejo.

Había traído del pueblo un par de ratoneras y les puso queso como cebo y las colocó. Los ratones se habían adueñado casi de la cocina. Bajó el lienzo de la lámpara hasta que no quedó apenas llama y se tumbó en medio del silencio. La primera trampa hizo clic. Después la segunda. Subió el lienzo y se levantó y tiró a la basura los pequeños cuerpos tibios y colocó de nuevo las trampas. Se acostó. Clic. Clic.

Cuando fue a ver la segunda trampa el pequeño ratón de patas blancas tenía ambas pezuñas delanteras atrapadas en la barra de la ratonera e intentaba empujar hacia arriba para liberar la cabeza. Western levantó la barra y vio cómo el animalito se alejaba como ebrio por el suelo y luego tiró las dos ratoneras al cubo de la basura y volvió a acostarse.

Un buen día los ratones desaparecieron. Aguzó el oído en la oscuridad mientras seguía acostado. Encendió la linterna y barrió toda la estancia con su luz. Nada. A la noche siguiente oyó un ajetreo en el heno y se incorporó y prendió la linterna y entonces vio un armiño flaco con la punta de la cola negra. El animal miró el haz de luz y se esfumó y reapareció en el otro extremo de la cocina a tal velocidad que él pensó que debían de ser dos. Luego se escabulló y nunca más se supo. Al cabo de una semana los ratones volvieron.

En el pueblo había comprado unos cuadernos escolares y un paquete pequeño de bolígrafos y por la noche se sentaba recostado en las balas de heno y le escribía cartas a ella a la luz del quinqué. Cómo empezar. Queridísima Alicia. Una vez escribió: Amada esposa mía. Luego arrugó el papel y se levantó y lo metió en la estufa.

Todavía había nieve cuando las lechuzas se instalaron en el aguilón del granero. Dirigió la luz de la linterna hacia el desván. Dos rostros en forma de corazón le miraron desde lo alto. Pálidos como manzana partida por la mitad. Parpadearon y movieron la cabeza de lado a lado. Unas briznas de paja cayeron de arriba.

Unas noches más tarde se despertó y estuvo escuchando el silencio. Se levantó y encendió el quinqué y fue con él a la habitación de delante y lo sostuvo en alto. Un murciélago estaba haciendo una silenciosa incursión por las habitaciones. Fue a abrir la puerta delantera y la dejó abierta a pesar del frío y se acostó de nuevo. Por la mañana el murciélago ya no estaba.

Miró lo que había en los cajones del aparador de la habitación principal. Una minúscula taza de té. Un guante de mujer. No sé qué decirte, escribió. Han cambiado muchas cosas pero todo es igual. Yo soy el mismo. Siempre lo seré. Escribo porque hay cosas que pienso que te gustaría saber. Todo excepto tú ha desaparecido de mi vida. Ni siquiera sé qué significa eso. A veces no puedo parar de llorar. Perdona. Mañana volveré a intentarlo. Con todo mi amor. Tu hermano, Bobby.

Estando en Nueva Orleans había abandonado el hábito de hablarle a ella porque se había sorprendido a sí mismo hablando solo por la calle o en un restaurante. Ahora volvía a hacerlo. Le preguntaba su opinión. Cuando a veces intentaba contarle por la noche cómo le había ido el día tenía la clara sensación de que ella estaba al corriente.

Y luego todo empezó a perder cuerpo. Supo cuál era la verdad. La verdad era que la estaba perdiendo.

La recordaba junto al lago aterida de frío en el crepúsculo invernal. Abrazada a sí misma. Mirándolo a él. Hasta que por fin dio media vuelta y regresó a la cabaña.

Sentado con la lámpara junto a él, envuelto en las mantas. Sheddan había dicho una vez que compartir cien lecturas era un vínculo más fuerte que la sangre. Los libros que yo te daba los devorabas en cuestión de horas. Y te los sabías casi de memoria.

El tiempo es más cálido. Hay un búho detrás de la casa. Lo oigo por las noches. No sé qué contarte. Lo dejo por ahora. Con todo mi amor.

Se levantó y se puso las botas y la chaqueta y salió a andar. Una luna fría a media asta moviéndose entre los árboles. En la lejanía y apenas audible el traqueteo de los tablones del puente bajo las ruedas de un coche. Los faros iluminando la loma hasta desaparecer y el viento frío y la nieve alzándose de los campos para posarse otra vez. Cuando ella fue a abrir la puerta del cuarto que tenía en Chicago supo que debía de hacer semanas que no salía de allí. Años más tarde ese sería el día que le vendría a la memoria. Cuando lo único que a ella parecía preocuparle era él. La llevó a cenar al restaurante alemán del casco antiguo y el contacto de su mano sobre el brazo de él sentados a la mesa lo drenó todo. Hasta más tarde no entendió que ese fue el día en que ella le estaba diciendo qué era lo que él no podía entender: que había empezado a decirle adiós.

Se despertó y encendió el quinqué y se recostó en las balas de heno arrebujado en las mantas. El agua dentro del balde puesto en el suelo se agitó formando finas circunferencias y quedó quieta de nuevo. Algo en la carretera. Algo en las entrañas de la tierra. Notó la cara húmeda y comprendió que había estado llorando mientras dormía.

Con una escoba retiró la nieve de la camioneta y aflojó la batería con unos alicates y la llevó hasta el pueblo en la carretilla y luego de vuelta otra vez. Siete horas en la carretera. Dos días después se marchaba.

Pasó la noche en un viejo hotel de la línea férrea de un pueblo en el sur de Idaho y estuvo despierto escuchando el largo retumbo de los vagones cambiando de vía y el eco metálico que dejaban a su paso sonaba a noticias de una guerra antigua. Miró por la ventana. Había empezado a nevar.

Rumbo al sur hasta Logan, Utah, para tomar la 80 a través de Wyoming. Green River. Black Springs. Cheyenne. Dormía en la camioneta. Cruzó la llanura central. Los grandes camiones remolque surcando el asfalto en medio de la ventisca. Ogallala. North Platte. En el rojo crepúsculo bandadas de grullas cruzando la autopista. Volando en círculos y descendiendo luego a los bajíos donde aterrizaban caminando y luego plegaban las alas y daban unos pasos y quedaban quietas.

Fue hacia el norte por carreteras secundarias. Pasaron unos pocos coches y luego ninguno. Una luna chata de papel de arroz sobre los cables de electricidad. Saliendo de Norfolk se encontró con dos luces que apuntaban hacia abajo en la zanja junto a la carretera. Levantó el pie del acelerador. Las luces estaban una encima de la otra y tardó un rato en adivinar qué eran.

Se arrimó al arcén y aparcó. Era un coche y estaba de costado en la zanja con los faros encendidos y el motor en marcha. Un humo blanco flotaba sobre la calzada. Apagó el motor de la camioneta y cogió la linterna de la guantera y se apeó y cerró la puerta y cruzó al otro lado. Iluminó con la linterna las ventanillas del coche pero no logró ver nada. Se irguió cuan alto era sobre el eje de transmisión y miró en el interior. Un hombre acurrucado contra la puerta de abajo parpadeaba a la luz de la linterna.

Western dio unos golpes en el cristal. ¿Se encuentra bien? El hombre se movió apenas pero no respondió. Western le vio el aliento. Hierba seca y fango y grava aplastados bajo la cara inferior de la ventanilla. Western se subió a la aleta trasera y agarró el tirador de la puerta e intentó levantarla pero estaba cerrada con llave. Volvió a iluminar el interior del coche. Apague el motor, gritó. El hombre se cubrió la cara con ambos codos. Western apagó la linterna y se quedó allí sentado. A lo lejos ladró un perro. Luces de una casa colándose entre la oscuridad del bosque. Bajó de donde estaba y fue a la parte trasera del coche y se quitó una bota y recostado en el parachoques puso la suela de la bota plana sobre el tubo de escape. El motor tartamudeó y se caló y Western se calzó la bota y salió de la zanja y cruzó la carretera y montó de nuevo en la camioneta. Se le ocurrió que el hombre encogido dentro del coche no era el conductor y arrancó y se incorporó a la calzada pensando que tal vez vería al conductor caminando hacia él por el arcén pero no fue así.

Llegó a Black River Falls un frío viernes al anochecer. Se hospedó en un motel barato a pie de autopista y el día siguiente a las diez de la mañana estaba en Stella Maris.

La enfermera apuntó su nombre y luego le miró. ¿Es usted pariente?

No, señora. Un amigo nada más.

Lamento mucho tener que decírselo. Helen falleció hará cosa de un año.

Western desvió la vista hacia el corredor. No pasa nada. ¿Hay alguien más a quien pueda ver?

¿Que no pasa nada?

Perdón. No lo decía en ese sentido. ¿Y Jeffrey?

La mujer dejó el bolígrafo a un lado y le miró otra vez. Usted es el hermano de ella.

Sí.

La enfermera le observó. Sus prendas de leñador y el corte de pelo casero. Luego retiró la silla hacia atrás y se levantó.

No va a avisar para que me echen, ¿verdad?

Claro que no.

¿Conocía a mi hermana?

No. Pero sé quién era.

Cuando volvió le condujo por el pasillo hasta la sala común. El mismo tenue olor a orines y desinfectante. Le franqueó el paso.

Puede sentarse allí junto a la ventana. Enseguida vuelvo.

Cuando lo hizo abrió la puerta para que pasara Jeffrey. Iba en silla de ruedas. Western se puso de pie. No supo por qué motivo. Jeffrey avanzó por el suelo de linóleo y giró ligeramente la silla de ruedas y le miró. Western le tendió la mano pero Jeffrey se limitó a ponerle el codo en la palma y lo movió un par de veces arriba y abajo y luego miró hacia la enfermera. Ella se dio la vuelta y entonces Jeffrey miró a Western. Toma asiento, dijo.

Western obedeció. Permanecieron en silencio. Solo cuando la enfermera se hubo alejado lo suficiente Jeffrey giró la silla y observó a Western con atención. No tienes muy buen aspecto, dijo.

He estado mejor.

Pensaba que quizá habías muerto.

No. No ha sido para tanto. ¿Y usted cómo está?

Solo pienso que si no estabas muerto deberías haberlo dicho.

Lo siento.

Tal vez sí y tal vez no. Supongo que has venido para hablar de Alicia.

Solo quería ver este sitio. Por última vez.

Te estás muriendo.

No. Es que me marcho.

¿Muy lejos?

Bastante.

Bien. Es comprensible. Yo de momento no voy a ninguna parte.

¿Qué le pasó?

Que me atropelló un coche, ¿vale?

Lo siento.

Sí. Yo también. Se dio a la fuga.

¿Encontraron al conductor?

Si encontró al conductor ¿quién?

Quien fuera.

Tendrás que ser más concreto. Soy bipolar. Entre otras cosas. Amundsen y yo.

Yo creo que no llegó al polo Norte.

No. Pero voló por encima. Me parece que te cuesta ir al grano.

He sabido que eran ustedes amigos, eso es todo.

Amundsen y yo.

Hombre. No. De hecho, me consta. Bueno, ella tenía muchas amistades. Claro que al final no consiguió lo que quería. Más o menos como todo el mundo.

¿Qué es lo que quería?

Venga ya.

No. Es que no lo sé.

Quería desaparecer. Bueno, tampoco es exacto. De entrada quería no haber estado nunca aquí. Quería no haber estado. Y punto.

¿Eso te lo dijo ella?

Sí.

Y tú la creíste.

Creía prácticamente todo lo que me decía. ¿Usted no?

¿Tú crees en otra vida?

Y ella dijo que yo no creo en esta. ¿No es así?

Jeffrey sacó de entre sus prendas unos prismáticos de pequeño tamaño y se inclinó para examinar el jardín.

Al menos la mitad del mundo debe de estar compuesta de oscuridad, dijo. Hablábamos de eso.

¿La echa de menos?

Pero ¿tú estás chiflado o qué?

¿Qué es lo que ve por los prismáticos?

Unas lagartijas con vestido verde de lunares. En ese bosque hay unas cuantas. Gordas de cojones.

¿En serio?

Tal vez no tanto como tú. Pero sí, la echo de menos. ¿Y quién no? Yo pensaba que aquí estaría segura. Pues no. Debería habérmelo dicho. Me habría ido con ella.

¿En serio lo habría hecho?

Sin dudarlo ni un instante.

Pero ella no se lo dijo.

No. Y no porque fuera un tema tabú o algo parecido.

¿Recuerda algún comentario de ella al respecto?

No sé. En ningún momento me pareció que le diera mucha importancia. Un día dijo que el hecho de que el mundo gire no significa que uno no pueda bajarse de él. En aquellos árboles hay un búho.

¿De qué clase?

No lo sé. No puedo verlo. Solo los cuervos. Yo la tenía por una persona perfecta. O casi.

A mí no me gustaba que dijese palabrotas.

¿No? A mí sí. ¿Sabes lo que me gustaba?

No. ¿Qué?

Verla hablar con alguien por primera vez (sobre todo a algún listillo) y cómo el otro se quedaba mirando a aquella niña rubia y a los pocos minutos ya estaba perdiendo el culo. Era divertido.

¿Alguna vez le habló de los hombrecillos que solían visitarla?

Claro. Yo le pregunté cómo era posible que creyera en ellos y en cambio no creyera en Jesucristo.

¿Y qué le respondió?

Que a Jesucristo no lo había visto nunca.

Pero usted sí. Si mal no recuerdo.

Así es.

¿Qué aspecto tenía?

Jesús no tiene ningún aspecto. ¿Qué aspecto iba a tener? Él no puede parecerse a nada.

Entonces, ¿cómo supo usted que era Jesús?

¿Me estás vacilando? ¿En serio crees que podría ver a Jesús y no saber quién diablos era?

¿Él le dijo algo?

No dijo nada, no.

¿Ha vuelto a verle alguna vez?

No.

Pero nunca ha perdido la fe en él.

No. El israelita sana. Es todo cuanto hay que saber. Deja que te cite a Thomas Barefoot. Su verdad no va a volver a él de vacío. Hará lo que él quiere que haga. No te vendría mal pensar en eso.

¿Quién es Thomas Barefoot?

Fue declarado culpable de asesinato y espera el momento de su ejecución por el estado de Texas. En fin, cuando has visto una vez a Jesús lo has visto para siempre. Caso cerrado.

Para siempre.

Sí. A él le va lo de para siempre.

¿Y no ve usted ninguna disyunción lógica entre lo que sabe del mundo y lo que cree con respecto a Dios?

Yo no creo nada con respecto a Dios. Simplemente creo en Dios. Kant dio en el clavo con aquello del cielo estrellado y la verdad en el corazón. La última luz que verá el no creyente no será el sol apagándose. Será Dios apagándose. Todos nacemos con la capacidad de ver lo milagroso. Negar esa capacidad es una elección personal. ¿Tú piensas que su paciencia es infinita? Pues yo creo que estamos casi al cabo de la calle. Que es bastante probable que nosotros estemos todavía aquí para ver cómo se moja el pulgar y se inclina para desenroscar el sol definitivamente.

¿Cuánto tiempo lleva usted en este centro?

Dieciocho años.

Se volvió para mirar a Western y se giró de nuevo y continuó su examen del recinto. Sí, yo también pienso lo mismo. ¿Y si me echan de aquí? Plantado en una parada de autobuses con una maleta y veinte dólares en el bolsillo. O sea que es mejor no llamar demasiado la atención. Aun así, tienes que ser un loco creíble. Fingirse enfermo no cuela.

¿Usted diría que la medicación le está ayudando?

Mierda, Bobby. ¿Ayudando a qué? Uno está en la cuerda floja. Sabes que quieren librarse de ti. Das mala imagen al centro. Aparecen nuevos clientes con sus amistades y demás y ellos van y te secuestran. Y encima estás sin blanca. ¿Tienes algo para fumar?

No sabía que aquí se pudiera fumar.

No se puede. En el edificio no. Pero no era esa la pregunta.

No. No tengo nada. Lo siento.

Vale.

Se arrebujó en la bata y miró al exterior.

Estoy empezando a ponerle nervioso.

Ya te avisaré, tranquilo. De momento no.

Bien.

Tú también podrías hacer que te internaran. No me vendría mal tener compañía. Creo. No hay otra cosa que hacer.

Algunos amigos me lo han sugerido. Lo pensaré.

No, no lo pensarás. Aunque lo hicieras no serviría de nada. Te contaré una anécdota de las salas. Había aquí una mujer llamada Mary Spurgeon. Veintiocho años. El día de su cumpleaños. Que resultaría ser el último. El caso es que habían montado una fiestecita con su tarta y todo y alguien tenía una cámara Polaroid e hicieron fotos y les hicieron una a Mary y Alicia. Y cuando Alicia vio la foto se fijó en un punto blanco que Mary tenía en el ojo y después de mirarlo bien dio media vuelta y se marchó.

Fue a ver al médico para decirle que Mary tenía un retinoblastoma y que había que extirparle el ojo y le enseñó la foto al médico. El médico miró la foto y volvieron a la sala y le examinó el ojo a Mary y llamó a una ambulancia y se llevaron a Mary y al cabo de una semana volvía con un ojo menos y un vendaje aparatoso.

Se habría muerto.

Sí. Pero los locos no lo vieron así, claro está. Enviaron una delegación para preguntarle a Alicia por qué le había hecho aquello a Mary Spurgeon. Querían saber por qué la había delatado. Con esas palabras. Mira lo que has hecho, le dijeron.

¿Y Mary? ¿Ella qué dijo?

¿Mary? Sobre ese tema no dijo ni mu. Pero luego va y se corta las venas y muere de madrugada en los aseos después de escribir un oscuro poema en la pared con su propia sangre.

Eso debió de ser muy duro para ella. Nunca me lo contó.

Alicia.

Sí.

Bueno. En la sala ocurren muchas cosas que no salen en titulares.

Supongo que por eso se suicidó.

Mary.

Sí.

A saber. Llevaba años fatal. No entiendo por qué no la tenían en la lista de suicidas potenciales. Tu hermana se fue una semana después.

¿Usted por qué cree que no me lo dijo?

Quizá porque en parte pensó que los locos tenían razón.

Bajó los prismáticos y observó el bien cuidado recinto. ¿Tú dirías que la mayor parte de la gente quiere morir?

No. Yo no diría tanto. ¿Y usted?

No sé. Creo que hay veces en que te gustaría dar carpetazo y acabar de una vez. Muchas personas elegirían estar muertas si no tuvieran que morir.

¿Usted, por ejemplo?

Sin dudarlo un segundo.

No sé si entiendo la diferencia.

Claro que la entiendes.

¿Qué más?

¿Por qué? ¿Hay algo más?

Siempre hay algo más.

Está bien.

¿Está bien?

Pues claro.

Escrutó el paisaje de lado a lado. Te cuento un sueño. El hombre falsificaba antigüedades. Viajaba con su documentación. Los instrumentos necesarios. Un personaje del viejo mundo. Traje oscuro, más bien gastado. Un aire entre formal y andrajoso que llevaba aún pegado un cierto aroma de exotismo. Se rumoreaba que su cartera había sido fabricada con el pellejo de un pagano y dentro llevaba los ingredientes para toda clase de documentos. Pergamino y vitela y papel de la época con sus pertinentes marcas de agua. Lacres y cintas y rúbricas de Estado y plumines de toda clase de procedencia además de tintas de naturaleza orgánica que llevaba colgando del cinturón en frascos estrechos. Quizá te lo imaginas.

No sé qué decirle.

Bueno. A mí en realidad me hace sonreír. No es importante. Lo que el mundo sería sin su oficio. Tendríamos menos alternativas. Aquí lo que interesa es su clientela.

¿Quién es su clientela?

Su clientela es la historia.

La historia no es una cosa.

Bien dicho. Pero un tanto problemático. La historia es una colección de papel. Unos recuerdos cada vez más difusos. Andando el tiempo lo que no está escrito es que no pasó.

¿Acaso buena parte de lo que está escrito sí?

Bien. Ese es el tema que hay que tratar.

¿Quién lo paga?

Tú.

¿Yo?

Sí. Y cada revisión de la historia es una revisión de la riqueza. Y a menos que vivas en un contenedor de basura tienes la obligación de contribuir.

Yo vivo en un contenedor de basura.

Si tú lo dices...

Y todo esto en un sueño.

¿Por qué no?

¿Le contó este sueño a ella?

No hizo falta.

¿Y eso?

Fue ella quien lo soñó.

Pero usted supo interpretarlo.

Vamos, hombre.

¿La historia va de dinero?

Hasta que uno no tenía dinero no tenía historia. ¿Qué te parece?

No sé. Sospechoso. En el mejor de los casos.

Rumores, habladurías. Mentiras. Si piensas que la dignidad de tu vida no es algo que pueda borrarse de un plumazo entonces creo que deberías replanteártelo.

¿Esos pensamientos eran de ella?

No. Estos son míos.

Seguro que ella dijo alguna cosa. Del vendedor ambulante.

Tú ya sabes lo que pasa.

No. ¿Qué?

Al final toda historia física resulta ser una quimera. Ella dijo que incluso si colocas las manos sobre las piedras de un edificio muy antiguo nunca llegas a creer que el mundo al que han sobrevivido tuviera en su momento la misma realidad del mundo en que tú estás. La historia es fe.

No sé si le veo el sentido a todo esto. ¿Qué otros sueños?

Sueños, sueños. ¿Qué clase de desesperación empuja a una persona a interrogar a los dementes de un manicomio sobre sus puntos de vista?

Buena pregunta.

¿Conoces el test de Wisconsin, el de las cartas?

Me suena.

A los esquizos se les da especialmente mal. Es una herramienta analítica. Ella era un as.

¿Y a qué conclusión llegaron los médicos?

Le dieron más test.

Más test.

Claro.

O sea que van de eso.

Van de eso. Una vez sacó un ocho en el Stanford-Binet.

¿Un ocho?

Sí.

Vale.

Le dieron la prueba otra vez y sacó un cinco. Algo así como el cociente intelectual de una barra de pan. Pero renunció.

Claro. No quería hacer más test. Creo recordar que dijo que haría el Coonsfeldt a condición de que le cambiaran el nombre. Ellos querían saber si era antisemita.

O antinegros quizá.

También.

Jeffrey bajó los prismáticos y le miró. Estaban haciendo un estudio. A saber qué coño tramaban.

Si pudiera irse de aquí, ¿adónde iría?

No lo sé. Lo que no tengo nada claro es si me gustaría irme de aquí. Está lejos de ser el sitio ideal. Pero es lo que hay. ¿Por qué lo dices? ¿Quieres ponerte en camino?

Yo ya estoy en camino.

Sí. Bueno, dudo que te gustara mi compañía. Llamo la atención de quien no debo.

¿Le busca la policía?

Pues no lo sé. Sí. Quizá. Pero no pueden tocarme los cojones mientras esté en el manicomio. O sea que así están las cosas.

O no están.

O no. Pero podría ser divertido, eso sí. No tengo a nadie con quien hablar.

Eso lo dice usted. Pero sí, conozco la sensación.

Eso lo dices tú.

En una ocasión yo estaba barajando la idea del suicidio y

ella me dijo que existen ciertas dispensas para quienes sobreviven a sus propias injurias. A saber a qué se refería. Pero si ella no siguió su propio consejo, ¿hasta qué punto habría que tomárselo en serio?

No lo sé.

¿Y si el objeto de la caridad humana no fuera proteger al débil (algo que por cierto es bastante antidarwiniano) sino preservar al loco? ¿Acaso no se les da un trato especial en la mayoría de sociedades primitivas?

Supuestamente.

¿Qué dice tu amigo Frazer, el antropólogo?

Creo que algo así. Anecdóticamente.

Hay que tener muy claro de quién se deshace uno. Podría ser que una parte de nuestro entendimiento discurra por vasos sanguíneos incapaces de autosustentarse. ¿Qué opinas? Tal vez habría que estar loco para pensar eso.

Continúe.

Ella decía que la femineidad codificaba mandatos mucho menos flexibles que nada con que los hombres estuvieran familiarizados.

¿Y usted cree que es verdad?

No lo sé. Lo dijo ella, o sea que da que pensar. Cuéntame algo.

De ella.

Sí.

Le regalé un coche cuando cumplió dieciséis años. Esto era en Tucson. Al cabo de unas semanas hizo el equipaje y se fue en coche hasta Chicago. Sin escalas. Era un modelo rápido y ella conducía así. Cubría todas las distancias sin parar ni una vez. Se enredaba el pelo en la ventanilla del coche para que la despertara de golpe si se quedaba dormida al volante.

Típico de esquizos.

¿Enredarse el pelo?

No. Lo de viajar sin hacer paradas. ¿Qué coche era?

¿Entiende de coches?

No.

Un Dodge. Motor Hemi trucado. Muy rápido. Adelantaba a todos, pero consumía mucho.

¿Es que querías que se matara?

No. Quería que fuese libre.

¿Y tú crees que eso es libertad?

Quizá no. Pero un coche rápido con carretera por delante te da una sensación que puedes recrear o no a posteriori.

Deja que te pregunte una cosa.

Pregunte.

¿Podrías haber adivinado cómo iba a ser tu vida?

Rotundamente no.

Ah, y a mí no piensas preguntármelo.

Está bien. ¿Usted sí?

Claro que no. ¿Tú piensas que tenemos voz y voto en la vida?

No hay manera de contestar esa pregunta. Mi amigo John sostiene que si las cosas van razonablemente bien es gracias a uno mismo y que si no van bien es culpa de la mala suerte.

Ya. Según mi experiencia cuando te propones alguna meta muchas veces resulta que esa meta no está donde pensabas.

Tengo que irme.

Bueno. ¿Te encuentras bien?

No. ¿Y usted?

No. Pero nuestras expectativas son reducidas. Eso ayuda.

¿Cree que volveré a verle?

Es posible. Nunca se sabe.

Yo creo que sí.

Cuídate, Bobby.

Lo mismo digo.

Fue a darle las gracias a la mujer de recepción y ya se disponía a marcharse cuando ella le habló.

Señor Western.

¿Sí?

Tengo aquí unas cosas. Las cosas de su hermana. He hecho que me las bajaran. ¿Quiere llevárselas?

Él se quedó mirando pasillo abajo hacia la puerta.

¿Señor Western?

No lo sé. ¿Sus cosas, dice?

La mujer había cogido una caja del suelo y la tenía encima del mostrador. Creo que será ropa. Y algunos papeles. No tiene por qué llevarse nada si no quiere. Podemos mandarlo a beneficencia. Pero también hay un talón para usted.

Un talón.

Sí. Es el saldo de la cuenta de su hermana. Y otro sobre que dejaron para usted.

¿Para mí?

Sí.

¿Quién lo dejó?

No lo sé. Una mujer.

Western cogió los dos sobres y los miró. Uno iba dirigido a él, al piso de St. Philip Street.

¿En este qué hay?

Una cadena y creo que un anillo. Una alianza de boda, quizá. Por lo visto eran de su hermana. Se lo mandaron a usted a Nueva Orleans pero lo devolvieron. Lleva aquí bastante tiempo.

Y dice que vino una mujer a traerlo.

Sí.

¿Y ella cómo sabía que eso era de mi hermana?

No lo sé. Dijo que lo había encontrado su marido. No quiso dar su nombre. ¿Desea abrir la caja?

No. Da igual.

¿Quiere llevársela?

Sí. Vale.

Ella le pasó la caja y Western se guardó los sobres en el bolsillo de atrás y la cogió.

Gracias.

Lo siento, dijo la mujer. Siento no haber llegado a conocerla.

Él no supo qué decir. Se despidió con un gesto de cabeza y se alejó por el pasillo con la caja bajo el brazo y salió.

Una vez en la camioneta dejó la caja a su lado en el asiento. Llevaba cinta adhesiva y el nombre de su hermana escrito con rotulador negro. Se había sacado los sobres del bolsillo y los miró. El que contenía la sortija iba dirigido a Robert Weston. Abrió el otro y miró el cheque: veintitrés mil dólares.

Desvió la vista hacia el exterior. Vaya, dijo.

Devolvió el talón al sobre y estuvo mirando los árboles que había más allá del aparcamiento. Pensó en ella alejándose por el bosque bajo la nevada y luego no podía dejar de pensar en ella y se apretó la frente con un puño y cerró los ojos. Al cabo de un rato alargó el brazo para abrir la guantera y dejó el sobre dentro y cerró la portezuela de la guantera. Se quedó mirando el otro sobre. En el papel había quedado impresa la forma de una circunferencia allí donde alguien había presionado con el pulgar el anillo que había dentro. Rasgó una esquina con los dientes y abrió el sobre y lo puso boca abajo. Anillo y cadena cayeron en la palma de su mano. Se los quedó mirando un rato y luego cerró lentamente la mano en torno a los objetos. Dios, susurró.

* * *

Nada más llegar a Nueva Orleans se registró en el YMCA y fue a llamar a Kline desde el teléfono del pasillo.

¿Dónde está?

En el Y.

Qué tal si paso a buscarle en coche dentro de una hora.

Sobre las cinco.

Sí.

Bien. Hasta luego.

Se sentaron a la mesa de Kline y pidieron dos cócteles Sazerac. El camarero llamó señor Western a Western. Salud, dijo Kline.

Salud.

Eran las cinco y media de un jueves por la tarde y el restaurante estaba casi vacío. Ese de ahí es Marcello, dijo Kline, alzando la barbilla. Le gusta cenar temprano.

¿Quién es el que está con él?

No sé. Usted no bebe agua, ¿verdad?

No mucha. Supongo que debería.

Supongo que sí. ¿Qué hacía su hermana allá en Wisconsin?

Estaba en un psiquiátrico.

¿Por qué Wisconsin?

Intentó que la admitieran en el centro donde había estado ingresada Rosemary Kennedy.

¿Y pensó que la dejarían entrar así como así?

Sí. No la dejaron, por supuesto. Acabó en un sitio que en otro tiempo regentaban unas monjas.

¿Ese estado es un semillero de manicomios?

No tanto como para alojar a todo el mundo, probablemente.

Ustedes no tenían relación con los Kennedy.

No.

A principios de los sesenta trabajé con Bobby en Chicago. No fue mucho tiempo. Trabajábamos con un tal Ed Hicks que estaba intentando conseguir elecciones libres para los taxistas de Chicago. Kennedy era un moralista, básicamente. En poco tiempo consiguió crearse muchos enemigos y se enorgullecía de saber quiénes eran y lo que tramaban. Pero no era así, claro. Y cuando mataron a su hermano dos años después estaban envueltos en toda una concatenación de conspiraciones que jamás se aclararán. Lo primero de la lista era asesinar a Castro y si fallaba eso entonces invadir Cuba. Al final creo que eso no habría pasado pero digamos que fue la avanzadilla de todos los problemas en que estaban metidos. Siempre me pregunté si cuando Kennedy comprendió que se estaba muriendo no hubo quizá un momento en que sonrió de alivio. Después de que el patriarca Kennedy sufriera una embolia, los Kennedy pensaron por alguna razón que estaría bien ir a por la mafia. Haciendo caso omiso del trato que el viejo tenía con ellos desde muchos años atrás. Y a todo esto Jack se estaba tirando a la novia de Sam Giancana, una mujer llamada Judith Campbell. Aunque para ser justos (pintoresca palabra) creo que Jack la vio primero. O al menos uno de sus chuloputas. Un tal Sinatra. ¿Qué se puede decir de los Kennedy? No hay nadie como ellos. Un amigo mío asistió a una fiesta privada en Martha's Vineyard y al llegar a la casa vio a Ted Kennedy recibiendo en la puerta a los invitados. Llevaba puesto un chándal amarillo subido y estaba borracho. Mi amigo le dijo: Un conjunto muy llamativo, senador. Y Kennedy respondió: Sí, pero yo puedo permitirme lo que sea. Ese amigo mío, que es abogado en Washington, me dijo que él nunca entendió a los Kennedy. Los encontraba desconcertantes. Pero dijo que cuando oyó esas palabras el velo se le cayó de los ojos. Pensó que probablemente estarían grabadas en el blasón familiar. O como quiera que se diga eso en latín. Yo lo que nunca he entendido es por qué no le han hecho un monumento a Mary Jo Kopechne. La chica a quien Ted dejó ahogarse en el coche después de que él se despeñara desde un puente. De no ser por el sacrificio de ella, ese lunático habría sido presidente de Estados Unidos. Yo creo que exceptuando a Bobby eran todos un hatajo de psicópatas. Imagino que Bobby tenía la esperanza de reivindicar de algún modo a su familia. Aun cuando supiera que eso estaba descartado. No había una sola moneda en las arcas de la empresa familiar que no estuviera manchada por una razón u otra. Y luego se murieron todos. Asesinados, la mayoría de ellos. No diré que fuera Shakespeare, pero sí un mal Dostoievski.

Castro no tuvo parte en esto.

No. Al final resultó que no. Cuando tomó el poder de la isla metió en la cárcel a Santo Trafficante y le dijo que iban a fusilarlo por ser enemigo del pueblo. Y Trafficante, claro, dijo: ¿Cuánto? Se oyen diferentes cifras. Cuarenta millones. Veinte millones. Probablemente fueron más bien diez. Pero Trafficante no estaba contento. La mafia tenía una larga historia regentando los casinos para Batista. Castro debería haberlos tratado mejor. A la mafia. Tiene suerte de estar vivo todavía.

Lo curioso es que después de aquello Santo dirigió tres casinos cubanos durante ocho o diez años. El lenguaje es muy importante. La gente olvida que la primera lengua de Trafficante fue el español. En fin, Marcello y él llevan años controlando el sudeste desde Miami hasta Dallas. Y el valor neto de su empresa es asombroso. En su momento álgido más de dos mil millones anuales. Bobby Kennedy no habría deportado a Marcello sin el visto bueno de Jack, pero en aquel momento decir que el asunto estaba muy enmarañado es quedarse corto. La CIA odiaba a los Kennedy y estaba tratando de desvincularse por completo de la administración, pero la idea de que la agencia mató a Kennedy es una estupidez. Y si Kennedy pensaba desmontar la CIA pieza por pieza tal como prometió habría tenido que empezar dos legislaturas antes. Para entonces era ya demasiado tarde. La CIA odiaba también a Hoover y este a su vez odiaba a los Kennedy y la gente dio por hecho que Hoover estaba confabulado con la mafia. Pero la verdad es que la mafia había acumulado pruebas de que a Hoover le gustaba ponerse ropa interior de señora, o sea que se tenían mutuamente en jaque desde hacía años. La cosa no acaba ahí, por supuesto. Pero si alguien dijera que Bobby hizo asesinar a su hermano, a quien adoraba, yo tendría que admitir que es probable que fuera así. La CIA se apresuró a llevarse a Carlos Marcello a las junglas de Guatemala y cuando se marcharon le dijeron adiós desde el avión. A saber lo que estarían pensando. Lo dejaron allí tirado, con un pasaporte falso, y al final apareció su abogado y se los llevaron a los dos a la fuerza a El Salvador y que se las apañaran como pudieran. En medio del calor y el fango y los mosquitos. Vestidos con ropa de invierno. Recorrieron a pie unos treinta kilómetros hasta llegar a una aldea. Y, alabado sea Dios, había un teléfono. Una vez de regreso en Nueva Orleans Carlos convocó una reunión en Churchill Farms, su pueblo natal, y le salía espuma de la boca hablando de Bobby Kennedy. Entonces miró a los reunidos, creo que eran ocho, y les dijo: Voy a zurrar bien zurrado a ese cabroncete. Y se hizo el silencio. Todo el mundo sabía que aquello iba en serio. En la mesa no había nada de beber aparte de agua. Y al final alguien dijo: ¿Por qué no zurrar al cabronazo en lugar de al cabroncete? Y eso fue todo.

No estoy seguro de entenderlo.

Si matabas a Bobby tenías que vértelas con un JFK muy cabreado. Pero si matabas a JFK, entonces su hermano pasaba rápidamente de ser fiscal general a ser un abogado en la lista del paro.

¿Cómo sabe todo esto?

Bien. Lo malo de los Kennedy es que no eran capaces de entender la irreprimible ética militar de los sicilianos. Los Kennedy eran irlandeses y pensaban que se gana mediante la palabra. Ni siquiera entendían realmente que existiera esa otra cosa. Empleaban abstracciones para sus discursos políticos. El pueblo. La pobreza. No preguntes lo que tu país bla, bla, bla. No comprendían que aún hubiera personas vivas que creyeran en cosas como el honor. Nunca habían oído hablar de ello a Joe Bonanno. De ahí que el libro de Kennedy sea tan disparatado. Aunque a decir verdad no está claro si él lo leyó o ni siquiera eso. Yo voy a pedir el pollo à la grande.

Muy bien.

¿Quiere elegir el vino?

De acuerdo.

Western abrió la carta de vinos. Debo admitir que es una historia harto interesante. Pero creo que lo que me gustaría saber es qué tiene que ver con mis problemas.

Su problema es este país.

¿Sí?

¿No?

Tendría que pensarlo.

Bien. Eso también es un problema. Ya ha abusado usted de la hospitalidad. Pero sigue sin tomar una decisión.

Cree que estoy en peligro.

Le aconsejaría que no mirase hacia allí.

Perdón. Debo decir que su aspecto no me parece exageradamente atractivo.

376

Ya. Metro sesenta y tres y gordo. Ni se imagina la de gente que ha muerto por no observar más que eso.

¿Observar?

Sí.

Western pidió una botella de Montepulciano. Kline asintió. Buena elección. No hace mucho estaba yo sentado aquí en mi mesa con un amigo mío y Carlos allá en la suya con otros dos hombres. Que no eran sus guardaespaldas. Ellos siempre se sientan en la parte de delante para poder controlar a todo el mundo. Pero en esa mesa de allá había tres mujeres y me fijé en que los camareros se mostraban muy respetuosos. Especialmente con la mayor de las tres. Cuando Marcello y sus amigos se marcharon hicieron un alto junto a la mesa y Carlos se inclinó y tomó la mano de la *duenna* y le dijo algo en italiano. Los otros dos hicieron lo mismo después. A las otras ni las miraron. Pero los amigos de Marcello se habían llevado la mano izquierda al corazón en el momento de hacer su pequeña venia y cuando se marcharon mi amigo quiso saber si era una costumbre siciliana. Lo de la mano en el pecho. Y yo le dije que sí. Que de hecho era una cosa muy siciliana. Era para que la calibre 38 no resbalara al inclinarse y fuera a parar al consomé de la señora.

¿Qué pide Carlos?

Creo que algo de pasta por lo general. Puttanesca. La langosta le gusta mucho. Cosas que no necesariamente están en la carta.

¿Lo van a meter en la cárcel?

Salvo intervención divina. Está imputado por soborno en tres estados. No puedo ni imaginar las facturas que estará pagando en abogados.

Western sonrió. ¿Es usted testigo de conducta?

Qué va. Si acaso, quizá sería al revés.

Explíquemelo.

El abogado de Marcello se llama Jack Wasserman. Es de Washington y trabaja sobre todo en casos de inmigración. Hará cosa de tres años Wasserman se acercó a mi mesa y se sentó. De un bolsillo se sacó una pinza para dinero y empezó a poner billetes de cien dólares sobre el mantel. Contó hasta tres mil doscientos dólares y lo juntó todo y me lo acercó por encima de la mesa. Aquí tiene tres mil doscientos dólares, dijo. La cifra en sí no es por nada en particular. Lo que me gustaría que hiciese es firmarme un talón por esa cantidad.

¿Qué hizo usted?

Saqué mi talonario.

No lo entiendo.

Si Wasserman tenía un talón firmado por mí, entonces podía usarlo como prueba de que yo le había contratado como asesor legal, lo cual a su vez nos otorgaba privilegios abogado-cliente.

¿Por qué pensaba él que usted podía necesitarlos?

No lo pensaba. Él simplemente ignoraba que no los íbamos a necesitar. Es gente que nunca deja cabos sueltos.

¿Y no hacía falta un documento o algo así?

Cualquiera puede redactar un contrato y cambiarle la fecha. Pero un talón pasa por el banco. Le hice el cheque y metí el dinero en un banco de Florida. Ahí vienen los platos.

Comieron en silencio. Kline era un bebedor frugal y solían dejar media botella en la mesa. Pidieron café.

¿Ha pasado por el bar?, dijo Kline.

No. Llamé por teléfono.

Nadie preguntando por usted.

Aparecen de vez en cuando por allí.

Espero que no crea que van a cejar en su empeño.

Digamos que no. Simplemente saben que ya no estoy allí.

Ellos. Siempre en plural.

Sí.

¿Qué es lo que piensa que va a pasar?

A mí, se refiere.

A usted.

No lo sé.

Bueno, lo más probable es que no lo asesinen.

Vaya, eso es un consuelo.

Solo acabará en la cárcel.

Sigo esperando a que diga algo que me sirva.

Ojalá pudiera.

¿A cuántas personas ha ayudado a cambiar de identidad?

A dos.

¿Y dónde están ahora?

Ahora están muertas.

Fantástico.

No me lo cargue a mí. Una de ellas era un familiar. La otra, alguien que se había metido una sobredosis. Seguramente un pez gordo. Necesitaban ganar tiempo, pero el tiempo sale muy caro.

¿Por qué les ayudaba?

La familia. Siempre un problema.

Perdón.

Los Kennedy.

Ya. Usted no cree que Oswald matara a JFK.

No se trata de creer o no creer.

Entonces ¿se trató de trabajo detectivesco? ¿De información privilegiada?

Ambas cosas. Hay que empezar por el principio. Los hechos fundamentales. En este caso el hecho más fundamental es el examen balístico del rifle de Oswald. Un arma barata comprada por catálogo y con una mira telescópica barata. Ni siquiera hay pruebas concluyentes de que Oswald calibrase la mira. O de que supiese hacerlo siquiera. Sabemos que una de las balas erró el blanco y fue a incrustarse en el bordillo más allá de la limusina. Supuestamente dio en un cable. Lo cual es bastante dudoso. No hay pruebas de que Oswald supiese nada de armas de fuego. Ni de disparar. Tenía calificación de tirador pero eso solo quiere decir que te tienen allí de plantón hasta que haces blanco. Lo que de verdad significa algo es el calificativo de experto. No sé de cuántos aumentos era la mira. Cuatro. Seis. Es lo de menos. Lo que sí está claro es que era chatarra. Sigamos con el rifle. Un Mannlicher-Carcano 6.5.

Ni siquiera acertaron con el nombre. Carcano es el nombre del fabricante. Y un mannlicher es un tipo de rifle cuyo guardamano se extiende casi hasta la boca del cañón. Se supone que para evitar que uno se queme. O sea que es como llamar Colt tipo revólver a un revólver Colt. A lo mejor en italiano se puede decir así. Ni idea. Antes del atentado nadie había oído hablar de semejante trasto. Que dispare un proyectil del calibre 25 o así no significa nada. La munición militar lleva ya un tiempo reduciendo calibres. Pero también es más rápida que antes. Y en este asunto rapidez es la palabra clave. La velocidad mata.

Sí. La energía aumenta a la par que la masa pero con la velocidad elevada al cuadrado.

En efecto. Siempre se me olvida que entiende de esto. El Carcano tiene una velocidad inicial de algo menos de seiscientos metros por segundo. A esa velocidad casi se podría cargar a mano una carabina calibre 22. No por nada. He examinado las fotos de la autopsia. Las ha visto mucha gente. No cabe duda de que es Kennedy, por descontado. Se le ve muy bien la cara. Le falta toda la parte posterior del cráneo y el cerebelo se derrama sobre la mesa. Los dibujos, en cambio, son diferentes. Ves la sección de cráneo que arrancó la bala, pero más hacia la parte superior. Creo que haré más caso de las fotos. Si mira el fotograma 313 de la película de Zapruder verá una nube de sangre y materia gris que oscurece en parte las figuras de los Kennedy. La materia explota hacia arriba y hacia la derecha hasta una distancia de unos cuantos palmos. De hecho, salpicó a algunos de los polis motorizados. Eso no lo hizo el Carcano, como no podría haberlo hecho una escopeta de perdigones. En los fotogramas siguientes se ve a Jackie subiéndose al maletero de la limusina y a un agente del servicio secreto haciendo otro tanto desde la parte de atrás. Estiran el brazo el uno hacia el otro. Pero no es eso lo que está pasando. Al final se supo que Jackie trataba de recuperar una parte de los sesos de su marido que había caído sobre la tapa del maletero. Y al parecer lo consigue. Después se sienta junto a su esposo asesinado cubierta de materia cerebral y de sangre y, supuestamente, con aquellos sesos entre las manos, hasta que llegan al hospital Parkland y se los entrega a un médico. O al menos eso testificó el médico en cuestión. Le veo preocupado.

Es una historia bastante extraña.

Sí.

¿Y es verídica?

No.

¿A qué viene, entonces?

A que la gente se la cree. A que cuando un incidente está aderezado de tal cantidad de sentimientos personales es muy poco probable que el relato del mismo se ajuste a la verdad. Supongo que hay cosas más dramáticas que el asesinato del presidente de un país pero no serán muchas. Yo había visto la película de Zapruder, cómo no. Muchas veces. No salió a la luz hasta al cabo de diez años. Pero la habían retocado de tal manera que aquello no tenía pies ni cabeza. Yo sabía que Jackie se había encaramado a la tapa del maletero de la limusina, pero el motivo se me escapaba por completo. Me senté a mirar la película. Hubo otras tres filmaciones de la misma escena pero se tomaron desde el otro lado de la limusina y a ella no se le ve la mano. Aparte de que Zapruder filmó con una Bell & Howell provista de un objetivo con zoom. ¿Cuánto rato diría que estuvo subida al maletero?

Ni idea.

Dos coma ocho segundos.

Vale.

No pudo tener tiempo de recoger unos sesos del coche. Salió a gatas, agarró no se sabe qué, dio marcha atrás y volvió a sentarse. Se ve claramente que no está recogiendo nada. Ni siquiera mira eso que lleva en la mano. Tiene lo que ha ido a buscar y de hecho cuando intenta retroceder alarga esa misma mano y se vale del pulpejo para mantener el equilibrio y para darse impulso hacia su izquierda a fin de volver al asiento. Está todo filmado. Lo puede ver cualquiera. Lo que tiene en los dedos es un fragmento del cráneo de su marido. Al menos un testigo ocular declaró haber visto claramente cómo aquel pedazo se mecía ligeramente sobre la tapa del maletero. Como una taza de té. Jackie había estado inclinada sobre su marido. A él ya le habían disparado. Cuando la siguiente bala le perforó la cabeza la cara de ella estaba a unos quince centímetros. Es lo que viene a continuación lo que resulta extraordinario. Desde que la cabeza de su marido le explota en la cara pasa menos de un segundo hasta que Jackie trepa hacia el maletero para hacerse con el trozo de cráneo que está allí balanceándose. Está claro lo que ella piensa. Creo yo, vamos. Piensa que si han de recomponer el cuerpo de su marido ella necesita tener todas las partes.

Eso es más raro todavía.

No tanto. Pese a todo el dolor que él le ha infligido, si alguna prueba inexpugnable hay de su amor y de su dedicación hacia él ahí la tenemos. Sin discusión. Yo la encuentro una mujer fascinante.

Él no se la merecía.

Si mira lo que se filmó desde el lado del conductor de la limusina ella parece que trata de alcanzar algo en la parte más alejada de la tapa del maletero pero la película de Zapruder muestra que lo que está cogiendo Jackie dista al menos un palmo de la parte de atrás. Ella actuó rápidamente porque sin duda pensó que ese trozo de cráneo de su marido iba a resbalar y a caer a la calle y que las motos o los coches lo aplastarían.

Western guardó silencio. Al rato levantó la vista y miró a Kline. Usted no tiene ninguna mujer en su vida.

No.

¿Por qué?

Es una larga historia.

Pero le gustan las mujeres.

Adoro a las mujeres.

Western asintió con la cabeza.

Kennedy fue asesinado por un potente rifle de caza. Casi

seguro uno del calibre 30-06 pero podría ser que hubiera sido algo más bestia aún como un Winchester 270 o incluso un Holland and Holland calibre 300 Magnum. En cualquier caso un rifle con el doble de velocidad de salida que el Carcano y no hablemos ya de la energía. Queda dicho. Incluso puede que fuera un calibre 223, que es munición de la OTAN. La bala era de punta hueca. Es lo que llaman un proyectil frangible. Y prácticamente se habría desintegrado. Las balas que disparó Oswald eran sólidas, envueltas en camisa de acero templado. La que encontraron en la escena apenas si estaba deformada. Con eso solo ya sabemos todo lo que necesitamos saber. La cabeza del presidente explotó, tal como suena. Ni que decir tiene que la causa no fue la bala propiamente dicha sino su onda expansiva. Lo que quedaba del cerebro de Kennedy fue examinado al microscopio y se veían claramente los impactos de fragmentos de plomo. Pero ni siquiera eso les hizo recapacitar. Al fin y al cabo eran expertos en balística, que en lugar de decir bala dicen cartucho. Y como la munición frangible no dejaba otro rastro que pequeños fragmentos de plomo la única bala encontrada en la escena fue la del rifle de Oswald. Pero los presuntos expertos en balística no hicieron ninguna deducción.

Entiendo.

A todos los testigos, del primero al último, se les pidió que modificaran su declaración «por el bien del país».

Muy bien, ¿y por qué?

Podría parecer que la razón es simplemente que disparar contra el presidente del país no es delito federal. Pero en cambio sí lo es que dos o más personas conspiren para hacerlo. Eso alguien tenía que saberlo. Lo cual dejaría el asesinato en el tejado del fiscal general.

Bobby Kennedy.

Sí. Pero ni siquiera eso cuela. El verdadero problema era toda la porquería que los hermanos se habían traído entre manos. Desde Hoffa hasta Giancana pasando por Castro. Todo lo cual iba a salir a la luz si se investigaba a fondo el atentado. Y en lugar de eso tenemos el Informe Warren. El gobierno de Estados Unidos convenció a todo el mundo (esos testigos que acabaron retractándose de cuanto habían visto u oído) de que su testimonio decidiría si Rusia iba a atacarnos o no con armas nucleares. Hay literalmente millones de páginas de documentación relativas a la muerte de Kennedy archivadas en una cámara acorazada. Para ser vistas ¿cuándo? La bala fatídica pudo haber sido disparada desde delante del coche presidencial. Contrariamente a lo que afirma el Informe Warren. Allí hay edificios pero nadie se molestó en mirar porque ya tenían el almacén de libros y el rifle y los cartuchos vacíos. Y el verdadero francotirador podría haber estado disparando desde una distancia yo diría insultante. Entre los marines hay francotiradores capaces de matar incluso desde un kilómetro y medio. Aquí hay una serie de ecuaciones que se entrecruzan. En las que la distancia que recorre el calibre pequeño contrarresta la velocidad de la bala de tal forma que al final la energía y el impacto de la bala más gruesa dejan sin efecto la ventaja en velocidad del calibre pequeño. De ahí que los francotiradores de larga distancia suelan decantarse por un calibre 50. Por más que la velocidad se reduzca, sigue siendo como lanzar un trozo de ladrillo.

¿Cree que lo mataron con un calibre 50?

No. Y tampoco creo que le dispararan desde una gran distancia. Cuanto más lejos estuviera situado el francotirador (delante del coche caso de ser así) más problemático sería tener el parabrisas frente a su objetivo. En fin, el motivo de que Oswald dijese que era un cabeza de turco fue que se vio en libertad de vagar por ahí, tomar un autobús, meterse en un cine. Que yo imagino era un lugar de reunión previamente planeado. Esperando a que fueran a recogerle. Pero no acudía nadie, así que ¿qué iba a pasar ahora? Por eso disparó contra el agente de policía Tippit. Lo cual por otra parte es inexplicable. O podría serlo. Pero antes de eso Oswald había visto algo por la mira telescópica de su maldito rifle que debió de parecerle extraordinario. La visión de la cabeza del presidente explotando justo cuando él se disponía a apretar el gatillo por tercera vez. Búsqueme un ejemplo de un hombre que afirme ser un cabeza de turco y que no lo sea. En cualquier caso la idea de que alguien conspirara con un papanatas como Oswald para asesinar a un presidente en ejercicio es ridícula se mire por donde se mire. Ellos ni siquiera esperaban que pudiera alcanzar a Kennedy. Eso fue chiripa y nada más.

¿Dónde aprendió tanto sobre armas?

Nunca había sabido gran cosa hasta que empecé a interesarme por el atentado. Y luego tardé solo dos días en aprenderlo todo. A usted seguramente le bastaría con uno.

Y el tipo que organizó todo el tinglado está cenando en esa mesa de allá. ¿No es peligroso saber una cosa así?

Bueno, digamos que es un secreto a voces. Al menos en determinados círculos.

En determinados círculos…

Sí.

Kline apuró su café y volvió a dejar la taza en el platillo.

¿Nos vamos?

Sí, venga.

Una vez en el aparcamiento Kline hizo ademán de abrir la puerta del coche pero luego se detuvo. Apoyó los codos en el capó. ¿Cuántos años tiene?

Treinta y siete.

Bien. Yo le llevo diez. Un día me preguntó qué haría yo de estar en su pellejo y creo que le dije algo en el sentido de que como no lo estaba no podía saberlo. Pero ¿ha pensado de verdad en los problemas prácticos de su situación? Porque me da la impresión de que considera su vida interior algo inamovible que le exime de analizar otras cosas. ¿Es consciente de que puede ir a la cárcel? ¿De que va a ir, de hecho?

Sí.

No puede trabajar. En este país. No tiene amigos. Lo que pienso es que si estuviera en su lugar me preguntaría qué es lo que me retiene aquí. O por qué descarté la idea de cambiar de identidad. Si no tiene los mil ochocientos dólares yo se los adelanto.

Tengo algún dinero.

Bien. En tal caso la postura que ha tomado me parece bastante idiota.

Se apartó un paso del coche y abrió la puerta. Está abierto, dijo. Este aparcamiento es de los únicos donde no tienes que cerrar con llave.

Por la mañana telefoneó a Debussy pero no obtuvo respuesta. Llamó al bar y Josie sí contestó. Dijo que los federales habían ido a preguntar por él cada dos o tres semanas. Así fue como los llamó. Los federales.

¿Qué les contaste?

La verdad. Que no te habíamos visto más el pelo. Querían saber cuáles eran tus amistades pero les dije que que yo supiese no tenías amigos. No les extrañe, dije. Es el mayor hijo de puta que haya pisado jamás estas tierras.

Bueno, más o menos te atuviste a los hechos.

Tienes varias cartas por aquí.

Enviaré a alguien a por ellas.

¿Qué coño has hecho si se puede saber?

No tengo ni idea.

Rosie dijo que pensaba que te habías ido a Cosby.

Puede que acabe allí. Gracias.

Cuídate.

Colgó y fue andando al Napoleon. Borman estaba detrás de la barra cuando él llegó. No había nadie más y Borman estaba contando billetes en la caja registradora. Western se quedó observando. Uno para ti y uno para la casa.

Borman alzó la vista y lo ubicó en el espejo de detrás de la barra. Hombre, Bobby, dijo. Pon tu culo en un taburete.

Western lo hizo. Borman cerró el cajón del dinero y se le acercó. ¿Qué vas a tomar?

Gaseosa.

Marchando.

Borman se volvió e inclinó un vaso y alargó el brazo para meterlo en el recipiente de los cubitos y luego lo puso derecho bajo el dispensador de gaseosa y tiró del mango.

Fui a ver si te encontraba en el Seven Seas. Me dijeron ¿Bobby qué?

Dejó el vaso delante de Western. Vamos, dime que te echaron.

Hay un bicho en el vaso.

Borman se inclinó para mirar. Sí, y creo que está muerto. No bebas hasta el fondo y listo.

Vale.

Western apartó el vaso. ¿Cuánto tiempo llevas aquí?

Un par de semanas.

¿Y la viuda?

Sigue amenazando con aparecer. No lo sé, Bobby. Con esta mierda estoy entre dos aguas.

Entre dos aguas.

Sí, hombre. No estoy seguro de estar hecho para los placeres hogareños.

Seguramente no. ¿Cuándo has visto a Sheddan?

No lo he visto desde el funeral.

¿Desde qué funeral?

El de Sheddan.

¿John ha muerto?

A mí me pareció que estaba muerto. Lo tenían en un ataúd.

¿Cuándo fue eso?

No sé. Hará unas tres semanas.

¿Y fuiste a su funeral?

¿Crees que me lo habría perdido? Tú no sabías nada, eh.

No.

Lo siento, Bobby.

¿Fue mucha gente?

¿Al funeral? Un montón. Dales lo que quieren y llenarán

un estadio. Todas esas viejas rameras de Knoxville. Muchas de las cuales no tenían mejor aspecto que John.

Joder.

Perdona, Bobby. Creí que lo sabías.

Cogió el vaso de gaseosa y lo vació en el fregadero y volvió a llenarlo de hielo y lo acercó de nuevo al grifo y se lo puso delante otra vez.

Toda esa gente del Comer's. Me sorprendió un poco que se presentaran.

Quizá querían asegurarse y nada más.

Lo pensé, sí.

Pásame el teléfono, por favor.

Enseguida.

Borman alcanzó el aparato y lo puso encima de la barra y Western descolgó el auricular y marcó el número del Seven Seas. Contestó Janice.

Soy Bobby. Josie me ha dicho que tengo correspondencia. ¿Está Harold por ahí? Pues dile que si me trae las cartas al Napoleon le daré diez dólares.

Colgó. ¿Tienes algo para comer?

Creo que en la cámara quedan frijoles con arroz.

¿Desde cuándo están ahí?

No lo sé. Yo diría que el verano pasado no estaban.

Bueno, pues sírveme un plato.

Marchando. ¿Quieres galletas saladas?

Vale. Y ponme una Pearl. ¿De quién es ese periódico?

Tuyo.

Sheddan. Qué mierda.

Lo siento, Bobby.

Qué puta mierda.

Estaba comiéndose los frijoles con arroz y bebiendo su cerveza y leyendo el periódico cuando llegó Harold con la lengua fuera.

Por Dios, Harold. No tenías que venir corriendo.

He pensado que por diez dólares mi deber era llegar lo más rápido posible.

A ver qué tenemos aquí.

Nada. Solo propaganda de Sears and Roebuck.

Te estás quedando conmigo.

Sí. Toma.

Western cogió la correspondencia y le pasó el billete de diez. Gracias, Harold.

A tu disposición.

Examinó el correo y encontró una carta de Sheddan con fecha de dos meses atrás enviada desde Johnson City, Tennessee. Se metió una esquina entre los dientes y rasgó el sobre.

Mi querido escudero:

Esto te llega desde el hospital de veteranos de Johnson City y las noticias no son buenas. Se diría que el jinete ha marcado mi puerta con tiza, y para cuando leas esto —suponiendo que te llegue— es muy probable que yo ya esté abandonando esta espiral de muerte. Junto con los consabidos condensadores, transformadores y resistencias. Hepatitis C, más complicaciones derivadas de un hígado mayormente disfuncional que por añadidura ha interesado a otras vísceras debido a la edad, el alcohol y un largo y ecléctico menú de medicamentos durante años y años. Dykes ha venido a verme en varias ocasiones. Créeme si te digo que no se formó ninguna cola. Le comentó a un amigo común que a mí me enviarían al último de los sótanos del averno y que no me encontraría ni el mejor sabueso experto en rastrear amianto. Creo que ya está pensando en un prolijo obituario para el periodicucho de Knoxville donde escribe, por decir algo. Cosa que solo ha hecho una vez, y fue cuando murió uno de los perros de caza de Gene White. Yo había pensado donar mi cuerpo para fines científicos pero evidentemente ellos ponen ciertos límites. Quede constancia de que según Dykes no puede haber sepelio sin un estudio previo sobre el impacto medioambiental. Me dirás que siempre queda la alternativa de incinerarme pero existe el peligro de que las toxinas saquen sus estropajos y acaben dejando a sotavento un rastro de muerte y enfermedad entre perros e infantes de una extensión absolutamente imprevisible.

Varios conocidos han comentado mi sangre fría ante este giro de los acontecimientos pero para serte franco no sé a qué viene tanta alharaca. Te bajes donde te bajes el tren siempre tuvo ese destino. He estudiado mucho y aprendido poco. Opino que cuando menos sería razonable aspirar a un rostro afable. Alguien que no te desee el infierno cuando estás en las últimas. Más tiempo no cambiaría nada y eso a lo que uno está a punto de renunciar para siempre casi seguro que nunca fue lo que uno pensaba que iba a ser. Bueno, basta. Jamás he pensado que la vida fuera especialmente saludable ni benévola y te aseguro que nunca he entendido por qué estoy aquí. Si existe otra vida −y rezo con todo el fervor para que no la haya− solo confío en que no se pongan a cantar. Levanta ese ánimo, escudero. Así se exhortaban los primitivos cristianos y en esto al menos tenían razón. Sabes que siempre he pensado que veías las cosas con excesivo resentimiento. Sufrir forma parte de la condición humana y hay que cargar con ello. Pero la desgracia es una opción. Gracias por tu amistad. En veinte años no recuerdo ni una sola palabra de crítica y solo por ello tienes todas mis bendiciones. Si llegamos a vernos de nuevo confío en que haya algo parecido a un bar donde pueda invitarte a una ronda. Y quizá también enseñarte un poco el lugar. Busca a un tío alto y de pinta un tanto atrabiliaria con un hábito hecho a medida.

Tuyo,

JOHN

IX

Antes del último invierno las ausencias del Chico eran ya cada vez más largas. A veces ella se despertaba con la sensación de que alguien acababa de salir del cuarto y permanecía quieta en medio del silencio mientras todo iba cobrando forma en la claridad gris. Una de las veces olía a flores.

Fue a Tennessee. Iba a ser la última vez. Llamó a su abuela y le dijo que pensaba ir a verla. Hacía meses que no hablaban y se produjo un largo silencio.

¿Granellen?

Le pareció que su abuela estaba llorando.

A lo mejor no quieres que vaya. No pasa nada.

Claro que quiero que vengas. No sabes cuánto lo deseo.

Ni siquiera tenía un abrigo. Había nevado y se adentró en el bosque. Con las botas de su abuela. Llevaba puestos varios jerséis y el abrigo de la abuela.

Descuida, Granellen. Nunca paso frío.

Puede que tú no, niña. Pero yo sí.

Caían todavía algunos copos. Grises contra el cielo gris. Los grandes bloques de piedra de cantera entre los árboles pelados. Se arrodilló en la nieve y resiguió con la mano una forma como de cuerda que supuso sería la de una serpiente a la que el frío tempranero había sorprendido.

Fue caminando hasta la cantera y bajó a la amplia plataforma de roca y cruzó para ir hasta la charca. Una capa de hielo transparente sobre el agua oscura. Extendió los brazos e hizo de sí misma una figura congelada en plena danza y tanteó el hielo con la punta de una bota.

391

A la mañana siguiente la despertó el sonido de una respiración ruidosa y al asomar la cabeza por debajo de la colcha vio a Miss Vivian hecha un ovillo en el rincón. Se incorporó arrebujada en la colcha. ¿Qué pasa?, preguntó.

La mujer se subió el velo del sombrero que llevaba para poder sonarse la nariz. Apretaba con fuerza los hurones medio pelados de su estola y haciendo una pelota con el pañuelo sucio lo sostuvo a la altura de la nariz y miró a la chica. Lo siento, dijo.

¿Qué le pasa?

Estoy bien.

¿Por qué llora?

Porque es todo muy triste.

¿Qué es lo que es tan triste?

Todo.

¿Llora por todo?

Son los bebés.

¿Los bebés?

Sí. Qué triste todo.

Se palpó el cuerpo en busca de los impertinentes y se los acercó a la cara y se inclinó para mirar a la chica. Son tan infelices… En el centro comercial también lloraban.

Los bebés.

Sí.

¿Por qué lloraban?

No lo sabemos, ¿verdad que no? Lo único que sabemos es que es una cosa unánime.

¿No hay bebés felices?

No. Y mira que lo intentan, benditos sean.

Quizá saben lo que les espera.

La mujer volvió a sonarse. Meneó la cabeza. De su cara saltó un poco de polvo de arcilla. Es muy desconcertante. Que la gente lo encuentre natural. ¿A ti no te parece? ¿Que a nadie le preocupe?

No sé. ¿Lloran todo el rato?

No. Yo los encuentro muy valientes. Quieren ser felices.

La chica se la quedó mirando. Aquel disfraz que parecía teñido al humo. El vestido de época de un lustroso violeta oscuro. Como si lo hubieran dejado al sol. El sombrero con todas aquellas flores de cementerio. La carrera en la media.

¿Se encuentra bien? ¿Tiene frío?

No, querida, estoy bien. Se dio unos toquecitos en la nariz y se acomodó la estola sobre los hombros y levantó la vista. Quizá tienes razón. Que saben lo que se les viene encima. Se diría que son de un mismo sentir. Es preocupante, ¿verdad?

No sé qué opinión de las cosas podría tener un bebé.

La anciana asintió. Sí, lo entiendo. Yo creo que los que nos vamos aproximando a la edad madura solemos sentir atracción por los jóvenes. No contamos con la aflicción, claro está.

¿Aproximando a la edad madura?

Sí. Alguien como yo por ejemplo.

Por supuesto. ¿Y qué cree usted que se podría hacer? Respecto a los bebés.

No lo sé. Se los puede distraer. Al menos un tiempo. Una no puede evitar pensar que vienen al mundo con esa desesperación a cuestas. Pero no me los imagino llorando en el útero, eso no. Aunque es posible que quisieran.

No estoy segura de qué ventaja adaptativa tendría el hecho de compartir una desdicha colectiva innata.

La anciana se serenó. Pareció que tomaba estas palabras en consideración. Soy una vieja tonta, dijo. No sé qué es lo que hemos olvidado. ¿Cómo podría saberlo nadie sin recordar? Yo lo único que sé es que no queremos recordarlo. Tal vez tienes razón. Puede que lo que pasa es que tienen miedo.

Tienen miedo de caerse y de los ruidos fuertes. Y de ahogarse. Y quizá también de las serpientes. No veo cómo podría deducirse de eso una especie de atávica angustia vital.

Bueno. A nosotros nos es difícil llegar a entender la naturaleza de los problemas a que se enfrenta el bebé. Ellos no saben dónde están, lógicamente. Podrían estar en medio del bosque. Esperando a los lobos.

Esperando a los lobos…

Sí.

Yo creo que los animales se dejan oír cuando hacerlo no entraña un peligro. Los pájaros cantan porque saben volar. Si los bebés lloran debe de ser porque están a salvo.

La anciana negó con la cabeza. Bebés a salvo, dijo. Ay, cuánto me gustaría creer en algo así.

¿Viaja usted siempre sola?

Sí. Tampoco tengo elección. No me he casado. Si es eso lo que preguntabas.

No pretendía entrometerme.

En realidad yo no soy uno de ellos.

De los artistas.

Sí.

Pero algo parecido.

Bueno. Se podría decir así. Supongo. Pero nunca he sido amante de la gente del espectáculo.

Me he fijado en que siempre está aparte.

Es porque no siento apego por la fantasía.

Yo tampoco.

Las cosas dichas en broma suelen ser crueles.

Así es.

En otra vida yo habría actuado de manera diferente.

Otra vida.

No es que yo piense que los bebés tienen opiniones. Creo que básicamente lo que ocurre es que no les gusta el mundo. Claro, tú podrías decir en comparación con qué. Nunca han estado en otro lugar. Ni siquiera aquí. Y nunca habían visto personas y no estaría de más preguntarse cómo es que ellos sabían que lo que estaban viendo eran personas. O si para el caso habría dado lo mismo cualquier otro ser vivo. Ellos no se han visto a sí mismos. Si un bebé viniera al mundo en una casa llena de marcianos supongo que le llevaría un tiempo comprender que no estaba donde le tocaba estar. ¿Y si un día se mirara al espejo y viera que tenía dos ojos y no tres como todos los demás?

¿Usted cree en marcianos?

No tendrían por qué ser marcianos. Igual podrían ser osos.

Nerviosa está la osa pues no encuentra a su oso.

¿Perdón?

No, nada.

¿Tan malo sería criarse entre osos?

Mientras no te coman, no. Nada más asomar ya están chillando.

Los bebés.

Sí. Yo no creo que el problema esté en el dónde. Podríamos ser nosotros. Por ejemplo. Tal vez nos hemos convertido en algo repugnante para nuestra propia especie. No es algo agradable de pensar, ¿verdad?

Pero no parece muy probable.

Tanto como todo lo demás.

¿Todo?

Eso creo. Sin contar con que cosas harto improbables ocurren a cada momento.

Y que lo digas.

¿Usted lloró cuando era bebé?

¿De bebé? Sí.

Pero luego paró.

Sí.

¿Y qué hizo entonces?

No hice nada.

Se quedó allí tumbada sin más.

Pensaron que me ocurría algo. Yo los miraba cuando ellos asomaban la cabeza por el borde de la cuna pero eso era todo más o menos. A las tres de la madrugada entraban sigilosamente en mi cuarto y yo allí acostada agarrándome los pies. La cosa duró unos dos años y medio hasta que un buen día me levanté y bajé a coger el correo.

No me lo creo.

Bueno. Algo parecido.

¿Había más bebés por allí?

No. Solamente yo.

¿Y en qué pensaba?

No me acuerdo. Por lo visto no mostraba especial interés por el mundo. Tenía un par de peluches. Yo me atrevería a decir que si los críos no se horrorizan más ante el hecho de verse arrojados al mundo es simplemente porque su capacidad de sentir horror y miedo e indignación no está del todo desarrollada. Todavía. El cerebro del bebé el día antes de nacer es el mismo que el del día después. Pero todo lo demás es diferente. Seguro que les lleva un tiempo aceptar que esa cosa que los sigue a todas partes son ellos mismos. A fin de cuentas no se han visto nunca. Tienen que conectar lo visual con lo táctil. Probablemente los recién nacidos tardan lo suyo en atribuir realidad a lo visual. Y bien mirado atribuir realidad es básicamente lo que se requiere de ellos que hagan.

¿Qué piensan que es lo visual?

No lo saben. El útero materno es negro a más no poder. Creo que cuando cierran los ojos podrían incluso imaginar que vuelven a estar dentro. O desear estarlo. Necesitan un respiro. Perdona. Estoy pensando en voz alta.

Yo lo hago a cada momento.

Pero a ti te parece que no quieren estar aquí y punto.

Yo creo que pasado un tiempo lo que quieren es encontrar al responsable. Es lo que aprende uno a hacer cuando aprende cómo es el mundo. Las cosas pueden ocurrir por sí solas, claro está. Solo que es muy poco habitual.

Tú crees que somos propensos a buscar a quién echarle la culpa cuando las cosas no van bien.

Sí. ¿Usted no? ¿Cómo puede hacerse justicia si no hay nadie a quien culpar?

Supongo que no lo había considerado desde esta perspectiva.

Si uno nunca ha estado en ninguna otra parte antes y ni siquiera sabe adónde va o por qué razón va allí, ¿qué entusiasmo se puede esperar que sienta por el hecho de ir?

Muy poco, imagino.

Al principio los bebés tienden a creer que todas las cosas que les pasan son obra de otros, porque si no, ¿para qué están los otros? Un buen motivo para llorar, ¿verdad?

¿Y por qué no se contentan con hacerse pipí encima? ¿O tener hambre?

Lo hacen. Pero suelen ser cosas de las que uno se queja y no cosas por las que ponerse a llorar a moco tendido.

Quizá es que todavía no conocen la diferencia. Yo diría que el motivo de que no paren de llorar es que se les permite salir impunes del llanto. Evolutivamente hablando. Si quieres comerte a un bebé, debes comprender que unos seres con largas lanzas y gruesos palos los vigilan las veinticuatro horas del día. Aparte de que tendrías que mover unas piedras verdaderamente grandes, supongo.

Pero usted dejó de llorar.

De bebé.

Sí.

Sí. De hecho, creo que me volví bastante callada.

¿Y ahora llora?

Sí. Lloro.

Fue a cenar a Arnaud's y estuvo bebiéndose una copa helada de champán brut. Brindó en silencio por Sheddan. ¿Qué les dices a los muertos? Tienes pocos intereses en común con ellos. ¿La salud? ¿Deberías contestar a sus cartas? ¿Ellos a las tuyas? Cuando el camarero acudió y fue a retirar el paño de la media botella de champán en su cubitera Western le indicó por gestos que se marchara.

¿Señor?

Nos gusta servirnos nuestro propio champán. Lo preferimos frío y efervescente en lugar de caliente y desbravado. Simple peculiaridad.

¿Señor?

No pasa nada. Lo serviré yo si no le importa. No he visto que hubiera langosta en la carta. ¿Usted qué opina?

Déjeme ver.

Cuando volvió le dijo que sí había langosta y Western la pidió a la parrilla con guarnición de patata asada y crema agria y mucha mantequilla. El camarero se alejó después de darle las gracias. Western escanció champán y volvió a meter la botella en su cubo de hielo.

Lo siento, John. Debería haberlo previsto. Debería haber previsto muchas otras cosas. Salud.

Aun sabiendo que no debía se pasó por el Seven Seas. Josie atendía la barra. No esperaba verte otra vez, dijo ella.

¿Qué tal te va?

Bien. No los has pillado por poco.

Me tomas el pelo.

No. Hará cosa de una hora.

Qué puntería. ¿Tú por qué crees que siguen viniendo? ¿Por qué piensan que me encontrarán aquí?

No lo sé. Claro que podría decir que aquí estás, ¿no? ¿Una cerveza?

No. Estoy bien.

Pues no lo parece.

He adelgazado un poco.

¿En serio?

¿Qué aspecto tengo?

No sé.

Demacrado.

Como quieras llamarlo. Se te ve un poco tristón. O quizá solo pensativo. Más de lo habitual. Lo cual quizá no es tan poco habitual.

Ha muerto un amigo mío.

Lo siento. ¿Un buen amigo?

Un tipo poco corriente.

Al que vas a echar de menos.

Sí.

Tienes más cartas por aquí. Esos tíos no me creen cuando les digo que no sé dónde estás. Siempre preguntan. Pero es solo una manera de decirles que yo no quiero saberlo. No quiero que me metan en el talego por acoger a un fugitivo.

Podrías adoptarme.

¿Adoptarte?

Sí. De este modo sería un pariente directo y no estarías obligada por ley a chivarte de mí.

Me estás vacilando.

No sé. Varía de estado en estado. Pásame el teléfono.

Josie fue a cogerlo y lo dejó encima de la barra y él levantó el auricular y marcó el número de Kline. No contestó. Devolvió el auricular a su sitio. Luego volvió a levantarlo y marcó el número de Debussy.

Hola, cariño.

¿Cómo has sabido que era yo?

Tengo un teléfono nuevo chulísimo que te dice quién llama.

¿Qué haces esta noche?

Trabajar.

¿A qué hora terminas?

A la una. ¿Es que quieres que salgamos?

Me gustaría que hicieras algo por mí.

De acuerdo. ¿Es cosa de chicas?

Quiero que leas una carta de mi hermana y luego me lo cuentes.

Vale.

¿No quieres saber por qué ni nada?

No.

Entonces, ¿podemos quedar esta noche?

Bueno, pensaba que ya habíamos quedado en vernos.

¿A la una y media?

No podré estar para esa hora. Tardas más en desmaquillarte que en maquillarte. A las dos podría.

Muy bien. ¿Dónde?

Di tú.

¿Te parece bien la Absinthe House?

Vale.

Si te apetece, podemos comer algo.

Ya lo sé. ¿Estás bien?

Sí, sí. ¿A las dos entonces?

De acuerdo.

Gracias, Debbie.

Colgó y subió al piso de arriba y se encerró en el baño del pasillo y descolgó el armarito de las medicinas.

Llegó temprano a la Absinthe House y se quedó fuera a esperarla. Sabía que a ella no le gustaba nada entrar en un local sola. Pero no tendría que haberse preocupado. Estaba cruzando Bienville Street del brazo de un trajeado caballero de pelo gris. El hombre estrechó brevemente la mano de Western y la besó a ella en ambas mejillas y dio media vuelta y cruzó de nuevo la calle. Western y Debussy entraron. El local estaba lleno y la gran mayoría eran paracaidistas británicos.

Piedad, dijo ella.

Quizá no ha sido buena idea venir aquí.

Ella se le colgó del brazo y miró hacia la barra. Tranquilo, dijo. Vamos.

Un camarero estaba yendo hacia ellos. Los paracas lanzaron silbidos y vítores. Y fijaos en el tío con suerte que va con ella. El camarero los condujo hacia la parte del fondo.

Gracias, Alex.

Los voy a poner aquí. Podemos cerrar la puerta.

Gracias, querido. Alex, te presento a Bobby. Bobby, Alex.

Deberíamos haber llamado antes.

No es ningún problema, señor. ¿Qué quieren que les traiga?

Tomaré lo mismo que ella.

Ya sabe que ella no bebe alcohol.

Bueno.

Marchando pues.

Desapareció hacia el humo y el ruido del local y cerró la puerta.

Iba a pedirle la carta de bebidas.

No pasa nada. Si a ti te está bien a mí también. Aunque puede que cambie de opinión sobre lo de una copa.

¿Preferías ir a otro sitio?

No. Además, el ruido es enemigo de la vigilancia.

¿Es que estamos vigilanciados? ¿Está bien dicho?

No, la verdad. Eso es una derivación regresiva. No conmutativa. Como se diría en física.

Bueno, cuéntame tus novedades. Espero que no sea algo horripilante.

Hay muchas cosas que no te he contado.

Lo sé.

¿Cómo lo sabes?

Me tomas el pelo.

Muy bien. Creo que estoy a punto de convertirme en otra persona.

Ya iba siendo hora.

Western sonrió.

El camarero llegó con las bebidas. Vasos altos de soda ligeramente teñida de triple seco. Luego unas gotitas de licor y la rodaja de limón. Western levantó la vista. He cambiado de opinión, dijo.

El camarero cogió uno de los vasos y lo puso de nuevo en la bandeja. Western alargó el brazo y lo volvió a coger. Tráigame una ginebra doble.

Sola.

Sí.

Debussy tomó un trago. Necesitas apoyo.

No sé lo que necesito.

Pues lánzate.

Está bien.

Sacó la carta del bolsillo de su camisa y la dejó encima de la mesa. Aquí está la carta. No la he abierto nunca. Tengo bastantes cartas suyas y parte de su diario del año 1972. A lo mejor te pido que me lo guardes todo.

De acuerdo. Aunque debo decir que me pone un poco nerviosa.

No hay motivo.

Dime. ¿Quién va a por ti?

No lo sé. Y no sé si eso importa mucho.

¿Cómo no va a importar?

Porque sean quienes sean la única alternativa es huir.

¿Piensas huir?

Sí.

Y no te veré más.

Esa es otra cuestión. Luego lo hablamos.

Yo no quiero perder tu amistad.

Mi amistad no la vas a perder.

Ella sacó su pitillera. Me das tu palabra.

Sí.

¿Quieres que abra la carta?

Espera un poco a que llegue mi copa. Me iré con ella a la barra. Me gustaría que miraras si dice algo de su violín. De dónde podría estar. Y también en qué banco podría haber tenido una cuenta.

Vale. Lo miro.

El camarero dejó el vaso de ginebra sobre la mesa y Western bebió un poco del vaso alto y vertió dentro la ginebra y agitó con una pajita. Tómate el tiempo que necesites. No tengo ni idea de lo que puede haber ahí dentro.

Bien.

Lo siento mucho, Debbie. No tengo a nadie más a quien endosarle esto.

No pasa nada.

Está bien.

Y no te metas en ninguna pelea.

Descuida.

Te enviaré a Alex.

Muy bien.

¿Puedo preguntarte una cosa?

Claro que sí.

¿A ti te está bien? ¿No tener a nadie?

Western se miró la mano. Plana sobre la mesa. Unos momentos después dijo: Nadie me preguntó. Nadie me consultó.

No tienes voz ni voto en tu vida.

¿Qué importancia tendría ser libre para ir al colmado si todo lo que yo amaba en este mundo ya no está aquí?

Y esto es para siempre.

Sí.

Western la miró. Tenía los ojos anegados.

Lo siento. No quería ponerte triste.

Será mejor que lea esa carta.

Quizá no ha sido una buena idea.

Deja que la lea y punto.

De acuerdo. Gracias.

Cogió su bebida y cruzó el bar y salió a la calle. Apenas movimiento. Dos tipos jóvenes pasaron frente a él y el más alto de los dos le miró de arriba abajo y luego se acercaron a la entrada del local.

Yo que vosotros no entraría.

El otro se giró sin traspasar el umbral. Pero no eres nosotros, dijo.

El alto ya había mirado en el interior y volvió a salir a la acera. Vamos, dijo.

¿Qué pasa?

Se volvió hacia Western. Gracias, encanto.

De nada.

Entró. Alex le estaba buscando. ¿Qué le ha dicho?

¿A ella? No le he dicho nada. ¿Por qué?

Porque está llorando como una desesperada.

Mierda. Está bien. Lo siento.

Entró rápidamente en la sala del fondo y cerró la puerta. Sobre la mesa estaba la carta. Ella le miró y luego apartó la vista. Oh, Bobby.

Lo siento mucho.

Pobrecilla. Pobrecilla.

Perdona. Soy un imbécil integral.

Tú no tienes la culpa. He sido yo. Dios. Estoy hecha un asco. Ya sabes que tengo una hermana. Perdona. Voy a echar a perder tu carta. Abrió el bolso y sacó un kleenex y secó la carta allí donde una franja acuosa de rímel había corrido por el papel.

No te preocupes por eso.

Ella se enjugó los ojos.

He estado a punto de entrar y decirte que no la leyeras.

Tranquilo. Es que soy una cría.

Lo siento de veras.

El camarero abrió la puerta y se asomó. ¿Estás bien?

No pasa nada, Alex. Gracias. Solo es una carta con malas noticias. No te preocupes.

El camarero no parecía convencido pero volvió a cerrar la puerta.

Debo de estar hecha una pena. ¿Seguro que quieres que guarde esas cartas? ¿Cuántas son?

No muchas. Prefiero que no lo hagas si eso te hace sentir incómoda.

Pero no tendría que leer ninguna más.

No.

Bueno.

Cuéntame.

El violín está en la tienda donde lo compró. Espero que sepas dónde es porque no lo dice.

No sabía que lo hubiera comprado en una tienda. Pensaba que había sido en una subasta.

¿Vale mucho dinero? Apuesto a que sí.

Eso creo. Lo compró con el dinero de la herencia que nos dejó la abuela. A mí me pareció un derroche algo extravagante gastárselo en una cosa así. En principio el dinero era para costear sus estudios pero ella dijo que eso ya lo pagaría otro. Y tenía razón, cómo no. Y me dijo que pagaras lo que pagaras por un violín Amati dentro de unos años seguiría siendo una muy buena inversión.

¿Dónde estudió?

En la Universidad de Chicago.

¿Y cuántos años tenía? ¿Doce o así?

Trece.

¿Cómo supo qué violín debía comprar?

Era casi una autoridad mundial en violines de Cremona. Se sabía la historia de un centenar de ellos. Le llegaban cartas de museos pidiendo consejo sobre tal o cual pieza de sus colecciones. A partir de la acústica del instrumento hacía un modelo matemático. Patrones sinusoidales de la tapa y el fondo. Al final se inventó un modelo topológico a partir del cual construir el violín perfecto. Pero luego lo descartó por completo. Los Amati estaban medio mal encolados. Mi hermana trabajó con una mujer de Nueva Jersey llamada Hutchins. Y con un tal Burgess de Ann Arbor. Hay gente que aún trata de localizarla. Ella no necesitaba mucha ayuda para escoger un violín. Ese Amati fue todo un hallazgo. No creo que se hubiera vendido en muchos años.

Debussy dobló la carta y volvió a meterla en el sobre.

Lo siento mucho, Debbie. No tenía a nadie más a quien pedirle este favor.

No te preocupes.

Abrió su polvera y se miró la cara en el espejo. Dios, dijo. ¿Nos vamos?

Tengo que ir al servicio. A ver si consigo arreglar los desperfectos al menos en parte.

Muy bien. Pediré la cuenta.

No habrá cuenta. Deja propina y ya está.

¿Uno de cinco?

Que sean diez mejor.

De acuerdo. Gracias, Debbie.

Salieron por el bar pero los paracaidistas parecían estar ya demasiado ebrios para fijarse en ellos. Alguien le gritó que se librara de ese maricón, pero de ahí no pasó la cosa. Western paró un taxi. Subieron por Dumaine Street hasta el apartamento de ella y él la acompañó hasta la cancela.

Tengo la sensación de haber vulnerado tu amistad.

Ahí sigue, Bobby. Siempre ha estado ahí. Ni infricciones ni nada de nada.

Vale.

Dentro de dos semanas llega Clara. Quiero que la conozcas. Te va a enamorar.

¿Te hace ilusión?

Mucha. Ella se inclinó para besarle en la mejilla. En las dos.

¿Quieres que te acompañe hasta la puerta?

No. Estoy bien.

¿Tienes a alguien ahí?

Sí. ¿Te parece bien?

Pues claro que sí. No pretendía meter las narices en tus asuntos.

Ella introdujo la llave en la cancela y la giró y abrió.

Llámame.

Cuenta con ello.

Y cuídate.

Vale. Tú también.

Buenas noches.

Buenas noches.

Oye, Bobby.

Dime.

Tú sabes que te quiero.

Lo sé. En otra ocasión. En otro mundo.

Lo sé. Buenas noches.

X

Había pasado el día en el pueblo y al atardecer regresó en el
ferry. Mirando desde la cubierta superior cómo un chico y
una chica se pasaban un canuto en la de abajo. El ferry llevaba pintado en el casco el nombre de Joven Dolores. La sirena
silbó por última vez y los marineros de cubierta soltaron los
cabos de amarre a proa y a popa y el barco empezó a surcar
las tranquilas aguas del estrecho. Murmullo de olas lamiendo
el casco. El campanario sobre la vieja ciudad amurallada vi-
rando y retrocediendo lentamente.

Fueron dejando atrás las islas conforme aumentaba la oscuridad. Los Ahorcados. El Pou. Espardell. S'Espardelló. El
faro a la altura de los Freos. En la papelería había comprado
un bloc pequeño con renglones. Papel barato reciclado que
enseguida se volvería amarillo y quebradizo. Sacó el bloc y
escribió en él con un lápiz. *Vor mir keine Zeit, nach mir wird
keine Sein.* Guardó el bloc en la bolsa de cordel con los pocos
comestibles que había comprado y se quedó mirando las gaviotas a la luz del aparejo, donde evolucionaban sobre el lado
de popa. Girando la cabeza, mirando el agua allá abajo y mi-
rándose entre sí para luego descender una por una hacia las
luces del pueblo.

Western fue a proa y se detuvo junto a la baranda de cara
al viento. Bajo sus pies la fuerte vibración del motor diésel. La
isla de Formentera una ensenada de baja altura y un promontorio en la lejanía. Los pequeños y oscuros archipiélagos. Una
lancha estaba cruzando la línea de sombra del mar hacia el

firmamento tal como los antiguos habían aspirado a hacer en sus pequeños arrastres.

Fue a por la bicicleta que había dejado en el patio de la bodega en Cala Sabina y colgó la bolsa del manillar y se puso en camino hacia San Javier y los promontorios de La Mola. Campos de trigo nuevo que ondeaban en la oscuridad que bordeaba la carretera. Subiendo por el pinar. Forzando la bici. Solo en el mundo.

La pesada puerta de madera tenía un candado macizo y se abría con una llave negra de hierro forjada a mano y cepillada a martillo pero Guillermo no se la dejaba. Tranquilo, dijo. No vendrá nadie.

Bueno. Pero si no viene nadie, ¿por qué está cerrada?

Ah. No sé. Pero la llave es muy vieja. Es propiedad de la familia. ¿Me entiendes?

Sí. Por supuesto. Está bien.

Abrió la puerta y entró llevando la bici del manillar y la apoyó en la pared y luego cerró la puerta y cogió el quinqué de la mesita baja y lo encendió y volvió a colocar el tubo de vidrio y sostuvo el quinqué en alto para ver. Escalones de piedra adosados a la pared interior. Un olor rancio a grano. La enorme solera en medio de la oscuridad y todos aquellos artilugios de madera, el gran planetario. Todo ello labrado en madera de olivo y unido mediante fijaciones de hierro forjadas a martillo en alguna antiquísima fragua y todo ello elevándose hacia la oscura bóveda del molino como una gran orrería hecha de madera. Él conocía todas las piezas de la primera a la última. Eje y rueda catalina. La tolva. Subió por la escalera entre las sombras quinqué en mano hasta el desván donde dormía.

Su cama era una tabla de contrachapado apoyada en unos bloques de madera y cubierta por un colchón de paja dentro de una funda de hilo basto y encima un par de mantas negras y grises del ejército italiano. Había colocado un plástico en el techo contra las goteras y las cagarrutas de paloma. Dejó el quinqué en la mesita baja junto con la bolsa de cordel y se quitó las sandalias y se estiró en la cama. Las palomas se agitaron en lo alto y unas briznas de paja descendieron en la luz amarillenta. En la gruesa pared de piedra había un ventanuco junto al cual se sentaba a veces por la noche para mirar si pasaba algún barco. Sus luces en la lejanía.

Se quedó dormido y en mitad de la noche le despertó un tenue resplandor en la torre. El quinqué se había apagado y humeaba. Alargó el brazo para bajar la mecha. La sirena de un barco. Nunca dormía más que unas horas. A veces era solo el viento. A veces el traqueteo de la puerta de abajo. Como si alguien probara el picaporte. Con el talón había remetido bajo la puerta una cuña de madera pero ahora le gustaba aquel sonido. Arrebujado en una de las mantas observó la lejana oscuridad del mar con su cambiante manto de estrellas que subían y bajaban. Volvió, la pálida ignición de una tormenta arrojando brevemente la forma definida y temblorosa de la ventana contra la pared del fondo. Una lámina de luz alumbrando silenciosamente el historiado mar, los nubarrones destacándose a contraluz en el horizonte, el piélago plomizo como escoria en una cuba y aquel tenue olor a ozono. Breve temporada de tormentas. Se durmió arrullado por el golpeteo de la lluvia en el plástico del techo y cuando despertó era de día.

Por la mañana bajó a la playa y paseó bajo la lluvia guarnecido en su buen anorak inglés impermeabilizado. El aire olía a flor de almendro. Los capullos se agolpaban en los surcos de la carretera y al borde del agua donde cabalgaban las lentas olas negras. Dos perros venían corriendo hacia él por la orilla y al ver que no le conocían dieron media vuelta. La tormenta había arrojado a la playa grandes crestas de algas y los recolectores las estaban recogiendo con unas horquetas y tirándolas a sus carromatos. Le saludaron con la cabeza al pasar, los pequeños mulos inclinados al frente en sus arneses.

Fue andando hasta la punta. Llovíznaba. Flotadores de corcho, trozos de cristal. Madera de deriva. Más allá del promontorio un estrépito de rocas marmóreas en la orilla. El hervor del oleaje que retrocedía. Antiguo. Incansable. Al otro lado del estrecho el pedregoso torreón de Vedrà apenas visible. Las espiras de piedra negras bajo la lluvia.

A los primitivos pobladores los llamaban talayots. Por las torres que dejaron. Más tarde llegaron los fenicios, los cartagineses, los romanos. Vándalos. Cultura bizantina y cultura musulmana. Aragón en el siglo catorce. Un poco más lejos, en la orilla, había un delfín muerto. La larga quijada desnuda y la carne hecha cintas grises. Western había recogido unos fragmentos de vidrio pulidos por el mar. Eran de un esmerilado verde claro y opacos. Hizo con ellos un pequeño mojón en la arena llana y húmeda. El mar los engulliría pronto otra vez.

En años venideros pasearía por la playa casi a diario. A veces se tumbaba por la noche en la arena seca más arriba de las algas y estudiaba el firmamento como los marineros de antaño. Tal vez para ver cómo podría trazar su propio rumbo. O para ver qué iniciativa podía interpretarse como favorable en el lento devenir de las estrellas por la negra y eterna vastedad. Fue andando hasta un lugar desde el que se veían las luces de Figueretas al fondo. El mar negro y su chapoteo. Se remangó el pantalón hasta las rodillas y se metió en el agua. La costa de Carolina en una noche igual. Las luces dentro del hostal y en el camino particular. El aliento de ella en su mejilla cuando le dio un beso de buenas noches. El terror que sintió en su corazón.

Sheddan había dicho una vez que el mal no tiene plan alternativo. Es simplemente incapaz de asumir el fracaso.

¿Y cuando atraviesan las paredes aullando?

Ella en su improvisada túnica blanca portando el candil entre los árboles. Sujetándose la bastilla, su cuerpo enjuto visible a contraluz entre la tela de sábana. Las sombras de los árboles y luego oscuridad y nada más. El frío en el anfiteatro de piedra y allá en lo alto las estrellas girando lentamente.

He aquí una historia. El último superviviente de la raza humana solo en el universo mientras este se oscurece a su alrededor. Que pena por todas las cosas con una única pena. De los lastimosos y extenuados restos de lo que antaño fuera su alma no encontrará nada con que armar un solo objeto digno de los dioses que le sirva de guía en estos días postreros.

En años posteriores iría en el ferry hasta Ibiza y cenaría en Porroig con Geert Vis y su mujer Sonia. En el muelle habría un coche esperándolo y en la casa tomarían unas copas y platos de buena cocina española, marisco y pollo, con salsas espesas y vino tinto del continente. Al caer la tarde el chófer de Geert lo llevó hasta el ferry. Western se sentó en un bolardo y observó las luces. Se oían risas en un café cercano. Allá en la oscuridad de la bahía el sordo plonc plonc del burro de vapor de un pesquero. Vis le instó a buscarse una mujer. Hablaba serio y preocupado, le apretaba el brazo. Una turista rica, Robert, dijo en voz baja, acercándose a él. Ya lo verás.

Alguien del pueblo había muerto. Western había oído tañer las campanas cuando aún no era día. Cierta sobriedad entre los hombres vestidos de oscuro en la bodega. Le saludaron con gestos de cabeza. Él se sentó a tomar un vaso de vino. Gecos de tono pálido giraban en torno a los círculos de luz que las lámparas de las mesas arrojaban al techo. Acechando a las polillas como depredadores en un bebedero. Aquellas patas copetudas. Las fuerzas de Van der Waals. Saludó a su vez con la cabeza y levantó el vaso hacia ellos. De regreso el cielo estaba despejado y la luna asomó rechoncha delante de él sobre la carretera. Remontando el largo y oscuro promontorio donde el molino se erguía a contraluz con el cielo de fondo. Estuvo parado un rato en medio del viento estudiando el manto de estrellas en la negrura. Las luces del pueblo a lo lejos. Subiendo después lámpara en mano por la escalera. Hola, dijo en voz alta. Este cáliz. Este amargo cáliz.

Su padre les hablaba poco de Trinity. Él se había enterado sobre todo por lo que había leído. Tumbado boca abajo en el búnker. Sus voces apagadas en la oscuridad. Dos. Uno. Cero. El meridiano de repente blanco. Allá afuera las rocas convirtiéndose en una escoria que se derramaba por las derretidas arenas del desierto. Pequeños animales mudos de espanto en aquel súbito día profano y luego ni siquiera eso. Lo que parecía una gigantesca bestia de color violeta surgiendo de la tierra donde había creído dormir un sueño inmortal a la espera de su hora H.

Fue su padre quien la llevó a ver a todos aquellos médicos. Quien se sentaba a la mesa de la cocina en la vieja casa de campo y contemplaba los campos y el arroyo y al fondo el bosque. Había escrito en una libreta cosas que ella decía que él no acertaba a entender y las leía una vez y otra vez hasta que al final es posible que acabara comprendiendo que su enfermedad (como él lo llamaba) no fuera tanto un estado cuanto un mensaje. Más de una vez se había girado y allí estaba ella, en el umbral, observándole. Fräulein Gottsmunsdotter portadora de dones en los que al final ni ella misma creería.

Su padre. Que a partir del polvo absoluto de la tierra había creado un sol maligno a cuya luz los hombres vieron como una especie de abominable presagio de su propio fin los huesos de los cuerpos ajenos a través de la tela y la carne.

Había buscado la tumba de su padre en las ratoneras del norte mexicano pero no pudo dar con ella. Hablando en su mal español con funcionarios de camisa sucia que le observaron mudos y ni siquiera fingieron pensar que estaba en sus cabales. En las calles de Knoxville se encontró a un conocido de la infancia que le preguntó sin malicia aparente si pensaba que su padre estaría en el infierno. No, dijo él. Ya no.

A veces se sentaba un rato en la pequeña iglesia que había en San Javier. Tardes largas y tranquilas. Mujeres tocadas con mantilla negra hacían lo posible por no mirarle. Una pila de piedra con infantes de piedra. Las tablas baratas de detrás del altar pintadas de amarillo oro y las paredes enyesadas de la iglesia pintadas con motivos florales a los que acudían unas criaturas como polillas, evolucionando entre los paneles de luz, primero uno, luego el siguiente. Al principio creyó que eran colibríes pero luego recordó que en el viejo mundo no había especies de ese pájaro. Encendió un cirio e introdujo una peseta en la caja metálica.

Recorrió a pie los promontorios. A lo lejos el sonido de unos truenos como de cajas cayendo viajaba por el oscuro horizonte. Tiempo anormal. Relámpagos finos y breves. El mar interior. Cuna de Occidente. Una delicada vela agitándose vacilante en la oscuridad. La historia toda un ensayo para su propia extinción.

Por la mañana vio que había una araña en la manta. Ojos de sésamo. Le sopló encima y la araña se escabulló. Un sueño donde salía su padre. Horas después lo recordó. Una figura demacrada arrastrando los pies por el pasillo de la destartalada clínica. Empujando un portasueros ante él con sus tubos y sus vías. A menos de una semana de la muerte y de un sepelio anónimo en el duro caliche de una fosa común en un país extranjero. Que se detuvo y giró con aquellos ojos acuosos. Zapatillas de papel y una bata blanca manchada. ¿Dónde está mi hijo? ¿Por qué no viene?

Paseó en bici por el pequeño puerto. Siguiendo la estrecha carretera de grava de la bocana para salir a las marismas. Donde en tiempos evaporaban la sal para enviarla a Cartago. *Frumentaria*. Palabra latina. Las luces de Ibiza encendiéndose hacia el norte. Se sentó en una piedra donde había una antigua argolla de hierro e intentó reparar un pinchazo antes de que cayera la noche. La bici derecha sobre la horquilla y apoyada en la pared. Se acercó la llanta a la oreja y escuchó. De la bolsa de piel de debajo del sillín eligió un parche.

Un día conoció a una chica de Baltimore y dieron un paseo por la parte antigua. Caminaron entre las lápidas del pequeño camposanto. Él le dijo que lo enterrarían allí pero la chica le miró con recelo. A lo mejor, dijo. La gente no siempre consigue lo que quiere. Tenía señales de cortes de cuchilla en los brazos. Él apartó la vista pero no lo bastante rápido. Tengo que irme, dijo ella.

Al caer la tarde hizo acopio de leña y bolas de alquitrán en la playa y encendió lumbre y se sentó en la arena al calor del fuego. Era de noche cuando un perro se acercó por la orilla. Solo se le veían los ojos, rojos. Se quedó parado. Luego dio un rodeo por las rocas y siguió su camino. Las llamas bailaban al viento y Western durmió arropado en la manta y cuando despertó del fuego quedaba poco más que las ascuas. Verdes llamas minerales y rescoldos escabulléndose playa abajo. Apiló más leña y se sentó a escuchar el pausado chapoteo del agua en la oscuridad. Unas lanchas se arrastraron hasta la orilla. El sonido de bronce o hierro en aquellas noches primitivas. Los gemidos de los moribundos. Aunque calibres la llave que abre el códice, ¿con qué tableta similar vas a comparar esta pérdida?

No tengas miedo, decía ella. Las más aterradoras de las palabras. ¿Qué fue lo que vio? Para quien la sangre lo era todo. Y nada. Un hombre con dones sin consecuencia. De niña ella inventaba juegos que incluso entonces a él le costaba seguir. Le hacía subir a la buhardilla donde en años venideros y al menos durante un tiempo plantaría cara a un mundo hasta entonces desconocido. Se sentaban en cuclillas bajo el alero y ella le tomaba la mano. Decía que estaban destinados a encontrar algo que se les ocultaba. ¿El qué?, preguntó él. Y ella le dijo: Nosotros. Lo que nos están ocultando somos nosotros.

En última instancia lo que ella creía era que hasta las piedras mismas de la tierra habían sido deshonradas.

¿Por qué no puedes enterrarlo? ¿Tan rojas están sus manos? Al padre siempre se le perdona. Al final se le perdona. De haber sido mujeres quienes arrastraron el mundo a semejantes horrores habrían puesto precio a su cabeza.

Cuando volvió al molino todavía estaba oscuro y subió los escalones y se sentó ante la mesita. Estuvo mucho rato allí con la frente apoyada en las manos. Por fin sacó el bloc y le escribió una carta. Quería decirle lo que había en su corazón pero al final no escribió más que unas pocas palabras sobre su vida en la isla. Excepto la última línea. Te añoro más de lo que puedo soportar. Luego firmó con su nombre.

Se sentaron al sol de invierno junto a la ventana del hospital en Berkeley. Su padre llevaba una etiqueta de plástico con su nombre en torno a la flaca muñeca. Se había dejado crecer una rala barba blanca y se la mesaba todo el rato. Oppenheimer, dijo.

Siempre era él. Respondía a tus preguntas antes de que se las hicieras. Podías llevarle un problema en el que habías estado semanas trabajando y él sentado allí fumando en pipa mientras tú escribías en la pizarra y entonces lo miraba apenas un minuto y decía: Sí, me parece que veo cómo se puede hacer. Y se levantaba y cogía el borrador para limpiar lo que habías escrito y componía las ecuaciones correctas y luego se sentaba y te sonreía. No sé a cuántas personas les hizo esto. Daba lo mismo cuál fuera el problema. Si solo hablamos de matemáticas entonces quizá Grothendieck. Gödel, cómo no. Von Neumann nunca estuvo en esa liga. Ni siquiera Einstein. Como físico era el mejor, desde luego. Tenía una intuición extraordinaria para la física, pero le costaba lo suyo resolver sus propias ecuaciones. Más adelante el problema fue que quería resolverlas. Pensaba que era un atajo. Yo creo que eso le llevó a engaño. Después de la relatividad general ya no volvió a hacer nada. Yo le conocí, en efecto. Como le conocía cualquiera, me refiero. Gödel quizá también. Sus amigos de Europa. Besso. Marcel Grossmann. Antes de que se convirtiera en Einstein.

Por la tarde iba en bicicleta a San Javier y se bebía un vaso de vino en la bodega.

Un viejo iba andando en alpargatas por la carretera. En su sonrisa un solitario diente amarillo. Las amapolas que flanqueaban la calzada brillantes como flores de plástico. Al anochecer bajaba con sus mantas a la playa y dormía en la arena. ¿De qué tienes miedo?, dijo ella. ¿Qué puedes temer que no haya ocurrido ya?

El dueño de la bodega se llamaba João y hablaba un buen inglés. Lo había aprendido trabajando en hoteles de la Costa Brava. El que había muerto era su amigo Pau, un hombre mayor a quien solía verse sentado con un vaso de vino a una de las pequeñas mesas de madera. La piel de sus mejillas oscura y ajada y bruñida y sus muñecas morenas en contraste con el blanco de su camisa de algodón. Bebía el vino con gesto serio y en el antebrazo tenía una cicatriz blanca que quedaba al descubierto cuando se remangaba. Era un regalo de una metralleta del calibre 30 y tenía cuatro más en la parte baja del pecho. Le habían atado las manos a la espalda y la bala que le rompió el brazo había traspasado antes su cuerpo. Él decía que solo un filósofo podía determinar si le habían herido cinco veces o cuatro.

¿Te las enseñó alguna vez?

No.

Era demasiado pudoroso.

Yo creo que le daba vergüenza.

¿Por qué iba a darle vergüenza?

No sé. Solo lo pienso. Creo que a él no le parecía una cosa muy noble que lo pusieran contra una pared y le dispararan como a un perro. Lo que sí me contó fue cuando se despertó entre los muertos. A las tantas de la noche. Los cuerpos empezaban a apestar. Que despertó en medio de una pila de cadáveres y que se arrastró por el suelo. Que consiguió llegar a la carretera donde lo encontraron otros patriotas. Yo creo que le daba vergüenza. Aquel mundo era muy distinto. Él había peleado por una causa perdida y sus amigos habían muerto sangrando y sin chistar mientras que él estaba vivo. Nada más. El hombre esperó muchos años a que Dios le hiciera saber qué se esperaba de él. Qué debía hacer con su vida. Pero Dios no habló.

Western le preguntó cuál era su opinión al respecto pero João se encogió de hombros y dijo que no lo sabía. A mí de todas formas no me hables de Dios. Ya no somos amigos. En cuanto a lo de que lo pusieran contra una pared y lo abatieran a balazos eso fue algo que Pau no llegó a superar. Con el tiempo eso se convirtió en lo que él era. Y es de eso de lo que estamos hablando ahora. Sin ir más lejos. Por más cosas buenas que te pasen una calamidad no se borra así como así. Solo puede borrarla una calamidad aún peor. Pau nunca llegó a casarse. Lo trataban con respeto, eso sí. Pero no hay que olvidar que lo hirieron por nada. Los vencidos tienen su causa y los vencedores tienen su victoria. ¿Si hubo momentos en los que deseó haber muerto con sus camaradas? Sin duda. Era del norte.

De un pueblo. ¿Qué sabía él de la revolución? Llegó aquí hace bastantes años. No tenía familia. Era el sacristán. No sé por qué vino a este sitio. Tenía una pequeña habitación. Tocaba las campanas. No sé por qué vino aquí. Quizá era como tú.

En Ibiza el desfile de Semana Santa. Trompetas y tambores y farolillos. Enmascarados. Atravesando la ciudad vieja. Gente vestida toda de negro con capirotes y detrás los costaleros portando el cuerpo de su Dios muerto en una litera por las calles adoquinadas. Los oscuros estigmas de sus manos de escayola vueltas hacia arriba.

Tomó un café sentado a una mesa de la terraza. Alguien le estaba observando. Western se volvió pero el hombre se había levantado ya y se acercaba a su mesa. ¿Bobby?, preguntó.

Sí.

No te acuerdas de mí.

Sí que me acuerdo.

¿Qué haces aquí?

Tomar un café. Siéntate.

Espera.

Fue a buscar su copa y una guía en edición de bolsillo y retiró la otra silla y se sentó. No podía creer que fueras tú. ¿Has venido solo?

Sí.

¿Y qué haces por estos pagos?

Vivo aquí.

¿Vives aquí?

Sí.

¿A qué te dedicas?

A vivir y poca cosa más.

Te estás quedando conmigo.

Western encogió los hombros.

¿Has vuelto por Knoxville?

No.

¿Sabías que Seals murió?

Lo sabía. Y Sheddan también.

¿Darlin Dave?

No. Eso no lo sabía.

Es increíble que estés viviendo aquí. Deja que te invite. Uf, ¿de dónde mierda salen todos estos perros? ¿Qué vas a tomar?

Un vino blanco.

Pues un vino blanco. ¿Y el camarero?

Sílbale.

¿Que le silbe?

Sí. Mira, ya viene.

¿Cómo se dice?

Vino blanco.

Vino blanco, por favor.

El camarero hizo un gesto de asentimiento y se alejó sin prisa.

¿De quién son?

¿Los perros? No son de nadie. Son perros y ya está.

Pues uno se meó en el bolso de mi mujer.

¿Que hizo qué?

Mearse en su bolso. Nos habíamos sentado a almorzar y cuando llegaron los platos ella cogió el bolso de la mesa y lo dejó apoyado en el suelo al lado de su silla. Entonces se acerca el maldito chucho y levanta una pata y va y se mea encima. Porque sí. Mi mujer intentó limpiar el bolso cuando volvimos al hotel pero olía tan mal que tuvo que tirarlo. Y casi todo lo que llevaba dentro. ¿Desde cuándo vives aquí?

Hará cosa de un año. Algunos pilotos solían venir a pasar unos días aquí. Hablo de los años setenta.

¿Todavía vienen?

Ya no. Supongo que esto ya no es lo que era. Aquí vivían criminales bastante interesantes. Un falsificador de arte de primera categoría. Un fuera de serie. Un concertista de piano que asesinó a su mujer. Al final la policía los apresó a todos. Los americanos que hay por la zona básicamente se visitan unos a otros y beben. No te lo recomendaría.

¿Y tú?

Yo vivo en un molino de viento. Enciendo velas a los muertos y trato de aprender a rezar.

¿Para qué rezas?

No rezo para nada. Solo rezo.

Pensaba que eras ateo.

No. No tengo ninguna religión.

Y vives en un molino.

Sí.

Te estás cachondeando de mí.

No.

El camarero llegó con el vaso de vino. Salud, dijo Western.

Salud.

¿Qué es eso que bebes?

Fernet-Branca.

Problemas estomacales.

Ya ves. Algo que sabe así solo puede ser bueno para la salud.

Western sonrió. Dio un sorbo a su vino.

No es pitorreo.

No.

Vaya. Siempre fuiste un enigma andante. Y seguro que lo sabes. ¿Lo eres para ti mismo?

Claro. ¿Tú no?

La verdad es que no. En fin, voy a tener que irme. La parienta debe de estar esperándome. ¿Seguro que estás bien?

Estoy bien.

Bueno. Vale.

Era de noche cuando cruzó la isla en bicicleta. La luz de posición sobre la rueda trasera iba perdiendo intensidad en la lenta subida hacia La Mola. Dejó la bici en la puerta y caminó por el peñasco y se detuvo a merced del viento. El oscuro regazo del mar y las luces de Figueretas en la orilla opuesta. Un leve sabor a sal.

Sheddan iría a verle una última vez y no más. Se sentaron en un cine vacío. ¿Eres tú, John?, dijo.

El largo estaba apoltronado en una butaca de más arriba. Tardó en contestar. Luego dijo: Soy yo, escudero. Por decirlo de alguna manera.

La respiración de uno y no de dos en medio del silencio. Aguzó el oído. ¿Qué puedo decir? Me alegra verte, John.

Gracias, escudero. Es agradable que te vean.

He echado de menos nuestras charlas.

Y yo. ¿Cómo es que has venido a parar aquí?

A un cine.

Sí.

No lo sé muy bien. Tendrá algo que ver con el hecho de que un cine nunca puede estar a oscuras. Algo que poca gente sabe.

¿Un cine nunca puede estar a oscuras?

No. ¿Ves esa luz que tienes detrás?

Veo. ¿Y?

Siempre está encendida. Pase lo que pase. ¿Sabes cómo la llaman?

No.

Luz fantasma.

Bueno, y qué. ¿Hay una en cada cine?

Sí. Una en cada cine.

Y siempre está encendida. ¿De día o de noche?

De día o de noche. Sí. Así no corres ningún riesgo.

Ningún riesgo.

Exacto.

Años de divagaciones condensados en la remembranza de un momento. Quizá habrás reparado también en que un cine vacío está vacío de todo. Es una metáfora del mundo ahora vacante del pasado. En cualquier caso es un lugar insólito al que acudir en busca de noticias. ¿Estás bien?

Eso creo.

¿Qué haces aquí?

No estoy seguro.

Nada ha cambiado.

No.

¿Te ofenderás si te digo que eso lo encuentro alentador? Tú y tu esfínter de hierro. La noble determinación.

No me ofende.

Supongo que en definitiva lo que tenemos que ofrecer es solo lo que hemos perdido. Y no lo digo porque me gusten las paradojas. Simplemente me parecen cada vez más la última realidad factual. Imagino que no puede considerarse una observación muy novedosa.

No.

Pero déjame que prosiga.

Adelante.

Tú me calificaste de visionario de la ruina universal. Pero no se trataba de ninguna visión. En el mejor de los casos era una esperanza. El visionario eras tú. Tenías las herramientas necesarias. En mi corazón no había pena alguna, escudero. Eso era lo que faltaba. Siempre te tuve envidia. Por esa y otras razones. Dios, qué frío hace aquí. Ya nunca siento calor. Una vez me llamaste Belcebú.

¿Que te llamé qué?

Belcebú. No te acuerdas.

Me acuerdo. No te hizo ninguna gracia.

No. Un Dios falso y tú te encoges de hombros. Pero un Satanás falso solo puede ser risible. Y luego está la implícita cosa pueblerina.

Lo siento.

Considéralo olvidado.

Gracias. ¿Qué más?

Ah.

Di tú.

Debería. Estaba en las nubes, una metáfora apropiada. Tengo poco que echarte en cara, escudero, pero no fui bien tratado. En conjunto. Un poco tarde para quejarse, imagino. Hasta cierto punto me descartaste como un intelectual de salón. Y es cierto que nunca fui mucho más allá de mis estudios. No será la primera vez que lo digo. Siempre supe agradecer un vaso de suero de leche frío. Pero eso no es algo malo.

No.

Me gustaría haberte caído mejor. Yo no creo que fuese mezquino. Aunque solo fuera con el dinero ajeno.

No. No lo eras.

Siempre pensé que te ahogarías. Y no.

No.

Tenía un sueño recurrente contigo. Bueno, dos. Solo en el lecho del océano con tu mameluco de goma huyendo de una profunda subducción. Bregabas por aquellos orbes hadales como un hombre caminando entre mucílago mientras las huellas de tus escarpines se cerraban lentamente detrás de ti en la marga arenosa. Un crujir de placas tectónicas. Y a todo esto unas nubes de sedimento empezaban a engullirte. Tu linterna apenas si servía de nada y te veías obligado a guiarte por la misteriosa luz de las antiquísimas fumarolas que humeaban como velas en la lejanía. Había algo más que poético en tu huida ante aquellas infernales luces marinas de cuyo útero sulfuroso bien podría ser que la vida misma hubiera sido consensuada en el pasado remoto.

Me lo contaste.

¿Sí? Se me olvidan cosas. Cuando los recordamos los sueños y la vida llegan a equipararse de una manera extrañamente integradora. Y he acabado sospechando que el terreno que pisamos no depende tanto de nuestro albedrío como quisiéramos creer. A todo esto un pasado que a duras penas conocimos se nos echa encima cual inversión poco recomendable. Clasificar la historia de estos tiempos será un largo proceso, escudero. Pero si hay una base común en nuestra manera de entenderla es que somos básicamente defectuosos. En el fondo, eso es lo que sabemos a ciencia cierta.

Piensas que nos detestamos a nosotros mismos.

Lo pienso. Mucho menos de lo que nos merecemos. Pero sí.

Entonces, ¿tan malo es el mundo?

¿Malo? La verdad del mundo constituye una visión tan aterradora que supera con creces las profecías del más lúgubre profeta que haya transitado por él. Una vez que lo aceptas entonces la idea de que todo esto será un día reducido a polvo y se volatilizará se transforma no en una profecía sino en una promesa. Así que deja que te haga yo ahora una pregunta: cuando nosotros y todas nuestras obras desaparezcamos junto con todo recuerdo de ellas y toda máquina en la que dichos recuerdos pudieran ser codificados y almacenados y la tierra no sea siquiera cenizas, ¿para quién va a ser esto una tragedia? ¿Dónde cabría encontrar un ser semejante? ¿Y quién lo iba a encontrar?

No lo sé, John.

El diámetro de la vida se estrecha como el mandril de un taladro. Un puntito final de luz y luego nada. Deberíamos haber hablado más.

Hablamos mucho.

Quizá habríamos podido sincronizar nuestros sueños. Como las chicas de una fraternidad con la menstruación. A pesar de las ocasionales mordacidades debo decir que siempre he admirado, aun a regañadientes, el modo en que llevaste el duelo a ese nivel de excelencia. Donde la aflicción alcanza un estatus que trasciende el motivo de la pena misma. No, escudero. Déjame terminar. Es la idea de pérdida. Subsume todo tipo de posibles cosas perdidas. Es nuestro miedo cerval, y cada individuo le asigna lo que desea. No invade tu vida. Siempre estuvo allí. Esperando tu indulgencia. Esperando tu concesión. Y aun así creo que te subestimé. Cómo extraer tu relato de entre los comunes. Seguramente es verdad que no existe lo que podríamos llamar un dominio colectivo de la alegría como sí lo hay de la pena. No se puede afirmar que la felicidad de otro se parezca a la de uno mismo. Pero en lo que respecta al colectivo del dolor no puede haber la menor duda. Si no perseguimos la esencia, escudero, entonces ¿qué perseguimos? Y me adhiero a tu opinión de que no podemos destapar una cosa así sin poner en ella nuestro sello personal. E incluso te concederé que quizá has cogido las peores cartas. Pero escúchame bien, escudero. Cuando la sustancia de algo es un asunto poco claro, la forma de ese algo difícilmente puede reclamar más terreno. Toda realidad es pérdida y toda pérdida es eterna. No la hay de otra clase. Y esa realidad a la que interpelamos debe en primer lugar contenernos a nosotros. ¿Y qué somos nosotros? Diez por ciento biología y noventa por ciento rumor nocturno.

¿De qué iba el otro sueño?

De lo siguiente: Había un caballo sin jinete parado frente a una verja al amanecer. Era otro país, otra época. La noticia que trae el caballo no tiene más antigüedad que un día. Antes el caballo soñaba con yeguas y hierba y agua. Con el sol. Pero esos sueños se acabaron. El suyo es un mundo de sangre y matanza y gritos de hombres y animales todo lo cual escapa casi por completo a su comprensión. El caballo está parado en la verja con la cabeza gacha mientras el día despunta. Lleva una barda de acero tejido oscura de sangre y una de sus patas delanteras está levantada sobre las piedras. Nadie acude. La noticia no llega. Esta escena podría ser un cuadro. No lo sé. Ni sé qué significa. Quizá lo vi en un libro. De niño. Pero eso fue lo que soñé. Ojalá pudiera ofrecerte otras palabras, escudero. Aprestarse para cualquier lucha consiste sobre todo en quitarse peso de encima. Si llevas el pasado contigo al campo de batalla encontrarás la muerte. La austeridad levanta el ánimo y centra la visión. Viaja ligero. Basta con unas cuantas ideas. Todo remedio para la soledad no hace sino posponerla. Y se acerca el día en el que no habrá ya ningún remedio. Que encuentres aguas tranquilas, escudero. Siempre te lo he deseado.

Gracias, John.

Debo irme. No volveremos a vernos más.

Lo sé. Lo siento.

Y yo. No permitas que hablen de mí, escudero. Dirán cosas feas.

Ya lo sé. Veré qué puedo hacer.

Estaba de pie ante la pequeña barra de madera mientras João le servía un vino. Cuyo gato se ha zampado una salamanquesa y está muerto. Dejó la botella en la barra y empujó de vuelta hacia Western las pesetas que este había dejado encima. Salud, dijo João.

Salud. Gracias.

Debería haber sido más amable con el viejo Pau. He estado pensando en él.

Yo no creo que fueras poco amable.

No se puede hablar por los muertos. ¿Quién conoce su trayectoria? En cualquier caso es algo innato en la gente pensar que el vencido debe de haber hecho algo para merecer su sino. Las personas quieren que el mundo sea justo. Pero el mundo guarda silencio sobre este tema. Ganar una guerra o una revolución no da validez a la causa. ¿Entiendes lo que quiero decir?

Sí.

¿Conoces las obras de Carlos Roche?

No.

Era mi hermano. Mayor que yo. Murió en la guerra.

Lo siento.

No pasa nada. Él fue el que tuvo suerte.

¿De morir en la guerra?

De morir en la guerra. De morir en un estado de fe. Sí.

¿Fe en qué cosa?

¿En qué cosa? Cómo te lo diría. Fe en sí mismo como hombre en un país presto a combatir por una causa que era justa para un pueblo que él amaba y para los padres de esas personas y su poesía y su dolor y su Dios.

Entiendo que tú no tienes fe en esas cosas.

Así es.

¿Y fe en algo?

João frunció los labios. Pasó un paño por la barra. Bueno. Todos creemos en algo, claro. Pero yo no creo en fantasmas. Creo en la realidad del mundo. Cuanto más duras y afiladas las aristas, más cree uno. El mundo está aquí. No en otra parte. Yo no creo en viajar. Creo que los muertos están bajo tierra. Supongo que hace tiempo yo era como el viejo Pau. Esperaba noticias de Dios y Dios no se dignó hablar. Pero a diferencia de mí él continuó teniendo fe. A veces me miraba y meneaba la cabeza. Decía que una vida sin Dios no te preparaba para una muerte sin Dios. No sé qué responder a eso.

Yo tampoco. Me marcho.

Hasta luego, compadre.

Un mulo pequeño bailaba en un campo florido. Se detuvo a mirarlo. El animal se alzaba como un sátiro sobre los cuartos traseros y movía la cabeza de lado a lado. Relinchaba y daba tirones al ronzal y soltaba coces y de pronto paró zambo como era y se quedó mirando fijamente a Western y luego empezó a dar brincos y a chillar. Había metido el hocico en un nido de avispas pero Western no supo cómo ayudar y siguió su camino.

En la playa encontró una moneda. Un deformado disco de bronce que los siglos habían dejado casi sin marcas. Se la guardó en el bolsillo. Vestigio de mundos desaparecidos. Como los huesos de navíos entre las rocas de remotos mares septentrionales. Los huesos de hombres.

Hizo que le enviaran de París una recopilación de los trabajos de Grothendieck y a la luz del quinqué se ponía a analizar los problemas. En poco tiempo empezaron a cobrar sentido, pero la cuestión no era esa. Tampoco el francés. La cuestión era el profundo núcleo del mundo en cuanto que número. Intentó remontarse a sus orígenes. Encontrar un comienzo lógico. La oscura geometría de Riemann. Sus birriosos símbolos, como los había llamado ella. Las cajas de notas de Gödel en taquigrafía Gabelsberger.

Empezaba a hacer más calor y por la noche se quitaba la ropa y la dejaba doblada sobre sus sandalias en la playa y se adentraba en el agua color grafito y se zambullía y nadaba hasta más allá de la torpe zancada de las olas y giraba y hacía el muerto y contemplaba las estrellas, algunas de las cuales se soltaban de sus amarras y descendían por la inmensa bóveda de medianoche de oscuro a oscuro.

No tenía ninguna foto de ella. Intentó visualizar su cara pero supo que la estaba perdiendo. Pensó que un desconocido todavía por nacer encontraría su foto en un álbum escolar en alguna tienda polvorienta y quedaría paralizado ante su belleza. Volvería la página. Miraría de nuevo aquellos ojos. Un mundo a la vez antiguo e inviable. Después de que ella abandonara la cantera se quedó sentado a solas hasta que las pequeñas llamas en sus latas se hubieron consumido una a una. Luego solo la oscuridad del campo, su silencio. El rumor apenas audible de un camión por la carretera.

Escribió en su pequeño bloc negro a la luz del quinqué. La piedad es dominio del individuo en solitario. Existe el odio colectivo y existe la pena colectiva. La venganza colectiva e incluso el suicidio colectivo. Pero no existe el perdón colectivo. Estás tú solo.

Derramamos agua sobre el infante y le ponemos nombre. No para fijarlo en nuestros corazones sino en nuestras garras. Las hijas de los hombres dentro de armarios casi a oscuras se graban mensajes en los brazos con cuchillas de afeitar y el sueño no forma parte de su vida.

Transcurrido el largo y seco verano le despertó una noche la forma iluminada del ventanal en la pared del molino surgiendo de la oscuridad. Y luego una segunda vez. Se sentó junto al ventanuco y contempló en los confines más negros del mar la palpitante luz tras las nubes silueteadas y el trueno desprovisto de voz.

Sentado ante la restregada mesa de la bodega leyendo los periódicos que Vis enviaba por barco desde Ibiza. João fue al otro extremo de la barra y volvió con otra carta y se la tendió a Western. Western se quedó mirando el sobre. El matasellos era de Akron, Ohio, y el sobre estaba manchado y parecía que alguien lo hubiera pisado. Un momento, dijo. João se volvió y él le devolvió la carta.

¿No es tuya?

No.

Dio vuelta a la carta en su mano y la miró otra vez. Aquí pone tu nombre, dijo.

Western se reclinó en la silla. Dijo que en América ya no conocía absolutamente a nadie y que no quería más cartas de ellos. João pareció sopesar sus palabras. Se dio unos golpecitos con el sobre en la palma de la mano. Por fin dijo que la guardaría porque a veces la gente cambia de opinión.

Western volvió en bici al anochecer. La torre estaba oscura y húmeda cuando entró y dejó la bici apoyada en la pared. Subió los escalones con el quinqué y lo dejó sobre la mesa y se sentó a escuchar la quietud. A veces por la noche cuando soplaba el viento en los promontorios le parecía como si algo se moviera en las entrañas del viejo molino, un gruñido hondo procedente de las complicaciones de la madera de olivo y a continuación otra vez silencio, roto únicamente por un murmullo de paja agitada por el viento que circundaba la torre.

Una noche vio frente a él en la playa una figura menuda embozada contra el frío. Apresuró el paso, pero no era más que una anciana que caminaba por la playa. No debía de medir más de un metro veinte. Pasó por su lado y le dio las buenas noches y luego se detuvo y le preguntó si se encontraba bien y ella dijo que sí. Que iba a visitar a su hija. Él asintió y siguió su camino. Era consciente de que aún confiaba en que aquella pequeña figura medio olvidada apareciera a su lado. Inclinándose al frente contra el viento salobre con las manos en los bolsillos y la ropa restallando. Le había visto por última vez en un sueño. El *mudlark* favorito de Dios mascullando y afanándose encapotado por la salbanda infecunda de una desolación sin nombre donde el frío mar sideral rompe furioso y las tormentas se precipitan aullando procedentes de ese negro y agitado *alkahest*. Afanándose por los guijarros del universo, sus estrechos hombros vueltos hacia los vientos estelares y la succión de lunas extraterrestres oscuras como piedras. Un solitario correplayas huyendo de la noche, menudo y desamparado y valiente.

Subió al desván y se sentó envuelto en su manta junto a la ventana de la torre. Salpicaduras de lluvia en el alféizar. A lo lejos en alta mar relámpagos estivales. Como lejanas piezas de artillería al abrir fuego. El tamborileo sobre el plástico que había extendido en lo alto. Subió la mecha del quinqué que tenía al lado y sacó el bloc de su caja y lo abrió. Se quedó quieto. Sentado sin más durante largo rato. Con el tiempo, había dicho ella, no habrá nada que no pueda ser simulado. Y esta será la restricción final de todo privilegio. He aquí el mundo futuro. Este y no otro. El único suplente es la sorpresa en esas formas grotescas grabadas a fuego en el hormigón.

Siglos de hombres extendiéndose de tumba en tumba. Un recuento en una losa. Sangre, oscuridad. El lavado de niños muertos en una tabla. Las laminaciones sedimentarias del mundo con sus huellas fósiles irreconocibles en forma y número. Los postreros petroglifos de mi padre y la gente desnuda y chillando en la carretera.

La tormenta pasó y el mar oscuro yacía frío y ominoso. En las frescas aguas metálicas las formas repujadas de peces enormes. El reflejo en el oleaje de un bólido licuado rodando a duras penas por el firmamento como un tren en llamas.

Se inclinó sobre su gramática a la luz del quinqué. El tejado de paja siseaba sobre su cabeza en la abovedada oscuridad y la sombra de él en la pared mal allanada. Como aquellos eruditos de antaño que trabajaban duro en sus pergaminos en fríos cuartos de piedra. Las lentes de sus lámparas que estaban hechas de caparazón de tortuga hervido y raspado y moldeado en una prensa y las fortuitas geografías que arrojaban sobre las paredes de países desconocidos tanto para los hombres como para sus dioses.

Por último se inclinó y con la mano ahuecada sobre la tulipa de cristal apagó de un soplo el quinqué y se tumbó a oscuras. Sabía que el día en que muriera vería el rostro de ella y quería pensar que podría llevarse consigo aquella hermosura, él, el último pagano sobre la faz de la tierra, cantando en su jergón a media voz en una lengua ignota.

STELLA MARIS

STELLA MARIS

Black River Falls, Wisconsin

Fundada en 1902

Desde 1950 centro no confesional y residencia
para el cuidado de pacientes psiquiátricos.

Unidad de Internos
Caso 72-118   27 de octubre de 1972

Paciente mujer de veintiún años, judía, raza blanca.
Atractiva, posiblemente anoréxica. Llegada hace
seis días a este centro aparentemente en autobús
y sin equipaje. Ingreso firmado por el Dr. Wegner.
La paciente llevaba dentro de su bolso de mano
una bolsa de plástico llena de billetes de cien
dólares -algo más de cuarenta mil dólares en total-
que intentó dar a la recepcionista. Estudiante
de doctorado en Matemáticas en la Universidad de
Chicago, la paciente ha sido diagnosticada de
esquizofrenia paranoide con una larga etiología
de alucinaciones visuales y auditivas. Internada
previamente en este centro en dos ocasiones.

I

Hola, soy el doctor Cohen.

No es el doctor Cohen que yo esperaba.

Lo siento. Supongo que se refiere al doctor Robert Cohen.

Sí. Parece que aquí los doctores Cohen no escasean.

Me temo que no. ¿Cómo está? ¿Se encuentra bien?

Que si me encuentro bien.

Sí.

Estoy en el manicomio.

Ya. Digamos que aparte de eso.

¿Cuánto tiempo lleva en el oficio?

Unos catorce años.

Y piensa grabar esto.

Creo que había un acuerdo al respecto. ¿Le parece bien?

Supongo. En aquel momento pensé que era usted otra persona.

Entonces no le parece bien.

No pasa nada. Aunque debo aclarar que yo solo accedí a charlar un rato. No a someterme a ningún tipo de terapia.

Entiendo. ¿Hay alguna cosa que quiera preguntarme? Antes de empezar.

Ya hemos empezado. ¿Como qué?

Quizá podría hablarme un poco de usted.

Madre mía.

¿No?

¿Vamos a pintar con números?

¿Perdón?

No, nada. Solo que soy tan ingenua que todavía pienso que es posible lanzar este tipo de ofensiva con base en un vector que la jerga no haya vuelto inviable.

¿Es por mi tono de voz o algo?

No pasa nada. Hagámoslo a su manera, qué cojones.

Bien. No quisiera empezar con mal pie. Pensaba que tal vez le apetecería hablarme un poco de por qué está aquí.

No tenía otro sitio adonde ir.

¿Y por qué aquí precisamente?

Ya había estado antes.

Bueno, pues la primera vez.

Porque no me dejaron entrar en St. Coletta.

¿Y por qué motivo quería entrar allí?

Porque fue adonde mandaron a Rosemary Kennedy. Después de que su padre le hiciera vaciar la sesera.

¿Tiene algún tipo de relación con la familia?

No. Yo no sabía nada de instituciones psiquiátricas. Pensé que si la habían enviado a ese sitio y no a otro entonces tenía que ser un buen sitio. De hecho, creo que la sesera se la vaciaron en otro sitio.

Se refiere a una lobotomía.

Sí.

¿Cómo es que le hicieron una?

Porque era rara y su padre tenía miedo de que alguien acabara follándosela. La chica no era lo que él tenía pensado.

¿Es verdad eso?

Lo es. Por desgracia.

¿Por qué pensó que tenía que ingresar en algún sitio?

¿Quiere decir esta vez?

Sí. Esta vez.

No sé. Acababa de volver de Italia. Mi hermano estaba allí en coma. Ellos insistían en que les diera autorización para desconectarlo. Que firmara los papeles. Y yo me largué corriendo. No se me ocurrió otra cosa.

¿Era algo que no se veía con ánimo de hacer? ¿Retirarle el soporte vital?

Sí.

¿Está en muerte cerebral?

No tengo ganas de hablar de mi hermano.

Está bien. Dígame solo por qué está en coma.

Tuvo un accidente de coche. Era piloto de carreras. En serio, no.

Está bien. ¿Quiere hacerme alguna pregunta?

¿Sobre qué?

Sobre cualquier cosa. Sobre mí, por ejemplo. ¿Puedo tutearla, Alicia?

Quiere que le pregunte cosas de usted.

Si lo desea. Por qué no.

Usted da clases en la universidad.

En Madison. Así es.

Sé dónde está la universidad. Viste bastante bien para ser profesor.

Gracias.

No era un cumplido. Usted no es psicoanalista.

Soy psiquiatra.

No es doctor en Medicina.

Pues sí que lo soy.

Qué más.

Estoy casado. Tengo dos hijos. Mi esposa dirige un programa municipal relacionado con la infancia. Tengo cuarenta y tres años.

¿Qué es lo que hace cuando nadie le mira?

Nada en especial. ¿Y usted?

A veces me fumo un cigarrillo. No bebo ni tomo drogas. Medicamentos tampoco. Imagino que no lleva tabaco encima, ¿verdad?

No. Pero puedo conseguirle unos cigarrillos.

Vale.

¿Qué más?

Mantengo conversaciones clandestinas con personajes supuestamente inexistentes. Me han llamado calienta-ya-sabe-qué pero yo creo que no es verdad. Parece que la gente me

437

encuentra interesante pero casi he renunciado a hablar con nadie. Hablo con mis colegas de manicomio.

¿Con otros matemáticos no habla?

Ya no. Bueno, a veces.

¿Cómo es eso?

Es una larga historia.

¿Sigue dedicando tiempo a las matemáticas?

No. Al menos a lo que algunos llamarían matemáticas.

¿Qué tipo de matemática hacía usted?

Topología. Teoría de topos.

Pero dice que lo ha dejado.

Sí. No estaba concentrada.

¿Qué le impedía concentrarse?

La topología. Teoría de topos.

Quizá que dejemos las matemáticas por el momento.

Me parece bien. De todos modos no puedo decir que supiera lo que estaba haciendo.

Me sorprende oírlo. ¿Y no podían ayudarla otros matemáticos?

No. Ellos tampoco lo sabían.

¿Seguro que no le importa que esto se esté grabando?

Seguro. ¿Y si digo «coño» o «follar» o algo? Ahora que lo pienso, creo que he dicho algo de eso. Bueno, y ahora otra vez.

No lo sé. Tengo entendido que el acuerdo no incluía el privilegio de editar sus parlamentos.

No, si no hablaba en serio.

Ah.

Puede tutearme. Además, Alicia siempre es mejor que Henrietta.

Ahora tampoco hablas en serio.

No.

Está bien. Entonces, ¿no quieres contarme nada de tu hermano?

Esto empieza a sonar como Eliza. No. No. Quiero.

¿El programa de inteligencia artificial?

Sí.

Muy bien. ¿De qué te gustaría hablar?

No sé. Supongo que solo quiero hacerme la listilla. Si de verdad quiere hablar conmigo creo que tendremos que dejarnos de chorradas, o de unas cuantas al menos. ¿No le parece? ¿O sí le parece?

Sí me parece. Creo que tienes toda la razón.

Así tal cual.

¿Eso es una chorrada?

Por supuesto que sí. Usted ni borracho piensa que yo tenga toda la razón.

Ah. Ya veo.

Y haga el favor de no decir: Ya veo.

Solo significa que intento comprender tu punto de vista. ¿Hay alguien con quien estés en contacto?

¿Quiere decir personas reales?

Preferiblemente. Sí.

Pues no, la verdad.

¿Ningún matemático? ¿Nadie de la universidad?

Pensaba que no íbamos a hablar de matemáticas.

De acuerdo.

A Grothendieck todavía le escribo, pero ha dejado el IHES y no me contesta las cartas. Cosa que me parece bien. No espero que lo haga.

¿Es matemático?

Sí. O lo era.

¿Dónde vive?

No sé dónde vive. Supongo que estará en Francia todavía.

El apellido no es muy francés.

El apellido no es nada francés. El de su padre era Schapiro. Más adelante Tanaroff. No está nacionalizado en ningún país. Durante la guerra fue un niño desplazado. Escondiéndose. Huyendo para salvar la vida. Su padre murió en Auschwitz.

¿Y adónde le envías las cartas?

Al IHES. Usted no sabe quién es, ¿verdad?

Verdad.

No pasa nada. Éramos amigos. Somos amigos. Comparti-mos un escepticismo común.

¿Sobre qué?

Sobre la matemática.

No estoy seguro de entenderlo.

Da igual.

¿Eres escéptica con respecto a las matemáticas?

Sí.

¿Te sientes decepcionada de alguna manera por esa disci-plina? No estoy seguro de entender cómo se puede ser escép-tico sobre la matemática en su conjunto.

Ya lo sé.

Pero a ti te ha decepcionado.

Sería una manera de expresarlo.

¿Y cómo ha sido eso?

Bien. En este caso se trató de un grupo de malvadas y abe-rrantes y muy maliciosas ecuaciones parciales diferenciales que habían conspirado para usurpar su propia realidad de la dudo-sa circuitería del cerebro de su creador, un poco como la rebe-lión que Milton describe y para ondear su bandera como na-ción independiente e inexplicable tanto para Dios como para el hombre. Algo por el estilo.

Te parece que mis preguntas son ingenuas.

Lo siento. No, no es eso. El fracaso no debe recaer en aquel que se interroga.

¿Es un destacado matemático? Tu amigo.

Grothendieck. Está considerado el matemático más im-portante del siglo veinte. Si uno ignora el hecho de que Hil-bert y Poincaré y Dedekind y Cantor murieron todos entra-do ya el siglo. E ignorarse debe, pues sus principales trabajos fueron hechos en el diecinueve. Y no es que yo sea una gran admiradora de Von Neumann.

Disculpa, pero no conozco esos nombres.

Ya. Está bien. Bueno, no tan bien. Pero tranquilo.

Grothendieck.

Sí.

¿Trabajaste con él?

No sé si le puede llamar trabajar. Pasamos mucho tiempo hablando los dos. Él venía al Institut todos los martes. Y yo pasé muchas horas en su casa. Comía con su familia. Luego nos poníamos a hablar a veces la noche entera. Se podría decir que estábamos en el mismo manicomio. El Institut había sido creado para él y para otro matemático de nombre Dieudonné por un ruso acaudalado de nombre Motchane (si es que se llamaba realmente así), que estaba como un cencerro. Tomaron como modelo el IAS de Princeton. Oppenheimer fue uno de los asesores. Yo estuve allí un año, pero en aquella época los fondos empezaban a agotarse. De hecho no llegué a cobrar el total de la beca prometida. Yo era la única mujer. Al principio todos pensaban que trabajaba en la cocina del centro.

Deduzco que no fue una buena experiencia.

Fue fantástica. Hasta en Chicago había tenido ciertas complicaciones. Pero Grothendieck te escuchaba hasta la última palabra. Mientras asentía con la cabeza y anotaba cosas. Y te hablaba. Hacía preguntas que tú no te habías planteado.

¿Cuántos años tenías entonces?

Diecisiete.

Y eso no fue ningún problema. Tu edad.

A él jamás se le habría ocurrido.

¿Por qué no te escribe?

Sobre todo porque ha abandonado la matemática.

Igual que tú.

Sí. Igual que yo.

¿Fue duro?

Bueno. Digamos que quizá es más duro perder una cosa sola que perderlo todo.

Una cosa podría serlo todo.

Podría serlo. Sí. Las matemáticas era todo lo que teníamos. No es como si lo hubiéramos dejado para dedicarnos a jugar al golf. Ahora le invitan a seminarios para que dé conferencias y él va y despotrica sobre el medio ambiente o sobre los belicistas. Los padres de Grothendieck eran activistas políticos. Él dedica mucho tiempo a su memoria. En el escritorio tiene un dibujo a lápiz de su padre y lo que según me han dicho es una máscara mortuoria de su madre. Pero lo cierto es que lo abandonaron siendo un niño para perseguir su sueño político de un mundo que jamás existirá y yo diría que él se sintió obligado a adoptar su causa a fin de justificar que lo traicionaran. Está casado y tiene hijos. Y mucho me temo que él hará lo mismo.

¿Estás llorando?

Lo siento.

Pero él renunció a todo.

Sí.

¿Por qué?

Sus amigos opinan que se ha vuelto cada vez más inestable mentalmente.

¿Y es así?

Es complicado. Uno acaba hablando de la fe. De la naturaleza de la realidad. En fin, a algunos matemáticos a quienes conozco les divertiría oír que eso de abandonar las matemáticas es una prueba de desequilibrio mental.

¿Cuántos años tiene él?

Cuarenta y cuatro.

Y tú fuiste a Francia para aceptar una beca en su instituto.

Fui a Francia para estar con mi hermano. No sabía si se iba a recuperar del coma. Pero sí, quería ir al IHES. Allí estaban haciendo lo que yo quería hacer.

Ya te habías licenciado por la Universidad de Chicago.

Sí.

Con dieciséis años.

Sí. Estaba en el programa de doctorado. Bueno, supongo que aún estoy. Pero no vivía. No hacía otra cosa que trabajar.

Si no hubieras estudiado para matemática, ¿qué te habría gustado ser?

Una muerta.

¿Debo tomarme en serio la respuesta?

Yo me he tomado en serio su pregunta. Debería usted hacer otro tanto.

¿Estás bien?

Sí. Quizá. Me he escaqueado un poco, es cierto. Lo que quería era ser una niña. Lo que quiero de verdad. Si tuviera un hijo entraría en su cuarto por la noche y me sentaría allí. En silencio. Le oiría respirar. Si tuviera un hijo la realidad me traería sin cuidado.

Me sorprendes.

Ya. Bueno.

¿Quieres que sigamos?

Estoy bien. En cualquier caso, Grothendieck y Motchane se pelearon. Motchane le dijo que el Institut estaba aceptando dinero militar para que el otro dimitiera. Cosa que hizo. Ni siquiera sé si era verdad. Lo del dinero.

¿De verdad es un gran matemático?

Sí.

¿Algo de lo que hizo lo podría entender yo?

No lo sé. Ha producido más obra que cinco matemáticos juntos. Una aproximación a Euler. Al final se embarcó en reescribir toda la geometría algebraica. Solo pudo completar una tercera parte. Varios millares de páginas. Pero fundamentalmente cambió las matemáticas. Dirigió el grupo Bourbaki pero al final los otros no pudieron, o no quisieron, seguirle. Su matemática, la de ellos, estaba basada en la teoría de conjuntos, que empezaba a mostrar cada vez más poros, mientras que él estaba bastante más allá de eso. En un nivel totalmente nuevo de abstracción lógica. Una nueva manera de mirar el mundo. Estaba completando lo que Riemann empezó. Destronar a Euclides para siempre. Ignorando por ahora el quinto postulado. La intrusión del infinito con la que Euclides no supo qué hacer. Cuando uno llega a la teoría de topos está al borde de un universo diferente. Has encontrado un emplazamiento desde el cual puedes mirar el mundo desde ningún sitio. No es solo una gestalt. Es fundamental.

Ingresaste aquí voluntariamente.

En Stella Maris.

Sí.

Si te ingresan, automáticamente te declaran loco. Pero si ingresas por iniciativa propia no. Ellos se figuran que debes de estar más o menos cuerdo porque si no no habrías venido. Por tu cuenta. O sea que, a efectos de registro, te dan el visto bueno. Si estás lo bastante cuerdo para saber que estás loco, entonces no estás tan loco como si pensaras que estás cuerdo.

Y ya habías estado aquí un par de veces, ¿no?

Sí. Dos.

¿Por qué una tercera? Eso es lo que me gustaría saber.

No paraba de encontrar gente extraña en mi habitación.

Según parece, eso no es nada nuevo.

Quería ver a algunas personas que estaban aquí.

Pacientes.

Sí. ¿Cree que habría venido para charlar con los ayudantes?

Quieres decir los terapeutas.

Sí.

No lo sé.

Claro que lo sabe.

No estás tomando ninguna medicación.

No.

¿Te parece sensato?

No sé lo que es sensato y lo que no. No soy una persona sensata.

Pero no crees que estés loca.

No sé. No. Digamos que no encajo en el manual de locos. El DSM.

Sí. Claro que yo no soy la única que no está en ese libro.

¿Aún tienes alucinaciones?

Yo nunca he dicho que fueran alucinaciones.

Te referías a esos visitantes como personas inexistentes.

Personajes.

De acuerdo, personajes.

Estaba citando de los papeles.

¿Qué papeles?

Lo que se ha escrito sobre mí. Pero no. Últimamente no los he visto. No les gusta venir a un lugar como este. Se sienten incómodos. Veo que sonríe.

Es casi como si dijeras que un centro de este tipo promueve por sí solo la salud mental. ¿A la manera de una iglesia que ahuyenta los malos espíritus?

Supongo que podría ser una buena analogía. La Iglesia nunca se cansa de hablar de los pecadores. A los otros apenas si los menciona. Alguien señaló que los intereses de Satanás son completamente espirituales. Me parece que fue Chesterton.

No estoy seguro de entenderlo.

A Satanás solo le interesa tu alma. Le importa un comino tu bienestar.

Interesante. Volviendo a tus personajes o lo que sean. ¿Qué puedes contarme de ellos?

Nunca sé qué responder a esa pregunta. ¿Qué es lo que le interesa saber?

¿Vienen con su propio nombre?

Nadie viene con su propio nombre. Les pones nombre para así poder encontrarlos en la oscuridad. Sé que ha leído mi historial médico, pero los señores doctores prestan escasa atención a la descripción de figuras alucinatorias.

¿Hasta qué punto te parecen reales? ¿Tienen, digamos, una calidad onírica?

Yo no diría eso. A los personajes de un sueño les falta coherencia. Uno ve retazos y el resto lo pone el propio soñador. Un poco como en el punto ciego de la visión. Les falta continuidad. Se transforman en otros seres. Por no hablar de que el paisaje en que se mueven es un paisaje onírico.

La figura principal es un enano calvo.

Una persona pequeña. Sí.

El Chico.

El Chico. Sí.

Pero no es como un personaje que está en tus sueños.

No. Es como alguien que está en la habitación contigo.

Quisiera saber si tienes formada alguna opinión acerca de por qué estos personajes adoptan esa apariencia en concreto.

¿Quiere probar a hacerme otra pregunta? Ellos adoptan la apariencia de la que se compone su apariencia. Supongo que lo que en realidad quiere saber es qué podrían simbolizar. Pues no tengo ni idea. No soy junguiana. Su pregunta parece indicar también que usted cree que podría existir la posibilidad de orquestar este revoltijo de personajes. Siquiera por encima. Cuyos miembros casi se diría que irradian todos ellos realidad. Veo los pelos que les asoman de la nariz y de las orejas y veo los nudos de los cordones de sus zapatos. Usted piensa que a partir de todo esto quizá se podría escenificar una ópera de mis trastornados procesos mentales. Le deseo suerte.

Pero tú eres consciente de que otras personas no creen que existan seres como esos.

Según lo que entienda por existir.

¿Perdón?

No me preocupa gran cosa lo que crean los demás. No los considero cualificados para tener una opinión.

Porque ellos no los han visto.

Bueno. Me parece que ahí estamos en un callejón sin salida lógico. ¿Usted qué piensa?

Estoy seguro de que sabes que alucinaciones de la magnitud que tú describes son sumamente raras. Más de un terapeuta ha sugerido que quizá te las inventabas.

Que me las inventaba.

Sí.

Es una manera bastante rara de expresarlo, ¿no cree?

Que te inventabas que te las estabas inventando.

Ya, bueno. Ellos tampoco tienen derecho a opinar.

¿Los terapeutas?

Los terapeutas.

Tal vez no. ¿Cuándo empezó toda esta historia? ¿Qué edad tenías?

¿Piensa que tengo síntomas de psicótica extravagante?

En absoluto. Claro que por otra parte no quieres que te hagan pruebas.

Cierto. ¿Y a usted?

No. A menos que piense que voy a hacerlo bien. Pero tú crees que los test en general son... ¿qué? ¿Erróneos? ¿Invasivos?

Digamos simplemente que no me gustan.

Pero hiciste unos cuantos. En el Raven avanzado lo hiciste a la perfección.

No soy la primera.

Pero nadie lo ha hecho en tan poco tiempo como tú.

Las preguntas iniciales son francamente estúpidas. Solo que hay poner la matriz que falta. Solo es complejo en un sentido bastante primitivo. Los problemas van aumentando en dificultad pero en realidad no son diferentes. Además, por muy complejas que empiecen a ser las matrices sigue habiendo solamente seis opciones.

Al final de la prueba dibujaste un par de matrices tridimensionales.

Retículos. Sí. Uno era geométrico y el otro computacional. No eran tan difíciles. Pero me pareció que tenían un aspecto prometedor. Vi que podían embarullarse con bastante rapidez. Si no acertabas con la dimensionalidad era imposible seguir la progresión. No he vuelto a tener noticias de ellos. Pero me llevé la impresión de que si la gente podía completar los test a que la sometían entonces es que seguramente necesitaba pruebas más difíciles. ¿Usted no quería hablar de los hortes?

¿De los qué?

Los hortes. O sea los entes. Hortes como en «cohorte».

¿Esa palabra existe? ¿Hortes?

Ahora sí. Supongo que la palabra más cercana sería *orts*. En inglés, «sobras»; en alemán, «un lugar». En fin, qué edad tenía. Respondiendo a su pregunta. Con la primera regla, creo que dice en mi historial.

Sí. Me preguntaba si eso era correcto. Me parece muy pronto.

Hasta se podría decir que fui algo precoz.

Espero que no te importune la pregunta, pero ¿a qué edad fue?

A los doce años.

En mujeres la esquizofrenia no suele presentarse hasta finales de la adolescencia o principios de la veintena.

A mí nunca me han diagnosticado legítimamente una esquizofrenia.

Ya.

A lo mejor se inventan un test para la rareza en general. ¿Cómo lo ve?

Aquí te hicieron el MMPI. Hace dos años.

Vale.

Hablando de rareza en general. Te catalogaron como persona de conducta desviada y antisocial además de toda una serie de adjetivos igualmente poco agradables. Hablamos de la escala cuatro. ¿Conocías el test de Minnesota?

No. Yo no me paso el día mirando eso. Sus test me parecen la cosa más estúpida y mediocre del mundo. O sea que cada vez estaba más cabreada. Al final solo hacía lo posible para que me encasillaran como demente con tendencias homicidas.

¿No te preocupaba que pudieran encerrarte?

Ya estaba encerrada.

El test de Minnesota no te pareció nada interesante.

No.

En el Stanford–Binet sacaste un noventa y seis.

Yo intentaba sacar un cien.

¿Por qué?

Porque se supone que es lo que debes sacar.

¿Cuál es ahora tu cociente intelectual?

No tengo de eso.

¿No te parece una forma de soberbia? ¿Ser una paciente no evaluable?

No a menos que no lo seas. Además, el Stanford-Binet es racista. Entre otras cosas.

¿Cómo puede ser racista?

En el test no hay preguntas sobre música. Por ejemplo. Al parecer la música no cuenta. Tenemos por ejemplo a un negro con un cociente intelectual de ochenta y cinco que es un genio de la música a la luz de cualquier medición existente. Pero para los que se ocupan del CI es poco más que un subnormal.

Supongo que pensarás que quienes inventan los test no son muy inteligentes que digamos.

No he conocido a nadie de este rollo que tuviera la menor idea de matemáticas. Y la inteligencia son números. No palabras. Las palabras son cosas que hemos inventado. La matemática no. Las preguntas sobre mates y lógica de los test son de risa.

¿Cómo es eso? Que la inteligencia sea algo numérico.

Puede que lo haya sido siempre. O puede que llegáramos a ese punto a base de contar. Durante millones de años antes de que se pronunciara la primera palabra. Si aspiras a un cociente intelectual de más de ciento cincuenta, mejor que sepas mucho de números.

Yo diría que debe de ser difícil responder como lo hiciste en algunos de esos test sin estar familiarizado con la prueba en concreto.

Yo ya tenía cierta práctica. Cuando estudiaba en la universidad tuve que sacar sobresalientes en las asignaturas de humanidades sin leer la idiotez de material que nos hacían estudiar.

¿No leías el material por sistema?

Es que no tenía tiempo para eso.

¿Por qué no tenías tiempo?

Porque hacía mates dieciocho horas diarias.

Hay quien diría que eso no es posible.

Ya lo sé.

¿Qué me dices de la escala ocho?

No sé qué es eso.

Bueno, entre otras cosas está pensada como prueba para diagnosticar la esquizofrenia.

¿En serio? ¿Qué tal lo hice?

Aprobaste por los pelos. De modo que si estabas manipulando el test, ¿no querría eso decir que eras esquizoide y que de alguna manera te las apañaste para mentir? Claro que el test también está pensado para detectar la epilepsia y traumatismos craneoencefálicos.

De niña me caí de cabeza una vez.

¿Es cierto eso?

No.

Y todas esas horas haciendo mates. No era trabajo que te hubieran asignado, ¿verdad?

Nunca lo fue.

¿Qué era lo que más te interesaba?

Dediqué un tiempo a la teoría de juegos. Tiene algo que me seduce. Von Neumann se enganchó a ella. Bueno, quizá no sea la palabra adecuada. Pero creo que al final comencé a ver que prometía explicaciones que sin embargo no podía aportar. Es realmente una teoría de juegos. No otra cosa. Conway aparte. Todo aquello con lo que uno empieza es una herramienta, pero uno siempre espera que de hecho conforme una teoría.

Pero la teoría de juegos es una teoría, ¿no?

Si usted lo dice…

Vivías en la buhardilla de la casa de tu abuela.

Sí. Después de morir mi madre. Bobby me la arregló.

¿Y es ahí donde ocurrieron por primera vez las apariciones?

Sí.

¿Qué hacían mientras tú estabas enfrascada en tus matemáticas?

No lo sé. Con el tiempo se puede decir que pasaba de ellos. Menos del Chico. A él era difícil ignorarlo.

Me desconcierta que no los encontraras más inquietantes.

Bueno, tenía doce años. ¿Cómo iba a saber que eso no era normal?

Pero sí lo sabías.

Sabía que no era normal, sí, pero no sabía que no fuera normal para mí.

¿Por qué se llama el Chico?

En realidad es el Chico Talidomida. No tiene manos. Son como una especie de aletas.

Este es el enano.

Persona pequeña.

¿Quién más?

Un montón de gente. Artistas del espectáculo. Teóricamente.

¿A ti te parecían artistas?

No.

Y aparecen así como así. Como caídos del cielo.

¿Por no decir ascendidos del infierno? Vale. Como sea. Digamos caídos del cielo. Mire usted. Esta conversación me la conozco casi de memoria.

Por otros terapeutas.

Sí.

¿Qué te gustaría que hiciera?

Sorpréndame.

Que te sorprenda.

Sí. Bueno. No me haré ilusiones. Con el tiempo tanto lo factual como lo sospechoso están sujetos a la misma atenuación. Hay una fusión en el recuerdo de los hechos que no acaba de encajar con lo que llamamos realidad. Te despiertas de una pesadilla con un cierto alivio. Pero eso no la borra. Siempre está ahí. Aun después de que la hayamos olvidado. La agobiante sensación de que hay algo que no has comprendido persiste mucho después. Lo que usted intentaba preguntarme: la respuesta es no. Llegan sin más. Sin avisar. Ni olores extraños ni música. Yo les escucho. A veces. Y a veces simplemente me pongo a dormir.

¿Puedes dormir con ellos en la habitación?

Esto es como dialogar con Zenón. ¿Ha pensado en esa pregunta? Qué curioso que siempre esté en el último sitio que uno mira.

Vale. Pero en líneas generales no te dan miedo.

No.

Y eso no te parece extraño.

No. Tenía doce años. Seguramente pensé que era algo que venía con la pubertad. Como todos los demás. En fin, lo que daba miedo era la pubertad, no los fantasmas. Cuanto más cándida es tu vida, más miedo dan los sueños. El inconsciente trata de despertarte a cada momento. En todos los sentidos. La peligrosidad es insondable. Mientras sigas respirando siempre puedes estar más asustado. Pero no. Eran lo que eran. Fueran lo que fuesen. Nunca los vi como algo sobrenatural. En el fondo no había de qué tener miedo. Yo había aprendido ya que en mi vida había cosas que era mejor no compartir. Desde los siete años o así jamás volví a mencionar la sinestesia. Por ejemplo. Yo pensaba que eso era normal y por supuesto no lo era. O sea que me lo callé. De todos modos sabía que iba a pasar algo. Simplemente no sabía el qué. Al final uno acaba aceptando la vida tanto si la entiende como si no. Si abrigué algún temor respecto a los eidolons no fue por sí mismos o por su aspecto sino por lo que pudieran traerse entre manos. De lo cual yo no entendía nada. Lo único que entendí realmente de ellos fue que trataban de poner nombre y forma a lo que no tenía ni lo uno ni lo otro. Y naturalmente no me fiaba de ellos. Quizá que cambiemos de tema.

Pero ¿ellos van y vienen a voluntad?

¿A voluntad?

Sí.

Cielo santo. No sé cómo quiere que responda a eso. La única voluntad que subyace vendría a ser algo como la Voluntad de Schopenhauer.

Intentaba señalar que muy pocos pacientes se sienten cómodos con las alucinaciones. Por regla general comprenden que estas representan una especie de alteración de la realidad y eso no puede sino causarles miedo.

A ellos.

Sí.

Ya. Digamos que lo que yo entiendo es que en el meollo del universo de los perturbados está el darse cuenta de que existe otro mundo y de que ellos no forman parte del mismo. Ven que a sus cuidadores se les exige muy poco y en cambio a ellos mucho.

¿Tú crees que eso es verdad?

No. Pero ellos sí.

Te refieres a esos artistas del espectáculo que por lo visto no consiguen su objetivo. Entretener. Distraer. ¿Tú que piensas que se supone que hacen?

No sé qué se supone que hacen. Sus números son aburridos a más no poder.

Pero te habrás formado alguna idea de qué es lo que quieren.

Quieren hacer con el mundo algo en lo que uno no ha pensado. Quieren ponerlo en duda.

¿Y por qué?

Porque ellos son así. No haría falta sacarse de la manga unos seres extraños simplemente para confirmar que el mundo es tal como es.

Entonces ¿es ese el propósito del entretenimiento? Si podemos llamarlo así. ¿Suscitar dudas acerca del mundo?

¿Por qué no?

¿Qué más puedes decirme de ellos? ¿Producen sombra? ¿Pueden traspasar paredes?

Hacen acto de presencia cuando se les antoja. De un personaje de un sueño no me preguntaría si puede producir sombra.

Ya. Supongo que no. Pero dices que no son como personajes de un sueño.

No. Y cabría suponer que invierten cierta cantidad de energía en parecer verosímiles. Pero eso es solo una charada. Una distracción.

¿De qué te distraen?

Aquí volvemos a la casilla uno. Supongo que es verdad que el primer deber de toda alucinación es parecer real, pero tratar de emular una realidad en la que tus credenciales han caducado deja entrever intenciones ocultas. En el mejor de los casos hacer lo que a uno se le antoja en este mundo nuevo no es sino un preparativo.

Lo has llamado alucinación.

Un intento de vivir en el mundo de usted, doctor.

Ahora sé que te lo estás tomando a risa.

¿De verdad quiere entrar en todo esto?

No sé muy bien qué es todo esto.

Que en el mundo hay poca alegría no es solo una manera de ver las cosas. Toda bondad es sospechosa. Al final uno acaba viendo que el mundo no te tiene en cuenta. Nunca te tuvo en cuenta.

La mayoría de la gente consigue cumplir el tiempo que tiene asignado en este mundo sin caer en un estado de desesperación.

Sí. Es verdad.

Si tuvieras que decir algo tajante sobre el mundo en una sola frase, ¿qué frase sería?

Esta: El mundo no ha creado una sola cosa viva que no tenga intención de destruir.

Supongo que eso es cierto. ¿Y entonces? ¿Es eso todo lo que el mundo tiene en mente?

Si el mundo tiene mente entonces la cosa es peor de lo que pensábamos.

¿La tiene? ¿Lo es?

Me parece que no llegaremos muy lejos.

Con estas reuniones.

Sí. Volvamos a lo del tiempo que cada uno tiene asignado.

De acuerdo.

Dudo que nadie quisiera volver a nacer. O revivir ni un solo día.

A mí no me importaría nada revivir ciertos días.

Un momento de gozo o de revelación quizá. Pero ¿las veinticuatro horas?

Yo no diría que no. ¿Dedicas mucho tiempo a pensar en la muerte?

No sé qué es mucho. Parece ser que contemplar la muerte tiene un cierto valor filosófico. Incluso paliativo. Es una trivialidad decirlo, supongo, pero la mejor forma de morir bien es vivir bien. Morir por otro daría sentido a tu muerte. Sin contar por ahora el hecho de que el otro va a morir de todos modos.

No sé cuánto de teatral hay en todo esto.

Digamos que desde la primera hasta la última palabra.

Como lo que acabas de decir, por ejemplo. ¿Qué opinas de eso de vivir para otros?

Bueno. Eximiendo a ese amorfo «otros» de toda ideología social y ciñéndonos a personas reales supongo que sería una cosa lo bastante rara como para calificarla de neurosis. Por lo menos. ¿Qué piensa usted?

O esto también. En tu historial hay una anotación diciendo que tenías la impresión de estar pudriéndote. Creo que fue la palabra que empleaste. ¿Recuerdas haber hecho esa afirmación? Suena un poco a delirio somático de manual. A cosa sacada de un libro. ¿O solo estabas jugando con tus cuidadores?

Quizá es que me aburría.

Bueno. La gente se aburre.

No.

¿Ah, no?

No. La gente no tiene ni idea de lo que es el aburrimiento.

Vale. Si tú lo dices… Aunque existe la creencia generalizada de que la inteligencia por sí sola es una barrera contra el tedio.

Eso creo. Pero hasta un punto. A partir de ahí la barrera se viene abajo.

Imagino que lo que me preocupa es que la desconfianza de estos médicos (algunos de los cuales parece que al final no creían nada de lo que tú les decías) hace difícil, por no decir imposible, tratarte. No saben qué táctica emplear con alguien de quien están convencidos que se lo inventa todo.

Que se lo inventa todo.

Sí.

La frase conflictiva.

Así es.

Supongo que yo podría preguntar para qué creen ellos que les pagan. Buscan una explicación a mis delirios o a mi propensión a mentir, pero lo cierto es que no pueden explicar nada de nada. ¿Creen que sería más sencillo tratar a alguien que tiene delirios o a alguien que solo cree tenerlos? Debería prestar atención a cómo suena esto. En fin, yo ya paso de dar explicaciones. Se acabó.

¿Tienes la sensación de que tu sitio está aquí? ¿En Stella Maris?

No. Pero eso no contesta a su pregunta. El único ente social del que he formado parte alguna vez es el mundo de la matemática. Siempre supe que ese era mi lugar. Llegué a creer incluso que tenía prioridad sobre el universo. Y lo creo ahora.

Sobre el universo.

Sí.

No te estás divirtiendo a mi costa.

No mucho, la verdad.

Lo decía en el sentido de tomarme el pelo.

Ya sé que lo decía en ese sentido.

Supongo que me sorprende que puedas sentirte como en casa en un psiquiátrico.

Quizá no es tanto eso como simplemente sacar provecho de la laxitud que se les brinda a los desequilibrados.

Hablas con otros pacientes.

Sí. Claro.

¿Tú dirías que te cuentan la verdad?

¿La verdad de qué?

En general. De lo que sea.

No lo sé. No. Lo que sí veo es que la gente que está ingresada coincide en que el resto de los que están aquí está donde debe estar. ¿En qué otro sitio ocurre algo así?

Ya veo.

Procure dejar de decir eso. En serio.

Me esforzaré. Tus conocidos. La verdad es que no sé cómo se los podría llamar.

Conocidos está bien.

¿Disfrutan de cierta ascendencia? No me queda claro. ¿Te dicen lo que tienes que hacer?

No. Si de alguna ascendencia gozan es de que saben quién soy yo pero yo no sé quiénes son ellos.

¿Y dirías que eso es lo que mejor define la relación entre vosotros?

Quizá es solamente una réplica de la relación que uno mantiene con el mundo.

Es decir, que el mundo sabe quién eres pero tú el mundo no. ¿Crees que es así?

No. Mi opinión es que la experiencia del mundo es sobre todo un parapetarse contra la desagradable verdad de que el mundo no sabe que estás aquí. Y no, no estoy segura de qué significa eso. Creo que el enfoque más espiritual busca la gracia en el anonimato. Que lo festejen a uno es allanar el camino a la pena y la desesperación. ¿Usted qué opina?

No lo sé.

No es algo que la gente pregunta. Es lo que se plantean: ¿El mundo es realmente consciente de nosotros? Pero como pregunta tiene buena compañía. Qué le parece: ¿Merecemos existir? ¿Quién ha dicho que sea un privilegio? La alternativa a estar aquí es no estar aquí. Pero volvemos a lo de antes, en el fondo eso significa no estar aquí en absoluto. No puedes haber estado aquí. Nunca. No habría un tú que no hubiera estado. ¿Qué opina, doctor?

Puedes tutearme si lo prefieres. Me llamo Michael.

No. No lo prefiero.

Pero que yo lo haga no te importa, Alicia.

No.

Originalmente tu nombre era Alice.

El sentido del humor de mi padre.

¿Perdón?

Bob y Alice. Los personajes utilizados en diversas áreas de la ciencia para explicar diferentes posturas. Yo me lo cambié. Al cumplir quince años.

El nombre.

Sí.

Te lo hiciste cambiar legalmente.

Así es.

¿Para eso no se necesita haber cumplido los dieciocho?

Sí. Primero modifiqué mi partida de nacimiento.

¿Y cómo?

Mi hermano tenía un amigo delincuente, John Sheddan, quien a su vez tenía un amigo propietario de una copistería en Morristown, Tennessee, especializada en falsificar documentos. En fin, me pareció que Alicia era más repipi.

¿Eso querías? ¿Parecer repipi?

A decir verdad, a veces habla usted como Eliza. Yo era Alice Western de Wartburg, Tennessee, y quería ser una princesa Hohenzollern. A lo mejor lo soy. Una niña lista.

Quizá que cambiemos de tema. Por decirlo a tu estilo.

De acuerdo.

Largo silencio. ¿Puedo saber qué estás pensando?

No estoy pensando.

No está claro que eso sea posible.

Ya, bueno. Me esfuerzo. Por supuesto, uno puede dejar de hablarse a sí mismo. Pero hacerlo solo es posible hablándose a sí mismo. Contando las respiraciones o recitando un mantra. Pensar es más difícil.

Pensar y hablar son cosas diferentes.

Hablar no es más que registrar lo que uno está pensando. No es el hecho en sí. Cuando le hablo a usted una parte independiente de mi cerebro está componiendo lo que me dispongo a decir. Pero aún no tiene forma de palabras. Entonces

¿forma de qué? Desde luego no parece que haya una especie de homúnculo susurrando las palabras que estamos a punto de decir. Eso, además de suscitar el espectro de una regresión infinita (tipo ¿y quién le susurra al susurrador?), plantea la cuestión de un lenguaje del pensamiento. Parte del enigma general de cómo pasamos de la mente al mundo. Cien mil millones de procesos sinápticos haciendo clic clic en la oscuridad como señoras ciegas haciendo punto. Cuando uno dice: ¿Cómo voy a expresar esto?, ¿qué es eso que uno intenta expresar? Mejor que cambiemos de tema. Como dice usted que digo yo.

¿Qué cambiarías si pudieras cambiar algo?

¿Algo?

Sí.

Elegiría no estar aquí.

En esta consulta.

En este planeta.

Has estado bajo observación por intento de suicidio. ¿Hasta dónde es un problema serio?

¿Si el suicidio es un problema serio?

No. Me refiero a si crees que corres ese riesgo.

Ya sé a lo que se refería. Supongo que mientras uno piense en ello no pasa nada. Una vez que has tomado esa decisión ya no hay nada en que pensar.

Y en este proceso, ¿dónde dirías que estás ahora?

Preferiría no estar bajo supervisión por suicidio.

Yo también lo prefiero.

Si uno pudiera esfumarse con solo chasquear los dedos, ¿cuánta gente lo haría? ¿Qué le parece? Borrar todo rastro tanto de ser como de haber sido.

No lo sé. Menos de las que tú piensas, imagino.

Desear no haber existido nunca. Que, una vez más, no es lo mismo que dejar de existir. ¿Quién fue que lo dijo? ¿Anaximandro? ¿Lo mismo para quién?

No tengo la menor idea.

Es casi obligado pensar que en el último suspiro los moribundos no solo acaban aceptando la muerte sino que se entregan a ella. Que algún tipo de revelación habrá que haga posible que hasta los más necios y más ilusos de nosotros acepten no solo lo que es inaceptable sino inimaginable también. La ultimísima estación del mundo. Mundo que ni siquiera por una fracción de segundo se preguntará qué podría haber sido de nosotros.

E imagino que aquí no sirve aquello de mal de muchos consuelo de tontos.

Bueno. Supongo que se podría hablar de los muertos en el sentido de un conjunto o un colectivo. Pero tampoco se parece mucho a un colectivo, ¿no? Desconocidos los unos para los otros y muy pronto para todos en general. En fin. Es solo que la idea de que esas personas que contemplan una vida mental que no concuerda con la de la población general deban ser declaradas *ipso facto* mentalmente enfermas y ser medicadas es de todo punto absurda. La enfermedad mental difiere de la enfermedad física en que el tema de la primera es siempre y exclusivamente la información.

¿La información?

Sí. Al ser humano solo se le permite lo estrictamente necesario. La evolución no dispone de una maquinaria para informarnos de la existencia de fenómenos que no afecten a nuestra subsistencia. Lo que hay aquí que desconocemos lo desconocemos. Nos parece.

¿Sería eso lo sobrenatural?

Creo que es más bien el de lo que.

¿El de lo que?

El de lo que no se puede hablar.

Wittgenstein.

Muy buena. Se va a quedar usted sin miga de pan.

Los conocidos. Ahora que se han cogido una baja, ¿te resulta eso un alivio?

Sabe Dios. Quizá se imagina que era yo quien podía decidir echarlos de mi habitación. O incluso que se presentaban por invitación mía. Y si eso fuera verdad, ¿lo sabría yo siquiera?

¿Por qué no?

Quizá porque invitar a quimeras a tu casa es bastante más peliagudo que decir a tus vecinos que vengan a tomar el té. O invitarlos a que se marchen. Lógicamente, una vez que les pides que se vayan, los vecinos saben que no van a volver más. Lo cual los deja con una mayor libertad para mangar cucharillas y demás. ¿Qué podría mangar una quimera? No lo sé. ¿Qué trajo consigo? ¿Qué trajo él que bien pudiera ser que olvidara al marchar? El hecho de que quizá esté compuesto de vapor de agua no significa que cuando se marche vaya a ser el mismo que cuando llegó.

¿Alguna vez le has dicho eso a la cara al Chico Talidomida?

Sí. Una.

¿Cuál fue su reacción?

Dijo: Cielo santo, Jessica. Eres lo que no hay.

¿En serio dijo eso?

En serio dijo eso.

¿Te relacionas con tu familia ahora?

Solo tengo a mi abuela.

Ah. Pensaba que había un tío también.

Lo hay. Pero si él no está como un cencerro yo tampoco. Creo que mi abuela va a tener que ingresarlo. Últimamente le ha dado por defecar en sitios raros y difíciles de localizar. Un día consiguió cagarse no se sabe cómo en la lámpara del techo de la cocina. Por ejemplo. Hablo con mi abuela por teléfono. De uvas a peras. Ella lo considera un despilfarro. Allá donde se crio en Tennessee solo la gente rica tenía teléfono. De la rama de mi padre tengo algún pariente en Rhode Island, pero en realidad no los conozco.

¿Y eso?

Pensaban que mi padre se había casado con alguien de un estrato inferior. Que éramos todos un hatajo de palurdos de pueblo.

¿Eso te molesta?

No. Ellos son un hatajo de putos imbéciles. Ya, supongo que eso indica que sí me molesta. No lo sé. Nunca pienso en ellos.

¿Cuándo viste a tu abuela por última vez?

Hará unos tres meses.

¿Tienes intención de volver a verla?

Usted sigue de pesca, ¿eh?

Solo me preguntaba si le tenías cariño.

Mucho. Perdí a mi madre cuando tenía doce años y ella perdió a su hija. Una pena en común se supone que une a las personas pero ella ya estaba empezando a ver en mí algo a lo que no sabía qué nombre poner. Ignoraba desde luego que la palabra «prodigio» viene del latín y significa monstruo. Pero los truquitos mentales que les hacía de pequeña ya no hacían tanta gracia. Yo la quería muchísimo, pero a veces la pillaba mirándome de una manera bastante inquietante. En el colegio las monjas me hacían avanzar de curso porque yo era un coñazo. Ni siquiera terminé los dos últimos años de primaria. Ya casi no dormía. Salía a caminar a cualquier hora de la noche. Era una carretera secundaria de dos carriles y casi nunca pasaba nadie. Una noche al volver vi luz en la cocina. Eran las tres de la madrugada y la vi a ella en el umbral cuando entré por el camino particular. Pero antes de que yo llegara a la casa ella ya había dado media vuelta y había subido al piso de arriba. Tuve la certeza de que quizá sería una de las últimas oportunidades que tendríamos de hablar y estuve a punto de llamarla. Pero no lo hice. Pensé que cuando yo fuera un poco mayor las cosas quizá cambiarían. Pensé en ella y en su vida. Las cosas que sin duda soñó para su hija y las que recibió a cambio. Sé que lloré por ella más de lo que ella haya llorado por mí. Y sé que ella quería a Bobby más de lo que nunca me querría a mí. Pero no por eso la quería yo menos. Sabía cosas de ella que no tenía el menor derecho a saber. Aun así pensaba que si tenías una nieta de doce años que andaba por la carretera a las tres de la madrugada lo correcto quizá habría sido sentarte a hablar con ella del asunto. Y sabía que mi abuela no podía hacer eso.

¿Por qué no podía? No estoy seguro de entenderlo.

No sé qué decirle. Cómo expresarlo. Supongo que la explicación más sencilla sería que mi abuela sabía que las noticias iban a ser malas y prefería no oír nada. Decir que me tenía miedo creo que sería un poco exagerado. Aunque tal vez no. E imagino también que le daba miedo que por más feas que pintaran las cosas probablemente eran peor aún. Y tenía razón, claro.

Y ella te crio después de morir tu madre.

Sí.

¿Cuántos años tenía entonces tu hermano?

Diecinueve.

Tu padre aún vivía.

Sí.

Pero le veías muy poco.

Así es.

¿Fue al funeral de tu madre?

No.

¿En serio?

En serio.

¿Te molestó mucho que no fuera?

No. Yo tampoco fui.

¿No fuiste al funeral de tu madre?

No.

¿Y qué dijo tu familia? ¿Tu hermano sí fue?

Claro que fue. Yo tenía doce años. Estaba en plena crisis religiosa. No quería aguantar toda una santa misa con el ataúd de mi madre en medio de la nave de la iglesia. No podía.

¿Qué dijo tu hermano?

Me dio un beso en la mejilla y luego me susurró al oído que me quería y que todo iría bien. Y entonces todo fue bien.

Y entonces todo fue bien.

Sí. Mire. Esto es un disco rayado. Lo estoy haciendo por usted, no por mí. Me dieron una carta para echarla al buzón y me dijeron que no la leyera. Pero la leí. Y no puedo desleerla. Se acabó el tiempo.

Ah. Sí. Es verdad.

II

¿Qué tal has estado?

Estoy bien.

No viniste la semana pasada.

Ya. Bueno, ya sabe. Mucho trabajo.

Mucho trabajo.

Es broma.

Vale.

Vale.

Bueno, ¿y qué has estado pensando?

No sé. ¿Cómo es su mujer?

¿Mi mujer?

Sí.

Es italiana. ¿Que cómo es?

Sí.

Atractiva. Le gusta Bach. Le gusta la comida italiana. Trabaja con niños sordos.

¿Es buena cocinera?

Sí.

No es judía.

Sí es judía.

Es simpática.

Mucho.

Hay algo que no me cuenta.

Estuvimos divorciados. Tres años. Y luego nos volvimos a casar.

Usted la trataba mal.

Así es.

¿Por qué lo hacía?

Porque era un idiota.

Eso es lo que dijo Oppenheimer. En su comparecencia ante los tribunales.

No parece el mejor candidato a la idiotez.

Creo que por eso la cita es reseñable. Personas que tenían tratos con Einstein, Dirac o Von Neumann afirmaban que era el hombre más inteligente que habían conocido jamás.

Oppenheimer.

Sí.

Supongo que tu padre lo trató.

Mi padre trabajaba para él.

¿Y qué opinión le merecía?

¿Oppenheimer?

Sí.

Lo encontraba simpático, encantador, erudito. Un anfitrión excelente. Que daba un poquito de miedo.

¿Miedo?

Sí.

¿En qué sentido?

Mi padre pensaba que la inteligencia de Oppenheimer no tenía freno. Que era un hombre capaz de tomar malas decisiones.

¿Lo era?

Sí.

Pero no era satánico.

Eso sería mucho decir.

Deduzco que Satanás no forma parte de tu manera de ver el mundo. Si bien parece que admites que hay algo muy parecido al mal en el mundo y su funcionamiento. Mencionabas el comentario de Chesterton.

Bueno. A Satanás no le he visto nunca. Eso no quiere decir que no pueda presentarse. Lo que Chesterton obvia comentar son los intereses singularmente materiales de Dios. Si uno fuera un ser íntegramente espiritual, ¿qué sentido tendría aventurarse siquiera en lo material? ¿Que el día del juicio los muertos resucitan? ¿Esto de qué va? ¿Ahora resulta que los espíritus son incorpóreos, no desencarnados? Cristo asciende a los cielos como ser presumiblemente corpóreo. Endosándole al altísimo una cosa con la que no había tenido que cargar hasta entonces. No es fácil sacar una conclusión de semejante locura. Por eso Chesterton prefirió no meter baza.

¿Todo esto formaba parte de esa crisis religiosa que mencionabas?

Es solo una apostilla. La naturaleza espiritual de la realidad ha sido la principal preocupación del género humano desde siempre y no creo que vaya a desaparecer a corto ni medio plazo. La idea de que todo es materia parece que no acaba de convencernos.

¿A ti te convence?

Ese es el inconveniente, ¿no?

Creciste en Los Álamos.

Sí. Vivimos allí hasta que murió mi madre. Bueno. Ella en realidad murió en Tennessee.

¿Recuerdas Los Álamos?

Sí. Claro.

¿Qué edad tenías al marcharte de allí?

Once años.

Once.

Sí.

¿Cómo era aquello?

¿Los Álamos?

Sí.

Durante la guerra creo que era un sitio bastante primitivo. Según parece había ocho mil extintores y cinco bañeras. Y fango a punta pala. Lo que más recuerdo es gente en nuestra casa hablando hasta las tres de la madrugada.

Estabas despierta a esas horas.

Sí. La casa olía a perfume y a cigarrillos. Se oía el tintineo de vasos. Yo me quedaba escuchando hasta que se iba el último de los invitados.

No podías haber entendido de qué hablaban.

Lo que entendí fue que tenía que aprender qué era eso de lo que hablaban.

¿Recuerdas tus primeros pensamientos?

Pensamientos era lo único que tenía.

No sé si lo comprendo.

Comprendí que estaba en un lugar donde iba a estar durante mucho tiempo y que tenía que saber qué pasaba. Que todo dependía de que yo averiguara dónde estaba. No es que yo pensara que podía haber otro sitio. El mundo como absoluto era algo claro para mí. Pero necesitaba saber qué era.

¿Tenía que ver con el miedo?

Sí.

No has tardado nada en responder.

Los niños son seres temerosos.

¿Qué edad tenías cuando descubriste las matemáticas?

Probablemente era mayor que el recuerdo. Primero me dio por la música. Tenía oído absoluto. Tengo. Más adelante supongo que vi que el mundo era una prueba contra toda descripción exhaustiva del mismo. Pero la música siempre me pareció una excepción a todo lo demás. Me parecía sacrosanta. Autónoma. Que se basta a sí misma y es coherente en todos sus aspectos. Si usted quisiera calificarla de trascendente podríamos hablar de la trascendencia pero lo más seguro es que no llegáramos muy lejos. Yo era muy sinestésica y pensaba que si la música tenía una realidad inherente —color y sabor— que solo unas pocas personas eran capaces de identificar, entonces quizá tenía también otros atributos todavía por discernir. El hecho de que estas cosas fueran subjetivas en modo alguno las señalaba como imaginarias. Me parece que no lo estoy haciendo muy bien, ¿verdad?

Yo sigo escuchando.

Si uno estirara, por decirlo así, una pieza musical, a medida que el tono se alejara el color se iría desvaneciendo. No tengo ni idea de dónde encajar eso.

Y entonces, ¿de dónde crees que viene la música?

Nadie lo sabe. Una teoría platónica de la música no hace más que enfangar el agua. La música está hecha a partir de unas reglas bastante simples. Aun así es cierto que no las inventó nadie. Las reglas. En cuanto a las notas propiamente dichas, apenas si tienen importancia. Ahora bien, el por qué una determinada disposición de esas notas puede llegar a tener un efecto tan profundo en nuestras emociones es un misterio que escapa incluso a la esperanza de ser comprendido. La música no es un lenguaje. No tiene otra referencia que no sea ella misma. Se pueden nombrar las notas con las letras del alfabeto, pero eso no cambia realmente nada. Por extraño que parezca, no son abstracciones. La música tal como la conocemos ¿está completa? ¿En qué sentido? ¿Existen clases como mayor y menor que todavía no hayamos descubierto? Parece improbable, ¿verdad? No obstante, muchas cosas son improbables hasta que surgen. ¿Y qué significado tienen estas categorías? ¿De dónde vienen? ¿Qué significa que son dos matices de azul? A mis ojos, digo. Si la música ya estaba aquí antes que nosotros, ¿para quién estaba? Schopenhauer dice en alguna parte que si el universo entero se desvaneciera lo único que quedaría sería la música.

Una afirmación contundente. ¿Él lo creía?

Probablemente no.

¿Y tú?

Yo creo que solo trataba de establecer su primacía. La de la música. ¿Como fenómeno trascendente? ¿Una cosa que puede existir sin ayuda de nadie?

¿Puede algo existir sin ayuda de nadie?

Lógicamente no. Si el espacio no contuviera más que un solo ente el ente no estaría allí. Pues allí no habría nada que justificara su presencia.

No comprendo.

Carece de importancia. De todos modos, ese es un mundo clásico.

¿Desde cuándo te preocupan todas estas cosas?

No lo sé. No estoy segura de qué significa la memoria. Para empezar. Uno de los problemas es que cada recuerdo es el recuerdo del recuerdo anterior. No se puede recordar la ocasión concreta del verdadero recuerdo. ¿Cómo hacerlo? Uno solo se acuerda de que lo recordó. Y encima solo del recuerdo más reciente.

No sé si te sigo.

Cuando empecé el instituto, la biblioteca fue el primer sitio al que fui. No era más que una sala pequeña con una mesa y un millar de libros. O ni siquiera tantos. Pero entre ellos había un tomo de Berkeley. No sé qué hacía allí. Supongo que porque Berkeley fue obispo. Bueno. Casi seguro que porque Berkeley fue obispo. Pero me senté en el suelo y me puse a leer el *Ensayo sobre una nueva teoría de la visión*. Y aquello me cambió la vida. Por primera vez comprendí que el mundo visual estaba dentro de la cabeza de cada uno. El mundo entero, de hecho. Sus especulaciones teológicas no me convencieron pero la fisiología era indiscutible. Pasé mucho rato allí sentada, asimilando lo leído. No fue fácil evitar la sensación de que el mundo visual es una creación de seres con ojos para ello. No algo creado de la nada sino de ese algo cuya verdadera realidad es para siempre incognoscible. Kant. Y no se trata de que podamos verificar la realidad del mundo visual con solo alargar el brazo y tocarla. Por decirlo así. ¿Cómo podría tener una realidad contradictoria? Si poseyéramos sentidos que estuvieran mutuamente en desacuerdo ni siquiera estaríamos en este mundo.

Creo que tendré que meditar sobre todo esto. Mientras tanto debo decir que te darás cuenta de que otras personas llegan a esa misma idea de dónde ocurre realmente el mundo visual —en la corteza visual y no fuera, en el mundo— sin perder la realidad del mundo propiamente dicho.

No es tan sencillo. Lo que entraba por la puerta era un mundo que había estado esperando entre bambalinas diez millones de años. Y cuando por fin me levanté del suelo, en la biblioteca, yo ya era otra persona.

¿Sientes que estás sola en el mundo?

Sí. ¿Usted no?

No. Yo no. Esos artistas que empezaron a aparecer en tu cuarto ¿formaban parte de este mundo?

No lo sé. Una hipótesis es que su objetivo era más bien esquivar este mundo.

¿Una hipótesis?

Claro.

¿Qué más?

Por dónde empezar.

Por el principio.

En el principio fue el verbo.

Pero tú eso no lo crees.

Una de las cosas que comprendí fue que el universo había estado evolucionando durante miles de millones de años en la más absoluta oscuridad y en completo silencio y que nos lo imaginamos de una manera que no es la que fue. En el principio siempre estuvo la nada. Las novas explotando silenciosamente. En completa oscuridad. Las estrellas, los cometas. Todo de un presunto ser en el mejor de los casos. Fuegos negros. Como los del infierno. Silencio. La nada. La noche. Soles negros guiando a los planetas en manada a través de un cosmos donde el concepto de espacio carecía de significado a falta de un fin para dicho significado. A falta de otro concepto con el que contrastarlo. Y una vez más la cuestión de la naturaleza de esa realidad de la cual no había testigo alguno. Y todo esto hasta que el primer ser vivo dotado de visión accedió a imprimir el universo en su primitivo y trémulo sensorium y a dotarlo luego de color y movimiento y memoria. Me convertí de la noche a la mañana en una solipsista y hasta cierto punto lo soy todavía.

¿Qué edad tenías entonces?

Doce años.

No terminaste el instituto.

No. Me dieron una beca para estudiar en la Universidad de Chicago, hice el equipaje y me marché. Me maravilla lo despreocupada que era entonces. Mi abuela me llevó en coche hasta la estación de la línea Greyhound en Knoxville. Iba llorando. Y cuando el autocar se puso en marcha me di cuenta de que ella pensaba que no volvería a verme más.

Parece que te entristece decirlo.

Me entristece decirlo.

¿En el instituto tenías amigos?

Uno o dos. Chavales a los que nadie más prestaba atención.

¿Querías tener amigos?

Sí. Pero no sabía cómo hacer amigos. Pensé que una vez que estuviera en la universidad las puertas se me abrirían.

¿Fue así?

Hice algunos amigos. Pero yo no era de socializar. No se me daba muy bien. No me gustaban las fiestas y no me gustaba que me entraran.

¿Que te hicieran proposiciones, quieres decir?

Sí.

¿Te interesaban los chicos?

Me interesaba uno en particular. Pero no hubo reciprocidad.

¿Por qué? No sería gay...

No. Fue otro tipo de problema.

Era mayor que tú.

Todo el mundo era mayor. No se trataba de eso.

¿De qué, entonces?

De otra cosa.

Está bien. ¿Qué fue de los conocidos cuando entraste en la universidad?

Se presentaron un par de semanas más tarde. Vinieron en autobús.

¿De veras crees que fueron en autobús?

Si de veras creo que vinieron en autobús...

De acuerdo. ¿Alguna vez has hablado con el Chico de estos asuntos?

Sí.

Deduzco que sin llegar a ninguna conclusión.

No.

Supongo que no la hay. ¿Al Chico lo consideras un amigo?

Al final era casi el único amigo que tenía. Y después ya ninguno. Pero un día me di cuenta de que si el Chico no estuviese en mi vida lo echaría de menos y eso me causó un shock. ¿Qué escribe?

Una pequeña anotación para mí. No te importa, ¿verdad?

Claro que no. Comprar leche. Llamar a mamá.

¿Quieres verlo?

No.

¿Estás segura? No tengo inconveniente.

Estoy segura.

Piensas que a veces no te escucho.

Sí que escucha. Lo que ya no sé es lo que oye.

Aquí tienes amigos. En Stella Maris. Cuéntame algo.

Bueno. A veces en la sala común elijo a algún interno y me siento a hablar.

¿Ellos qué te dicen?

Por regla general, nada. Pero hay veces en que se ponen a hablar de lo que les pasa por la cabeza y luego en medio de su disquisición aluden a una cosa que yo he dicho. Un poco como pasa mientras dormimos, que uno incorpora al sueño un sonido nocturno. Y reconozco que ver cómo mis pensamientos afloran a sus monólogos puede ser un poco inquietante. Me gustaría integrarme pero no me integro. Y ellos lo saben. No hace mucho una docena de psiquiatras se hizo ingresar en otras tantas instituciones mentales. Era un experimento. Se limitaron a decir que oían voces y rápidamente les diagnosticaron esquizofrenia. Pero los internos no tardaron nada en calarlos. Les dijeron que ellos no estaban locos. Que eran periodistas o algo. Después se largaron.

Entonces ¿te gustaría integrarte?

No estoy aquí en calidad de experimento. Puedo hacer las interpretaciones que me dé la gana pero al final es aquí donde estoy.

Me parece un comentario un tanto extraño.

Soy una chica un tanto extraña. Vuelva a poner la cinta. Lo oirá de una manera diferente.

¿Hasta qué punto eres consciente de ser extremadamente guapa?

¿Quiere llevarme a la cama, doctor?

No. Nunca he tenido ese tipo de relación con ninguna paciente. Además, la infidelidad para mí es algo del pasado. ¿Ha habido muchos terapeutas que intentaran seducirte?

Creo que seducir sería una manera bastante fantasiosa de referirse a sus avances.

¿Alguno ha intentado violarte?

Sí. Uno.

¿Y qué hiciste?

Decirle que mi hermano vendría y le mataría. Que se considerara muerto en cuestión de horas.

¿Es verdad eso? ¿Lo de tu hermano?

Sí.

Así de claro.

Así de claro.

Berkeley. ¿Dirías que leerle amplió tu escepticismo sobre la realidad?

No estoy segura de qué significa eso.

Si acaso.

Si acaso. Hizo que me cuestionara mi comprensión de la realidad, eso sí. Pero también hizo que la historia de la indagación filosófica me resultara más creíble. Convirtió la epistemología en una disciplina legítima. Creo que incluso me hizo ver la fraudulencia de las dudas que ella misma había engendrado.

El tema es siempre la realidad.

Digamos que sí.

¿Es algo conocible?

Uf.

Retiro eso. ¿Qué es lo que no sabemos que tú desearías que supiésemos?

Quiere decir aparte de las clásicas preguntas que carecen de respuesta.

Quiénes somos, por qué estamos aquí, por qué hay algo en lugar de nada.

Sí.

¿Quieres hacer un intento con alguna de estas preguntas? Por ejemplo por qué algo y no nada.

El concepto de nada es un concepto inconcebible.

¿Todavía estudias física?

No.

¿Qué es un gluon?

Un concepto concebible.

¿Es una fuerza o una partícula?

Una partícula. Aunque a esa escala la distinción no está muy clara.

¿Qué hace el gluon?

Transporta las noticias de quark a quark. No es tan complicado. Un átomo se compone de partículas más pequeñas. Nucleones. Y estas partículas están compuestas de quarks. Generalmente tres. Los quarks tienen nombres tontos. Quark superior y quark inferior. El de arriba y el de abajo. Un positrón está compuesto de dos quarks superiores y un quark inferior. Un neutrón tiene dos quarks inferiores y uno superior. Y así sucesivamente. Todo funciona. Nadie sabe exactamente por qué. Pero el gluon es lo que mantiene informadas a las partículas.

¿Por qué la mecánica cuántica se llama así, mecánica cuántica?

Porque explica mecanismos. Entre físicos el acento recae en la segunda palabra. La que determina de qué tipo de mecánica se trata. No es *mecánica* cuántica.

Está bien.

No parece muy convencido.

Qué va. ¿Y por qué es tan rara? Según parece.

Nadie lo sabe.

Quiero decir en qué sentido es rara.

Ya sé. Hay unas cuantas cosas de las que se puede hablar. Feynman dice que toda la rareza del quantum está ya en el experimento de la doble rendija. Seguramente tiene razón. Repetido *ad infinitum*, sea eso lo que sea, el experimento muestra que una partícula sola puede atravesar al mismo tiempo dos orificios separados.

¿Tú lo crees?

Fervientemente.

Y esto forma parte de la mecánica cuántica.

Sí.

Una teoría física muy respetada.

Sí. De todas las teorías físicas es la que más éxito ha tenido a lo largo de la historia. Es la teoría de las partículas pequeñas. Átomos y demás. De puertas afuera al menos. Pero eso podría no ser más que mates de andar por casa. Algunos físicos están convencidos de que la teoría llegará tarde o temprano a la comprensión de que el propio universo es un fenómeno cuántico. Que en definitiva lo que describe la mecánica cuántica es el universo.

¿Tú sospechas que es así?

Sí. Me cuento entre los suspicaces.

Qué más.

¿Qué más?

Qué más es raro.

Los experimentos, gedanken o reales, parecen exigirnos una implicación activa. Si no estamos allí no funcionan. La cruda verdad es que descontando el método de caminos múltiples de Feynman no hay explicación creíble de la mecánica cuántica que no entrañe la conciencia humana. Esto lógicamente plantea la cuestión de cómo pudo funcionar sin nosotros antes de que nos inventaran. Pero es más que eso. Yo creo que incide en la diferencia entre conciencia humana y realidad. Que no son la misma cosa lo sabemos desde hace mucho. Incluso si no nos lo creemos todo de Kant. En este aspecto. Los experimentos están ahí y no se pueden ignorar. Empezando por la doble rendija y terminando por esas extrañas probaturas con imanes de Stern y Gerlach donde unos científicos brillantes no logran burlar a una partícula de sodio. En ciertos círculos existe la idea compartida de que todas estas investigaciones son simple filosofía. Y la respuesta popular es: Cerrad el pico y poneos a calcular.

Tú no piensas así.

No. Todos estos cálculos producen ecuaciones diferenciales parciales. La verdad del universo está en el otro lado de esas ecuaciones.

¿Qué dicen de esto los físicos?

Poca cosa. Ponen los ojos en blanco, más que nada. No son muy kantianos. El problema con el absoluto incognoscible es que si realmente pudieras afirmar algo de él dejaría de ser el absoluto incognoscible. Uno puede ir del noúmeno al fenómeno sin moverse de la silla. Dicho de otra manera, nada puede tomarse del absoluto sin convertirlo en algo sensorial. Teniendo presente que atribuirle realidad a lo incognoscible ya es rizar mucho el rizo. El problema del mundo perfecto y objetivo (sea el de Kant o el de cualquiera) es que es incognoscible por definición. Yo adoro la física pero no la confundo con la realidad absoluta. Es nuestra realidad. Las ideas matemáticas tienen una considerable vida útil. ¿Existen en el absoluto? ¿Cómo es posible?, me preguntaba yo. Pero luego ese yo se transformó en un yo diferente. Justo es que así fuera. Y se llevó las mates consigo. La idea. Largo periodo de incertidumbre. Y cuando se readhirió, yo estaba en otra parte. Como si hubiera escapado a mi propio cono de luz. Para entrar a lo que se dio en llamar el otro allá absoluto.

No entiendo.

Lo sé. Yo tampoco. Digamos que mi manera de verlo era que no se puede sacar algo de lo absoluto sin sacarlo de lo absoluto. Sin traspasarlo a lo fenomenológico. Mediante lo cual pasa a convertirse en propiedad nuestra con nuestras huellas dactilares por todas partes y ahí ya no hay absoluto que valga. Pero ahora no estoy tan segura.

¿Podemos hablar del Chico?

Claro que sí. Qué coño.

He tocado una fibra.

No. Es que me apetecía ser grosera.

¿Qué aspecto tiene?

Mide noventa y cinco centímetros. Tiene una cara rara. Una pinta rara, supongo que se podría decir. Edad inconcreta. Aletas en vez de manos. Si no está calvo del todo, le falta poco. Calculo que pesará algo más de veinte kilos. ¿A qué viene esa sonrisa?

Me lo imaginaba subiéndose a la barca de Caronte.

Sí. Lo pensé. Dante no piensa en ello hasta que él mismo sube a la barca y nota cómo recibe su peso.

Eso no lo sabía.

Bueno, da igual. Perdón por el taco.

Intentaremos sobrellevarlo. ¿Cómo sabes que mide noventa y cinco centímetros?

Porque lo medí.

¿Se estuvo allí quieto mientras tú le medías?

No. Lo hice como hizo Tales para medir las Pirámides. Tomé nota de la longitud de su sombra en la moqueta y la comparé con la longitud de la mía, y las longitudes relativas de la sombra de cada cual eran iguales que nuestras estaturas respectivas.

¿Por qué querías saber su estatura exacta?

Creo que solo quería saber si tenía estatura.

¿Qué más?

No tiene cejas. Está todo él como arañado. O incluso quemado. Cicatrices en el cráneo. Como si hubiera sufrido un accidente. O nacido de un parto difícil. Signifique eso lo que signifique. Viste una especie de quimono. Y no para de andar de un lado para otro. Con las aletas detrás de la espalda. Como haría un patinador. Habla por los codos y emplea frases hechas que estoy segura de que no entiende. Como si se hubiera topado con el lenguaje en alguna parte y no supiera muy bien qué hacer con él. A pesar de eso, o quizá por eso mismo, a veces suelta cosas harto sorprendentes. Pero no puede decirse que sea una figura onírica. Es coherente hasta en el más mínimo detalle. Es perfecto. Es una persona perfecta.

Personaje, creo que dijiste antes.

Pues personaje.

Retrocedamos unos años. Al hecho de que el Thorazine cortara las visitas de estos conocidos. ¿A ti eso no te sugiere nada sobre la naturaleza de su realidad?

O sobre mi capacidad de percibirla.

Bueno. Supongo que se podría decir así.

Supongo que sí. Alguien acaba de hacerlo. Las drogas alteran la percepción. ¿Para acomodarse a qué? Yo antes tenía firmes convicciones sobre este asunto. Pero las convicciones de uno en lo que concierne a la naturaleza de la realidad deben representar también las propias limitaciones en cuanto a la percepción de la misma. Y luego dejé de preocuparme por eso. Acepté el hecho de que me moriría sin saber realmente dónde había estado y que no pasaba nada. Bueno. Casi. A Leonard le dije que en el mejor de los casos la realidad era una corazonada colectiva. Pero solo es una frase que le robé a una actriz cómica.

¿Leonard?

Un amigo que tengo aquí.

¿Le hizo reír, la frase?

No. Se la tomó muy en serio.

¿El Chico te dijo una vez que los demás podían verle? Dijiste eso, ¿verdad?

Solo ciertas personas.

¿Cómo interpretas eso?

El psiquiatra es usted. Yo no sé qué decir.

No volverás a verle. Al Chico.

Ya está tirando el anzuelo otra vez.

Pero te despediste de él.

Sí.

¿Y qué dijo?

Poca cosa. Quiso saber si le echaría de menos.

Si le echarías de menos.

Sí. Me recitó un poema. Fue toda una sorpresa. No sé lo que significa.

¿Te acuerdas de cómo iba?

Muy rápido.

No. Quiero decir el poema.

Ya sé que quería decir eso.

Bueno. Quizá debería pedirte directamente que me lo recites.

No pienso hacerlo.

Está bien. La idea del Chico como una especie de genio malvado, que entiendo ha sido la opinión generalizada entre tus otros terapeutas, no es algo de tu cosecha. O tú quizá dirías que simplemente no se trata de eso.

Y no se trata de eso. En efecto.

Pero ¿te importaría decirme cómo lo ves tú?

Parece que de lo que se trata es de cómo lo veo yo, ¿cierto?

De acuerdo.

En realidad no me está preguntando por el Chico. Me pregunta por mí. Y yo no puedo decirle lo que desea saber. Incluso si pudiera, seguramente no lo haría.

Está bien. Lo siento.

No tiene por qué. ¿Conoce el *Tractatus*? Sabía de dónde era eso del de lo que…

Lo he leído por encima. No pude sacar gran cosa en claro.

Yo creo que con el Chico se trata de que él intentaba hacerlo lo mejor que podía. Como todo el mundo.

¿Le ves como alguien bondadoso?

Si lo veo como alguien bondadoso es porque sé lo que hay por ahí.

Y de lo cual yo, por ejemplo, difícilmente sería consciente.

Bueno, digamos que me sorprendería.

¿Qué opinas de la gente? Así en general.

¿Eso es una pregunta?

¿Por qué lo dices?

Supongo que intento no pensar. En la gente.

¿Es verdad eso?

No. En mi corazón creo que hay amor. Solo que adopta la forma de un sentimiento de compasión. Imagino que he visto los horrores del mundo pero sé que eso no es así. En cualquier caso, no se puede borrar lo que uno ha visto. Jamás ha habido un siglo tan deprimente como este. ¿En serio hay alguien que crea que no habrá más horror? Y sin embargo, ¿qué pueden significar los problemas del mundo para alguien que no puede cargar con los suyos propios?

¿A veces todo?

Sí. Puede que esté en lo cierto.

Perdona. No quería afligirte.

No estoy afligida. Hay más cosas en el tintero.

Qué tal si hacemos una pausa.

Vale.

* * *

¿Estás bien?

Sí. Más o menos.

Nos quedan unos veinte minutos.

Ya lo sé. Adelante.

¿Qué es lo que te gusta hacer? ¿Con qué disfrutas?

Esto parece sacado del manual. ¿Cuál es la respuesta más rara que le han dado?

No sé si sabría decirlo. Pero los pacientes te sorprenderían.

¿Sorprenderían a Krafft-Ebing?

Lo decía en el buen sentido. Ellos tienen intereses bastante sofisticados. A veces. Aunque debo decir que son proclives a renunciar a lo que atesoran a cambio de lo que los hace desgraciados. Tu principal interés, aparte de las matemáticas, habrá sido la música.

Sí.

¿Eras buena violinista?

Bastante. Pero nunca habría podido llegar a concertista.

No eras tan buena.

Es que no practicaba. A veces me pasaba semanas sin tocar. Y eso no se puede hacer.

O sea que no te interesaba hasta ese punto.

No. Me encantaba el violín. Pero me gustaban más las matemáticas. A las mates les habré dedicado unas veinte mil horas.

Es mucho.

Sí.

¿Te acuerdas de todo?

Sí. No queda otro remedio.

Qué más.

No sé. Elija algo de su lista.

¿Crees que la relación con tu madre puede haber tenido algo que ver en todo esto?

Eso es un chiste Eliza.

Ya. En fin. Quería conocer tu opinión sobre los psiquiatras. ¿Tan mala es?

¿Lo tiene en la lista?

¿Por qué no iba a tenerlo?

Siempre pensé que para que alguien quiera ejercer la psiquiatría tiene que estar también un poquito chiflado. Si tu visión de los perturbados es demasiado clínica, entonces estás en desventaja. Por otra parte, necesitas algo más que la falta de un tornillo.

Siempre pensaste, dices.

Sí.

¿Y ahora?

¿A qué viene eso?

Tú seguramente los conoces mejor que yo.

No sé. Supongo que a usted no lo veo saliendo con una pandilla de loqueros. Claro que tampoco sé con quién sale por ahí.

Bueno, supongo que los pacientes me parecen más interesantes que los médicos.

A mí también.

Lo que hacemos no lo consideras una ciencia.

No. Los doctores en medicina parecen evitar casi siempre la neurociencia. Eso de hurgar como espeleólogos en los surcos cerebrales. Las cisuras. La razón es sencilla. Si una psicosis no fuera más que el producto de unas sinapsis que fallan, ¿por qué no se oyen solo interferencias y nada más? Por el contrario, lo que hay es un mundo bastante articulado y cuidadosamente armado nunca visto hasta ahora. ¿Quién hace esto? ¿Quién es el que va por ahí conectando los cables que cuelgan de una manera tan nueva como insólita? ¿Por qué lo hace? ¿Qué algoritmo está siguiendo? ¿Por qué sospechamos que hay uno?

No tengo la menor idea.

Los médicos no parecen tener en cuenta el esmero con que está armado el mundo de los locos. Un mundo que ellos imaginan estar poniendo en cuestión cuando por supuesto no es así. El alienista roza la locura del mismo modo que el sacerdote roza el pecado. Pero siempre se queda en el umbral. Estudiando con la nariz arrugada una realidad que carece de prestigio. Alien-nación. Pregúnteme otra cosa. Invente una teoría. El enemigo de su tarea es la desesperación. La muerte. Como en el mundo real. No se lo traga, ¿eh?

Estoy escuchando.

Dieciséis minutos.

¿Es que intentas buscar la manera de llenarlos?

No. Puedo parar cuando me venga en gana.

Y también nosotros todos.

Eso suena un poco chauceriano. La sintaxis.

Tú no piensas que el terapeuta posea la capacidad suficiente para curar.

Pienso lo que tantas otras personas. Que lo que cura es la empatía, no la teoría. Buena para el mundo entero. Y bien podría ser que al final todos los problemas sean problemas espirituales. Aun con lo lunático que era, Carl Jung probablemente tenía razón en eso. Habida cuenta de que el idioma alemán no distingue entre mente y alma. En cuanto a las instituciones, da la impresión de que un centro como Stella Maris se pensó bastante bien. Simplemente no sabían quién iba a venir. Yo creo que aquí los cuidados son bastante buenos, pero como ocurre por doquier los cuidados nunca están a la altura de la necesidad. Después de tantos años hasta los ladrillos están envenenados. Hay remedios pero no hay remedio. Lugares que han albergado tan extraordinarios sufrimientos no pueden acabar más que reducidos a cenizas o transformados en templos.

¿Todas tus opiniones son tan lúgubres?

Yo no las considero lúgubres. Más bien diría que son realistas. La enfermedad mental es una enfermedad. ¿Cómo llamarla si no? Pero es una enfermedad que está asociada a un órgano que, por lo poco que sabemos de él, bien podría ser una cosa de marcianos. La conducta aberrante puede que sea un mantra. Esconde más de lo que revela. Uno de los problemas a que se enfrenta el terapeuta es que el paciente podría no desear que lo curen. Dígame, doctor, ¿cómo seré yo entonces?

¿Los locos tienen sentido de la justicia?

¿Lo pregunta en serio? Están que echan humo. La injusticia es lo que más les preocupa. Me parece que se le están cerrando los ojos.

Estoy bien. Tú nunca miras el reloj, ¿verdad?

No lo necesito.

¿Qué tal vamos? De tiempo.

Tenemos catorce minutos por delante. Los días son largos pero los años son cortos.

¿Alguna parte de tu vida se podría catalogar de inestable sin que tenga nada que ver con esos...? ¿Hortes, los has llamado?

Déjeme ver si puedo plantearlo en otros términos.

Adelante.

Se lo haré gratis. Si estoy loca todo el tiempo o solo cuando vienen mis amiguitos.

Vale.

No sé qué significa eso. Dudo que el Chico exista cuando yo no le veo. Por ejemplo. Un Chico mecánico-cuántico.

Quizá que cambiemos de tema.

De acuerdo. ¿Qué hay sobre ti que sea importante y que yo no sepa?

¿Eso también es del manual?

No creo.

Soy lesbiana.

No creo.

¿Cómo lo sabe?

Lo sé. Coqueteas conmigo. De entrada.

Piensa que le encuentro atractivo.

Sí. Me inclino a decir que sí.

Ya. Pues lo siento. No va de coquetear.

¿De qué entonces?

Quizá de no tener a nadie en la vida, simplemente. De asumir el hecho de que sea lo que sea a lo que digas adiós no va a decirte adiós a ti.

¿Has hablado con tu abuela sobre tu hermano?

Sí. Tenía que decírselo.

¿Cómo reaccionó?

Se puso a llorar. No paraba de pronunciar su nombre.

¿Dijo algo más?

Me preguntó si la estaba llamando desde Italia.

¿Ella irá? ¿A Italia?

No. No sabría cómo hacerlo.

Podrías llevarla tú.

No. Imposible.

Está bien.

Pero no está bien. ¿A que no?

Si no quieres hablar de tu hermano lo puedo entender. No sé. ¿Le dijiste algo a él? ¿Pensabas que quizá podría oírte?

Le dije que prefería estar muerta con él que viva sin él.

Lo tomaré como una advertencia.

La vida se abalanza como un perro sobre ti.

¿Es una cita?

Que yo sepa, no.

Nada judío, al menos.

No.

¿Tienes lazos familiares judíos?

No. No nos educaron como judíos.

Pero sabías que eras judía.

Sabía algo. No es lo mismo. En fin, mis antepasados que contaban las monedas del platillo son los que me han traído a donde estoy ahora en la vida. Los judíos representan el dos por ciento de la población y un ochenta por ciento de los matemáticos. Si estas cifras las manipuláramos todavía un poco más estaríamos hablando de una especie independiente.

¿No está un poco cogido por los pelos?

No. Y aún hay más. En una misma casa puede haber historias independientes. La pregunta de Darwin sigue sin tener respuesta. ¿Cómo adquirimos habilidades mentales que no tienen historia? ¿Cómo es que el cerebro parece prepararse para lo que va a venir? Ni idea. ¿Qué parte de la circuitería del cerebro está ahí porque sí, esperando a que se presenten nuevas oportunidades? ¿O alguna? ¿De qué forma dar el cambio en el mercado prepara a los nietos de uno para la mecánica cuántica? ¿Para la topología?

¿Los nietos, dices?

Y los biz y los tatara.

No sé si te sigo. ¿Por qué no volvemos a ti?

Esto soy yo.

Quiero decir a tu historia personal. ¿Dónde estabas antes de venir aquí?

En la sala común.

No te pases de lista.

En Italia. Esperando a que mi hermano se muriera.

¿Cuánto tiempo estuviste en Italia?

Dos meses. Algo más.

¿Esperaron dos meses antes de pedir tu autorización para poner fin al soporte vital?

No. Solo se pusieron más insistentes.

¿Tú hablabas italiano?

Me apaño. Sea como sea, quizá es lo que él habría querido que hiciésemos. No lo sé. Yo solo sabía que era incapaz. Salí pitando de allí.

¿Eso lo llevas bien?

Por Dios. No.

Cuando llegaste aquí tenías mucho dinero.

Tampoco tanto. Mi hermano y yo habíamos heredado de nuestra abuela paterna. Cuando él me dio la parte que me correspondía no había nada que yo deseara tener. Al final me compré un Amati bastante fuera de lo común. Yo conocía el instrumento. Lo había visto en dos libros y naturalmente en el catálogo de Christie's. Se había vendido por última vez en 1863 y me figuré que no iba a ser fácil que volviera a salir pronto al mercado.

Hablas de un violín.

Sí.

¿Cómo de caro era este en concreto?

Pagué por él algo más de doscientos mil dólares.

Una suma impresionante. ¿Cuánto dinero habías heredado?

Mi parte era algo más de medio millón. Lo del violín me pareció muy buena idea. Aunque es verdad que me preocupaba tener que dejarlo en la habitación cuando salía. Solía guardarlo debajo de la almohada. Durante un tiempo tuve el dinero metido en el armario dentro de una caja de zapatos.

¿Tenías el medio millón en metálico?

Sí. Cuando mi hermano se enteró me hizo alquilar una caja de seguridad.

¿No pensaste en invertir?

Era dinero heredado y no teníamos que pagar impuestos por él. Pero tampoco podíamos demostrarlo. Estaba enterrado en el sótano, en casa de mi abuela. Ella nos dijo dónde estaba y que era para nosotros. Pero, por supuesto, no había ningún documento que lo probara.

Había enterrado el dinero en el sótano.

Lo hizo nuestro abuelo. Eran monedas de oro de veinte dólares. Metidas en tramos de cañería de plomo.

Esto empieza a ser un cuento bastante curioso.

La gente hace cosas curiosas.

Christie's. ¿El violín lo compraste en subasta?

Sí. Fue a través de Bein & Fushi. En Chicago. No estaban metidos aún en el negocio. Pero me hicieron de agentes.

A ellos no se les habría ocurrido tener un instrumento así en lista.

Es que no tenían nada en lista. Era una empresa recién creada.

Entiendo que estuvieras tan preocupada por él.

Cuando roban un Cremona puede que ya no aparezca nunca más. Uno más de los que quizá no podrán ser localizados. Se me ocurrió la idea de pintarlo. Con algún tipo de pintura soluble al agua que fuera fácil de quitar sin dañar el acabado original. Pintarlo de color oro, quizá. Meterlo en un estuche barato. Pero luego pensé en la cita que Quine saca a colación: Salva la superficie y lo habrás salvado todo. De todas formas, sabía que no me decidiría a hacerlo.

¿Quién es Quine?

Un filósofo. Para algunos el más grande de entre los vivos.

¿Opinas igual?

Puede. Él cree que entiende la matemática, por supuesto. No sé por qué se mete.

Has dicho que era una cita.

Sí. Aparece en la portadilla de un libro suyo.

¿La atribuye a alguien?

Sí. A Sherwin-Williams.

La empresa fabricante de pinturas.

Sí.

Me tomas el pelo.

No. Qué va. Y Quine tampoco. Bueno, un poquito sí. O bastante. Si lo pienso bien.

Bein & Fushi. ¿Lo he dicho bien?

Sí. El día que pasé a recogerlo volví con él a casa en autobús. Subí las escaleras hasta mi cuarto y entré y me senté en la cama con el violín en el regazo. Mirando el estuche y nada más. Era un estuche alemán. Calculo que de finales del siglo dieciocho. Parecía casi nuevo. Piel de becerro y pestillos de plata alemana. Levanté uno por uno los pestillos con el pulgar y abrí la tapa. Recuerdo hasta el último segundo.

Pero tú ya lo habías visto. En el anticuario.

No, no. Me lo pusieron encima del mostrador y cuando se disponían a abrir la tapa les dije que no. Naturalmente había visto fotos del instrumento. Las del catálogo de Christie's eran probablemente las mejores. Arce rizado de grano muy fino. El fondo era de dos piezas casi pareadas. Algo insólito. El acabado del mástil había desaparecido hasta dejar la madera vista. Pensé que podía ser incluso el original, aunque en el catálogo no lo decía. El Amati me pareció la cosa más increíble que había visto nunca.

Entonces lo compraste sin haberlo visto.

Sí. Fui hasta Bein & Fushi con el dinero dentro de una bolsa de la compra.

En autobús.

Sí. Cuando les entregué el dinero fueron con él al cuarto de atrás y empezaron a contarlo. No sabían qué hacer con aquello y faltaban solo cinco días para la subasta. Aunque creemos que se pueden comprar cosas en metálico en realidad ya no es tan fácil. No les cabía en la cabeza que yo me paseara con un tercio de millón de dólares en una bolsa de la compra. Les dije que era para esconderlo a plena vista, pero eso los desconcertó aún más.

Un tercio de millón.

Bueno, en realidad trescientos mil dólares.

¿Por cuánto pensaba Christie's que se iba a vender?

Dudo que lo supieran. Era una pieza realmente única. Supongo que esperaban sacarlo al menos por doscientos mil, pero los de Bein & Fushi pensaban que se vendería por más.

Pero tú estabas dispuesta a pujar con los trescientos mil de golpe.

Sí. Les dije que lo compraran y punto.

Se vendería por lo que valiera. Tal cual.

¿Y a cuánto salió?

A doscientos treinta.

¿La subasta dónde era? ¿En Nueva York?

Sí.

Y tú les dijiste que no te hacía falta verlo.

Sí.

Me imagino que estarían pensando que eras un poquito rara.

No sé lo que estarían pensando. Se llevaban una bonita comisión. Intentaron darme un cheque por el resto del dinero, pero yo les dije que solo efectivo. La norma de Bobby.

¿Cómo reaccionaron a eso?

Se revolcaron por el suelo y se dijeron de todo el uno al otro.

Vale. Tú no querías verlo porque preferías estar a solas con él cuando lo vieras.

Sí.

Y te lo llevaste a casa. En el autobús.

Sí. Cuando llegué a casa me senté con él en el regazo y abrí el estuche. Nada huele como un violín de trescientos años. Pulsé las cuerdas y estaba sorprendentemente a punto. Lo saqué y me puse a afinarlo. Pensé de dónde habrían sacado el ébano los italianos. Para las clavijas. Y el diapasón, claro. Y el cordal. Saqué el arco. Era de fabricación alemana. Con bonitas incrustaciones de marfil. Lo tensé y luego simplemente me puse a tocar la Chacona de Bach. ¿En re menor? Ya no me acuerdo. Una pieza seductora y sin adornos. Bach la había compuesto para su mujer, que había muerto estando él ausente. Pero no pude tocarla hasta el final.

¿Por qué?

Porque me había puesto a llorar. Y no había forma de parar.

¿Por qué llorabas? ¿Por qué lloras?

Lo siento. Por más motivos de los que podría enumerar. Recuerdo que sequé las lágrimas que habían caído sobre la tapa de pícea del Amati y que luego dejé el violín sobre la cama y fui al cuarto de baño para remojarme la cara. Pero me eché a llorar otra vez. Me venían a la cabeza estas palabras: Qué gran obra es un hombre. No podía parar. Y recuerdo que dije: ¿Qué somos? Allí sentada en la cama sosteniendo el Amati, que era tan bello que casi no te lo podías creer. Era la cosa más bella que había visto nunca y no podía comprender cómo un objeto así podía siquiera ser real.

¿Quieres que paremos?

Sí. Lo siento.

III

Buenos días. ¿Qué tal has estado?

Mejor que nunca.

Seguro que lo dices para hacerte la graciosa. ¿Estás bien?

Sí.

¿Hay algo de nuestra última sesión sobre lo que quieras volver?

No. Veo que no trae su carpeta.

Me sé casi todo lo que hay dentro. He pensado que podíamos empezar y luego ya veremos.

Bueno.

¿De qué te gustaría hablar?

De las desigualdades de Bell.

¿Perdón?

Proponga usted algo. Me da igual. Del tiempo.

Háblame de tu padre.

Eliza.

Perdona. ¿Es verdad que incluso la gente que desarrolló el programa se apuntó a sesiones de terapia?

Eso parece.

Tu padre murió poco tiempo después que tu madre.

Unos cuatro años.

Tras una larga enfermedad.

Lo bastante larga para matarlo.

Eso suena un poco rudo.

Mire. Cuando cita frases de necrológicas de prensa no reacciono bien.

Perdona. Procuraré tenerlo en cuenta. ¿Qué edad tenías entonces?

Quince años.

¿Le veías mucho en esa época?

No. Él vivía en una cabaña en las montañas. Cerca del lago Tahoe.

¿Habías discutido con él?

No.

Trabajó como físico en el Proyecto Manhattan. ¿Hablaba de ello alguna vez?

Más que nada con Bobby. Esto empieza a parecer una comisión del Congreso.

Bien, entonces dime lo primero que se te ocurra.

No. Continúe. Supongo que quiere saber si se sentía culpable por construir las bombas. Pues no. Pero ahora está muerto. Y mi hermano está en muerte cerebral y yo en el manicomio.

Está bien. ¿Qué más?

Qué más. Mi padre formó parte de un grupo de científicos que viajó a Hiroshima después de la guerra para informar de los daños causados. Creo que lo que vio le hizo reflexionar. No puedo hablar por él, claro. El que hiciera la bomba iba a lanzarla sobre algún sitio y seguro que pensó mejor nosotros que ellos. Fueran ellos quienes fuesen llegado el momento. Las discusiones sobre la decisión de Truman suelen centrarse en la pérdida de vidas humanas en una invasión. Mi padre lo veía de otra manera. Él pensaba que si Japón hubiera sido derrotado mediante una invasión no se habría producido el milagro de la reconstrucción después de la guerra. Que Japón habría sido humillada como nación y habría entrado en un largo periodo de declive. Pero luego resultó que no fueron vencidos en el campo de batalla sino por brujería.

¿Eso no te parece un poco egoísta?

Igual sí. Pero también podría ser verdad.

¿Tú crees que lo es?

No sé. Es una teoría. Inventada y patentada por mi padre.

Yo no entiendo de política. Soy pacifista hasta el tuétano. Solo una nación puede hacer la guerra, en el sentido moderno de la palabra, y las naciones no me gustan. Yo creo en la escapada. Un poco como el que se aparta del camino para que no lo arrolle un autobús. Si hubiéramos tenido un hijo me lo habría llevado al sitio donde la guerra fuera más improbable. Claro que la historia tiene sus sorpresas. Pero se puede intentar. No, no lo culpo, por responder a su próxima pregunta.

No culpas a tu padre.

No.

Has dicho si tuviéramos un hijo.

Si yo tuviera un hijo.

¿Y ese plural?

No es asunto suyo.

Tú no crees que lo de la bomba le quitara el sueño a tu padre.

Mi padre apenas si dormía antes de la bomba y tampoco después. Yo creo que la mayor parte de los científicos no pensó demasiado en lo que podía pasar. Ellos se lo pasaban bien y ya está. Respecto al Proyecto Manhattan todos dijeron lo mismo. Que nunca en la vida se habían divertido tanto. Pero todo aquel que no entienda que ese proyecto es uno de los acontecimientos más importantes de la historia de la humanidad es que no se entera. Está a la altura del fuego y del lenguaje. Es al menos el número tres y puede que sea el número uno. Aún no lo sabemos. Pero lo sabremos.

Te parece que tu padre no prestó mucha atención a las consecuencias del proyecto.

Al contrario. Y él sabía que en ese sentido era diferente. No sintió especial simpatía por todo aquel tirarse de los pelos que se produjo a raíz de Hiroshima. Él era mayor que gran parte del resto de los científicos. Creo que la edad media rondaba los veintiséis o veintisiete años. Y creo que unos cuantos no habían cumplido aún los veinte. De repente todos se volvieron antibelicistas y a él le pareció muy hipócrita por parte de ellos. Terminada la guerra, mi padre trabajó con Teller.

Hicieron detonar bombas capaces de convertir grandes extensiones en escombros inhabitables. A Teller le odiaba todo el mundo y a mi padre igual. Una pena. En cuanto a lo de dormir, no sé qué decirle. Yo tampoco dormía apenas. Y eso que no lancé ninguna bomba.

Naciste en Los Álamos.

Sí. El Boxing Day de 1951.

¿Boxing Day? ¿Qué es eso?

El día después de Navidad.

¿Por qué lo llaman Boxing Day?

Porque es el día de meter en cajas todas las tonterías que te han regalado y que no quieres y llevarlas a la tienda donde las compraron.

Es mentira.

Sí. Tradicionalmente era el día de intercambiar regalos. Cajas de galletas o lo que fuera. Un sargento del ejército llevó a mi madre a la clínica en uno de esos coches color verde oliva de cuando la guerra. Y allí no había nadie. Tendría que haber ido a Tennessee, pero al final no le permitieron viajar.

¿Tu padre dónde estaba?

En Providence. La de Rhode Island.

¿Por qué estaba en Providence? ¿Había ido a visitar a su familia?

Fue para asistir a la llamada conferencia Gibbs de Kurt Gödel en la American Mathematical Society. Universidad Brown.

No pasó las navidades con tu madre.

Pues no.

¿Estaban distanciados?

Depende de lo que entienda por distanciados. Yo creo que no del todo. Claro que yo no había nacido. En fin, no le echo en cara que fuera a escuchar a Gödel. Yo lo habría hecho. A pesar de que Gödel se limitó a leer su artículo con voz monótona. Versaba sobre los cimientos de la matemática. Era básicamente una defensa del platonismo. No sé si a mi padre le interesaba especialmente el tema, pero sí le interesaba Gödel.

¿Tú has leído ese texto?

Sí. Naturalmente.

¿Naturalmente?

De Gödel lo he leído prácticamente todo. Hasta la mayoría de sus notas. Inclusive las que están escritas en Gabelsberger.

¿Qué es eso?

La taquigrafía que utilizaba Gödel. Otra más de sus idiosincrasias. Es alemán del siglo diecinueve. O tal vez del dieciocho, no lo sé.

¿Cuánto tardaste en aprender eso?

Más de lo que pensaba. Gödel era inteligente, pero entre otras cosas era un platónico matemático y yo quería saber por qué. A mí la idea me parecía incoherente. Claro que yo no sabía realmente hasta qué punto era inteligente Gödel.

Pues yo ni siquiera tengo claro qué significa eso. Platónico matemático.

¿A qué le suena? Hoy en día suelen llamarlo realismo. Se supone que expresa la creencia de que existen entes matemáticos independientes de la mente humana. Es una creencia común entre matemáticos de edad avanzada y a mí me parecía llena de agujeros. Si hay objetos matemáticos que existen independientemente del pensamiento humano, ¿de qué más son independientes? Del universo, supongo. Cuando resuelves un problema siempre tienes la acuciante sensación de que la solución ya estaba ahí y que lo que has hecho es ponerla al descubierto. Aparte de lo cual hay un cierto peso empírico inherente en el hecho de que otros matemáticos coincidan contigo en que la respuesta es correcta. Si es que lo es.

E imagino que esto tendrá que ver al menos un poco con tu comprensión de la realidad en general.

Bueno. Atribuir categorías a la realidad puede llevar mucho tiempo. Estudiar sus correspondencias. Casi sería mejor no meternos en esos derroteros.

Está bien. Yo no sé gran cosa de Gödel. Me suena que

tenía una famosa teoría de que la matemática no podía resolver todas las preguntas que planteaba. O algo así.

Sí, algo así. Dos teoremas. En 1931.

¿Es una teoría con la que estás de acuerdo?

Desde luego. El artículo donde explica esos teoremas es brillante. No admite discusión. En sus últimos años Gödel fue abandonando la matemática para adentrarse en la filosofía. Y luego se volvió loco.

¿Mucho?

Bastante, sí. No quería comer. Pensaba que la comida estaba envenenada. Al morir pesaba unos treinta kilos. En esa época, Oppenheimer era director del IAS y solía ir a verle al hospital. Un día entró el médico. Él no sabía quién era Gödel, aparte de un profesor chiflado de la universidad, y Oppenheimer le dijo que cuidara bien de él porque era el mayor lógico desde Aristóteles. El médico asintió con la cabeza y empezó a moverse hacia la puerta y Oppenheimer se dio cuenta de que estaba pensando: Dios los cría y ellos se juntan.

Volviendo a la teoría de Gödel. ¿Es verdad que arrojaba dudas sobre la legitimidad de las matemáticas? ¿La fama le viene de eso?

No. Eso no son más que tonterías. Puede que todo empezara con Von Neumann. Él estaba presente cuando Gödel hizo su presentación ante el Círculo de Viena y cuando Gödel terminó de leer su ponencia Von Neumann dijo: Esto se ha acabado.

Von Neumann dijo eso.

Sí.

Pero no se había acabado.

No. Bueno, algo sí. En particular, el ser uno de los problemas de la lista de Hilbert de 1900.

Von Neumann era un matemático famoso.

Entonces aún no lo era. Pero se moría de ganas de serlo. Si hizo aquel comentario fue para demostrar a los presentes que había entendido el trabajo de Gödel.

Pero entonces el comentario era... ¿Qué era? ¿Incorrecto?

Probablemente Von Neumann no era el único que pensaba que lo que allí se ponía en cuestión eran las propias matemáticas. A veces cuesta un tiempo entender las cosas. No es ninguna novedad que las matemáticas sean puestas en cuestión, para eso están. Matemáticos de categoría han abandonado la disciplina. Y superan en número incluso a los que han acabado en la casa de locos.

¿Y eso por qué?

Yo pensaba que estábamos aquí por eso.

Tú ya no trabajas en mates.

No. Bueno, aparte quizá del problema de los problemas. Que siempre está ahí.

¿Cuál?

El problema fundacional. Qué hacer con Frege. El Grundlagen. El principio y el fin. Qué estamos haciendo y cómo lo sabemos. Una intuición. ¿Algo, alguna cosa, sabe? ¿Es posible eso? Y si lo es, ¿en qué debemos convertirnos para que ese algo nos lo diga? El proyecto Langlands. Cosas que nunca en la vida me van a decir lo que quiero saber.

Entiendo.

Lo dudo. En el fondo la matemática es una iniciativa basada en la fe. Y la fe es un asunto dudoso.

No sé si acabo de entenderlo. ¿Matemáticas como qué? ¿Como una especie de empeño espiritual?

Es que no se me ocurre otra manera de decirlo. Durante mucho tiempo he pensado que las verdades básicas de la matemática deben trascender el número. A fin de cuentas es un asunto bastante desmadejado. Pese a su incuestionable belleza. Se supone que las leyes matemáticas derivan de las reglas de la lógica. Pero no hay argumento a favor de las reglas de la lógica que no las presuponga. Yo diría que si hay una cosa que puede suscitar la analogía con lo espiritual es el entendimiento de que las grandes intuiciones espirituales parecen derivar de los testimonios de aquellos que se tambalean en la oscuridad.

No veo cómo las verdades matemáticas podrían trascender el número.

Ya lo sé.

Pero tú a pesar de todo eres una admiradora de Gödel.

Sí. Una gran admiradora. Concuerdo con la opinión de Oppenheimer.

¿Tus héroes son matemáticos en su mayoría?

Sí. O heroínas.

¿A quién más admiras?

La lista es larga.

Vale.

Cantor, Gauss, Riemann, Euler. Hilbert. Poincaré. Noether. Hipatia. Klein, Minkowski, Turing, Von Neumann. Ni siquiera es una lista parcial. Cauchy, Lie, Dedekind, Brouwer. Boole. Peano. Church vive todavía. Hamilton, Laplace, Lagrange. Los antiguos, cómo no. Miras todos esos nombres y el trabajo que representan y te das cuenta de que en comparación los anales de la literatura y la filosofía actuales son un erial.

Esos nombres no me suenan.

Lo sé.

¿Hay mujeres entre ellos?

Emmy Noether. Fue una gran matemática. Una de las más grandes. Fundadora entre otros de la física matemática. Hay más. Mujeres, digo. Claro que a ninguna le han dado la medalla Fields. Todavía.

Es la máxima condecoración en matemáticas, ¿no?

Sí.

Me extraña que tu amigo Grothendieck no esté en la lista. ¿Te has olvidado?

Yo no me olvido de Grothendieck. Todos los que he nombrado están muertos.

¿Eso es un requisito para ser grande?

Es un requisito para no despertarse mañana por la mañana y decir una extraordinaria sandez. Me preguntó por qué Grothendieck había abandonado las matemáticas. Pensar que esto entrañe demencia, por muy atractiva que pueda ser la idea, no creo que sea del todo correcto. Es cierto que todo apunta a que reescribir la mayor parte de las matemáticas del último medio siglo no ha contribuido mucho a mitigar su escepticismo. Wittgenstein gustaba de decir que nada puede ser su propia explicación. No estoy segura de si hay mucha diferencia entre eso y decir que en definitiva las cosas no contienen la menor información respecto de sí mismas. Pero tal vez es verdad que uno tiene que mirar desde fuera. Me preguntará qué significa siquiera lo que llamamos descripción. ¿Hay mejor descripción de un cubo que la de su construcción? No lo sé. ¿Qué puede decirse de cualquier atributo salvo que se asemeja a ciertas cosas y no a otras? El color. La forma. El peso. El problema lo ves cuando te enfrentas a algo único en su especie. No tiene por qué ser algo grandioso como el tiempo o el espacio. Y puede ocurrir casi a diario. Las partes que componen la música. ¿Son objetos musicales? ¿La música se compone de notas? ¿Es así? Las matemáticas, en virtud de su complejidad, han pasado de una descripción de cosas y acontecimientos al poder del álgebra de operadores. ¿En qué punto el origen de un sistema deja de ser pertinente a su descripción, a su «operación»? Nadie, por muy propenso que sea al platonismo, cree realmente que los números sean indispensables para el funcionamiento del universo. Solo sirven para hablar de ello. ¿Es así?

No lo sé.

La razón de que las matemáticas funcionen, argüirían algunos, es que uno está al extremo del tether. No se puede matematizar las matemáticas. Veo que arruga la nariz.

Perdón.

Hasta animales nada complejos saben contar. Entienden que tres es más que dos. ¿Ignoran qué significa eso? Yo también. Me preguntaba usted por Grothendieck. La teoría de topos que se sacó de la manga es un brebaje compuesto de topología, álgebra y lógica matemática. Ni siquiera tiene una identidad definida. La fuerza de la teoría sigue siendo materia de especulación, pero ahí está. Da la sensación de que espera su momento, con respuestas a preguntas que todavía nadie ha formulado.

Eso me suena un poco platónico.

¿A que sí, eh? Con la estimulante perspectiva, por nueva y aciaga a la vez, de que nuestra especie haya creado algo que no hemos descubierto aún. El Chico pensaba que el nombre de pila de Dirac era Pamela.

¿Pamela?

Es que él a veces firmaba PAM Dirac. Por Paul Adrien Maurice. En fin, estos son mis colegas. No tengo a nadie más.

Parece que te pone triste. Decir eso.

Me pone triste decir eso.

Tiene que ver con la inteligencia, ¿no?

Sí. Y, una vez más, cuando se habla de inteligencia se habla del número. Una afirmación que hace fruncir el entrecejo a los no matemáticos. Se trata del cálculo y de la naturaleza del cálculo. La inteligencia verbal solo nos lleva hasta un punto. Allí hay una pared, y si no comprendes los números no ves siquiera la pared. Al otro lado hay personas que te parecerán raras. Y puede que nunca entiendas que te están dando carta blanca. Serán cordiales, o no, según su carácter. Naturalmente uno podría añadir también que la inteligencia es un componente básico del mal. A más estupidez menos capacidad de hacer daño. Salvo quizá de una manera chapucera y no intencionada. La palabra «cretino» procede del francés *chrétien*. Cuando no encontrabas nada bueno que decir de un tonto, la mejor alternativa era decir que era un buen cristiano. En cambio, la palabra «diabólico» es prácticamente sinónimo de «ingenioso». Lo que Satanás puso a la venta en el edén fue el conocimiento.

Belleza en las matemáticas.

Sí.

¿Eso forma parte de su descripción? ¿Es eso lo que las hace verdaderas?

De las ecuaciones de mayor hondura se suele decir que son bellas. Maxwell, supongo. Si pasamos por alto el potencial vectorial E y B en lugar del A. Si uno indaga en el principio de mínima acción lo más probable es que no le quede otra que guardar un solemne silencio.

¿Las ecuaciones por sí mismas son bellas?

No, a menos que sepas qué significan.

¿$E = mc^2$ es algo bello?

Y más a todo color.

Pasemos.

Pasando.

¿Tu padre era un hombre honesto?

Creo que sí. Conmigo era buena persona.

Bien, pero trabajó en la bomba que lanzaron sobre Hiroshima.

Ya. Mi madre también.

En Oak Ridge. Tu madre.

Sí. En Y-12.

Pero en realidad no sabía qué estaba haciendo.

Es probable. Se pasaba ocho horas al día sentada delante de un medidor. No les estaba permitido hablar. Se enteraron al día siguiente de lo de Hiroshima. Si alguien manifestó una opinión negativa sobre el trabajo bélico que habían hecho, yo no me enteré. Diría que estaban bastante orgullosos. Pero si cree que esto también podría tener que ver con enanos eduardianos bailando el charlestón en mi dormitorio a las dos de la noche, será un placer escucharle.

Quizá cambiemos de tema.

Vale.

¿Sí?

Claro. Ya está arrugando otra vez la nariz. ¿Qué dice esta chica? ¿Qué está ocultando? ¿Y si es algo peor de lo que yo pensaba?

¿Lo es?

¿Peor?

Sí.

Puede. Volvemos una y otra vez a mi padre. No es que yo ignore de qué va la cosa. Pero quizá deberíamos posponerlo por el momento. Él está muerto y yo desearía que no lo estuviese.

¿Cuánto tiempo ha vivido tu familia en Wartburg?

Desde 1943. Debido al Proyecto nos vimos obligados a dejar nuestra granja.

Oak Ridge.

Sí. La granja estaba en las afueras de Clinton, Tennessee. A orillas del río Clinch. Habíamos vivido allí desde la guerra de Secesión.

Entonces tú no llegaste a ver la granja, supongo.

Para cuando vine al mundo ya estaba en el fondo de un lago. Mi abuela solía hablar de ello. La casa estaba construida según el viejo sistema de pilar y viga. Los suelos eran de nogal procedente de un aserradero con calderas de vapor que habían construido ellos y la abuela decía que en el recibidor, como ella lo llamaba, había tablas de tres palmos de anchura.

¿Y qué pasó con la casa?

El gobierno la declaró en ruina. Fue demolida. Total para construir una planta para el enriquecimiento de combustible nuclear.

Te habrá resultado doloroso.

Bueno, sí. En su momento. En su momento habría podido imaginarme viviendo allí. Fue mi bisabuelo quien levantó la casa. He visto fotos y era bastante bonita. Ellos no habían construido nunca una casa. Y no sé que hubieran visto construir una en su vida. ¿Qué habría pasado si hubieran podido viajar ochenta años hacia el futuro? No son muchos. La más sencilla de las empresas se asienta sobre la base de un futuro sin garantías.

Dijiste que el Proyecto Manhattan fue un acontecimiento histórico de primer orden. ¿Es posible analizarlo desde una cierta perspectiva? Llevamos mucho tiempo sin una guerra nuclear.

Sí. Bueno, supongo que es como cualquier bancarrota. Cuanto más tiempo logres aplazarla peor va a ser. La próxima gran guerra no llegará hasta que todos los que recuerdan la última hayan muerto.

Crees que la guerra nuclear es inevitable.

Estoy de acuerdo con Platón en que los únicos que han

visto el fin de la guerra son los muertos. Y la gente no pelea con piedras si tiene armas de fuego. Etcétera y así sucesivamente.

Estamos en Babia.

No sé yo.

Muy bien. Historia familiar. Entiendo que tu madre se crio en esa casa que decías.

Sí.

Pero cuando te he preguntado al respecto lo que me has contado era lo que tu abuela recordaba.

Mi madre iba al instituto cuando la guerra llegó al pueblo. Puede que pensara que era el fin del mundo. No lo sé. Mi abuela solía rememorar viejos tiempos. Mi madre solía llorar. Toda historia reciente versa sobre los muertos. Cuando miras fotos hechas a finales del siglo diecinueve lo primero que se te ocurre es que todas esas personas ya no están aquí. Si retrocedes un poco más todo el mundo está muerto también, pero no importa. Esas muertes nos duelen menos. Pero esas figuras de color sepia que salen en las fotografías son otra cosa. Hasta sus sonrisas se ven tristes. Llenas de remordimiento. De acusaciones.

¿No crees que eso es tu propia manera sensiblera de verlo?

No.

¿La familia no consideraba a tu padre el villano de este drama?

Sí. Por supuesto. Mi abuela se quedó horrorizada cuando mi madre entró a trabajar en Y-12. Ella no sabía de qué iba la cosa pero pensaba que las probabilidades de que fuera algo bueno eran prácticamente nulas. Además ese empleo no solo era el mejor remunerado en quinientos kilómetros a la redonda. Era el único empleo remunerado. Mi madre acababa de terminar el instituto y trabajaba de camarera en un autocine. Era muy lista y debería haber ido a la universidad. Pero no había dinero. Ella confiaba en conseguir una beca gracias al concurso estatal de belleza, pero quedó en tercer puesto. Lo cual fue un tanto engorroso porque todo el mundo sabía que estaba amañado. Mi madre lo sintió por la ganadora porque tuvo que aguantar aquellas aburridas felicitaciones e intentó hacerse amiga suya. La cosa no cuajó. Mi madre sacaba sobresalientes en todo y era la primera de su clase, pero quedó la tercera de las finalistas en el concurso de Miss Tennessee. Adiós a la beca. Y eso fue todo. Me explicó que la oficina de empleo de Eastman estaba en una casucha de contrachapado y que cuando ella llegó a las cinco de la mañana la cola era ya tan larga como un campo de fútbol y el barro te llegaba por los tobillos. Pero consiguió el empleo.

¿Qué hacía?

Era una de las chicas del calutrón.

¿Qué es un calutrón?

¿Cuánto quiere saber?

No sé. Lo que te parezca bien.

De acuerdo. Para construir una bomba de uranio, primero hay que separar el U-238 que se encuentra en la naturaleza del U-235. En mil libras de uranio natural hay solo unas siete de U-235, o sea que de entrada es preciso doblar mucho el lomo. Se conocen varios métodos para separarlo (o enriquecerlo, como a ellos les gusta decir) y el sistema electromagnético no es el mejor. Simplemente fue el primero. El calutrón lo inventó E. O. Lawrence y era básicamente un espectrómetro de masa que servía además como recipiente para el uranio enriquecido. Lo de *Cal* viene de California. *Tron* es un préstamo del griego. Una escala de medida, o tal vez un instrumento. El uranio había que combinarlo primero con cloro y el tetracloruro de uranio resultante era ionizado antes de su aceleración por medio de una serie de electroimanes en lo que denominaban la pista de carreras. La pista tenía más de treinta metros de longitud y los imanes medían seis metros de alto. Hay que pensar a lo grande. Debido a la guerra no había cobre suficiente para el bobinado de los imanes, los conductores, de modo que el Departamento del Tesoro les prestó catorce mil toneladas de plata y se las hizo llegar en camiones.

¿Fue un préstamo?

Un préstamo. Se les devolvió al terminar la guerra. Como las primeras pistas que diseñaron, las pistas Alpha, resultaron ser poco eficaces cogieron el material producido y volvieron a pasarlo por un diseño nuevo llamado Beta y consiguieron uranio militar. De hecho la Beta tampoco era tan diferente. Era incluso más pequeña, como la mitad del tamaño de Alpha, y los imanes de tres metros. Los calutrones propiamente dichos se insertaban lateralmente en las pistas de carreras y los colectores eran retirados periódicamente y vaciados. Lógicamente lo que hacía que funcionara el sistema era que el U-238 es tres neutrones más pesado que el U-235 de modo que describe un arco de circunferencia mayor en un campo magnético.

Lógicamente.

Dios…

Perdona. Continúa, por favor.

¿Seguro?

Sí. Por favor.

Al final eran nueve los grandes edificios de ladrillo que albergaban todo esto. Que yo sepa deben de seguir allí. Parecían enormes fábricas de zapatos. Cinco pistas Alpha y cuatro Beta. En total mil ciento cincuenta y dos calutrones. No paraban nunca y cada chica se ocupaba de un solo calutrón. Prohibido hablar. Las chicas estaban en unas salas alargadas, sentadas en taburetes, y su tarea consistía en monitorizar los diales y ajustar los botones de forma que el haz tuviera el máximo de corriente en todo momento. Era un proceso bastante lento. El U-235 para la bomba Little Boy que arrasó Hiroshima fue transportado en tren hasta Santa Fe en un maletín, unas cuantas libras cada viaje, por un oficial del ejército vestido de paisano. Se necesitaba un total de sesenta y cuatro kilos.

¿Y no se irradiaba? El militar de paisano.

No.

¿Podrías explicar la topología como has hecho con esto, o sea de una manera directa?

No está de guasa.

En absoluto.

Creo que no. El proceso de separación electromagnética es una operación mecánica muy simple. Un niño de diez años lo entendería. La topología por el contrario trata de la matemática de formas. Podría decir que la conjetura de Poincaré tiene que ver con la implícita naturaleza esférica de formas que aparentemente no lo son. O casi. Pero puede que eso tampoco sea un buen ejemplo. En especial si la conjetura es errónea. Bueno. Poincaré ni siquiera lo consideraba una conjetura. Más bien un interrogante.

¿Tú piensas que es errónea?

No. Pero puede que eso sea difícil de demostrar.

Y tu padre había ido a Y-12 para hacer una inspección y vio a tu madre.

Sí. Le pasó una nota de tapadillo.

Para que le llamara.

Sí.

¿Y le llamó?

No. Él volvió al cabo de dos días y le pasó un trozo de papel y un lápiz y ella se quedó mirando el papel y luego escribió su número. Y su nombre. Era solo el número del teléfono que había en el pasillo de la residencia. Pero al día siguiente él la telefoneó.

Y...

Y aquí me tiene.

Lawrence fue el inventor del ciclotrón, dices.

Sí. Solía aparecer por Y-12 y se sentaba en un taburete y ponía uno de los calutrones a tope de potencia para que todo el mundo viera que era capaz de producir mucho más y luego se levantaba y se iba. Unos cinco minutos después, todo aquello echaba humo. Mi padre decía que cuando Lawrence trabajaba en su ciclotrón en Berkeley solía accionar un enorme interruptor de cobre y de repente aquello parecía una película de Frankenstein. Las llamas se extendían por el laboratorio y luego todo el campus se quedaba a oscuras. Entre ellos, a Oak Ridge lo llamaban Dogpatch. El pueblo donde vivían los personajes de la tira cómica *Li'l Abner*. Hacia el final de la guerra la planta de difusión gaseosa K-25 ya estaba en marcha y cerraron las pistas Alpha pero seguían pasando toda la producción de K-25 por las máquinas Beta.

¿Cuánto tiempo trabajó allí tu madre?

Dos años. Algo menos.

¿Qué edad tenía cuando conoció a tu padre?

Diecinueve años, creo. O quizá veinte.

¿Y él?

Treinta y pocos. No sé con certeza cuándo nació. No era muy comunicativo sobre su vida anterior. Había estado casado. Bobby lo descubrió.

¿Tu madre lo sabía?

No. Mi padre sabía que ella no habría aceptado casarse de haberlo sabido.

Él no tenía hijos de su primer matrimonio.

Un niño. Murió de polio a los cuatro años. A veces pienso en él.

¿Piensas en él?

Sí. Era mi hermano.

¿Cuándo se divorciaron tus padres?

Fui a verla. No estaba muy contenta que digamos.

¿Perdón?

Fui a verla. A la primera mujer de mi padre. Vivía en California.

¿Se sorprendió al verte?

No lo creo. Había oído rumores sobre mí y supuso que tarde o temprano me presentaría.

Eso fue después de morir tu padre.

Sí.

¿Qué te dijo ella?

Me dijo: Bueno. Has salido bastante bien. Ella también estaba bastante zumbada.

¿Qué más?

No mucho. Dijo que qué sentido tenía aquello. Y que mi hermano se llamaba Aaron.

Ella era judía.

Sí.

Tenía predilección por las mujeres judías. Tu padre.

Él no sabía que mi madre lo era.

¿Era física? Su primera esposa.

No. Doctora en Medicina. Cardióloga. Pero trabajaba en un laboratorio. Ignoro por qué se divorció mi padre.

Dos veces.

Dos. Sí. No fue idea de ellas.

De las esposas.

Sí.

¿Puedo preguntarte si era mujeriego?

No lo sé. No sé que lo fuera. ¿Ha traído cigarrillos?

Sí. Los tengo en el maletín. Por alguna parte. Toma.

Gracias.

He traído un encendedor pero no he pensado en el cenicero.

Utilizaré el vaso.

Bien. ¿Tus padres discutían?

No. Hacia el final él apenas estaba en casa. Pasaba la mayor parte del tiempo en el Pacífico Sur haciendo explotar cosas.

Eso suena a crítica.

Pero no lo es. A los chicos les gustan las explosiones.

Hablas en serio.

Sí.

¿Qué edad tenías cuando se separaron?

No lo sé. Creo que fue una cosa más o menos gradual.

¿Qué más ocurrió? Ninguno de los dos volvió a casarse.

No. Yo creo que se querían. Lo que pasa es que las cosas se fueron complicando. Se la ve nerviosa. Da caladas rápidas. Claro, podría estar contándome una trola. La muy zorra...

Haciendo mi papel otra vez, supongo. Una trola.

No es importante. Ese más que ocurrió fue simplemente que mi madre tuvo lo que entonces se llamaba un colapso nervioso.

Un colapso nervioso.

En la jerga de la época. Tuvieron que hospitalizarla. Un par de veces. Nos fuimos a vivir con mi abuela. Nunca se habló de ello.

¿Cuántos años tenías entonces?

Cuatro. Empecé la primaria en St. Mary's, en Knoxville, cuando aún no tenía seis años. Antes de una semana ya era la primera de mi clase y eso los hizo callar a todos.

Si no se hablaba nunca del tema, ¿cómo supiste lo que pasaba?

No era difícil atar cabos. Recuerdo a mi madre inconsciente en el suelo del comedor. Yo no sabía qué hacer, pero Bobby se puso a llorar y yo le imité, aunque no estaba segura de qué era lo que sentía.

¿Bobby se echó a llorar?

Sí.

¿Cuántos años tenía?

Diez o así.

Eso pasó en Los Álamos.

Sí.

¿Qué clase de problemas emocionales dirías que tenía tu madre?

No lo sé. Cuando le diagnosticaron el cáncer los otros síntomas desaparecieron. Y después se murió.

¿Se lo preguntaste alguna vez?

Una. Lo negó todo. Prácticamente.

No creo que fuera algo fácil de negar.

¿Cuánto tiempo dice que lleva en este oficio?

Está bien. ¿Hablaste de ello con tu hermano?

Sí.

¿Y qué dijo él?

Que nuestra madre había sufrido un colapso nervioso. Imagino que estará buscando una predisposición genética a enfermedades inespecíficas y tal vez inexistentes.

Quizá solo trato de entender qué sientes respecto a tu familia.

¿Dónde puedo dejar esto?

Solo has dado unas caladas.

Ya lo sé.

Trae. Me sorprende que estas experiencias anormales tuyas comenzaran más o menos cuando tu madre murió. ¿Estabais muy unidas?

Nos llevábamos bien. Pero mi madre hizo caso de lo que decían los médicos y se fue a la tumba creyendo que su hija estaba loca.

¿Eso te resultó doloroso?

Desde luego. Sí. Y fue peor una vez muerta ella. Me di cuenta de lo que había sido su vida y me sentí mal. Necesitaba a mi abuela y no tomé en consideración que yo personalmente no era en absoluto lo que ella necesitaba. No tomé en consideración el hecho de que acababa de perder a su hija. Poco tiempo después soñé con ella. Con mi madre. En el sueño estaba muerta y la transportaban por las calles en una barca a hombros de una multitud. La barca estaba a rebosar de flores y sonaba música. Como de banda. Trompetas. Cuando el cortejo fúnebre doblaba la esquina yo veía su rostro pálido como una máscara en medio de las flores. Y luego cuando pasaban calle abajo. Después se perdían de vista. Y entonces me desperté.

¿Tú sabes de qué iba el sueño?

No.

¿Estás bien?

Estoy bien.

No has vuelto a tener ese sueño.

No.

¿Tienes sueños recurrentes?

Sí. Imagino que a veces el inconsciente sigue trabajando en determinados sueños, revisándolos con la esperanza de que al final entiendas. Pero la parte interesante no es esa.

¿Cuál es la parte interesante?

Que el inconsciente sabe que no lo has pillado. No tiene nada con lo que seguir adelante. ¿Es un lector de mentes? A veces se limita a intentar la misma historia una y otra vez.

Se queda colgado. No tiene adónde ir. El sueño recurrente que he tenido también es bastante raro —insólito, de hecho— puesto que el que sueña no aparece en él.

¿Tú apareces en todos los sueños?

Sí.

Crees que la gente no tiene sueños en los que no salga.

A la gente le interesa la otra gente. Pero al inconsciente no. O en todo caso solo si las otras personas pueden afectarte directamente. Se le ha contratado para hacer un trabajo muy específico. Nunca duerme. Es más fiel que Dios.

¿Cómo era el sueño?

¿Por qué tendría que contárselo?

Estás de broma.

Puede que sí. Puede que no.

¿Se lo has contado alguna vez a alguien?

No.

O sea que tú y yo seríamos los únicos en conocer esta historia subliminal.

Has sido un amor desde que llegó el bebé.

¿Cómo dices?

Perdón. Es una frase de un amigo de mi hermano. Ni siquiera sé muy bien qué significa. No pasa nada. Ese sueño no contiene ningún secreto respecto a mí. O a mí no me lo parece. Es solo un sueño. Palabras fatídicas. Es más como una vieja fábula. O quizá incluso una historia antigua. Repetida hasta la saciedad.

Pero tú no sales en él.

No. Aunque podría ser la soñadora que muchas generaciones después intenta hacer una reconstrucción sentada junto al fuego al lado de sus mayores.

¿Crees en el inconsciente colectivo?

Daría más crédito a una cosa así, supongo, si no se hubiera convertido en propiedad del doctor Jung.

Quizá pasemos al sueño.

Yo no he dicho que se lo contaría.

Sabes que me lo vas a contar.

Vale. Las mujeres están haciendo la colada y al levantar la vista comprenden al instante que todo lo que han amado y criado ha sido reducido a la nada. De un momento para otro se quedan sin pasado y también sin futuro. Todo cuanto han enseñado a sus hijos ha sido borrado del mundo sin dejar huella y ahora son viudas y esclavas. Lo que han visto es un ejército a caballo salido de no se sabe dónde, apostado a lo ancho de los cerros que dominan la aldea. Los jinetes visten pieles y sus monturas lucen escudos de cuero sin curtir pintados con geometrías circulares que el polvo ha vuelto pálidas. Los hombres de la aldea han salido de sus chozas armados con hachas y lanzas pero pronto yacerán en charcos de sangre comunal y las mujeres serán violadas y la aldea incendiada y luego marcharán llorando y sangrando y ungidas como bestias de carga hacia un país que no han visto ni imaginado en su vida.

Para ser un sueño suena muy elaborado.

Con la repetición se van conociendo detalles.

¿Y tú qué crees que significa?

No sé qué significa. Siempre pensé que una de las mujeres era mi madre.

Pero tú no apareces en ningún momento.

No.

¿Qué más?

Salvo que estoy en el vientre de mi madre, claro. Eso no lo había pensado. ¿Qué más? No sé. Es la primera vez que le cuento este sueño a alguien.

¿Te parece que podría tener relación con algo que hayas leído?

¿Cuándo fue la última vez que soñó con algo que hubiera leído?

No crees que eso pase.

Yo no. ¿Y usted?

No lo sé. Tendría que pensarlo. ¿Recuerdas la primera vez que te llevaron a ver a un doctor?

¿Por estar loca?

Digamos que sí.

Lo recuerdo. Me llevaron a Knoxville. Tenía cuatro años.

Loca a los cuatro.

Un caso con agravantes. Me llevaron al oftalmólogo. Tenía estrabismo.

No te llevaron al oftalmólogo por estar loca.

No. Fue él quien les dijo que estaba loca. Ellos me veían rara pero nunca se les había ocurrido llevarme al médico por ese motivo. Quizá tenían miedo de que luego no me soltaran. O de que sí. El caso es que ahí empezó mi experiencia con los loqueros.

¿Qué recuerdas de aquel día?

¿Como qué?

En general.

En general.

Sí.

Bueno. Me levanté sobre las siete y fui abajo y mi abuela estaba en la cocina y me dio un vaso de zumo de naranja y me dijo que subiera a despertar a mi madre.

¿Cómo sabías que eran las siete?

Miré el reloj de la cocina.

Sabías leer la hora.

Sí.

A los cuatro años.

Sí.

Continúa.

Llevaba puesto mi pijama con estampado de perros y subí a despertar a mi madre y ella me preguntó qué hora era y yo se lo dije y volví a bajar a la cocina y Granellen me sentó en mi silla.

Tu abuela.

Sí. Estaba preparando el desayuno y la radio estaba puesta y miré por la ventana. Vi el coche de Granellen en el camino particular. Era un coche azul y acababa de comprárselo. Creo que era el segundo que tenía. Estábamos en invierno y había lumbre en la estufa y los árboles de fuera estaban pelados y las vacas habían venido hasta la cerca que había al final del camino particular. Los árboles junto al arroyo estaban grises y parecían muertos. Desayuné un tazón de cereales y mi madre bajó y tomó un poco de café y luego me llevó arriba y me ayudó a vestirme. Yo llevaba la falda de pana verde con tirantes y un jersey verde y los zapatos Poll Parrot con broches de presión. Todavía no eran las ocho cuando salimos para Knoxville.

Vale. Creo que lo he pillado. Por qué no me cuentas lo que dijo el doctor.

Dijo: Hola, ¿cómo te llamas?

Eso era el oculista.

El oftalmólogo. Y a mí me pareció un poco raro porque al fin y al cabo no es que hubiéramos entrado así sin más. Quiero decir que mi madre había telefoneado previamente para pedir cita. O sea que enseguida supe que aquello era una pantomima pero le dije cómo me llamaba y entonces le pregunté que a quién estaba esperando si no.

¿Y qué te dijo?

No me dijo nada. La gente no le hace caso a una cría de cuatro años. Miró a mi madre y sonrió pero su sonrisa me dio mala espina y me entraron muchas ganas de salir de allí a toda pastilla.

Pensaste que él tenía que saber quién eras puesto que tu madre había pedido cita.

Sí.

Y el médico pensó que a ti te pasaba algo raro.

Bueno. La conversación digamos que se deterioró. Pero sí. Él pensó que a mí me pasaba algo.

¿Era la primera vez que tenías esa sensación?

No. Pero sí la primera vez que alguien se lo decía a mi madre.

¿Qué fue lo que le dijo?

No lo sé. Nada bueno.

¿Tu madre hizo algún comentario?

Dijo que yo había sido maleducada con el doctor. Esto una

vez en el coche. A veces me decía que tendrían que hacerme examinar la cabeza. Pero eso era una especie de coletilla familiar. En realidad quería decir que no estoy de acuerdo contigo. Pero ahora lo decía en serio. Mi madre. Lo de hacerme examinar. Estaba enfadada.

¿Por tu descortesía con el doctor?

Mi madre pensó que él sabía realmente de qué estaba hablando. No sé por qué razón. El tío era un maldito oftalmólogo. Pero cuando salimos de allí me di cuenta de que estaba preocupada. Sobre todo por ella misma, creo. Supongo que se veía cargando con una hija loca además de cegata.

¿Pensaste todo eso?

La mayor parte. Reflexionamos cuando somos mayores. Pero las ideas siguen ahí metidas. La memoria tiene sustancia. No es «nada».

Tu madre te llevó al psiquiatra.

Al psicólogo, en realidad.

¿Y qué pasó?

Nada. Yo tenía cuatro años. No es fácil diagnosticar un trastorno mental a un niño de esa edad.

¿Fue una etapa difícil para ti?

No. Solo para ellos. Yo adoraba a mi abuela. Solía pasarme la mañana en la cocina mientras ella hacía galletas. Las amasaba con un rodillo de mármol y yo allí sentada dibujando y coloreando. Me encantaba el invierno. Todo cubierto de nieve y la estufa encendida.

¿Y dónde estaba tu padre?

En el Pacífico Sur haciendo explotar cosas.

Te diagnosticaron autismo. No uno sino varios analistas. Cuando aún era un trastorno poco estudiado. Bueno, cuando aún no se sabía cómo abordarlo. Y es que todavía no se sabe bien cómo abordarlo.

Desde luego. Si te viene un paciente con un trastorno que no está bien estudiado, ¿por qué no atribuirle otro que tampoco está bien estudiado? El autismo se da más en varones que en hembras. Lo mismo que la intuición matemática de primer orden. Pensamos: ¿Qué hay detrás de esto? No sé. ¿Cuál es la razón de fondo? No sé. Lo único que puedo decirle es que me gustan los números. Me gustan las formas y los colores y los olores e incluso los sabores de los números. Mi padre por fin estuvo un tiempo en casa durante los últimos meses de la enfermedad de mi madre. Tenía su estudio en el ahumadero de la parte de atrás de la casa. Había abierto un gran boquete cuadrado en una pared y colocado allí una ventana a fin de poder contemplar los campos y el arroyo. Como mesa utilizaba una puerta de madera sobre dos caballetes y había también un viejo sofá de piel con relleno de crin de caballo. Estaba todo agrietado y la crin se salía pero mi padre le puso una manta encima. Un día entré y me senté a su mesa y me puse a mirar el problema en que estaba trabajando. Yo ya sabía algo de mates. Bueno, bastante. Intenté hallar una solución, pero era difícil. Me encantaban las ecuaciones. Me encantaba la sigma mayúscula del sumatorio. Me encantaba el relato que se iba desplegando. En estas entró mi padre y me vio allí y pensé que habría bronca y pegué un salto pero él me cogió de la mano y me hizo sentar otra vez y estudiamos juntos el problema. Sus explicaciones eran claras. Sencillas. Pero había algo más. Un cúmulo de metáforas. Dibujó un par de diagramas de Feynman y yo los encontré muy chulos. Plasmaban el mundo de las partículas subatómicas que él estaba intentando explicar. Las colisiones. Las rutas. Comprendí, lo comprendí de verdad, que las ecuaciones no eran una suposición sobre la forma cuya vida estuviera restringida a los símbolos en la página que las describían sino que estaban allí, delante de mis ojos. Estaban en el papel, en la tinta, en mí. En el universo. Que fueran invisibles no decía nada en su contra ni cuestionaba su existencia. Su edad. Que era la edad de la realidad propiamente dicha. Que a su vez era también invisible y había existido desde siempre. Mi padre no me soltó la mano en ningún momento.

¿Te encuentras bien?

Sí. Perdón.

¿Quieres otro cigarrillo?

No. Ni siquiera me gusta fumar. Paremos.

Está bien. ¿Puedo pedirte algo?

Claro.

Qué tal algún recuerdo de tu hermano.

De mi hermano.

Sí.

Uf. De acuerdo. La casa en la playa. Carolina del Norte. Cuando me levanté por la mañana y fui a su cuarto él ya había salido y preparé un termo de té y bajé a la playa. Aún no era de día y él estaba sentado en la arena y tomamos té esperando a que saliera el sol. Con nuestras gafas oscuras lo vimos asomar de las aguas rojo y chorreante. La noche anterior habíamos paseado por la playa y había una luna y una luna falsa rodeada de un halo luminoso, y estuvimos conversando sobre el paraselene y yo dije algo en el sentido de que hablar de cosas que están compuestas únicamente de luz y calificarlas de problemáticas o quizá de vistas erróneamente o incluso erróneamente conocidas o de dudosa realidad siempre me había parecido una especie de traición. Él me miró y dijo: ¿Una traición? Y yo dije: Sí. Cosas compuestas de luz. Necesitadas de que las protejamos. Y a la mañana siguiente nos sentamos en la arena y bebimos té y vimos salir el sol.

IV

Buenos días.

Buenos días.

¿Qué tal van las cosas? Te veo un poco alicaída.

¿Alicaída?

¿Tienes todo lo que necesitas?

¿Podría ser más concreto?

Perdón. Supongo que solo quería saber si estás razonablemente a gusto. Si hay algo que pueda hacer por ti.

Por qué no empezamos y ya se irá viendo.

No lo he dicho solo por ser educado.

Muy bien. ¿Qué tal una red de ping-pong?

¿Juegas al ping-pong?

No.

La norma general es tratar de reducir al mínimo cualquier oportunidad de que los pacientes se autolesionen. O sea que es preciso ser muy escrupulosos. Nada de cinturones ni cuerdas ni nada parecido. Cristales, objetos punzantes.

De ahí los espejos de acero inoxidable.

Exacto.

¿Se ha encontrado a muchos pacientes colgando de una red de ping-pong?

No, pero probablemente habrá ocurrido. En alguna parte. Si me pidiera otra cosa menos conflictiva yo podría hacer una solicitud.

Ni hablar. O una red o nada.

Lo siento. ¿De qué quieres que hablemos?

No sé. Hágame tres preguntas y luego yo le haré tres.

Vale.

¿Vale?

Claro.

¿Quién empieza?

Puedes empezar tú.

Muy bien. ¿Cualquier cosa?

En principio sí.

Bien. ¿Cómo se llama su mujer?

Edwina.

Me está tomando el pelo. Ay, mierda. Lo siento. No debería haber dicho eso.

No pasa nada.

¿Tiene algún apodo?

Ed.

¿Llama Ed a su mujer?

Sí. Ya has hecho tres preguntas.

Oh, vamos.

Está bien. Una más.

¿Cuánto tiempo llevan casados?

Once años. En total. Después de divorciarme estuve tres años soltero. Luego nos volvimos a casar y así hemos seguido desde entonces. ¿Eso cuántas preguntas son?

¿Por qué se divorció?

Ya me lo habías preguntado.

Lo sé. ¿Se portó usted mal?

Eso es entrar en terreno personal, me temo.

¿Sí o no?

Ya está. Ahora me toca a mí.

No ha respondido. ¿Sale por ahí con su mujer?

Pues claro.

¿Adónde van?

A cenar fuera. A veces con amigos. Vamos al cine. Somos miembros de la Sinfónica. Vamos a la bolera.

Eso no me lo creo.

Vale. Creo que es mi turno.

Está bien. Adelante.

Era broma. Lo de la bolera.

Jugar a los bolos no es ninguna broma. A mí me encanta. Es mi vida.

Lo dudo mucho. ¿Llevas un diario?

No.

¿Nunca has llevado un diario?

No he dicho que nunca hubiera llevado uno.

Pero no últimamente.

No últimamente. ¿Alguna vez ha leído el diario de un paciente?

No.

No creo que pudiera ser de utilidad.

Solo quieres saber si soy honrado. ¿A qué edad aprendiste a leer?

A los cuatro años.

¿Te enseñó tu madre?

No exactamente. Aprendí mirando mientras ella me leía al acostarme. Cuando ella descubrió que sabía leer se asustó. Pero fue culpa de usted, ¿verdad?

El divorcio.

Sí.

Sí. Fue culpa mía.

Y ella le aceptó de nuevo. Al cabo de tres años.

Sí. Gracias a Dios.

¿Le imploró usted de rodillas?

No. Creo que me toca.

Lleva muy bien la cuenta, ¿eh?

Sí.

Bueno.

Tú no tienes amigos. ¿Quiere eso decir que encuentras aburrida a la gente?

No. La gente me sorprende a diario.

¿Te sorprendo yo?

Creo que eso ya me lo había preguntado. Digamos que no me sobresalta.

¿Has estado viendo a alguien?

Santo cielo.

Sí.

Yo no veo a gente.

Nunca.

No.

Entiendo que fue una decisión tomada conscientemente. ¿Puedo preguntar cómo llegaste a ella?

Pregunte, hombre. Soy su cobaya.

Yo creo que no.

El hombre a quien yo quería me rechazó. O sea que ahí se acabó la cosa. Yo no podía dejar de amarle. Se puede decir que mi vida tocó a su fin.

El hombre misterioso.

Sí.

Dudo que sea alguien que yo conozco. ¿Es alguien de quien me hayas hablado?

Preferiría no decirlo.

Aun así, habrás tenido pretendientes.

Qué cursi. Pretendientes. ¿Debo incluir en esa categoría a los paletos borrachos que intentan meterte mano en la pista de baile?

Digamos que no. Te veo incómoda.

¿Más de lo normal en mí?

Creo que sí. Ese hombre al que amabas. ¿Cuánto tiempo hace de eso?

Al que amo.

Vale. Al que amas.

Sería mejor dejarlo correr.

Está bien.

No he despertado tanto interés como podría usted pensar. Me guste o no, doy un poquito de miedo. Y luego por supuesto está el peso de la locura. ¿Por qué tengo la sensación de que va a seguir insistiendo?

Perdona. Digamos que me sorprende que tú misma te califiques de loca.

No he dicho que yo misma me calificara de tal cosa. Aun así si yo insisto en que estoy cuerda usted tiene que considerar la fuente de dicha afirmación. Y por supuesto no sería ninguna sorpresa descubrir que la gente que vive en cuartos acolchados tiene una visión del mundo que difiere de la de las personas que la metieron ahí.

No estás reivindicando que ambas visiones sean igualmente válidas.

Vale.

¿Vale qué?

No si eso va a suponer un problema para usted.

Me parece que seguimos desviándonos del tema.

¿Qué tema?

Tú.

Vaya.

Creo que la sensación de ser un bicho raro –por diferenciarlo de sentirse simplemente marginado– es bastante común entre los pacientes mentales.

O entre los bichos raros.

Un tropo clásico: el asesino se ve brevemente a sí mismo en un espejo y lo que ve es a un demente salpicado de sangre y sosteniendo un hacha en alto y entonces se da cuenta de que lo que está mirando no es otra cosa que él. En la trama eso suele indicar que hay una conciencia reprimida. ¿Tú cómo lo interpretarías? ¿Qué es lo que se revela en esa imagen?

¿El gusto por el melodrama? Permita que le haga una pregunta.

Bien.

¿Por qué deja que le intimide?

No lo sé. ¿Me dejo, sí?

Carece de importancia. El mundo en el que vive está apuntalado por toda una serie de convenios. ¿Piensa en ello alguna vez? Se tiene la esperanza de que la verdad del mundo esté de alguna manera en la experiencia común del mismo. Por descontado, la historia de la ciencia, de las matemáticas e incluso de la filosofía está bastante en desacuerdo con esta idea. Por definición, toda innovación y todo hallazgo están en guerra con el consenso. Hay que andarse con ojo. ¿Usted qué piensa?

No sé. No tengo claro cuál es tu punto de vista.

No tengo de eso. Antes sí. Pero ya no. Aunque debo decir, una vez más, que el solipsismo siempre me ha parecido una postura fuera de casi toda discusión.

¿Reconsiderarías medicarte? Estoy seguro de que hay alternativas que no has contemplado.

Está pinchando en hueso, doctor.

Tú nunca has expresado claramente tus objeciones.

A su entera satisfacción.

Como quieras.

Usted desconoce lo que son los antipsicóticos y no sabe cómo actúan. Ni por qué. Al final lo único que tenemos es el espectáculo de unos disquinéticos tardíos caminando pegados a la pared. Farfullando entre espasmos y babas. Por descontado que en el vía crucis de estos pobres diablos hay estaciones donde las noticias se volverán repentinamente más desoladoras aún. Quizá un súbito escalofrío. Hay datos en el mundo solo accesibles para aquellos que han alcanzado un determinado nivel de desdicha. No hay nadie que sepa qué hay allá abajo a menos que haya estado allá abajo. La alegría, por otra parte, casi nunca da clases de gratitud. Un silencio reflexivo.

No. Solo un silencio.

Dejando al margen su vacuidad general, tal parece que el bienestar tiene un techo. Yo diría que solo se puede ser feliz hasta un punto. En cambio, la tristeza parece ser un pozo sin fondo, cada nuevo infortunio un estado hasta ese momento inimaginable. Y uno intuye que solo puede ir a peor.

Me parece recordar que habíamos empezado en un tono un poco más alegre.

Lo siento.

Pensaba si no podrías expresar verbalmente qué es lo que más te preocupa. A pesar de nuestras charlas sigo teniendo poca idea de tu vida.

No se apure, doctor. Vamos camino de un mundo totalmente hipotético, usted y yo. Cuando lleguemos seremos más
felices.

Tendré que tomarte la palabra. ¿Sigues tocando el violín?

No.

¿Antes lo tocabas?

Esporádicamente.

No podías encontrar tiempo para practicar.

No. No quería.

¿Cómo de buena te considerabas con el violín?

Al menos entre las diez mejores.

¿Del mundo?

Del mundo. ¿De dónde si no?

¿Y cómo sabías que eras tan buena en mates como lo eras?

Es algo que se sabe. Ni siquiera te lo cuestionas.

¿Crees que la música tiene un efecto terapéutico?

¿Debería remontarme a ello?

Era solo una pregunta.

Supongo que depende de la música.

El poder de amansar a la bestia salvaje.

Espíritu.

¿Cómo?

El poder de apaciguar al espíritu salvaje. Y la frase original
de Congreve tampoco dice el poder sino la magia.

¿Estás segura?

Vaya por Dios.

Perdona. ¿Echas de menos el violín?

Sí. Mucho.

¿Te parece que podrías tener cierta tendencia a privarte de
las cosas que de hecho te mantienen con vida?

Esto será psicología, imagino. No sé la respuesta a su pregunta. ¿Qué? ¿Me parece? ¿Nos parece? Cómo encaja semejante predilección con el propio deseo del mundo de privar-
se precisamente de una de esas cosas. Creo que entiendo la
pregunta. Ya hemos pasado por esto. Y puede que exista entre
nosotros la superstición de que si renunciamos a esas cosas de

las que estamos encariñados, el mundo no nos quitará aquello que amamos de verdad. Lo cual, qué duda cabe, es un disparate. El mundo sabe lo que uno ama.

Interesante.

Ya hace mucho que renuncié a pedir disculpas. ¿Qué debería decir? ¿Que siento mucho ser lo que soy? Yo tuve muy poco que ver en eso. Por lo que respecta a su pregunta, y en esto reconozco que me van las generalizaciones de amplio espectro, yo podría decir que lo que huele a acertijo normalmente es solo una tesis mal planteada. Como he sugerido antes, creo. En realidad es una manera bastante simple de interpretar a Wittgenstein. No sé. Quizá podríamos hablar de otra cosa.

Esta me gusta bastante.

Uf.

Te tomaba el pelo. ¿Quién es Miss Vivian?

Una mujer mayor. Flaca. Extravagante. Indumentaria chillona y cuatro dedos de maquillaje. Una raída estola de pieles. Te miraba a través de sus impertinentes adornados con piedras de fantasía. Fumaba con una boquilla de marfil.

Hablas de ella en pasado.

Hace tiempo que no la veo.

¿Era uno de los números del Chico?

No.

¿Hablaste con ella?

Claro. Nos sentábamos a charlar. Era una mujer bastante infeliz. Se le veían los churretones en la cara de haber llorado. Bueno, auténticos barrancos dada la cantidad de maquillaje.

¿Cuál era la causa de su infelicidad?

Los bebés. Siempre lloraba por los bebés.

¿Los bebés?

Sí.

¿Qué bebés?

Ni idea. Los bebés en general.

¿Y por qué te interesaba esto en particular?

Porque los dos primeros años de mi vida me los pasé llorando sin parar.

Supongo que es un buen motivo. ¿Tú sabías la razón de que llorara por los bebés?

Nunca me lo dijo. Aparte del hecho de que eran infelices. ¿Está seguro de que quiere que ahondemos en esto?

Tú decides. Por mí, sí.

Desapareció un tiempo. Y un día me sorprendió descubrir que la echaba de menos. Soñé con ella. Pensé que el hecho de extrañarla y de querer hablar con ella la haría volver. Y no.

¿De qué iba el sueño?

¿Perdón?

Nada. Le estaba ahorrando hacerme la siguiente pregunta.

Está bien. De qué iba el sueño.

El sueño iba de niños que lloraban. Cuando me desperté seguían llorando. Solo que la cosa duraba. No creo que hubiesen parado de llorar. Simplemente yo ya no los oía. No he tenido apenas contacto con bebés. Pero sí que me he preguntado por qué lloran todo el tiempo.

Yo creo que lloran por diferentes motivos. ¿No te parece? Están mojados, o tienen hambre…

Yo pensé que tenía que haber algo más. Los animales pueden ponerse a gimotear si tienen hambre o frío. Pero no berrean. Sería mala idea. Cuanto más ruido haces más probable es que otro te coma. Si no tienes manera de huir te quedas callado. Si los pájaros no pudieran volar no cantarían. Cuando uno está indefenso se guarda las opiniones para sí.

Suena un poco metafórico.

Es simple biología.

Muy bien.

Lo más chocante era la angustia que había en aquel llanto. Empecé a fijarme mejor. Siempre eran bebés en la parada del autobús y siempre estaban llorando. No era un quejarse apacible. Yo no entendía por qué la menor incomodidad adquiría la forma de un dolor agónico. Ningún otro ser vivo era tan sensible. Y cuanto más pensaba en ello más claro se me hizo que lo que estaba oyendo era pura rabia. Y lo más extraordinario era que esto no le parecía extraordinario a nadie.

Salvo a Miss Vivian. Como es lógico, se podría argumentar que por muy humana o buena o empática que fuera no dejaba de ser una vieja chiflada. De realidad problemática. Me quedé con esa idea. Creo que no llegamos a hablar de ello a fondo. Miss Vivian empezaba a gimotear y a menear la cabeza. Yo pensé que si había traído consigo todo ese bagaje seguro que esperaba que yo hiciera algo al respecto pero la cosa empezó a complicarse. Intenté comprenderlo. La rabia de los niños parecía inexplicable salvo como una violación de una profunda alianza innata relacionada con un mundo que no era como tenía que ser. Comprendí que la brutal exposición de los niños al mundo era justamente el mundo.

¿No te parece un tanto fantasioso todo esto?

Sí me lo parece.

¿Cómo iba a saber un niño cómo tiene que ser el mundo?

El niño debería nacer sabiéndolo. El sentido de la justicia es algo común en el mundo. Entre los mamíferos desde luego. Un perro sabe perfectamente lo que está bien y lo que no. Nadie tuvo que enseñarle. Ya venía con ese saber. ¿Quiere que me ponga más fantasiosa?

Ya que estamos…

Más fantasioso sería darse cuenta de que la idea de justicia y la idea del alma humana son dos formas de la misma reflexión.

Esto no se te acaba de ocurrir.

No.

¿Qué me dices de los animales?

Los animales no berrean. Naturalmente la propia palabra «fantasioso» podría interpretarse como «enajenado». En fin, esto me llevó casi a renglón seguido a la siguiente pregunta.

¿Que es…?

¿A qué edad en la vida del niño la rabia se torna tristeza?

Yo no lo sé. Creo que Piaget no se planteó esta cuestión. Ni el por qué ocurre así.

Yo creo que sé el porqué. La injusticia que tanto los desquicia es irremediable. Y uno solo siente rabia por lo que cree que se puede arreglar. El resto es pena y aflicción. En algún momento el niño lo entiende.

Creo que no sería nada fácil vender una idea como la del sentido innato de la justicia. Eso de que los niños ya nazcan con él.

No tienen mucho más. Miedo de caerse. De los ruidos fuertes. Amor por el pecho materno. El resto es solo posibilidad. El proyecto está ahí pero no ha llegado a nada. Las cosas que son innatas y están bien asentadas escasean. Son primitivas. Y necesarias. Cuando un niño dice entre sollozos eso no es justo, uno sabe que está oyendo la verdad.

¿Y la señora mayor…? ¿Vivian, has dicho?

Miss Vivian.

Eso. Miss Vivian. ¿Su misión era decirte esto?

No lo sé. Siempre tuve la sospecha de que era algo que yo necesitaba comprender antes de que pudiéramos pasar al siguiente asunto.

¿Cuál era el siguiente asunto?

Bueno, no es tan fácil. No puedo afirmar que sea algo que controlo mucho. Si alguien dijera que el mundo contiene en sí mismo el antídoto contra todo lo que tiene de preocupante yo diría que no anda muy equivocado. Pero lo que aquí subyace es la idea de que existe un orden en el mundo que no está basado en la interminable problemática de abordar su iteración más reciente.

No sé si lo entiendo. Suena un tanto platónico.

Ya lo sé. Pero lo que aquí se insinúa no es que exista una realidad de la cual la percepción es solo una sombra, sino que hay una realidad lo bastante duradera como para soportar su propia e interminable experimentación.

Llegaste aquí con un cepillo de dientes. ¿Cómo es eso?

Bueno. Aparte de la bolsa con el dinero.

No lo sé. Siempre he llevado una vida muy austera. Bobby se empeñaba en llevarme de compras y luego la ropa se quedaba colgada en el armario. Supongo que me resultó muy duro renunciar al Amati.

¿Has renunciado del todo?

No sé. Aún me gustaría tocar. Eso no ha cambiado. La primera vez que escuché a Bach tuve una experiencia extra-corporal. Debía de tener diez años. Recuerdo verme a mí misma sentada en el sofá de la sala de estar. Escuchando. Ni siquiera me pareció raro.

¿Has tenido alguna otra experiencia extracorporal?

Con música no. Pero aquella me cambió. Fue como si alguien hubiera girado una llave. Fue una cosa física. Nunca volví a ser la misma persona.

Si no con la música, ¿con qué entonces?

Un día me picaron unas avispas y entré corriendo en la cocina y entonces vi acercarse a Granellen e inclinarse sobre mí. Yo estaba tirada en el suelo y me vi a mí misma desde arriba tendida allí. Pensé que quizá iba a morir pero fue una cosa bastante vaga. Granellen cogió un poco de hielo y lo envolvió en un paño de cocina y me lo puso en la cara y al cabo de un rato me incorporé.

No sé quién dijo una vez que la materia prima del arte es el dolor. ¿Dirías que es así con la música?

No sé. Nunca he compuesto nada. Pero me imagino que podría ser verdad.

¿Y las matemáticas?

Las matemáticas son sudor y codos. Ojalá fuese algo romántico. No lo es. En el peor de los casos hay sugerencias audibles. Es difícil no perder comba. No te atreves a dormir y puede que lleves dos días enteros despierta pero qué se le va a hacer. De pronto te ves tomando una decisión y viendo que hay otras dos decisiones esperando y luego cuatro y después ocho. No queda más remedio que parar y volver atrás. Empezar de nuevo. No buscas belleza, lo que buscas es simplicidad. La belleza viene más tarde. Cuando ya estás absolutamente hecho polvo.

¿Merece la pena?

Como nada en el mundo.

¿Cuál dirías que es el talento indispensable?

La fe.

Te veo bastante animada.

Ya. La culpa es suya.

Tú crees que han de ser diferentes de la música. Las mates.

Las reglas de la música que guían a un compositor como Bach... Vale, muy bien. No hay ningún compositor como Bach. Está Bach y punto. Pero hagamos como que no es así por un momento. Esas reglas puede aprenderlas cualquiera. Están ahí para aprenderlas. O no. Están ahí tanto si se escribió la primera nota de la música como si no. ¿Es verdad eso?

A mí me suena a música platónica.

Sí. Es así de malo, por lo menos. Schopenhauer creía que si el universo desapareciera por completo solo quedaría la música. Las reglas son la música. Sin las reglas lo único que hay es ruido. Cuando oímos una nota mal puesta damos un respingo. Sonreímos o lloramos o vamos a la guerra. ¿Cómo se explica? ¿Cómo se sabe cuando alguien está bailando? ¿Y si resulta que está bailando a destiempo de la música?

No lo sé.

No. Este conjunto de reglas —yo las llamaría leyes, las leyes de la música— es completo y autosuficiente. Son reglas conocidas y nunca habrá más que esas. ¿Se puede decir lo mismo de la matemática? ¿Existe algo parecido a una gran teoría unificadora de las matemáticas? ¿La segunda tesis de Hilbert quizá? ¿El sueño de Cantor? Parece más que improbable. Con Langlands o sin él. Y sin embargo, ¿no debería haber al menos una descripción de las matemáticas? ¿Tanto de lo que son como de lo que llegan a ser? Yo quería hacer matemáticas pero también quería entenderlas. Y no soy capaz. Ni siquiera pude formular la pregunta.

Me sorprende que digas que entender las matemáticas estaba más allá de tus posibilidades. ¿Es algo que preocupa a la mayoría de los matemáticos? ¿O se limitan a centrase en la computación?

Creo que para la mayoría es una preocupación pasajera. Como mucho.

Has dicho que las matemáticas son sobre todo trabajo y más trabajo. Pero aún no estoy seguro de cuál es el proceso.

Bien. Lo primero es quitarse los zapatos y los calcetines. Tener un acceso paralelo a la base diez.

¿Cómo sabes que no te voy a creer?

¿Cómo sabe usted que no debería hacerlo? La pregunta fundamental no es cómo se hacen las mates sino cómo lo hace el inconsciente. ¿Cómo puede ser que el inconsciente sea mejor que uno mismo? Y es un hecho demostrable. Se pone uno a trabajar en un problema y luego lo aparca un rato. Pero no se marcha. Reaparece durante el almuerzo. O mientras uno se está duchando. Y dice: Echa un vistazo a esto. ¿Qué opinas? Y entonces uno se pregunta por qué el agua está fría. O la sopa. ¿Esto es hacer mates? Me temo que sí. ¿Cómo ocurre? No lo sabemos. He planteado esta pregunta a varios buenos matemáticos. ¿Cómo hace mates el inconsciente? A algunos que habían meditado sobre ello y a algunos que no. La opinión dominante era que no les parecía probable que el inconsciente abordara el asunto del mismo modo que nosotros. Lo que más me sorprendió fue la indiferencia con que recibían la noticia. Como si la esencia misma de las matemáticas no acabara de ser descargada en el muelle. Unos cuantos pensaban que si el inconsciente tenía una manera mejor de hacer matemáticas debería hablarnos de ello. Bueno, más o menos. O quizá piensa que no somos lo bastante listos para entenderlo.

No sé muy bien cómo funcionaría eso.

Tampoco lo sabe nadie. A veces tiene uno la sensación de que hacer mates es más que nada introducir datos en la subestación y esperar a ver qué sale. Ni siquiera estoy convencida de que sea sensato confiar cosas a la memoria. Lo que se mete ahí ahí se queda. Y tal parece que no tiene que ver con las maquinaciones del inconsciente. A mí en realidad no me gusta escribir las cosas. ¿Es bueno eso? No lo sé. Grothendieck lo escribe todo. Witten, nada. Pero yo creo que para la mayoría de la gente dejar cosas sin anotar es darles la libertad de buscar por ahí nuevas analogías. Ellas se dedican a lo suyo y de vez en cuando vuelven y te informan. Una afirmación, o una ecuación, escrita viene a ser como una señal de tráfico. Una estación de paso. Te dice dónde estás y te proporciona un nuevo punto de partida. Dirac hace dibujos. Probablemente no cree que existan representaciones gráficas de entes tan pequeños como para subtender una partícula de luz, pero él estudió ingeniería y eso lo lleva consigo. Las cosas raras siempre vienen bien. Si uno es bueno con el ábaco, sabe calcular muy bien con uno imaginario.

¿Es verdad eso?

No. Me lo he inventado. Madre mía.

Perdona. No estoy seguro de haber oído nunca una descripción del inconsciente que le atribuya esa clase de autonomía.

Bien. Lleva mucho tiempo solo. El inconsciente. No tiene acceso al mundo salvo por mediación de nuestro sensorium. De lo contrario faenaría en la oscuridad. Como el hígado. Por razones de índole histórica es reacio a hablarte. Prefiere el drama, la metáfora, las imágenes. Pero te comprende muy bien. Y su única causa es la tuya.

¿Tenemos una relación laboral con el inconsciente? ¿Es un convenio recíproco?

No. Eso sería exagerar.

¿Uno es libre de ignorarlo?

Claro. Depende de usted. Podríamos llamarlo encendido manual. Que no siempre es muy buena idea, por supuesto.

¿Has hablado de estas ideas con otros terapeutas?

Poco. Se aburren con mucha facilidad.

¿Qué te decían? Cuando no estaban demasiado aburridos.

Nada. Lo anotaban. O anotaban algo. O bien yo cambiaba de tema.

Como ahora.

No. Por mí podemos seguir.

Imagino que tus reticencias para con los médicos del alma vienen de muy lejos.

Justo es decirlo.

¿Cuál es tu queja principal?

No sé. Quizá su falta de imaginación. Su confusión sobre las categorías en las que se dedican a clasificar a sus pacientes. Como si el nombre y la cura fueran la misma cosa. Que ignoren la absoluta falta de pruebas de que sus tratamientos tengan la más mínima eficacia. Aparte de eso son buena gente.

Menos mal.

En fin. Se han montado ustedes una bonita industria. Parece que el tema a estudiar es la realidad y eso de por sí es muy gracioso. Aun así, es probable que se encuentren a diario con alguna que otra fechoría. Si la idea es tener a los pacientes vestidos y alimentados y lejos de las calles, me parece bien.

El Chico. ¿Intenta influir en ti? ¿Te dice qué tienes que hacer? Te lo había preguntado antes pero no me quedó claro.

Tendré que llamarle más tarde.

¿Perdón?

Digo que tendré que pensar en una respuesta. Estoy segura de que el Chico me ha dado consejos sobre lo que debía hacer. Alguna que otra vez. Y en cuanto a influir en mí, ¿para qué iba a estar si no?

¿Crees que una voz puede forzar a alguien a suicidarse?

¿Sospecha que el Chico ha estado empujando a una servidora hacia el precipicio como quien no quiere la cosa?

Era solo una pregunta.

Si una persona sufre alucinaciones auditivas es innegable que tendrá una relación definible con la voz. La gran mayoría de los suicidas no necesita una voz. Lo que debería darle que pensar es que el suicidio aumenta con la inteligencia en el reino animal y cabría preguntarse si esto no valdrá tanto para los individuos como para las especies. Yo me lo preguntaría.

¿Tú crees que los suicidas tienen algo en común? ¿Una especie de mentalidad colectiva?

Sí. No les gusta este mundo.

Vaya.

Perdón por la impertinencia. No estoy de muy buen humor. Como sin duda habrá notado.

¿Quieres que paremos?

No. Estoy bien.

De acuerdo.

Supongo que si el mundo es una invención de cada uno, entonces hablar de él en términos de su autonomía va a ser un tanto complicado. Es una percepción, y como tal no estoy segura de qué podría significar que tenga una vida propia. Yo diría que no la tiene. Tiene la vida de uno. Y luego ya no.

Eso es algo que has dicho anteriormente.

Supongo.

A otros terapeutas.

Sí.

¿Cómo reaccionaron?

No hubo reacción.

¿Y tú qué hacías?

No sé. Alguna vez me he echado a reír.

Pero lo que decías lo decías en serio.

Sí.

¿Y ellos qué hacían entonces?

Usted ya lo sabe.

Anotarlo.

Sí.

¿Qué era lo que escribían?

A saber. Posible esquizofrenia hebefrénica. En cualquier caso dejé de preocuparme tanto. No podía tomármelos en serio.

¿Qué hizo que no te preocuparas tanto?

Preocupaciones de más envergadura.

Nunca sé cómo tomarme comentarios de este tipo.

Ya lo sé.

Las apariciones cesaron cuando estabas tomando antipsicóticos.

Las apariciones.

Sí.

Suena a experiencia religiosa.

Lo siento.

Que una droga pueda dar al mundo la estructura de algo semejante a una realidad objetiva es una afirmación con tan poca validez como la propia realidad objetiva. Creo que lo que dije en su momento fue que yo no veía más motivos para confiar en un estado mental inducido por las drogas que en uno sobrio.

No estarías dispuesta a probar otra medicación.

Eso ya me lo preguntó.

Está bien. Suponiendo que alguien entrara en la habitación mientras el Chico estaba allí, ¿lo vería?

Y eso también. Pero no, seguramente no.

Pero no categóricamente.

No lo sé.

Si estuvieran enganchados a la droga de la realidad como el resto de nosotros, entonces supongo que no.

Supongo.

¿Quieres hacer una pausa?

Vale. ¿Qué tal un pitillo?

Por qué no.

Usted no lleva el paquete encima.

No.

Guarda los cigarrillos en el cajón de abajo. ¿Para que nadie se los lleve?

Por ahora la cosa va bien.

Gracias. ¿Ha traído un cenicero?

Sí. Puedes llevarte el paquete si quieres.

No, está bien. Tampoco es que fume mucho.

¿Te relaja?

No sé. Quizá es por hacer de mala.

¿En serio?

Claro.

¿Cuántos años tenías la primera vez que fumaste?

Tres.

Me engañas.

Sí. Pero no era mucho mayor. Birlé un cigarrillo del paquete que mi tío había dejado sobre la mesita y luego cogí una cerilla de la cocina y fui al ahumadero y lo encendí. Debía de tener seis años.

¿Te mareaste?

Recuerdo como si la cabeza me flotara. Pero pensé que si los adultos fumaban alguna razón debía de haber.

Imagino que esa visión del mundo tenía fecha de caducidad.

Dudo que la mayoría de los niños contemple seriamente el hecho de que un día van a ser adultos. Y que ese es el aspecto que tendrán.

¿Tú sí?

Sí.

¿Y bien?

No vi que se pudiera evitar.

¿Cuándo pensaste por primera vez que el suicidio podía ser una opción para ti?

¿Que lo pensé seriamente?

Seriamente.

Quizá tampoco estoy segura de qué significa eso. Cuando era más joven —diez, once años— tuve una especie de sueño estando despierta que me dejó aterrorizada. Pero luego comprendí que no estaba despierta ni era un sueño. Sino algo diferente. Y no tenía motivos para creer que lo que vi no existía y que si ese orbe nos era desconocido no por ello era menos amenazador sino todavía más.

Cuéntame el sueño. O la visión. O lo que fuera.

Yo miraba por una especie de mirilla y veía un mundo en el que había centinelas apostados ante una verja y sabía que detrás de la verja había algo terrible y que ese algo tenía poder sobre mí.

¿Algo terrible?

Sí. Un ser. Una presencia. Y que la búsqueda de refugio y de un pacto entre nosotros respondía a la necesidad de escapar de esa cosa maligna a la cual teníamos un miedo atávico y que sin embargo desconocíamos por completo.

¿Qué edad tenías?

Creo que diez años.

¿Se repitió esa visión?

No. Es que no había más que ver. Los guardianes de la verja me descubrían y empezaban a gesticular entre ellos y luego todo se ponía oscuro y no volví a tener la visión. Yo lo llamaba el Archero.

A la presencia del otro lado de la verja.

A la presencia, sí.

Y estaba como amortajada.

Sí.

Pero todo sigue igual.

Todo sigue igual. Ojalá fuera un sueño del que pudiera despertar. Ojalá pudiera olvidarlo, pero no puedo. Ojalá pudiera ser la de antes, pero nunca volveré a serlo.

¿Algo más?

Eso es todo. Es bien sabido que el suicidio siempre ha estado ahí. No son muchos los que optan por él. Nietzsche dice que es algo que puede hacerte pasar no una sino muchas malas noches. La simple idea. Pero es solo para unos pocos. La gente está muy apegada a la vida.

Pero no toda la gente.

No.

Déjame cambiar de rumbo.

Pues ojo con la botavara.

¿Alguna vez has tenido la impresión de que el Chico y su séquito te hubieran sido adjudicados?

Adjudicados.

Sí.

¿Por quién?

No lo sé. Tal vez sea relevante para dilucidar si podrían tener o no otros clientes aparte de ti.

Quizá deberíamos investigar si los hay. Poner un anuncio en los clasificados.

Es que se me acaba de ocurrir que un personaje tan bien delineado como describes tú al Chico podría venir de fábrica con su propia cartera o algo así. Sigo sin tener la menor idea de cómo le interpretas tú. Para ensamblar un constructo como ese imagino que el cerebro debe de emplear gran cantidad de energía. Y no digamos ya para conservar la coherencia misma del personaje a lo largo de tantos años. ¿Qué crees tú que podría merecer semejante dispendio?

No lo sé. Es una lata, ¿eh?

Bueno. Algo parecido.

Para que yo tenga esta conversación con usted –cualquier conversación, supongo– necesito hacer una serie de concesiones no solo a su punto de vista sino también a la forma real del mundo visto desde el lugar que usted ocupa en él. Eso puedo hacerlo. Pero el problema es que para usted nunca es una cuestión de punto de vista. Nunca se ha encontrado en la situación de hablar de cosas bastante peculiares de una manera harto normal. Quizá sea solamente la ingenuidad que uno pone sobre la mesa. Usted podría decir: Bien, ¿de qué otra manera podríamos hablar de ellas? Pero cuando el tema son quimeras, ¿no está pisando ya arenas movedizas? He pensado desde un principio que el Chico no estaba ahí para proporcionar algo sino para mantener algo a raya. Y entretanto todo el asunto está subsumido bajo la rúbrica de una sola realidad que permanece inabordable. Me despierto por la noche en mi habitación y me quedo escuchando el silencio. Me pregunta usted dónde están. Yo no sé dónde están. Pero no están en ninguna parte. El ninguna parte, como el nada, requiere para su afirmación un testigo que por definición no puede proporcionar. Usted sería reacio a conceder a estos seres una voluntad propia, pero si no estuvieran en posesión de cierta autonomía, ¿en qué sentido se podría decir que existen? Yo no tengo poder para hacer que aparezcan por arte de magia ni para echarlos. No hablo por boca de ellos ni me ocupo de su higiene o su vestuario. Dije que eran indistinguibles de unos seres vivos, pero lo cierto es que su realidad es si acaso más chocante. Y no solo el Chico, sino todos ellos. Su manera de moverse, de hablar, el color y los pliegues de sus prendas.

No hay nada onírico en ellos. Supongo que esto no ayuda, ¿verdad? Bueno, la gente no escucha a los chiflados. Hasta que dicen algo divertido.

¿Tú crees que te escucho?

El arquetipo del chiflado. Eso ya me lo preguntó.

¿Y cuál fue tu respuesta?

Deje que apague esto.

Toma.

Gracias. Lo está haciendo bien. Para responder a su pregunta.

¿Qué es lo que él mantiene a raya?

¿El Chico?

El Chico.

No creo que haya una respuesta sencilla a eso. Si el propio mundo es un horror, entonces no hay nada que arreglar y de lo único que uno podría protegerse sería de la contemplación del mismo.

¿En qué ayudaría eso? No te entiendo.

Lo siento. Es todo cuanto puedo decir.

Te despiertas y sabes que están por allí. Los seres. Pero tu explicación me parece un poco filosófica. Si es que es una explicación.

Lo sé. Uno podría limitarse a preguntar qué hacen las quimeras en su día libre.

Sí. Podría. ¿Berkeley sigue formando parte de tu vida?

Todo en mi vida forma parte de mi vida. No tengo el lujo de olvidar las cosas. Debía de tener ocho o nueve años cuando por fin entendí que las cosas se iban. Cuando alguien decía que no se acordaba, yo pensaba que quería decir que simplemente no quería hablar de ello. Donde yo vivo las cosas no se marchan. Todo lo que ha pasado sigue estando ahí.

¿No es solo una cuestión de grado? Todos somos más o menos una recopilación de recuerdos.

Ya. Es un asunto poco claro. Supongo que si me fío de mi memoria es sobre todo a causa de la evidencia que tengo de mi capacidad para memorizar. ¿Son la misma cosa? Los versos de un poema no tienen ninguna otra sustancia, pero los acontecimientos de la historia −incluida la historia personal− no tienen sustancia ninguna. Su tangibilidad se ha esfumado sin dejar rastro. Según mi experiencia la gente con mala memoria tiene tantas probabilidades de acertar como cualquiera.

A estas alturas tu mundo debe de estar bastante abarrotado.

Lo está. No todos son bienvenidos. Hay que vigilar a quién deja entrar uno. Pero yo no lo cambiaría. Nunca me salvaré de Platón. O de Kant. A Wittgenstein lo considero algo así como un contemporáneo. Un compañero de estudios. De Husserl me enamoré. Era matemático, o sea que me fiaba de él. Enseñaba en Friburgo y acogió a un joven estudiante llamado Martin Heidegger y fue su profesor y su mentor hasta que llegaron los nazis diciendo que había que despedir a Husserl porque era judío y Heidegger dijo: Hombre, claro, faltaría más. Así pues, Husserl despejó su mesa y se fue a casa y lloró y luego murió y Heidegger ocupó su cátedra. Lo cual parece dejarnos con la pregunta de que si la decencia humana no representa algo así como la base de la investigación filosófica, ¿para qué sirve entonces? Wittgenstein sufrió toda su vida por el estado de su alma. Pero a Heidegger esa pregunta nunca se le ocurrió. ¿Cómo es que estoy haciendo yo de terapeuta?

No lo sé. Podrías haber sido una buena terapeuta.

Lo dudo. Creo que habría dicho a los pacientes que no quería saber nada de sus aburridas vidas cotidianas y que pasáramos directamente a los sueños.

¿Es lo que hacemos?

¿Pasar directamente a los sueños?

No sé.

¿Deberíamos haber hablado más de sueños?

Y los sueños, sueños son.

Supongo. Pero anda que no es astuta, la muy zorra. Miente más que habla. ¿Existe un vínculo lingüístico entre retorcido y desviado? ¿A qué hora se come aquí?

A las doce, creo. Dime una cosa. Si ese hombre te rechazó,

¿por qué no podías seguir adelante con tu vida? ¿Cuántos años tenías? ¿Doce?

Sí. Era una furcia de doce años.

Lo veo improbable.

Solo estoy diciendo que iba cachonda.

¿Eras activa sexualmente?

Por supuesto que no. Pero había algo de mi persona que no había aceptado. A veces se requiere una experiencia más o menos desconcertante para arrancarlo a uno de sus fantasías.

Deduzco que hubo una experiencia así.

La hubo.

¿Y es algo que estarías dispuesta a compartir?

Le va a parecer trivial.

Bueno.

Fue en el pasillo de la escuela, entre clase y clase.

En el instituto.

Sí. El chico era de un curso superior. Me paró y me pidió que me diera la vuelta. Era capitán del equipo de baloncesto y el tío que más molaba de toda la escuela según la opinión general. Tenía un papel y un bolígrafo en la mano y entonces hizo aquel movimiento giratorio con el dedo y dijo: Préstame tu espalda un momento. Y había una chica allí con él, mirando, y yo me di la vuelta y él apoyó el papel en mi espalda y escribió algo. No sé qué. Quizá solo firmó y nada más. Ni idea. Y quizá sabía lo que estaba haciendo. Me refiero a que podría haber escrito apoyando el papel en la pared. O en la puerta de una taquilla. Pero lo hizo sobre mi espalda y yo con los ojos cerrados. Fue tremendamente sensual. Al principio pensé que solo era ese estremecimiento de cuando alguien te pasa los dedos por la columna. Pero era más que eso. Sentí como si el chico estuviera escribiendo algo dirigido a mí. Y a todo esto noté que la chica me estaba mirando. De pronto curiosa. Debía de tener dieciséis o así. Después el chico me dijo gracias y yo abrí los ojos y los vi alejarse por el pasillo.

¿Eso fue todo?

Eso fue todo. Sí.

No estoy seguro de qué es lo que me estás contando.

Ya lo sé.

Dices que fue muy sensual.

Sí.

¿Fue sexual?

Mucho.

¿Y qué fue lo que comprendiste entonces?

Lo que comprendí fue que estaba perdidamente enamorada y que lo estaba desde hacía un tiempo. Que mi vida se había solucionado. Mientras yo no miraba, por decirlo así. Tampoco es tan raro.

Y ya está.

Y ya está.

Tenías doce años.

Sí.

Pero no piensas decirme quién era.

No.

¿Cómo sabías que eso era amor? Disculpa mi escepticismo.

¿Cómo no saberlo? Solo me sentía en paz cuando estaba con él. Si es que paz es la palabra. Supe que iba a amarle toda la vida. Aun en contra de las leyes divinas. Y que nunca amaría a nadie más.

Y así ha sido al final.

Así ha sido. Sí.

Pero él no te quería.

Me quería muchísimo.

Bien. Pues no lo entiendo.

Ya lo sé.

Tuvo que ser la diferencia de edad. Es lo único que se me ocurre.

Eso nunca me pareció un problema. Pensé que podíamos esperar un año si de esa manera él se sentía más tranquilo. O incluso dos años.

No lo suficiente para evitarle problemas con la justicia.

El verano siguiente nos vimos muy a menudo. Y el siguiente, también.

Tú tenías trece años.

Ya había cumplido catorce. Pensé que si me ofrecía a él en cuerpo y alma, él me aceptaría sin reservas. Y no fue así.

No.

¿Y qué hacer entonces? ¿Qué desea uno que le pase?

Supongo que no podría haber algo así como una segunda oportunidad.

No a menos que esté sugiriendo la muerte.

No va por ahí.

Sé que es reacio a admitir que este caso en concreto podría ser difícil de descartar como simple enamoramiento juvenil. Yo siempre he pedido privilegios y exenciones especiales. Algunas cosas no las conseguí simplemente porque no encontraba a nadie a quien explicárselas. Pero una privación que te obliga a elegir entre renunciar o bien a tu pasado o bien a tu futuro es más que difícil. Así que la pregunta es: ¿Empezar de nuevo? ¿Dónde? Tal como usted sugiere. O cómo empezar. O más exactamente: ¿Por qué?

¿No te consuela el hecho de que la abrumadora mayoría de la gente encuentre la manera de superar sus desengaños?

No.

Esa sería una de las exenciones que reclamar.

Sí.

Esta conversación empieza a tomar un giro bastante raro.

Lo sé. Ya quisiera el deseo satisfecho dejar una huella tan profunda como la del deseo frustrado.

Las leyes divinas. ¿Quieres explicármelo un poquito?

No.

Está bien. ¿Podemos hablar de tu padre? Otra vez.

Como quiera.

No te entusiasma la idea.

Da igual. Adelante.

Dijiste que no hacías responsable a tu padre.

Por si sirve de algo, ahora tampoco. La historia se los tragará a todos ellos, responsabilidad incluida. Pero la bomba es para siempre.

¿Dónde está Trinity? ¿Eso es en Nevada?

En Nuevo México.

¿Y tu padre estaba allí?

Sí, claro.

¿Solía hablar de eso?

Poco. He leído lo que se publicó. El grupo de mi padre estaba a unos diez kilómetros de la zona de impacto. Les habían dado unas gafas de cristales muy oscuros. Creo que parecidas a las que se usan para la soldadura autógena. Pero mi padre había llevado las suyas porque no se fiaba de que pudiera ver gran cosa con las gafas de reglamento. Supongo que eso se puede entender como una metáfora. Pero las gafas no tenían otra misión que bloquear la luz ultravioleta. Por el altavoz oyeron la cuenta atrás. Estaban todos muy nerviosos. Unos pensando que explotaría y otros que no. Lo que recuerdo que dijo mi padre es que se puso las manos delante de las gafas para protegerse del resplandor inicial y que cuando este se produjo vio los huesos de sus dedos incluso con los ojos cerrados. No hubo sonido alguno. Solo aquella hiriente luz blanca. Y a continuación la nube de un violeta rojizo que iba inflándose poco a poco hasta formar el icónico hongo. Símbolo de una era. Aquella cosa subiendo lentamente hasta los tres mil metros. El viento de la onda expansiva era supersónico y a todos les dolieron los oídos, pero apenas un momento. Y por fin, claro está, el sonido de aquello. La pavorosa detonación seguida de un lento retumbo, el eco que barrió la ardiente campiña para extenderse a un mundo que jamás había existido a este lado del sol. Animales del desierto evaporándose sin un solo grito mientras los científicos observaban con aquella cosa enhiesta y doble en los cristales negros de sus enormes gafas. Y mi padre espiando por entre los dedos como si dijera: Prefiero no verlo. Pero si algo sabían todos ellos era que ya era demasiado tarde para eso.

¿Qué dijeron? Los científicos.

Se pusieron todos de pie y dijeron: Hostia puta.

No es verdad.

No creo que dijesen nada. Estaban sencillamente estupe-
factos. Un amigo de mi padre, un tal Bainbridge que era director del programa, dijo: Ahora somos todos unos hijos de
puta. Y según parece Oppenheimer citó algo del Bhagavad
Gita pero creo que en lugar de decir «Tiempo» en sánscrito
le salió la palabra «Muerte». O quizá fue al revés. O puede que
sean la misma palabra.

Yo habría dicho que la imagen que mejor define nuestra
era sería la foto de la Tierra tomada desde el espacio por la
NASA. Aquella hermosa esfera azul girando en el vacío.

Interesante yuxtaposición, ¿verdad?

¿No te emociona esa imagen?

La encuentro aterradora. El vacío no tiene el menor interés en la existencia del mundo a largo plazo. También alberga
innumerables millones de meteoritos. Algunos de ellos, enormes. Que van dando tumbos por la negrura a sesenta kilómetros por segundo. Creo que si hubiera habido algo de lo que
cuidarse ya lo habría hecho. Una vez un amigo mío dijo:
Cuando todo rastro de nuestra existencia haya desaparecido,
¿para quién va a ser esto una tragedia? ¿Las cosas esas se las
pone o solo las guarda?

Las cintas.

Las cintas. Sí.

A veces escucho algún trozo. ¿Te parece bien?

Claro.

Tu padre. ¿Nunca manifestó remordimiento o algo parecido?

No. Pero muchos de los otros científicos sí. Se arrepentían.
Mi padre siempre decía que por qué no lo pensaron antes.
A toro pasado no vale.

¿Eso habría cambiado algo?

No. Ese era su argumento. Todo habría sido igual. Al principio hubo un movimiento para permitir que los científicos
tuvieran voz y voto sobre el despliegue de la bomba, pero a
mi padre eso le parecía una ingenuidad. Él decía que la bom-

ba pertenecía a la gente que la había costeado y que desde luego no eran los científicos. Ellos nos pagaron, dijo. Y les salimos baratos. Les dijo que dejaran de lloriquear.

Tus padres murieron ambos de cáncer.

Sí. Yo no creo que trabajar en Y-12 fuera especialmente peligroso, aunque mi abuela estaba convencida de que fue eso lo que mató a mi madre. En cambio, el trabajo de mi padre en el Pacífico Sur bien podría calificarse de suicida. Por supuesto, en aquella época aún no se comprendía muy bien la radioactividad. Supongo que ciertas personas verán en eso una cierta moraleja.

Asumo que tú no. Dijiste que tu padre murió en una cabaña cerca del lago Tahoe.

No. Dije que vivió allí un tiempo. Era precioso. Había una punta rocosa desde la cual podías ver el lago unos treinta kilómetros más abajo. Pero no fue allí donde murió. Mi padre murió en Juárez, México.

Murió en México.

Sí.

¿Qué hacía allí?

Fue para un tratamiento contra el cáncer.

¿A Juárez, México?

Sí. En varias clínicas de países tercermundistas estaban utilizando un extracto de semillas de albaricoque. Laetril. Creo que lo llamaban vitamina B17. Muchas gente desesperada acudió a esos sitios. Incluidos no pocos famosos.

Tu padre fue a México para que unos curanderos lo trataran del cáncer.

Sí.

¿Y eso no te parece raro?

Lo es, cómo no. Pero ya había agotado todas las otras posibilidades. No creo que abrigara muchas esperanzas. Supongo que lo planteó desde una perspectiva probabilística y no halló la manera de reducir las opciones a cero. O sea que se fue a México. Lo que pasa es que era un hombre demasiado bien informado como para poner mucha fe en el poder curativo de los albaricoques. Y la única manera de que la cosa funcionara era teniendo fe.

Como en el placebo.

Exacto.

Murió en México, dices.

Sí.

¿Dónde está enterrado?

En alguna parte del país. Le había pedido a mi hermano que fuera con él, pero mi hermano no quiso. Mi padre fue solo y murió solo y está enterrado en algún lugar de México, pero no sabemos dónde.

¿Estás bien?

Sí, bien. Deme un minuto.

* * *

¿Seguimos?

Seguimos.

¿Cómo es que tu hermano no quiso acompañarlo?

Creyó que eso hacía parecer a mi padre un poco tonto.

¿Tú piensas que debería haber ido?

Sí. Y él también lo pensó. Cuando ya era demasiado tarde.

¿Tu padre era ateo?

Pregunta rara de narices. ¿Lo es usted?

A veces. ¿Lo era o no?

No lo sé. Es probable. Supongo que consideraba que las creencias de una persona formaban parte de su carácter. Él no habría pensado que creer en Dios, o no creer, fuese una decisión consciente. Digamos que uno era creyente o no lo era. Seguro que pensó que era demasiado joven para morir, pero no sé muy bien cómo afrontan la muerte los impíos.

¿Te incluyes en ese grupo?

Está a punto de obtener respuestas idiosincráticas. ¿Qué sentido tiene?

Aceptaré lo que reciba.

Si uno no sabe qué es la vida —y no lo sabe nadie—, entonces no se me ocurre de qué manera se podría caracterizar la ausencia de ella. Supongo que creemos saber dónde estamos, pero eso es absurdo a más no poder. Morir es difícil, pero morir sin saber dónde ha estado uno... O por qué. Bueno. En fin, me parece que lo que usted trata de entender es qué clase de mentalidad se dedicaría a hacer explotar el mundo.

No. Lo que trato de entender es a ti. Tu hermano tuvo remordimientos por no haber acompañado a tu padre a México.

Remordimientos no es la palabra. Un día mi padre se le apareció en sueños y después de eso mi hermano fue a México para ver si daba con él.

Tu padre ya estaba muerto entonces.

Sí. Fue a ver si conseguía averiguar dónde estaba enterrado.

Podemos hablar de otra cosa si quieres.

Quizá es que no tengo un buen día. Estoy bien. Continúe.

¿Encontró la tumba de tu padre?

No.

¿Cuánto tiempo estuvo en México?

No lo sé. No pude contactar con él. Y cuando por fin lo localicé estaba... Sufría un terrible dolor. Había vuelto a El Paso. Le convencí para que fuéramos a un restaurante pero él no paraba de llorar y siguió llorando en el restaurante. Le puse una mano en el brazo y él lo apartó.

¿Por qué hizo eso?

Es complicado.

Bien.

Había localizado la clínica, pero allí no quisieron decirle nada. Acabó dando todo el dinero que llevaba a funcionarios mexicanos, pero no sacó nada en claro. Estuvo varias semanas allí. Durmiendo en un hotel de tres dólares. Debía de hacer días que no probaba bocado. Parecía un fantasma.

Esto era en El Paso.

Sí. Estaba hospedado en el hotel Gardner cuando por fin me llamó. Había tenido otro sueño. Aunque él no lo llamó sueño. Lo que me dijo fue que nuestro padre se le había aparecido por la noche y que estaba a los pies de su cama con sus prendas mortuorias y mi hermano le preguntaba varias veces dónde estaba pero mi padre no lo sabía. No sabía dónde estaba. Mi hermano me contó todo esto llorando por teléfono y luego colgó y yo pensé que se iba a suicidar.

No llegó a averiguar dónde estaba enterrado vuestro padre.

No.

¿Todo esto fue tan angustioso para ti como lo fue para tu hermano?

Más que angustioso. Y todavía lo es. Pero yo no había rehusado ayudar a mi padre. Nadie me lo pidió. Estaba preocupada sobre todo por Bobby. Su estado era miserable.

¿De veras pensaste que podía matarse?

Sí. No sabía qué me podía encontrar cuando llegara.

¿Y si se hubiera suicidado?

No lo sé. Supongo que yo habría hecho otro tanto lo más rápido posible y luego habría intentado encontrarle.

Estás de broma.

No creo.

¿Crees en otra vida?

No creo ni en esta.

¿Sí o no?

Ni idea. Me parece altamente improbable. Pero una vez más no hay cero probabilidades.

No hemos llegado a hablar realmente de por qué viniste a Stella Maris.

No tenía otro sitio adonde ir.

Me resulta difícil creer que hubieras venido aquí de no haber estado buscando algún tipo de ayuda.

Como quiera.

Esta conversación tiene sus líneas rojas, ¿eh? ¿No quieres quedarte sin tu paseo por el bosque? Veo que sonríes.

Perdón.

No, no pasa nada. Hay varias cosas que me preocupan de ti, pero la máxima prioridad es mantenerte con vida.

¿Qué más?

¿Tu hermano volvió alguna vez a México?

No.

¿Tu padre se le apareció alguna otra vez? Así es como él lo expresó, creo.

No.

Esto ya te lo había preguntado, pero ¿tu padre y tú estabais muy unidos?

No. Pero yo le quería mucho. Entonces y ahora.

Nos quedan unos pocos minutos. Dime algo raro de ti misma.

Algo raro.

Sí.

¿Me está preguntando qué tengo de raro?

Sí. Algo que quizá yo no sepa. Podría ser incluso algo trivial.

De acuerdo.

¿Y bien?

Estoy pensando.

Vale.

Sé decir la hora hacia atrás.

No te entiendo.

Que si veo un reloj en un espejo sé qué hora es.

Y yo también.

No, usted no. Tiene que pararse a pensar.

Y tú no.

Y yo no.

Aprendiste tú misma a hacerlo.

Pensé en ello, nada más.

¿Cómo pensaste en ello?

Al principio simplemente lo doblaba. Visualmente. Como una página.

Mentalmente. Perdón.

Y pasado un tiempo ya no tenía que doblarlo. Podía verlo tal cual.

Qué más.

¿Qué más qué?

No sé. Qué más sobre relojes.

En un espejo las tres y las nueve intercambian sus posiciones, pero las seis y las doce no. Es una pregunta de niños, pero algunos adultos tienen problemas para entenderlo. Si lanzas un puñado de palitos al aire y les haces una foto habrá muchos más orientados hacia el plano horizontal que hacia el vertical. ¿Por qué? Al fin y al cabo, todos los palitos gozan del mismo grado de libertad.

No lo sé.

Es porque un palo que gira en posición vertical atraviesa el plano horizontal a mitad de camino. Y se convierte brevemente en miembro. Dos veces. Pero en su rotación un palo horizontal no contribuye en nada al plano vertical. No parece justo, ¿verdad? Las imágenes en una puerta de cristal que se cierra giran pero no pueden doblarse. Óptica. Lateralidad manual. Quiralidad. Color. Preguntas y más preguntas.

¿Por qué te hiciste matemática en lugar de física?

Porque era más difícil. Quizá. No, sobre todo porque aparte de otras cosas la realidad física es finita.

Me parece que nunca te había visto tan animada.

Bueno. Pues eche un buen vistazo.

El violín.

Sí.

Dices que no encontrabas tiempo para tocar.

Probablemente no creí que fuese lo bastante buena. A decir verdad. Hubo un momento en que me interesé por la matemática del instrumento. Me carteaba con una mujer de Nueva Jersey, Carleen Hutchins, que estaba intentando cartografiar los armónicos del violín. Había desarmado un montón de modelos raros de Cremona utilizando un soldador. Trabajaba con varios físicos para montar un equipo bastante sofisticado con el fin de determinar las figuras de Chladni de las placas. Pero las vibraciones y las frecuencias eran tan sumamente complejas que era imposible llevar a cabo un análisis completo. Yo pensé que quizá podía hacer unos modelos matemáticos de esos patrones de frecuencia.

¿Pudiste?

Sí.

¿Y qué fue lo que averiguaste?

Carleen tenía mucha información. El violín más antiguo que se conoce es un Amati supuestamente de 1564 que se encuentra en el Ashmolean de Oxford. El instrumento más antiguo de los que estudiamos era de 1580 y el más reciente probablemente uno alemán de la década de 1960. Eran idénticos, salvo en la inclinación del mástil. Lo demás no había cambiado nada.

Es sorprendente.

Y lo es más aún el hecho de que no existe un prototipo del violín. El instrumento surge tal cual en toda su perfección.

¿Y qué deduces tú de todo esto? Si me lo cuentas es por alguna razón.

Solo es un misterio más que añadir a la lista. No se puede explicar a Leonardo. Ni a Newton, ni a Shakespeare. La lista es larguísima. Bueno, tampoco tanto. Pero al menos conocemos sus nombres. Pero a no ser que uno esté dispuesto a admitir que el violín lo inventó Dios, hay alguien cuyo nombre no se sabrá nunca. Un hombre de corta estatura que se adentró con su hijo en los atrofiados bosques de la pequeña era glacial del siglo quince italiano y serró y cortó los arces y puso los bloques a secar durante siete años y una mañana, a la luz sesgada que entraba en su taller, pronunció una breve oración de gracias a su creador y luego, conociendo esta cosa perfecta, cogió sus herramientas y se puso a construir. Diciendo ahora sí que empezamos.

Lo siento. A este caballero lo llevas sin duda en el corazón.

Lo siento. Sin duda. Ahí lo llevo. Se acabó el tiempo.

V

Pensaba que quizá no vendrías.

Es que mis guardianes han tardado más de la cuenta en quitarme las correas.

¿Alguna vez te han atado con correas?

No. Descontando las sesiones de electroshock.

Nunca habías llegado tarde.

Pero sí he estado ausente.

Parece ser algo importante para ti.

La puntualidad.

Sí.

Lo es.

¿Seguro que estás bien del todo?

Claro que sí.

No estás enfadada.

No. De todos modos duermo con las luces encendidas. Casi todas.

¿Qué es lo que te obliga a hacerlo?

Supongo que lo que hay en el camino.

¿En el sentido de lo que pueda depararte el futuro inmediato?

En ese sentido.

¿Se trata de una fantasía recurrente?

¿Por qué lo llama fantasía?

Algo que se aproxima en la oscuridad…

Sí.

Y piensas que con las luces encendidas estarás más a salvo.

O a ellos les será más fácil encontrarme.

No hablas en serio.

Puede que no.

Pero crees que en la oscuridad podría haber cosas que tuvieran la intención de hacerte daño.

Sí. ¿Usted no?

Me temo que no.

Ah. El miedo a la oscuridad es una cosa que viene de muy lejos. Quiero decir a la oscuridad en todas sus acepciones. La gente siempre ha atribuido una voluntad a las fuerzas malévolas. Y de repente en nuestra época la guerra y la hambruna y la pestilencia son simples hechos fortuitos. ¿Eso le consuela?

Creo que no me gustaría vivir en un mundo gobernado por las supersticiones. Yo creo que las cosas han mejorado. Es más, creo que han mejorado mucho.

Gracias a la ciencia.

No estoy seguro de que todo sea por la ciencia.

¿No? Dígame una sola cosa que haga del mundo un sitio mejor que el mundo de 1900 y no se deba a la ciencia.

Tendré que pensarlo un poco.

No importa. Solo quería polemizar.

La última vez te pusieron bajo vigilancia por tu aparente obsesión con la idea de la muerte.

Palabra de quién.

Palabra del doctor Horowitz. ¿Ocurrió algún incidente en concreto que le alarmara?

Creo que solo le puse nervioso. No estoy segura de qué pensó él. Era muy poco comunicativo. A veces no hacía más que quedarse sentado mirándome.

¿Como si tratara de ver en tu interior?

No sé. Quizá más como si intentara amedrentarme. Nunca entendió que no había nada que amedrentar. Yo me limitaba a decir lo primero que se me pasaba por la cabeza. No importaba gran cosa que él estuviera allí. O que no. El terapeuta debe creer que el paciente es el doctor. Que la verdad sobre el paciente la tiene el propio paciente. ¿Usted qué opina?

Supongo que estaría de acuerdo.

Yo creo que para el doctor Horowitz no fui más que una experiencia frustrante. ¿Son ustedes amigos?

Le conozco. No muy bien. Tú en realidad no has pasado mucho tiempo con otras personas.

¿Personas como quién?

No sé. Cualquiera. Gente que te importe. ¿Tu hermano y tú os veíais?

Sí. Siempre que me era posible. Yo creo que siempre supe lo que iba a venir.

Bueno. A veces la gente piensa eso. Después de que llega lo que iba a venir. ¿Cómo piensas tú que lo sabías?

Lo sabía sin más. No me lo inventé a posteriori.

Pero de tu hermano no quieres hablar.

No.

¿Dirías que eres sincera con la gente?

O sea con usted.

Vale. Conmigo.

Deduzco que tiene sus dudas.

Bueno. No me interesa tanto verificar hechos como intentar ver lo que piensas.

¿Va a resultar que es usted otro Horowitz?

No lo creo. Las dudas que tengo serían sobre todo respecto a que si estuvieras en un apuro tal vez te lo guardarías para ti.

Eso es lo que solía decir Bobby.

¿Tenía razón?

Sí.

No querías que se preocupara.

No quería que se preocupara.

Te da grima que la gente quiera ayudarte.

Me da grima que quieran arreglarme.

¿Eso incluiría a tu hermano?

A veces. Creo. Me duele decirlo.

¿Pensaste que Bobby debería haberte llevado con él a Europa?

De todos modos fui.

Ya lo sé. Pero la pregunta no era esa.

Ya lo sé. Pero esa es la respuesta.

No quieres hablar de ello.

De él.

Solo me preguntaba si él compartía tu pesimismo.

De hecho, no. O quizá pensó que intentar animarme un poco formaba parte de su cometido. Si acaso yo siempre fui más proclive a reflexiones metafísicas que él. ¿La realidad toda está desprovista de sintiencia? No lo sé. Pero a él la pregunta le parecía fútil.

¿Quieres decir que el mundo como tal podría poseer algo así como una voluntad?

Algo así. ¿Y acaso sería eso una buena noticia? ¿Que hasta la más tonta de las criaturas que jamás se haya encontrado en la tesitura de nacer a fin de recorrer un largo camino por un paisaje de dolor y necesidad hasta su definitiva y eterna extinción sea obra de esa voluntad?

Pero la respuesta, o la solución, difícilmente podría ser más de lo mismo.

Difícilmente.

¿Cuántos libros has leído?

Caramba.

¿Caramba?

No sé. No tantos.

Más o menos.

Probablemente dos al día. De media. Durante diez años o así. Digamos. ¿Cuánto sería? Siete mil trescientos. ¿Es mucho? Seguramente fueron más. Alrededor de diez mil. Sí, creo que me decantaría por diez mil. A veces me pasaba todo el día leyendo. Dieciocho o veinte horas.

¿Te acuerdas de todo lo que lees?

Sí. ¿Para qué leer si no?

¿El Chico sabe lo que tú sabes?

No. Eso sería un poquito fácil, ¿no le parece?

De qué clase de cosas te solía hablar.

De tonterías básicamente. Salpicadas de comentarios muy interesantes. A veces. Pero sobre todo era charla que se podría catalogar de esquizoide. Asociaciones de sonido. Rimas. Pero nada de ello tenía que ver con mi vida interior. Por si me lo pregunta. Eso sí, aguantar sus numeritos era muy pesado. Por no decir otra cosa. Y estoy segura de que eso me cambió. Si a uno le trastocan la realidad ambiental lo trastocan también a uno de alguna manera. Para cuando lo comprendí ya era demasiado tarde para reaccionar. Claro que de todas formas siempre fue demasiado tarde. Incluso si hubiera habido algo que hacer. Que no lo había.

Entonces, ¿qué te decía él? Por ejemplo.

Por ejemplo, que la leche es la bebida preferida de la gente nocturna biempensante. O que si algo era verdad, ¿no lo sabría ya todo el mundo a estas alturas? O que uno no debía preocuparse por lo que la gente piense de ti porque tampoco es que piensen tan a menudo. O que no se puede decir que seamos criaturas de luz por si no lo habías notado aún. O que la hora más oscura es justo antes de la tormenta. O cuando cierras los ojos, ¿yo desaparezco? ¿Y usted?

¿Él sí?

Sí. Yo también.

¿Ese es el tono general?

Si usted ha captado el tono general entonces sabe mucho más que yo. El Chico hablaba de ciencia, pero normalmente metía la pata. Le gustaba citar pero en eso también metía la pata. A veces fingía acentos raros pero lo hacía bastante mal. O bien citaba pasajes de textos que estoy casi segura de que no existen. En varias ocasiones citó frases de un libro sobre sexualidad femenina titulado *Lo húmedo y lo irritado*. A ver si lo encuentra. Hablaba de próximas actuaciones. Que nunca se materializaban. Pintoresca manera de expresarlo.

Actuaciones.

Sí.

¿Qué tipo de actuaciones?

Cosas que montaba él. Números de vodevil. Chautauquas.

Que luego nunca aparecían. Cosas como Los Gitanos de Poughkeepsie. O un número de varietés cuyo protagonista era el Pollo de Worcester. Próximas actuaciones que nunca se producían. Y si yo sacaba el tema él se ponía a deambular por la habitación gesticulando con sus aletas. Decía que artistas de tan alto nivel no podían aparecer así como así con solo chasquear los dedos. Entonces intentaba chasquear los dedos pero como no tenía dedos lo único que le salía era un batir de aletas.

Qué más.

No hay mucho más. A veces le daba por soltar una especie de perorata. Sería bonito pensar que en medio de aquel discurso idiota había datos codificados, pero llevo años escuchándolos y ni Turing podría descifrar nada. Hacia el principio sí que hubo una actuación de minstrel. Yo tenía doce años. Lo anunciaron como el espectáculo menstrual. En honor de. Fue de lo más penoso. Yo la mayor parte del tiempo me acurrucaba en la cama y hacía problemas de mates. A veces levantaba la cabeza y se habían marchado todos excepto el Chico. Que seguía deambulando de aquí para allá. Se ponía a mirar los libros que yo tenía en el estante y me sugería alguna lectura. Siempre bobadas. Algunas bastante divertidas. Aunque quizá no para él. Creo que nunca lo vi reírse. Aparte de unas carcajadas de pega típicas de él. Una vez le dije que estaba perdiendo el tiempo. Que yo quería ser una guerrera. No un ser de espíritu sino de carne. Que era una clasicista nata y que mis héroes nunca fueron santos sino asesinos. Él se ponía serio y luego se lanzaba a una diatriba sobre los sempiternos baluartes del moho de las alfombras.

¿Llegaste a verle como una especie de guardián? Imagino que es una pregunta un poco rara.

Creo que acabé viéndole como lo único que me quedaba. No es muy tranquilizador, ¿verdad? No. No lo es.

¿Alguna vez sueñas con él?

¿En el sentido de si su realidad sucedánea podría ser un argumento en contra de que lo admitiera en mi paisaje onírico?

Algo por el estilo. ¿Realidad sucedánea?

Llámelo como quiera.

¿Tienes sueños inquietantes?

¿Los hay de otra clase?

¿Sí o no?

Sí. Tengo sueños inquietantes.

¿Alguna idea al respecto?

Claro. Esta putilla tiene ideas para todo. Y opiniones, no lo olvidemos.

¿Lo dices por mí?

No. Solo por mí.

He tocado una fibra sensible.

¿Las hay de otra clase? Lo siento. Es que si vamos a hablar de mi vida onírica tendremos que empezar de cero. A lo mejor levantarnos y salir y volver dentro de un rato vestidos de otra manera.

¿Tú qué te pondrás?

Algo diáfano. Azul cielo, me parece. ¿Y usted?

¿Te acuerdas? ¿De tus sueños?

Pues sí. De los que me despiertan, claro.

¿Por qué algunos sueños te despiertan?

Pensarán que ya has tenido bastante.

Se supone que te están diciendo algo. Pero no lo que debes hacer al respecto, ¿verdad?

El sueño nos despierta para decirnos que recordemos. Quizá no hay nada que hacer. Quizá la pregunta sería si lo terrorífico nos advierte acerca del mundo o acerca del que lo sueña. El mundo nocturno que uno abandona de golpe al despertarse sudando y boqueando. ¿Se despierta uno de algo que ha visto o de algo que uno es?

¿Es esa la pregunta?

O quizá la verdadera pregunta es simplemente por qué se empeña la mente en convencernos de la realidad de algo que carece de ella.

En algún momento dijiste que el inconsciente era remiso a comunicarse lingüísticamente con nosotros. ¿Por motivos históricos? ¿Era eso?

Sí.

¿Quieres glosar esto un poco?

Más bien no. A los psiquiatras les cuesta tratar con el inconsciente de una manera directa. Pero el inconsciente es un sistema puramente biológico, no mágico. Es un sistema biológico porque es lo único que puede ser. No hay más. A la gente solo le gusta hablar del inconsciente si va acompañado de alguna que otra chorrada. Pero resulta que el inconsciente no es más que una máquina para hacer funcionar un animal. ¿Qué podría ser si no? La mayor parte de lo que hacemos es inconsciente. Pasarle tareas al consciente es muy arriesgado. Ballenas y delfines deben coordinar la respiración con el momento de salir a la superficie. Y, claro, la primera vez que los anestesiaron en el quirófano se murieron sin más. Cosa que habría podido predecirse. El inconsciente evoluciona con la especie para acomodarse a sus necesidades y si algo hay que asuste en este sentido es que a veces parece anticiparse a esas necesidades. El inconsciente no puede permitirse sorpresas. Es una de las cosas que preocupaban a Darwin. Pero los médicos del alma no lo pillan. Son cartesianos hasta la médula.

Entonces, ¿cómo duermen?

Los delfines.

Sí.

Bastante bien, diría yo. A fin de cuentas, no conocen la culpa.

No. Me refería a…

Duermen con un solo hemisferio de su cerebro cada vez.

¿Tengo que creérmelo?

Jesucristo en miriñaque. Como diría el Chico.

Perdón. ¿No se hunden hasta el fondo?

Olvida que están medio despiertos. O que la mitad de ellos está despierta. Lo que sería interesante contemplar es si el cerebro despierto está al tanto de los sueños del cerebro durmiente. ¿O acaso el cuerpo calloso se cierra por la noche? O por qué la última inhalación de un delfín moribundo no puede considerarse un suicidio. Bueno, la de después de la última. Cuando se niega a respirar más.

Quizá deberíamos batirnos en retirada y volver al mundo diurno.

Batámonos pues.

No sé dónde hemos puesto lo metafísico.

Casi es una suerte.

¿Tú crees que el sentido del yo es una ilusión?

Bueno. Usted sabe que la opinión mayoritaria entre los de las neuronas es que sí. Por otra parte me parece una estupidez hacerse esa pregunta. A entes coherentes compuestos de un gran número de partes independientes no se les supone por ello, por regla general, que tengan comprometidas sus identidades. Ya sé que eso parece ignorar nuestro sentido de nosotros en cuanto que seres individuales. El «Yo» con mayúsculas. A mí me parece una manera de ver las cosas bastante tonta. Si estuviéramos dotados de una conciencia continua de cómo funcionamos, no funcionaríamos. Incluso se podría uno preguntar que si el yo es efectivamente una ilusión, ¿para quién es entonces ilusorio? Oiga, ¿no íbamos a pasar un rato de la mente?

Tocado. Dices que te crio tu abuela. ¿A partir de qué edad? ¿Doce años?

Sí.

¿Estás distanciada de ella?

No. Claro que no.

Pero habéis tenido vuestras diferencias.

Ella no sabía qué hacer conmigo. La culpa no era suya. Ni mía tampoco. Pensé que cuando me fuera a la universidad ella respiraría aliviada. Estaba demasiado absorta en mis propios problemas para ver los suyos. Me llevó en coche a la estación de autobuses en Knoxville. En mi maleta casi todo eran libros. Cuando me volví para darle un abrazo vi que estaba llorando y me di cuenta de que estaba aterrorizada.

¿Aterrorizada?

Sí.

Temía por ti.

Sí. Por mí.

¿Cuántos años dices que tenías?

Catorce.

Dejaste la universidad dos años después.

Sí. Ya licenciada.

En solo dos años.

Y también los veranos. No fue muy difícil. Me admitieron en el programa de doctorado, pero luego hice el equipaje y me marché a Tucson. Por la noche trabajaba en un bar y de día hacía mates.

¿Y dormir?

Dormía cinco horas al día. A veces cuatro.

No tenías edad para atender un bar. No tenías edad para estar siquiera en uno.

Pero había falsificado mi carnet de conducir.

¿Y el Chico?

Se presentó poco después. Mi pequeño dibuk y sus amistades. Bobby me había regalado un coche y yo solía ir en él hasta las montañas y me sentaba con los pies en el arroyo e intentaba resolver problemas de topología algebraica. Había leído los trabajos de Noether y eran bastante claros y directos. Y a Poincaré, claro. Qué significaban en realidad los números de Betti. Los grupos de homología. Pero la cosa era cómo llegó hasta allí. Sin contar el hecho de que Noether sabía más álgebra abstracta que nadie. Yo tenía claro que para poder hacer lo que ella había hecho primero había que creérselo. Pero esto parecía diferente. La intuición es una nuez difícil de partir. Lo guapo de la topología es que los problemas en los que trabajas no van de ninguna otra cosa. Confías en que al resolverlos ellos te explicarán por qué te los planteabas. Uno intenta ubicar la transformación afín. ¿Es posible estirar una superficie como a uno le plazca? ¿Y si la estiraras hasta el infinito? La anchura iría estrechándose infinitamente. ¿Es posible abordar los límites de lo infinitesimal hasta la saciedad? Las matemáticas tal vez dirán que sí pero tú no te lo crees. Una extensión infinita es más de lo mismo pero una contracción infinita parecería plantear una serie de problemas diferentes. Entendido a la manera de los clásicos. Estamos en territorio Zenón. Aquello de empieza otra vez pero concéntrate.

No sé qué significa nada de lo que dices.

Bueno. Sumémosle la preocupante idea de que la topología tiene dudosos fundamentos matemáticos (o ninguno, como apuntaban varios de sus fundadores), ¿y entonces qué? Se podría decir que lleva implícita su propia lógica, pero ¿acaso no es ese el problema? Si uno afirma que las matemáticas no son una ciencia entonces puede afirmar también que no necesitan más referente que ellas mismas. Cuando Wittgenstein convenció a Russell de que toda la matemática era una tautología, Russell abandonó las matemáticas.

¿Es verdad eso?

No lo sé. Russell decía que sí.

¿Coincide con tu punto de vista?

Dudo que se pueda responder a esa pregunta. A día de hoy, diría que no. Pero yo en aquella época ya había abandonado el edificio. Y la cuestión de fondo, que tocamos muy por encima, es que si el trabajo matemático se lleva a cabo sobre todo en el inconsciente seguimos sin tener la menor idea de cómo trabaja el susodicho. Uno puede tratar de imaginarse la mente interior haciendo sumas y restas y borrando y empezando otra vez, pero así no llegaremos muy lejos. ¿Y cómo es que acierta tan a menudo? ¿Con quién coteja lo que hace? A mí a veces la solución a un problema me ha venido de sopetón. Como de la nada. O quizá del *locus coeruleus*. Y el inconsciente tiene que memorizarlo todo. Nada de notas. Es difícil eludir la preocupante conclusión de que no utiliza números.

No entiendo cómo sería posible.

Puede que no sea verdad. Lo de que acierta tan a menudo. Lo que seguramente sí es verdad es que solo se nos informa de las respuestas correctas. Hace un tiempo en una conferencia me topé con el historiador del Proyecto Manhattan. Un tal David Hawkins. Nos pusimos a hablar de mates y él me dijo que lo primero que le atrajo del tema fue el segundo capítulo de *La decadencia de Occidente* de Spengler. Cuyo título es «El significado de los números». Le pregunté cuál era la visión de Spengler y Hawkins me dijo que no estaba seguro. Que Spengler parecía muy interesado en distinguir entre matemáticas como aritmética y matemáticas como cronología. Algo que a mí me parecía suficientemente establecido en los cardinales y los ordinales. Pero supuse que Spengler perseguía algo más. Me compré el libro y leí el capítulo inicial y luego un poco a salto de mata. Como pasa casi siempre con los filósofos, si es que él lo es, lo más interesante no eran sus ideas sino el modo en que trabajaba su mente. Pasé del libro después de leer algunas cosas más pero me pareció una de las sandeces más interesantes que hubieran caído en mis manos. No creo que se le pueda llamar rarito. Sabe demasiado. Aparte de que el libro está realmente bien escrito. Yo lo pondría en el mismo escalafón que Schopenhauer en cuanto a prosa en alemán. Spengler hace alguna que otra afirmación curiosa. ¿Las matemáticas de la noche? Supongo que Grothendieck es muy capaz de decir algo similar. Pero Grothendieck es un gran matemático. Hay que tomárselo en serio. Empezar este prolijo estudio de lo que él considera el significado de la historia con una investigación sobre el significado de las matemáticas es una estrategia que bien podrían tomar en consideración los filósofos modernos. Una parte muy considerable del trabajo de Wittgenstein es sobre las matemáticas. Pero de esa parte se ha publicado muy poco.

¿Spengler sabe algo de mates?

Ni idea. No menciona a nadie. Todo es conceptual. No sé cómo se puede escribir sobre el significado de los números sin hacer mención de Frege. Incluso en 1917 o 1919. Pero ni siquiera Frege se centra en lo más elemental. Sumar y restar, eso no son matemáticas. Para eso basta un puñado de piedrecitas. Pero la multiplicación y la división ya son otra historia. Si uno multiplicara dos tomates por dos tomates no obtendría cuatro tomates. Tendría cuatro tomates al cuadrado. Entonces, ¿qué es el dos? Bueno. Es un operador matemático independiente y abstracto. Vaya. ¿Y eso qué es? No lo sabemos. Nos lo hemos inventado. ¿Recuerda que los libros de texto hablaran de nada de esto?

No sé si entiendo adónde quieres ir a parar.

Ya. El meollo del asunto es que hace cien mil años alguien se incorporó y dijo: Hostia puta. O similar. Aún no poseía un lenguaje. Pero lo que acababa de comprender es que una cosa puede ser otra cosa. No digo parecerse a o actuar como. Digo ser esa otra cosa. Representarla. Las piedrecitas pueden ser cabras. Los sonidos pueden ser cosas. El sustantivo de agua es agua. Lo que nos parece baladí en razón de su uso es de hecho la noción fundamental de la civilización. El lenguaje, el arte, las matemáticas, todo. En definitiva el mundo propiamente dicho y cuanto hay en él.

Y lo más importante de todo ello deduzco que son las matemáticas.

Bueno. Yo soy matemática.

Entonces, ¿Dios lo es?

Dios no sabe ni sumar dos más dos. Él solo tiene a mano el cero y el uno. El resto somos nosotros. Sin perjuicio de Kronecker. Quizá deberíamos aparcar esto un rato.

Bien. Cuando colgaste los estudios y te fuiste a Arizona, ¿abandonaste el programa de doctorado?

No. Todavía me llegan cartas de ellos de vez en cuando. Quieren saber qué tal van las cosas.

Quieren saber qué tal van las cosas.

Imagino que tendrás un tutor.

Sí. Tutora. No he sabido más de ella.

¿Discutisteis?

No. Pero realmente no es de fiar.

¿Y eso?

Me decía que sí a cosas que yo sabía que ella no entendía. Y yo la ponía nerviosa.

¿Una constante en tu vida?

Supongo.

¿Tu vida es matemática?

No mucho. Los matemáticos tienden a ser bastante francos. Creo que muchos de ellos ni siquiera entienden el concepto de disimular. Son gente rara, y se los tiene por más raros aún. Chaitin dijo que una vez le preguntaron si tenía alguna conexión con la vida real. Querían saber si leía el periódico.

¿Qué tal iba tu trabajo? En Tucson.

Tomó más o menos el mismo camino que toda empresa abocada al fracaso. Ir paulatinamente cuesta abajo para acabar cayendo vertiginosamente.

Imagino que te desanimarías.

No, la verdad. Sabía que lo que andaba buscando estaba ahí. Hacer mates es un poco como vender a domicilio. Hay que aprender a manejar el rechazo. Estudié los problemas de Hilbert. No para resolverlos sino para averiguar qué tenían en común. Si es que algo tenían. Las matemáticas se iban ensanchando y conforme lo hacían se iban dispersando. Llegó un momento, a principios del siglo veinte, en que ya nadie podía entenderlo todo. Cantor fue supuestamente el último matemático universal. Luego Poincaré. Y después nadie. En fin, yo en algún momento pensé que mi carrera tocaba a su fin. Y al mismo tiempo nunca puse en duda mi capacidad. Era la mejor matemática que conocía.

¿Y qué ocurrió?

Los matemáticos suelen mosquearse cuando les sugieres que las verdades matemáticas representan una especie de realidad de segunda categoría. Cuando T.-D. Lee estaba trabajando en teorías de gauge no abelianas se topó con algo denominado teoría de fibrados. Y resulta que las dos eran la misma cosa. Acudió a sus amigos matemáticos y les pidió que le explicaran esto pero ellos no vieron qué había que explicar. Sin embargo, Lee dijo que mientras que la teoría de gauge era una teoría física y por tanto real, la teoría de fibrados no era una teoría física y que por tanto no era real. Y sus amigos se enfadaron y le dijeron no no no sí que es real. La topología es capaz de describir con cierta precisión formas que contradicen una demostración física. No obstante esas formas no pueden ser ideaciones porque entonces cabe preguntar: ¿ideaciones de qué? En fin, a finales de aquel verano yo estaba metida en un pozo.

Muy bien. ¿Y qué pasó entonces?

Que llegaron los magos de Oriente.

¿Perdón?

Obtuve una beca del IHES y allí conocí a tres hombres con quienes podía hablar.

Hablas de ese instituto que hay en Francia.

Sí.

¿Quiénes eran esos hombres?

Grothendieck, Deligne y Oscar Zariski.

¿Por qué ellos tres?

Porque eran ellos, porque era yo.

Eso suena a cita.

Lo es. De Montaigne.

Tu tutora. ¿Ella quizá te consideraba…? No sé cuál sería la palabra. ¿Un poco pedante?

Supongo que sí. Claro que a ella no le ofrecieron una beca del IHES.

Entiendo que era un centro de mucho prestigio.

En efecto.

Tú no conocías a Grothendieck.

No. Una vez le escribí una carta y me dijo que le enviara algún trabajo y eso hice.

¿Sobre qué iba?

Era una explicación de la teoría de topos que pensé que él quizá no habría tenido en cuenta. Y así era. Lo que yo no sabía era que Grothendieck estaba a punto de abandonar las matemáticas. No me quedaba mucho tiempo.

¿Estás bien?

Sí. Estoy bien.

¿Quieres volver a este tema?

Estoy bien.

Podemos hablar de otra cosa. ¿Qué dirías que hemos pasado más o menos por alto?

El hecho de que soy mujer.

¿En relación con las matemáticas? ¿O con los médicos del alma?

En ambos casos.

Vayamos a lo segundo entonces.

En las mujeres la historia de la locura es singular. Desde la brujería hasta la histeria solo somos una mala noticia. Sabemos que se condenaba a mujeres por brujas porque estaban mentalmente desequilibradas, pero nadie ha tenido en cuenta la cantidad —aun si esta fuera pequeña— de mujeres lapidadas hasta morir por ser inteligentes. Que yo no haya acabado encadenada a la pared de un calabozo o quemada en la hoguera no es un testimonio de nuestro civismo en alza sino de nuestro escepticismo en alza. Si aún creyéramos en brujas las seguiríamos quemando. Arpías de nariz ganchuda atadas con correas a la silla eléctrica. Nadie se ha parado a comentar que el estereotipo de bruja tiene que parecer judío. Supongo que el escepticismo no está tan mal. Si uno es capaz de aguantar lo que conlleva. Me alegro de que me traten bien, pero sé que no hay garantías. Cuando este mundo hijo de la razón sea liquidado por fin se llevará a la razón consigo. Y tardará mucho tiempo en volver. Oiga, ¿no nos turnábamos para hablar?

Bueno, pensaba que era solo un recurso. Para meternos en faena. Adelante.

Un clásico.

¿Adelante?

Sí. ¿Alguna vez se le ha suicidado un paciente?

Sí. Una.

Una mujer joven.

Sí.

¿Fue usted al funeral?

Qué pregunta. Fui al funeral, claro.

¿Qué tal fue la cosa?

Pues como cabía esperar. O peor. Nadie me dirigió la palabra.

¿Pensaba que lo harían?

Confiaba en ello. Solo intenté hacer lo que creí que era correcto. Entendía su punto de vista. Un personaje desagradable acechando en el rincón. Alguien que no ha sido invitado. Jamás había visto a gente tan destrozada por la pena. Uno se acostumbra a la gratitud de las personas. Es algo que das por sentado. Gracias, doctor. No piensas en ello. Pero la culpa es pertinaz. Estuve un rato allí con mi traje negro y luego me marché. ¿Todavía es tu turno?

¿Ha pensado alguna vez en cambiar de vida? ¿De sitio?

Supongo que otra vida implicaría otro sitio. No lo sé. Puede que no. ¿Otra vida? ¿Otra profesión?

O adiós vida.

Eso tú, yo no.

Es feliz.

Soy feliz.

De niña fantaseaba con vivir en algún lugar remoto. Siempre estaba haciendo planes sobre cómo llegar.

¿Era un lugar imaginario o real?

Creo que se empieza por lo imaginario. Después te pones en plan serio y sacas el atlas.

¿Dónde acabaste al final?

Acabé aquí.

Pero Stella Maris no salía en el atlas.

Ya lo sé. Era Rumanía.

¿Rumanía?

Sí.

¿Por qué?

Es de donde era mi familia. La de mi madre. Bobby lo investigó. La mujer que desembarcó en la isla de Ellis en 1848 tenía quince años. Había partido de Europa con su madre, pero su madre no llegó. No estaba en la lista de desembarco. En el manifiesto no se daba ninguna explicación, pero tuvo que morir en alta mar. ¿Alguien fue a recibir a esa chica? No lo sé.

¿Cómo fue a parar a Tennessee? Si es que fue así.

Eso tampoco lo sé. Según parece, a los dieciséis años estaba casada. Bobby intentó averiguar algo sobre la familia de ella en Europa. Nuestra familia. No había apenas nada. La Europa de la que huyó estaba inmersa en una guerra sin fin. Hubo familias judías que se adentraron a pie en Asia hasta recalar en puertos de la costa rusa. Con sus maletas a cuestas. Cuando Bobby le dijo a tío Royal que éramos judíos tío Royal le ordenó que se marchara de la casa.

¿Se fue?

No. Claro que no.

Este es el tío chiflado.

Sí.

Es antisemita.

El antisemitismo es el menor de sus problemas.

Eso de Royal, ¿es un apellido?

No. Es que en el sur tenemos nombres raros. Puede que originalmente fuera Raoul. Ya sé. Royal es un nombre legal. Y por supuesto también hay un montón de nombres españoles. Al menos en Tennessee. Carlos, Wanita. Con uve doble.

¿De dónde salieron?

Los trajeron a raíz de la guerra con México. Junto con los tamales picantes. Una noche se metió en la cama conmigo.

¿Tu tío?

Sí.

¿Y tú qué hiciste?

Me bajé de la cama y fui hasta la puerta y llamé a mi abuela.

¿Y tu tío?

Se levantó de un salto y desapareció a toda prisa. En calzoncillos. Flaco.

¿Qué edad tenías?

Trece.

¿Se lo contaste a tu abuela?

No. Bastantes problemas tenía ya. Cuando bajé a la mañana siguiente le dije a mi tío que aún no había decidido si contárselo o no a Bobby. Con eso se le pasaron las ganas.

¿Se lo dijiste a Bobby?

Qué va. No. Bobby le habría matado.

Tu hermano era muy protector contigo.

Sí. Mucho.

Nunca se metió en la cama contigo.

¿Mi hermano? No. Fue al revés.

Me estás engañando.

Nunca me metí en la cama con mi hermano.

¿Por qué decidió pilotar coches de carreras?

Porque se le daba bien. Y de pronto tenía dinero y podía hacerlo. Mi abuela detestaba aquello. Y sin embargo guardaba todos los recortes de prensa. Los físicos suelen tener aficiones que son peligrosas para la salud. Muchos de ellos son escaladores. A veces con resultados predecibles. Bobby se fue a Inglaterra y compró un Lotus de Fórmula 2 en la misma fábrica.

Supongo que fue el coche con el que se estrelló en Italia.

Cambiemos de tema, ¿no?

Está bien. Perdona. Rumanía.

Sí.

¿De verdad querías irte a vivir allí?

Sí.

Pero ¿y tu hermano?

El plan era ese.

¿Pensabas que tu hermano se iría a vivir contigo a Rumanía?

Esa era mi esperanza. Sí.

¿Qué dijo él?

Dijo que no era exactamente lo que tenía pensado.

Qué más.

Es complicado de explicar.

¿Qué relación tenías con tu hermano?

¿Usted qué cree?

No lo sé.

Pues yo tampoco. ¿Me está preguntando si lo hicimos?

¿Lo hicisteis?

No.

¿Qué más?

¿Sobre este tema?

Sí.

Es muy posible que el amor también sea un trastorno mental.

¿Lo dices en serio?

Sí.

¿Tú te lo crees?

Puede que sí. O no sé. A veces. La literatura no es que anime mucho. La experiencia tampoco.

¿Tratas de decirme que estabas enamorada de tu hermano?

A ver, como buen loquero probablemente cree que el incesto es la forma de llegar al corazón de una chica.

Pero no hubo incesto.

No. Solo anhelo.

Prefieres no hablar de esto.

Los asuntos del corazón tienen derecho a cierta confidencialidad.

Muy bien.

Yo sabía que mi sitio no estaba en Wartburg, Tennessee, y creía factible que Bobby hubiera descubierto dónde estaba mi sitio. Dónde estaba nuestro sitio, el de los dos.

O sea, que iba en serio.

Sí. Había encontrado una gramática y estaba empezando a estudiar el idioma.

¿Sabías de qué parte de Rumanía era originaria tu familia?

No. Yo quería vivir en las montañas. No muy lejos de una ciudad de tamaño respetable. Incluso de Bucarest. Necesitaba una biblioteca a mano. Quería vivir cerca de un río y tener una canoa.

Una canoa.

Patético, ¿verdad?

No lo sé. ¿Cuánto tiempo te duró esta fantasía?

Todavía me dura.

¿Quieres que paremos?

Perdón. No, no. Sigamos.

Viviste en Europa pero no llegaste a visitar Rumanía.

Yo quería ir a Rumanía. No visitarla.

Sí, mejor que paremos.

Un pacto es un pacto. No veo que un poco de histeria sea motivo para romper el contrato.

Podríamos hablar de otra cosa.

De zapatos y barcos y cera de sellar.

¿Planeas estas charlas por anticipado?

Estoy segura de que no fui el primer crío en preguntarse para qué querría nadie echarle cera al techo. No. Improviso. Igual que usted.

Yo lo preparo un poco. Tomo algunas notas.

¿Y qué piensa hacer con las cintas?

Si todo va bien, escribiré algo. Creo que ese era el acuerdo.

Siempre y cuando yo no tenga que leer lo que escriba.

¿De pequeña ya tenías una visión tan pesimista del mundo?

¿Quiere decir si antes de la pubertad todo era luminoso? No sé.

Yo no creo que la gente se equivoque al preocuparse por las intenciones que el mundo pueda depararle. Hay numerosas malas noticias por doquier y puede que alguna llame a tu puerta.

Ahogarte en el lago Tahoe. ¿Te lo planteaste en serio?

Muy en serio. Supongo que consta ahí.

Se menciona. Pero al final lo descartaste.

Sí.

¿Qué te hizo cambiar de opinión?

A las chicas no nos gusta pasar frío.

Hablo en serio.

Me puse a pensar en ello.

Eso no es una novedad.

Repasé mentalmente la fisiología de la cosa en sí. No fue muy tranquilizador.

¿Quieres hablar de eso?

Claro. Qué coño.

Nos queda tiempo.

Bien. Lo primero que hay que entender es que el pánico que conlleva la asfixia es una cosa atávica. Tan antiguo como el cerebro. No hay nada que hacer. Se podría pensar que uno será capaz de echarle narices pero resulta que no. Está por encima de todo razonamiento. Es algo que tenemos en común con las ratas. Alguien podría argumentar que el miedo a caer también es primitivo, pero los escaladores que han sobrevivido a lo que pensaban iba a ser una caída mortal coinciden todos en hablar de una sensación de calma y de aceptación. ¿Cómo es eso?

No lo sé.

Yo creo que es porque no hay una decisión de por medio.

¿Una decisión?

Sí. Si te hundes, antes o después vas a tener que tomar la decisión de aspirar el agua y morir. Quizá piensas que la decisión vendrá por sí sola, pero incluso si no eres capaz de aguantar la respiración un segundo más puedes aguantarla otro milisegundo más. Y por supuesto no es una elección sino una decisión. Tienes que decidir que te suicidas. No hay nada de eso en una caída al vacío. Es otra cosa que el cine no ha entendido. Nada de pataleos, nada de gritos. Uno está absuelto de toda responsabilidad. Está en paz. ¿Seguro que le van las conversaciones morbosas?

De ti depende.

Vale. Mi idea era alquilar un bote. Estaba sentada en el pinar que hay más arriba del lago y pensé en la increíble transparencia del agua y me pareció que era un valor añadido. Nadie quiere ahogarse en aguas turbias. La gente debería pensar en eso. Me vi sentada en la barca con los remos afrenillados. En algún momento echaría un último vistazo alrededor. Llevaría puesto un grueso cinturón de cuero con un candado grande comprado en la ferretería y me habría atado a la cadena del ancla por la parte del cinturón donde se dobla tras pasar por la hebilla. Cerraría el candado y tiraría la llave por la borda. Quizá me alejaría un poco. No fuera que me diese por buscar la llave desesperadamente en el fondo del lago. Una última ojeada y apoyas el ancla en tu regazo y pasas los pies sobre la borda y te das impulso hacia la eternidad. La obra de un instante. La obra de toda una vida.

Pero no lo hiciste.

No lo hice. Para empezar el agua en la orilla oriental tiene una profundidad de entre cuatrocientos y quinientos metros y está helada a más no poder. Van a pasar una serie de cosas que no habías tomado en consideración. Claro que si lo hubieras hecho no estarías allí para empezar. O para terminar, vaya. A medida que desciendas, tus pulmones empezarán a encogerse. A trescientos metros de profundidad serán como dos pelotas de tenis. Intentas destaparte los oídos y duele. Es muy probable que se te revienten los tímpanos y eso sí que va a doler mucho. Existe una técnica para enviar aire hacia las orejas a través de las trompas de Eustaquio, pero ahí no habrá aire con que hacerlo. O sea que caes y caes dejando un hilo vertical de burbujas. Las montañas cada vez más arriba. El sol otro tanto y lo mismo la quilla pintada de la barca. El mundo. Tus latidos se ralentizan. Si te hundes lo suficiente al final el corazón deja de latir. La sangre abandona tus extremidades y se encharca en los pulmones. Pero el mayor problema viene ahora. Te vas a quedar sin aire justo antes de llegar al lecho del lago. Incluso con un ancla de casi treinta kilos (todo lo que pude conseguir) no vas a hacer muy buen tiempo. A veinte kilómetros por hora, que ya es mucho, recorres trescientos metros por minuto. En las circunstancias que has elegido para tu empeño una inspiración no puede durar un minuto. Incluso habiendo hecho antes varias respiraciones rápidas. La conmoción y el estrés y el frío y el escaso suministro de aire te van a pasar factura. Total, van a ser dos minutos largos para llegar al fondo, aunque más probablemente cuatro o incluso cinco. No estarás muy cómodo en el fondo del lago.

Cómodo, dices...

Sí. Al menos puedes librarte por fin de la puñetera ancla.

¿Disfrutaste pensando en todas estas cosas?

¿Por qué no? Los problemas siempre son divertidos.

No siempre sé cuándo hablas en serio.

Ya. En fin, llegado a este punto has soltado el ancla y el ancla va a tirar de ti por el cinturón a través de un agua que te está congelando el cerebro. Es improbable que puedas conservar el sentido común pero tampoco es que importe mucho. Cuando por fin renuncies a debatirte como una rata y aspires el agua, tan fría que quema, experimentarás un dolor que supera todo lo imaginable. Puede que eso te distraiga de la angustia mental que conlleva hacer lo que acabas de hacer, no lo sé. Quizá se acordará usted de cómo duelen los pulmones cuando te quedas sin aliento después de correr un día de pleno invierno. Uno inspira demasiado rápido como para que el pulmón tenga tiempo de calentar el aire. Duele mucho. Pues bien, ahora multiplíquelo por sabe Dios cuánto. El calor específico del agua comparado con el del aire. Y la cosa no se va a arreglar. Porque los pulmones son incapaces de calentar el agua que han inhalado. Yo creo que hablamos de un sufrimiento tan atroz que escapa a toda comparación. Nadie ha podido contarlo. Y es así para siempre. El para siempre del suicida.

O sea que estabas sentada en el bosque un hermoso día de primavera con el lago allá abajo y esos eran tus pensamientos.

Esos eran.

Qué más.

Aquí hay varias incógnitas, claro. El lecho del lago será casi todo de grava y eso quiere decir que no se levantará ni una nubecilla de sedimento cuando el ancla toque tierra. Silencio total. A saber lo que hay allá abajo. Los cadáveres de quienes hayan pasado antes. Una familia que ignorabas que tuvieras. La profundidad es tal que a pesar de la transparencia del agua lo que domina es la penumbra. Un mundo frío y gris. No negro todavía. Ausencia de vida. El único color es la fina mancha rosa que se arrastra por el agua, la sangre que te sale de los oídos. No sabemos qué pasa con las arcadas, pero estamos en trance de averiguarlo.

En trance.

En trance. ¿Remitirá esto cuando los pulmones se llenen? ¿Las arcadas? No sé. Nadie lo ha dicho. El reflejo autónomo será expectorar el agua pero no puedes hacerlo porque pesa demasiado. Y por supuesto, no hay nada con qué reemplazarla salvo con más agua. A todo esto la privación de oxígeno y la narcosis de nitrógeno han empezado a competir por tu cordura. Estás sentado en el gélido lecho del lago con el peso del agua en tus pulmones como una bala de cañón y el dolor que el frío produce en el pecho supongo que se asemeja al que produciría el fuego y las arcadas son atroces y aunque tu mente está empezando a desaparecer sigues preso de un terror atávico sobre el cual no tienes el más mínimo control y encima un nuevo pensamiento surgido de la nada se apodera de ti. El extraordinario frío podría mantenerte con vida durante un periodo de tiempo desconocido. Tal vez horas, ahogado o no. Y es lógico suponer que estarás inconsciente pero ¿lo sabes seguro? ¿Y si no lo estás? Mientras las razones para no haber hecho contigo lo que acabas irrevocablemente de hacer se acumulan en tu cabeza solo te quedará llorar y farfullar. Rezar deseando estar en el infierno. En fin, allí sentada entre los árboles y con la suave brisa en la cara supe que no lo iba a hacer. Quizá había sido una mala persona, pero no había sido tan mala. Me puse de pie y regresé andando hasta el coche y conduje de vuelta a San Francisco.

¿Habías ido en coche hasta el lago con el claro propósito de quitarte la vida?

Sí.

Qué más.

Nada más. Pensé en redactar un informe de mis hallazgos. Pensé que la gente empeñada en ahogarse por voluntad propia se iba a encontrar con sorpresas muy desagradables y que lo que yo tenía que decir tal vez les haría cambiar de opinión.

¿Analizaste tan a fondo otros métodos para suicidarte?

No. La verdad es que no había mucho que analizar. Algunas cosas son por supuesto demasiado brutalmente dolorosas. Qué sé yo. Prenderte fuego. Por ejemplo.

No vas a decir si piensas que actualmente corres ese riesgo.

¿De prenderme fuego?

No. Yo…

Era broma.

Ah.

Pensaba que habíamos decidido que corría riesgo. O lo había decidido usted.

¿Dónde estaba tu hermano entonces?

En Italia.

O sea que esto es bastante reciente.

Sí. Sería mejor que me preguntara directamente lo que quiere saber.

Muchas veces no quieres contestar. Especialmente si es sobre tu hermano.

Ya lo sé.

¿Qué otros planes barajaste para quitarte de en medio?

¿Planes en serio?

O no. Bueno, vale. Planes en serio.

Siempre había tenido la idea de que no deseaba que me encontraran. Que si uno muere y nadie se entera sería casi como no haber puesto nunca el pie en este mundo. Pensé en cosas como zarpar a bordo de una zodiac provista de un enorme motor fueraborda y seguir navegando mar adentro hasta agotar el combustible. Luego te encadenas al motor y te tomas un buen puñado de pastillas y abres solo un poquito las válvulas de inflado y te echas a dormir. Quizá irían bien una colcha y una almohada. El suelo de la lancha seguro que estaría frío.

El frío otra vez.

Sí. Bueno, al cabo de un par de horas o así la cosa cedería y te arrastraría hasta el fondo del mar y adiós para siempre. Cosas por el estilo.

Cosas por el estilo.

Pues sí.

¿Sigues dándole vueltas?

No debería haberle contado todo esto, ¿verdad?

No veo por qué no.

Solo conseguiré que se preocupe. En vano.

O sea que yo no podría hacer nada al respecto.

Bueno. No creo que nadie pueda hacer gran cosa respecto a nada.

Pese a la sordidez de tus puntos de vista en realidad no das el tipo de depresivo clínico.

Lo sé. Ya me lo dijo. Mi copa rebosa, reza el salmo.

¿Estás plenamente convencida de que tu pesimismo se basa en una comprensión del mundo a la que otras personas no tienen fácil acceso?

¿Es una pregunta trampa?

No creo.

Yo pienso que la gente en general tiene una razonable comprensión del mundo. Creo que si no la tuvieran no estaríamos aquí.

Dicho como darwiniana.

Como. Ciertos dones son más bien molestos. Imagino que sospechamos que nuestro pasado común solo puede garantizar un futuro común si estamos dispuestos a librarnos de los casos atípicos. Uno por uno. Según van apareciendo. Quien dice librarse dice recluir. O lo que sea.

¿Nos estamos acercando al mundo del…? ¿Cómo dijiste? ¿El Archero?

No lo sé. No ponga esa cara. De verdad que no lo sé.

La presencia detrás de la verja. Alguna idea o sensación tendrás.

¿Tipo qué? ¿Un viento infame? ¿Una oscuridad?

El Archero.

Supongo. Originalmente el Imperator. Yo tenía doce años y era una admiradora del lenguaje. Vi aquella verja y a los guardianes de la verja. Pero no pude ver más allá.

¿Te advirtieron que retrocedieras?

Sí.

¿Cómo lo hicieron?

Con un parpadeo de sus fríos ojos de rata. Los vi a través

de la mirilla que se suponía no debería haber encontrado. Claro que yo era la primera vez que estaba allí. Les sorprendió verme. En fin, no toda visión del mundo con una traza siquiera de especulación es por ello una visión falsa. O errónea. Gran número de verdades hasta entonces desconocidas para nosotros han pasado al dominio humano gracias al testimonio de un solo testigo.

¿Tú crees que quizá la gente en general tiene una visión bastante negra de las cosas? ¿Y que simplemente la repriman?

Sí. ¿Usted no?

No lo sé.

La gente prefiere el destino al azar. Los soldados creen de verdad que hay una bala con su nombre escrito en ella esperándolos. Yo diría que la mayoría de la gente cree no solo en un libro de la vida sino en un libro de su propia vida. Al hado se lo puede aplacar, a los dioses se les puede rezar. Pero el azar es inamovible.

¿Tú crees en un libro de tu vida?

Solo en el sentido de que soy yo quien lo escribe. Lo cual podría ser una ilusión, claro está. Además, eso ni siquiera es una pregunta. El próximo jueves a las diez de la mañana estaré en alguna parte. Viva o muerta. Mi presencia en ese lugar y a esa hora es una certeza con marchamo. Una recopilación de todo cuanto tiene lugar en el mundo. Para mí. No estaré en ninguna otra parte. La falta de precognición no cambia un ápice.

Con marchamo...

Reconocida y garantizada.

¿Tú te consideras atea?

No, por Dios. Eso eran los buenos viejos tiempos.

No sé si ese comentario va en serio o en broma.

Ya lo sé. Yo tampoco. ¿Qué le voy a decir? Soy una chica moderna.

De chicas modernas he conocido a unas cuantas. No puedo decir que encajes demasiado bien en ese perfil. ¿Quieres que terminemos por hoy?

¿Me ve mala cara? Supongo que se requiere más entereza. Pero estoy bien. Durante mucho tiempo he sospechado que tal vez éramos incapaces de imaginar los males históricos de los que se nos acusa con toda justicia y pensé que había al menos la posibilidad de que la estructura de la realidad propiamente dicha albergue algo parecido a las formas de las cuales nuestra sórdida historia no es sino un pálido reflejo. Pensé que era algo que Platón tal vez consideró en su momento pero no se atrevió a expresar. Veo por su mirada que acaba de contemplar la incubación misma de la demencia.

Estoy escuchando. Entiendo que tú nunca has visto al Archero.

Jamás pensaría que una cosa así fuera avistable.

Avistable.

Sí.

Diferente de visible.

Yo no sé si es visible o no lo es. Solo sé que no puedo verle. Verlo.

Habíamos tocado este tema anteriormente. O algo parecido.

Ya lo sé.

La procesión sigue su camino. Es solo una especie de arquetipo siniestro.

Un concepto inquietante con ropaje incluido.

¿Un arquetipo de qué, concretamente?

No lo sé. Imagino que el catálogo de referentes será más bien largo.

¿Quién llegó antes, el Archero o el Chico?

El grandote. Diría incluso que él fue la razón de que luego apareciera el Chico.

¿El Chico hizo alguna alusión a él?

Nunca.

¿Hablaste alguna vez del Archero con tu hermano?

Sí.

¿Y él qué dijo?

Que le parecía que las camisas de fuerza las hacían de talla única pero que no estaba seguro y que podía ser que hubiera talla pequeña, mediana y grande y que tendría que preguntarlo.

No dijo eso en realidad.

No. Pero le vi preocupado. Él creía que la gente alucinaba más de lo que estaba dispuesta a admitir. Eso no quería decir que uno estuviera necesariamente mal de la cabeza. Sobre todo con doce años y ya mal de la cabeza por definición. Pero eso le preocupaba y más adelante pensó que mi visión del mundo podía estar afectando a mis matemáticas. Grothendieck dice en alguna parte que las matemáticas del siglo veinte han empezado a perder su norte moral. Mi hermano pensaba que esa manera de expresarlo era un poco tontorrona, pero cuando le pregunté si sabía realmente qué había querido decir Grothendieck hubo de reconocer que no lo sabía. Para cuando abandonó el IHES Grothendieck era ya bastante raro y Bobby pensó que tal vez había tenido una influencia maligna en mí, lo cual no era cierto, y también me dijo que debería replantearme presentar mi tesis.

Él la leyó.

De hecho, leyó tres borradores diferentes.

¿Entendió tu tesis?

Digamos que sí. Entendió lo que no estaba bien.

¿Que era…?

Que nadie podía entenderla.

Me tomas el pelo.

Lo que no estaba bien era que si bien demostraba tres problemas de la teoría de topos luego pasaba a desmontar el mecanismo de las demostraciones. No para poner en evidencia que estas en concreto eran erróneas, sino que toda demostración semejante pasaba por alto su propio supuesto. Abordando por el camino las afirmaciones más discutidas de la realidad matemática.

Para ti las matemáticas se han convertido en una empresa dudosa.

Me acordé de David Bohm. Bohm había escrito un libro

muy bueno sobre mecánica cuántica, sobre todo porque Einstein le había convencido de que la teoría tenía fallos. Su idea fue pasar sus pensamientos al papel. Y para cuando hubo terminado el libro Bohm ya no tenía fe en la teoría.

Escribir tu tesis te volvió escéptica.

No ayudó mucho.

¿A tu hermano le preocupaba tu estado mental?

¿Si pensaba que yo estaba loca?

Vale. Sí.

¿Loca en sentido coloquial o en sentido clínico?

Clínico.

No lo creo. Pero podría ser que cuanto más pensaba en ello más le preocupara que yo no lo estuviera.

¿Que fuese algo peor, quieres decir?

Sí.

¿Quizá en plan: Y si ella tiene razón?

No lo sé. A Bobby todo esto le incomodaba. Yo había dejado de hablar del asunto. Pero para entonces mi hermano había abandonado toda pretensión de un interés por la veracidad de la vida al otro lado del espejo y solo le interesaba cómo librarse de ello. Y yo ya no estaba muy segura de quererlo. De librarme de ello.

Por qué.

Porque sabía lo que mi hermano ignoraba. Que bajo la superficie del mundo había un apenas disimulado horror y siempre lo había habido. Que bajo el meollo de la realidad subyace un profundo y eterno demonium. Esto lo entienden todas las religiones. Y que imaginar que los nefastos estallidos de nuestro siglo fueran algo único o incluso algo cabal y exhaustivo era una estupidez.

¿Eso se lo dijiste a tu hermano?

Sí. Se lo dije.

¿Qué dijo él?

Se inclinó para ponerme la mano en la frente. Como para mirar si tenía fiebre.

¿Es verdad eso?

Sí.

A ti no te hizo gracia.

Al contrario.

Seguramente le preocupaba que no te sacaras el doctorado.

Así es.

¿Presentaste la tesis finalmente?

No. Ni siquiera había hecho todos los trabajos del curso. Creo que la teoría de conjuntos me convirtió en una proscrita. Poincaré dijo que era una enfermedad. Hilbert que era el paraíso. Al menos si se la incluye en el cuerpo de la obra de Cantor en esa época. Pero era Riemann el que estaba allá abajo haciendo las excavaciones. Más de un matemático que vio lo que tenía entre manos comprendió que su intención era clavar una estaca en el corazón de Euclides.

¿Por qué querría hacer tal cosa?

Porque Euclides no le gustaba. No le gustaba su mujer, y tampoco sus hijos ni su perro.

Supongo que esto está relacionado con los axiomas.

No con los axiomas sino con la realidad. Empieza uno con un punto que no tiene dimensión alguna y por tanto tampoco realidad y lo extiendes hasta formar una línea. ¿Puede una extensión de nada derivar en algo? Hay que decir que sí. Pero no hay quien lo demuestre.

¿Riemann lo demostró?

Si usted lo dice. Se da por supuesto que el hecho de que los triángulos de Riemann excedan una suma de ciento ochenta grados es un artefacto de la curvatura de la Tierra. Pero las figuras son abstracciones. No viven en este planeta. Bueno, en el espacio sí podrían vivir. Y el espacio se curva. En serio. Pero eso Riemann no lo sabía.

No sé si le veo la punta.

Por no decir el punto. Da igual. Tampoco la ve nadie. Mejor que pasemos a otra cosa.

¿Dónde está? La tesis.

Por ahí. En un vertedero.

¿De veras?

De veras.

Pero podrías rehacerla.

Podría. Pero no.

¿A tu hermano le pareció bien eso?

No. Se enfadó.

Pese a que había dicho que era una tontería.

Él no dijo que fuera una tontería. La discusión había pasado de lo formal a lo estructural y a partir de ahí lo que se ponía en cuestión era la disciplina misma.

No estoy seguro de entender qué es lo que pretendías.

Ya lo sé. En definitiva se reducía a cuestiones tales como de qué hablas en realidad cuando investigas la naturaleza de forma y figura. El capítulo final se titulaba «El prestigio». Y no, no se cerraba con un quod erat demonstrandum.

Eso del prestigio, ¿es un término matemático?

No. Es el nombre del tercer acto de un número de prestidigitación. Explica el momento en que la mujer que has visto cómo cortaban por la mitad sale entera y saluda al público.

¿Estabas comparando tu hipótesis matemática con un número de magia?

Sí.

Pero supongo que no piensas que las matemáticas sean cosa de magia.

Yo creo que hay magia cuando es algo que no entiendes. Cuando aprendes más cosas se vuelve menos mágico. Y luego cuando te das cuenta de que hay una clara sensación de que nunca lo vas a entender se vuelve mágico otra vez. Por regla general, la gente hace las paces con sus demonios. No todos. Jung menciona un caso que da a entender que los estados mentales aberrantes tal vez no sean una enfermedad en sí mismos sino más bien una protección contra una enfermedad mayor. Sabemos que la conciencia no se reduce a cero más que en la muerte. En el Burghölzli tuvo un paciente comatoso que contrajo una enfermedad grave estando aún en coma. Hasta que un día se incorpora y empieza a dar órdenes a las enfermeras. La cosa se prolongó hasta su total recuperación.

Momento en que volvió a quedarse dormido. Ya no volvió a despertar. Ni siquiera sé si es una historia verídica. Probablemente lo es. Aunque solo sea porque la historia misma es más inteligente que Jung. Quien después de todo tuvo que buscar ayuda para pasar el examen de mates en la facultad de Medicina. En fin, la respuesta es sí. Yo creo que fue enviado. Lo demás realmente no cuenta.

Perdona. Me he perdido.

Hablo del Chico.

Ah. Bien. ¿Y quién lo envió, entonces?

No lo sé. Él no es más misterioso que las preguntas de mayor calado sobre cualquier otra realidad. O sobre las matemáticas, para el caso. Formas que giran en un vacío sin nombre. Rescatadas de un mar lóbrego de lo incomputable. Se acabó el tiempo.

VI

Buenos días.

Buenos días.

Te veo diferente.

La lenta palidez. La mirada distante. Usted también parece un poco maltrecho.

He tenido suerte de llegar. Las carreteras son terribles.

Se cuida mucho de no hablar demasiado de usted. De su vida. A lo mejor debería ceñirse un poco menos a las directrices del partido.

Bueno. Te conté que estaba casado. Dos veces con la misma mujer. Tenemos dos hijos. ¿Qué querías saber?

¿Cómo se llama su hija?

Rachel.

Un nombre precioso. Y triste. ¿Cuántos años tiene?

Nueve.

¿Cómo es ella?

No es triste.

De momento.

¿No te parece raro decir eso?

Yo creo que a los hijos se les pone el nombre de cómo quieres que sean. ¿Cómo sería su hija si le hubieran puesto Dolly? Ella piensa mucho.

Sí. Piensa mucho.

Es alta y delgada. Tiene el pelo oscuro. Es lista. Le gustan los gatos. Le da caña a su hermano pequeño. Salvo si él se hace daño. Entonces ella es la primera en acudir.

Podrías hacer este número en un circo.

Quizá la conozca algún día. ¿Ha estado aquí alguna vez?

No. Creo que no. No. Seguro.

¿Qué tal si empieza?

¿Quieres decir que me toca a mí?

Sí.

Vale. ¿Qué podrías contarme que no le hayas contado nunca a nadie?

A ningún otro analista.

De acuerdo. A ningún otro analista.

Cantidad de cosas.

Dime algo que tenga una cierta importancia. Que te haya hecho pensar. Quizá una pregunta que pensabas hacer pero no te hayas decidido a hacer.

Piensa que se nos acaba el tiempo…

No lo sé. ¿Se nos acaba?

Ni idea.

No tiene por qué ser algo personal. Ni siquiera tiene que ser algo relacionado contigo.

¿Con quién entonces?

Podría ser cualquier cosa. Por ejemplo una decisión que hubieras tomado. O algo de lo que te hayas percatado.

Percatado.

Sí.

Curiosa palabra, ¿no? Que literalmente significa «catar por completo». ¿Y si le contara una mentira monstruosa y ya está?

¿Por qué ibas a hacerlo?

No lo haría. He dicho «y si». Me parece que tiene tendencia a creer casi todo lo que le digo.

¿Soy demasiado confiado? ¿Demasiado crédulo?

No. Yo creo que es buen tipo.

Adelante.

Viajé. Carretera y manta. Un par de meses recorriendo el país. Comía y me duchaba en paradas de camioneros y casi siempre dormía en el coche.

¿Hacías mates?

No. Leía mucho. Iba a un hotel barato de Boise o donde fuera y me encerraba en la habitación. Dejaba el coche en el aparcamiento de unas galerías comerciales y me llevaba la bobina de encendido.

¿Para qué?

Para eso. Leía a un ritmo de cuatro o cinco libros al día. Una parte de las cosas que yo buscaba llevaban años descatalogadas. Lo que hacía era falsificar carnets de identidad de estudiantes para sacarme el carnet de biblioteca. Leí tomos que nadie había tocado en cuatro décadas.

¿Dónde andaba Bobby en esa época?

No lo sé. Creo que rondaba por el país cambiando monedas de oro por dinero en efectivo.

¿Y el Chico?

Se presentaba de vez en cuando. Por regla general un poquito pocho. A veces me despertaba en la habitación de un hotel en no sé qué sitio y apenas si sabía cómo había llegado allí. Tumbada en la cama con la ropa puesta. Y el Chico se ponía a deambular y a decir cosas como no tenemos mucha pasta pero he podido conseguir este cuarto. Tenemos que mantener un perfil bajo. Pensar bien las cosas. Me sentía como John Dillinger. ¿Qué cosas? ¿De qué estás hablando? Te das cuenta de que llevas varios días sin bañarte ni comer. No sabes muy bien dónde dejaste el coche. Bajas a la calle y hace mucho calor. Las diez o las once de la mañana. Vas hasta la esquina y hay un puesto de periódicos y echas un vistazo y es el *Miami Herald*. Muy bien. Por algo se empieza. Vuelves a la habitación y el Chico ya no está. Te metes a rastras en la cama y te echas la sábana por encima. No tienes nada que hacer. Hasta dentro de un par de horas no te toca dejar la habitación. Pero nadie llama a la puerta. Resulta que he pagado para estar una semana. Cuando salgo por la tarde me encuentro el coche junto a un parquímetro y veo que me han dejado una multa en el parabrisas. Movía el coche de calle en calle. De parquímetro en parquímetro. De multa en multa. Entré en un pequeño colmado y compré tomates y queso y no sé qué más.

Unos panecillos. Volví a mi habitación pero parecía que el Chico se había marchado de verdad. De hecho todo iba bastante bien. Bueno, sin contar los borrachos que aporreaban tu puerta a horas intempestivas. El tipo que atendía la recepción en un hotel de Topeka, Kansas, me preguntó a bocajarro si yo lo hacía cobrando y yo le dije que me mirara bien y que luego se preguntara que si yo era una fulana qué coño pintaba en un hotelucho de mierda como aquel.

¿Y él qué dijo?

Dijo: No te falta razón.

¿Qué pensaste que iba a pasar?

No sabía qué iba a pasar. Pensé que quizá acabaría viniendo aquí. De hecho vine una vez y dormí dentro del coche en el aparcamiento. Pero al día siguiente me marché.

No tenías amigos. ¿En ninguna parte?

No.

Dijiste que en el instituto no tenías amigos.

Me eligieron delegada del último curso. Pero yo creo que solo querían ver qué pasaba.

¿Qué pasó?

Nada. Yo ya tenía la mirada puesta en la universidad. Además, solo tenía catorce años.

¿Llegaste a decirle a tu hermano que eras sinestésica?

Sí. Él me preguntó.

¿Que te preguntó?

Sí.

¿Qué le empujó a hacerlo?

Bobby es muy inteligente y sabe un montón de cosas. Vio que yo era una buena candidata. Y además sabía que los chavales sinestésicos suelen guardárselo para sí porque se dan cuenta de que sus compañeros solo los encuentran raros.

¿Bobby era sinestésico?

No. O muy poco. Había tenido un par de episodios, pero no le marcaron la vida. Total, después de eso se lo conté todo.

¿Le contaste lo del Chico?

Sí. El verano siguiente Bobby vino a casa y estuvo allí los

tres meses y esa fue la mejor época. La última época buena. Yo tenía una beca para estudiar en Chicago cuando llegara el otoño. Mi hermano vino y empezamos a salir como novios.

¿Como novios?

No sé de qué otra forma decirlo. Salíamos todas las noches.

¿Salíais?

Sí. Me llevaba a garitos de las afueras de Knoxville. El Indian Rock. El Moonlight Diner. Yo me vestía como una putilla y bailaba meneando el culo a tope. Bobby a veces tocaba con la banda. Hacía improvisaciones con la mandolina. Yo a la gente le decía que estábamos casados. No fuera a provocar alguna bronca. Me encantaba. ¿Seguro que quiere oír todo esto?

Creo que sí. ¿Por qué?

Puede que la cosa se ponga un poco guarrilla.

¿Cuántos años tenías?

Catorce. Recién cumplidos.

Le decías a la gente que tu hermano y tú estabais casados.

No sabían que era mi hermano. Bueno, casi nadie.

¿Y a él le parecía bien?

Supongo que sí. Era como una especie de broma.

Quizá debería preguntarte si estás segura de querer seguir con esto.

De perdidos al río.

Porque me da que para ti no era una broma.

No lo era.

¿Algo que quieras añadir a eso?

Solo que yo quería casarme con él. Como sin duda habrá adivinado. Siempre lo quise. No es algo muy complicado.

¿Querías casarte con tu hermano?

Quería estar casada con él. Sí.

Entiendo.

Lo dudo. En fin, ya ha saltado la liebre.

¿Se lo dijiste a tu hermano?

Sí.

Le dijiste que querías casarte con él.

Sí. Le pedí que se casara conmigo.

Le pediste a tu hermano que se casara contigo.

Sí.

Lo decías en serio.

Mucho.

¿Qué te dijo él?

Que esperase a que se me pasara la resaca.

¿Habías bebido?

No. Yo no bebo. Era una manera de hablar.

¿Y no te parecía que hubiera nada de malo en casarte con tu hermano?

Me parecía que el hecho de que no fuese algo aceptable no era problema nuestro. Sabía que él me amaba. Tan solo tenía miedo. Yo ya me lo veía venir. No tenía dónde caerme muerta. Sabía que tendríamos que escaparnos, pero eso no me importaba nada. Le besé en el coche. Nos besamos dos veces, en realidad. La primera muy suave. Él me dio unas palmaditas en la mano como quien no quiere la cosa y se volvió para arrancar el coche pero yo le puse una mano en la mejilla y le hice volverse hacia mí y nos besamos de nuevo, y esta vez no fue nada inocente en absoluto y a él se le cortó la respiración. Y a mí la mía. Luego apoyé la cabeza en su hombro y él dijo: Esto no puede ser. Tú sabes que no puede ser. Quise decirle que yo ignoraba tal cosa. Ojalá lo hubiera hecho. Le di un beso en la mejilla. Yo no tenía ninguna fe en su determinación. Me equivocaba. No volvimos a besarnos nunca más.

Todo esto me lo dices en serio.

Sí.

Ya lo tenías todo decidido antes de la noche en cuestión.

La noche en cuestión. Sí. Lo sabía desde hacía años. Le dije que a mí no me importaba esperar. Y entonces se me saltaron las lágrimas. No podía parar de llorar.

¿En serio pensaste que tu hermano se casaría contigo?

Sí. Y debería haberlo hecho.

Y entonces, ¿qué? ¿Iros a vivir a otro país?

Sí.

¿No pensaste que quizá encontrarías a alguien más?

No había nadie más. Ni lo habría nunca. Y para él tampoco. Solo que él aún no lo sabía.

¿Qué edad tenías cuando te diste cuenta de que estabas enamorada de tu hermano?

Doce años, creo. O menos. Sí, menos. El pasillo del instituto.

Y ya no volviste la vista atrás. Por utilizar una frase hecha.

No es fácil de explicar, pero yo tenía muy claro que no había ninguna otra manera de ver las cosas. Bobby se marchó a estudiar y yo solo pensaba en cuándo volvería a casa. Por Navidad o cuando fuera.

Y esa noche tú se lo contaste todo.

Sí.

¿No sabías lo que él te iba a decir?

No me importaba. Teníamos que empezar de alguna manera.

Y el hecho de que él pareciera más o menos rechazarte no cambió nada.

No. Le pregunté con quién pensaba él que debía casarme pero Bobby lógicamente no tenía la respuesta. Insistió en decir que solo tenía catorce años pero yo le contesté que era él quien estaba diciendo tonterías, no yo. ¿Y si uno de los dos se moría? ¿Quién muere para siempre?

¿Cuántos años tenía tu hermano?

Veintiuno.

¿Alguna novia?

Lo intentó, pero nunca hubo nada duradero. Yo no estaba celosa. Quería que viera a otras chicas. Quería que entendiera la verdad de su situación.

Que estaba enamorado de ti.

Sí. Carne de su carne. Una lástima. Éramos como los últimos seres humanos sobre la tierra. Podíamos elegir entre adoptar las creencias y las prácticas de los millones de muertos bajo nuestros pies o bien empezar de cero. ¿En serio tenía que pensárselo? ¿Por qué iba a estar yo sin nadie? ¿Por qué él? Le dije que yo ni siquiera tenía forma de saber si había justicia en mi corazón si no tenía a nadie a quien amar y que me amara a mí. Uno no puede atribuirse una verdad que carece de resonancia. ¿Dónde está el reflejo de tu valía? ¿Y quién hablará por ti cuando estés muerto?

Lo siento. No pretendía hacerte llorar.

No es por eso.

¿Quieres que paremos?

No.

¿Qué más?

Le dije que quería tener un hijo suyo.

Le dijiste a tu hermano que querías un hijo suyo.

Mire. No sirve de nada que me vaya repitiendo las cosas como si quisiera describir el horror y la locura que entrañan. Usted no puede ver el mundo que yo veo. No puede ver con mis ojos. Ni ahora ni nunca.

Estoy convencido de que eso es verdad.

Le dije a mi hermano que estaba enamorada de él y que siempre lo había estado y que lo seguiría estando hasta que me muriese y que no era culpa mía que él fuera mi hermano. Se podría interpretar como un golpe de mala suerte y nada más. Le dije que dimitiera.

¿Que dimitiera?

Sí. De su condición de hermano.

¿Y cómo iba a hacer tal cosa?

No lo sé. Dar tres vueltas sobre sí mismo y decir: Condeno este vínculo de sangre.

Y luego casarse contigo.

Y luego casarse conmigo. Sí. Aunque se podría decir que los hechos eran más crudos que eso.

¿En el sentido de que querías acostarte con tu hermano?

En el sentido.

Los estigmas del incesto no significaban nada para ti.

¿Qué quiere que le diga? ¿Que soy una chica mala? ¿Quién es para mí Westermarck o yo para él? Quería hacerlo con mi hermano. Desde siempre. Todavía hoy. En el mundo hay cosas mucho peores.

Sin duda te diste cuenta de que eso para Bobby era una especie de tortura.

Claro. Pero confiaba en que él entraría en razón. Que de repente acabaría entendiendo lo que siempre había sabido. Supongo que pensé en sacarlo de su autocomplacencia dándole una buena sacudida. Le cogía la mano. Me sentaba pegada a él mientras íbamos en coche a casa y apoyaba la cabeza en su hombro. Supongo que era una descarada pero a mí la vergüenza no era algo que me preocupase mucho. Sabía que tenía una sola oportunidad y un solo amor. Y no me equivocaba respecto a los sentimientos de mi hermano. Vi la forma en que me miró.

Estás totalmente segura.

Sí. Durante las vacaciones de primavera fuimos a un albergue de Patagonia, Arizona, y yo no podía dormir y fui a su cuarto y me senté en su cama y pensé que él me tomaría entre sus brazos y me besaría pero no lo hizo. Hasta esa noche no supe que en el peor de los casos la lujuria podía estar muy cerca de la angustia. Pensé que quizá había cambiado algo durante la cena pero tampoco era eso. Empezó a preocuparme que si me moría él pensara que era por su culpa. Una desazón que ya no me abandonaría nunca. Un amigo me dijo una vez que quienes eligen un amor que jamás puede ser satisfecho terminan acosados por una furia que nada logra aplacar.

¿Estás enfurecida?

No lo sé. Sé que no cuesta nada argumentar que toda la pena de los seres humanos se basa en la injusticia. Y que la pena es lo que queda cuando la furia se agota y descubres que no sirve para nada.

¿Por qué no tomamos un té?

¿Tan mal está la cosa?

Enseguida vuelvo.

Sin prisa. Yo mientras miraré sus notas.

* * *

¿Estás mejor?

Sí.

Muy bien. Eso de que no posees nada.

Sí.

¿Despojarte de todo podría ser una manera de prepararte para la muerte?

No creo que haya una forma de prepararse para morir. Uno se la inventa. No hay ninguna ventaja evolutiva de cara a afrontar mejor la muerte. ¿A quién ibas a dejársela en herencia? Eso con lo que estás lidiando, el tiempo, no es algo maleable. Salvo que cuanto más acumulas menos te queda. El licor del ser va goteando al suelo. Tienes que apresurarte. Pero la prisa misma está consumiendo lo que más quieres preservar. Has sido enviado para lidiar con eso contra lo que no puedes lidiar. Es demasiado difícil.

No discrepo. Me parece. Aunque supongo que yo no podría decirlo de una manera tan intrincada. O no querría.

Intrincada. ¿Por no decir histérica?

No. ¿Me equivoco o tú no considerarías un deseo de muerte el que tu hermano pilotara coches de carreras?

No me van los disparates.

Dijiste que a bastantes físicos les dio por hacer escalada.

Sí. Pero a él no le habría funcionado.

¿Cómo es eso?

No le daban miedo las alturas. No habría tenido ningún sentido escalar montañas.

¿Qué le daba miedo?

Las profundidades.

¿Y conducir rápido?

Nunca he conocido a un piloto de carreras a quien le diera miedo conducir rápido. Todos piensan que los accidentes no van con ellos. Hay un viejo dicho en ese oficio en el sentido de que lo que te mata no es ir muy rápido sino parar muy rápido. Nadie habla de accidentes pero están ahí en todo momento. Vi una foto de Nina Rindt tomada hace dos años en Monza. Lleva un vestido precioso y se la ve mirando hacia la pista. Su marido acaba de matarse, pero ella aún no lo sabe. Bobby y yo estuvimos en la casa que tenían en Ginebra. En la pared del salón había un coche de Fórmula 2 colgando con el morro hacia abajo. Ella había sido modelo y era bellísima. Venía de una rica familia finlandesa. Estaban muy enamorados, Jochen y Nina, y yo sentía muchos celos. Idiota de mí. No sabía que íbamos a ser hermanas de la única manera que realmente importa.

Has dicho que en lo que concernía a Bobby eras descarada. ¿Descarada hasta qué punto?

¿Hasta qué punto le va lo lúbrico?

No sé. No sé lo lúbrico que se va a poner esto.

Le conté a mi hermano un sueño que tuve.

Un sueño.

Sí.

De intimidad.

Sí.

¿Cuál fue su reacción?

Más o menos la esperada.

Le horrorizó.

No era para menos. Supongo.

Era especialmente gráfico. El sueño.

Muy gráfico.

¿Era frecuente que soñaras con tu hermano en este plan?

No. Sobre todo soñaba que estábamos juntos. Que vivíamos juntos. Soñaba que estábamos casados. Ahora ya no tanto. O no mucho. ¿Le parece eso triste? Imagino.

No sé lo que me parece.

Estábamos en una cabaña. En el bosque. Quizá parecida a la cabaña en que vivió mi padre pero al borde de un lago. Creo que podría haber sido aquí en Wisconsin. Era otoño y había lumbre en el hogar y puede que afuera estuviera nevado. No estoy segura. Era una gran chimenea de piedra y desde el dormitorio se veía el parpadeo del fuego y había velas encendidas por todas partes.

¿Esto cuándo fue?

Hace dos años. ¿Quiere que se lo cuente o no?

Sí.

Había velas por todas partes y estábamos los dos desnudos y él levantaba la cabeza desde donde estaba entre mis piernas y sonreía y a la luz de las velas su cara relucía de fluidos femeninos y entonces me desperté. Me despertó un orgasmo.

¿Se lo contaste a tu hermano?

Sí.

¿Y qué dijo?

Dijo... Dijo: No puedes hablarme así. No se te ocurra hablarme nunca más de esas cosas.

¿Y...?

¿Cómo que y...?

¿Tú qué le dijiste?

Que vale. Y lo cumplí.

¿Qué sensación tuviste al respecto?

¿Del sueño, quiere decir?

Sí.

Sensación de pesar.

¿Lamentabas habérselo contado?

No. Lamentaba que fuera un sueño. Se acabó. Estoy cansada.

De acuerdo. ¿Nos veremos el miércoles?

No sé. Sí. Nos veremos.

VII

¿Cómo te va?

Bien.

No te había visto ese jersey.

Es prestado.

No tienes ningún abrigo, ¿verdad?

De aquí no me voy a mover.

Podría traerte uno.

Vale. ¿Y unos chanclos?

De acuerdo. ¿Qué te has hecho en el pelo?

Leonard me ha arrancado algunos trozos.

¿Qué usó para cortártelo?

¿Tan mal me queda?

Solo me preguntaba de dónde sacó las tijeras.

Sin comentarios.

Vale. Estuve escuchando otra vez nuestra última sesión.

¿Ah, sí?

Se me ocurrió que cuando un paciente se quita de encima el peso de alguna cosa íntima, aunque el terapeuta pueda pensar que se ha ganado un nuevo nivel de confianza, quizá no sea así en absoluto.

Entonces si no es así, ¿cómo es? Según usted.

Podría ser que el paciente tenga miedo de que la terapia saque a la luz alguna otra intimidad que considere más privada. Aunque te concedo que eso no es muy fácil de imaginar.

O sea que yo le cuento algo que no quiero que usted sepa con el fin de ocultar algo que realmente no quiero que sepa.

Por ahí va la cosa.

Me parece un poco rollo psiquiatra.

Ya lo sé. De hecho es parecido a algo que ya dije un día.

Bueno, una vez destapado el ardid del paciente, ¿qué cosas tremebundas cree usted que podría estar ocultando?

No lo sé. ¿Qué me ofreces?

Marlon Brando en *Salvaje*.

¿Perdón?

Él decía esa frase. En fin, ¿por qué habría de contarle nada? ¿Acaso no es ese el sentido de la estratagema?

¿Todavía te imaginas en una relación íntima con tu hermano?

Mi hermano está muerto.

Lo siento. ¿Por eso dejaste el IHES? Bueno. Sí. Naturalmente. Supongo. Quizá lo que quería saber es si tienes intención de volver.

No tengo intención de volver.

¿Dónde aprendiste alemán?

En Alemania.

Lo hablas sin ningún acento.

¿Cómo lo sabe?

Bueno, me lo parece. Mi abuela hablaba alemán. Alemán y yidis.

Había un piloto alemán que estaba interesado en mí.

¿Tenías una historia con él?

No. Pero Bobby no lo sabía. Le dije que no era asunto suyo. Solo quería que viese lo falso que era.

Estaba celoso.

Qué le voy a contar.

¿Te gustó Alemania?

Sí. Me sorprendió. Yo diría que me esforcé más con el alemán que con otros idiomas. Tenía unas diez libretas codificadas por colores. Los artículos son un lío. Aparte de que es una sociedad bastante amanerada. Me hice una larga lista de cómo había que decir las cosas.

Para entonces tu amigo ya no estaba en el Institut. ¿Es así?

Sí.

Pero no fue esa la razón de que abandonaras las matemáticas.

No. Lo habría hecho igualmente.

¿Lo echas de menos?

Es como echar de menos a los muertos. No van a volver. Supongo que ciertos temas fundacionales seguirán provocándome pesadillas. Y hay veces en que extraño el cálculo puro y duro. Resolver problemas. Cuando de pronto ves que todo encaja tras días de dura labor es como cuando un animal extraviado se pone al resguardo de la lluvia. Tu idea es decir ahí lo tienes. Decir con lo preocupada que estaba. Casi ni te molestas en revisar lo que has hecho. Simplemente lo sabes. Sabes que lo que estás mirando es verdad. Es una gozada.

¿Te has hecho cortes alguna vez?

Que si me he hecho cortes…

Sí.

A veces se pone en plan provocador. ¿Lo sabía?

No. Tus fantasías sobre el suicidio. ¿Cómo está la cosa actualmente?

Aunque lo supiese no se lo diría.

¿De qué te sientes culpable?

Aparte de haber nacido, supongo.

Aparte. Sí.

Creo que para empezar debería decir que dudo mucho que la gente decida suicidarse por un sentimiento de culpa. ¿Cuándo ha sido el hombre tan virtuoso?

Tu despedida del Chico.

Sí.

Él quiso saber si le echarías de menos.

Sí.

¿Qué le respondiste?

No supe qué decir. Me asfixiaba la pena. Era algo que no me esperaba.

Pero no vas a verle más.

No.

Me abstengo de preguntarte cómo puedes estar tan segura. ¿Después de cuántos años?

Ocho. La ogdóada.

¿La qué?

Del Egipto gnóstico.

No tienes nada claro qué es lo que representaba el Chico.

Él se representaba a sí mismo. Es un ser independiente, no cosa mía. Eso es lo único que aprendí, bien mirado. Sea cual sea su interpretación de esta frase. No he conocido a un solo terapeuta que no quisiera matar al Chico.

O sea que al final le tomaste cariño.

Es menudo y frágil y valiente. ¿Qué vida interior tiene un eidolon? ¿Sus preguntas y sus pensamientos se originan con él? ¿Los míos conmigo? ¿Es una creación mía? ¿Lo soy yo de él? Vi cómo se las apañaba con sus paletas y la vergüenza que le daba que yo lo viera. Sus giros verbales, su incesante deambular. ¿Eran obra mía? Yo no tengo talento para eso. No puedo responder a sus preguntas. La tradición de troles y demonios varios montando guardia contra toda investigación debe de ser tan antigua como el lenguaje mismo. Claro que puede que un amigo sea alguien a quien puedes tocar. No lo sé. Ya no tengo una opinión sobre la realidad. Antes sí. Pero ya no. La primera norma del mundo es que todo se esfuma para siempre. Hasta el punto de que uno se niega a aceptar que entonces lo que vivimos es una fantasía.

¿Te han hecho algún plan de salud personalizado? En tu historial no consta.

No, pero probablemente voy camino de eso. Gracias a mi bocaza.

Es solo que eres responsabilidad mía. No cambiaría nada. Pero quizá tendría más opciones de saber qué es lo que te pasa.

Al menos me gustaría tener un poco de intimidad. El guardaespaldas te sigue a todas partes. Miran cuando te duchas. No te dejan ponerte nada en los pies. Doña Enfermera Gruñona me tiraría los tejos, seguro.

Déjame que lo piense.

¿Y si retomara la medicación?

¿Lo harías?

No.

Podríamos revisarla.

No tiene ni siquiera un diagnóstico y ya quiere recetarme algo.

Entonces, ¿por qué lo has planteado?

Solo quería ver si sacaría a relucir sus fármacos. El litio siempre viene al final porque no es patentable. Con eso no se puede sacar pasta. Por lo demás los nombres mismos son una maravilla. Depakote. Seroquel. Risperdal. Joder. ¿Quién se inventa esta mierda?

Crees que todo esto es una conspiración farmacéutica.

No. En absoluto. ¿Por qué le toco los cojones? Los sueños son frágiles. Si se los puede provocar mediante las drogas no hay razón para que no sea posible eliminarlos también con las drogas.

¿Esta faceta tuya es la que algunos médicos han calificado de difícil?

Supongo que podría usted preguntarles qué esperaban de una paciente mental. Bueno, al final yo casi no era ni paciente. Ellos en cambio seguían siendo médicos difíciles.

Te estudiaste estos temas para desconcertarlos.

Yo no me estudié nada porque no había nada que estudiar. Si sus propias doctrinas pudieran causarles confusión, ¿no lo habrían hecho ya?

Hablabas de despertarte de sueños muy feos. ¿Alguna vez viste algo que fuera verdaderamente preocupante?

Nunca vi monstruos. Seres decapitados con la cabeza entre sus manos. Siempre tuve la sensación de que lo peor de todo estaba más allá de toda representación. Era imposible concebir algo a lo que pudieran parecerse. Faltaban piezas para armar ese puzle.

¿Eso es algo que se repite?

No. Y algunas veces todo desaparecía sin más. Sigue pasando. A veces en invierno me despertaba por la noche y todo lo que olía a terror se había evaporado y desaparecido en la oscuridad y yo me quedaba allí tumbada con los copos de nieve salpicando el cristal de la ventana. Se me ocurría que tal vez convendría encender la lámpara pero al final continuaba acostada y escuchaba el silencio. El viento en la quietud. Ahora cuando veo a esos pacientes de camisón sucio acostados en camillas a lo largo del pasillo con la cara vuelta hacia la pared me pregunto qué significa la palabra «humanidad». Me preguntaba si yo pertenezco a ella.

¿Querías pertenecer a ella?

Quería. Sí. Solo que no estaba dispuesta a pagar la entrada. Cuando tenía un buen día era capaz incluso de conceder que éramos todos iguales. Había mucho de igual y poco de diferente. Las mismas formas inverosímiles. Codos. Cráneos. Vestigios de un alma.

Me sorprende oírte decir estas cosas.

Parece ser que el trastorno mental no se da en los animales. ¿Usted por qué cree que es?

No lo sé. Pero apuesto a que tú alguna idea tendrás.

¿Por qué piensa eso?

Porque si no no hubieras hecho la pregunta. Eres como los abogados.

Que no hacen una pregunta a menos que conozcan la respuesta.

Sí. En fin, ¿y qué me dices de los perros con rabia?

La rabia no es una enfermedad mental. Es un trastorno del cerebro.

Interesante distinción. Muy bien, ¿y por qué? ¿Los perros no son lo bastante listos?

Dudo que se trate de eso. Los cetáceos son muy inteligentes y no parece que presenten casos de locura. Yo creo que para tener demencia es preciso tener lenguaje.

Imagino que para poder oír voces.

No sé bien la razón. Pero es preciso comprender lo que supuso la aparición del lenguaje. El cerebro se había apañado la mar de bien sin él durante unos cuantos millones de años.

El advenimiento del lenguaje fue como la invasión de un sistema parasitario. Un apropiarse de las áreas del cerebro que tenían una función menos clara. Las más susceptibles de ser incorporadas.

Una invasión de parásitos.

Sí.

Lo dices en serio.

Sí. El saber interior de un organismo vivo es tan necesario para su supervivencia como el oxígeno y el hidrógeno. La gobernanza de todo sistema evoluciona coetáneamente con el propio organismo. Todo desde un parpadeo a una tos o a la decisión de correr para salvar el pellejo. Toda facultad salvo el lenguaje tiene la misma historia. El lenguaje no sigue otras reglas de la evolución que las necesarias para su propia construcción. Un proceso que duró menos que el guiño de un ojo. La extraordinaria utilidad del lenguaje lo convirtió en una epidemia de un día para otro. Parece haberse extendido de forma casi instantánea en los núcleos más remotos de seres humanos. El mismo aislamiento que condujo a la singularidad de los grupos no parece haberles servido de protección contra esta invasión y tanto la forma del lenguaje como las estrategias mediante las cuales se asentó en el cerebro parecen prácticamente universales. El requisito más inmediato era una mayor capacidad para generar sonidos. Parece ser que el lenguaje se originó en el sur de África y este requisito podría explicar los clics de las lenguas joisanas. El hecho de que hubiera más cosas que nombrar que sonidos con los que nombrarlas. En cualquier caso, el mayor obstáculo fue probablemente la facilidad física para el habla. La faringe se estiró hasta que el aparato en su forma actual se diría que ha estrangulado a su portador. Somos la única especie de mamífero que no puede tragar y articular al mismo tiempo. Piense en un gato que gruñe mientras come y luego inténtelo usted. En fin, el sistema inconsciente de saber interior tiene millones de años de antigüedad, y el habla menos de cien mil. El cerebro no tenía la menor idea de que eso iba a pasar. El inconsciente debe de haber tenido que espabilarse para dar cabida a un sistema que se demostró perfectamente implacable. No solo es comparable a una invasión de parásitos, es que no se lo puede comparar con nada más.

Menuda disertación.

Lo más interesante es que el lenguaje no evolucionó a partir de ninguna necesidad conocida. Era solo una idea. Lysenko resucitado. Y la idea, una vez más, era que una cosa podía representar otra distinta. Un sistema biológico rendido al asedio de la razón humana.

No estoy seguro de haber oído hablar de la biología evolutiva en semejantes términos bélicos. ¿Y al inconsciente no le gusta hablarnos debido a sus millones de años desprovisto de lenguaje?

Exacto. Resuelve problemas y es perfectamente capaz de contarnos las respuestas. Pero es difícil vencer hábitos de un millón de años. Podría muy bien decir: Kekulé, es una puta circunferencia. Pero resulta más cómodo improvisar una culebra cornuda y meterla enrollada sobre sí misma dentro del cráneo de Kekulé mientras este dormita junto a la lumbre. Por eso los sueños están repletos de drama y de metáforas.

No entiendo la alusión a la serpiente esa.

Es la configuración molecular del benceno. No tiene importancia.

Inquietantes palabras. Pero creo que has dado a entender que el advenimiento del lenguaje, al margen de su enorme trascendencia, fue algo disruptivo.

Mucho. Tanto como su valor intrínseco. Una destrucción creativa. Seguramente se han perdido muchos talentos y habilidades. Sobre todo comunicativos. Pero también cosas como la navegación y probablemente incluso la riqueza de los sueños. Al final este extraño código nuevo habrá sustituido una pequeña parte del mundo por lo que se puede decir de él. Realidad por opinión. Relato por comentario.

Y cordura por locura, no lo olvides.

Sí. No lo olvidaré.

Y la llegada de la guerra universal.

Eso también.

¿Cómo nos hemos metido en este tema?

No pasa nada. Podemos dejarlo.

¿Qué más?

¿Qué más qué?

¿Desde cuándo existe la sinestesia? ¿Hay algo de lingüístico en ella?

No que yo sepa. Parece algo más bien primitivo. Color, sabor, olor. Aunque no tengo muy claro que mezclar los sentidos sea muy buena idea. A efectos de supervivencia.

¿El autismo? Más concretamente el síndrome del sabio.

Lingüístico hasta la médula.

Hasta la médula.

La sinestesia también podría ser cosa nuestra, ahora que lo pienso. Un sinestésico que ve el cinco de color rojo en números arábigos es muy probable que lo vea también rojo en números romanos. ¿Qué le parece?

Y esto era algo que no les contabas a los otros chavales.

Esto entre otras cosas. Bastante cosas, de hecho. Es algo que ayuda a recordar.

¿Qué ayuda a recordar?

La sinestesia. Es más fácil recordar dos cosas que una sola. Por eso es más fácil recordar la letra de una canción que los versos de un poema. Por ejemplo. La música es un armazón sobre el que componemos las palabras.

¿Qué más?

Un montón más.

Los otros chavales te tomaban por rara.

No era una suposición.

O sea que estabas de acuerdo con ellos.

Podía verlo desde su punto de vista.

¿Alguno de ellos era bueno en mates?

No.

Ni un poquito siquiera.

Ni un poquito.

¿Y Bobby?

Creo que eso ya me lo preguntó. Era bueno en mates. Pero no lo suficiente. Cambió de especialidad y eligió física. Yo no le dije que me parecía lo mejor. Salió de él. Se le daba bien el cálculo mental. Bastante mejor que a mí. Hay gente que piensa que eso son mates. ¿Me permite una pregunta?

Claro.

¿Yo huelo?

¿Por qué? ¿Has descuidado tu higiene personal?

O sea que apesto, ¿eh?

¿No puedes ducharte si hay alguien mirando?

Me ducho.

Es bastante habitual en la sala. La gente descuida cosas como la higiene.

¿Cosas como cuáles?

No sé. ¿Es que alguien ha criticado tu aspecto?

Que yo sepa no. A veces parece que haya salido de casa con prisas, eso sí. Antes me gustaba ponerme guapa para ir a bailar. Pero eso era un disfraz.

Una fantasía.

Sí.

Te ponías guapa para Bobby.

Supongo. Sí.

Perdona.

No pasa nada. A veces le pillaba mirándome y yo salía llorando de la habitación. Sabía que nunca más me querrían de esa manera. Yo creía que estaríamos siempre juntos. Ya sé que piensa que debería haber visto que eso era más aberrante de lo que yo pensaba, pero mi vida no es como la de usted. Mi hora. Mi día. A veces soñaba con la primera vez que estuvimos juntos. Todavía ahora. Quería que me veneraran. Que entraran en mí como en una catedral.

Quizá será mejor que hablemos de otra cosa.

Ya.

A Jung le gruñes un poco, pero creo que de Freud no hemos dicho gran cosa.

We were jung and easily freudened.

¿Qué es eso?

Nada. Una frase de Joyce. En plan: Éramos jóvenes y fácilmente asustadizos. Las historias clínicas me parecen interesantes. Claro que Freud siempre intenta venderte algo. El libro sobre los sueños es bueno en la medida en que no es una novela. Creo que su visión de nuestra vida interior es cuestionable. Puede que más incluso que la de Jung. Tampoco es tan difícil. Si hubieran pensado un poco más en la evolución biológica e invertido menos tiempo inventándose chifladuras tal vez habrían destapado unas cuantas verdades básicas.

¿Y no estarías dispuesta a reconocer que sus teorías están basadas en la observación?

Como la astrología.

No hablas en serio.

Puede. Al menos Freud no intenta decir qué son los sueños.

Y eso está bien.

Sí. Porque no lo sabe. Crear un lenguaje para categorías inexistentes no es una estrategia particularmente buena para quienes aspiran a dejar una especie de legado intelectual. Seguro que hay una metáfora para tales empeños. Alguna imagen de huesos teoréticos tornándose blancos entre los desechos.

Las matemáticas no están sujetas a esa clase de erosión.

No. Cuando desaparezcan desaparecerán del todo.

Aun así…

Aun así. Y sin embargo. La vida es dura. Mi amor por las matemáticas durará siempre pero soy una escéptica con un corazón de granito y es posible que ninguna investigación lógica pueda abordar mis dudas. El de lo que que uno no puede.

¿Hay una idea concreta que sirva de base a gran parte de la matemática moderna?

Esta sí que es buena.

Perdona.

No. No es que sea una pregunta pueril ni nada. Es que no conocemos la respuesta. Cosas profundas como la cohomología o la diagonalización de Cantor las echa a perder ese tufillo a mundos no adivinados. Podemos ver las huellas de álgebras cuyo ámbito es inmune a toda conmutación. Matrices cuya eclosión arroja una sombra sobre el suelo de sus orígenes y deja allí una huella a la que ya no se adecúan. El álgebra homológica ha acabado moldeando buena parte de la matemática moderna. Pero en último término el mundo de la computación lo absorberá todo.

Deduzco que la obra de Gödel no tendrá el mismo destino que la de Freud. Los huesos blanqueándose en el suelo o yo qué sé...

Mis invectivas contra los platónicos son agua pasada. Suponiendo al fin que uno pueda, no tendría ninguna ventaja ignorar la naturaleza trascendente de las verdades matemáticas. Es la única cosa sobre la que todos los hombres se ven forzados a ponerse de acuerdo y, cuando la última luz en el último de los ojos se apague llevándose consigo para siempre toda especulación, creo que podría ocurrir que estas verdades brillen apenas un instante en esa luz final. Antes de que la negrura y el frío se apoderen de todo.

¿Quieres hacer una pausa?

Bueno. Como quiera.

¿Te apetece un cigarrillo?

No. Estoy bien.

Nadie lo entiende, ¿verdad? Lo que son las matemáticas.

No.

¿Llegará el día?

No.

Tu amigo Gödel era un platónico de línea dura.

Sí. Pensaba que los objetos matemáticos tenían la misma realidad que los árboles y las piedras.

Me parece una extraña manera de pensar.

Y lo es. Supongo que otros matemáticos se inclinan por tomar las opiniones de Gödel al pie de la letra, pero dichas opiniones podrían ser reflejo de un escepticismo en cuanto a la realidad misma. En lo que a mí respecta yo nunca he visto un seis. No sé qué cosa podría constituir un objeto matemático. Según mi experiencia todo lo matemático adquiere la forma de una directriz. El concepto numérico de seis es algo completamente inerte. Gödel no siempre fue platónico, pero no es el primer científico en aceptar una teoría no plausible solo porque esa teoría explicaba los hechos. A partir de 1931 Gödel tuvo claro que somos capaces de intuiciones matemáticas que una Máquina de Verdad Universal no puede concebir. Lo que no sabría decirle es por qué Gödel no veía ningún problema en la idea de las abstracciones matemáticas como entes factuales. Los platónicos no saben o no contestan respecto al origen de la matemática y son ostensiblemente indiferentes a cuál pueda ser el objeto de la computación en un universo deshabitado. Yo creo que entre los matemáticos el pensamiento mágico es más común de lo que se supone. Gödel acabó convirtiéndose en una especie de deísta. Y no porque estuviera a favor de algún tipo de práctica espiritual. Es una tradición que va de Pitágoras a Newton y de este a Cantor. Que no en vano atribuyó un origen sobrenatural a los números transfinitos. Aleph 0. Aleph 1. Eso no le ayudó mucho. Su concepto de diferentes infinitos hubo de esperar a la muerte de toda una generación de matemáticos alemanes para que alguien prestara oídos siquiera a semejante concepto. ¿El Universo es inteligente? ¿Acaso no es eso lo que está en juego? Mi hermano solía decir que no mucho. Quizá suficiente hasta el día de hoy. Gödel nunca afirma taxativamente que exista un pacto al que se adhiera el conjunto de la matemática pero es evidente que abriga esperanzas al respecto. Conozco esa fascinación. Un deslumbrante palimpsesto de acatación eterna. Pero afirmar que los números existen de algún modo en el Universo sin una inteligencia que los haga factibles no requiere otro tipo de matemática. Requiere otro tipo de universo.

    ¿Lo hay?

Algunas de las ideas de Gödel son sencillamente estrafalarias. La circularidad del tiempo funciona matemáticamente, pero no podrá explicar que te encuentres a tu difunto abuelo. O sus ideas sobre Dios. Su platonismo lo metí en el mismo saco pero se resistía a quedarse dentro. Me costó, pero al final caí en la cuenta de que es de Gödel de quien estamos hablando y que por más que pudiera tener ideas bobas sobre toda clase de asuntos, ¿sus ideas sobre la matemática lo eran también?

¿Y cuál fue tu conclusión?

Estoy en ello todavía.

¿Hacia dónde te inclinas?

He vuelto atrás y he releído los trabajos de 1931. La última vez que los releí soñé con ellos. Soñé con el segundo artículo. Y me desperté y mientras despertaba el sueño empezó a desintegrarse. El sueño y lo que ocurría en el sueño. Y supe que en el sueño había una comprensión que era simplemente un don, un regalo, y que estaba retrocediendo hacia lo oscuro y entonces me incorporé en la cama y lo llamé varias veces pero el don se hizo pedazos dentro de mi mente y después de eso vi las intuiciones de Gödel bajo una luz muy diferente pero no sé si el sueño forma parte o no de esa comprensión y sospecho que nunca lo sabré.

¿Salían números en el sueño?

Esa es la cuestión, ¿verdad? Pues no, no salían números. El sueño se componía todo él de entendimiento.

No sé si lo entiendo. Pero no volviste a tenerlo.

No volví a tenerlo.

Tu visión de las cosas cambió.

Sí. Empecé a tener dudas sobre mi visión material del universo.

¿Fue algo que vino paulatinamente?

No lo sé. No sé qué es paulatinamente. Gödel habla de varios matemáticos que tuvieron experiencias transformativas. Quizá debería investigarlo. Él nunca tuvo una experiencia así. Creo que quizá estaba celoso. Creo que el sueño sigue estando ahí. Creo que sabe si debería revisitarme o no. O yo a él. Gödel siempre se queja de que la gente no entendió sus artículos sobre la indeterminación. Volví a leerlos y vi que probablemente tenía razón. Yo no los había entendido.

¿Ahora los entiendes?

¿Qué entiende por entender?

De acuerdo. Pasemos a otra cosa. Tú crees que es el inconsciente el que hace la matemática.

Sí. Yo no sé nada de mates. Simplemente intento pasarlas al papel cuando aparecen.

Me parece un poquito exagerado.

Quizá sí. Un poquito. ¿Por qué le interesa todo esto?

Porque te interesa a ti. ¿Cuánto hace de ese sueño?

Dos noches.

Ni hablar.

Fue hace seis meses. Quizá siete.

Si el sueño te… ¿cómo lo has dicho? ¿Te revisitara? Si pudieras recordarlo, ¿me lo contarías?

No lo sé. Antes tendría que echarle una ojeada. ¿Y si fuera obsceno?

Matemáticas obscenas.

¿Y por qué no?

¿Qué fue lo que entendiste, pues?

¿De Gödel?

Sí.

Creo que vi lo que él vio. Que encontrar los límites de su sistema no era solo encontrar los límites. Era encontrar lo que había más allá. Solo que primero había que encontrar los límites.

¿Y qué había más allá?

En este caso era comprender que lo que uno sospechaba desde hacía mucho tiempo era verdad. Que la matemática no tenía límites. Que era inagotable. Ahora ya no había la menor duda al respecto. Lo que tocaba era sentarse a pensar en el universo.

¿Y qué pensaste? Sobre el universo.

Que toda indagación tendría que bregar contra una disponibilidad cada vez más reducida de lo empírico. Incluso mientras uno trabajaba en ello, el universo iba retrocediendo.

¿Y cuál sería entonces tu aportación?

Supongo que uno aporta lo único que puede aportar: la mente.

¿Y por qué te parece que tu mente estaría a la altura de las circunstancias?

Porque estamos aquí. No en otra parte. Y no hay nada más que saber. Algunos de los conceptos de Gödel eran más que discutibles. Pensé en su platonismo pero luego comprendí que no era tan diferente del de Frege. ¿Echar otro vistazo? De poco iba a servir. Pensé que quizá la misma osadía que los había conducido a sus ideas fundacionales podría perfectamente dar lugar a otras indagaciones apenas distinguibles de un galimatías. Aparqué todo aquello durante un tiempo. Pero insistía en volver. Cada vez estaba más en desacuerdo con Aristóteles. Acabó pareciéndome uno de esos que gustan de hacer borrón y cuenta nueva. Yo sabía que no era que no fuésemos humanos al nacer. Deduzco que él comprendió que la mente tiene una forma pero no parece que entendiera qué significado podía tener eso. La mente debe estar abierta a su propia existencia.

No entiendo qué quiere decir eso.

Ya. Pero no sé cómo expresarlo de otra manera. Digamos que si uno se deja atrapar en la telaraña es probable que no consiga salir de ella. Peor aún, incluso puede que no quiera.

Sí. Acatación. ¿Existe esta palabra?

No que yo sepa. El sustantivo sería acatamiento. Pero quizá acatamiento sea lo general allí donde acatación es lo específico. La pregunta sobre la unanimidad entre matemáticos carece de respuesta. Mi nuevo amigo Chihara, que tal vez admira a Gödel pero no tanto sus intuiciones, dice que los matemáticos considerados como organismos biológicos son todos bastante parecidos.

¿Es así como explicas que estén de acuerdo sobre la matemática? ¿Diciendo que son todos parecidos?

Yo creo que la mayoría de los matemáticos no captaría el humor implícito en esa afirmación. Además, difícilmente explicaría que estemos en desacuerdo sobre casi todo lo demás. Supongo que también se podría decir que la intuición matemática únicamente explica un acceso a las matemáticas pero no a su existencia.

Entonces, ¿cómo se explica su existencia?

Creo que lo mejor que se puede hacer es señalarla. A la manera de Wittgenstein. Lo que constituye el cuerpo de la matemática son los problemas, no las respuestas. Que los problemas presuponen.

¿Es verdad eso?

Yo no sé lo que es verdad. Pero puede que eso explique el sentido del descubrimiento.

¿Estamos obviando el concepto de tautología en las matemáticas?

Eso ha estado bien. Obviar la tautología.

Pero tú sigues siendo admiradora de Gödel.

Desde luego.

¿Y tu nuevo amigo?

Chihara.

Sí. ¿Dirías que también es un admirador?

Diría. Yo pienso que tener éxito en la ciencia a una edad temprana acarrea cargas insospechadas. La mayor de las cuales es el miedo. Chihara seguro que lo sabe.

¿Miedo? ¿A qué?

A estar equivocado. Cuando hace poco le preguntaron a Dirac por qué no se decidía a anunciar públicamente que la partícula que acecha en sus cálculos era un antielectrón, ¿qué cree usted que dijo?

Ni idea.

Pura cobardía.

¿Qué más?

¿Respecto a Gödel?

Sí. Parece ocupar mucho espacio.

Los papeles de 1931 fueron una consecuencia de haber

leído los *Principia* de Russell y Whitehead. Russell creía que Gödel era la única persona que los había leído de cabo a rabo y le asombraba la capacidad de Gödel para entenderlos. El proyecto quedó a medias, claro. Russell vio cuál era el problema y le suplicó a Whitehead que no publicara el libro. Después de aquello apenas si se hablaron. Una situación que no mejoraron los continuos intentos de Russell de follarse a la joven esposa de Whitehead. Russell tenía por entonces poca vida social y solía decir que si uno no podía tirarse a la mujer de un amigo, ¿a quién se suponía que debía tirarse?

Dudo que dijera tal cosa.

Que yo sepa no lo dijo. Creo que era más bien un principio tácito en su vida. Whitehead intentó acabar el cuarto volumen él solo pero al final tuvo que dejarlo. Creo que trabajar con Russell todos esos años le había dado una idea equivocada sobre la verdadera dificultad del proyecto.

Russell era muy buen matemático.

Sí.

Pero lo dejó. Las matemáticas.

Sí.

¿Por culpa de Wittgenstein?

La mayoría de la gente, Russell incluido, dice que fue por Wittgenstein. Pero el verdadero motivo es que Russell quería ser famoso. Y sabía que eso no lo iba a conseguir con las matemáticas. Tenía razón, claro está. Y sí, se hizo famoso en el mundo entero y tuvo todas las mujeres que quiso. No todas eran esposas de amigos.

¿Dejó también la filosofía?

Básicamente. Se dedicó a escribir libros populares. Creo que acabó viendo que tratar de entender el universo era una tarea de tontos.

Un universo que no contiene ni luz ni oscuridad.

Ni certidumbre ni paz ni alivio para el dolor.

El poema dice luego algo de una sombría planicie.

Sí.

¿Por qué a la gente no le interesa más la ciencia?

Le tienen miedo. Hay incluso personas cultas que prefieren el delirio. Extraterrestres, Velikovski. Platillos volantes.

El delirio, dices.

Sí.

Bien. ¿Nos olvidamos de Gödel?

Gödel es eterno.

¿Lo crees así?

No.

Muy bien. ¿Sabes hacer malabares?

Hombre, lo ha conseguido.

¿Yo? ¿Qué?

Por fin me sorprende. ¿Que si sé hacer malabares?

Sí.

Sí. Lo más básico. Tres pelotas de tenis. ¿Por qué?

Se me ha ocurrido que era algo que quizá habrías probado. ¿Qué más sabes hacer?

No sé. ¿Como qué?

Cualquier cosa.

Bueno. Sé leer hacia atrás. Puedo leer algo en un espejo. ¿Quién es ese? ¿Leonardo? Sé escribir un trabajo de manera que los márgenes estén justificados. Aunque no necesariamente el contenido. Dudo que Leonardo fuera capaz de eso. Incluso si hubiera tenido máquina de escribir.

No te entiendo.

Si tecleo puedo hacer que cada línea me salga de la misma longitud que la anterior. Como si el texto estuviera impreso.

No veo cómo podrías hacerlo. Yo diría que no es posible.

Solo hay que sustituir las palabras que haga falta para que las líneas tengan la longitud adecuada.

Mientras vas tecleando.

Mientras vas tecleando. Sí.

No necesitas pararte a pensar.

No. Lo haces automáticamente.

Tendré que creerte.

No es más que un truco. Yo no lo intentaría. Es casi tan difícil de pillar como de aprenderlo.

Sigues sin tener el periodo.

Joder.

¿Cómo que joder?

Ustedes siempre acaban saliendo con estas cosas. Supongo que consta en mi expediente.

En tu historial médico, sí.

Panda de cotillas.

Usas muchas expresiones inglesas. ¿Has vivido en Inglaterra?

No.

¿Haces mucho ejercicio?

Antes me gustaba dar largas caminatas.

Estás muy delgada.

Lo sé. No me gusta comer.

Hablando con un colega de profesión surgió la pregunta de si un excesivo esfuerzo mental no podría tener en parte los mismos efectos que el esfuerzo físico.

Por lo que respecta a la regla.

Sí.

Interesante. Parece ser que tampoco menstruamos por encima de cuatro mil doscientos metros.

¿Es verdad eso?

No lo sé. Lo leí. Tenemos trece minutos. ¿Sería posible tomar un poco de té?

Claro que sí. Vuelvo enseguida.

* * *

Té English Breakfast.

No pareces muy convencida.

No pasa nada.

Lo único que hay es leche en polvo.

Tranquilo.

¿A tu amigo Leonard lo ves muy a menudo?

Charlamos. Me dijo que había ido usted a verle.

Así es.

¿Y qué averiguó?

Respecto a ti, quieres decir.

Me da igual. Hablo con Leonard porque es divertido. E inteligente. Va de Navane.

Yo no sé qué medicación está tomando.

Es un navanita. Nos reímos casi de las mismas cosas. Aunque no siempre por la misma razón.

¿Te parece estable?

¿Leonard? Estable como un establo.

¿Cómo fue que lo ingresaron?

Prendió fuego a la casa de sus padres y escapó. Cuando lo encontraron en el bosque no se le ocurría qué decir y empezó a largar chorrada tras chorrada.

A ti no te parece que le pase nada.

A mí me parece que le pasa mucho.

Se fugó de aquí hace cosa de un año. Creo que estuvo fuera tres días.

Sí. Bien. Él entiende que si intentas fugarte de Loquilandia es que no debes de estar loco. Parece ser que la semana pasada provocó una especie de altercado. Bueno. Quizá no sea la palabra.

¿Cuál fue el motivo?

No paraba de quejarse de todo hasta que los otros se encararon con él y le preguntaron que qué era lo que quería. Leonard se quedó un poco cortado y después de pensarlo les dijo que él solo quería ser feliz. Al oírlo se metieron todos con él otra vez, en plan No no no, Leonard. Objetivos realistas.

¿Tiene tendencias suicidas?

¿Leonard?

Sí.

Pues claro. Vaya. No debería haberlo dicho. A veces olvido que usted juega en el otro equipo.

¿El otro equipo?

Sí.

Vale. ¿Dónde estábamos?

Creo que la cosa iba sobre mis reglas. Sobre dónde se habrían metido.

¿Piensas en el sexo?

Sí. ¿Usted no?

Bueno, digamos que tengo mi propio historial en lo que respecta a ese tema. Pasa que a veces me olvido de que estoy hablando con alguien para quien lo imaginario ocupa un lugar especial. ¿Rumanía fue perdiendo su atractivo conforme se hacía más real?

No lo sé. Quizá sí. Es muy posible que lo imaginario sea siempre mejor. Como un óleo de un paisaje idílico. El lugar en que uno más desearía estar. Y donde nunca estará.

No acabo de entender lo que dices.

Yo tampoco.

Eso no es propio de ti.

Ya lo sé.

¿Estás hablando de la muerte?

No. Estoy hablando del problema de tener acceso al mundo que uno más anhela.

¿Quieres un poco más de agua caliente?

No. Gracias. Creo que era simplemente: ¿Esa podrías ser tú?

¿En el cuadro?

Sí.

¿Te refieres a cómo es posible que fueras tú? ¿O cómo podrías hacer que fueras tú?

A lo primero. Creo.

¿Un poco como el asesino que se ve en el espejo blandiendo un hacha?

No lo sé. Quizá. Quizá como la manifestación de un gesto cuyo significado no está claro. Pero que al expandirse por el mundo borra un millar de historias paralelas.

Aquí me he perdido.

No tiene importancia. Cuando me marché de Italia pensé en ir a Rumanía. Pero no fui. No quería que me enterraran en Wartburg. Sobre todo no quería que nadie se enterara.

De que habías muerto.

Sí.

Pero no lo hiciste.

Morir.

No. Ir a Rumanía.

No fui. No.

Está bien. ¿El plan iba en serio o no demasiado?

Muy en serio. Lo llamé Plan Isferio.

¿Por qué ese nombre?

Porque sí. El subtítulo era Plan Teamiento.

¿El planteamiento era el viaje?

No, era yo. Pensaba ir a Rumanía y una vez allí buscar una ciudad pequeña y comprarme ropa de segunda mano en el mercadillo. Zapatos. Una manta. Quemaría todo cuanto tenía. Incluido el pasaporte. Quizá tiraría mi ropa a la basura. Cambiaría el dinero en la calle. Luego me iría a pie a las montañas. Evitando las carreteras. Sin correr riesgos. Campo a través por las tierras ancestrales. A lo mejor de noche. Allí hay osos y lobos. Lo leí. Podría encender una pequeña fogata. Encontrar quizá una cueva. Un arroyo. Llevaría una cantimplora para cuando llegara el momento de que estuviera demasiado débil para moverme. Al cabo de unos días el agua sabría de maravilla. Sabría como a música. Por la noche me envolvería en mi manta y vería cómo los huesos se dibujaban bajo mi piel y rezaría para poder ver la verdad del mundo antes de morir. Algunas noches los animales se acercarían al fuego y deambularían en torno al círculo de luz y sus sombras se moverían entre los árboles y yo comprendería que cuando del último fuego no hubiera más que cenizas los animales vendrían a llevárseme y yo sería su eucaristía. Y mi vida sería eso. Y yo sería feliz.

Creo que se nos ha acabado el tiempo.

Ya. Cójame la mano.

¿Que te coja la mano?

Sí. Hágalo.

Bien. ¿Por qué?

Porque es lo que hacen las personas cuando están esperando el final de algo.